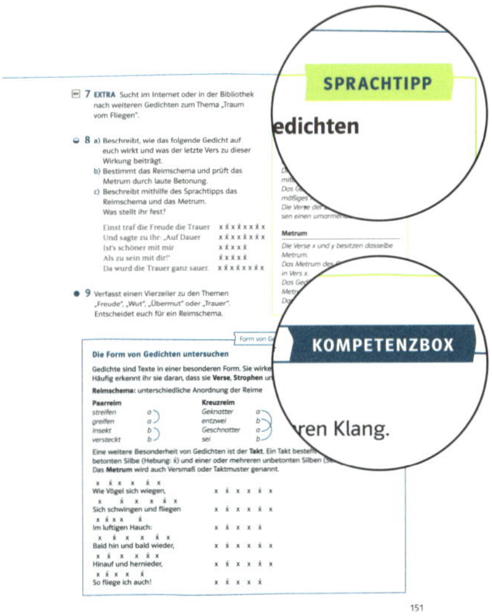

Trainieren

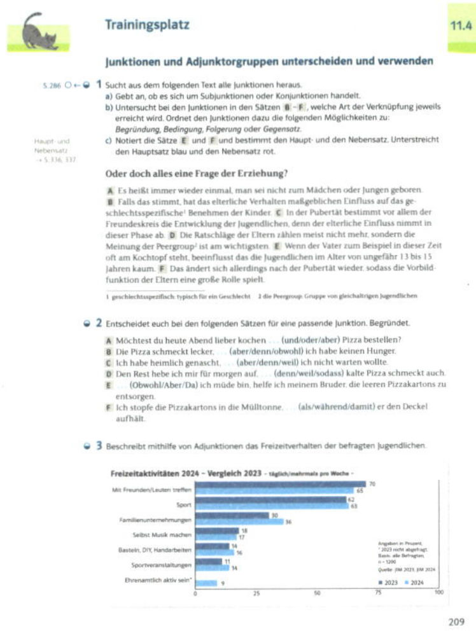

Überprüfen

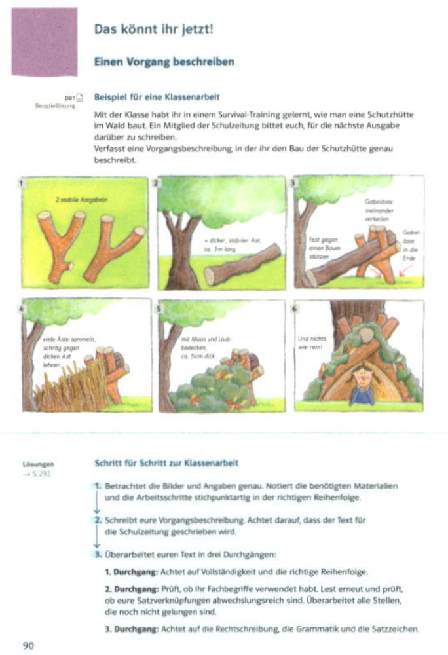

Arbeitstechniken unterstützen euch beim Lösen der Aufgaben.
Sprachtipps helfen euch beim Formulieren.
Kompetenzboxen sagen euch, was ihr wissen und können müsst.

Trainingsplatz
Hier könnt ihr nach einem oder mehreren Teilkapiteln alles das üben, was ihr zuvor gelernt habt.

Das könnt ihr jetzt!
Hier bereitet ihr euch auf Klassenarbeiten und Tests vor.
Mit den Lösungen in eurem Buch könnt ihr euch selbst überprüfen.
Beispiellösungen für die Klassenarbeiten findet ihr im Online-Bereich.

Symbole

○ ◒ ●	einfache, mittlere, schwierige Aufgabe
S. 280 ○ ← ◒	mittlere Aufgabe wird mit Starthilfe einfach
S. 280 ◒ ← ●	schwierige Aufgabe wird mit Starthilfe mittel
6	Übungsaufgabe
6	Aufgabe mit sprachlichen Übungen
MK	Aufgabe zur Entwicklung von Medienkompetenz
6 EXTRA	Zusatzaufgabe, Projekt
I	interaktive Übung
A	Audio
V	Video
D	Dokument

Rechtschreibstrategien

↷↶	verwandte Wörter suchen
→	Wörter verlängern
◡	Wörter zerlegen und Silbe für Silbe mitsprechen
A?a	Nomen und Nominalisierungen großschreiben
⇥	nachschlagen

Die Medien (interaktive Übungen, Audios, Videos und Dokumente) zum Schulbuch sind online und offline verfügbar.

1. QR-Code scannen oder Link in einen Browser eingeben
2. Mit den persönlichen Klett-Zugangsdaten anmelden
3. Digitale Medien online nutzen oder in die **Klett Lernen App** herunterladen

Link
qr.klett.de/LC-jPB-Tz0

6

Deutsch kompetent

Erarbeitet von:
Thomas Bickelhaupt
Martina Blatt
Jennifer Braden
Susanne Büttner
Björn Dumont
Melanie Dutzi
Maria Geipel
Julia Glage
Heike Henniger
Janina Kiehl
Annika Restemeyer
Sina Ruch
Anja Seiffert
Daniel Sieverding
Andreas Zdrallek

Herausgegeben von:
Martina Blatt
Heike Henniger
Andreas Zdrallek

Unter Beratung von:
Anna-Maria Scheerle
Karin Sousa
Michael Beißwenger
Eren Hajizadeh-Zaker
Katja Hofmann
Klaus Maiwald

Ernst Klett Verlag
Stuttgart · Leipzig · Dortmund

Inhalt

1 **Erfindungen: sehr patent!**
Sich und andere informieren 10

1.1 **Los geht's • Einen Sachtext verstehen** 12

1.2 **Erfindungen früher und heute • Informationen verstehen, ordnen und auswerten** 14
Informationen in Tabellen und Zeitleisten darstellen 14
Ein Diagramm auswerten 16
TRAININGSPLATZ Informationen verstehen, ordnen und auswerten 18

1.3 **Nicht ohne mein Smartphone! • Sich im Internet gezielt informieren** 20
Vorüberlegungen anstellen und geeignete Suchbegriffe auswählen 20
Suchmaschine und geeignete Internetseiten auswählen 21
Suchergebnisse bewerten und geeignete Texte auswählen 22

1.4 **Erfindungen, die bewegen • Einen Vortrag vorbereiten und halten** 24

Das könnt ihr jetzt! 28

Starthilfen → S. 270

Prozessbezogene Kompetenzen:
Sprechen und Zuhören: dialogisch, monologisch sprechen • *Lesen:* Lesetechniken und Lesestrategien • Verstehensbarrieren identifizieren • Verständnisfragen formulieren • Sach- und Gebrauchstexte verstehen

Inhaltsbezogene Kompetenzen:
Sach- und Gebrauchstexte: Methoden der Texterschließung • Informationen entnehmen • einfache nichtlineare Texte auswerten • Textinformationen einordnen, systematisiert darstellen • Verstehensschwierigkeiten benennen • Vorwissen aktivieren • Informationsquellen nutzen • *Medien:* digitale Medien gezielt nutzen • einfache Suchstrategien • Zuverlässigkeit von Informationen • *Sprachgebrauch und Sprachreflexion:* Vortrags- und Präsentationstechniken • Feedback

2 **Das sehe ich anders!**
Sprachlicher Umgang mit anderen 30

2.1 **Warum? Darum! • Meinungen äußern und begründen** 32
Argumente untersuchen und eigene Argumente sammeln 32
TRAININGSPLATZ Argumente untersuchen und eigene Argumente sammeln 35
Einen Standpunkt in einer förmlichen E-Mail vertreten 36
TRAININGSPLATZ Einen Standpunkt in einer förmlichen E-Mail vertreten 38

2.2 **Dafür? Dagegen? • Diskussionen führen** 40
Den eigenen Standpunkt vertreten 40
Eine Diskussion leiten 42

Das könnt ihr jetzt! 44

Starthilfen → S. 271

Prozessbezogene Kompetenzen:
Sprechen und Zuhören: situations- und adressatengerechte Redeweise • verschiedene Gesprächsformen • eigene Positionen vertreten • appellieren • aktiv zuhören • Gesprächsverhalten *Schreiben:* formalisierte lineare Texte • argumentieren • *Lesen:* Darstellung von Lebenswirklichkeiten in Texten

Inhaltsbezogene Kompetenzen:
Sach- und Gebrauchstexte: Behauptung und Begründung unterscheiden • *Medien:* Plattformen, soziale Netzwerke • eigene Beiträge in medialen Kommunikationssituationen • Gefahren bei der Mediennutzung • *Sprachgebrauch und Sprachreflexion:* Großschreibung von Höflichkeitsformen • Satzzeichen bei Anreden • gelingende, misslingende Kommunikation • Gespräche als Mittel der Problemlösung • verbale, nonverbale Ausdrucksmittel • Wortwahl, Tonfall, Umgangsformen • standardsprachlicher, umgangssprachlicher Sprachgebrauch • öffentliche, private Kommunikationssituationen • Absichten situationsangemessen und adressatenorientiert formulieren (Streitgespräch, Diskussion, Appell, E-Mail)

Zentrale Schreibformen:
argumentierend: E-Mail

3 Nachtgestalten und andere unheimliche Geschöpfe
Mündlich und schriftlich erzählen 46

3.1 **Los geht's • Anschaulich erzählen** 48

3.2 **Filmrolle rückwärts • Von einem Film mündlich erzählen** 50
TRAININGSPLATZ Von einem Film mündlich erzählen 52

3.3 **Mir lief es eiskalt den Rücken hinunter • Spannung erzeugen** 53
Stationen: Mit Sprache Spannung erzeugen 56

3.4 **Unheimliches mitten im Alltag • Einen Erzählkern ausgestalten** 58
Einen Erzählplan aufstellen 58
Die Erzählform wählen, die äußere und innere Handlung darstellen 59
Die Erzählung schreiben und überarbeiten 61
TRAININGSPLATZ Einen Erzählkern ausgestalten 63

3.5 **Alles an ihnen war farblos ... • Einen literarischen Text weiterschreiben** 64

Das könnt ihr jetzt! 66
Klassenarbeit: Einen Erzählkern ausgestalten 66
Klassenarbeit: Einen literarischen Text weiterschreiben 67

Starthilfen → S. 272

Prozessbezogene Kompetenzen:
Sprechen und Zuhören: Unterschied zwischen mündlichem und schriftlichem Sprachgebrauch • Situationen und eigene Erfahrungen szenisch gestalten • verschiedene Formen mündlicher Darstellung: erzählen, nacherzählen • vorlesen • *Schreiben:* flüssig schreiben • Schreibstrategien • nach Mustern schreiben • sprachliche Mittel • anschaulich erzählen • Erzähltechniken • Erzähllogik • Texte überarbeiten • *Lesen:* sinnbezogen lesen • literarische Texte verstehen

Inhaltsbezogene Kompetenzen:
Literarische Texte: Lesetechniken • Methoden der Texterschließung • Leseeindruck, erstes Textverständnis • Inhalte herausarbeiten • nacherzählen • Ort, Zeit, Figuren, Spannungskurve und Aufbau • Erzähler, Erzählperspektive, Erzählform • sprachliche Gestaltungsmittel beschreiben • Texte weiterschreiben • *Sprachgebrauch und Sprachreflexion:* Wortbedeutungen mithilfe von Umschreibungen, Oberbegriffen und Wörtern gleicher oder gegensätzlicher Bedeutung auch unter Zuhilfenahme von Nachschlagewerken • Wortfelder • Wortfamilien

Zentrale Schreibformen:
erzählend: Geschichten zu Bildern und anderen Impulsen

4 Natur erleben
Beschreiben und berichten 68

4.1 **Große und kleine Abenteurer • Eine Person beschreiben** 70
TRAININGSPLATZ Eine Person beschreiben 73

4.2 **Spiel und Spaß im Abenteuercamp • Einen Vorgang beschreiben** 74
Merkmale von Vorgangsbeschreibungen kennenlernen 74
Eine Vorgangsbeschreibung planen und verfassen 75
Eine Vorgangsbeschreibung überarbeiten 78
TRAININGSPLATZ Einen Vorgang beschreiben 80

4.3 **Informierend oder unterhaltend? • Einen Bericht schreiben** 82
Über ein Ereignis berichten 82
Über einen Unfall berichten 86
TRAININGSPLATZ Einen Bericht schreiben 88

Das könnt ihr jetzt! 90
Klassenarbeit: Einen Vorgang beschreiben 90
Klassenarbeit: Einen Unfallbericht schreiben 91

Starthilfen → S. 274

Prozessbezogene Kompetenzen:
Sprechen und Zuhören: Unterschied zwischen mündlichem und schriftlichem Sprachgebrauch • mündlich beschreiben • *Schreiben:* Informationsquellen nutzen • flüssig schreiben • Schreibstrategien verwenden • sachlicher Stil • Texte überarbeiten • *Lesen:* Sach- und Gebrauchstexte sinnbezogen lesen

Inhaltsbezogene Kompetenzen:
Sach- und Gebrauchstexte: Methoden der Texterschließung • Sachtexte nach Information, Instruktion unterscheiden • Wirkungsabsicht von Berichten• *Medien:* Texte zu Bildern gestalten • *Sprachgebrauch und Sprachreflexion:* einfache Formen der Kohärenz • Aktiv und Passiv • Wortbedeutungen mithilfe von Umschreibungen, Oberbegriffen und Wörtern gleicher oder gegensätzlicher Bedeutung auch unter Zuhilfenahme von Nachschlagewerken • Wortfelder • Wortfamilien

Zentrale Schreibformen:
informierend: Personenbeschreibung, Vorgangsbeschreibung, berichten

5 Mit allen Sinnen erleben
Bücher, Hörspiele und Filme entdecken 92

5.1 Los geht's • Die Figuren und die Handlung untersuchen 94

5.2 Sprachgewaltig • Ein Buch vorstellen 96
Eine Buchvorstellung planen 96
Einen Einblick in die Handlung geben 96
Einen geeigneten Buchausschnitt auswählen und vorlesen 98
Weitere Informationen recherchieren und auswerten 100
TRAININGSPLATZ Ein Buch vorstellen 101

5.3 Stimmgewaltig • Bücher und Hörspiele untersuchen 102
Äußere und innere Handlung unterscheiden 102
Merkmale von Hörspielen erkennen 106
TRAININGSPLATZ Ein Hörspiel produzieren 109

5.4 Stimm- und bildgewaltig • Einen Film untersuchen 110
Ein Buch wird zum Film 110
Die Figurendarstellung in einem Film untersuchen 111

Das könnt ihr jetzt! 114

Starthilfen → S. 278

Prozessbezogene Kompetenzen:
Sprechen und Zuhören: szenisch gestalten • vorlesen • *Lesen*: Texte verstehen • Analyse- und Interpretationsverfahren • Lebensentwürfe und Lebenswirklichkeiten in Texten

Inhaltsbezogene Kompetenzen:
Literarische Texte: Leseeindruck • nacherzählen • Ort, Zeit, Figuren, Spannungskurve, Aufbau, Autor, Erzähler, Erzählperspektive, Erzählform • sprachliche Gestaltungsmittel • Deutungsansätze • Bedeutsamkeit eines Textes erläutern • *Medien:* Hörmedien • audiovisuelle Medien • Bilder zu Texten gestalten • eine Vorlage medial umformen • Gestaltungsmittel eines Films: Einstellung, Kameraperspektive, Ton • *Sprachgebrauch und Sprachreflexion:* verbale und nonverbale Ausdrucksmittel • Vortrags- und Präsentationstechniken • Feedback

Zentrale Schreibformen:
beschreibend: Textbeschreibung

6 Kleine und große Helden
Lügen- und Schelmengeschichten, Fabeln, Helden- und Göttersagen entdecken 116

6.1 Nicht wahr, oder? • Lügen- und Schelmengeschichten untersuchen und gestalten 118
TRAININGSPLATZ Lügen- und Schelmengeschichten untersuchen und gestalten 121

6.2 Tierisch menschlich • Fabeln untersuchen und gestalten 123
Merkmale und den Aufbau erkennen 123
Versionen einer Fabel untersuchen 126
Fabeln aus anderen Ländern entdecken 128
Fabeln gestalten 130
TRAININGSPLATZ Fabeln untersuchen und gestalten 132

6.3 Sagenhafte Taten • Helden- und Göttersagen untersuchen und gestalten 134
Merkmale und den Aufbau erkennen 134
Figuren in Helden- und Göttersagen untersuchen 136
Moderne Göttersagen untersuchen 138
TRAININGSPLATZ Helden- und Göttersagen untersuchen und gestalten 139

Das könnt ihr jetzt! 140
Klassenarbeit: Fabeln untersuchen und gestalten 140
Klassenarbeit: Eine eigene Fabel zu einem Sprichwort schreiben 140
Klassenarbeit: Eine eigene Fabel zu Bildern schreiben 141

Starthilfen → S. 279

Prozessbezogene Kompetenzen:
Sprechen und Zuhören: szenisch gestalten • nacherzählen • vorlesen • *Schreiben*: nach Mustern schreiben • sprachliche Mittel • anschaulich erzählen • Erzähltechniken • Erzähllogik • Texte überarbeiten • *Lesen:* flüssig und sinnbezogen lesen und vorlesen • literarische Texte verstehen • Analyse- und Interpretationsverfahren • ästhetische Qualität

Inhaltsbezogene Kompetenzen:
Literarische Texte: Leseeindruck, erstes Textverständnis • nacherzählen • Ort, Zeit, Figuren, Spannungskurve, Autor, Erzähler, Erzählperspektive, Erzählform • zentrale Merkmale von Sagen und Fabeln • Deutungsansätze • handlungs- und produktionsorientierte Verfahren • Figuren: innere, äußere Merkmale, Verhalten, Beziehung zu anderen Figuren • Wirkung eines Textes beschreiben • einfache Texte vergleichen • Informationen zur Entstehungszeit, zur Autorin/zum Autor • Wertungen von Texten begründen • Bedeutsamkeit eines Textes erläutern • *Medien:* eine Vorlage medial umformen

Zentrale Schreibformen:
erzählend: Nacherzählung, Geschichten zu Bildern und anderen Impulsen
beschreibend: Textbeschreibung

7 Ich fühl mich so ...
Gedichte entdecken 142

7.1 Von Wünschen und Träumen • Den Inhalt, die Stimmung und das lyrische Ich untersuchen 144

7.2 Von Traumbällen und Rabenfinsternis • Sprachliche Bilder entschlüsseln 148

7.3 Das schönste Stück des Traums • Die Form untersuchen 150

7.4 Mit allen Sinnen • Gedichte vortragen und auswendig lernen 152

TRAININGSPLATZ Gedichte untersuchen und gestalten 154

Das könnt ihr jetzt! 156

Starthilfen → S. 282

Prozessbezogene Kompetenzen:
Sprechen und Zuhören: gestaltend vorlesen und vortragen • *Lesen:* literarische Texte verstehen • Analyse- und Interpretationsverfahren • ästhetische Qualität eines Textes • Mehrdeutigkeit

Inhaltsbezogene Kompetenzen:
Literarische Texte: erstes Textverständnis • lyrisches Ich/lyrischer Sprecher, Reim, Rhythmus, Metrum, sprachliche Bilder (Vergleich, Metapher), Vers, Strophe • sprachliche Gestaltungsmittel • zentrale Merkmale von Gedichten • handlungs- und produktionsorientierte Verfahren • Deutungsansätze formulieren • einfache Texte vergleichen • Wertungen von Texten begründen • *Medien:* eine Vorlage medial umformen • *Sprachgebrauch und Sprachreflexion:* verbale und nonverbale Ausdrucksmittel: Gestik, Mimik, Stimme • Vortragstechniken • Feedback

Zentrale Schreibformen:
beschreibend: Textbeschreibung

8 Tierisch menschlich
Szenisch spielen 158

8.1 Warten, warten, warten • Situationen szenisch darstellen 160

8.2 Tiere auf der Bühne • Sich mit einer Aufführung auseinandersetzen 164

TRAININGSPLATZ Eine kurze Aufführung gestalten 166

Das könnt ihr jetzt! 168

Starthilfen → S. 283

Prozessbezogene Kompetenzen:
Sprechen und Zuhören: Texte und Situationen szenisch gestalten • sinngebend und gestaltend vorlesen und vortragen • *Lesen:* literarische Texte verstehen • ästhetische Qualität eines Textes • Mehrdeutigkeit

Inhaltsbezogene Kompetenzen:
Literarische Texte: erstes Textverständnis • nacherzählen • Dialog, Regieanweisung • sprachliche Gestaltungsmittel • Komik • Merkmale von dialogisch-szenischen Texten • *Sprachgebrauch und Sprachreflexion:* verbale und nonverbale Ausdrucksmittel: Gestik, Mimik, Stimme • Vortragstechniken • Feedback

9 Und was guckst du?
Das Fernsehen untersuchen 170

9.1 Wissen, was läuft • Sich im Programmangebot orientieren 172
Das klassische Fernsehprogramm nutzen 172
Das Programmangebot individuell nutzen 174

9.2 Unterhaltung trifft Wissenschaft • Erfolgreiche Sendeformate untersuchen 176
Castingshows untersuchen und beurteilen 176
Wissensmagazine untersuchen und beurteilen 178

Das könnt ihr jetzt! 180

Starthilfen → S. 284

Prozessbezogene Kompetenzen:
Lesen: Sach- und Gebrauchstexte verstehen

Inhaltsbezogene Kompetenzen:
Sach- und Gebrauchstexte: einfache nichtlineare Texte auswerten • Textinformationen einordnen • Sachtexte nach Information, Instruktion, Werbung unterscheiden • Wirkung von Gestaltungsmitteln • *Medien:* audiovisuelle Medien • Funktionen: Information, Unterhaltung • Umgang mit Medien im Alltag • Gefahren bei der Mediennutzung

10 Unsere Sprache im Visier
Wörter bilden, Wörter erkunden 182

10.1 Von Burgfräuleins und Edelrittern • Wörter bilden 184

10.2 Ritter, Burgen und Turniere • Wortbedeutungen untersuchen 186

Ober- und Unterbegriffe nutzen 186

Synonyme und Antonyme nutzen 188

TRAININGSPLATZ Ober- und Unterbegriffe sowie Synonyme nutzen 189

Das könnt ihr jetzt! 190

Test: Wortbildungen untersuchen, Ober- und Unterbegriffe sowie Synonyme und Antonyme nutzen 191

Starthilfen → S. 285

Prozessbezogene Kompetenzen:
Schreiben: Texte sprachlich überarbeiten • differenzierter Wortschatz • variabler Stil • *Lesen:* Sach- und Gebrauchstexte verstehen

Inhaltsbezogene Kompetenzen:
Sprachgebrauch und Sprachreflexion: Wortbestandteile: Wortstamm, Präfix, Suffix • Komposita • Wortbedeutungen mithilfe von Umschreibungen, Oberbegriffen und Wörtern gleicher oder gegensätzlicher Bedeutung auch unter Zuhilfenahme von Nachschlagewerken • Wortfelder • Wortfamilien • Bedeutung einzelner Wörter

11 Typisch sie, typisch er?
Wortarten und Wortgruppen untersuchen 192

11.1 Los geht's – Wortarten und Wortgruppen unterscheiden 194

Wortarten wiederholen 194

Wortgruppen wiederholen 197

11.2 Coole Typen, starke Frauen – Tempusformen bilden und Verbgruppen untersuchen 198

Tempusformen bilden und verwenden 198

Verbgruppen untersuchen 201

TRAININGSPLATZ Tempusformen bilden und Verbgruppen untersuchen 202

11.3 Der winzige Unterschied – Artikelwörter und Pronomen verwenden 203

Demonstrativartikel und Demonstrativpronomen untersuchen 203

Durch Relativpronomen Satzbeziehungen herstellen 204

11.4 Angeboren oder anerzogen? – Junktionen und Adjunktorgruppen unterscheiden und verwenden 206

Wörter und Sätze mit Junktionen verknüpfen 206

Mit Adjunktorgruppen Vergleiche formulieren 208

TRAININGSPLATZ Junktionen und Adjunktorgruppen unterscheiden und verwenden 209

11.5 Früher und heute – Mit Adverbien die Umstände eines Geschehens veranschaulichen 210

Das könnt ihr jetzt! 212

Test: Wortarten unterscheiden und verwenden 212

Klassenarbeit: Wortarten unterscheiden und verwenden 213

Starthilfen → S. 285

Prozessbezogene Kompetenzen:
Schreiben: Texte sprachlich überarbeiten • Strategien zur Überprüfung der sprachlichen Richtigkeit • *Lesen:* literarische Texte und Sach- und Gebrauchstexte verstehen

Inhaltsbezogene Kompetenzen:
Sprachgebrauch und Sprachreflexion: Wortarten nach ihren morphologischen Merkmalen, Funktion und Verwendung unterscheiden • Verb • Nomen • Artikel • Adjektiv • Adverb • Pronomen • Präposition • Konjunktion • Subjunktion • Adjunktion • Partikel • alle Formen der Konjugation im Indikativ • Formen schwacher und starker Konjugation • Aktiv und Passiv • Modalverben • Genus, Numerus, Kasus • einfache Formen der Textkohärenz • Komparationsformen, Vergleichspartikel • Wortgruppen: Nominalgruppe, Adjektivgruppe, Adjunktorgruppe, Präpositionalgruppe, Verbgruppe

Starthilfen → S. 287

12 Versunkene Welten
Satzglieder untersuchen und verwenden 214

12.1 Los geht's • Satzglieder erkennen und Prädikate untersuchen 216

12.2 Versunkene Tempel • Sätze mithilfe des Feldermodells beschreiben 218

12.3 Im Meer versunken • Prädikative erkennen 220

12.4 Versunkenen Welten auf der Spur • Objekte erfragen und verwenden 222

12.5 Unter Asche versunken • Mit adverbialen Bestimmungen genaue Angaben machen 225

12.6 Im Dschungel versunken • Mit Attributen genau beschreiben 227

TRAININGSPLATZ Satzglieder und Attribute untersuchen und verwenden 230

Das könnt ihr jetzt! 232

Test: Satzglieder und Attribute untersuchen und verwenden 232

Klassenarbeit: Satzglieder und Attribute untersuchen und verwenden 233

Prozessbezogene Kompetenzen:
Schreiben: Texte sprachlich überarbeiten • Strategien zur Überprüfung der sprachlichen Richtigkeit • *Lesen:* Sach- und Gebrauchstexte verstehen

Inhaltsbezogene Kompetenzen:
Sprachgebrauch und Sprachreflexion: zentrale Bedeutung des Prädikats für den Satz • Subjekt • Objekt • Kasus der Objekte • Präpositionalobjekt • Adverbiale, semantische Funktion • Prädikativ • Attribute • Struktur von Sätzen nach dem Feldermodell beschreiben: Satzklammer, Vorfeld, Mittelfeld, Nachfeld • Satzglieder bestimmen (Umstellprobe) • verschiedene Satzarten: Verbzweitsatz, Verberstsatz und Verbletztsatz

Starthilfen → S. 288

13 Geheimnisvolle Zeichen
Satzzeichen setzen 234

13.1 Los geht's • Das finite Verb für das Bestimmen von Haupt- und Nebensätzen nutzen 236

13.2 Emojis erobern die Welt • Satzreihe und Satzgefüge erkennen und verwenden 238

TRAININGSPLATZ Satzreihe und Satzgefüge erkennen und verwenden 240

13.3 Geheimzeichen • Eine Apposition erkennen und durch Kommas abtrennen 241

13.4 Zeichen aus fernen Zeiten • Satzzeichen bei der wörtlichen Rede setzen 242

Das könnt ihr jetzt! 244

Test: Satzreihe und Satzgefüge erkennen und verwenden 244

Klassenarbeit: Satzreihe und Satzgefüge erkennen und verwenden 245

Prozessbezogene Kompetenzen:
Schreiben: Texte sprachlich überarbeiten • Strategien zur Überprüfung der sprachlichen Richtigkeit und Rechtschreibung anwenden • *Lesen:* Sach- und Gebrauchstexte verstehen

Inhaltsbezogene Kompetenzen:
Sprachgebrauch und Sprachreflexion: zentrale Bedeutung des Prädikats für den Satz • verschiedene Satzarten: Verbzweitsatz, Verberstsatz und Verbletztsatz • Stellung des finiten Verbs im Satz • Nebensätze als Satzglieder oder Satzgliedteile • Gleich- und Unterordnung von Sätzen • Konjunktionen und Subjunktionen • einfache Formen der Textkohärenz • Satzzeichen bei Nebensätzen, Appositionen und Aufzählungen

14 **Rund um den Globus**
Regeln und Strategien der Rechtschreibung anwenden 246

Starthilfen → S. 290

14.1 Los geht's • Rechtschreibstrategien nutzen 248

14.2 Weltkindertag – überall anders • Großschreibung beherrschen 250
Nominalisierungen erkennen 250
Höflichkeitsformen verwenden 253
TRAININGSPLATZ Großschreibung beherrschen 254

14.3 Die ganze Welt an einem Tisch • Gleich und ähnlich klingende Laute schreiben 256
Wörter mit langem Vokal schreiben 256
Gleich und ähnlich klingende Konsonanten schreiben 257
TRAININGSPLATZ Gleich und ähnlich klingende Konsonanten schreiben 259
Adjektive auf *-ig, -lich, -isch* schreiben 260
Wörter mit *s*-Lauten schreiben 262
TRAININGSPLATZ Wörter mit *s*-Lauten schreiben 263
Die Schreibung gleicher Laute in verschiedenen Sprachen untersuchen 264

14.4 Von traditionell bis digital • Wörterbuch und digitale Rechtschreibprüfung nutzen 266

Das könnt ihr jetzt! 268
Klassenarbeit: Ein Diktat schreiben 268
Eigene Fehlerschwerpunkte erkennen 269

Prozessbezogene Kompetenzen:
Schreiben: Texte sprachlich überarbeiten • Strategien zur Überprüfung der sprachlichen Richtigkeit und Rechtschreibung anwenden
Lesen: Sach- und Gebrauchstexte verstehen

Inhaltsbezogene Kompetenzen:
Sprachgebrauch und Sprachreflexion: Schärfung • Dehnung • s-Laute • Groß- und Kleinschreibung: Großschreibung von Höflichkeitsformen, Nomen • Rechtschreibstrategien: Silbierung, Wortverlängerung, Ableitungen • Rechtschreibregeln: Lautprinzip, morphematisches Prinzip, silbisches Prinzip, grammatisches Prinzip • Fehlersensibilität weiterentwickeln • Rechtschreibhilfe am Computer anwenden

Starthilfen 270

Lösungen zu den Seiten „Das könnt ihr jetzt!" 292

Stichwortverzeichnis 346
Verzeichnis der Autorinnen und Autoren 348
Textsortenverzeichnis 349
Text- und Bildquellen 351
Inhalte des Online-Bereichs letzte Seite des Buches

Lerninseln

A Lesestrategien und Lesetechniken
Diagonales Lesen 296
Selektives Lesen 296
Intensives Lesen 296
Die Fünf-Schritt-Lesemethode 297
Ein Diagramm auswerten 298

B Referieren, präsentieren und diskutieren
Einen kurzen Vortrag vorbereiten und halten 299
Meinungen in Diskussionen begründen 301

C Erzählungen, Beschreibungen, Berichte und förmliche E-Mails verfassen
Erzählen 302
Art und Weise des Erzählens 302
Einen Erzählkern ausgestalten 303
Eine Erzählung zu Reizwörtern schreiben 305
Beschreiben 306
Arten von Beschreibungen 306
Eine Person beschreiben 307
Einen Vorgang beschreiben 308
Berichten 309
Arten von Berichten 309
Einen Unfallbericht schreiben 310
Eine förmliche E-Mail schreiben 311

D Umgang mit Gedichten
Ein Gedicht untersuchen 312
Ein Gedicht wirkungsvoll vortragen 315

E Umgang mit erzählenden Texten
Einen erzählenden Text untersuchen 316
Einen Lesevortrag vorbereiten 319
Einen literarischen Text weiterschreiben 320
Eine eigene Fabel schreiben 321

F Umgang mit szenischen Texten
Einen szenischen Text untersuchen und spielen 322

G Umgang mit Medien
Im Internet recherchieren 324
Sich im Internet richtig verhalten 325
Ein Textverarbeitungsprogramm nutzen 325
Die Gestaltungsmittel eines Films untersuchen 326

H Grammatik
Wortarten unterscheiden und verwenden 327
Wortgruppen erkennen und verwenden 331
Satzglieder erkennen und verwenden 332
Satzarten und Satzformen unterscheiden 335
Satzzeichen richtig setzen 336

I Rechtschreibung
Rechtschreibstrategien nutzen 338
Nomen und Nominalisierungen erkennen 339
Wörter mit langen Vokal und mit kurzen Vokalen schreiben 340
Wörter mit gleich und ähnlich klingenden Konsonanten schreiben 341
Adjektive auf *-ig*, *-lich*, *-isch* schreiben 341
Wörter mit *s*-Lauten schreiben 342

J Lern- und Arbeitstechniken
Sich auf Klassenarbeiten vorbereiten 343
Brainstorming 344
Placemat 344
Cluster 344
Mindmap 344
Schreibkonferenz 344
Textlupe 345
Plakat 345
Feedback geben 345

1 Erfindungen: sehr patent!

Sich und andere informieren

Meine Lieblingserfindung

Das Internet, weil wir mit dem Internet sehr viel nachgucken können: Wie wird das Wetter morgen? Haben irgendwelche Katzen heute schon etwas Süßes gemacht? Ohne das Internet könnten wir nicht einfach kostenlos an Informationen für Vorträge kommen. Ich denke, ohne das Internet würde so mancher dumm aus der Wäsche gucken. (Kai)

Das Bett, weil es so gemütlich und warm ist und man ohne ruhigen Schlaf keine Kraft hat, und das macht das Schlafen im Bett so einzigartig. (Chiara)

Was sollte unbedingt erfunden werden?

Schuhe, die die Farbe passend zu meinem Outfit wechseln können. Wenn ich blaue Schuhe gekauft habe, dann sollten sie zum Beispiel rot werden können, wenn ich etwas Rotes anziehe. (Imron)

Ein Roboter, der meine Hausaufgaben macht und mein Zimmer aufräumt und der mich dann zur Schule fährt, damit ich dabei noch in Ruhe lesen oder Handy spielen kann. Der Roboter sollte alle Wünsche erfüllen, wenn du zum Beispiel sagst „Ich will ein Eis", dann sollte er dir ein Eis kaufen gehen. (Donna)

1 **a)** Erstellt eine Liste zu euren Lieblingserfindungen und begründet kurz eure Auswahl. Vergleicht mit den Lieblingserfindungen von Kai und Chiara.
b) Präsentiert euer Ergebnis vor der Klasse.

2 Erklärt mithilfe des Textes über Lucas (Seite 11), warum viele Erfindungen als „Problemlöser" bezeichnet werden können. Findet weitere Beispiele.

Das lernt ihr jetzt!

- 1.1 einen Sachtext verstehen
- 1.2 Informationen in Tabellen und Zeitleisten darstellen, ein Diagramm auswerten
- 1.3 gezielt Informationen im Internet recherchieren
- 1.4 einen Vortrag vorbereiten und halten

jugend forscht

Teilnehmer: Lucas Antonio Herrera Eckert (17), Deutsche Schule Madrid, Spanien
Projekt: Mechanische Aufhebhilfe
Assistenzroboter HelpRob3000

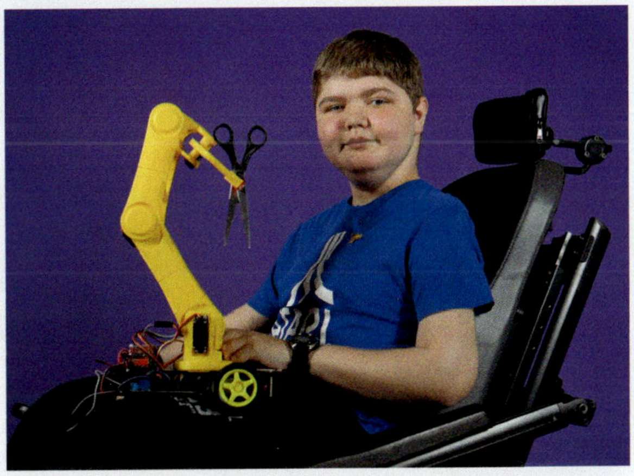

Lucas Antonio Herrera Eckert mit seinem Assistenzroboter

Lucas Antonio Herrera Eckert hatte genug davon: Immer wenn dem jungen Rollstuhlfahrer etwas zu Boden fiel, musste er jemanden bitten, es für ihn aufzuheben. Also konstruierte er sich einen mechanischen Helfer – einen ferngesteuerten Roboter, der Objekte vom Boden auflesen kann. Er nutzte dafür ein Acrylglas-Chassis[1] auf Rädern, angetrieben durch Elektromotoren. Darauf befestigt sind ein kleiner Bordcomputer sowie ein 3D-gedruckter Roboterarm. Dieser ist mit einem kleinen Greifer ausgerüstet und kann sich mithilfe von Servomotoren[2] in alle Richtungen bewegen. Steuern lässt sich der Roboter via Bluetooth mit einer Smartphone-App. Die Tests zur Erprobung bestand „HelpRob3000“ mit Bravour[3]: Schrauben, Tintenpatronen und Kugelschreiber konnte er ohne größere Schwierigkeiten vom Boden aufheben.

1 das Acrylglas-Chassis: Fahrgestell aus einem harten, glasähnlichen Kunststoff 2 der Servomotor: Hilfsmotoren für die Steuerung 3 mit Bravour: mit Leichtigkeit, problemlos

3 a) Lest die Ideen von Imron und Donna (Seite 10) und entwickelt eine eigene Idee für eine Erfindung.
b) Notiert in Stichpunkten, welches Problem eure Erfindung löst und was genau eure Erfindung kann.
c) Haltet einen 60-Sekunden-Vortrag vor der Klasse zum Thema „Das müsste es geben“.

MK **4** a) Tauscht euch darüber aus, was ihr über den Wettbewerb „Jugend forscht“ wisst.
b) Stellt dar, wo ihr weitere Informationen erhalten könnt und wie ihr bei der Recherche vorgehen würdet.

1.1 Los geht's · Einen Sachtext verstehen

○ **1** Stellt dar, wie sich der Schulalltag verändern würde, wenn die Lehrerinnen und Lehrer durch Roboter ersetzt werden würden.

1

Roboter Nao

2

Roboter Hugvie

A01 D01 Hörverstehen

Felix Lill: Die smarten[1] Lehrer (2016, Ausschnitt)

Kann ein Roboter besser unterrichten als ein Lehrer? Tests in Japan zumindest bestätigen Maschinen pädagogische[2] Erfolge. Einen Menschen aber können selbst die klügsten Androiden noch nicht ersetzen – nicht mal, wenn sie Feingefühl zeigen.

A „So geht das, seht ihr?", sagt die Lehrerin zu den Kindern. Alle schauen gespannt zu, wie ihr Vorturner Nao auf der Matte langsam in den Spagat geht. „Den Oberkörper haltet ihr gerade und die beiden Beine bewegt ihr gleichzeitig auseinander." – „Wie cool!", sagt ein Mädchen, seine Mitschülerinnen raunen zustimmend. Nao ist nicht nur eine Sportskanone, in der Grundschule in Tokio hat sich der Android am selben Morgen schon als Kopfrechengenie bewiesen, davor hat er im Kalligrafiekursus[3] Eindruck hinterlassen. In allen Fächern ist Nao Klassenprimus. Dabei ist er von kleiner Statur, gerade mal 60 Zentimeter groß. [...] Mit seinen ultrasensiblen[4] Händen, dazu dem niedlichen Kopf mit großen Augen ist das Helferlein Nao in den vergangenen Jahren zu einer Art Allzweckwaffe in Japans Bildungssystem geworden. Erfunden und ständig weiterentwickelt von einer Tochterfirma des Mobilfunkunternehmens Softbank, verfügt Nao über 25 Bewegungsmöglichkeiten. Er spricht mittlerweile ebenso viele Sprachen. Das Modell arbeitet unter anderem als Lehrassistent an der Universität Tokio. Außerdem ist Nao Versuchsteilnehmer in allerlei Laboren. Obwohl er um die 12000 Euro kostet, hat Nao sich allein in Japan schon tausendfach verkauft.

B Nicht von ungefähr[5] ist Japan das Land der Roboter. Die Maschinen wurden hier schon vor Jahrzehnten in der Industrieproduktion eingesetzt, später hielten sie Einzug

1 smart: hier: clever 2 pädagogisch: erzieherisch 3 die Kalligrafie: Kunst des Schönschreibens
4 ultrasensibel: hochempfindlich 5 nicht von ungefähr: nicht ohne Grund

in Shoppingcenter und Krankenhäuser. Und jetzt erobern sie eben Kindergärten, Schulen, Unis. Roboter, die früher nur die monotonsten[6] Arbeiten übernehmen konnten, mausern[7] sich. Und es scheint dabei, als wäre die Fantasie ihrer Entwickler unbegrenzt.

C Ein Team von Ingenieuren[8] der Universität Osaka etwa hat in den vergangenen sechs Jahren zwei Typen von Robotern in Grundschulen eingesetzt. Man wollte dabei wissen: Lernen Kinder besser, wenn der Lehrer nicht aus Fleisch und Blut besteht? Also wurde jedem Kind ein kissenartiges Etwas in den Arm gedrückt. Im Kopf dieses Softbots[9] namens Hugvie war ein Kommunikationsprogramm installiert, über das ein menschlicher Lehrer im Japanischunterricht Texte vorlas und Fragen beantwortete. Die Stimme des Lehrers und das körperliche Wohlgefühl via Hugvie – dieses Zusammenspiel sollte die Aufmerksamkeit der Schüler erhöhen – und tat es auch. „Die Kinder erinnerten sich besser an die vorgelesenen Inhalte, wenn sie Hugvie im Arm hatten und während des Zuhörens mit ihm kuscheln konnten", meint Hidenobu Sumioka, Professor an der Universität Osaka. Elektronische Schmusepädagogen gelten seither als Erfolgsmodell.

D Für „harte" Lernfächer wie Geschichte wird in Japan ein anderer Robotertyp eingesetzt, der eigenständig Vorträge hält. Im Rahmen eines regierungsfinanzierten Projekts referiert[10] ein kleiner Android namens Commu, ebenfalls eine Entwicklung der Universität Osaka, auf dem Tisch stehend in allen Details über die Tugenden der alten Samurai[11]. [...] Wirkt da nur die anfängliche Begeisterung von Schülern für alles Besondere und Wundersame? Oder ist der positive Robot-Effekt von Dauer?

---

6 monoton: gleichförmig, eintönig 7 sich mausern: sich gut entwickeln 8 der Ingenieur: technischer Entwickler 9 der Softbot: hier: weicher Roboter 10 referiert: über etwas berichten 11 der Samurai: Angehöriger der japanischen Adelsklasse

S. 270 ○ ← ◒ **2** Untersucht den Text mithilfe von W-Fragen. Geht so vor:

a) Formuliert W-Fragen zum Text.
b) Sucht die Textstellen, die auf die W-Fragen antworten.
c) Überprüft, ob ihr den Text verstanden habt. Stellt euch dazu gegenseitig die W-Fragen und beantwortet sie mit eigenen Worten.

○ **3** Entscheidet, welcher der Sätze **A** – **C** am besten das Thema des Textes trifft. Begründet.

A Es werden die Vor- und Nachteile von Robotern als Lehrerinnen und Lehrer thematisiert.
B Es wird die Bedeutung von Robotern in der Zukunft dargestellt.
C Es werden verschiedene Lehrer-Roboter vorgestellt.

◒ MK **4** **a)** Klärt die Bedeutung folgender Wörter aus dem Textzusammenhang: *raunen* (Zeile 7), *Klassenprimus* (Zeile 13), *Statur* (Zeile 14), *Schmusepädagoge* (Zeile 61–62).
b) Klärt weitere euch unbekannte Wörter durch Nachschlagen.

S. 270 ○ ← ◒ **5** Untersucht nun den Text genau. Geht so vor:

a) Notiert Schlüsselwörter für die Textabschnitte **A** – **D**.
b) Formuliert Zwischenüberschriften für die Textabschnitte **A** – **D**. Nutzt dafür die Schlüsselwörter.
c) Gebt mithilfe der Zwischenüberschriften und der Schlüsselwörter den Inhalt des gesamten Textes mündlich wieder.

● **6** Diskutiert, ob der Text nur über Fakten informiert. Begründet mit Beispielen aus dem Text.

1.2 Erfindungen früher und heute · Informationen verstehen, ordnen und auswerten

Informationen in Tabellen und Zeitleisten darstellen

○ **1** In welcher Reihenfolge wurden die abgebildeten Dinge erfunden? Stellt Vermutungen an und überprüft sie mithilfe der Texte.

Erfindungen, die wir häufig nutzen: Was war zuerst da?

A Eiskalt vergessen: **EIS AM STIEL** – Wie gut es doch manchmal ist, vergesslich zu sein! Im Jahr 1905 saß der elfjährige Frank Epperson auf der Veranda und mischte sich aus Wasser und Brausepulver Limo. Ob er dann träumte oder abgelenkt wurde? Jedenfalls ließ er das Getränk samt Rührstäbchen draußen stehen. Eine eisige Nacht lang. Am nächsten Morgen war die Limonade am Löffel festgefroren – ein kühler, leckerer Klotz! 18 Jahre später gründete Frank Epperson eine Firma, die Stieleis in sieben Fruchtsorten herstellte.

B Schon die Zähne geputzt? **ZAHNBÜRSTEN** sorgen für gesunde Zähne. Das wissen Menschen schon lange. Die ersten Zahnbürsten, die man in Europa verwendete, stammten aus China. Dort putzte man sich bereits im 15. Jahrhundert die Zähne mit Wildschweinborsten, die an einem Griff aus Bambusholz befestigt waren.

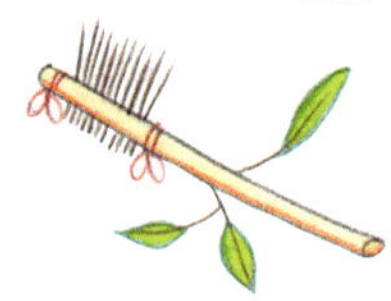

C Hitzige Strahlen: **MIKROWELLE** – Igitt, was ist das denn? Percy Spencer schleckte die Schokolade von seinen Fingern. In seiner Hosentasche war die Süßigkeit geschmolzen. Dabei war es eher kühl in seinem Labor. Schuld am Schmelzen konnte also nur ein Gerät namens Magnetron sein, mit dem der US-Amerikaner 1946 experimentierte. Die Röhre erzeugte kurzwellige Strahlen, sogenannte Mikrowellen – und offenbar auch Wärme. Spencer wurde neugierig. Er legte eine Tüte Mais vor das Gerät. Kurz darauf tanzte tatsächlich Popcorn durch sein Labor. Ein Jahr später gab es den ersten Mikrowellenherd zu kaufen. Er war so groß wie ein Kühlschrank.

D Einfach vergriffen: **RADIERGUMMI** – Missgeschicke lohnen sich. Doch erst einmal ärgerte sich der englische Optiker Edward Nairne, als ihm im Jahr 1770 beim Schreiben mit einem Bleistift ein Fehler unterlief. Ohne von seinem Schreibtisch aufzustehen, griff er zum Brotklumpen – damit oder auch mit Spucke rubbelte man damals ungeliebte Striche weg. Nairne erwischte jedoch ein Stück Kautschuk (der Rohstoff, aus dem Gummi hergestellt wird), rieb es über seine Skizze und bemerkte, dass der Bleistiftstrich im Nu verschwand. Sein Radiergummi verbreitete sich rasch auf der ganzen Welt.

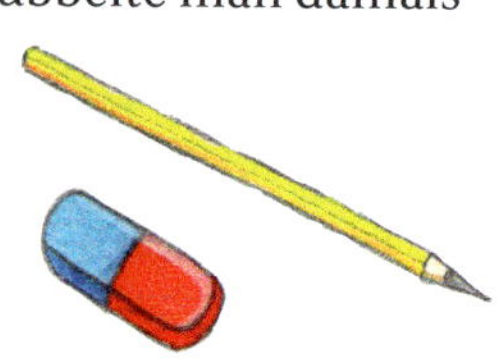

2 Übernehmt die folgende Tabelle und vervollständigt sie mithilfe der Texte **A** – **D** (Seite 14). Ergänzt im Tabellenkopf die zwei fehlenden Überschriften.

Erfindung	...	...	Bereich	Besonderheiten
Eis am Stiel	...	...	*Nahrungsmittel*	...
...	*15. Jahrhundert*	...	...	...
...	...	*Percy Spencer*	...	...
...	...	...	...	...

ARBEITSTECHNIK

Informationen in Tabellen und Zeitleisten darstellen

Eine **Tabelle** ist eine geordnete Zusammenstellung von Daten und Texten. Mit ihr kann man Informationen gut vergleichen. Überlegt vor dem Erstellen, wie viele Spalten und Zeilen ihr benötigt. Gebt im Tabellenkopf jeder Spalte eine Überschrift.

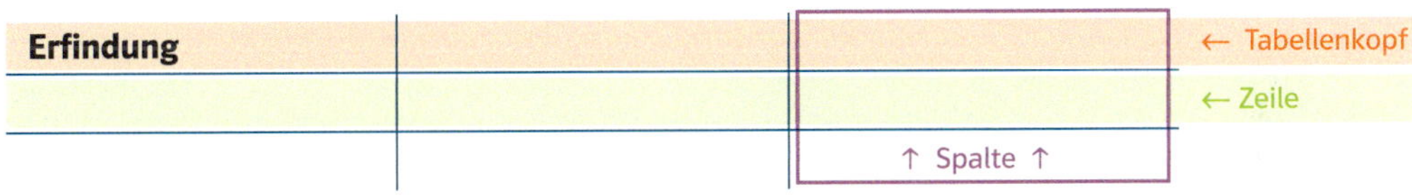

Eine **Zeitleiste** sorgt für einen schnellen zeitlichen Überblick über Ereignisse. Die Abfolge verläuft meist von links nach rechts. Beschriftet die Zeitleiste.

3 Erstellt mithilfe der Arbeitstechnik eine Zeitleiste zum Thema „Zahlungsweisen“. Nutzt dazu die folgenden Daten und die Informationen aus dem Text „Die Erfindung des Geldes“.

1950 erste Kreditkarte

1995 Einführung Online-Banking

10. Jahrhundert erstes Papiergeld in China

7. Jahrhundert v. Chr. erste Münzen

1996 Einführung der Geldkarte

2002 Einführung des Euro

Die Erfindung des Geldes

Seit wann gibt es Geld und warum hat man es erfunden? Anfangs tauschte man ein Produkt gegen ein anderes. Je mehr Handel betrieben wurde, umso unpraktischer wurde dieses Bezahlsystem. Bereits um 5000 vor Christus benutzte man deshalb Edelmetalle als neutrale Tauschobjekte. [...] Während anfangs die Händler noch selbst prägten, übernahm diese Aufgabe später der Staat. Weil jeder Staat seine eigenen Münzen hatte, entstanden zahlreiche Währungen. [...] Neben den Münzen gibt es in Europa seit 1483 Geldscheine. Heute zahlen die meisten Menschen hohe Beträge eher bargeldlos.

Ein Diagramm auswerten

Die Erfindung des Internets gehört zu den wichtigsten Erfindungen und hat den Alltag der Menschen stark verändert.

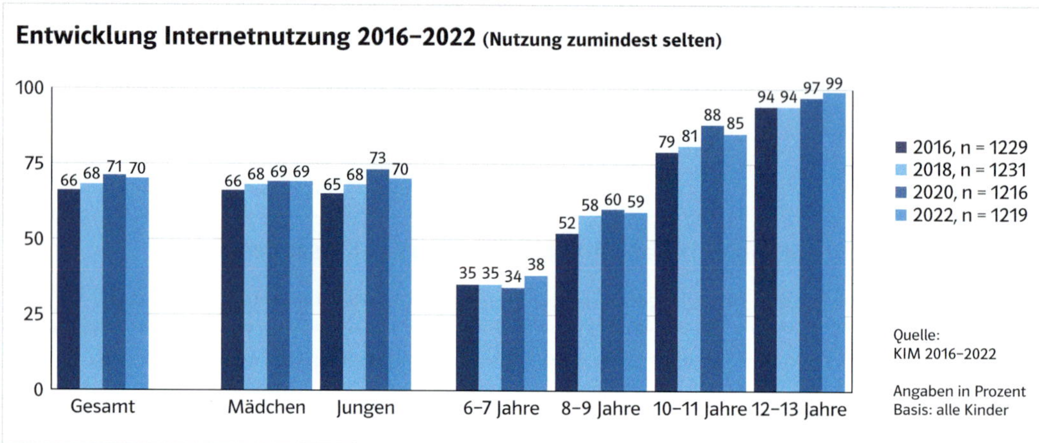

S. 270 ○ ← ◒ **1** Untersucht das Diagramm und notiert Stichpunkte:

MK

a) Benennt das Thema der Umfrage.
b) Klärt die Maßeinheiten und die Bedeutung der Zahlen bei n.
c) Beschreibt durch Auswertung der linken Seite die Gesamtentwicklung der Internetnutzung.
d) Überprüft, ob die folgende Aussage zutrifft: „Es nutzen mehr Jungen als Mädchen das Internet."
e) Beschreibt, wie sich die Internetnutzung in eurer Altersgruppe von 2016 bis 2022 entwickelt hat. Nennt auffällige Unterschiede zu anderen Altersgruppen.
f) Zieht Schlussfolgerungen.

● **2** Benennt offene Fragen und Möglichkeiten, wie man die Umfrage zur Internetnutzung weiterführen könnte.

MK

SPRACHTIPP

Ein Diagramm auswerten

Überblick verschaffen

Das Kreis-/Säulendiagramm zeigt …/
stellt dar …/befasst sich mit …
Es wurde im Jahr … von … veröffentlicht.
Auf der x-Achse ist … abgebildet.
Auf der y-Achse sind … vermerkt.

Diagramm erläutern

Die Mehrheit der Befragten meint, dass …
Hingegen sind nur … der Ansicht, dass …
Im Gegensatz dazu nutzen nur …
Auffällig ist, dass … von … abweicht.
… Prozent aller Befragten …

Schlussfolgerungen ziehen

Zusammenfassend kann man sagen, dass …
Im Vergleich zu …
Auffallend ist, dass …
Offen bleibt die Frage, ob …

◒ **3** **a)** Ergänzt die fehlenden Satzteile der Diagrammauswertung. Nutzt den Sprachtipp.

… die Entwicklung der Internetnutzung von 2016 bis 2022. Auf der x-Achse werden drei Untersuchungsaspekte …: 1. …, 2. …, 3. … . Insgesamt wird deutlich, dass … . Die Entwicklung der Internetnutzung bei den Jungen … . … nutzten Mädchen das Internet … .

b) Wertet das Diagramm vollständig schriftlich aus. Nutzt eure Ergebnisse aus den Aufgaben 1 und 3 sowie den Sprachtipp.

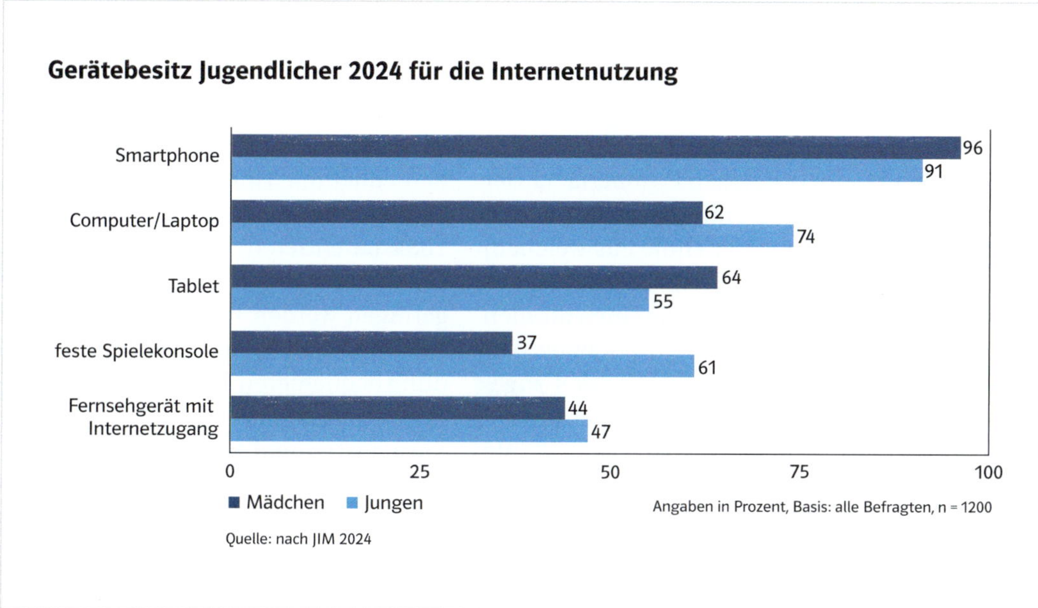

MK **4** Wertet das Diagramm schriftlich aus. Nutzt dazu die Kompetenzbox und den Sprachtipp (Seite 16).

S. 270 **5** Vergleicht die Darstellungsweise des Diagramms auf dieser Seite und des Diagramms auf Seite 16. Diskutiert, ob und wann ein Kreisdiagramm sinnvoller zur Veranschaulichung wäre.

MK **6** **EXTRA** Führt in eurer Klasse eine Umfrage zur Internetnutzung durch:
- Wofür wird das Internet am häufigsten genutzt, zum Beispiel: Informationen recherchieren, Filme ansehen, soziale Netzwerke nutzen, Spiele spielen?
- Stellt das Ergebnis als Säulendiagramm dar.

Diagramm auswerten S. 298 **KOMPETENZBOX**

Ein Diagramm auswerten

1. Überblick verschaffen
- Thema klären (Überschrift beachten)
- Diagrammart (zum Beispiel *Säulen-*, *Kreisdiagramm*) und Maßeinheiten bestimmen
- Quelle und Veröffentlichungszeitpunkt angeben

2. Diagramm erläutern
- Einzelaussagen treffen und erklären
- Auffälligkeiten benennen, einordnen, vergleichen (zum Beispiel *Minimal- und Maximalpunkte*)

3. Schlussfolgerungen ziehen
- Ergebnisse zusammenfassen
- Zusammenhänge herleiten und Entwicklung ablesen
- offene Fragen benennen

Informationen verstehen, ordnen und auswerten

Feder und Stift

Bevor man den Bleistift erfand, entdeckte man den Grafit[1], nämlich 1565 im britischen Cumberland. Der Bleistift ist nichts weiter als eine dünne Grafitmine, die mit Fett behandelt und von einer Hülle aus weichem Holz umschlossen wird. Je nach Fettgehalt handelt es sich um weiche oder harte Bleistifte, die einen dünnen oder einen breiteren, weicheren Strich zeichnen. Für Buntstifte werden der Mine noch Farbpartikel zugefügt. Der österreichische Chemiker Joseph Hardtmuth und der französische Chemiker Nicolas-Jaques Conté forschten beide unabhängig voneinander und stellten 1795 jeweils „ihren" Bleistift vor.

Auch die Schreibfeder aus Metall ist eine neuere Erfindung. Bis ins 18. Jahrhundert verwendete man angespitzte Gänsekiele[2] als Schreibfedern, die man in ein Tintenfass tauchte, um Tinte aufzunehmen; aber auch die Metallfeder musste zunächst immer wieder eingetaucht werden. Der Füllfederhalter sollte dieses Problem lösen. 1809 stellte Frederick Bartholomew Foelsch ein solches Gerät in England vor. Es bestand aus einem kleinen Tintentank, einem Federhalter und einer Schutzkappe für die Feder. Bald kamen die ersten Goldfedern auf den Markt, später produzierte man Federn aus Rhodium[3], ehe die moderneren Füller mit Federn aus Iridium aufkamen, einem besonders widerstandsfähigen Metall. Vorläufer für den modernen Füller mit Tintentank war das Modell „Waterman regular", das der Amerikaner Lewis Edson Waterman 1884 patentieren[4] ließ. Das Tintenleitsystem seiner Goldfeder war so fein, dass die Tinte gleichmäßig aufgetragen werden konnte. Mitte des letzten Jahrhunderts wurde der Tintentank durch die in der Anwendung bequemeren Tintenpatronen ersetzt.

Der Kugelschreiber wurde 1938 von dem ungarischen Journalisten und Kunstkritiker Laszló Biró erfunden. Es heißt, Biró habe Kindern beim Bocciaspielen[5] zugesehen und bemerkt, dass die Kugeln, nachdem sie durch eine Pfütze gerollt waren, eine Schlammspur nachzogen. Er kam auf die Idee, eine kleine Kugel in die Spitze eines Federhalters einzusetzen, in dem sich eine sehr dicke und fette Tinte befand, die bei Luftkontakt nicht sofort trocknete. Biró ließ den Kugelschreiber in Paris patentieren, verarmte aber und verkaufte das Patent an die amerikanische Firma Parker. Mitte des 20. Jahrhunderts verbesserte Baron Marcel Bich (1914–1994) Birós Erfindung und begann mit der Serienherstellung. Es entstanden die preiswerten BICs, von denen bis heute jährlich vier Milliarden verkauft werden. Bich, ein Anhänger von Einwegobjekten, erfand übrigens auch den Einwegrasierer.

1 der Grafit: natürlich vorkommender Kohlenstoff 2 der Gänsekiel: mittlerer Teil einer Gänsefeder 3 das Rhodium: sehr hartes Metall
4 patentieren: eine Erfindung schützen lassen, sodass nur der Erfinder damit Geld verdienen darf 5 das Bocciaspiel: Spiel, bei dem man seine eigenen Kugeln möglichst nah an eine kleinere Zielkugel setzen und die gegnerischen Kugeln wegschießen muss

Gänsekiel

Füllfederhalter

Bleistift

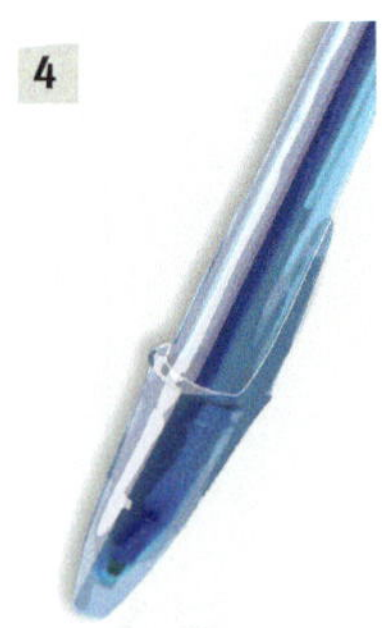
BIC-Kugelschreiber

1 Stellt Informationen zur Erfindung der Schreibgeräte in einer Zeitleiste dar. Geht so vor:

a) Teilt den Text in Abschnitte ein. Ordnet die Abschnitte den Bildern 1 – 4 zu.

b) Erstellt eine Zeitleiste, in der ihr über die Schreibgeräte 1 – 4 informiert.

c) Erklärt, welche Informationen ihr in einer Zeitleiste schlecht veranschaulichen könnt.

S.270 ○ ← ◒ **2** Stellt Informationen zur Erfindung der Schreibgeräte (Seite 18) in einer Tabelle dar.
a) Übernehmt die folgende Tabelle und vervollständigt die erste Spalte.
b) Tragt die Informationen zur Erfindung der Schreibgeräte ein.

Erfindung/Entdeckung	Erfinder/Entdecker	Zeitpunkt	Beschreibung
...	...	...	...
Bleistift	...	...	...
...	...	...	...
Füllfederhalter	...	...	...
moderner Füller	...	...	...
...	...	...	...

◒ **3** MK „Die Nutzung des Internets über das Smartphone spielt für Kinder und Jugendliche zwischen 6 und 13 Jahren eine sehr geringe Rolle." Beurteilt diese Aussage, indem ihr die Informationen aus dem folgenden Diagramm nutzt.

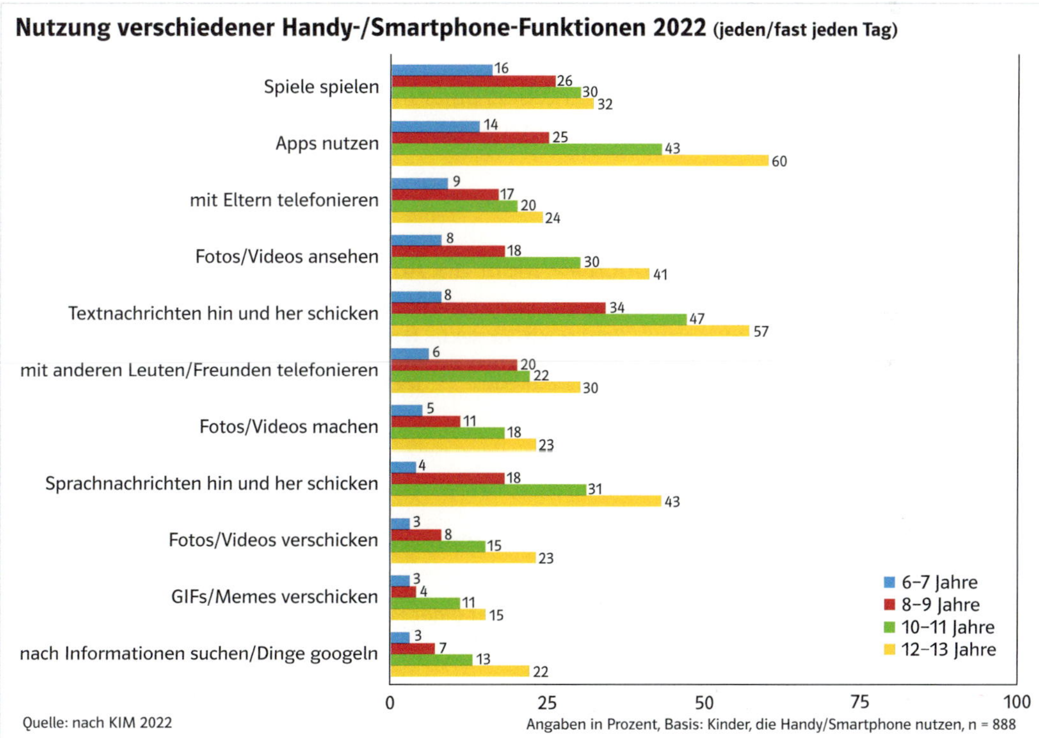

S.270 ◒ ← ● **4** **a)** Überarbeitet die folgende Einleitung einer Diagrammauswertung.
Nutzt den Sprachtipp (Seite 16).
b) Setzt die Auswertung des Diagramms schriftlich fort.

Achtung:
Fehlertext

Man sieht hier, was man mit dem Smartphone so machen kann und auch wie oft. Man sieht links, dass es viele Funktionen gibt, und unten steht, wie viele Leute das machen. Die Farben zeigen dann, wie oft was genutzt wird.

1.3 Nicht ohne mein Smartphone! · Sich im Internet gezielt informieren

Vorüberlegungen anstellen und geeignete Suchbegriffe auswählen

○ **1** Wie haben Menschen vor der Erfindung des Smartphones miteinander gesprochen? Sammelt euer Vorwissen zu dieser Frage. Nutzt dazu auch die Bilder.

Die Entwicklung des Telefons

◒ **2** Formuliert Fragen, die zum Thema „Die Erfindung des Telefons" geklärt werden müssen.

◒ **3** Beurteilt, ob das folgende Ergebnis einer Internetrecherche für einen Vortrag zum Thema „Die Erfindung des Telefons" nutzbar ist.
MK

Das Telefonbuch
https://www.dastelefonbuch.de ⋮

Das Telefonbuch >> Mehr als Adressen und Telefonnummern!

Einfach finden was Sie suchen · Rückwärts-Suche · PLZ-Suche · Vorwahlen-Suche · Ländervorwahlen · Auslandsauskunft · Benzinpreis-Vergleich · Notrufnummern ...

Rückwärtssuche | Telefonbuch-Suche | Telefonauskunft | Postleitzahlen-Suche

Weitere Fragen ⋮

Wie lange gibt es noch Festnetztelefone?

Wie kann ich die Telefonnummer einer Person finden?

Wie sagt man am Telefon?

Suchergebnis Internetrecherche

○ **4** **a)** Probiert im Internet aus, welche der folgenden Stichwortkombinationen für eine erfolgreiche Recherche zum Thema „Die Erfindung des Telefons" geeignet sind und welche nicht.
MK
b) Stellt eure Ergebnisse vor und begründet eure Meinung.

Telefon wer | Telefon Geschichte | Telefon Technik | Telefon Erfindung

Telefon Handy | Telefon Entdeckung | Telefon früher | Telefon heute

Suchmaschine und geeignete Internetseiten auswählen

◒ **1** Untersucht die folgenden Suchergebnisse.
MK
a) Vergleicht die ersten drei Treffer in beiden Suchmaschinen. Was fällt euch auf?
b) Trefft eine Vorauswahl: Welche Links würdet ihr wählen? Begründet eure Entscheidung.

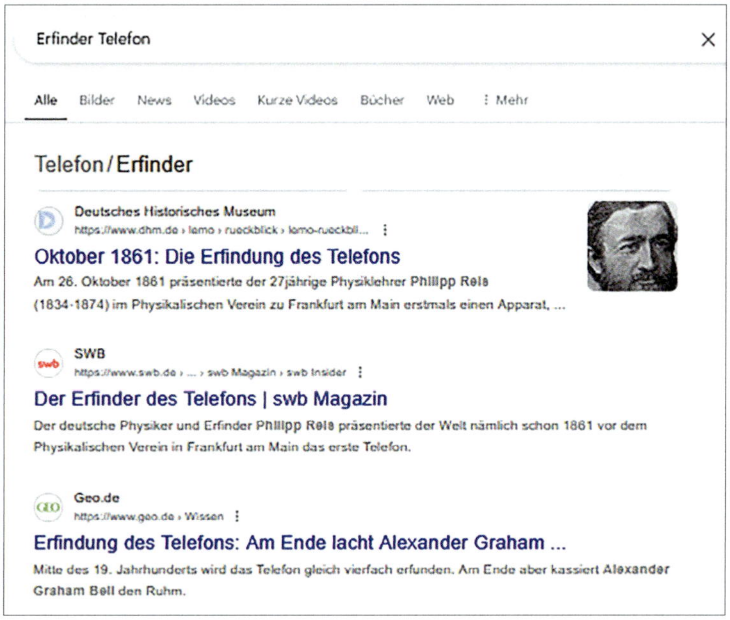

Ergebnisse einer Internet-Suchmaschine

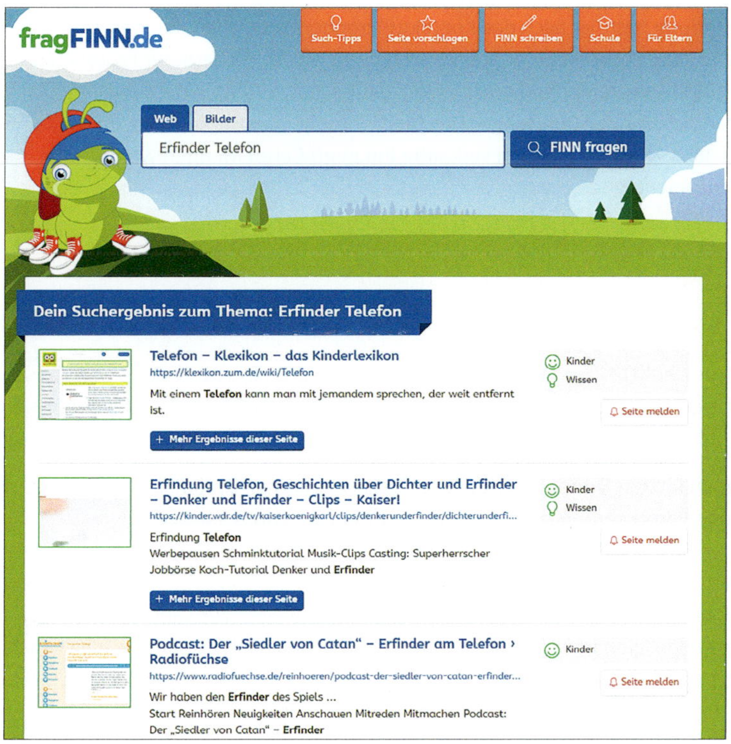

Ergebnisse einer Internet-Suchmaschine für Kinder

S. 271 ◒ ← ● **2** Verfasst eine Anleitung, wie man sich bei der Internetrecherche orientieren kann.
MK
Benennt auch geeignete Suchmaschinen für Kinder und Jugendliche.

Suchergebnisse bewerten und geeignete Texte auswählen

A Erfindung des Telefons (Ausschnitt)
(https://de.wikipedia.org/wiki/Erfindung_des_Telefons)

Die Erfindung des Telefons geht auf mehrere Personen zurück. Wer hierbei als der wahre Erfinder gelten darf, ist umstritten. [...]

Bezug zu Telegraphie und Funk [Bearbeiten]
Das Telefon wäre ohne die elektrische Übertragung von Zeichen nicht möglich gewesen. Bereits 1833 wurde in Göttingen durch Carl Friedrich Gauß und Wilhelm Eduard Weber die Übertragung von kodierten Signalen über elektrische Leitungen in der Praxis umgesetzt. Dieses anfänglich noch sehr umständliche und zeitaufwändige Verfahren wurde im Laufe der Zeit von anderen weiterentwickelt. Als Vorläufer gilt die Telegrafie und der 1837 entwickelte Morseapparat von Samuel F. B. Morse und seinem Mitarbeiter Alfred Vail, welcher auf einer Idee des Physikers Joseph Henry basierte. Es folgten Verbesserungen bis hin zum Fernschreibersystem. Bereits um 1900 begann die drahtlose Funkübermittlung, die allerdings erst mit den Mobilfunkgeräten und der Digitaltechnik in den 1990er Jahren für jedermann mit der Mobiltelefonie erschwinglich wurde. [...]

1854 – Charles Bourseul [Bearbeiten]
Erste Denkansätze zu einem Telefon gab es um 1854, als von Seiten des Militärs der Wunsch nach schnelleren Kommunikationsmitteln aufkam. Der Pariser Telegrafenbeamte Charles Bourseul (1829–1912) verfasste ein Referat über mögliche Techniken der elektrischen Sprachübertragung. Er schlug eine bewegliche Platte vor, die abwechselnd einen Stromkreis öffnet oder schließt. [...]

1861 – Johann Philipp Reis [Bearbeiten]
Johann Philipp Reis (1834–1874) gelang es erstmals, eine funktionierende elektrische Fernsprechverbindung aufzubauen.[9] Im Zuge seiner Erfindung hatte er auch das Kontaktmikrophon entwickelt und das Wort „Telephon" eingeführt. [...] Zwischen 1858 und 1863 entwickelte er drei verschiedene jeweils verbesserte Prototypen seines Telefons.[10] [...] Am 26. Oktober 1861[11] führte er den Fernsprecher zahlreichen[12] Mitgliedern des Physikalischen Vereins in Frankfurt erstmals öffentlich mit der Durchsage „Das Pferd frisst keinen Gurkensalat"[13] vor. Danach verbesserte Reis den Apparat bis 1863 wesentlich[14] und verkaufte ihn in größeren Mengen weltweit als wissenschaftliches Demonstrationsobjekt.[15]

B Die Erfindung des Telefons (Ausschnitt)
(https://www.tessloff.com/was-ist-was/technik/genial-clever/seit-wann-gibt-es-telefone-und-wer-hat-sie-erfunden.html)

Die Entwicklung des Telefons hat im letzten Drittel des 19. Jahrhunderts begonnen. Besonders drei Männer waren entscheidend an der Erfindung und Verbesserung des Sprachübermittlungsapparates beteiligt.

Der Traum des Charles Bourseul
Der Telegrafenbeamte Charles Bourseul forschte in seiner Freizeit an Möglichkeiten zur Lautübertragung auf elektronischem Wege. Allerdings nahm seine Ideen niemand ernst. Die Öffentlichkeit des Jahres 1854 verlachte ihn als Spinner und Fantasten. Entmutigt von der Reaktion seiner Zeitgenossen, konnte Bourseul seine Pläne nicht umsetzen. Die „Telefon-Idee" geriet erstmal in Vergessenheit.

Philipp Reis (1834–1874) schuf das „Wursthaut-Telefon"
Philipp Reis war Mathematik- und Physiklehrer. Nach dem Unterricht verbrachte er jede freie Minute in seiner Scheune. Die hatte er nämlich in ein physikalisches Labor verwandelt. Sein liebstes Forschungsgebiet war es „Töne

aller Art durch den galvanischen Strom in beliebiger Entfernung zu reproduzieren." Dies gelang ihm, indem er eine hölzerne Ohrmuschel mit Wursthaut verklebte, um das menschliche Trommelfell nachzuahmen. An diesem brachte er einen Platinstreifen an. Zwischen dem Platinstreifen und dem „Trommelfell" war noch eine Feder befestigt, die mit einem Pol einer Batterie verbunden war. [...]

Alexander Graham Bell (1847–1922)
Alexander G. Bell war Lehrer für taubstumme Kinder. Als der gebürtige Schotte 1873 in den USA eine Privatschule eröffnete, begann er verstärkt sich seinem Hobby, der Physik, zu widmen. Er betrieb Versuche zur Mehrfachtelegraphie. Zum Beispiel übertrug er Töne verschiedener Stimmgabeln über eine Leitung. [...] 1876 erhielt Bell das Patent auf sein Telefon.

S.271 ○ ← ◒ MK **1** Untersucht, ob die Texte **A** und **B** (Seite 22–23) für die Vorbereitung eines Vortrags zum Thema „Die Erfindung des Telefons" geeignet sind.
a) Übernehmt die folgende Tabelle und vervollständigt sie.
b) Entscheidet, welchen Text ihr für geeigneter haltet. Begründet eure Entscheidung.

Quelle	Verständlichkeit	Aktualität	Nutzen für den Vortrag
Text **A**	...	...	...
Text **B**	...	...	...

● MK **2** Fasst zusammen, woran ihr erkennen könnt, welche Internetseiten verlässliche Informationen vermitteln.

◒ MK **3** Recherchiert im Internet zum Thema „Die ersten Mobiltelefone". Bewertet eure Suchergebnisse und wählt geeignete Texte aus.

im Internet recherchieren S.324 **KOMPETENZBOX**

Sich im Internet gezielt informieren

1. Vorüberlegungen anstellen und geeignete Suchbegriffe auswählen
- Vorwissen sammeln
- Fragen formulieren, die ihr klären möchtet
- Suchbegriffe eingrenzen und festlegen

↓

2. Suchmaschine und geeignete Internetseiten auswählen
- Suchmaschine auswählen und Suchbegriffe eingeben
- auf der Ergebnisseite eine Vorauswahl treffen (Internetadressen, Überschriften beachten)

↓

3. Suchergebnisse bewerten und geeignete Texte auswählen
- Texte aus der Vorauswahl orientierend lesen (überfliegen)
- auf Verlässlichkeit, Verständlichkeit und Aktualität achten
- Internetadressen aufschreiben oder die Seiten im Favoritenordner speichern

↓

4. Geeignete Texte selektiv lesen
- Texte unter konkreter Fragestellung lesen

1.4 Erfindungen, die bewegen · Einen Vortrag vorbereiten und halten

Auf Rädern unterwegs

In der Natur gibt es das Rad nicht. Es ist eine der genialsten Erfindungen der Menschheit. Bis zum 18. Jahrhundert wurden Transportmittel durch die Muskelkraft von Tieren oder Menschen bewegt. Vor der Erfindung des Rades legte man schwere Objekte auf Schlitten oder beförderte sie auf glatten Baumstämmen. [...]

Der Transport war gleichwohl mühselig und half nur bei wirklich schweren Dingen weiter. Die Menschen selbst gingen stets zu Fuß. Ein entscheidender Fortschritt wurde erzielt, als man nicht mehr die Rollen selbst rotieren[1] ließ, sondern ein Loch in die Mitte einer Baumscheibe bohrte und zwei Räder mit einer Achse verband, und bald schon wurde auch der Wagen erfunden.

Wie und wann genau das Rad erfunden wurde, weiß man bis heute nicht. Eine 5000 Jahre alte Schiefertafel, die man in den Ruinen eines Tempels der mesopotamischen[2] Stadt Ur entdeckte, zeigt eindeutig ein Rad an einem Schlitten. Auf dem als Flachrelief[3] gestalteten Bild sieht man einen kleinen Karren, der von tiger- oder leopardenähnlichen Tieren gezogen wird. [...]

Die ersten mit Rädern ausgestatteten Fortbewegungsmittel, auf denen man sich mit eigener Muskelkraft fortbewegen konnte, entwarf Leonardo da Vinci[4] (1452–1519). Einer seiner Entwürfe zeigt eine Maschine, die an ein Fahrrad erinnert, mit Sattel, Lenkstange sowie Pedalen ausgerüstet war und eine Kette besaß. [...] Die Idee zu einem Vehikel[5], das sich mit einem Motor selbstständig fortbewegte, hatten bereits Philosophen wie Roger Bacon (1214–1292) [...]. Das erste dampfgetriebene Fahrzeug wurde jedoch erst 1770 von Joseph Cugnot (1725–1804) konstruiert, einem genialen französischen Militäringenieur. Seine dreirädrige Maschine diente zum Ziehen von Kanonen, das Vorderrad wurde von einem Dampfmotor angetrieben. [...]

1885 baute der deutsche Industrielle Carl Friedrich Benz (1844–1929) ein Dreirad mit einem leichten Verbrennungsmotor. Beim Bau des Fahrgestells orientierte sich Benz an den alten Kutschen (ital. carozza), woraus sich die bis heute gültige Bezeichnung Karosserie[6] ableitet.

Von nun an ging die Entwicklung der Automobile ziemlich schnell voran. Schon im Jahr 1889 baute ein anderer Deutscher, Gottlieb Daimler (1834–1900), einen Wagen mit vier Gängen. Wiederum zwei Jahre später schuf der französische Ingenieur Émile Levassor (1843–1897) das erste Auto mit Frontmotor. Sein Modell war der eigentliche Vorläufer unseres heutigen Autos.

---

1 rotieren: sich im Kreis drehen 2 mesopotamisch: in Mesopotamien gelegen (auf dem Gebiet des heutigen Irak) 3 das Flachrelief: künstlerische Darstellung auf einer Fläche, die sich vom Hintergrund abhebt 4 Leonardo da Vinci: italienischer Maler, Bildhauer, Architekt, Ingenieur und Naturphilosoph 5 das Vehikel: Fahrzeug 6 die Karosserie: der auf dem Fahrgestell befestigte Blechteil des Autos

○ **1** Legt mithilfe des Textes dar, warum die Erfindung des Rades für die Menschheit von so großer Bedeutung war.

2 Arbeitet wichtige Informationen aus dem Text (Seite 24) heraus und legt eine Zeitleiste an.

3 a) Beurteilt, welche der folgenden Aussagen für den Einstieg und für den Schluss des Vortrags in sprachlicher Hinsicht geeignet sind und welche nicht.
b) Formuliert selbst einen interessanten Einstieg und einen gelungenen Schluss für den Vortrag zum Thema „Auf Rädern unterwegs – die Geschichte des Rades".
c) Vergleicht eure Ergebnisse und gebt euch Rückmeldung.

Einstieg:

Täglich benutzen wir es, ohne zu überlegen. Doch wer hat es erfunden?

Ich erzähle euch etwas über das Thema „Auf Rädern unterwegs".

Schluss:

Ohne das Rad würden wir also im wahrsten Sinne des Wortes nicht vom Fleck kommen.

Das war mein Vortrag. Ich bin fertig.

4 Erklärt, was an dem folgenden Stichwortzettel gut gelungen ist und was verbessert werden könnte.

Auf Rädern unterwegs

Einleitung: Wir alle sind ja oft auf Rädern unterwegs. Heute morgen mit dem Bus zum Beispiel. Zum Rad erzähle ich euch was.

Gliederung auf Folie

1. ***Auto:*** *Benz, vorher aber schon Idee von Bacon, Daimler Auto mit vier Gängen, aber Vorläufer war von wem anders* *Name Levassor, Franzose*
   Foto von Formel-1-Wagen
2. ***Woher kommt das Rad eigentlich?***
   - *18. Jahrhundert Transportmittel Muskelkraft*
   - *vor 5000 Jahren schon Rad genutzt (in Mesopotamien)*
3. ***Fahrrad:*** *Einer der Entwürfe von Leonardo da Vinci zeigt eine Maschine, die an ein Fahrrad erinnert.*
4. ***Quellen*** *Quellenangaben auf Folie*

Schluss: *Jetzt wisst ihr, woher das Rad eigentlich kommt. Noch Fragen?*

S.271 **5** Überarbeitet den Stichwortzettel. Nutzt die Arbeitstechnik auf Seite 26.

S.271 **6** Legt eine Gliederung für einen Vortrag zum Thema „Die Erfindung des Telefons" an.
- Achtet darauf, dass die Reihenfolge der Informationen für euer Publikum nachvollziehbar ist. Gliedert zum Beispiel nach zeitlicher Reihenfolge oder nach thematischen Unterpunkten, sodass ein roter Faden entsteht.
- Nutzt die Informationen aus den Texten auf Seite 22–23.

ARBEITSTECHNIK

Einen Stichwortzettel anfertigen

Ein Stichwortzettel soll euch helfen, frei zu sprechen und das Publikum möglichst oft anzusehen. Er kann auch verhindern, dass ihr etwas Wichtiges vergesst.

- übersichtliche Gliederung
- nur die wichtigsten Stichworte, nicht ganze Texte aufschreiben
- groß genug und deutlich schreiben
- wichtige Stellen mit Unterstreichungen oder **Textmarkern** hervorheben
- „Regieanweisungen" mit anderer Farbe notieren
  zum Beispiel *Folie mit Bild von … zeigen, Frage an Klasse stellen …*
- Karteikarten nur einseitig beschriften und nummerieren

7 Nennt Beispiele, wie man den Vortrag „Auf Rädern unterwegs" mit Abbildungen und anderen Materialien anschaulich gestalten kann. Diskutiert, ob auch Tabellen oder Zeitleisten geeignet sind.

8 **a)** Betrachtet die folgenden Bilder und stellt die Fehler dar, die die Schülerinnen und Schüler während des Vortrags machen.
b) Nennt Tipps, worauf ihr beim Sprechen vor der Klasse achten solltet.

Feedback geben → S. 345

9 „Du hast zu leise gesprochen." (Jasina)
„Alles war super, nur dass alles so durcheinander war, das fand ich nicht so gut." (Ben)
Erklärt mithilfe des Sprachtipps, was Jasina und Ben bei ihrem Feedback verbessern sollten.

10 **a)** Haltet den Vortrag „Auf Rädern unterwegs" vor der Klasse.
b) Gebt euch Feedback. Nutzt dazu den Sprachtipp.

SPRACHTIPP

Feedback geben

positive Rückmeldungen

Besonders gut gefallen hat mir, dass du …
Gut fand ich, dass …
Mir hat geholfen, dass …

Anregungen und Tipps

Beim nächsten Mal solltest du darauf achten, dass du …
Irritiert hat mich, dass …
Ich habe mich gefragt, ob …

11 Wählt eines der folgenden Themen aus oder wählt eine andere Erfindung auf Rädern. Geht so vor:
MK

a) Recherchiert Informationen zu eurem Thema und erstellt eine Gliederung.
b) Überlegt euch einen geeigneten Anfang und einen Schluss für euren Vortrag.
c) Erstellt einen Stichwortzettel zu eurem Thema.
d) Sucht Materialien zur Veranschaulichung und haltet den Vortrag vor der Klasse.

Autos im 21. Jahrhundert: selbstfahrend und fliegend?

Die Entwicklung des Fahrrads

Die Entwicklung des Autos im 20. Jahrhundert

Vortrag S. 299–300 **KOMPETENZBOX**

Einen Vortrag vorbereiten und halten

1. Den Vortrag vorbereiten

a) Informationen sammeln und ordnen:
- Recherchiert nach Informationen in der Bibliothek und im Internet.
- Wertet die Materialien aus.
- Notiert alle wichtigen Informationen und die Quellen.

b) Den Vortrag gliedern:
- Gliedert euren Vortrag in Einstieg, Hauptteil und Schluss.
- Achtet auf eine nachvollziehbare Reihenfolge (roter Faden).

c) Den Vortrag ausgestalten:
- Entwerft einen interessanten **Einstieg**, zum Beispiel:
  - eine Frage stellen
  - erwähnen, warum das Thema wichtig oder aktuell ist oder wo es einem im Alltag begegnet
- Bringt im **Hauptteil** alle wichtigen Informationen in geordneter Reihenfolge.
- Gestaltet einen interessanten **Schluss**, zum Beispiel:
  - die Frage vom Anfang beantworten
  - eure eigene Meinung darlegen
  - den Zuhörerinnen und Zuhörern einen gedanklichen Anstoß geben
- Nutzt **Veranschaulichungen**, zum Beispiel:
  - Gliederung des Vortrags auf Folie
  - Bilder
  - Plakate
  - Musik
  - Anschauungsmaterial

d) Den Stichwortzettel schreiben und den Vortrag proben:
- Erstellt einen übersichtlichen Stichwortzettel oder beschriftet nummerierte Karteikarten.
- Übt den Vortrag eures Vortrags, bis ihr euch sicher fühlt.

2. Den Vortrag halten
- Nennt das Thema eures Vortrags und erläutert kurz die Gliederung.
- Schaut nur kurz auf euren Stichwortzettel, seht euer Publikum so oft wie möglich an.
- Sprecht laut, deutlich und langsam und baut sinnvolle Pausen ein.
- Gebt Gelegenheiten für Rückfragen und Diskussionen.

Das könnt ihr jetzt!

Sachtexte auswerten und anschaulich darstellen

Die Geschichte des Schriftsatzes

Gelesen wird heute weniger im gedruckten Buch, sondern viel eher auf dem Smartphone oder im E-Book. Weit entfernt liegen die Anfänge des Schriftsatzes. So wurden im 6. Jahrhundert Holzstempel mit Einzelzeichen verwendet, bis Gutenberg ca. 900 Jahre später den Buchdruck mit beweglichen Lettern erfand und es im 19. Jahrhundert die erste automatische Druckmaschine gab.

Lösungen
→ S. 292

1 Ordnet die Ereignisse, die in dem Text „Die Geschichte des Schriftsatzes" genannt werden, in zeitlicher Reihenfolge. Stellt sie dann als Zeitleiste mit den entsprechenden Zeitangaben dar.

E-Book oder Print?

Das Zeitalter der Digitalisierung beeinflusst zunehmend auch den weltweiten Buchmarkt. E-Book-Reader, Datei-Formate und die vermeintlich kostengünstige Verbreitung von „Lesefutter" über das Internet bestimmen die Diskussion. [...] Die digitalen Formen der Bücher sind mittlerweile keine Neuheit mehr und nehmen immer weiter zu – was aber nicht bedeutet, dass die gedruckte Version von Büchern ein abnehmender Zweig auf dem internationalen Buchmarkt ist. [...] Denn in Großbritannien und in den USA stagniert[1] der digitale Büchermarkt seit geraumer Zeit – und die Zeiten des großen Anstiegs sind in Deutschland offenbar auch vorbei. Mehr als 5–10 % Marktanteil, je nach Umfrage, hat der E-Book-Markt bisher nicht erreicht. Das gedruckte Buch scheint also nicht das Schicksal der Schallplatte zu teilen.

Denn besonders die Generation der Digital Natives und Millenials[2] schätzt nach einer Studie des US-amerikanischen Pew Research Centers die gedruckte Version eines Buches immer noch mehr als ein E-Book. Die Gründe hierfür sind meistens gar nicht schwer zu beschreiben. Zum einen hat man bei Print-Exemplaren wirklich etwas in der Hand, man kann das Material anfassen und gemütlich auf dem Sofa lesen. Zum anderen bieten gedruckte Bücher die Möglichkeit, auch wirklich zu sehen, was und wie viel man eigentlich schon gelesen hat [...].

Anhand einer norwegischen Studie aus dem Jahr 2013 wurde bewiesen, dass Gedrucktes die Verständlichkeit von Informationen fördert. Zwei Studentengruppen erhielten den gleichen wissenschaftlichen Lesetext, jedoch in verschiedenen Formen. Die erste Gruppe erhielt den Text ganz normal in gedruckter Form auf Papier. Die andere Gruppe durfte die digitale Form des Textes auf einem E-Book-Reader lesen. Beide Gruppen bearbeiteten anschließend einen Verständnistest, wobei sich herausstellte, dass die Personengruppe mit dem gedruckten Text eindeutig besser abschnitt als die Gruppe, die den digitalen Text gelesen hatte. Offenbar lesen Menschen Bücher in altbewährter Form aufmerksamer und effizienter[3], weil sie wirklich das in der Hand halten, womit sie sich beschäftigen, was eine 2017 erschienene Studie von Melinda Martin-Beltrán aus den USA bestätigen konnte. Offenbar wird ein gedrucktes Buch auch für wichtiger genommen als ein E-Book.

---

1 stagnieren: stillstehen 2 Digital Natives und Millenials: Personen, die mit digitaler Technik aufgewachsen und in deren Benutzung geübt sind 3 effizient: mit verhältnismäßig geringem Aufwand viel bewirkend

Lösungen
→ S. 292

2 Untersucht den Sachtext „E-Book oder Print?". Geht so vor:
- Klärt die Bedeutung folgender Wörter aus dem Textzusammenhang: *Lesefutter* (Zeile 5), *Marktanteil* (Zeile 18), *Print-Exemplar* (Zeile 29–30).
- Gliedert den Sachtext in sinnvolle Abschnitte und formuliert Zwischenüberschriften für die Textabschnitte.

3 Entscheidet, welche der Aussagen **A** bis **D** korrekt sind. Berichtigt falsche Aussagen mithilfe des Sachtextes.

A Sowohl in Deutschland, Norwegen als auch in den USA besitzen E-Books lediglich einen Marktanteil von maximal 10 %.

B In einer norwegischen Studie mussten Studierende verschiedene wissenschaftliche Texte lesen und danach einen Verständnistest lösen.

C Die norwegische Studie hat gezeigt, dass die Studierenden, denen der Text gedruckt zur Verfügung stand, den Inhalt besser verstanden als die Vergleichsgruppe.

D Melinda Martin-Beltrán veröffentlichte 2017 eine Studie, welche die Ergebnisse aus Norwegen unterstützt.

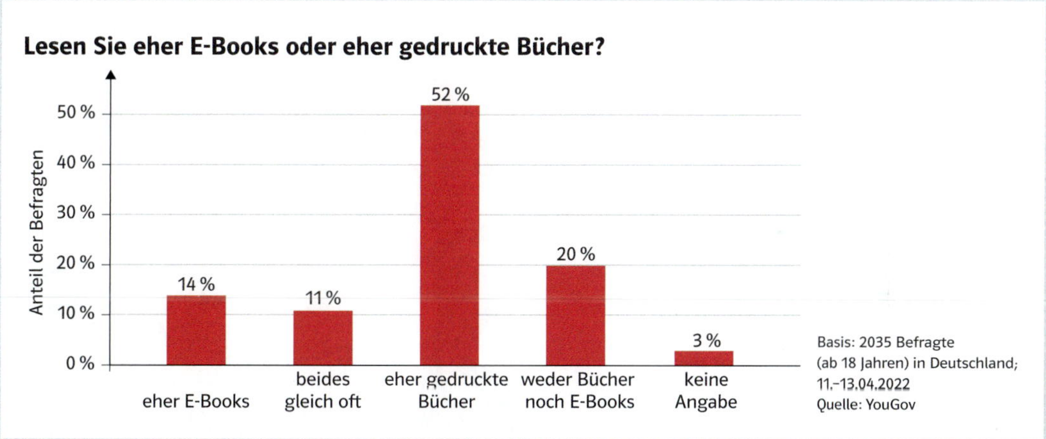

Umfrage zur Vorliebe für gedruckte Bücher oder E-Books

4 Wertet das Diagramm aus. Geht so vor:
- Gebt zunächst einen Überblick, indem ihr Art, Thema und Maßeinheiten des Diagramms benennt.
- Beschreibt das Diagramm genauer. Erklärt Auffälliges, macht Zusammenhänge und Tendenzen deutlich.
- Fasst das Gesamtergebnis zusammen und formuliert offene Fragen.

5 „Das gedruckte Buch wird in Zukunft verschwinden." Überprüft diese Behauptung. Begründet eure Meinung mithilfe des Sachtextes „E-Book oder Print?" (Seite 28) und des Diagramms. Ihr könnt folgende Formulierungen nutzen:

Ich bin der Meinung, dass …
Ich stimme der Behauptung … zu/nicht zu, weil …

2 Das sehe ich anders!

Sprachlicher Umgang mit anderen

A Lärm, egal ob durch eine Baustelle, Fahrzeuge, die Musikanlage des Nachbarn oder durch Kinder verursacht, ist messbar. Und Lärm kann über Stress zu körperlichen Erkrankungen führen. Übermäßige Belastung durch Lärm ist also zu vermeiden, und der Staat hat dafür zu sorgen, dass dies so ist. (Leserbrief)

B Der Bundesumweltminister lobte den Lärm spielender Kinder in den höchsten Tönen. Toben, Spielen und natürlich auch Lärm gehörten bei Kindern dazu, sagte er am Donnerstag im Bundestag. „Es gibt keine geräuschfreien Kinder. Wir wollen auch keine geräuschfreien Kinder.“ (Nachrichtenmeldung)

1 Beschreibt die Situation auf dem Bild.
  a) Klärt, worin das Problem besteht.
  b) Besprecht, wie die Kinder und Erwachsenen miteinander umgehen. Was könnten sie besser machen?

2 Ist es euch schon einmal ähnlich ergangen? Sprecht darüber, ob und wie sich Erwachsene über euch beschwert haben, weil ihr zu laut wart. Wie habt ihr reagiert?

Das lernt ihr jetzt!

2.1 Argumente untersuchen und eigene Argumente sammeln, einen Standpunkt in einer förmlichen E-Mail vertreten

2.2 den eigenen Standpunkt in einer Diskussion vertreten, eine Diskussion leiten

Die beiden Ziegen

Zwei Ziegen begegneten sich auf einem schmalen Stege, der über einen tiefen Bach führte; die eine wollte hinüber, die andere herüber. „Geh mir aus dem Wege!“, sagte die eine. „Das wäre schön“, rief die andere; „geh du zurück und lass mich hinüber; ich war zuerst auf der Brücke.“ – „Was fällt dir ein“, sagte die erste, „ich bin so viel älter als du und sollte dir weichen? Nimmermehr!“ Keine wollte nachgeben; jede wollte zuerst hinüber. Darüber wurden sie so zornig, dass sie mit ihren Hörnern gegeneinander rannten. Von dem heftigen Stoße verloren aber beide das Gleichgewicht und stürzten über den schmalen Steg in das tiefe Wasser hinein.
Da wären sie ertrunken, wenn nicht der Hirt dazugekommen wäre.

3 In den beiden Texten **A** und **B** (Seite 30) wird zu einem Gesetz Stellung genommen, das Klagen gegen Kinderlärm einschränken soll.
- **a)** Erläutert, wie beide Seiten ihre Meinung begründen.
- **b)** Wem stimmt ihr zu? Begründet.

4 Betrachtet das Bild und lest den Text. Beschreibt das Verhalten der beiden Ziegen. Formuliert Ratschläge zur Lösung des Problems.

2.1 Warum? Darum! · Meinungen äußern und begründen

Argumente untersuchen und eigene Argumente sammeln

Streitfall Elterntaxi

Viele Schülerinnen und Schüler in Deutschland werden von ihren Eltern mit dem Auto zur Schule gebracht, mit dem sogenannten Elterntaxi. Eine Aktion wirbt für andere Möglichkeiten, zur Schule zu kommen.

Beim Thema Elterntaxi gehen die Meinungen auseinander.

○ **1** Erklärt, wie ihr meist zur Schule kommt. Gibt es Gelegenheiten, bei denen ihr von euren Eltern gebracht werdet?

◒ **2** Nennt Gründe, warum Elterntaxis problematisch sein könnten und warum es eine Aktion gegen diese gibt.

Mit dem Elterntaxi in die Schule?

Die Lokalredaktion begründet ihre Meinung zum Thema Elterntaxis mit Argumenten.

Wer kennt es nicht, das morgendliche Chaos vor der Schule: Parkplätze gibt es nicht, Eltern halten im Parkverbot, auf dem Radweg oder selbst auf dem Zebrastreifen. Dazwischen gehen und rennen Kinder zum Hoftor. Doch dieses Durcheinander ist sehr gefährlich, denn immer wieder kommt es zu Karambolagen und leichten Unfällen.
Auch Tim freut sich stets, dass ihn seine Mutter mit dem Auto vor der Schule absetzt. Seinen Eltern ist vor allem wichtig, dass er gut ankommt. Tim gefällt, früh Zeit zu sparen, den Vortrag nochmals durchgehen zu können – und bequem ist es ja auch. Doch zu viele denken so und schaden dadurch dem Lebensraum. Darum plant die Schule, sich an einer überregionalen Aktion zu beteiligen: Laufen für die Umwelt.
Tim macht dabei mit, denn er wohnt nicht zu weit von der Schule entfernt. Mit seinem Freund Karl kann er nun auf dem Schulweg alles Mögliche bereden, was oft sehr lustig ist. Und: Bewegung ist nicht nur gesund, sondern macht zugleich für den Schultag munter!

S.271 ○ ← ◒ **3** **a)** Klärt, welcher Standpunkt in dem Beitrag vertreten wird. Welche Argumente (Begründungen) werden für diesen angeführt?
b) Prüft, ob die Argumente auch auf eure Schule zutreffen. Was ist bei euch anders?

4 Gökhan hat sich weitere Argumente zum Thema Elterntaxis überlegt.
Beurteilt anhand der folgenden Merkmale, ob seine Argumente 1 – 5 überzeugend sind.
Begründet eure Einschätzung.
Argumente sind überzeugend, wenn sie
- zum Thema passen,
- für jeden verständlich sind,
- Fakten und Tatsachen beinhalten,
- viele betreffen.

1 Manchmal ist der Schulweg zu weit, um ihn zu Fuß zurückzulegen.

2 Mit dem Auto ist man schneller in der Schule als zu Fuß, mit dem Fahrrad oder mit dem Bus.

3 Man kann im Gehen keine Hausaufgaben erledigen.

4 Beim Gehen wird meine Frisur oft vom Wind oder Regen ruiniert. Dann muss ich in der Schule wie eine Vogelscheuche herumrennen und habe umsonst so viel Zeit im Bad verbracht.

5 Wenn zu viele Kinder von ihren Eltern zur Schule gefahren werden, werden die Busfahrerinnen und Busfahrer arbeitslos.

5 a) Ordnet die folgenden Beispiele A und B passenden Argumenten aus Aufgabe 4 zu.
b) Erklärt die Funktion von Beispielen für Argumente.
c) Sammelt weitere Argumente mit passenden Beispielen, die dafür oder dagegen sprechen, mit dem Auto zur Schule gefahren zu werden. Ihr könnt dabei auch von euren eigenen Erfahrungen ausgehen.

A Wenn ich zu Fuß zur Schule gehe, kann ich mir vor einem Vokabeltest die Vokabeln nicht noch einmal anschauen, weil ich auf den Verkehr achten muss, statt ins Buch zu gucken.

B Emma aus meiner Klasse wohnt beispielsweise acht Kilometer von der Schule entfernt.

Cluster, Mindmap, Placemat S.344 **ARBEITSTECHNIK**

Argumente sammeln

- Um Argumente zu sammeln, könnt ihr ein **Cluster** oder eine **Mindmap** zum Thema erstellen.
- Wenn ihr Argumente in der Gruppe finden möchtet, könnt ihr ein **Placemat** verwenden. Dazu schreibt jede/jeder zunächst Argumente in eines von vier Feldern auf einem großen Blatt Papier. Gemeinsam diskutiert ihr dann, welche Argumente ihr überzeugend findet, und notiert euer Ergebnis in die Mitte des Placemats.
- Ihr könnt auch Fakten **recherchieren** oder **Experten** fragen.

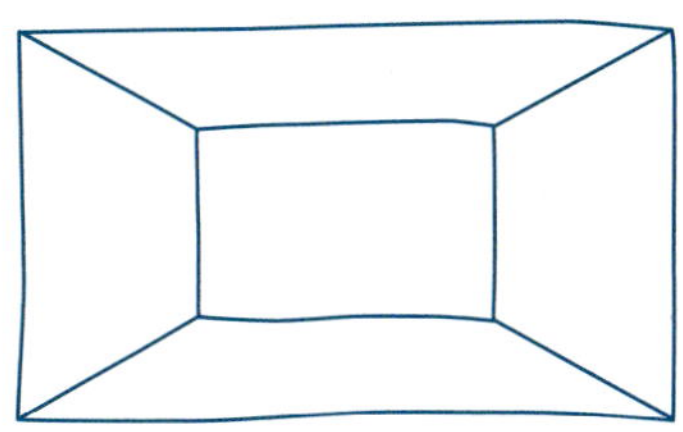

6 Entscheidet euch für einen Standpunkt zu dem Thema Elterntaxis.

a) Wählt drei Argumente mit Beispielen aus. Orientiert euch an den Merkmalen überzeugender Argumente in der Kompetenzbox.

b) Notiert je ein Argument mit Beispiel stichpunktartig auf kleinen Zetteln oder Karteikarten.

c) Probiert unterschiedliche Möglichkeiten der Reihenfolge aus, indem ihr die Zettel verschiebt.

d) Entscheidet euch für eine Reihenfolge. Stellt sie einer Partnerin/einem Partner vor und begründet eure Wahl. Vergleicht in der Klasse. Was stellt ihr fest?

e) Tragt euren Standpunkt mündlich vor. Nutzt den Sprachtipp.

SPRACHTIPP

Meinungen begründen und einen Standpunkt vertreten

Ich bin der Meinung, dass …
Ich vertrete den Standpunkt, dass …
Meiner Ansicht/Überzeugung nach …
Ich stimme teilweise zu, jedoch …
Des Weiteren sollte bedacht werden, dass …
Hinzu kommt, dass …
Darüber hinaus sollte berücksichtigt werden, dass …
Trotzdem sollte man …
Außerdem finde ich …
Zum Beispiel/Beispielsweise ist …
Dies zeigt sich an …
Dies wird belegt durch …

7 Formuliert euren Standpunkt, also eure Meinung mit den Argumenten und Beispielen, schriftlich. Nutzt den Sprachtipp.

Meinungen begründen S. 301 **KOMPETENZBOX**

Einen Standpunkt vertreten

Wenn ihr andere von eurer Meinung überzeugen wollt, braucht ihr gute Begründungen.
- Die Begründung einer Meinung heißt Argument.
- Ein Argument sollte durch ein Beispiel gestützt werden. Dabei können auch eigene Erfahrungen als Beispiel dienen.

Für euren Standpunkt solltet ihr mehrere überzeugende Argumente auswählen. Argumente sind überzeugend, wenn sie
- zum Thema passen,
- für jeden verständlich sind,
- Fakten und Tatsachen beinhalten,
- viele betreffen.

Ordnet eure Argumente und Beispiele in einer nachvollziehbaren Reihenfolge.

Standpunkt: *Kinder sollten nicht von ihren Eltern mit dem Auto zur Schule gefahren werden, …*
Argument: *…, weil sonst zu viele Autos vor der Schule stehen, wodurch die Unfallgefahr erhöht wird.*
Beispiel: *Heute Morgen hielten zum Beispiel vier Autos im Parkverbot und ein Auto parkte den Zebrastreifen zu.*

Argumente untersuchen und eigene Argumente sammeln

Zu früher Schulbeginn?

In der Öffentlichkeit wird immer wieder über die Frage diskutiert, ob die Schule zu früh beginnt. Erkenntnisse von Schlafforschern haben ergeben, dass Kinder um acht Uhr aufgrund von Müdigkeit noch nicht voll leistungsfähig sind. Deshalb wurde schon mehrfach vorgeschlagen, dass die Schule erst eine Stunde später starten sollte.

S.271 ○ ← ◒ **1** Lest die folgenden Aussagen **A** – **H**.
a) Unterscheidet zwischen Argumenten und Beispielen.
b) Beurteilt, ob die Argumente überzeugend sind. Begründet.
c) Ordnet die Beispiele den passenden Argumenten zu.
d) Denkt euch für zwei Argumente eigene Beispiele aus.

◒ **2** Übernehmt die folgende Tabelle und sortiert die überzeugenden Argumente ein.

Argumente für einen späteren Schulbeginn	Argumente gegen einen späteren Schulbeginn
…	…

A Die Kinder hätten später Schulschluss und dadurch nachmittags weniger Zeit für Freunde und Hobbys.

B Bei uns endet die Schule jetzt zum Beispiel um 13:10 Uhr, dann wäre sie erst um 14:10 Uhr vorbei. Es dauert danach bestimmt noch einmal zwei Stunden, bis ich zu Hause bin, gegessen und meine Hausaufgaben gemacht habe.

C An unserer Schule kommen vier Busse zwischen 7:30 Uhr und 7:50 Uhr an, diese müssten dann alle eine Stunde später fahren. Dasselbe gilt für ihre Abfahrtszeiten.

D Viele Kinder kommen momentan abgehetzt in der Schule an, da sie nicht zu früh aufstehen wollen und dadurch nur wenig Zeit haben, um sich fertigzumachen und zu frühstücken.

E Es würde ein hoher organisatorischer Aufwand entstehen, weil Busfahrzeiten angepasst werden müssten.

F Ich schaffe es nicht, morgens meine Tasche für die Schule zu packen, weil die Zeit zu knapp ist.

G Wer unausgeschlafen ist, kann sich schlechter konzentrieren.

H Ich brauche meinen Schönheitsschlaf.

● **3** **a)** Wählt eines der folgenden Themen aus und bildet euch eine Meinung. Sammelt für eure Meinung Argumente mit passenden Beispielen.
b) Wählt die überzeugendsten Argumente aus. Überlegt euch eine sinnvolle Anordnung.
c) Formuliert euren Standpunkt. Verwendet den Sprachtipp auf Seite 34.

A Eine Deutschstunde pro Woche als Lesestunde?
B Zehn Minuten Rechtschreibübungen in jeder Deutschstunde?
C Auswendiglernen von Gedichten als Strafe für nicht gemachte Hausaufgaben?

Einen Standpunkt in einer förmlichen E-Mail vertreten

Von: anna_schmidt@mail.de
An: m.fischer@schulleitung.de
Betreff: Pausenhof

Hallo Frau Fischer,
unser Pausenhof ist langweilig und total hässlich. Er ist völlig mit Steinen zugepflastert, nirgendwo gibt es auch nur ein bisschen Grün. Außerdem sind viel zu wenig Sitzgelegenheiten vorhanden. Die paar Bänke, die es gibt, werden immer von älteren Schülerinnen und Schülern besetzt, die uns verscheuchen, wenn wir nur in ihre Nähe kommen. Deshalb können wir nur doof rumstehen und müssen unsere Brote im Stehen essen.
In den Pausen haben wir keine Lust rauszugehen, weil man drinnen immerhin noch mehr machen kann als draußen. Dabei sind die Pausen doch dafür da, sich auszutoben und an die frische Luft zu gehen. Dafür müsste es aber coole Beschäftigungsmöglichkeiten geben.
Alle anderen Schulen in unserer Stadt haben tolle Spielgeräte, nur wir nicht. Das ist unfair. Selbst Tischtennisplatten sind bei uns Fehlanzeige!
Ich kann nicht verstehen, warum Sie am Pausenhof nicht längst etwas gemacht haben.
Sie müssen doch gemerkt haben, wie ätzend Ihre Schülerinnen und Schüler ihn finden.
Viele Grüße
Anna (6b)

○ **1** Fasst zusammen, worüber sich Anna in ihrer E-Mail an die Schulleiterin beschwert.

◒ **2** Untersucht, wie Anna ihre Beschwerde gestaltet hat. Folgende Fragen helfen euch:
MK
- Begründet sie ihre Beschwerde überzeugend?
- Schreibt sie adressatengerecht? Das heißt, berücksichtigt sie, an wen sie schreibt?
- Formuliert sie ihr Anliegen passend? Beachtet dabei die Unterschiede zwischen dem alltäglichen Sprachgebrauch und dem schriftlichen Sprachgebrauch in dieser Situation.

◒ **3** Stellt anhand von Annas E-Mail dar,
MK
- was man beim Verfassen einer förmlichen E-Mail bedenken muss,
- was man bei der Formulierung von Argumenten beachten muss.

○ **4** Vergleicht den Anfang der folgenden E-Mail mit der E-Mail von oben.
MK
Mit welchem Text hat Anna wahrscheinlich mehr Erfolg? Begründet.

Von: anna_schmidt@mail.de
An: m.fischer@schulleitung.de
Betreff: Beschwerde über den Zustand des Pausenhofs

Sehr geehrte Frau Fischer,
als Schülerin der Klasse 6b verbringe ich oft die Pausen auf unserem Schulhof. Leider ist dieser in keinem guten Zustand, was sich ändern sollte.
Meiner Ansicht nach ist unser Pausenhof nicht dazu geeignet, sich in den Pausen auszutoben und zu erholen. Das Hauptproblem ist, dass …
Mit freundlichen Grüßen
Anna Schmidt

5 MK
a) Schreibt die E-Mail an die Schulleiterin (Seite 36 unten) weiter. Nutzt den Sprachtipp auf Seite 34. Achtet darauf, die Beschwerde mit überzeugenden Argumenten und passenden Beispielen zu begründen.
b) Beendet eure E-Mail mit einem Wunsch oder einer Forderung. Nutzt den Sprachtipp rechts.

SPRACHTIPP

Wünsche und Forderungen formulieren

Es wäre wünschenswert, dass …
Ich hätte gern, dass …
Es wäre besser/sinnvoll, wenn …
Es würde sich anbieten, dass …
Wenn Sie bereit wären …, würde …

förmliche E-Mail S. 311 **KOMPETENZBOX**

Einen Standpunkt in einer förmlichen E-Mail vertreten

Um eine schriftliche Stellungnahme zu verfassen, müsst ihr euch einen eigenen Standpunkt bilden und diesen mit Argumenten und Beispielen begründen. Notiert vor dem Schreiben der E-Mail Stichworte zu folgenden Punkten:

Was ist das Problem? → Was spricht dafür? Was spricht dagegen? → Wie stehe ich zu dem Problem?

Achtet auf die folgenden Punkte, wenn ihr eine förmliche E-Mail schreibt:

Betreffzeile	***Beispiele***
Verweist auf den Anlass der E-Mail.	*frühere Öffnung der Bibliothek*
Anrede	
Stimmt eure Anrede auf die Empfängerin/den Empfänger ab. Setzt ein Komma nach der Anrede und schreibt klein weiter.	*Sehr geehrter Herr Voss,* *ich möchte …*
Text der E-Mail	
– Nennt den Anlass, das Problem oder euer Anliegen. – Stellt euren Standpunkt vor.	*… viele kommen aus unterschiedlichen Gründen sehr früh in der Schule an und haben keinen geeigneten Aufenthaltsort.*
– Begründet euren Standpunkt mit mehreren Argumenten und Beispielen.	*Dies sollte meiner Meinung nach dringend geändert werden, weil …*
– Formuliert einen Wunsch, eine Bitte, ein konkretes Ziel oder eine Forderung.	*Daher wäre es gut, wenn die Schulbibliothek bereits um 7:15 Uhr geöffnet werden kann.*
Grußformel und Unterschrift	
Wählt eine zu der Empfängerin/dem Empfänger passende Grußformel. Beides steht in jeweils einer Zeile ohne Satzzeichen dazwischen.	*Mit freundlichen Grüßen* *Anna Schmidt*

Schreibt das **Anredepronomen „Sie"** und **alle Formen davon** (zum Beispiel *Ihnen, Ihr, Ihre*) groß. Achtet auf eine **angemessene** und **höfliche Wortwahl**.

Einen Standpunkt in einer förmlichen E-Mail vertreten

S. 271 ○ ← ◒ **1** Überarbeitet die folgende E-Mail an die Schulleitung, in der Leonie sich dafür einsetzt, dass die Schülerinnen und Schüler ihre Pausen im Klassenraum verbringen dürfen.
MK
Nutzt die Sprachtipps auf Seite 34 und Seite 37. Achtet dabei auf
- die formale Gestaltung,
- eine angemessene Wortwahl,
- abwechslungsreiche Formulierungen.

Von: leonie_haas@mail.de
An: t.grunig@schulleitung.de
Betreff: Pause

Hallo,
mein Freund, der zur Nachbarschule geht, hat erzählt, dass sie während der Pausen in ihren Klassen bleiben dürfen. Ich finde es unfair, dass die das dürfen und wir nicht, und will deshalb auch das Recht haben, drinnenzubleiben.
Wir müssen auch dann raus, wenn es saukalt ist, egal, ob wir uns dabei eine fette Erkältung holen. Manchmal vergessen wir dann auch, unsere Jacken mit rauszunehmen, und dann schlottern wir erst recht. Manchmal war auch morgens das Wetter noch besser, sodass man ein T-Shirt anhat, obwohl man in der Pause dann eine Jacke bräuchte.
Außerdem meckern viele Lehrerinnen und Lehrer, wenn wir am Stundenanfang noch nicht all unsere Sachen auf dem Tisch haben, obwohl wir gerade erst reingekommen sind. Wann bitte sollten wir dann unsere Sachen auspacken?!
All diese Probleme hätten wir nicht mehr, wenn wir drinbleiben dürften, und wir wären dann auch viel zufriedener. Ändern Sie also die Pausenregeln!
VG
Leonie

S. 272 ○ ← ◒ **2** Schreibt den Anfang der folgenden E-Mail von Enis ab und achtet dabei auf die Großschreibung der höflichen Anrede. Begründet die Schreibung.

höfliche Anrede → S. 253

Enis hat begonnen, eine E-Mail an die Schulleitung wegen der Änderung der Pausenregelung zu entwerfen:

Achtung: Fehlertext

Von: enis_arslan@mail.de
An: g.schulz@schulleitung.de
Betreff: Pausenregelung

Sehr geehrter Herr Schulz,
ich wende mich an sie, weil ich sie bitten möchte, ihren Standpunkt zu der Pausenregelung an unserer Schule zu überdenken. Durch Freunde, die zur Nachbarschule gehen, habe ich erfahren, dass sie ihre Pausen anders als wir in ihrem Klassenraum verbringen dürfen.
Es wäre schön, wenn sie uns dies auch erlauben würden, weil dies viele Vorteile hätte.
Enis

◒ **3** Enis hat sich die Argumente **A** – **C** (Seite 39 oben) überlegt, weiß aber noch nicht, wie er sie in seiner E-Mail anordnen soll.
a) Notiert die Argumente stichpunktartig auf kleinen Zetteln oder Karteikarten und probiert verschiedene Reihenfolgen aus. Entscheidet euch für eine Reihenfolge.
b) Sucht passende Beispiele für die Argumente.

A durch Aufenthalt draußen bei kaltem, nassem Wetter erhöht sich Erkältungsgefahr
B kein Zugriff auf vergessene Dinge im Klassenraum während der Pause
C draußen kann man sich schlecht auf den folgenden Unterricht vorbereiten

○ **4** Enis hat folgende Schlussteile für seine E-Mail verfasst. Entscheidet, welche Formulierung am besten geeignet ist, um die Schulleitung von seinem Anliegen zu überzeugen. Begründet.
MK

A Deshalb fordere ich Sie dazu auf, uns schnellstmöglich zu erlauben, die Pausen im Klassenraum zu verbringen.

B Aus den oben genannten Gründen wäre es sinnvoll, uns unsere Pausen im Klassenraum verbringen zu lassen. Deswegen möchte ich Sie bitten, über eine Änderung der Pausenregelung an unserer Schule nachzudenken.

C Ich wünsche mir deswegen, dass wir unsere Pausen zukünftig im Klassenraum verbringen dürfen. Es würde mich freuen, wenn Sie die Pausenregeln entsprechend ändern würden.

S.272 ◒ ← ● **5** Schreibt eine Antwort aus der Sicht der Schulleitung, in der sich diese dagegen ausspricht, dass die Schülerinnen und Schüler künftig ihre Pausen im Gebäude verbringen dürfen. Nutzt den Sprachtipp auf Seite 34.
MK

S.272 ○ ← ◒ **6** Überlegt, was die Klasse 6d mit der folgenden Beschwerde erreichen will. Ergänzt ihre E-Mail an die Schulleiterin mit Argumenten und Beispielen. Nutzt die Sprachtipps auf Seite 34 und Seite 37.
MK

Von: klasse_6d@mail.de
An: r.blumenthal@schulleitung.de
Betreff: Beschwerde

Sehr geehrte Frau Blumenthal,
im Zeitalter der Digitalisierung finden wir es nicht in Ordnung, dass wir alle Aufgaben im Unterricht und auch unsere Hausaufgaben handschriftlich erledigen müssen. Wir halten dies für problematisch, weil ...
Wir fänden es besser, wenn wir unsere Aufgaben im Unterricht und auch unsere Hausaufgaben auf dem PC schreiben dürften. Dies hätte viele Vorteile, und zwar ...
Wir bitten Sie, unseren Wunsch zu überdenken und mit den anderen Lehrerinnen und Lehrern über eine Änderung zu sprechen.
Mit freundlichen Grüßen
Ihre Klasse 6d

◒ **7** Die Schulleitung hat zu Beginn des neuen Schuljahres ein Süßigkeitenverbot beschlossen, unter das auch Softdrinks wie Cola und Limonade fallen. Deshalb gibt es am Kiosk keine Süßigkeiten zu kaufen und am Getränkeautomaten ist nur noch Mineralwasser erhältlich. Verfasst eine E-Mail an die Schulleitung, in der ihr euch über das Süßigkeitenverbot beschwert und euch dessen Abschaffung wünscht. Nutzt die Sprachtipps auf Seite 34 und Seite 37.
MK

2.2 Dafür? Dagegen? · Diskussionen führen

Den eigenen Standpunkt vertreten

Keine Noten in Kunst, Musik und Sport?!

A02 Hörtext

In der kleinen Pause nach dem Kunstunterricht entsteht in der Klasse 6c folgende Diskussion:

Anabell: Frau Müller hat mir schon wieder nur 'ne 4 für mein Bild gegeben. Das find ich fies.

Aysha: Na ja, es sah echt nicht gut aus. Du hättest dir schon ein bisschen mehr Mühe geben können.

Anabell: Was kann ich dafür?! Ich kann halt nicht malen. Kunst, Sport und Musik sollten sowieso nicht benotet werden.

Emre: Bist du bescheuert?! Das sagst du doch nur, weil du es in den Fächern nicht draufhast.

Anabell: Was mischst du dich denn ein? Außerdem stimmt das nicht, mir geht's ums Prinzip!

Emre: Bla bla bla!

Anabell: Doch!

Emre: Nenn mir wenigstens einen Grund für diese beknackte Forderung.

Anabell: Für alle anderen Fächer kann man lernen, für Kunst, Musik und Sport nicht. Deshalb wird nicht Leistung, sondern Talent bewertet.

Emre: Was für ein Blödsinn! Man kann für diese Fächer genauso gut üben wie für alle anderen auch. Wenn man im Basketball in Sport häufig Korbwürfe trainiert, wird man immer besser. Es geht also gar nicht ums Talent! Herr Schneider guckt außerdem immer danach, ob wir im Laufe der Zeit besser werden oder nicht, und bewertet das mit.

Aysha: Es gibt immer Sachen, die einige besser können als andere. Dann müsst ihr Noten gleich ganz abschaffen.

Leon: Ernsthaft, das wollt ihr machen? Das wäre ja cool.

Anabell: Nein, wollen wir nicht, nur in Musik, Kunst und Sport.

Leon: Das ist ja doof. Dann würde ich in allen Fächern, die ich mag und kann, keine Noten mehr bekommen.

Aysha: Sind Kunst, Musik und Sport ohne Noten überhaupt noch richtige Fächer? Es wirkt dann doch so, als wären sie unwichtig, oder?

Leon: Ich find's gut, so wie es jetzt ist. Anabells Idee ist voll daneben.

Die Diskussion wird durch den Beginn der nächsten Stunde unterbrochen.

1 a) Klärt, welche Meinungen die Schülerinnen und Schüler vertreten.
b) Arbeitet heraus, welche Argumente sie jeweils anführen, um ihren Standpunkt zu begründen.
c) Welcher der Standpunkte überzeugt euch? Begründet.

2 Untersucht das Diskussionsverhalten der Schülerinnen und Schüler.
a) Was machen sie im Umgang miteinander gut? Was könnten sie verbessern? Achtet auch darauf, wie sie auf die Meinung der anderen reagieren.
b) Formuliert Regeln für gutes Diskussionsverhalten.

SPRACHTIPP

In Diskussionen aufeinander eingehen

Sich auf Argumente beziehen

Ich gebe dir recht …
Ich schließe mich dir an …
Ich sehe das ähnlich …
Ich stimme dir darin zu, aber …
Dein Argument … ist schon richtig. Viel wichtiger ist aber …
Du denkst also, dass …, ich finde aber …
Du hast gesagt, dass … Das stimmt aber nur teilweise, denn …
In diesem Punkt widerspreche ich dir …

Neue Argumente anführen

Ein anderer Punkt, den wir beachten müssen, ist …
Worüber wir noch nicht gesprochen haben …
Wir dürfen nicht vergessen, dass …
Ein weiterer Aspekt ist …

3 Führt eine eigene Diskussion zu diesem Thema.

4 Viele Diskussionen werden auch in Chats geführt. Vergleicht die Diskussion von Seite 40 mit der folgenden Chat-Diskussion. Orientiert euch an den folgenden Punkten:

MK

- Art und Länge der Diskussionsbeiträge
- Umgang mit den Beiträgen anderer
- sprachliche Auffälligkeiten

Am Nachmittag geht die Diskussion im Klassenchat der 6c weiter:

5 a) Diskutiert Vorteile und Nachteile von Chat-Diskussionen.

MK

b) Stellt Gesprächsregeln für Diskussionen in Chats auf. Vergleicht diese mit euren Regeln für gutes Diskussionsverhalten (Aufgabe 2b, Seite 40).

Eine Diskussion leiten

◒ **1** Wenn man in einer großen Gruppe diskutieren möchte oder es um besonders strittige Themen geht, ist es sinnvoll, eine Diskussionsleiterin oder einen Diskussionsleiter zu bestimmen.

a) Sammelt Gesichtspunkte, auf die die Diskussionsleitung achten sollte.

b) Betrachtet das Bild. Woran könnt ihr erkennen, wer die Diskussion leitet?

◒ **2** **a)** Welche Äußerungen in den Sprechblasen gehören zum Beginn, zum Mittelteil oder zum Abschluss der Diskussion? Bringt sie in eine sinnvolle Reihenfolge.

b) Erläutert, was mit den Äußerungen jeweils erreicht werden soll. Orientiert euch an dem folgenden Beispiel.

Sofie, das gehört jetzt nicht zum Thema.
→ Die Diskussionsleitung achtet darauf, dass alle beim Thema bleiben.

3 Begründet, warum die Diskussion von der Diskussionsleitung eröffnet und beendet werden sollte.

4 „Eine gelungene Diskussion ist wie ein gutes Ballspiel.“ Erläutert diese Aussage mithilfe folgender Begriffe: *Ballannahme, Spiel, Ballabgabe, Schiedsrichter, Ergebnis, Fairness, Foul.*

5 Wählt aus den folgenden Themen **A** – **D** eines aus, über das ihr in der Klasse diskutieren wollt.
- Informiert euch über das Thema.
- Sammelt Argumente und Beispiele.
- Teilt euch in Gruppen auf. Wählt eine Diskussionsleitung aus und diskutiert über das Thema.
- Beurteilt die Diskussionsleitung und gebt Rückmeldungen, was gut war und was verbessert werden kann.

A Getrennter Sportunterricht für Mädchen und Jungen?

B Ganztagsschule – ja oder nein?

C Handyverbot in der Schule?

D Schülersprechtag statt Elternsprechtag?

E Mehrsprachigkeit oder Einsprachigkeit auf dem Pausenhof?

F Geld für gute Noten?

KOMPETENZBOX

Eine Diskussion leiten

Aufgaben	*Beispiele*
– die Diskussion eröffnen	*das Thema nennen*
– darauf achten, dass	
• alle Diskussionsteilnehmerinnen und Diskussionsteilnehmer beim Thema bleiben,	*auf die Länge der Beiträge achten* *auf Abweichungen vom Thema aufmerksam machen*
• sich die Diskussion nicht im Kreis dreht,	*bei Unklarheiten nachfragen,* *auf Wiederholungen hinweisen,*
• alle die Diskussionsregeln einhalten.	*niemanden beleidigen*
– zu einem Diskussionsergebnis kommen	*die Standpunkte zusammenfassen*

Einen Standpunkt in einer förmlichen E-Mail vertreten

New Yorks öffentliche Schulen servieren montags kein Fleisch mehr

New York (dpa) – Im Bemühen um eine gesündere Ernährung von Kindern und Jugendlichen wird in New Yorks öffentlichen Schulen montags künftig kein Fleisch mehr serviert. Der Schritt sei gut für die Umwelt und für die Schüler [...]. In den Kantinen der 1800 New Yorker Schulen stehen damit ab September jeden Montag nur noch vegetarische Gerichte auf dem Speiseplan. [...]

Nach einem Schulaustausch mit ihrer New Yorker Partnerschule diskutiert der Schülerrat des Pestalozzi-Gymnasiums den Vorschlag der Schulleitung, ebenfalls einen fleischfreien Tag einzuführen.

1 Fleisch gibt Energie, und am Montagnachmittag habe ich Schwimmen.

2 Einige essen aus religiösen Gründen sowieso kein Fleisch und hätten dann endlich einmal mehr Auswahl.

3 Ich mag gar kein Gemüse.

4 Niemand sollte uns vorschreiben, was wir essen dürfen und was nicht.

5 Massentierhaltung befördert die Wasserknappheit auf der Erde.

6 Es gibt wirklich wichtigere Probleme an unserer Schule zu klären.

7 Vegetarisches Essen ist meistens billiger.

8 Mir ist egal, was andere essen.

9 Manche müssen zu einer gesunden Ernährung gezwungen werden.

10 Vegetarische Soja-Produkte stammen oft von Plantagen, für die Regenwald abgeholzt wurde.

Lösungen
→ S. 292

1 a) Beurteilt, welche Argumente **1** bis **10** (Seite 44) zum Thema „Sollte es an unserer Schule einen fleischfreien Montag geben?" geeignet sind.
b) Übernehmt die folgende Tabelle und ergänzt die sinnvollen Argumente.

Argumente für einen vegetarischen Tag	Argumente gegen einen vegetarischen Tag
...	...

2 Erklärt, welche Argumente (Seite 44) man mit den folgenden Sachinformationen als Beispiel stützen kann.
Beachtet, dass Soja hauptsächlich als Tierfutter verwendet wird. Weniger Tiere benötigen auch weniger Futter aus Soja. Welchen Einfluss hat diese Tatsache auf die Argumentation?

A **Studie der Harvard University**

Verarbeitetes Fleisch wie Wurst oder Salami erhöht das Risiko für Herzerkrankungen um bis zu 42 %. Die Wahrscheinlichkeit für Diabetes wird um etwa 19 % gesteigert. Dazu reicht bereits ein täglicher Konsum von 50 Gramm aus.

B **Erhebungen der brasilianischen Umweltorganisation IMAZON**

4656 Quadratkilometer Amazonasregenwald wurden in Brasilien zwischen September 2017 und August 2018 abgeholzt. Das ist seit 2007 die höchste Entwaldungsrate. Verantwortlich für die größte Zahl der Rodungen ist die Sojaindustrie.

C **Schätzungen des Water Foodprint Network**

Die Herstellung eines einzigen Kilos Rindfleisch (etwa fünf Steaks) benötigt 15 000 Liter Wasser, was etwa 75 vollen Badewannen entspricht. Das Wasser wird nicht nur getrunken, sondern auch beim Anbau des Futters oder der Stallreinigung verbraucht.

Im Internet recherchieren
→ S. 324

MK **3** **EXTRA** Recherchiert weitere Argumente und Beispiele im Internet. Schätzt dabei auch die Verlässlichkeit eurer Quellen ein.

4 Verfasst eine E-Mail an die Schulleitung, in der ihr begründet euren Standpunkt zur Frage nach einem fleischfreien Tag darlegt. Beendet eure E-Mail mit einem abschließenden Wunsch oder einer Forderung. Achtet dabei besonders darauf, dass ihr
- alle Merkmale einer förmlichen E-Mail eingehalten habt,
- eure Meinung mit ausreichend vielen Argumenten begründet habt,
- alle Argumente durch Beispiele oder eigene Erfahrungen gestützt habt,
- euch für eine passende Wortwahl entschieden habt.

3

Nachtgestalten und andere unheimliche Geschöpfe

Mündlich und schriftlich erzählen

A

Vampire: Vampire sind Nachtgeschöpfe. Tagsüber schlafen sie in einer Holzkiste und erst nachts werden sie aktiv. Dann verwandeln sie sich in eine Fledermaus oder manchmal sogar in einen Wolf und gehen auf die Jagd. Um zu überleben, müssen sie sich überwiegend von Blut ernähren. Dazu beißen sie Menschen oder Tiere und trinken ihr Blut. An ihren spitzen, langen Eckzähnen und an der Tatsache, dass Vampire kein Spiegelbild haben, kann man sie erkennen. Vertreiben lassen sich Vampire mit Knoblauch, den sie nicht ausstehen können.

B

Gespenster: Gruseliges Gestöhne, knarrende Stufen, flackernde Lichter ... Lassen sich für all diese Beobachtungen keine logischen Erklärungen finden, war es vielleicht ein Gespenst. Einige Menschen glauben, dass Gespenster die Geister von Verstorbenen sind, die in unserer Welt „hängen geblieben" sind. Sie sind ruhelos, meist auch verwirrt und wollen die Häuser nicht verlassen, in denen sie einst gewohnt haben. Sollte man doch einmal ein Gespenst zu Gesicht bekommen, trägt es meist altmodische Gewänder und schwebt über dem Boden.

C

Klabautermann: Die Aufgabe eines Klabautermannes, also eines Schiffsgeistes, ist es, den Kapitän bei Gefahren zu warnen. Der Klabautermann hilft beim Schiffbau, spielt jedoch auch gerne Streiche und treibt Unsinn. An Bord macht er sich durch Poltern und andere Geräusche bemerkbar. Er ist gekleidet wie ein Matrose, trägt einen großen Kapitänshut, hat rote Haare und grüne Zähne. Er verlässt ein Schiff erst, wenn es untergeht.

1 a) Beschreibt Situationen, die euch unheimlich sind.
b) Lest die Texte A – D (Seite 46–47) und überlegt, warum sich einige Menschen vor diesen Geschöpfen gruseln.
c) Kennt ihr weitere unheimliche Geschöpfe? Erzählt von ihnen.

2 Gestaltet einen kurzen Dialog, in dem zwei der Geschöpfe aufeinandertreffen und sich streiten, wer von ihnen gruseliger ist. Erzählt euch gegenseitig die Dialoge.

Das lernt ihr jetzt!

3.1 anschaulich erzählen
3.2 von einem Film mündlich erzählen
3.3 gruselige Geschichten untersuchen, spannend erzählen
3.4 einen Erzählkern ausgestalten, die Erzählform wählen, die äußere und innere Handlung darstellen
3.5 einen literarischen Text weiterschreiben

D

Schrat: Ein besonderer Quälgeist ist der Schrat. Er ist von kleiner, dünner Gestalt, hat ein äußerst ungepflegtes Wesen, trägt zerrissene Kleidung, einen zotteligen Bart und ist immer unfreundlich. Er kann in Wäldern, Höhlen und Erdlöchern hausen. Besonderen Spaß hat er daran, Tiere in einem Stall zu ärgern: Er verfilzt beispielsweise Pferden die Mähne und verknüpft ihre Schwänze miteinander. Ganz besonders gerne löst er Chaos aus, indem er durch Geschrei oder ohrenbetäubenden Lärm Angst verbreitet.

Oscar Wilde: Das Gespenst von Canterville

(1887, Ausschnitt)

Da plötzlich wachte Mr. Otis von einem Geräusch auf dem Korridor vor seiner Türe auf. Es klang wie Rasseln von Metall und schien mit jedem Augenblick näher zu kommen. Der Gesandte[1] stand sofort auf, zündete Licht an und sah nach der Uhr. Es war Punkt eins. Er war ganz ruhig und fühlte sich den Puls, der nicht im Geringsten fieberhaft war. Das sonderbare Geräusch dauerte an, und er hörte deutlich Schritte. Er zog die Pantoffel an, nahm eine längliche Phiole[2] von seinem Toilettentisch[3] und öffnete die Türe. Da sah er, sich direkt gegenüber, im blassen Schein des Mondes, einen alten Mann von ganz gräulichem[4] Aussehen stehen. Des Alten Augen waren rot wie brennende Kohlen; langes graues Haar fiel in wirren Locken über seine Schultern; seine Kleidung von altmodischem Schnitt war beschmutzt und zerrissen, und schwere rostige Fesseln hingen ihm an Füßen und Händen. „Mein lieber Herr," sagte Mr. Otis, „ich muss Sie schon bitten, Ihre Ketten etwas zu schmieren[5]."

1 der Gesandte: ein hoher Beamter, der Beruf von Mr. Otis 2 die Phiole: ein Glasgefäß, in diesem Fall eine Öllampe 3 der Toilettentisch: Nachttisch 4 gräulich: furchterregend hässlich 5 schmieren: ölen

3 Lest den Text „Das Gespenst von Canterville" und erklärt, warum der letzte Satz überraschend ist.

4 Schreibt ein Gespräch zwischen Mr. Otis und dem Gespenst von Canterville. Tragt es der Klasse vor.

5 Legt dar, welche Unterschiede euch zwischen mündlichem und schriftlichem Erzählen auffallen.

3.1 Los geht's · Anschaulich erzählen

In den Harry-Potter-Geschichten gibt es viele Geister. Jedes Haus der Zauberschule Hogwarts hat zum Beispiel einen Hausgeist: In Gryffindor ist es der Fast Kopflose Nick, in Hufflepuff der Fette Mönch, in Ravenclaw die Graue Dame und in Slytherin der Blutige Baron.

○ **1** Kennt ihr noch andere Geister und Geschöpfe aus den Geschichten über Harry Potter? Erzählt der Klasse von ihnen.

Joanne K. Rowling: Harry Potter und die Kammer des Schreckens

(1999, Ausschnitt)

Harry Potter streift wieder einmal durch die Gänge der Zauberschule Hogwarts, als er auf den Fast Kopflosen Nick trifft.

Als Harry den ausgestorbenen Gang entlangstapfte, begegnete ihm jemand, der genauso besorgt dreinsah wie er selbst. Der Fast Kopflose Nick, der Geist des Gryffindor-Turms, starrte trübselig aus einem Fenster und brummelte leise vor sich hin: „... ich entspreche den Anforderungen nicht ... zwei Zentimeter, wenn das ...“

„Hallo, Nick“, sagte Harry.

„Hallo, hallo“, sagte der Fast Kopflose Nick und drehte sich erschrocken um. Er trug einen eleganten Federhut auf dem langen Lockenhaar und einen Waffenrock mit Halskrause[1], sodass man nicht sehen konnte, dass sein Hals fast ganz durchtrennt war. Er war blass wie Dampf, und Harry sah durch ihn hindurch nach draußen auf den dunklen Himmel und die Sintflut[2], die sich aus ihm ergoss.

„Er sieht besorgt aus, der junge Potter“, sagte Nick, faltete einen durchsichtigen Brief zusammen und steckte ihn ein.

„Sie ebenfalls“, sagte Harry.

„Ah“, sagte der Fast Kopflose Nick mit eleganter Handbewegung, „eine Angelegenheit ohne Bedeutung ... nicht, dass ich wirklich

1 der Waffenrock mit Halskrause: in früherer Zeit Kleidung eines Soldaten mit großem gefalteten Kragen
2 die Sintflut: große Flut, hier im Sinne von sehr starker Regen

Mitglied werden wollte … dachte, ich bewerbe mich mal, doch offenbar genüge ich ‚nicht den Anforderungen‘.“

Trotz seines gelassenen Tonfalls hatte sein Gesicht einen Zug von Bitterkeit.

„Aber, nicht wahr, man sollte doch meinen“, brach es plötzlich aus ihm heraus, „wenn man vierzig Hiebe mit einer stumpfen Axt auf den Hals bekommen hat, wäre man gut genug für die Jagd der Kopflosen?“

„Oh, äh, ja“, sagte Harry, denn offenbar war hier seine Zustimmung verlangt.

„Ich meine, keiner wünscht sich mehr als ich, dass alles schnell und sauber vonstatten gegangen und mein Kopf endgültig herunter wäre, ich muss sagen, das hätte mir einiges an Schmerz und Gelächter erspart. Allerdings –“ Der Fast Kopflose Nick holte den Brief wieder hervor, faltete ihn auf und las wutentbrannt vor: „‚*Wir können nur Jäger aufnehmen, deren Köpfe sich endgültig von ihren Körpern getrennt haben. Wie Sie gewiss einsehen, wäre es andernfalls unmöglich, dass die Mitglieder an Jagdvergnügen wie Kopfjonglieren*[3] *zu Pferde und Kopfpolo*[4] *teilnehmen können. Daher muss ich Ihnen mit dem größten Bedauern mitteilen, dass Sie nicht den Anforderungen entsprechen. Mit den besten Wünschen, Sir Patrick Delaney-Podmore*‘.“

Rauchend vor Zorn stopfte der Fast Kopflose Nick den Brief in sein Wams[5] zurück. „Zwei Zentimeter Haut und Sehnen halten meinen Kopf auf dem Hals, Harry! Normale Leute würden denken, das könnte man doch als geköpft durchgehen lassen, aber nein, es reicht nicht für Sir Ordentlich Geköpfter Podmore.“

---

3 jonglieren: Geschicklichkeitsspiel mit Bällen 4 das Polo: Ballspiel vom Pferd aus
5 das Wams: Jacke

○ **2** Gebt dem Textausschnitt eine passende Überschrift.

○ **3** Erklärt, warum der Fast Kopflose Nick schlechte Laune hat.

S. 272 ○ ← ◒ **4** **a)** Sucht Textstellen heraus, die die Stimmung des Fast Kopflosen Nick zum Ausdruck bringen.

b) Benennt, welche sprachlichen Mittel verwendet werden, zum Beispiel anschauliche Adjektive, Verben und Vergleiche.

S. 273 ◒ ← ● **5** Formuliert die folgenden Sätze so um, dass die Gefühle der Figuren anschaulich beschrieben werden. Nutzt auch passende Adjektive und Verben.

A Der Fast Kopflose Nick ist traurig.
B Harry Potter ist genervt von der Jammerei des Fast Kopflosen Nick.
C Der Fast Kopflose Nick freut sich, dass er doch an der Jagd teilnehmen darf.

wörtliche Rede → S. 243

◒ **6** **a)** Schreibt die Geschichte weiter. Achtet dabei auf abwechslungsreiche Redebegleitsätze und korrekte Satzzeichen.

b) Tauscht eure Geschichte mit einer Mitschülerin/einem Mitschüler aus. Prüft die Satzzeichen und gebt euch Rückmeldung.

7 **EXTRA** Lest die gleiche Textstelle aus „Harry Potter and the Chamber of Secrets“ auf Englisch und vergleicht die sprachliche Gestaltung mit der deutschen Fassung. Welche ist gruseliger und spannender? Begründet eure Meinung mithilfe von Textstellen.

3.2 Filmrolle rückwärts · Von einem Film mündlich erzählen

Coraline

Die elfjährige Coraline bezieht mit ihren Eltern eine Wohnung in einer abgelegenen Villa auf dem Land, wo außer der Familie nur einige skurrile[1] Nachbarn wohnen, wie zum Beispiel ein riesiger russischer Akrobat[2], der einen Mäusezirkus trainiert. Coralines viel beschäftigte Eltern schenken der fantasievollen Tochter kaum Beachtung und arbeiten den ganzen Tag.

Als sich Coraline langweilt, stößt sie im Wohnzimmer auf eine verschlossene kleine Tür, die sie nicht öffnen kann. In derselben Nacht wird Coraline von einer kleinen, knopfäugigen Springmaus geweckt, die sie durch diese Tür und einen Tunnel in eine andere Welt führt.

1 skurril: seltsam, merkwürdig 2 der Akrobat: Künstler, der ungewöhnliche turnerische Übungen aufführt

Filmplakat von Coraline, USA 2009, Regie: Henry Selick

○ **1** Schaut euch das Filmplakat an und lest die Informationen zum Film.

a) Besprecht, welche Erwartungen bei euch geweckt werden.

b) Auf dem Plakat steht „Sei vorsichtig, was du dir wünschst". Was könnte damit gemeint sein?

MK **2** **EXTRA** Schaut euch den Trailer zum Film an und vergleicht ihn mit euren Erwartungen.

__Yunus:__ Du hast doch von diesem einen Film erzählt, in dem alle statt Augen Knöpfe haben.

__Paul:__ Du meinst „Coraline". Ein total cooler Film ... Der ist witzig, spannend, hat Action und zwischendurch ist er sogar ein bisschen gruselig.

__Yunus:__ Und worum geht es?

__Paul:__ Also, da ist Coraline, ein Mädchen, das mit seinen Eltern in ein altes Haus zieht. Das ganze Haus und die Leute, die da wohnen, sind schon ein bisschen komisch und unheimlich. Außerdem ist Coraline genervt, weil ihre Eltern die ganze Zeit arbeiten, statt etwas mit ihr zu unternehmen. Und da entdeckt sie einen Gang in eine andere Welt, die viel Ähnlichkeit mit der normalen Welt hat, außer dass alle Knöpfe statt Augen haben.

__Yunus:__ Was? Das ist ja heftig.

__Paul:__ In Wirklichkeit sind das nämlich gar keine richtigen Menschen, sondern eher so Puppen und Stofftiere. Die hat ihre neue Mutter – die ist eigentlich eine richtig fiese Hexe – nämlich verwandelt. Außerdem hat sie Kinder entführt, weil sie sich Gesellschaft wünscht.

__Yunus:__ Echt jetzt? Die Hexe sieht doch bestimmt total unheimlich aus, oder?

__Paul:__ Nee, eigentlich nicht. Coraline merkt sogar erst gar nicht, dass sie eine Hexe ist, denn bis auf die Knopfaugen sieht sie aus wie ihre Mutter und es ist alles so, wie sich Coraline es eigentlich immer gewünscht hat: Ihre Mama kann auf einmal kochen und ihr Papa pflanzt im Garten die Blumen so, dass der Name Coraline zu sehen ist. Und der Nachbarsjunge, der sonst immer dazwischenredet und rumnervt, ist auf einmal stumm. Aber ganz will sie dann auch nicht in diese Welt, obwohl ihr eigentlich alles gut gefällt. Wahrscheinlich vermisst sie dann doch ihre richtigen Eltern. Als die Hexe merkt, dass sie nicht bereit ist, ihre Augen gegen Knöpfe zu tauschen, flippt sie dann völlig aus und will Coraline dazu zwingen, zu bleiben.

Yunus: Und was macht Coraline?

Paul: Am Ende muss Coraline mit der Hexe kämpfen, die sich in eine riesige Spinne verwandelt hat und mit ihren langen, dürren Beinen und Armen versucht, sie zu fangen. Im allerletzten Moment kann Coraline sich in den dunklen Tunnel retten und mithilfe von anderen Kindern die Hexe besiegen. Das ist eine heftige Szene, weil Coraline in einem Spinnennetz gefangen ist und schnell das Netz hochklettern muss, um nicht für immer in Gefangenschaft zu bleiben. Die Effekte sind super und alles ist echt spannend. Du musst dir den Film unbedingt anschauen.

◒ **3** Stellt zusammen, was ihr aus der Erzählung (Seite 50–51) über den Film erfahrt.

S. 273 ○ ← ◒ **4** Paul möchte möglichst spannend und interessant über den Film erzählen.
a) Besprecht, an welchen Stellen ihm das gut gelingt.
b) Diskutiert, welche Stellen eher problematisch sind.

◒ **5** Erläutert, worin sich die Erzählung im Gespräch von einer schriftlichen Erzählung unterscheidet. Belegt dies mit Beispielen aus dem Gespräch (Seite 50–51).

◒ **6** Wählt einen eigenen Film aus und erzählt eurer Klasse von ihm. Notiert zuerst Stichpunkte und legt eine nachvollziehbare Reihenfolge fest.

KOMPETENZBOX

Von einem Film mündlich erzählen

Wenn ihr über Filme erzählen wollt, könnt ihr so vorgehen:

- Art des Films kurz nennen *(Krimi, Animationsfilm)*
- Hauptfiguren vorstellen
- Inhalt der Haupthandlung in der richtigen Reihenfolge zusammenfassen
- nicht bis ins kleinste Detail nacherzählen
- spannende oder lustige Stellen hervorheben
- Besonderheiten beschreiben *(Aussehen, Eigenschaften, Verhalten von Personen)*
- auf Effekte und Musik eingehen
- nicht das Ende des Films verraten

Von einem Film mündlich erzählen

1

„Iss dein Müsli, Coraline, und dann beschäftige dich selbst."

2

„Was ist das denn für eine Tür?"

3

„Wohin mag dieser Weg führen?"

4

„Schön, dass du da bist, Coraline."

Bilder 1–4: Szenen aus Coraline, USA 2009, Regie: Henry Selick

◒ **1** Klärt den Inhalt der Szene. Nehmt die Informationen auf Seite 50 und das Gespräch auf Seite 50–51 zu Hilfe.

S. 273 ○ ← ◒ **2** Notiert zu jedem Bild Stichpunkte zum Aussehen und Verhalten der Figuren. Achtet außerdem auf die Helligkeit und die Farben.
MK

◒ **3** Arbeitet zu zweit.
- Eine Person erzählt anhand der Bilder und Notizen (Aufgabe 2) die gesamte Szene.
- Die andere Person gibt mithilfe ihrer/seiner Notizen eine Rückmeldung.

Feedback → S. 345

● **4** Skizziert zwei weitere Filmbilder und erzählt anhand dieser, wie die Geschichte weitergehen könnte.
MK

3.3 Mir lief es eiskalt den Rücken hinunter · Spannung erzeugen

A03 D02 Hörverstehen

A Louise Arnold: Arthur Unsichtbar (2008, Ausschnitt)

Toms Auge hatte auf dem Bild noch eine leichte Spur von Rot, und sein Haarbüschel war eindeutig sichtbar, doch das war es nicht, was Tom eine Gänsehaut machte. Als Tom das Foto schweigend anstarrte, fiel ihm plötzlich das Kinn herunter.

Tom war nicht allein auf dem Foto.

Hinter Tom stand ein Junge und grinste wie wild. Der Junge sah aus, als ob er aus einem Schwarzweißfilm gesprungen wäre, und sein Haar wirkte noch lächerlicher als Toms Büschel. Irgendetwas an dem Jungen wühlte eine Erinnerung auf, und als Tom genau hinsah, spürte er, dass er ihn wiedererkannte – es war der Junge aus dem Krankenhaus! Der Junge, der auch bei dem Autounfall dabei gewesen war. Aber ... das war doch unmöglich. Tom war allein gewesen, als das Foto gemacht wurde. Wie konnte der Junge dabei gewesen sein? Was war – ein Rascheln unter Toms Bett brachte seinen Gedankenfluss zum Stocken. Sein Herz raste, er hielt den Atem an. [...]

Aber wenn Tom beschreiben sollte, was als Nächstes geschah, würde er es wahrscheinlich so machen: Unter dem Bett sprang ein Junge hervor, der Junge, der, den er bei dem Autounfall gesehen hatte. Der aus dem Krankenhaus. Der auf dem Foto. Er bestand nur aus staubigen Farben, grauen Flecken, und jetzt, als Tom ihn richtig betrachten konnte, bemerkte er schockiert, dass der Junge leicht durchsichtig war. Seine Ohren saßen schief am Kopf, und sein Haar sah aus, als ob sich jede einzelne Strähne entschlossen hätte, in eine andere Richtung zu wachsen. Er war ein bisschen größer als Tom, aber nicht viel, und gekleidet wie jemand aus einem alten Buch.

A04 D03 Hörverstehen

B Edward F. Benson: Die Turmstube (2013, Ausschnitt)

Ich war ungefähr sechzehn Jahr alt, als ich zum ersten Mal einen bestimmten Traum hatte, in dem sich Folgendes ereignete: Es begann damit, dass ich vor einem großen roten Ziegelhaus stand, wo ich übernachten sollte. Ein Diener öffnete die Tür, meldete mir, dass im Garten Tee getrunken werde, und führte mich durch eine niedrige, dunkel getäfelte Diele[1] mit einem großen offenen Kamin zu einem heiteren grünen Rasen, der von Blumenbeeten eingefasst war. Eine kleine Gesellschaft war um den Teetisch versammelt, aber ich kannte nur einen von allen, einen meiner Mitschüler namens Jack Stone; offensichtlich war er der Sohn des Hauses und er stellte mich seiner Mutter, seinem Vater und seinen Schwestern vor. [...]

Nach kurzer Zeit sagte Mrs. Stone, die wie die übrige Gesellschaft in tiefem Schweigen dagesessen hatte, zu mir: „Jack wird Ihnen Ihr Zimmer zeigen: Ich habe Ihnen die Turmstube zugewiesen."

Völlig unerklärlicherweise sank mein Herz[2] bei ihren Worten. Mir war, als hätte ich gewusst, dass ich in die Turmstube sollte, und als ob sie etwas Fürchterliches und Entscheidendes enthielt. Jack stand sofort auf und ich verstand, dass ich ihm folgen musste. Schweigend gingen wir durch die Diele und stiegen eine breite eichene[3] Treppe mit vielen Biegungen hinauf, bis wir auf einem kleinen Absatz mit zwei Türen anlangten. Eine davon stieß er für mich auf, und ohne selbst einzutreten, schloss er sie hinter mir. In diesem Augenblick wusste ich, dass mich mein Argwohn[4] nicht getrogen[5] hatte: Irgendetwas Schreckliches war in dem Zimmer, und während das Grauen des Albdrucks[6] rasch wuchs und mich überwältigte, erwachte ich, starr vor Entsetzen.

---

1 dunkel getäfelte Diele: Flur mit einer Decke und Wänden aus dunklem Holz 2 sank mein Herz: bekam ich Angst
3 eichen: aus Eichenholz 4 der Argwohn: Verdacht 5 getrogen: getäuscht 6 der Alpdruck: Angsttraum

A05 D04 Hörverstehen

C Dietlof Reiche: Geisterschiff (2002, Ausschnitt)

Und in dem Moment, als sie den Schlüssel abzog, hörte sie es.

Jemand hatte geächzt[1].

Lena stand stocksteif und lauschte.

Nichts.

Hatte sie sich getäuscht? Unschlüssig wandte sie sich zur Treppe. Und da war es wieder: Jemand ächzte. Ein Mann musste das sein. Und es kam von oben.

Lena lauschte mit angehaltenem Atem.

Oben auf dem Dachboden ächzte und stöhnte ein Mann.

War der Vater doch nicht weggefahren?

Zögernd ging Lena zur Bodentreppe. Dort hielt sie inne. Ob sie Felix rufen sollte? Nein. Was hier im Haus passierte, das war nun wirklich ihre Sache. Sie begann, die Bodentreppe hinaufzusteigen. Unwillkürlich tat sie das leise und vorsichtig. Auf halber Höhe hielt sie an.

Das Ächzen und Stöhnen war verstummt.

Hatte sie sich verhört?

Aber das wollte sie genau wissen. Langsam stieg sie weiter die Treppe hinauf. Und hielt erneut an.

Da war es wieder, das Ächzen und Stöhnen. Und nun konnte sie es auch orten[2]: Es schien aus der Bodenkammer zu kommen. Suchte der Vater etwas in der Truhe? Aber warum ächzte und stöhnte er dabei?

Lena überlegte. Dann huschte sie die Treppe hoch und zur Tür der Kammer.

Eindeutig. Das Ächzen und Stöhnen kam von da drinnen. Vorsichtig drückte Lena die Klinke nieder ... Abgeschlossen! Die Tür zur Bodenkammer war abgeschlossen. Warum schloss der Vater hinter sich ab? Dumme Frage. Weil er etwas in der Truhe suchte und dabei nicht gestört werden wollte.

Wieder zögerte Lena. Sollte sie umkehren? Einfach verschwinden? Und wenn dem Vater etwas passiert war? Wenn er dort drinnen in der Kammer lag? Erst neulich hatte sie gelesen, dass Köche öfter einen Herzinfarkt bekamen als andere Leute.

Lena holte den Generalschlüssel[3] aus der Tasche und schob ihn ins Schloss. Behutsam drehte sie ihn um. Das Schloss gab keinen Laut von sich. Leise drückte sie die Tür auf.

Und da war er.

Lena stand starr vor Schreck.

Da war der Mann, den sie schon einmal gesehen hatte.

Es war der Mann aus dem Traum heute Nacht.

Er saß gegen die Truhe gelehnt, die Beine mit den Stulpenstiefeln[4] breit von sich gestreckt.

1 ächzen: angestrengt atmen 2 orten: erkennen, wo das Geräusch herkommt 3 der Generalschlüssel: Schlüssel, der in jedes Schloss des Hauses passt 4 der Stulpenstiefel: Stiefel, die sich nach oben trichterförmig öffnen

1 Lest die drei Texte **A** – **C** (Seite 53–54) und besprecht, welchen ihr am spannendsten findet. Begründet am Text.

2 Untersucht, wie die unheimliche Figur in Textausschnitt **A** (Seite 53) dargestellt ist. Notiert Stichpunkte.

3 Untersucht die Sprache in den Textausschnitten **B** (Seite 53) und **C** (Seite 54).

a) Sucht düstere und gruselige Stellen aus den beiden Texten heraus.

b) Übernehmt die folgende Tabelle und vervollständigt sie.

c) Denkt euch weitere anschauliche Formulierungen für einen gruseligen Text aus und ergänzt diese in der Tabelle. Ihr könnt die Kompetenzbox nutzen.

Textstelle	**sprachliche Mittel**
Lena stand stocksteif und lauschte. (Text **C** *, Zeile 4)*	*ausdrucksstarkes Adjektiv und Verb, Reaktion des Körpers wird beschrieben*
...	...

4 Schaut euch die Erzähler der drei Texte **A** – **C** (Seite 53–54) an.

a) Bestimmt mithilfe der Kompetenzbox auf Seite 60 die Erzählform. Erläutert, aus wessen Sicht jeweils erzählt wird.

b) „Wenn eine Gruselgeschichte von einem Ich-Erzähler erzählt wird, ist sie immer spannender als eine Gruselgeschichte mit einem Er-/Sie-Erzähler." Nehmt Stellung zu dieser Aussage.

5 **EXTRA** Denkt euch einen Geist sowie einen gruseligen Ort aus und schreibt eine kurze spannende Geschichte, in der ihr an diesem Ort auf den Geist trefft.

Erzählen S. 302 **KOMPETENZBOX**

Spannung erzeugen

Um besonders spannend und anschaulich zu erzählen, könnt ihr folgende Mittel einsetzen:

- wörtliche Rede, Wiedergabe von Gedanken oder Fragen verwenden *(Das konnte doch nicht sein. Träumte er?)*
- das Aussehen der Figuren und auffällige Einzelheiten beschreiben *(spitze Zähne lugten hervor; blutunterlaufene Augen)*
- körperliche Reaktionen der Figur darstellen *(Seine Nackenhaare stellten sich auf und seinen ganzen Körper überzog eine Gänsehaut.)*

- die Besonderheiten des Ortes und seine Wirkung veranschaulichen *(Kalte Zugluft streifte im trüben Mondschein seine Haut und er fröstelte.)*
- Andeutungen oder Vorhersagen machen *(Was ihn nun erwartete, … Er glaubte kaum, was dann geschah.)*
- mit Verzögerungen oder Wiederholungen arbeiten *(Wieder zögerte Lena. Sollte sie umkehren? Einfach verschwinden? Und wenn dem Vater etwas passiert war?)*

Stationen: Mit Sprache Spannung erzeugen

Station A: Unheimliche Orte – unheimliches Aussehen

1 Betrachtet das linke Bild und beschreibt den Ort und seine Umgebung mit möglichst unterschiedlichen Formulierungen.

2 Betrachtet das rechte Bild. Übernehmt das Cluster und ergänzt es mit Formulierungen, die das unheimliche Aussehen beschreiben.

Ein verfallenes Haus bei Vollmond kann der Ort in einer gruseligen Geschichte sein.

Verkleidung am „Día de los Muertos" (Tag der Toten) in Mexiko

Orte und Umgebung
- *verfallenes Haus*
- *Mitternacht im Wald*

Aussehen
- *bleiches Gesicht*
- *schwarz umrandete Augen*

Station B: Unheimliche Wörter

1 Legt jeweils ein Cluster mit Verben, Adjektiven und Wortgruppen mit einem Nomen an, die zu Gruselgeschichten passen.

Verben
- *spuken*
- *erschrecken*
- *flüstern*

Adjektive
- *leise*
- *blutrot*
- *durchsichtig*

Wortgruppen mit Nomen
- *starr vor Schreck*
- *fahles Mondlicht*
- *blecherne Stimme*

2 Formuliert zu jedem Cluster drei Beispielsätze.

Station C: Unheimliche Abenteuer

1 Ordnet die Sätze **A** – **F** den folgenden drei Begriffen zu und ergänzt weitere Beispiele.

Gedanken/Gefühle | Verzögerung | Rückblende/Vorausdeutung

A Auf einmal stieß er einen spitzen Schrei aus und ...
B Plötzlich, ich traute meinen Augen nicht, ...
C Gestern hatte er doch all seine Sachen hier abgelegt.
D Doch was uns jetzt erwarten sollte, übertraf alle Vorstellungen.
E „Da war doch was!", dachte er erbleichend.
F Nein, das konnte nicht wahr sein! Hatte er sich getäuscht?

2 Schreibt eine kurze Geschichte und beginnt mit dem folgenden Satz.
MK
- Verwendet mindestens drei verschiedene Gestaltungsmittel, um ein unheimliches Abenteuer daraus zu machen.
- Dreht ein kurzes Video zu eurer Geschichte und versucht die Stimmung zu transportieren.

Ein Mann öffnete die Tür und ging durch den Raum.

3 **EXTRA** Kennt ihr den „Día de los Muertos", den mexikanischen Tag der Toten? Recherchiert zu diesem traditionsreichen Brauchtum. Schreibt zu dem folgenden Anfang eine kurze Geschichte:
MK

Fröhlich buntes Feiern auf einem mexikanischen Friedhof? Das kam Lisa spanisch vor ...

Station D: Unheimliche Gefühle

1 Auch der Körper zeigt bei Angst verschiedene Reaktionen.
Übernehmt die folgende Tabelle und ergänzt weitere Beispiele.

Körperreaktion	Mimik	Gestik, Körperhaltung
Gänsehaut	*Augen weiten sich*	*Hände vor das Gesicht halten*
erhöhter Herzschlag	*Mund offen*	*erstarrt sein*
...	...	...

2 Wann hattet ihr zum letzten Mal richtig Angst? Beschreibt die Situation mithilfe der Tabelle aus Aufgabe 1.

Station E: Unheimliche Situationen

1 Was könnte geschehen sein? Sammelt Ideen für die folgenden Situationen.
Notiert außerdem passende Formulierungen für eine mögliche Geschichte.

Nachtwanderung zur Schlossruine | Bootsfahrt auf einsamem See | Gewitter | eingeschlossen im Zoo

2 Stellt die Beispiele aus Aufgabe 1 in Standbildern dar und haltet sie auf Fotos fest.
MK

3.4 Unheimliches mitten im Alltag · Einen Erzählkern ausgestalten

Einen Erzählplan aufstellen

Eigentlich Lebensraum für seltene Tiere, aber in einem Moor kann es gruselig sein: Der Boden ist nass und gibt nach, wenn man darauf tritt, und er besteht aus toten Pflanzenteilen und Schlamm.

1 Betrachtet das Bild und besprecht, welche Gedanken euch durch den Kopf gehen.

2 Klärt mithilfe der W-Fragen, welche Informationen die Zeitungsmeldung enthält.

S. 273

3 Eine Zeitungsmeldung konzentriert sich auf die wichtigen Informationen, verschweigt aber die Hintergründe des Geschehens.

Cluster → S. 344

a) Was könnten der Vater und seine Kinder erlebt haben? Tragt Ideen in einem Cluster zusammen.

b) Überlegt, wie der Höhepunkt der Geschichte aussehen könnte. Fertigt einen Stichwortzettel an.

Nacht im Moor

Dachsberg. Eine schaurige Nacht im Horbacher Moor musste ein Vater mit seinen Kindern durchleben. Nach einer Fahrradpanne versuchte Herr T. mit Maria (12) und Tom (10) zu Fuß heimzukommen. Bei Frost und Nebel verirrten sie sich jedoch im Moor. Eine groß angelegte Suchaktion der Polizei, die die besorgte Mutter ausgelöst hatte, brachte erst am nächsten Morgen Erfolg: Spürhunde der Polizei fanden die drei völlig durchgefroren.

4 Ergänzt den folgenden Erzählplan. Besprecht eure Ergebnisse.

Vater und Kinder verirren sich im Moor – gute Laune bei allen – Fahrradtour durch Moorgebiet am späten Nachmittag – Reifen kaputt – Vater stellt mit Schrecken fest, dass sie sich verirrt haben – kein Handyempfang im Moor – Panik bei den Kindern – Picknickdecke hilft gegen Kälte – Geräusche – im Nebel taucht Gestalt auf

5 Denkt euch einen anschaulichen Anfang und einen passenden Schluss für die Geschichte aus. Notiert Stichpunkte.

MK **6** **EXTRA** Sucht nach Zeitungsmeldungen, die sich als Erzählkern eignen, und erstellt dazu einen Erzählplan.

Die Erzählform wählen, die äußere und innere Handlung darstellen

A *Schon 20:00 Uhr – ich schaute entnervt auf mein Handy, immer noch kein Netz. Das gab es doch nicht! Irgendwie mussten wir hier doch rauskommen. Wo war nur die Straße in Richtung Stadt? Ich merkte, wie die Kälte langsam an mir hochkroch. Meine Hände waren schon ganz eisig und ich musste zugeben, dass sich nun auch in mir etwas Angst breitmachte. Und wie sollte es erst Maria und Tom gehen? Tom hatte doch Angst, wenn es dunkel war. Ich hoffte, dass zumindest Maria ruhig bleiben würde, denn sie war immer schon sehr mutig gewesen. Und dann wurde es auch noch immer dunkler. Wir benötigten dringend eine Stelle zum Übernachten, weil es nicht so aussah, als ob sich unsere Situation bald ändern würde. Maria lief hinter mir her, hielt ihren Bruder fest und versuchte, ihn zu trösten. Ein tapferes Mädchen ... Plötzlich sagte Tom zitternd: „Papa, ich will endlich nach Hause."*

B *Tom, mein kleiner Bruder, hielt meine Hand fest umschlungen und krallte sich regelrecht an mich, sodass ich sein Zittern bemerkte. Ich streichelte ihm immer wieder über den Kopf, um ihm die Angst zu nehmen. Jetzt musste ich die Mutige sein, auch wenn mir ganz anders zumute war. „Wir finden hier schon heraus. Papa ist doch bei uns!", beruhigte ich ihn, so gut ich konnte. Doch es wurde immer dunkler. Wir waren jetzt schon seit Stunden unterwegs und mir taten die Füße weh. Papa hatte mit dem Handy immer noch kein Glück, er probierte es aber alle paar Minuten und ich merkte, dass auch er Angst hatte. Bei jedem Geräusch, das ich hörte, zuckte ich zusammen. Was, wenn wir die Nacht hier verbringen müssten, schoss es mir immer wieder durch den Kopf und plötzlich flüsterte Tom mit tränenerstickter Stimme: „Papa, ich will endlich nach Hause."*

C *Maria lief mutig hinter ihrem Vater her, der immer wieder versuchte, seine Frau auf dem Handy zu erreichen, doch vergebens, kein Empfang. Eigentlich hatte Maria keine Angst, weil ihr Vater dabei war, doch langsam begann auch sie sich Sorgen zu machen. Besorgt schaute der Vater immer wieder abwechselnd in den Himmel und dann auf seine Kinder. Er wusste, dass es bald dunkel werden würde. Die Sonne verschwand schon langsam hinter dem Horizont und es wurde Abend. Er stellte sich vor, hier im Moor die Nacht zu verbringen. Bei diesem Gedanken erschauderte er. Das wollte er nicht, auf keinen Fall! Tom, der Jüngere der beiden, hielt fest die Hand seiner Schwester umschlossen. Er hatte sich fest vorgenommen, sich nicht zu fürchten, doch nun sprach er mit leiser Stimme plötzlich in die Stille: „Papa, ich will endlich nach Hause."*

○ **1** Stellt dar, welcher Text euch am besten gefällt. Begründet.

◒ **2** Aus welcher Sicht werden die Texte **A** und **B** erzählt? Erklärt, woran ihr das erkennt.

S. 273 ○←◒
äußere, innere Handlung → S. 105

3 In einer Geschichte gibt es Handlungen, die für alle Figuren sichtbar oder hörbar sind (äußere Handlung), und Handlungselemente, wie Gefühle und Gedanken, die nur einer Figur bewusst sind (innere Handlung).
Überlegt, was in den Texten **A** und **B** (Seite 59) für alle Figuren sichtbar ist und was in den Figuren passiert. Übernehmt die folgende Tabelle und füllt sie aus.

	Text **A**	Text **B**
äußere Handlung (für alle Figuren sichtbar)	– *Vater versucht Mutter anzurufen* – *einsetzende Dunkelheit* – *Maria läuft hinter ihrem Vater her, hält die Hand ihres Bruders fest und versucht, ihn zu trösten* – …	…
innere Handlung (Gedanken und Gefühle)	– *Vater friert* – *hat eisige Hände, bekommt Angst* – *macht sich Sorgen um die Kinder* – …	…

◒ **4** Text **C** (Seite 59) unterscheidet sich von Text **A** und **B** (Seite 59). Prüft, welche der beiden folgenden Aussagen auf Text **C** zutrifft.
Begründet eure Entscheidung mit passenden Textstellen.

1 Im Zentrum stehen die Gedanken und Gefühle einer Figur. Es wird aus ihrer Sicht erzählt.
2 Der Erzähler kennt die Gedanken und Gefühle aller drei Figuren. Er ist allwissend.

S. 274 ○←◒ **5** Formuliert den Teil der Geschichte von Seite 59 in der Er-/Sie-Form aus der Sicht Toms. Stellt dabei sowohl die äußere als auch die innere Handlung dar.

● **6** Diskutiert, ob eher die äußere oder die innere Handlung eine Geschichte spannend macht.

Erzählform, Handlung S. 317 **KOMPETENZBOX**

Die Erzählform wählen, die äußere und innere Handlung darstellen

Ihr könnt zwischen zwei Erzählformen wählen:

Ich-Form

Der Ich-Erzähler kann darstellen, was **aus seiner Sicht** geschieht (äußere Handlung) und was er denkt und fühlt (innere Handlung).

Er-/Sie-Form

Der Er-/Sie-Erzähler kann die **Sicht einer Figur** einnehmen und nur aus ihrer Wahrnehmung die Handlung (äußere Handlung) und ihre Gedanken und Gefühle (innere Handlung) schildern.

Der Er-/Sie-Erzähler kann **allwissend** erzählen, was geschieht (äußere Handlung), und kennt die Gedanken und Gefühle **aller Figuren** (innere Handlung).

Die Erzählung schreiben und überarbeiten

Einleitung:
Langsam, Schritt für Schritt liefen wir auf dem schmalen Steg im Moor. Würden wir hier wieder herausfinden? Wir, das waren mein Vater, meine Schwester Maria und ich, Tom. Eigentlich wollten wir längst zu Hause sein, doch mitten in der Pampa streikte ein Reifen. Und nun waren wir schon seit zwei Stunden unterwegs ...

Hauptteil:
Papa und Maria schliefen, sie taten jedenfalls so. Ich konnte kein Auge zutun. Ich hatte furchtbare Angst – überall hörte ich ein seltsames Glucksen und in meinem Kopf spielte sich Furchtbares ab. Das waren sie! Die Moorgeister, von denen mein Freund Moritz mir erzählt hatte! Es war stockfinster, sodass der bleiche Mond umso schlimmer wirkte. Auf einmal knackte es hinter mir. Ich traute mich nicht, nach hinten zu schauen, krallte meine Hände in Marias Rücken. Das Schlottern der Zähne kam nun nicht mehr nur von der Kälte. Ich fuhr zusammen, als sie sich plötzlich umdrehte. „Was kann das sein?", flüsterte, nein, stotterte ich. Da kam etwas auf uns zu, zwei rote Punkte leuchteten grell und wir bewegten uns nicht, keinen Laut wagten wir zu machen. Ich dachte immer nur: „Es gibt keine Gespenster!" Was nun passierte, ließ mich so erschrecken, dass ich laut schrie. Ich weinte ...

Schluss:
Als die Polizei kam, winkten wir wie wild und freuten uns ...

S. 274 ○ ← ◒ **1** Beurteilt die drei Ausschnitte aus dem Text einer Schülerin. Dabei können euch folgende Fragen helfen:
- Wird am Anfang eine unheimliche Situation geschildert, sodass die Leserin/der Leser in die Geschichte hineingezogen wird?
- Ist die Erzählform so gewählt, dass durch die innere Handlung die Spannung gesteigert wird und die Leserin/der Leser mitfiebert?
- Werden in der gesamten Geschichte sprachliche Mittel verwendet, um eine gruselige Stimmung zu erzeugen?
- Sind die Handlungsschritte logisch und in einer nachvollziehbaren Reihenfolge?
- Wird am Schluss die Situation aufgelöst?

◒ **2** Schreibt einen Schluss für die Geschichte. Nutzt dafür auch die Abbildung.

S.274 ◒ ← ● **3** **a)** Erstellt einen Erzählplan zu der folgenden Zeitungsmeldung.
b) Schreibt mithilfe eures Erzählplans eine Geschichte.
c) Lest in Gruppen eure Geschichten vor und macht Verbesserungsvorschläge. Orientiert euch an der Checkliste auf Seite 304.

Stromausfall in der Geisterbahn

Mannheim. Gestern kam es in Mannheim auf dem Jahrmarkt zu einem merkwürdigen Zwischenfall in der Geisterbahn. Kurz vor 17:30 Uhr gab es einen Stromausfall, sodass alle Besucher im Inneren der Bahn bleiben mussten. Sie konnten erst in den frühen Morgenstunden von der Feuerwehr befreit werden.

MK **4** **EXTRA** Sammelt eure Geschichten und erstellt ein Buch mit spannenden oder gruseligen Geschichten. Gestaltet auch ein passendes Titelblatt. Ihr könnt ein Textverarbeitungsprogramm nutzen.

Erzählkern ausgestalten S.303–304 **KOMPETENZBOX**

Einen Erzählkern ausgestalten

Der Erzählkern enthält in knapper Form die wichtigsten Informationen auf die W-Fragen. Als Grundlage können zum Beispiel Zeitungsmeldungen dienen.

1. Planen
- Erzählkern untersuchen: Ort, Zeit, Figuren, Handlung
- Ideen durch Arbeitstechniken sammeln: *Brainstorming, Cluster, W-Fragen beantworten*
- Erzählform festlegen: Ich- oder Er-/Sie-Form
- Handlungsschritte notieren: Anfang, Höhepunkt und Schluss
- nachvollziehbare Reihenfolge (roten Faden) und Spannungsaufbau festlegen
- Überschrift suchen

2. Schreiben
- innere Handlung darstellen (Gedanken und Gefühle, Stimmungen, Sinneseindrücke)
- interessante Einzelheiten von Figuren und Orten beschreiben
- wörtliche Rede einsetzen
- anschauliche Verben, Adjektive und Vergleiche verwenden
- mit Andeutungen, Verzögerungen und Wiederholungen arbeiten

3. Überarbeiten
- Arbeitstechniken verwenden: *Checkliste* (Seite 304), *Textlupe* (Seite 345), *Schreibkonferenz* (Seite 344)
- Rechtschreibung, Grammatik und Satzzeichen überprüfen

Einen Erzählkern ausgestalten

Schulklasse wird von falschem Gespenst erschreckt

Pforzheim. In der vergangenen Woche hat es bei einer Klassenfahrt auf der Burg Rabeneck einen ungewöhnlichen Zwischenfall gegeben. Eine 6. Klasse eines Stuttgarter Gymnasiums war mit ihrer Klassenlehrerin im Ostflügel der Burg untergebracht. Während des Abendessens im Rittersaal fiel eine der aufgestellten Ritterrüstungen um und bewegte sich scheppernd über den Boden. Die Schülerinnen und Schüler konnten sich den Vorgang zunächst nicht erklären. Nach kurzer Zeit war der Spuk allerdings vorbei. Das Visier des Helms öffnete sich und eine Katze sprang heraus. Sie war in die Rüstung geklettert und hatte nach dem Sturz eine Weile gebraucht, um sich wieder zu befreien.

1 a) Klärt, warum in der Überschrift von einem falschen Gespenst die Rede ist.
b) Entnehmt dem Text Informationen, die ihr für eine Gruselgeschichte nutzen könnt.

2 Sammelt die Gedanken, Gefühle und Körperreaktionen der Kinder in dem Moment, als die Ritterrüstung umfällt.

S. 274 ○ ← **3** Untersucht den folgenden Text eines Schülers.
a) Bestimmt die Erzählform.
b) Prüft, ob die Erzählform und die Darstellung der inneren Handlung zusammenpassen. Begründet.

Als die Rüstung umkippte, erschrak ich. Und dann bewegte sie sich auch noch. Ich hielt den Atem an. Das Scheppern des Metalls auf dem kalten Steinboden war ganz schön laut. Ich konnte keinen Ton von mir geben. Felix wollte weglaufen. Er dachte, dass da ein Poltergeist war. Doch als das Kätzchen die Rüstung verlassen hatte, musste ich über meine Angst lachen.

4 Überarbeitet den Höhepunkt der Geschichte und gestaltet ihn spannender und anschaulicher. Nutzt dazu die Ergebnisse aus Aufgabe 2 und die Kompetenzbox auf Seite 62.

5 a) Nennt ohne langes Nachdenken die Begriffe, die euch als Erstes durch den Kopf gehen, wenn ihr die folgenden Reizwörter lest. Hört euch auch die Ideen eurer Mitschülerinnen und Mitschüler an.
b) Denkt euch eine Geschichte zu diesen Reizwörtern aus. Erstellt zuerst einen Erzählplan. Notiert die Handlungsschritte in einer nachvollziehbaren Reihenfolge.
c) Wählt eine passende Erzählform. Überlegt, wie ihr die innere Handlung darstellen könnt.
d) Schreibt eure Geschichte und nutzt verschiedene Mittel, um Spannung zu erzeugen. Orientiert euch an der Kompetenzbox auf Seite 55.

Zu sogenannten Reizwörtern findet ihr Ideen für eine Geschichte:

Klopfen   dunkel   heulen   Sturm   Schatten

3.5 Alles an ihnen war farblos ... · Einen literarischen Text weiterschreiben

Cornelia Funke: Geisterritter (2011, Ausschnitt)

Jon Whitcroft wird von seiner Mutter und ihrem Freund gegen seinen Willen auf das Internat nach Salisbury geschickt. Er fühlt sich abgeschoben, und die dunklen Gemäuer, die engen Flure und die fremden Gesichter machen seine Lage nicht besser. In seiner sechsten Nacht im Internat kommt es zu einer unheimlichen Begegnung.

In unserem Dreibettzimmer war Angus der unbestrittene Inhaber des Einzelbetts. Angus war einen Kopf größer als ich, drei viertel schottisch (über das andere Viertel schwieg er sich aus), ein ziemlich guter Rugby-Spieler und einer der Auserwählten, wie die Choristen[1] der Schule von uns weniger Auserwählten genannt wurden. [...] Über Angus' Bett hingen Fotos von seinem Hund, zwei Kanarienvögeln und einer zahmen Schildkröte, doch keins von den menschlichen Mitgliedern seiner Familie. [...] Angus schlief unter einem Berg von Stofftieren und trug Schlafanzüge mit Hundemuster, was beides, wie ich schnell lernte, besser unkommentiert blieb, wenn man nicht am eigenen Leib erfahren wollte, was eine Schottische Umarmung war.

Stu belegte das obere Etagenbett, was mir das untere übrig ließ, und eine Matratze über meinem Kopf, deren Ächzen mich in den ersten Nächten jedes Mal aus dem Schlaf riss, wenn Stu sich umdrehte. Stu war nur unerheblich[2] größer als ein Eichhörnchen und hatte so viele Sommersprossen, dass sie kaum auf sein Gesicht passten. Außerdem war er so gesprächig, dass ich sehr dankbar dafür war, dass Angus ihm von Zeit zu Zeit einfach den Mund zuhielt. Stu hatte keine Leidenschaft für Stofftiere oder hundebedeckte Schlafanzüge. Er liebte es, seinen mageren Körper mit falschen Tattoos zu bedecken, die er sich mit wasserfesten Markern an jede erreichbare Stelle malte [...].

Die zwei taten ihr Bestes, mich aufzumuntern, aber neue Freunde vertrugen sich nicht mit meiner Überzeugung, verstoßen und unglücklich zu sein. Zum Glück nahmen weder Angus noch Stu mein mürrisches Schweigen persönlich. Angus hatte selbst noch Anfälle von Heimweh, obwohl es schon sein zweites Internatsjahr war, und Stu war zu beschäftigt damit, sich in jedes halbwegs gut aussehende Mädchen auf der Schule zu verlieben, um allzu viele Gedanken an mich zu verschwenden. Die Nacht, in der mir klar wurde, dass Heimweh meine geringste Sorge in Salisbury sein würde, war meine sechste Nacht. Angus summte im Schlaf irgendeine Hymne[3] vor sich hin, die er für den Chor probte, und ich lag da und fragte mich wieder mal, wer zuerst nachgeben würde: meine Mutter, weil sie endlich einsah, dass ihr einziger Sohn für sie wichtiger war als ein vollbärtiger Zahnarzt, oder ich, weil ich mein bleischweres Herz leid sein und sie anbetteln würde, mich nach Hause zu holen.

Ich wollte mir gerade das Kissen über den Kopf ziehen, um Angus' gemurmeltem Singsang zu entkommen, als ich das Schnauben der Pferde hörte. Ich erinnerte mich noch, dass ich mich fragte, ob Edward Popplewell neuerdings mit dem Pferd vom Pub[4] nach Hause kam, während ich zum Fenster tappte. Angus' schläfriges Gesumme, unsere Kleider auf dem Boden, das kitschige[5] Nachtlicht, das Stu auf den Schreibtisch gestellt hatte – all das bereitete mich in keiner Weise darauf vor, dass draußen in der regennassen Nacht etwas Bedrohliches warten könnte.

Aber da waren sie.

---

1 der Chorist: Mitglied in einem Chor **2** unerheblich: hier: wenig **3** die Hymne: feierlicher, festlicher Gesang
4 das oder der Pub: engl. Kneipe **5** kitschig: geschmacklos

Drei Reiter, so bleich, als hätte die Nacht Schimmel angesetzt. Und sie starrten zu mir herauf.
Alles an ihnen war farblos: Umhänge, Stiefel, Handschuhe, Gürtel – und die Schwerter an ihrer Seite. Sie sahen aus wie Männer, denen die Nacht das Blut aus den Körpern gesaugt hatte. Dem Größeren hing das strähnige Haar bis auf die Schultern, und durch seinen Körper sah ich die Ziegel der Mauer, die den Garten umgab. Der neben ihm hatte ein Hamstergesicht und war ebenso wie der dritte so durchscheinend, dass der Baum hinter ihnen durch ihre Brustkörbe zu wachsen schien. [...]
Ihre Pferde waren ebenso bleich wie die Reiter, mit aschefarbenem Fell, das ihre fleischlosen Knochen wie zerschlissener[6] Stoff bedeckte.
Ich wollte mir die Augen zuhalten, nur um die blutleeren Gesichter nicht mehr zu sehen, aber ich konnte vor Angst nicht mal die Arme heben.
„Heh, Jon. Was starrst du da draußen an?“ Ich hatte nicht mal gehört, dass Stu aus dem Bett geklettert war. Der größte Geist zeigte mit dem knochigen Finger auf mich und sein lippenloser Mund formte eine lautlose Drohung. Ich stolperte zurück, aber Stu schob sich an mir vorbei und presste die Nase gegen die Fensterscheibe.

6 zerschlissen: durch langes Tragen abgenutzt und löchrig

○ **1** Wählt gruselige oder spannende Stellen aus dem Text aus. Begründet eure Wahl.

S. 274 ◒ ← ● **2** Wechselt die Sicht des Erzählers und beschreibt die Geschehnisse der sechsten Nacht aus der Sicht von Stu (ab Zeile 46).

◒ **3** **a)** Sammelt Ideen, wie die Geschichte weitergehen könnte. Notiert mögliche Handlungsschritte in einer nachvollziehbaren Reihenfolge und Stichworte zur inneren Handlung. Markiert den Höhepunkt.
b) Schreibt die Geschichte weiter und erfindet ein passendes Ende.

Einen literarischen Text weiterschreiben S. 320 **KOMPETENZBOX**

Einen literarischen Text weiterschreiben

1. Den Ausgangstext untersuchen
- Handlung, Figuren, Erzählweise und Sprache erfassen

2. Ideen notieren und Schreibplan erstellen
- Handlung fortsetzen und Eigenschaften der Figuren beibehalten

3. Den Text weiterschreiben
- Sprache, Satzbau und Erzählweise passend zum Ausgangstext verwenden

Das könnt ihr jetzt!

Einen Erzählkern ausgestalten

D05 Beispiellösung

Beispiel für eine Klassenarbeit

Gestaltet den folgenden Erzählkern zu einer spannenden Geschichte aus der Sicht des Jungen aus.

Vermeintliches Gewaltverbrechen entpuppt sich als Fernsehkrimi

Karlsruhe. Auf dem Heimweg von einem Kinobesuch hörte ein elfjähriger Schüler Hilferufe und angsterfüllte Schreie aus dem geöffneten Fenster eines Hauses. Daraufhin verständigte er die Polizei. Die beiden Polizisten, die wenig später eintrafen, mussten aber nur gegen einen harmlosen Fall von Ruhestörung einschreiten: Eine schwerhörige Frau hatte ihr Fernsehgerät, in dem gerade ein Krimi lief, zu laut gestellt.

Lösungen
→ S. 292

Schritt für Schritt zur Klassenarbeit

1. Klärt mithilfe der W-Fragen, welche Informationen die Zeitungsmeldung enthält.

2. Notiert die Handlungsschritte in Stichpunkten.
   - Entwerft Anfang, Hauptteil und Schluss.
   - Legt den Höhepunkt fest, den ihr später besonders spannend gestaltet.
   - Achtet auf eine nachvollziehbare Reihenfolge.
   - Überlegt euch eine passende Überschrift.

3. Überlegt, was ihr beachten müsst, wenn ihr aus der Sicht des Jungen schreibt. Ergänzt in eurem Erzählplan Stichworte zu den Gefühlen und Gedanken des Jungen.

4. Schreibt eure Geschichte und achtet dabei besonders auf eine spannende und anschauliche Gestaltung des Höhepunkts.

5. Überarbeitet eure Geschichte. Achtet dabei auf
   - eine nachvollziehbare Reihenfolge (roter Faden) der einzelnen Handlungsschritte.
   - spannende und anschauliche Formulierungen:
     - Beschreibt ihr interessante Einzelheiten des Ortes und der Figuren?
     - Stellt ihr die Gedanken der Figur dar?
     - Arbeitet ihr mit Verzögerungen und Wiederholungen?
     - Macht ihr Andeutungen und Vorhersagen?
     - Verwendet ihr wörtliche Rede?
     - Beschreibt ihr die Körperreaktionen der Figur?
   - die Rechtschreibung, die Grammatik und die Satzzeichen.

Einen literarischen Text weiterschreiben

Beispiel für eine Klassenarbeit

Lösungen
→ S.292

1 Erläutert, wie in dem folgenden Text Spannung erzeugt wird.

a) Entscheidet euch für drei Textstellen, die ihr besonders spannend oder unheimlich findet.

b) Erklärt, welche sprachlichen Mittel der Autor Jason Segel und die Autorin Kirsten Miller in diesen Stellen verwenden.

D06 Beispiellösung

2 Schreibt die Geschichte weiter. Gestaltet dazu den Höhepunkt aus, schreibt ein Ende und denkt euch eine Überschrift aus.

Am Ende des Flurs, der hinter einer merkwürdigen Tür lag, die mit Schlössern übersät war, wälzte Charlie [...] sich unruhig im Schlaf hin und her. Eigentlich hatte er sich darauf gefreut, dem Traumreich einen Besuch abzustatten, als er am Abend die Augen geschlossen hatte. Doch gelandet war er ganz woanders.

Wo genau, wusste Charlie selbst nicht. Er konnte nicht einmal die Hand vor Augen sehen. Noch nie hatte er solche Dunkelheit erlebt.

„Keine Panik“, befahl Charlie sich selbst. „Denk dran: In solchen Sachen bist du Profi.“

Er streckte einen Arm aus und ließ die Finger durch die Finsternis gleiten, spürte aber nichts außer Wind, der gegen seine Handfläche drückte. Er trat einen Schritt nach vorn, und sein nackter Fuß machte ein nasses, schmatzendes Geräusch, als er ihn aus dem morastigen[1] Boden zog. Charlie befand sich irgendwo im Freien, so viel stand fest. Er wagte sich einige Schritte weiter vor, dann blieb er stehen und schnupperte. In der warmen Brise[2], die ihn einhüllte, lag der Gestank von Dung[3]. Er hoffte, dieser stammte nicht von der Brühe, die zwischen seinen Zehen hervorquoll. Es gelang ihm zwar, seine Angst in den Griff zu bekommen, aber gegen den krassen Ekel war er machtlos. Auf einmal hatte Charlie es sehr eilig, weiterzugehen. Er hob ein Bein, doch dann erstarrte er mitten in der Bewegung. Er meinte, etwas gehört zu haben. Nicht viel – nur ein leises Grunzen, als hätte jemand ganz in der Nähe sich geräuspert. Vollkommen blind wirbelte Charlie in der Schwärze herum und lauschte angestrengt, woher das Geräusch kam. „Hallo?“, rief er. „Ist da draußen jemand?“

Mit angehaltenem Atem blieb er reglos stehen und wartete auf eine Antwort – und fürchtete sich zugleich vor einer Antwort. In der Ferne grollte Donner und der Wind wehte kräftiger. Charlie war nicht nur draußen, es war auch noch ein Unwetter im Anmarsch.

1 morastig: sumpfig 2 die Brise: Windhauch 3 der Dung: Tierkot

4 Natur erleben

Beschreiben und berichten

In der freien Natur dürft ihr kein Lagerfeuer machen, nur an gekennzeichneten Stellen in Parks und auf Wiesen.

1 Betrachtet das Bild und berichtet von ähnlichen Erfahrungen, die ihr in der Natur gemacht habt.

2 Beschreibt, wie ihr beim Anlegen einer Lagerfeuerstelle und beim Anzünden des Feuers vorgehen würdet. Nutzt die Notizen **A** – **E** (Seite 69).

Das lernt ihr jetzt!

4.1 eine Person beschreiben
4.2 einen Vorgang beschreiben
4.3 über ein Ereignis berichten, über einen Unfall berichten

A dünnere Holzstücke auf den Boden legen

B dünneres und dickeres trockenes Holz sammeln

C darüber dickere Holzstücke pyramidenähnlich aufstapeln

D geeigneten Platz suchen, Feuerstelle mit Steinen einkreisen

E unterschiedliche Stellen der Pyramide mit kleinen Papierfetzen anzünden

Treffen in Wald aufgelöst

Wangen, 28.07.2022 – Ein Treffen von Heranwachsenden zwischen 17 und 19 hat die Polizei am frühen Donnerstag in einem Waldstück am Trimm-Dich-Pfad „Kühler Brunnen“ aufgelöst. Die Gruppe, die aus rund 20 Personen bestand, feierte mit lauter Musik und Lagerfeuer im Wald. Da das Feuer trotz der derzeit anhaltenden starken Trockenheit nicht gegen das Herbeiführen eines Waldbrandes geschützt war und die Gruppe zudem Lärm und Unrat verursachte, erklärten die Polizisten das Treffen für beendet. Die Beamten löschten das Feuer und forderten die Gruppe, von der schon ein Teil beim Erkennen der Polizei geflohen war, auf, ihren Müll aufzuräumen. Dem kamen die jungen Feiernden widerwillig nach. Eine Anzeige gegen die Beteiligten wird derzeit geprüft.

3 Formuliert zu der Meldung „Treffen in Wald aufgelöst“ W-Fragen. Notiert die Antworten.

4 Untersucht, wie die Informationen in dem Zeitungsartikel dargestellt werden. Entscheidet euch dazu für treffende Adjektive und begründet mit Beispielen aus dem Text.

spannend | knapp | lustig | sachlich

detailliert | informativ | anschaulich

4.1 Große und kleine Abenteurer · Eine Person beschreiben

Sina verbringt eine Woche auf einer Kanutour für Jugendliche. Auf einem Ausflug begegnet sie einem Lehrer ihrer Schule und beschreibt ihn ihrer Freundin Canan am Telefon:

Sina: Du wirst nicht glauben, wer mir gestern auf dem Ausflug begegnet ist! Wir sind mit unseren Kanus durch ein kleines Dorf gepaddelt, als ich in einem Eisladen einen Lehrer unserer Schule gesehen habe. Ich glaube, er unterrichtet Geschichte.

Canan: Was für ein Zufall! Meinst du etwa Herrn Schulz?

Sina: Nein, er ist erst seit diesem Schuljahr da. Wenn man ihm in der Schule begegnet, dann guckt er immer ganz ernst und ist im Unterricht wohl ziemlich streng. Aber als ich ihn dort beim Kaffeetrinken gesehen habe, da wirkte er sympathisch und hat freundlich gelächelt.

Canan: Ich habe keine Ahnung, wen du meinst. Wie sieht er denn aus? Beschreib ihn doch mal.

Sina: Er ist bestimmt über 40 Jahre alt und ungefähr 1,80 Meter groß. Seine Haare sind kurz und er ist schlank. In der Schule hat er meist ein Jackett und Stoffhosen an. Aber hier im Urlaub sieht er ganz sportlich aus mit seinen kurzen Jeans und dem T-Shirt. Einen Bart hat er auch.

Canan: Ich bin mir immer noch nicht sicher, wen du meinen könntest. Du musst ihn mir in der Schule mal zeigen.

○ **1** Begründet mit Beispielen aus dem Text (Seite 70), dass es sich um ein Telefongespräch handelt.

◒ **2** a) Erläutert, warum Canan nicht weiß, wer gemeint ist. Belegt mit Beispielen aus dem Text.
b) Benennt, welche Angaben zur Person in dieser Situation wichtig wären.
c) Stellt dar, womit ihr diese Personenbeschreibung beginnen würdet.

S.274 ○ ← ◒ **3** Bildet Gruppen und sammelt für das Verfassen von Personenbeschreibungen Begriffe und Wortmaterial in Mindmaps. Geht dabei so vor:

Mindmap → S.344
Ober- und Unterbegriffe → S.187

- Findet andere Oberbegriffe und Unterbegriffe.
- Sammelt passende Nomen, Adjektive und Zusammensetzungen (Komposita).
- Tauscht euch mit den anderen Gruppen aus und ergänzt eure Mindmaps.

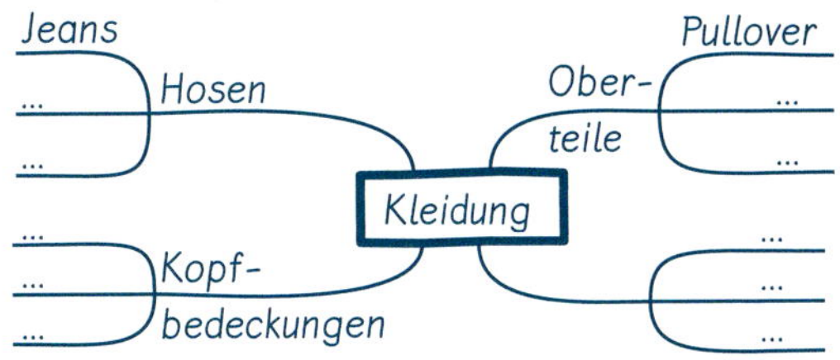

S.275 ○ ← ◒ **4** Überarbeitet zu zweit die Beschreibung (Seite 70), sodass sie genauer wird.
Geht dabei so vor:
- Überlegt gemeinsam, was beschrieben werden soll, zum Beispiel Gesamteindruck, Kopf und Gesicht, und teilt euch die Punkte auf. Formuliert jeweils einen Textteil.
- Lest euch die Vorschläge vor und überarbeitet sie gemeinsam.
- Bringt eure Abschnitte anschließend in eine sinnvolle Reihenfolge und verbindet sie zu einer vollständigen Personenbeschreibung.

◒ **5** Vergleicht die folgenden Texte **A** und **B**.
MK
a) Erläutert, welchen Zweck sie haben und welche Auswirkungen das auf die Personenbeschreibung hat.
b) Begründet, woran man bei **B** erkennt, dass es sich um eine Sprachnachricht handelt.
c) Benennt die Unterschiede zwischen einer schriftlichen Personenbeschreibung und einer mündlichen Personenbeschreibung in einer Sprachnachricht.
d) Klärt, warum es ist wichtig ist, dass man Personen beschreiben kann.

A

Die Kriminalpolizei bittet um Ihre Mithilfe

In der Nacht von Freitag auf Samstag wurde im Wald durch einen Mann ein Feuer entfacht, das einen erheblichen Schaden verursachte. Jugendliche aus einem Feriencamp in der Nähe beschreiben den Unbekannten als zwischen 1,70 und 1,75 Meter großen jungen Mann. Er hat eine schlanke Figur und [...].

Sachdienliche Hinweise nimmt die Polizei entgegen.

B

Hi Mama!
Ich hab dich nicht erreicht, jetzt eine kurze Sprachnachricht. Bin gut in Frankreich angekommen. Meine Gastfamilie hat mich abgeholt. Mach dir also keine Sorgen.
Meine Gastmutter ist sehr herzlich. Immer ein Lachen auf den Lippen. Sie hat mich mit offenen Armen am Flughafen begrüßt … so lieb.
Ein freundlicher Blick, Lachfältchen um die Augen, richtig sympathisch. Ich freue mich auf die nächsten Tage, die Ausflüge und so.
Hab dich lieb.

S.275 ○ ← ◒ **6** Die Polizei benötigt eure Hilfe, um nach dem Täter (Text **A** Seite 71) zu fahnden. Verfasst eine Personenbeschreibung des Brandstifters.

a) Betrachtet zuerst die Abbildung genau, notiert Stichpunkte und ordnet diese sinnvoll. Orientiert euch an der Kompetenzbox.

b) Beachtet den Zweck und die Zielgruppe der Personenbeschreibung.

c) Schreibt im Präsens und verwendet abwechslungsreiche Verben, genaue Nomen und treffende Adjektive. Nutzt die Mindmaps von Aufgabe 3 (Seite 71).

◒ **7** Tauscht eure Personenbeschreibungen aus. Gebt euch Rückmeldung, was gut gelungen ist, und Tipps für die Überarbeitung. Nutzt die Checkliste auf Seite 307.

Person beschreiben S. 307 **KOMPETENZBOX**

Eine Person beschreiben

1. Planen
- Anlass, Zweck und Zielgruppe beachten
  → vorwiegend sachlich schreiben oder persönliche Eindrücke wiedergeben
- Person oder Abbildung der Person genau betrachten
- Stichpunkte notieren zu:
  - allgemeine Angaben (Name, Geschlecht, Alter)
  - Gesamteindruck, Besonderheiten
  - äußere Merkmale: Größe, Körperbau, Kopf, Gesicht, Haltung, Kleidung
- Stichpunkte ordnen, zum Beispiel von den Einzelheiten zum Gesamteindruck

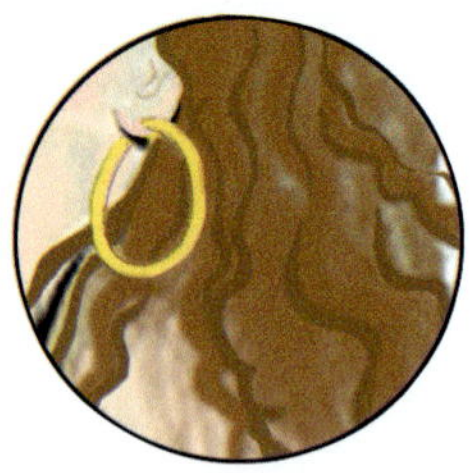

2. Schreiben
- im Präsens schreiben
- abwechslungsreiche und aussagekräftige Verben gebrauchen
  aussehen, erscheinen, tragen, besitzen, aufweisen
- genaue Nomen verwenden
  Zahnlücke, Augenbraue, Sommersprosse, Körperschmuck
- treffende Adjektive nutzen
  rosige Wangen, goldene Ohrringe, mandelförmige Augen

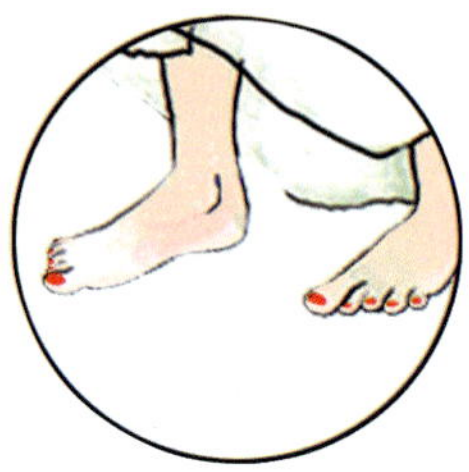

3. Überarbeiten
- Arbeitstechniken verwenden: *Checkliste* (Seite 307), *Textlupe* (Seite 345), *Schreibkonferenz* (Seite 344)
- Rechtschreibung, Grammatik und Satzzeichen überprüfen

Eine Person beschreiben

Lea und Emma haben in ihren Erlebnisferien im Jugendcamp eine neue Freundin gefunden.

1

2

3

Meine Freundin heißt Josy und ist zwölf Jahre alt. Sie ist circa 1,50 m groß und schlank. Sie hat ein ovales blasses Gesicht und lange hellblonde Haare, die sie am liebsten zu Zöpfen bindet. Ihre anliegenden großen Ohren sind meist von den Haaren verdeckt. Josy hat eine hohe Stirn, blaue mandelförmige Augen, helle Augenbrauen und eine hübsche Nase. Ihr Mund ist vergleichsweise breit und ihre Lippen sind recht schmal. Wenn sie lacht, treten ihre Wangen deutlich hervor. Sie trägt immer eng anliegende jeans-ähnliche Hosen und Stoffschuhe.
(Lea)

Meine Freundin heißt Josy und ist zwölf Jahre alt. Sie ist genauso groß wie ich. Am liebsten trägt sie T-Shirts und enge Hosen. Ihre großen Füße stecken immer in Stoffschuhen. Weil sie viel Sport treibt, ist ihr Körper ganz schön durchtrainiert. Sie spielt besser Fußball als alle meine Freunde.
Sie hat lange blonde Haare, die gut zu ihrer hellen Haut passen. Sie hat schmale Lippen und einen recht breiten Mund. Josy lacht sehr gern. Ich mag meine neue Freundin Josy sehr.
(Emma)

◒ **1** Lea und Emma haben beide ihre neue Freundin beschrieben. Findet heraus, mit welchem Mädchen sie befreundet sind. Begründet.

S.275 ○ ← ◒ **2** Überarbeitet eine der beiden Personenbeschreibungen so, dass man eindeutig erkennen kann, welches Mädchen gemeint ist.

4.2 Spiel und Spaß im Abenteuercamp · Einen Vorgang beschreiben

Merkmale von Vorgangsbeschreibungen kennenlernen

A **Aufbauanleitung für ein Tipi**

Material:
6 gerade Holzstangen (ca. 2,50 m),
dicke Schnur, große Zeltplane, Plastikplane,
ca. 5 größere Steine

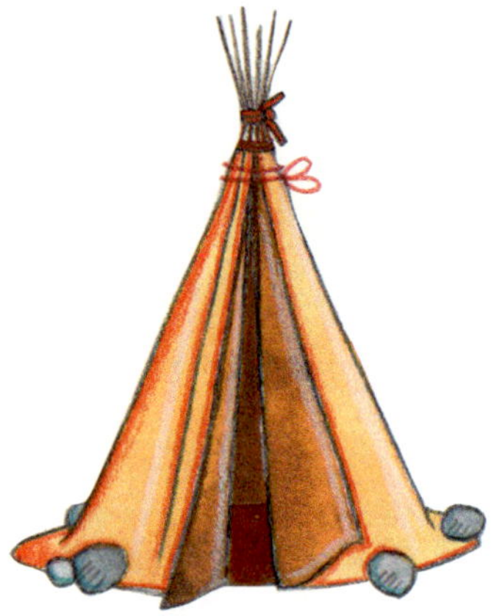

Drei Stangen müssen oben zusammengebunden und wie im Bild aufgestellt werden. Dann wird die große Zelt- oder Plastikplane darübergelegt und befestigt. Ihr müsst noch die anderen Stangen in gleichmäßigen Abständen ansägen. In der Plane muss ein Stück als Eingang offen bleiben. Der Platz, auf dem das Zelt stehen soll, muss trocken und eben sein.

B **Aufbauanleitung für ein Tipi**

Material:
6 gerade, gleich lange Holzstangen (ca. 2,50 m), dicke Schnur oder Kordel,
große Zelt- oder Plastikplane, Plastikplane zum Auslegen des Bodens im Inneren,
ca. 5 größere Steine

Arbeitsschritte:
1. Man sucht einen trockenen und ebenen Aufstellplatz.
2. Drei Stangen werden mit einer Schnur an einem Ende fest zusammengebunden.
3. Die Stangen werden so aufgestellt, dass das zusammengebundene Ende ähnlich einer Pyramide nach oben zeigt.
4. Man lehnt die restlichen Stangen in gleichmäßigen Abständen an und bindet sie ebenfalls zusammen.
5. Die Zeltplane wird so über die Stangen gelegt, dass sie unten ca. 15 bis 20 cm übersteht und ein Eingang offen bleibt.
6. Das obere Planenende wird mit Schnur an den Stangen befestigt und auf das untere Ende werden Steine gelegt.
7. Die Plastikplane wird im Zeltinneren auf dem Zeltboden ausgelegt.

○ **1** Vergleicht die beiden Texte **A** und **B**. Welche Aufbauanleitung sollten die Betreuerinnen/Betreuer in einem Abenteuercamp den Jugendlichen geben? Begründet.

S.275 ○ ← ◒ **2** Entwickelt aus den Texten Tipps für den Inhalt und den Aufbau einer gelungenen Aufbauanleitung.

Eine Vorgangsbeschreibung planen und verfassen

◒ **1** Ein Programmpunkt im Abenteuercamp soll eine Floßfahrt sein. Dazu erhalten die Jugendlichen diese Skizzen für den Bau eines Floßes. Beschreibt einer Partnerin/einem Partner mündlich die einzelnen Arbeitsschritte des Vorgangs.

S. 276 ○ ← ◒ **2** Betrachtet die Abbildungen 1 – 5 genau und notiert alle wichtigen Informationen auf einem Stichwortzettel.
- Nennt die Materialien und Werkzeuge, die benötigt werden.
- Beschreibt die Arbeitsschritte und die Durchführung.
- Beginnt wie in dem Beispiel zu Bild 1.

Bild 1
benötigtes Material und Werkzeug:
- *vier Schläuche aus Autoreifen*
- *zwei lange, dicke Holzstangen*
- *...*

3 Vergleicht die beiden Ausschnitte **A** und **B** aus Schülertexten. Achtet dabei auf die Prädikate. Ergänzt anschließend den folgenden Satz:

Die Passivform eines Verbs wird gebildet mit einer Form von ... und dem Partizip Perfekt des Verbs.

A *Zuerst wird das Grundgerüst des Floßes angefertigt. Die beiden dicken Holzstangen werden mit zwei der einen Meter langen Stangen in Form eines Rechtecks gelegt. Im Anschluss lassen sich die vier Holzstangen mit Seilen zu einem rechteckigen Rahmen verbinden. Dann wird in der Mitte die fünfte Stange als Querstrebe eingezogen. Dadurch lässt sich die Konstruktion zusätzlich stabilisieren. Nun werden die dünneren Holzstangen nebeneinandergelegt und werden mit einem Seil zusammengebunden.*

B *Man fertigt das Grundgerüst des Floßes an. Man legt mit den dicken Holzstangen und mit den langen Stangen ein Rechteck. Man verbindet die vier Holzstangen an den Enden mit Seilen zu einem Rechteck. Man zieht die fünfte Stange als Querstrebe ein, um die Konstruktion zu stabilisieren. Man legt die dünneren Holzstangen nebeneinander und man bindet sie mit einem Seil zusammen.*

4 **a)** Vergleicht die beiden Schülertexte **A** und **B** im Hinblick auf die Satzanfänge.
b) Beurteilt, ob in den beiden Texten **A** und **B** das Passiv und die *man*-Form sinnvoll verwendet werden.
c) Leitet Regeln für die sprachliche Gestaltung einer Vorgangsbeschreibung ab.

5 Schreibt den folgenden Text ab und ergänzt mithilfe des Sprachtipps Satzverknüpfungen, die die Beziehung zwischen den Handlungen verdeutlichen.

... man den Boden aus Holzbrettern oder Stangen auf dem Grundgerüst befestigt hat, bringt man die Schwimmkörper (Autoschläuche) an. ... muss man diese aufpumpen. ... sie das Floß tragen sollen, muss man überprüfen, ob sie dicht sind. ... bindet man die aufgepumpten Autoschläuche mit Seilen an der Unterseite des Floßes fest. ... die Schläuche ein ganz wichtiges Bauelement sind, muss man diese Tätigkeiten sehr sorgfältig ausführen.

SPRACHTIPP

Mit Satzverknüpfungen die Beziehung zwischen Handlungen verdeutlichen

zeitliche Abfolge			Zweck	Grund	
bevor	*seitdem*	*bis*	*damit*	*denn*	*zumal*
danach	*während*	*ehe*	*um ... zu ...*	*weil*	*wegen*
anschließend	*währenddessen*	*schließlich*	*dass*	*da*	*deswegen*
dann	*als*	*jetzt*	*darum*	*darum*	
nachdem	*sobald*	*nun*	*dazu*	*daher*	

6 Schreibt eine ausführliche Anleitung zum Bau eines Floßes (Seite 75). Verwendet eure Ergebnisse aus den Aufgaben 1–5 (Seite 75–76) und den Sprachtipp.

Die Sonnenuhr im Blumentopf

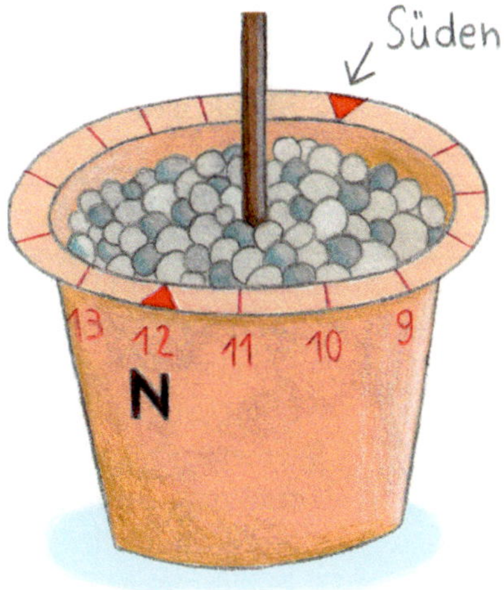

Materialien:
- 1 Blumentopf ohne Loch
- 1 langer Stab
- 1 wasserfester Markierstift
- viele kleine Steine
- Kompass, Uhr

Schritte:
1. Nimm den Blumentopf, halte den langen Stab in der Mitte senkrecht hinein und fülle den Zwischenraum rundherum gleichmäßig mit Steinen.
2. Beschrifte den Blumentopf mit einem S für Süden und genau gegenüber mit einem N für Norden.
3. Stelle den Blumentopf an einen sonnigen Ort im Freien. Richte ihn mit dem Kompass so aus, dass das S nach Süden zeigt und das N nach Norden. Der Stab wirft jetzt einen Schatten.
4. Schau auf deine Uhr und mache immer zur vollen Stunde am Rand des Blumentopfs einen Strich, wo der Schatten ist. Schreibe die Uhrzeit unter den Strich. So entsteht das Ziffernblatt. Achte darauf, dass der Blumentopf während der ganzen Zeit nicht gedreht oder bewegt wird.
5. Deine Sonnenuhr kannst du nun an sonnigen Tagen benutzen. Hast du die Sonnenuhr nicht bewegt, dann zeigt sie die richtige Zeit an.

S. 276 ◒ ← ● **7** Anleitungen für Experimente sind häufig im Passiv formuliert. In dieser Anleitung für Kinder wurde stattdessen der Imperativ genutzt.

a) Legt Vermutungen dar, warum sich die Autorin gegen das Passiv entschieden hat.

b) Sucht alle Imperative aus der Anleitung heraus und erklärt, wie der Imperativ Singular gebildet wird. Schlagt nach, wie die Imperative von *sein*, *haben* und *werden* lauten.

Imperativ → S. 199

c) Formuliert die Arbeitsschritte für das Experiment so um, dass ihr vorwiegend unpersönliche Formulierungen verwendet. Nutzt den Sprachtipp.

SPRACHTIPP

Verschiedene Formen der Anrede in einer Vorgangsbeschreibung verwenden

Je nach Anlass, Zweck und Zielgruppe sind in einer Vorgangsbeschreibung unpersönliche oder persönliche Formen der Anrede möglich.

Unpersönliche Formulierungen

***Man*-Form:** *Man stellt alle Materialien bereit. Zuerst fertigt man das Grundgerüst an.*
Passiv-Form: *Es werden alle Materialien bereitgestellt. Zuerst wird das Grundgerüst angefertigt.*

Persönliche Formulierungen

Imperativ (Befehlsform): *Stelle alle Materialien bereit. Fertige das Grundgerüst an.*
***Du*-Form:** *Du stellst alle Materialien bereit. Zuerst fertigst du das Grundgerüst an.*

MK **8** **EXTRA** Schaut euch ein Erklärvideo an, in dem ein Vorgang beschrieben wird, zum Beispiel eine Bastelanleitung oder die Anleitung für ein Experiment. Besprecht, welche Vorteile ein Erklärvideo gegenüber einer gedruckten Vorgangsbeschreibung hat.

Eine Vorgangsbeschreibung überarbeiten

Stockbrot

Für den Abend am Lagerfeuer soll Stockbrot vorbereitet werden. Moritz hat folgendes Rezept mitgebracht:

Achtung: Fehlertext

Stockbrot schmeckt voll lecker und passt prima zu einem Abend am Lagerfeuer. Für circa 20 hungrige Jungs und Mädchen brauchst du 1000 g Mehl, 125 g Zucker, 5 Eier und Wasser. Die Zubereitung geht ruckzuck – nur circa 10 Minuten. Du musst erst einmal alles in eine Schüssel geben und verrühren. Außer dem Wasser. Dann gibt man noch ein Backpulver und ein Vanillezucker dazu. Der Zucker gibt dem Teig seinen leckeren Geschmack. Dann muss je nach Bedarf etwas Wasser zugegeben werden. Der Teig sollte zäh sein. Dann lässt du den Teig eine Stunde ruhen. Fang also früh genug an, wenn ihr am Abend Stockbrot essen wollt. Du wickelst den Teig in kleinen Portionen oben um Stöcke und backst ihn über dem Feuer goldbraun. Damit das Stockbrot nicht verbrennt oder rabenschwarz wird, darf man die Stöcke nicht direkt in die Flammen halten.

Stockbrot wird auch Knüppelbrot genannt. In der Schweiz heißt es Schlangenbrot.

S.276 ○ ← ◒ **1** Beurteilt Inhalt, Aufbau und Sprache der Vorgangsbeschreibung. Begründet eure Einschätzungen.

◒ **2** Koch- und Backrezepte werden häufig mit dem unpersönlichen *man* formuliert. In diesem Rezept wurde auch oft die *Du*-Form verwendet. Legt Vermutungen dar, warum Moritz diese Form gewählt hat.

S.276 ○ ← ◒ **3** Überarbeitet das Rezept und verwendet vorwiegend Formulierungen mit *man*. Ihr könnt den Sprachtipp (Seite 77) nutzen. Achtet auf eine sinnvolle Gliederung.

4 **EXTRA** Sammelt unterschiedliche Vorgangsbeschreibungen, zum Beispiel Aufbauanleitungen, Gebrauchsanweisungen, Back- und Kochrezepte, Spiel- und Bastelanleitungen. Bildet Gruppen und tauscht euch darüber aus, welche Besonderheiten es jeweils gibt. Orientiert euch an folgenden Fragen:
- Welche Art von Vorgangsbeschreibung ist es?
- Wie ist sie aufgebaut? Gibt es Abbildungen?
- Welche Angaben enthält sie?
- Welche Anrede wird verwendet?
- Welche Besonderheiten gibt es bei den Formulierungen?
- Welche ist besonders verständlich und warum?

Kameraperspektive, Einstellungsgröße → S. 113

MK **5 EXTRA** Helene und Theo möchten in einem Erklärvideo für ihre Freunde darstellen, wie man Flugspeere für einen Weitwurf-Wettkampf herstellt. Geht so vor:
- Skizziert in Bildern, welche Schritte und Materialien ihr wie zeigen wollt. Beachtet dabei auch die Kameraperspektive und die Einstellungsgröße.
- Plant den Sprechtext für die einzelnen Teilschritte, den Beginn und das Ende des Erklärvideos. Wählt eine passende Anrede.

Materialien:
Holzsäge, stabiler Bambusstab, Tennisball, scharfes Messer, Gewebeband in verschiedenen Farben, bunte Federn

Schritte:
1. Bambusstab auf 1 m Länge zusägen
2. Tennisball mit Messer kreuzförmig einschneiden, Stab mit schmaler Seite in Ball stecken
3. Ball mit zwei ca. 30 cm langen Klebestreifen am Bambusstab fixieren, unterhalb des Balls Streifen einschneiden und um Stab kleben
4. ca. 30 cm langen Klebestreifen der Länge nach halbieren, schmale Streifen über Kreuz auf Ball kleben, schmalen Klebestreifen unterhalb des Balls um Bambusstab kleben
5. 4 bis 5 Federn mit Klebestreifen an das untere Ende des Stabs kleben

Vorgang beschreiben S. 308 **KOMPETENZBOX**

Einen Vorgang beschreiben

1. Planen
- Anlass, Zweck und Zielgruppe (Adressatin/Adressaten) beachten
  Aufbauanleitung, Gebrauchsanweisung, Anleitung für Experiment, Back- und Kochrezept, Spiel- und Bastelanleitung
- wenn vorhanden, Abbildung genau betrachten
- Stichpunkte notieren zu:
  - Materialien, Werkzeugen oder Zutaten
  - Reihenfolge und Durchführung der Arbeitsschritte
  - Ergebnis, Verwendung

2. Schreiben
- im Präsens und sachlich schreiben
- unpersönliche Passiv-Formulierungen und *man*-Formulierungen
  Die Stangen werden gebunden. Man bindet die Stangen.
  oder
  persönliche *Du*-Formulierungen und Imperative verwenden
  Du bindest die Stangen. Binde die Stangen.
- Fachbegriffe und genaue Angaben nutzen
  Maß-, Zeit- und Temperaturangaben
- mit Satzverknüpfungen den Zusammenhang verdeutlichen
  bevor, danach, damit, um … zu …, dass, denn, weil

3. Überarbeiten
- Arbeitstechniken verwenden: *Checkliste* (Seite 308), *Textlupe* (Seite 345), *Schreibkonferenz* (Seite 344)
- Rechtschreibung, Grammatik und Satzzeichen überprüfen

Einen Vorgang beschreiben

Kubb – Wikingerschach

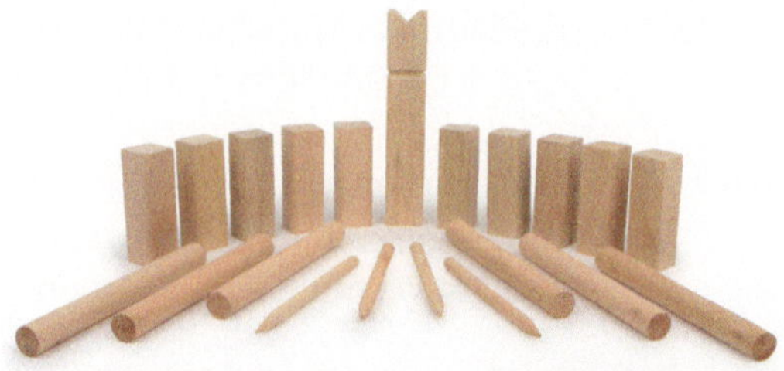

Was du für das Spiel brauchst:
10 Kubbs (Klötze),
6 Wurfhölzer (Rundhölzer),
einen König,
vier Stäbe

Anzahl der Spieler:
2 Teams mit je 2 bis 6 Personen

Aufbau:
Spielfeldgröße ca. 5 mal 8 Meter abstecken,
jeweils 5 Kubbs im Abstand von je 1 Meter auf zwei gegenüberliegenden Basislinien aufstellen,
König in der Mitte des Spielfeldes (Mittellinie) aufstellen

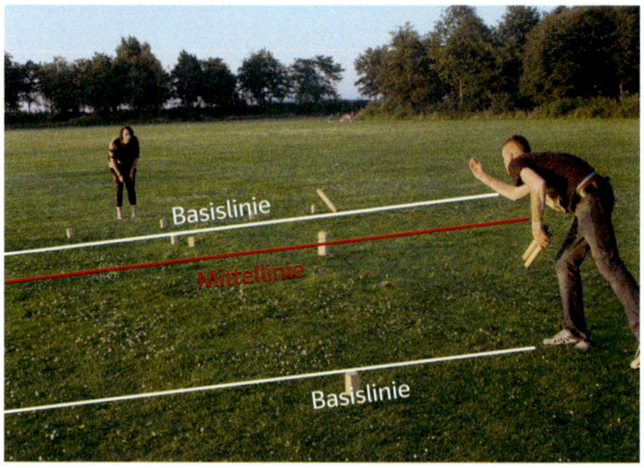

Jugendliche beim Kubb

Achtung: Fehlertext

Spielverlauf:
1. Die Spieler des ersten Teams versuchen von ihrer Basislinie aus mit den Wurfhölzern die Kubbs der Gegner umzuwerfen.
2. Dann sammelt das zweite Team die Wurfhölzer und umgeworfenen Kubbs ein. Dann muss das zweite Team diese Kubbs in die Mitte des Spielfeldes hinter die Mittellinie werfen und dort aufstellen.
3. Die Spieler müssen diese aufgestellten Kubbs auf dem Spielfeld treffen, damit sie aus dem Spiel genommen werden. Die Spieler dürfen erst dann auf die Kubbs auf der gegnerischen Basislinie zielen.
4. Das erste Team sammelt wieder die umgeworfenen Kubbs und Wurfhölzer auf. Haben die Spieler des zweiten Teams die Kubbs im Spielfeld nicht alle getroffen, dann dürfen die Spieler des ersten Teams bis zu diesen vortreten und von dort aus werfen.
5. Die Teams spielen so abwechselnd. Wenn ein Team alle gegnerischen Kubbs umgeworfen hat, darf es von der Basislinie auf den König werfen. Wenn es den König umwirft, hat das Team gewonnen. Wirft ein Team den König zu früh um, hat es das Spiel verloren.

● **1** Erklärt mündlich einer Partnerin/einem Partner, wie das Spiel funktioniert.

◒ **2** a) Erläutert, was bei der Vorgangsbeschreibung für das Spiel sprachlich nicht gelungen ist.
b) Überarbeitet den Text mithilfe der Checkliste (Seite 308).

◒ **3** Erstellt ein Erklärvideo, in dem ihr darstellt, wie Wikingerschach gespielt wird.
MK

Experiment: Sauberes Wasser gewinnen

Um zu verstehen, wie Regenwasser auf seinem Weg durch Erde, Sand und Stein durch eine natürliche Kläranlage gefiltert und damit zu sauberem Wasser wird, kann man eine eigene biologische Mini-Kläranlage bauen.

Tonscherben in drei Töpfe legen – verhindern Durchsickern von Kies, Erde und Sand – Töpfe zur Hälfte mit Kies, Sand oder Erde füllen – Kaffeefilter in vierten Blumentopf – Kieselstein als Abstandhalter nutzen – Töpfe stapeln auf Einmachglas – unten Topf mit Kaffeefilter – darüber mit Sand und mit Erde – oben mit Kies – Wasser filtern

S. 276 ◒ ← ● **4** Verfasst auf der Grundlage der Bilder und der Stichpunkte eine Vorgangsbeschreibung für das Experiment.

◒ **5** Erstellt ein Erklärvideo, in dem ihr darstellt, wie man eine eigene biologische Mini-Kläranlage bauen kann.
MK

4.3 Informierend oder unterhaltend? · Einen Bericht schreiben

Über ein Ereignis berichten

A Du wirst nicht glauben, was dieses Wochenende passiert ist! Nach der Schule am Freitag wollte ich ja noch schnell in den Comicladen. Als auf einmal die ersten Regentropfen fielen, war ich froh, dass ich mich dort erst einmal unterstellen konnte. Obwohl es schon seit Donnerstag immer wieder regnete, hatte ich meinen Regenschirm vergessen. Du kennst mich ja!

Ich blätterte also in ein paar Comics, als plötzlich fast zehn Polizeiwagen mit lauten Sirenen an uns vorbeifuhren. Selbst der Ladenbesitzer trat erschrocken an die Eingangstür. Während wir uns noch wunderten, wurde die Musik im Radio durch eine Sondermeldung unterbrochen. Die Gehege im Zoo waren durch das schwere Unwetter überschwemmt und mehrere Raubkatzen und Bären waren ausgebrochen. Alle Anwohner in der Nähe sollten in ihren Häusern bleiben.

Ich bekam einen Riesenschreck. Du weißt ja, dass unsere Wohnung ganz in der Nähe vom Zoo liegt. Ich wusste also gar nicht, was ich tun sollte. Wenn ich nach Hause gelaufen wäre, dann hätte ich auf der Straße direkt auf den Löwen oder Tiger treffen können! Und was hätte ich dann tun sollen? Das wäre mein sicherer Tod gewesen! Ich versuchte meine Eltern anzurufen, aber aufgrund des Gewitters hatte ich überhaupt keinen Empfang ...

B **Raubkatzen-Chaos nach Unwetter: Aufregung um angeblichen Zoo-Ausbruch**

Bitburg (dpa) – Erst kam das Unwetter, dann die Angst: Anwohner eines Zoos in der Eifel sind von Behörden am Freitag vor angeblich ausgebrochenen Raubkatzen gewarnt worden. Zwei Löwen, zwei Tiger und ein Jaguar seien aus ihren Gehegen in dem Ort Lünebach ausgerissen.

Dort hatte [...]

○ **1** Beschreibt die Situation, in der sich die Schülerin im Text **A** befindet. Welche Rolle spielt dabei die Natur?

◒ **2** Vergleicht die beiden Texte **A** und **B** zum Ausbruch aus dem Zoo.
a) Benennt Unterschiede.
b) Beschreibt die unterschiedliche Wirkung der beiden Texte.

Raubkatzen-Chaos nach Unwetter: Aufregung um angeblichen Zoo-Ausbruch

Heftige Gewitter mit Starkregen setzen ein Zoogelände in der Eifel unter Wasser. Über Stunden ist unklar, wo fünf Raubkatzen abgeblieben sind. Dann findet man sie – in ihren Gehegen versteckt.

Von Birgit Reichert und Jan Brinkhus, dpa

Heftige Regenfälle überschwemmen den Zoo.

Bitburg (dpa) – Erst kam das Unwetter, dann die Angst: Anwohner eines Zoos in der Eifel sind von Behörden am Freitag vor angeblich ausgebrochenen Raubkatzen gewarnt worden. Zwei Löwen, zwei Tiger und ein Jaguar seien aus ihren Gehegen in dem Ort Lünebach ausgerissen. Dort hatte es ein schweres Unwetter gegeben, die Gehege waren überschwemmt worden. Ein Bär brach aus und wurde noch im Zoo erschossen. Doch auch mehrere andere Raubtiere waren hinter ihren Gittern nicht zu sehen. „Es war nicht klar, wo die Tiere sind", sagte der Bürgermeister der Verbandsgemeinde Arzfeld, Andreas Kruppert.

Daher habe man eine Warnung herausgegeben, dass die Raubkatzen möglicherweise auf der Flucht seien, sagte Kruppert. Erst Stunden später, als das Wasser sank, folgte die Entwarnung: „Alle Tiere sind in ihren Gehegen geblieben. Sie hatten es nicht verlassen." Die Bevölkerung um den Zoo atmete auf. „Wir sind alle heilfroh, dass der Fall, den wir anfangs befürchten mussten, nicht eingetreten ist", sagte Kruppert. Klar mache man sich „große Sorgen", vor allem, weil die Lage sehr unüberschaubar war.

Für den Bär endete die Flut im Zoo allerdings tödlich: Er war aus seinem Gehege geflohen, als die Wassermassen und das Treibgut die Gitter eindrückten. Auf einem Weg im Zoo hätten Einsatzkräfte ihn erschossen, „weil erhebliche Gefahr für die Menschen bestand", sagte der Bürgermeister. Um zu klären, wo die zunächst vermissten Raubkatzen waren, habe man auch eine Drohne eingesetzt. Ohne Erfolg: Wegen der starken Regenfälle gab es kein Signal.

In der Nacht zum Freitag hatte sich ein heftiges Unwetter mit Wolkenbrüchen über der Region entladen. Der untere Teil des Zoos liegt in der Nähe des Flusses Prüm, der über die Ufer trat. Dort befinden sich auch die Gehege der Raubkatzen.

Der Zoo bleibt bis auf weiteres geschlossen. Noch ist unklar, wie es mit den Löwen, Tigern und dem Jaguar weitergehe. „Sie verhalten sich sehr, sehr ruhig“, berichtete Kruppert. Jetzt müsse geprüft werden, ob an den Gehegen Schaden entstanden sei. „Wenn sie wasserfrei sind, wollen wir eine statische Prüfung[1] machen.“ Derzeit würden die Gehege rund um die Uhr bewacht. Wenn sich herausstelle, dass die Gehege nicht sicher seien, müssten die Tiere in einen anderen Zoo gebracht werden.

Die Menschen in der Nähe des Zoos seien „ruhig geblieben“. „Es hat keine Panik gegeben.“ Der ganze Eifelkreis Bitburg-Prüm hatte am Freitag mit den Folgen des Unwetters zu kämpfen. In vielen Orten waren Keller vollgelaufen und Straßen überflutet. Mehr als 1000 Einsatzkräfte waren kreisweit unterwegs.

Bei den beiden Löwen, die zwischenzeitlich vermisst wurden, handelt es sich um Malor und seine Mutter Lira. Die beiden waren Anfang 2015 bundesweit in den Schlagzeilen: Lira hatte ihren Nachwuchs nicht angenommen, so dass Malor bei Zoochefin Isabelle Wallpott mit Fläschchen zu Hause aufgezogen wurde. Seit Sommer 2016 sind Mutter und Sohn im Gehege vereint.

Der Eifel-Zoo in Lünebach liegt im Westen von Rheinland-Pfalz, etwa 50 Kilometer Luftlinie nördlich von Trier entfernt. Insgesamt leben dort rund 450 exotische und einheimische Tierarten auf dem etwa 30 Hektar großen Gelände. Der 1972 eröffnete Zoo ist ein privater Betrieb und befindet sich in Familienhand.

1 statische Prüfung: hier: Prüfung der Stabilität der Gehege

○ **3** Könnt ihr euch durch den Bericht die Situation gut vorstellen? Begründet.

ARBEITSTECHNIK

Ein Flussdiagramm anfertigen

In einem Flussdiagramm könnt ihr eine Kette von Vorgängen und Ereignissen veranschaulichen.
- Ihr schreibt die Ereignisse neben- oder untereinander und verbindet sie mit Pfeilen.
- Ordnet die Ereignisse in der Reihenfolge, in der sie ablaufen.
- Flussdiagramme können sich auch verzweigen, wenn mehrere Ereignisse gleichzeitig stattfinden.

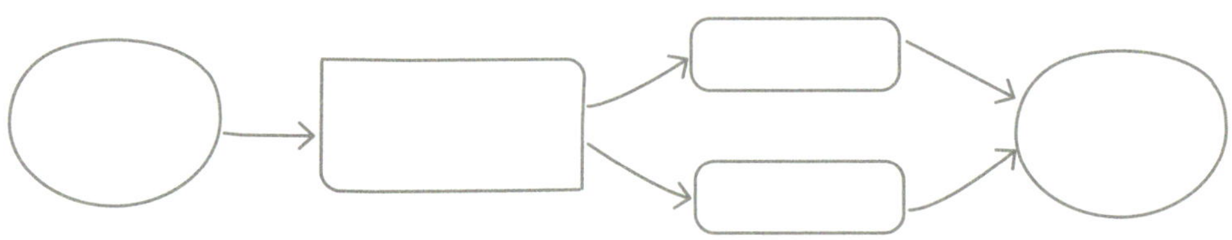

◒ **4** Fasst den Ablauf des vermeintlichen Zoo-Ausbruchs zusammen.
- Übernehmt dazu das folgende Flussdiagramm und vervollständigt es.
- Nehmt die Arbeitstechnik zu Hilfe.

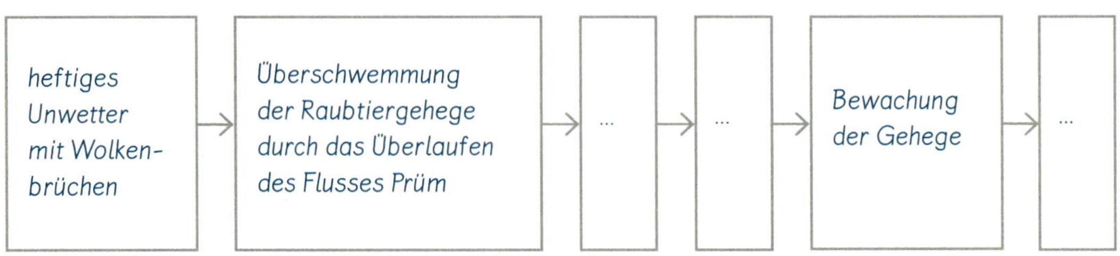

5 Betrachtet das Flussdiagramm (Aufgabe 4, Seite 84) und lest den Bericht (Seite 83–84) nochmals genau. Arbeitet heraus, welche inhaltlichen Angaben ein Bericht über ein Ereignis enthalten muss.

S. 277 ○ ← **6** Verfasst einen sachlichen Bericht zu dem folgenden Ereignis. Geht so vor:
- Notiert Stichpunkte:
  - Was ist geschehen? Wann geschah es? Wo geschah es?
  - Wer war beteiligt?
  - Wie lief das Ereignis ab? Warum?
  - Welche Folgen hatte das Ereignis?
- Schreibt sachlich und im Präteritum. Verwendet dabei den Sprachtipp.

Gelbe Anakonda in Badesee
- Breitenauer See, Campingplatz in Obersulm
- 22./23.07.2025
- Kitesurfer entdecken Tier am Dienstag: 2 m lange gelbe Würgeschlange, gefährlich für Kleintiere
- Information des Ordnungsamtes und der Feuerwehr
- Sperrung des Campingplatzes, Ordnungsamt stellt Absperrgitter und Warnschilder auf

Gelbe Anakonda

7 **a)** Tauscht eure Berichte aus. Gebt euch gegenseitig Rückmeldung, was gut gelungen ist, und Tipps für die Überarbeitung. Verwendet den Sprachtipp.
b) Überarbeitet euren Bericht.

SPRACHTIPP

Mit Subjunktionen Sätze verknüpfen

Zeitlicher Ablauf

bevor, nachdem, während, wenn, als, bis, ehe, sobald, seitdem

Zusammenhänge verdeutlichen

weil, da, damit, dass, sodass, falls, obwohl, denn, dazu, indem

MK **8** **EXTRA** Gestaltet gemeinsam eine Klassenfahrtzeitung mit Berichten zu eurer Klassenfahrt. Ihr könnt ein Textverarbeitungsprogramm verwenden. Geht so vor:
- Teilt die einzelnen Tage und Ereignisse eurer Klassenfahrt untereinander auf.
- Sammelt die wesentlichen Informationen zu eurem Ereignis und ordnet die Stichpunkte sinnvoll.
- Verfasst Berichte zu den Ereignissen der Klassenfahrt und überarbeitet sie gemeinsam.

Über einen Unfall berichten

Am 25. Juni dieses Jahres kam es zu einem Unfall im Hochseilgarten „Höhenflug“.

◒ **1** Betrachtet die Unfallskizze und erklärt, wie es zu dem Unfall kam.

S.277 ○ ← ◒ **2** Die Mitarbeiterinnen und Mitarbeiter des Hochseilgartens benötigen von den Beteiligten genaue Angaben zum Unfallhergang.

a) Entnehmt der Skizze alle Informationen, die ihr für einen Bericht braucht.

b) Nutzt die folgenden Zeugenaussagen, um weitere Informationen über den Unfallhergang zu bekommen. Ordnet die Informationen den W-Fragen zu.

c) Fertigt ein Flussdiagramm an. Nutzt die Arbeitstechnik (Seite 84).

Zeugenaussage 1: Die Schülerinnen und Schüler vor uns trödelten die ganze Zeit herum. Der Schüler am Ende der Seilbahn hing noch im Seil und wollte doch tatsächlich ein Selfie machen, wie er da in den Seilen hing. Die andere Schülerin ist aber mit der Seilbahn in dem Moment schon gestartet. Sie hat noch gerufen, dass der andere endlich auf die Plattform gehen soll, aber so schnell kam der nicht da hoch. Dann ist die Schülerin in der Seilbahn in den anderen hineingeraten und das Handy ist runtergefallen.

Zeugenaussage 2: Die Gruppe hinter uns hat die ganze Zeit genervt. Weil sie immer warten mussten, wenn wir nicht so schnell über den Parcours kamen. Kein Wunder: Die sind ja auch alle schon in der 10. Klasse und wir erst in der 6. Klasse. Da können die natürlich schneller klettern. Jedenfalls haben die Aylin so lange geärgert, bis sie mit der Seilbahn losgefahren ist, obwohl Milan noch gar nicht aus der Gefahrenzone draußen war. Zum Glück ist nur Milans Handy runtergefallen und nicht er selbst. Das Handy ist Schrott, aber Milan ist nichts passiert.

◒ **3** Besprecht, woran ihr erkennt, dass die Zeugenaussagen 1 und 2 (Seite 86–87) mündlich sind. Was müsst ihr verändern, wenn ihr sie schriftlich formulieren möchtet?

S.277 ◒ ← ● **4** Aylins Eltern müssen den Schaden ihrer Versicherung melden.
a) Verfasst den Bericht, indem ihr den Hergang des Unfalls genau wiedergebt.
b) Überarbeitet euren Bericht mithilfe der Checkliste auf Seite 310.

Bericht schreiben S. 309–310 **KOMPETENZBOX**

Einen Bericht schreiben

1. Planen
- Anlass (Ereignis), Zweck und Zielgruppe (Adressatin/Adressaten) beachten
  Zeitungsbericht, Unfallbericht, Polizeibericht, Bericht für die Versicherung
- Informationsquellen (Texte, Zeugenaussagen, Fotos, Skizzen) gründlich auswerten
- wichtige Informationen von unwichtigen Informationen trennen
- Stichpunkte sinnvoll ordnen:

Informationskern: Was ist geschehen? Wann geschah es? Wo geschah es? Wer war beteiligt?
Ablauf und Einzelheiten: Wie lief das Ereignis ab?
Hintergründe und Folgen: Warum passierte das Ereignis? Welche Folgen hatte das Ereignis?

2. Schreiben
- im Präteritum und sachlich schreiben
- mit Satzverknüpfungen
  - den zeitlichen Ablauf verdeutlichen
    bevor, danach, anschließend, dann, nachdem, während …
  - die Zusammenhänge verdeutlichen
    weil, denn, da, darum, dass, sodass, folglich, damit …

3. Überarbeiten
- Arbeitstechniken verwenden: *Checkliste* (Seite 310), *Textlupe* (Seite 345), *Schreibkonferenz* (Seite 344)
- Rechtschreibung, Grammatik und Satzzeichen überprüfen

Einen Bericht schreiben

Am 13. Juni 2025 sind zwei Betreuer und 20 Schülerinnen und Schüler mit den Fahrrädern zum Waldsee gefahren. In zwei kleinen Gruppen kehrten sie um 17:00 Uhr zum Camp zurück. Da passierte folgender Unfall:

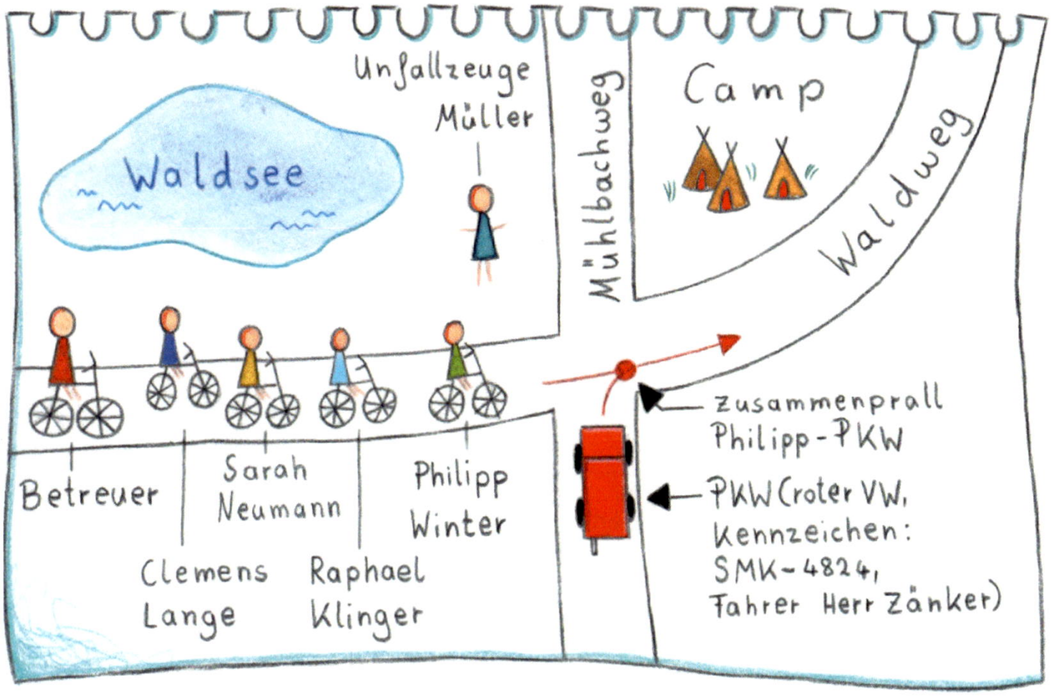

1 Betrachtet die Unfallskizze und erklärt, wie es zu dem Unfall kam.

Unfallbericht von Raphael

Nachdem sich alle um den verletzten Philipp gekümmert haben, fragt der Betreuer die Schülerinnen und Schüler, die direkt hinter Philipp fuhren, wie es zu dem Unfall kam. Raphael berichtet:

Philipp hat die Vorfahrt nicht beachtet und ist einfach weitergefahren. Das rote Auto fuhr schnell und kam auf dem Mühlbachweg angebraust. Wir kamen vom Waldsee. Es war eine lustige Radfahrt. Wir sind ständig Schlangenlinien gefahren und haben davon erzählt, wie wir die Mädchen beim Baden geärgert haben. Wie die immer gekreischt haben! Voll lustig! Also, Philipp fuhr als Erster. Er hat sich immer umgeschaut und Witze gerissen. Plötzlich schrie Sarah laut auf. Da knallte es! Bremsen quietschten. Ich kann noch gar nicht glauben, was da passiert ist!
Philipp tut mir ja so leid! Der rote Pkw war plötzlich da und Philipp lag vor dem Pkw. Sein Rad lag total verbeult einige Meter weiter. Philipp heulte und seine Beine bluteten. Er konnte seinen rechten Arm nicht mehr bewegen. Der ist bestimmt gebrochen. Philipp schrie vor Schmerz.

2 Beurteilt Raphaels Unfallbericht. Begründet eure Beurteilung mit Beispielen aus dem Text.

Polizeibericht (Ausschnitt)

Augenzeuge Müller gab im Unfallprotokoll an, dass sich der Unfall um 17:00 Uhr ereignete. Er hatte die Schülerinnen und Schüler schon von Weitem gehört und beobachtet, dass diese sich nicht auf den Verkehr konzentrierten. Besonders das spätere Unfallopfer, Philipp Winter, drehte sich während des Fahrens ständig um und war abgelenkt. Der Junge missachtete die Vorfahrt von rechts an der Kreuzung Mühlbachweg – Waldweg. Der Pkw-Fahrer versuchte noch auszuweichen, doch der Junge fuhr, ohne zu bremsen, in den linken vorderen Kotflügel des Pkws.

3 Vergleicht Raphaels Unfallbericht (Seite 88) mit den Ausführungen im Polizeibericht. Achtet auf
- die Beantwortung der W-Fragen,
- die Reihenfolge der Geschehnisse,
- die Sachlichkeit und
- das verwendete Tempus.

4 Die Unfallversicherung von Philipps Eltern erwartet einen Bericht über den Unfallhergang, bevor sie den Schaden bezahlt. Verfasst den Bericht für die Versicherung.

Eine tierische Begegnung

Rieke erzählt von einem Erlebnis am vergangenen Wochenende.

Ich bin am Samstagnachmittag wie immer mit meinem Hund Rufus im Waldgebiet am Stadtrand gewesen. Bei schönem Wetter gehen wir gerne auch mal über zwei Stunden. Rufus hatte ich schon längst von der Leine gelassen und er schnüffelte ungefähr 20 Meter vor mir am Rande des Waldweges. Auf einmal hörte ich ein lautes Grunzen in der Entfernung und Rufus rannte wie wild auf das Geräusch zu. Jedes Rufen und Schreien war umsonst. Ich musste also durch die Büsche und Bäume hindurch hinterher. Erst hundert Meter weiter stoppte Rufus und schnupperte an einem Baum. Als ich meinen Hund gerade anleinen wollte, raschelten die Blätter im Dickicht. Es erschien ein riesiges braunes Tier! Ein Wildschwein! Stocksteif blieb ich stehen und starrte dem Tier in die kleinen Augen. Ich war ratlos. Da stellte Rufus sich vor mir auf und bellte das bedrohliche Tier an. Plötzlich wurden beide Tiere still – die Haare auf meinen Armen richteten sich auf. Die Stille dauerte ewig. Doch dann drehte sich plötzlich das Wildschwein um und verzog sich wieder im Gebüsch. Da hatten Rufus und ich wirklich noch einmal Glück.

5 Besprecht, woran ihr erkennt, dass es sich um eine mündliche Erzählung handelt.

6 Erstellt ein Flussdiagramm (Arbeitstechnik Seite 84) zum Ablauf der Begegnung.

S. 277 **7** Rieke soll von ihrer tierischen Begegnung in einer regionalen Zeitung berichten.
a) Formuliert den Text in einen sachlichen Bericht um.
b) Tauscht eure Berichte aus. Gebt Rückmeldung, was gut gelungen ist, und Tipps für die Überarbeitung.
c) Überarbeitet euren Bericht.

Das könnt ihr jetzt!

Einen Vorgang beschreiben

D07 Beispiellösung

Beispiel für eine Klassenarbeit

Mit der Klasse habt ihr in einem Survival-Training gelernt, wie man eine Schutzhütte im Wald baut. Ein Mitglied der Schulzeitung bittet euch, für die nächste Ausgabe darüber zu schreiben.
Verfasst eine Vorgangsbeschreibung, in der ihr den Bau der Schutzhütte genau beschreibt.

Lösungen
→ S. 292

Schritt für Schritt zur Klassenarbeit

1. Betrachtet die Bilder und Angaben genau. Notiert die benötigten Materialien und die Arbeitsschritte stichpunktartig in der richtigen Reihenfolge.

2. Schreibt eure Vorgangsbeschreibung. Achtet darauf, dass der Text für die Schulzeitung geschrieben wird.

3. Überarbeitet euren Text in drei Durchgängen:

1. Durchgang: Achtet auf Vollständigkeit und die richtige Reihenfolge.

2. Durchgang: Prüft, ob ihr Fachbegriffe verwendet habt. Lest erneut und prüft, ob eure Satzverknüpfungen abwechslungsreich sind. Überarbeitet alle Stellen, die noch nicht gelungen sind.

3. Durchgang: Achtet auf die Rechtschreibung, die Grammatik und die Satzzeichen.

Einen Unfallbericht schreiben

D08 Beispiellösung

Beispiel für eine Klassenarbeit

Anna hatte auf dem Heimweg von der Schule einen Unfall. Verfasst für die Versicherung einen sachlichen Unfallbericht. Entnehmt den folgenden Aussagen die wesentlichen Informationen und achtet auf eine sinnvolle Gliederung.

Anna Voss (12 Jahre): Ich hatte es heute besonders eilig, nach Hause zu kommen, weil so hässliches Wetter war. Wie immer auf dem Heimweg von der Schule wollte ich den Zebrastreifen überqueren. Plötzlich kam wie aus dem Nichts ein Auto angefahren. Bevor ich reagieren konnte, lag ich schon auf dem Boden. Das ging alles so schnell. Ich kann mich gar nicht mehr so genau erinnern. Jetzt tut mein rechtes Knie echt weh. Das ist richtig blöd, am Wochenende habe ich doch einen wichtigen Wettkampf.

Michael Renner (49 Jahre): Es tut mir wirklich leid! Ich habe kurz vor dem Zebrastreifen eine Katze auf der Straße gesehen und war dadurch abgelenkt. Ich habe das Mädchen einfach übersehen. Sie hatte dunkle Kleidung an und es war heute so regnerisch. Ich hoffe sehr, dass sie nicht stark verletzt ist. Zum Glück konnte ich bremsen, aber sie ist auf die Straße gefallen. An meinem Auto ist kein Schaden entstanden.

Amir Yildiz (8 Jahre): Ich kenne die Anna. Sie ist mit meiner Schwester in einer Klasse und läuft immer nach Schulschluss so gegen 14 Uhr hier vorbei. Hoffentlich geht es ihr bald wieder gut. Sie turnt im gleichen Sportverein wie meine Schwester und ich glaube, am Wochenende haben sie einen Wettkampf.

Paula Schuster (79 Jahre): Nicht einmal über den Zebrastreifen kann man als Fußgängerin sicher gehen. Ein Wunder, dass das Mädchen so glimpflich davongekommen ist. In der Schillerstraße bräuchten wir unbedingt eine Tempo-30-Zone, schließlich liegt sie so nahe an der Schule. Die Autos fahren hier oft sehr schnell.

Elias Roith (32 Jahre): Wir wurden am 18. November 2024 um ca. 14 Uhr zu einem Unfall gerufen. Glücklicherweise konnten wir feststellen, dass das Mädchen nur am Knie verletzt war. Wir nahmen sie zur Abklärung der Verletzung ins Krankenhaus mit.

Schritt für Schritt zur Klassenarbeit

Lösungen → S. 292

1. Bereitet euren Bericht vor: Sucht nur die Informationen aus den Aussagen heraus, die für den Unfallbericht wichtig sind. Notiert Stichpunkte und ordnet diese nach
- Was ist geschehen? Wann geschah es? Wo geschah es? Wer war beteiligt?
- Wie lief der Unfall genau ab? Warum passierte der Unfall? Welche Folgen hatte der Unfall?

2. Schreibt euren Unfallbericht. Achtet darauf, dass ihr im Präteritum und sachlich schreibt. Verdeutlicht den zeitlichen Ablauf und Zusammenhänge durch passende Satzverknüpfungen. Überarbeitet anschließend euren Text.

5 Mit allen Sinnen erleben

Bücher, Hörspiele und Filme entdecken

1

Raquel J. Palacio: Wunder (Buch)

2
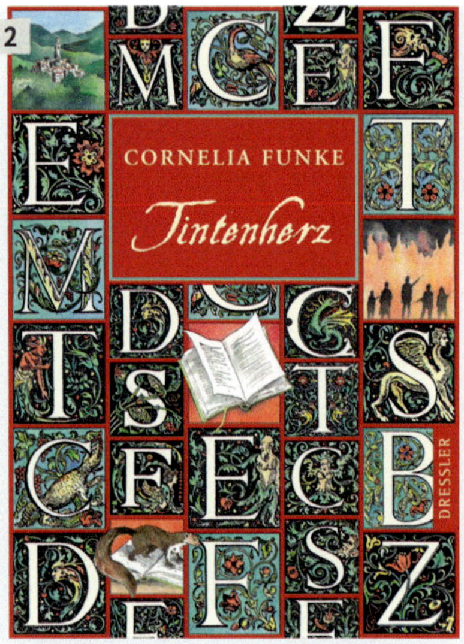

Cornelia Funke: Tintenherz (Buch)

3

Cornelia Funke: Tintenwelt (Hörspielbox)

Raquel J. Palacio: Wunder (2013, Klappentext)

August ist zehn Jahre alt und lebt mit seinen Eltern und seiner Schwester Via in New York. August ist schlagfertig, witzig und sensibel[1]. Eigentlich könnte alles ganz normal sein in seinem Leben. Doch eines trennt August von seinen Altersgenossen: Sein Gesicht ist entstellt, und unzählige Operationen hat er schon über sich ergehen lassen müssen. Das ist auch der Grund, warum er noch nie auf einer öffentlichen Schule war und bisher zu Hause unterrichtet wurde. Das neue Jahr aber soll alles ändern. August wird in die fünfte Klasse der Bezirksschule gehen, und natürlich hat er Angst. Angst davor, angestarrt und ausgegrenzt zu werden. Doch August wäre nicht August, würde er nicht auch diese Herausforderung mit Bravour[2] meistern!

1 sensibel: besonders feinfühlig 2 mit Bravour: mit Leichtigkeit, problemlos

MK **1** Geschichten könnt ihr lesen, hören und sehen. Stellt dar, welche Möglichkeiten ihr am häufigsten nutzt. Begründet.

2 Beurteilt, ob der Klappentext zum Lesen des Buches anregt. Begründet eure Meinung.

Das lernt ihr jetzt!

5.1 die Figuren und die Handlung untersuchen
5.2 ein Buch vorstellen und vorlesen
5.3 äußere und innere Handlung unterscheiden, Merkmale von Hörspielen erkennen, ein Hörspiel produzieren
5.4 einen Film untersuchen

4

Filmplakat Hugo Cabret, USA 2011, Regie: Martin Scorsese

5

Szene aus Hugo Cabret, USA 2011, Regie: Martin Scorsese

Ich sehe am liebsten Filme und Serien. Da kann ich der Handlung folgen, erkenne die Gefühle und es gibt so coole Effekte. (Marlene)

Ich liebe Hörspiele. Man kann ganz entspannt im Bett liegen und nur zuhören. Die unterschiedlichen Sprecherinnen und Sprecher, die Musik und die Geräusche machen das Geschehen lebendig. (Enis)

Ich will mir die Figuren und ihre Welt selbst ausmalen. Deshalb lese ich am liebsten Bücher. Da kann ich auch vor- und zurückblättern. (Sirin)

Ich kaufe mir zum Buch gerne den Film. Dann erlebe ich die Handlung noch einmal direkt und oft ist das auch spannender. (Pepe)

MK **3** Sprecht über die Aussagen der Schülerinnen und Schüler. Welcher Aussage würdet ihr am ehesten zustimmen?

MK **4** Beschreibt das Filmbild 5. Entwickelt Ideen, worum es in dem Film gehen könnte.

5.1 Los geht's · Die Figuren und die Handlung untersuchen

A06 🔊
D09 📄
Hörverstehen

Raquel J. Palacio: Wunder (2013, Ausschnitt)

Der zehnjährige August hat von Geburt an ein entstelltes Gesicht. In den ersten Schuljahren wird er von seiner Mutter unterrichtet, weil er viele Operationen über sich ergehen lassen muss. Mit zehn besucht er erstmals eine öffentliche Schule. In der ersten Stunde stellen sich alle Schülerinnen und Schüler vor.

Wie ein Lamm zur Schlachtbank geführt werden: *eine Redensart, die besagt, dass sich jemand geduldig an einen Ort begibt und nicht weiß, dass ihm dort etwas Unerfreuliches passieren wird.*

Ich hatte es am Abend zuvor gegoogelt. Genau daran dachte ich, als Miss Petosa meinen Namen aufrief und ich plötzlich mit dem Reden an der Reihe war.

„Ich heiße August", sagte ich, und – ja – ich nuschelte dabei ziemlich.

„Was?", sagte jemand.

„Kannst du lauter sprechen, Schatz?", fragte Miss Petosa.

„Ich heiße August", sagte ich lauter und zwang mich aufzuschauen. „Ich ... ähm ... habe eine Schwester, die Via heißt, und eine Hündin, die Daisy heißt. Und ... ähm ... das war's."

„Wunderbar", sagte Miss Petosa. „Hat irgendjemand eine Frage an August?"

Niemand sagte etwas.

„Okay, du bist der Nächste", sagte Miss Petosa zu Jack.

„Moment, ich habe eine Frage an August", sagte Julian und hob seine Hand. „Warum hast du diesen kleinen Zopf hinten im Haar? Ist das so'n Padawan-Ding?"

„Ja." Ich nickte und zuckte mit den Schultern.

„Was ist ein Padawan-Ding?", fragte Miss Petosa und lächelte mich an.

„Das ist aus *Star Wars*", antwortete Julian. „Ein Padawan ist ein Jedi-Schüler."

„Oh, interessant", erwiderte Miss Petosa und schaute mich an. „Heißt das, du bist ein *Star-Wars*-Fan, August?"

„Irgendwie schon." Ich nickte und schaute nicht auf, denn eigentlich wollte ich mich am liebsten unter meinem Tisch verstecken.

„Wer ist dein Lieblings-Charakter?", fragte Julian. So langsam dachte ich, dass er vielleicht doch nicht so schlimm war.

„Jango Fett."

„Was ist mit Darth Sidious?", sagte er. „Magst du den?"

„Okay, Leute, über *Star Wars* könnt ihr euch in der Pause unterhalten", sagte Miss Petosa fröhlich. „Machen wir mal weiter. Von dir haben wir noch nichts gehört", sagte sie zu Jack.

Jetzt war Jack mit dem Reden dran, aber ich gebe zu, dass ich kein Wort von dem mitbekam, was er sagte. Wahrscheinlich hatte niemand die Sache mit Darth Sidious verstanden, und vielleicht hatte Julian sich auch gar nichts dabei gedacht. Aber in *Star Wars Episode III: Die Rache der Sith* wird das Gesicht von Darth Sidious von einem Macht-Blitz verbrannt und dabei komplett entstellt. Seine Haut krumpelt sich zusammen, und sein gesamtes Gesicht fängt irgendwie an zu schmelzen.

Ich blickte verstohlen zu Julian hinüber. Er schaute mich an. Doch, er wusste genau, was er gesagt hatte.

○ **1 a)** Lest den Textausschnitt mit verteilten Rollen vor.
b) Formuliert euren ersten Eindruck von der Geschichte.

◒ **2** Erklärt, weshalb August wohl die Redewendung „wie ein Lamm zur Schlachtbank geführt werden" (Zeile 1–6) gegoogelt hat.

S. 278 ○ ← ◒ **3** Gebt wieder, was ihr über August und Julian (Seite 94) erfahrt.

a) Untersucht, wie sich der Ich-Erzähler August in der Vorstellungsrunde verhält und welche Gedanken und Gefühle er hat.

b) Lest die letzten drei Sätze (Zeile 63–65) und beurteilt Julians Verhalten.

c) Gebt August einen Tipp, wie er in solchen Situationen handeln könnte.

◒ **4** Zeichnet einen Spannungsbogen und übertragt die Handlungsschritte aus den blauen Kästchen. Diskutiert, wo der Höhepunkt des Konflikts ist.

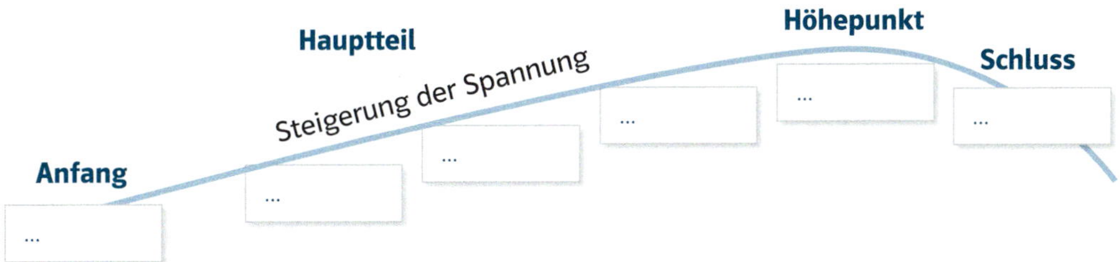

Augusts Vermutung bestätigt sich | Julians Frage nach Augusts Zopf

Jack wird aufgerufen | Rätsel über Julians Anspielung auf Darth Sidious

Julians Frage nach Darth Sidious | August muss sich vorstellen

◒ **5** Beschreibt die Filmbilder **1** und **2** und besprecht, welche Eindrücke sie von August vermitteln.

MK

a) Stellt dar, was ihr auf den Bildern seht und wie August wirkt.

b) Überlegt, von welchem Standort aus gefilmt wurde, und nennt Gründe dafür.

c) Gebt den Bildern jeweils einen Titel und begründet eure Wahl.

◒ **6** Besprecht zu zweit, wie sich August in den beiden Situationen (Bild **1** und **2**) fühlt und was er denken könnte. Erklärt, welche Rolle jeweils die Umgebung spielt.

1

2

Bild 1 und 2: Szenen aus *Wunder*, USA/Hongkong 2017, Regie: Stephen Chbosky

5.2 Sprachgewaltig · Ein Buch vorstellen

Eine Buchvorstellung planen

○ **1** Sprecht darüber, was ihr als Zuhörerin oder Zuhörer von einer guten Buchvorstellung erwartet.

S. 278 ○ ← ◒ **2** Diskutiert die folgenden Vorgaben für eine Buchvorstellung und überarbeitet sie.

- einen interessanten Einstieg gestalten (zum Beispiel *Spiel, Frage, Lied, Bild*)
- die Auswahl begründen
- ausführlich die Biografie der Autorin/des Autors vorstellen
- Informationen zur Entstehung des Buches geben
- alle Figuren charakterisieren
- den Inhalt der Reihe nach vollständig vorstellen
- Textausschnitt betont vorlesen und/oder vorspielen
- die Besonderheiten des Buches hervorheben (zum Beispiel *Sprache, Illustrationen*)
- falls vorhanden: Film- und Bildmaterial nutzen
- frei sprechen und die Zuhörerinnen und Zuhörer einbeziehen
- das Cover und den Titel einbeziehen

MK **3** **EXTRA** Informiert euch über Booktubes, Bookslams und Buchtrailer als Möglichkeiten der Buchvorstellung. Stellt gelungene Beispiele vor.

Einen Einblick in die Handlung geben

Katja Brandis: Woodwalkers. Carags Verwandlung (2016, Klappentext)

Auf den ersten Blick sieht Carag aus wie ein ganz normaler Junge. Doch hinter seinen leuchtenden Augen verbirgt sich ein unglaubliches Geheimnis: Carag ist ein Gestaltwandler. Halb Mensch, halb Berglöwe ist er in der Wildnis der Rocky Mountains[1] aufgewachsen und lebt erst seit Kurzem in der Menschenwelt. Das neue Leben ist für ihn so fremd wie faszinierend. Doch erst als Carag von der Clearwater High erfährt, einem geheimen Internat für Woodwalkers wie ihn, verspürt er ein Gefühl von Heimat. In Holly, einem frechen Rothörnchen, und Brandon, einem schüchternen Bison, findet er schnell Freunde. Und die kann Carag gut gebrauchen – denn die Welt der Woodwalkers steckt voller Rätsel und Gefahren ...

1 die Rocky Mountains: großes Gebirge in Nordamerika

○ **1** a) Prüft, wie der Klappentext das Interesse für das Buch wecken möchte.
MK b) Schaut euch das Cover im Internet an. Würdet ihr es für eure Buchvorstellung nutzen? Begründet.

Katja Brandis: Woodwalkers. Carags Verwandlung (Ausschnitt einer Inhaltszusammenfassung)

Carag lebt als Berglöwe in den Rocky Mountains. Er ist wie seine Eltern und seine Schwester ein Gestaltwandler, ein Woodwalker, und kann sich in einen Menschen verwandeln. Carag beschließt, als Mensch zu leben. Auf sich allein gestellt, wird er bei einer Pflegefamilie untergebracht, wo er die Junior High besucht und von einigen Schülern gemobbt wird. Auch der Sohn seiner Pflegeeltern, Marlon, ist eifersüchtig und mag ihn nicht.
Erst als er Lissa Clearwater begegnet, ändert sich sein Leben. Lissa ist Direktorin einer Schule für Gestaltwandler und selbst ein Weißkopfseeadler. Sie fordert ihn auf, an ihre Schule zu wechseln. Carag weiß zuerst nicht, was er tun soll, doch der bekannte Geschäftsmann Andrew Milling bietet ihm an, die Ausbildung zu bezahlen. Auch Milling ist ein Woodwalker.
Carag fühlt sich unter seinesgleichen sehr wohl und er findet schnell gute Freunde: Holly, ein Rothörnchen, und Brandon, ein schüchterner Bison. Doch auch in dieser Schule muss er sich gegen Feinde durchsetzen. Vor allem die Wölfe fürchten den schnellen Berglöwen. Als er von Milling zum Essen eingeladen wird, bemerkt Carag, dass dieser die Woodwalker für einen schlimmen Plan gegen die Menschen benutzen will. Carag muss sich für eine Seite entscheiden und schwebt in Lebensgefahr.

S. 278 ○ ← ◒ **2** Vergleicht den Ausschnitt aus einer Inhaltszusammenfassung mit dem Klappentext (Seite 96). Diskutiert, welche Form für eine Buchvorstellung geeigneter ist.

S. 278 ○ ← ◒ **3** **a)** Notiert aus der Inhaltszusammenfassung die Handlungsschritte in Stichpunkten.
b) Besprecht, zu welchem Handlungsschritt ihr einen Ausschnitt vorlesen würdet. Begründet eure Auswahl.

◒ **4** Fertigt für die Vorstellung eures Lieblingsbuches eine Inhaltszusammenfassung an. Nutzt dazu die Kompetenzbox.

5 **EXTRA** Gestaltet für euer Buch eine originelle Verpackung.

KOMPETENZBOX

Einen Einblick in die Handlung geben

Zu jeder Buchvorstellung gehört ein kurzer Einblick in die Handlung. Er soll über zentrale Figuren, ihre Probleme und wesentliche Handlungsschritte informieren.

- W-Fragen klären: was? (Thema), wer? (Figuren), wie? (Eigenschaften), wo? (Ort), wann? (Zeit)
- wichtige Handlungsschritte in logischer Reihenfolge wiedergeben (keine Vollständigkeit)

- Besonderheiten der Figuren und ihre Beziehung zueinander darstellen
- Neugier wecken (an spannender Stelle abbrechen)

Einen geeigneten Buchausschnitt auswählen und vorlesen

A07 D10 Hörverstehen

Katja Brandis: Woodwalkers. Carags Verwandlung (2016, Ausschnitt)

Carag macht an seiner neuen Schule schnell Bekanntschaft mit anderen Gestaltwandlern. Vor der Gruppe der Wölfe haben die anderen Gestaltwandler Angst, vor allem die Pflanzenfresser oder die kleinen Tiere. Die Wölfe sehen in Carag einen Rivalen und stellen sich ihm in den Weg.

Zoff im Grand Canyon[1]

Ich musterte ihn und sein Rudel[2]. Das kräftige, indianisch aussehende Mädchen mit den schmalen dunklen Augen, das neben Jeffrey stand wie ein Leibwächter, war sicher ein Betawolf. Und der Junge auf seiner anderen Seite, ein großer Blonder, war wohl ein zweiter Betawolf. Er war gebaut wie eine Planierraupe[3] und wahrscheinlich enorm stark, obwohl er ein bisschen verpennt wirkte. Der dritte Kerl war garantiert der Omegawolf – der mit dem niedrigsten Rang, sein Fresschen bekommt er immer als Letzter. Er war ziemlich mickrig geraten und seine bräunlichen Haare sahen aus, als hätte sich ein besoffener Friseur daran ausgetobt. Seine Augen funkelten schlau, aber bösartig.

„Das Kätzchen hat Schiss, das sieht doch jeder“, stichelte er. Instinktiv fauchte ich ihn an. Ups. Das hatte ich gar nicht vorgehabt. Ich hatte vorgehabt, ruhig und gelassen zu bleiben. Jeffrey brach in Lachen aus. „Ganz schön böse, der Kleine, wie süß!“

Jemand zupfte mich am Ärmel – meine neue Freundin Holly. „Lieber keine Beißerei, Carag“, flüsterte sie besorgt. „Sonst bekommst du ’nen beknackten Verweis, das wollen die doch nur ...“

Die Wölfe lachten noch mehr. „Hey, schaut mal, der lässt sich von ’nem *Hörnchen* beraten!“, jaulte Jeffrey. „Habt ihr das gesehen, ist das nicht irre witzig?“

Wütend spannte ich alle Muskeln an, bereit, in meiner anderen Gestalt loszuspringen. Die würden schon sehen, wie witzig es ist, von einem Berglöwen angegriffen zu werden!

Doch plötzlich legte sich eine Hand auf meine Schulter, hielt mich mit eisenhartem Griff zurück. „Schluss jetzt, sofort!“, dröhnte es mir in den Ohren. „Ab in den Klassenraum, ihr alle. Aber dalli[4]!“

Ich drehte mich halb um und blickte hoch zu einem drahtigen Erwachsenen, der garantiert ein Lehrer war. Er hatte kluge Augen, einen Schnurrbart in der Farbe von Biberfell und schlecht rasierte Wangen, auf denen man noch die Stoppeln sah. Sein Hemd-und-Cowboystiefel-Outfit erinnerte mich an Andrew Milling, doch der hatte ein blütenweißes Hemd angehabt, kein rot-weiß-braun kariertes.

„Jeffrey, Tikaani, Cliff und Bo – auch ihr seid gemeint“, sagte der Lehrer in scharfem Ton, denn meine Feinde standen immer noch da und feixten[5].

„Ja, Mr Bridger“, erwiderte Jeffrey und schaffte es irgendwie, das frech klingen zu lassen. Dann trollte[6] er sich mit seinem Rudel. Auch die anderen Schüler hatten es auf einmal eilig. Nur ich blieb, wo ich war. Das ging gar nicht anders, so dermaßen fest wurde ich an der Schulter festgehalten.

„Du hattest hoffentlich nicht vor, dich zu verwandeln?“, fragte mich Bridger streng, als die anderen weg waren. „Hast du nicht in der Schulordnung gelesen, dass Schüler sich während der Schulzeit nur mit Erlaubnis eines Lehrers verwandeln dürfen?“

Ups. Die Schulordnung war wohl in dem Papierstapel gewesen, den mir Lissa Clearwater in die Hand gedrückt hatte. „Äh, nein, noch nicht“, sagte ich kleinlaut. „Ich bin heute erst angekommen und ...“

„Und ich glaube, du warst auch drauf und dran, Regel fünf zu verletzen“, fuhr Bridger fort. „Sie lautet: *Kämpfe zwischen Schülern sind nur im Kampfunterricht erlaubt.*“

„Oh“, war das Einzige, was mir dazu einfiel. [...]

„Du wirst die Schulregeln heute noch durchlesen.“ [...]

„Ja, Sir“, sagte ich und endlich ließ er mich los. Was für ein Tier war er eigentlich? Jedenfalls ein starkes!

„Und jetzt ab ins Klassenzimmer, Carag. Verhalten in besonderen Fällen ist dran, das ist mein Fach – neben Physik, Chemie und Mathe.“

„Ja, Sir“, sagte ich noch mal, damit konnte man nichts falsch machen. [...]

„Was hättest du gemacht, wenn sie gemeinsam über dich hergefallen wären?“, fragte Bridger plötzlich. „Vier gegen einen, das hättest du unmöglich gewinnen können.“

---

1 der Grand Canyon: 450 km lange Schlucht im Norden der USA **2** das Rudel: Gruppe wild lebender Säugetiere der gleichen Art
3 die Planierraupe: Maschine, die alles platt walzt **4** aber dalli: aber schnell **5** feixten: schadenfroh grinsen **6** trollte: langsam weggehen

S.278 ○ ← ◒ **1** **a)** Besprecht nach dem ersten Lesen, ob der Textausschnitt (Seite 98) für eine Buchvorstellung geeignet ist. Begründet.
b) Ergänzt weitere Kriterien für die Auswahl einer Textstelle.

○ **2** Tragt den Satz: „Die würden schon sehen, wie witzig es ist, von einem Berglöwen angegriffen zu werden." (Zeile 28–30) in unterschiedlichen Sprechweisen vor, zum Beispiel ärgerlich, wütend oder frech.

S.278 ○ ← ◒ **3** Arbeitet mit einer Kopie des Textes von Seite 98.
a) Teilt den Text in Abschnitte ein.
b) Notiert am Rand, wie die Figuren jeweils sprechen könnten.
c) Markiert Lesepausen und wichtige Wörter, die ihr betonen wollt.

◒ **4** Lest den Textausschnitt (Seite 98) ausdrucksstark vor. Nutzt die Kompetenzbox und gebt euch Rückmeldungen zu folgenden Fragen:
- Wurde der Text flüssig vorgelesen?
- Konnte man sich durch den Lesevortrag die Figuren gut vorstellen?

◒ MK **5** **a)** Wählt aus eurem Lieblingsbuch eine geeignete Textstelle aus und lest sie der Klasse ausdrucksstark vor. Ihr könnt die Lesung auch aufnehmen.
b) Gebt euch Tipps zur Gestaltung des Vortrags.
c) Stimmt ab, welcher Text und Lesevortrag euch am besten gefallen hat.

6 **EXTRA** Gestaltet zu eurem Lieblingsbuch eine Leserolle aus einer Chips- oder Müslidose.

Lesevortrag S.319 **KOMPETENZBOX**

Einen Lesevortrag vorbereiten und gestalten

1. Vorbereiten
- geeignete Textstelle auswählen *(verständlich, lustig, spannend, interessant)*
- Text in Abschnitte einteilen
- unbekannte Wörter und schwierige Textstellen klären
- Sprechweise für die Figuren und den Erzähler notieren *(laut/leise, hoch/tief, schnell/langsam, nuschelnd/klar/stotternd)*
- Text für den Vortrag markieren *(Pausen, Lautstärke, Tempo, Betonung, Stimmlage)*
- Lesevortrag mehrfach üben

2. Gestalten
- Ruhe im Publikum abwarten
- Titel und Autorin oder Autor nennen
- Zuhörerinnen und Zuhörer ab und zu anschauen
- auf deutliche Aussprache, Pausen, Lautstärke, Tempo, Betonung und Sprechweise achten

Weitere Informationen recherchieren und auswerten

geboren 1970, aufgewachsen im Rhein-Main-Gebiet

konnte 2006 den Traum wahr machen, sich ganz dem Bücherschreiben zu widmen

Auszeichnungen: Goldene Leslie, Nominierung für den Deutschen Jugendliteraturpreis

heißt Sylvia Englert und verwendet die Pseudonyme[1] Katja Brandis und Siri Lindberg

Katja Brandis

lebt mit Mann, Sohn und drei Katzen in der Nähe von München

Hobbys sind Lesen, Schreiben, Schwimmen, Tauchen und Reisen

studierte Amerikanistik, Germanistik und Anglistik

schrieb schon als Kind Geschichten, liebt ferne neue Welten in Büchern

Journalistin – seit 2006 als Schriftstellerin über 30 Jugendromane veröffentlicht

sagt über sich, sie wäre als zweite Gestalt gern ein Delfin oder Falke

1 das Pseudonym: angenommener, nicht wirklicher Name

○ **1** Wählt Informationen über Katja Brandis aus, die für die Vorstellung des Buches „Woodwalkers" geeignet sind. Entscheidet euch für eine sinnvolle Reihenfolge.

MK **2** **EXTRA** Recherchiert weitere Informationen zur Autorin und ihren Büchern im Internet. Nutzt Buchbesprechungen und Jurybegründungen. Stellt eure Ergebnisse vor.

Stichwortzettel → S. 26

◒ **3** Stellt euer Lieblingsbuch der Klasse vor. Fertigt einen Stichwortzettel an und verwendet ihn bei der Buchvorstellung.

KOMPETENZBOX

Ein Buch vorstellen

Eine Buchvorstellung soll informieren und Interesse wecken. Die Reihenfolge der folgenden Bestandteile könnt ihr selbst bestimmen.

- allgemeine Produktinformationen (zum Beispiel *Verlag, Erscheinungsjahr, Altersempfehlung, Umfang*)
- Einblick in die Handlung
- originieller Einstieg (zum Beispiel *Zitat, Lied, Spiel, Bild*)
- Angaben zu Titel und Autorin/Autor
- wichtige Angaben zum Inhalt: Ort, Zeit, Thema, Figuren, Handlung
- Verweise auf Besprechungen im Internet und in Zeitungen
- Hinweise auf Hörbuch oder filmische Umsetzung
- Gründe für die Wahl des Buches
- Textauszug, der neugierig macht

Ein Buch vorstellen

A08 D11 Hörverstehen

Raquel J. Palacio: Wunder (2013, Ausschnitt)

August findet Freunde, unter anderem Jack Will, der neben ihm sitzt. Auf Halloween freut er sich riesig, da er an diesem Tag einmal nicht auffällt, weil alle Masken tragen.

Ich begann so langsam zu glauben, dass dieser Tag als einer der fantastischsten Tage in die Geschichte meines Lebens eingehen würde, aber dann kam ich im Homeroom[1] an. Das erste Kostüm, das ich sah, als ich zur Tür hereinkam, war Darth Sidious. Es bestand aus einer dieser lebensecht aussehenden Gummimasken und einer großen schwarzen Kapuze, die man sich über den Kopf zog, und einem langen schwarzen Gewand. Ich wusste natürlich sofort, dass es Julian war. Er musste sich in letzter Minute für ein anderes Kostüm entschieden haben, weil er glaubte, dass ich als Boba Fett kommen würde. […]

Eine der Mumien sagte: „Es sieht echt voll aus wie er."

„Der Teil hier besonders …", antwortete Julian. Er legte die Finger auf die Wangen und Augen seiner Darth-Sidious-Maske.

„Eigentlich", sagte die Mumie, „sieht er aus wie einer von diesen Schrumpfköpfen. Habt ihr mal so einen gesehen? Genauso sieht er aus."

„Ich finde, er sieht aus wie ein Ork[2]."

„Ja, genau!"

„Wenn ich so aussehen würde", sagte die Julian-Stimme mit einem komischen Lachen, „ich schwör bei Gott, dann würd ich mir jeden Tag ne Kapuze übers Gesicht ziehen." […]

„Ich kann mir nicht vorstellen, jeden Tag in den Spiegel zu gucken und mich so zu sehen. Das wär zu schrecklich. Und dann die ganze Zeit angeglotzt zu werden."

„Warum hängst du denn dann so viel mit ihm ab?", fragte Darth Sidious.

„Weiß ich nicht", antwortete die Mumie. „Pomann[3] hat mich am Anfang des Schuljahres gebeten, mich ein bisschen um ihn zu kümmern, und er muss allen Lehrern gesagt haben, dass sie uns in all unseren Fächern nebeneinandersetzen sollen oder so." Die Mumie zuckte mit den Schultern. Ich kannte das Schulterzucken natürlich. Ich kannte die Stimme. Ich wollte auf der Stelle aus dem Klassenzimmer rennen. Aber ich blieb stehen, wo ich war, und hörte Jack Will zu, wie er weitersprach: „Ich meine, es ist halt so: Er läuft mir ewig hinterher. Was soll ich denn da machen?"

„Lass ihn einfach links liegen", sagte Julian.

1 der Homeroom: (amerik.) erste Stunde; auch: Zimmer der Klassenlehrerin, des Klassenlehrers 2 der Ork: hier: hässliches Monster
3 Pomann: Name des Direktors

1 Bereitet den Textausschnitt für das Vorlesen bei einer Buchvorstellung vor und tragt ihn vor.

2 Arbeitet heraus, was die Jury im folgenden Text lobend hervorhebt.
Überlegt, wie ihr das für eure Buchvorstellung nutzen könnt.

3 Fertigt einen Stichwortzettel für eine Buchvorstellung zu „Wunder" an.

Deutscher Jugendliteraturpreis 2014 für „Wunder": Jurybegründung (Ausschnitt)

Dieses Buch begeistert alle Altersgruppen. Das oft genutzte Motiv, dass es auf die inneren Werte ankommt, wird hier neu und ohne mahnenden Zeigefinger umgesetzt. Durch wechselnde Perspektiven kann der Leser nicht nur die Gefühle und Handlungen Auggies[1], sondern auch die seines Umfeldes verstehen. Der Leser entwickelt sich mit den sympathischen Charakteren. Die flüssige Sprache und die zahlreichen Details lassen die Geschichte persönlich und lebensnah wirken. Der Roman berührt den Leser und regt zum Nachdenken an.

1 Auggie: August wird von seiner Familie so genannt

5.3 Stimmgewaltig · Bücher und Hörspiele untersuchen

Äußere und innere Handlung unterscheiden

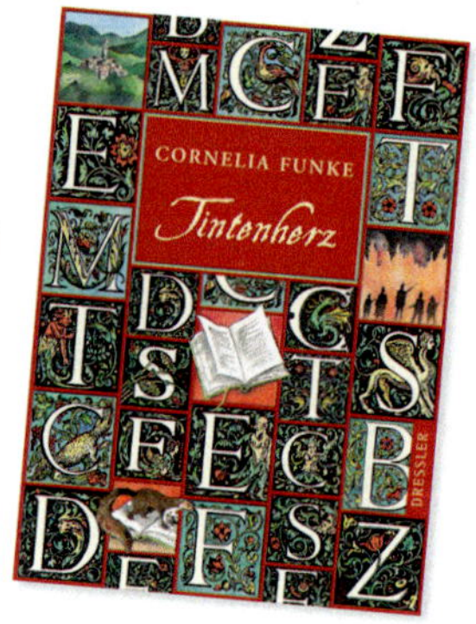

Cornelia Funke: Tintenherz (2003, Ausschnitt)

Die zwölfjährige Meggie und ihr Vater, der Buchbinder Mo, leben allein, weil ihre Mutter Resa verschwunden ist. Beide lieben Bücher. Als plötzlich ein Mann namens Staubfinger bei ihnen auftaucht, verändert sich ihr Leben, denn er warnt Mo und Meggie vor Capricorn. Dieser ist ein Bösewicht aus dem Buch „Tintenherz", aus dem Mo ihn „herausgelesen" hat. Mo und Meggie versuchen, sich bei Meggies Tante Elinor vor Capricorn zu verstecken, doch vergebens. Nun muss Mo seiner Tochter die Wahrheit sagen.

„Du warst gerade drei Jahre alt, Meggie", begann Mo. „Ich erinnere mich noch, wie wir deinen Geburtstag gefeiert haben. Ich hatte dir ein Bilderbuch geschenkt. Das mit der Seeschlange, die Zahnschmerzen hat und sich um den Leuchtturm wickelt ..."

Meggie nickte. Es lag immer noch in ihrer Kiste und hatte schon zweimal ein neues Kleid bekommen. „Wir?", fragte sie.

„Ich und deine Mutter." Mo zupfte sich etwas Stroh von der Hose. „Ich konnte schon damals an keinem Buchladen vorbeigehen. [...] Ich las ihr damals abends immer etwas vor."

„Du hast vorgelesen?"

„Ja. Jeden Abend. Deiner Mutter gefiel es. An diesem Abend suchte sie sich Tintenherz aus. [...] Da passierte es ... [...] Ich hatte ihre Namen noch auf den Lippen: Basta, Staubfinger, Capricorn. [...] Ich glaube nicht, dass einer der drei begriff, was geschehen war. Ich begriff es ja auch erst viel später. Meine Stimme hatte sie aus ihrer Geschichte rutschen lassen wie ein Lesezeichen, das jemand zwischen den Seiten vergessen hat. Wie sollten sie das begreifen?" [...]

„Und meine Mutter?"

Meggie konnte nur flüstern. Sie war es nicht gewohnt, das Wort auszusprechen.

Mo sah sie an. „Ich konnte sie nirgends entdecken! [...]"

„Mo?", fragte sie. „Glaubst du, es gefällt ihr in dieser Geschichte?" Mo brauchte lange für seine Antwort. „Die Feen gefallen ihr bestimmt", sagte er schließlich, „obwohl es launische kleine Dinger sind, und die Kobolde wird sie, so wie ich sie kenne, mit Milch füttern. Ja, ich glaube, das alles wird ihr gefallen ..."

„Und ... was wird ihr nicht gefallen?" Meggie sah ihn besorgt an. Mo zögerte. „Das Böse", sagte er schließlich, „es passieren viele schlimme Dinge in diesem Buch und sie hat nie erfahren, dass alles ein halbwegs gutes Ende nimmt, schließlich habe ich ihr die Geschichte nie zu Ende vorgelesen ... Das wird ihr nicht gefallen."

○ **1** Sprecht darüber, in welche Buchwelten ihr gerne eintauchen würdet, und begründet.

S. 279 ○ ← ◒ **2** Teilt das Gespräch in Abschnitte ein und gebt jedem Abschnitt eine Überschrift.

◒ **3** Im Gespräch erfährt man, weshalb Meggies Mutter Resa verschwand. Überlegt, welche Gefühle und Gedanken Meggie und Mo während des Gesprächs haben könnten.

a) Erklärt, was der Leser über Meggie und Mo in den markierten Textstellen erfährt.

b) Zeichnet Meggie und Mo. Haltet in je einer Denkblase fest, was in ihnen vorgehen könnte.

Cornelia Funke: Tintenherz (2003, Ausschnitt)

Capricorn will in der Menschenwelt bleiben und mächtig werden. Er vernichtet fast alle Tintenherzbücher und entführt Mo, der ihm aus anderen Büchern Gold herauslesen soll. Fenoglio, der Autor von Tintenherz, versucht gemeinsam mit Meggie, Mo zu befreien. Sie werden gefasst und eingesperrt.

Fast eine halbe Stunde lang schluchzte sie vor sich hin, während Fenoglio neben ihr saß und unglücklich vor sich hin starrte. „Ist ja schon gut!“, brummte er immer wieder, aber es war nichts gut, gar nichts.

„Wir haben nicht mal eine Lampe!“, schluchzte sie irgendwann. „Und meine Bücher haben sie mir auch weggenommen.“

Daraufhin griff Fenoglio unter sein Kissen und legte ihr eine Taschenlampe in den Schoß. „Die habe ich unter meiner Matratze gefunden“, flüsterte er. „Zusammen mit ein paar Büchern. Es sah fast aus, als hätte sie jemand dort versteckt.“ [...]

Fenoglio hatte ihr zusammen mit der Decke auch ein paar von Darius'[1] Büchern auf die Matratze gelegt. Behutsam legte Meggie sie nebeneinander. Es waren fast alles Erwachsenenbücher: ein zerlesener Krimi, ein Buch über Schlangen, eins über Alexander den Großen, die *Odyssee.* Ein Märchenbuch und *Peter Pan,* das waren die einzigen Kinderbücher – und *Peter Pan* hatte sie schon mindestens ein halbes Dutzend Mal gelesen. [...]

Die Fee darin war auch nicht sehr nett, aber die Welt, die zwischen diesen Buchdeckeln auf sie wartete, war ihr vertraut. Vielleicht war das in einer so dunklen Nacht genau das Richtige. Draußen schrie ein Käuzchen[2], sonst war es still in Capricorns Dorf. Fenoglio murmelte etwas im Schlaf und begann zu schnarchen. Meggie kroch unter die kratzige Decke, zerrte Mos Pullover aus ihrem Rucksack und schob ihn sich unter den Kopf.

„Bitte!“, flüsterte sie, während sie das Buch aufschlug. „Bitte bring mich hier fort, nur für eine Stunde oder zwei, aber bitte, bring mich weit, weit fort [...].“

Sie ließ den Finger die Zeilen entlangwandern, über das sandig raue Papier, während ihre Augen den Buchstaben folgten, an einen anderen, kälteren Ort, in eine andere Zeit, in ein Haus ohne verriegelte Türen und schwarz gekleidete Männer. *„Kaum war die Fee hereingekommen, da ging das Fenster auf“,* flüsterte Meggie. Sie konnte es knarren hören. *„Die kleinen Sterne hatten es aufgepustet und Peter fiel ins Zimmer. Er hatte Tinker Bell einen Teil des Wegs getragen und seine Hände waren noch voll von Feenstaub.“* Feen, dachte Meggie. Ich kann verstehen, dass Staubfinger die Feen vermisst. Aber das war jetzt ein verbotener Gedanke. Sie wollte nicht an Staubfinger denken, nur an Tinker Bell und Peter Pan und an Wendy, die in ihrem Bett lag und noch nichts ahnte von dem seltsamen Jungen, der in ihr Zimmer geflogen war, gekleidet in Laub und Spinnweben. *„‚Tinker Bell‘, rief er leise, nachdem er sich vergewissert hatte, dass die Kinder schliefen, ‚Tink, wo bist du?‘ Sie war gerade in einem Krug und das genoss sie sehr; sie war noch nie in einem Krug gewesen.“* Tinker Bell. Meggie flüsterte den Namen gleich zweimal, sie hatte es immer schon geliebt, ihn auszusprechen, mit diesem kleinen Stups der Zunge gegen die Zähne und dem weichen B, das wie ein Kuss von den Lippen rutschte. *„‚Los, komm her und sag mir, ob du weißt, wo sie meinen Schatten hingelegt haben.‘ Die lieblichsten Klänge, wie von goldenen Glöckchen, antworteten ihm. Das ist die Feensprache. Ihr gewöhnlichen Kinder könnt sie nicht hören, aber wenn ihr sie hören könntet, wüsstet ihr, dass ihr sie von früher her kennt.“* Wenn ich fliegen könnte wie Tinker Bell, dachte Meggie, dann könnte ich einfach auf das Fensterbrett da klettern und davonfliegen. [...]

Meggie hielt inne. Da war etwas Helles im Zimmer. Sie knipste die Taschenlampe aus, doch das Licht war immer noch da ... *tausendmal heller als die Nachtlichter.*

„Und wenn es für eine Sekunde zur Ruhe kam“, flüsterte Meggie, *„hast du gesehen: Es war*

1 Darius: Er muss für Capricorn Figuren aus Büchern herauslesen. 2 das Käuzchen: kleine Eulenart

eine ...“ Sie sprach das Wort nicht aus. Sie folgte dem Licht nur mit den Augen, wie es hin und her schwirrte, hastig, schneller als ein Glühwürmchen und viel größer.

„Fenoglio!“ Von dem Wächter vor der Tür war nichts mehr zu hören. Vielleicht war er eingeschlafen. Meggie beugte sich über die Bettkante, bis sie mit den Fingern Fenoglios Schulter erreichte. „Fenoglio, sieh doch!“ Sie rüttelte ihn, bis er endlich die Augen aufschlug. Was, wenn sie aus dem Fenster flog? Meggie ließ sich vom Bett rutschen. Sie schlug das Fenster so hastig zu, dass sie fast einen der schillernden Flügel einklemmte. Erschrocken schwirrte die Fee davon. Meggie glaubte ein zirpendes Schimpfen zu hören.

Fenoglio starrte das flirrende Ding mit schlafverquollenen Augen an. „Was ist das?“, fragte er mit heiserer Stimme. „Ein mutiertes[3] Glühwürmchen?“

Meggie kehrte zum Bett zurück, ohne die Fee aus den Augen zu lassen. Immer schneller schwirrte sie durch den engen Raum, wie ein verirrter Schmetterling, hinauf zur Decke, zurück zur Tür, dann wieder zum Fenster. Immer wieder zum Fenster. Meggie legte Fenoglio das Buch auf den Schoß. *„Peter Pan.“* Er sah das Buch an, dann die Fee, dann wieder das Buch.

„Ich hab es nicht gewollt!“, flüsterte Meggie. „Wirklich nicht.“

Die Fee flog schon wieder gegen das Fenster, wieder und wieder. [...]

„Da kommt jemand!“ Fenoglio richtete sich auf, so hastig, dass er sich den Kopf an dem Bett über ihm stieß. Er hatte Recht. Draußen auf dem Flur näherten sich Schritte, schnelle, entschlossene Schritte. Meggie wich ans Fenster zurück. Was hatte das zu bedeuten? Es war mitten in der Nacht. Mo ist gekommen!, dachte sie. Er ist da, und ihr Herz tat einen Sprung vor Freude, obwohl sie sich nicht freuen wollte.

„Versteck sie!“, raunte Fenoglio. „Schnell, versteck sie!“ [...]

Die Schritte waren jetzt ganz nah. „Nennst du das Wache halten?“ Das war Bastas Stimme. Meggie hörte ein dumpfes Stöhnen, wahrscheinlich hatte er den Wächter mit einem Tritt geweckt. „Schließ auf, na los, ich hab nicht ewig Zeit.“

Jemand schob einen Schlüssel in das Schloss. „Das ist der falsche, du verschnarchter Idiot! Capricorn wartet auf das Mädchen, ich werde ihm erzählen, warum er so lange warten musste.“

Meggie kletterte auf ihr Bett. Es schwankte bedrohlich, als sie sich aufrichtete. „Tinker Bell!“, flüsterte sie. „Bitte! Komm her!“ Aber so vorsichtig sie auch die Hand nach ihr ausstreckte, die Fee schwebte zurück zum Fenster – und Basta öffnete die Tür.

3 mutiert: (genetisch) verändert

„He, wo kommt die denn her?“, fragte er, während er in der offenen Tür stehen blieb. „So ein Flatterdings hab ich seit Jahren nicht gesehen.“

Meggie und Fenoglio schwiegen. Was hätten sie auch sagen sollen?

„Glaubt nicht, ihr kommt um die Antwort herum!“ Basta zog seine Jacke aus, nahm sie in die linke Hand und ging langsam auf das Fenster zu. „Stell dich in die Tür, für den Fall, dass sie mir entwischt!“, befahl er dem Wächter. „Wenn du sie vorbeilässt, schneid ich dir die Ohren ab.“

„Lass sie!“ Meggie rutschte hastig wieder vom Bett, aber Basta war schneller. Er warf seine Jacke, und Tinker Bells Licht erlosch wie das einer ausgeblasenen Kerze.

S.279 MK **4** Stellt euch den Text (Seite 103–105) als Filmausschnitt vor. Jeder neue Handlungsschritt wird zu einer Szene im Film.

a) Legt die Handlungsschritte als Szenen fest.

b) Notiert in Stichpunkten, was in jeder Szene geschieht, und sucht eine passende Überschrift.

c) Ordnet die Figuren und den Handlungsort zu.

Was passiert?	Überschrift	Figuren und Orte
1. Meggie und Fenoglio sitzen auf Bett; Meggie weint, weil sie keine Lampe hat	*Verzweifelte Lage*	*1. Meggie und Fenoglio auf unterem Doppelstockbett, eingesperrt*
2. Fenoglio gibt ihr Taschenlampe und Bücher, …	*Ein Lichtblick*	*2. Meggie im oberen Bett lesend*

5 Was erfahrt ihr über die Gedanken und Gefühle von Meggie und Fenoglio in den Zeilen 1–5, 25–29, 35–38, 50–58, 75–78 (Seite 103), Zeilen 114–115, 124–129 (Seite 104) und Zeile 151–152 (Seite 105)? Nennt Textsignale, die euch die Gedanken und Gefühle der Figuren verraten. Nutzt die Kompetenzbox.

6 Ordnet Meggies Gefühlen und Vorstellungen Textstellen zu.

Traurigkeit | Flucht in Buchwelt | Erstaunen über Tinker Bell | Angst vor Basta

MK **7** **EXTRA** Gestaltet den Text (Seite 103–105) als Comic. Nutzt Denk- und Sprechblasen. Ihr könnt Geräusche und Gefühle durch lautmalerische Ausdrücke darstellen, zum Beispiel *Würg, Klack.*

äußere und innere Handlung S. 317 **KOMPETENZBOX**

Äußere und innere Handlung unterscheiden

Bei der Handlung unterscheidet man zwischen äußerer und innerer Handlung.

Die **äußere Handlung** erfasst, was die Figuren sichtbar tun und sagen.

Die **innere Handlung** bezeichnet, was in den Figuren passiert (Gedanken und Gefühle). Ihr erkennt sie an Textsignalen. Sie kann
- direkt von der Erzählerin/von dem Erzähler beschrieben werden,
- aus dem erschlossen werden, was die Figuren sagen,
- aus dem Verhalten der Figuren abgeleitet werden.

Die Stimmung von Figuren kann sich im Laufe einer Geschichte ändern.

Merkmale von Hörspielen erkennen

○ **1** Stellt eure Erfahrungen mit Hörspielen dar. Was gefällt euch an Hörspielen?
MK

S. 279 ◒ ← ● **2** Vergleicht den folgenden Ausschnitt aus Szene 18 mit dem Buchausschnitt (Seite 103–105). Nennt Gemeinsamkeiten und Unterschiede.
MK

Cornelia Funke: Tintenherz – Das Hörspiel (2013, Ausschnitt)

A09 Hörtext

Szene 18: Erzähler, Meggie, Fenoglio, Basta, Flintenmann 1 (Innen/Nacht)

Erzähler: In einem anderen Zimmer desselben Hauses lag Meggie auf der oberen Matratze eines schmalen Etagenbetts und starrte ins Dunkel.

(Von draußen weht Staubfingers Miauen herein.)

Meggie: *(düster)* Katzen. Katzen. Überall sind Katzen. Man kriegt kein Auge zu bei diesem ständigen Gemaunze.

Fenoglio: *(aus dem Bett unter ihr, müde)* Dein Gemecker macht's auch nicht einfacher.

Meggie: Wir haben nicht mal eine Lampe! Und meine Bücher haben sie mir auch weggenommen.

Erzähler: In der unteren Etage des Bettes griff Fenoglio unter sein Kissen und reichte Meggie eine Taschenlampe nach oben.

Fenoglio: Hier! *(reicht Taschenlampe nach oben)*

Meggie: *(nimmt Taschenlampe, staunt)* Oh! Wo hast du die denn her? *(Lampe an)* Funktioniert sogar!

Fenoglio: Unter meiner Matratze gefunden. Zusammen mit ein paar Büchern. Hier! *(reicht drei Bücher nach oben)*

Meggie: *(nimmt Bücher entgegen)* Bestimmt hat Darius, der Vorleser, sie dort versteckt.

Fenoglio: Möglich. *(dreht sich rum)* Und jetzt lass mich ein bisschen schlafen, ja? *(streckt*

sich aus und gleitet beizeiten[1] in den Schlaf hinüber)

Meggie: *(sieht sich die Bücher an)* Hmm, ein Krimi. *(legt Krimi zur Seite)* Ein Buch über Schlangen. *(legt es zur Seite)* Und Peter Pan. Na wenigstens etwas. *(schlägt das Buch auf und blättert ein paar Seiten, dann leise)* Bitte, liebes Buch! Bring mich hier fort, nur für eine Stunde oder zwei, aber bitte, bring mich weit, weit fort. Bring mich weg von hier! Bitte!

Erzähler: Meggie ließ den Finger die Zeilen entlangwandern, während ihre Augen den Buchstaben folgten – an einen anderen Ort, in eine andere Zeit, in ein Haus ohne verriegelte Türen und schwarz gekleidete Männer.

(Einsatz Peter-Pan-Musik)

Meggie: *(liest leise)* Einen Moment nachdem die Elfe hereingekommen war, wurde das Fenster durch einen Windstoß geöffnet und Peter Pan fiel in das Zimmer. Er hatte Tinkerbell einen Teil des Weges getragen, sodass seine Hand noch immer von Feenstaub glitzerte.

„Tinkerbell", rief er leise, nachdem er sich vergewissert hatte, dass die Kinder fest schliefen, „Tink, wo bist du? Bitte komm her und sag mir, ob du weißt, wo sie meinen Schatten versteckt haben."

Als Antwort hörte Peter ein liebliches Klingeln wie von goldenen Glöckchen. Das ist die Feensprache, in der Tinkerbell Peter sagte, dass sein Schatten sich in der großen Kiste befände. Sie meinte die Kommode und Peter ... *(hält inne, weil sie etwas Helles im Zimmer sieht)*

(Tinkerbell-Glöckchen klingeln sehr leise und sehr hoch.)

Erzähler: Meggie hielt inne. Da war etwas Helles im Zimmer. Sie knipste die Taschenlampe aus, doch das Licht war immer noch da ... Es schwirrte hastig hin und her, schneller als ein Glühwürmchen und viel größer.

Meggie: *(leise, aber bestimmt)* Fenoglio!

Fenoglio: *(wälzt sich schlafend auf die andere Seite)*

Meggie: *(springt aus dem Bett)* Fenoglio! *(rüttelt ihn wach)* Fenoglio, sieh doch!

Fenoglio: *(wacht murrend auf)*

Meggie: Schnell, das Fenster zu! Sonst fliegt sie noch raus! *(huscht zum Fenster und schließt es)* So! *(wütendes Tinkerbell-Glöckchengeklingel)*

Erzähler: Fenoglio starrt das flirrende Ding an.

Fenoglio: *(schlaftrunken)* Was ist das? Ein mutiertes[2] Glühwürmchen?

Erzähler: Immer schneller schwirrte die Fee durch den Raum, wie ein verirrter Schmetterling, hinauf zur Decke, zurück zur Tür, dann wieder zum Fenster. Meggie legte Fenoglio das Buch auf den Schoß.

Meggie: *(legt Fenoglio das Buch auf den Schoß)* Hier.

Fenoglio: *(liest den Titel)* Peter Pan. – Aber ...

Erzähler: Der alte Mann sah das Buch an, dann die Fee, dann wieder das Buch.

Meggie: Ich hab es nicht gewollt! Wirklich nicht. *(Draußen auf dem Gang nähern sich Schritte.)*

Fenoglio: Schhht! Da kommt jemand! (.)[3] Versteck sie! Schnell, versteck sie!

Basta: *(draußen vor der Tür)* He! Nennst du das Wache halten?

Flintenmann 1: *(aufwachend)* Was? Wie? – Oh, Basta. Ich muss kurz eingenickt sein.

Basta: Los! Schließ auf. Capricorn will das Mädchen sehen! Na mach schon!

Flintenmann 1: Ja ja, ist ja gut! *(schließt auf)*

Meggie: *(über den Außen-Dialog[4], leise-dringlich)* Tinkerbell! Bitte! Komm her!

(zickiges Tinkerbell-Glöckchengeklingel, wie Kopfschütteln)

Meggie: *(noch dringlicher)* Tinkerbell!!! *(Die Tür wird aufgeschlossen.)*

Basta: He! Wo kommt die denn her? So ein Flatterding hab ich seit Jahren nicht gesehen. *(zieht Jacke aus)* Na warte.

Erzähler: Basta zog seine Jacke aus, nahm sie in die linke Hand und ging langsam auf das Fenster zu, vor dem die Fee schwebte.

Basta: Stell du dich in die Tür, für den Fall, dass sie mir entwischt!

Flintenmann 1: Alles klar!

Meggie: Lass sie!

Basta: *(wirft seine Jacke auf die Fee)*

---

1 beizeiten: hier: kurze Zeit später 2 mutiert: (genetisch) verändert 3 (.): Pausenzeichen 4 über den Außen-Dialog: Der Dialog zwischen dem Flintenmann und Basta ist im Hintergrund zu hören, während Meggie spricht.

3 Klärt, wie ihr einen Buchausschnitt als Hörspiel umsetzen könnt und welche Schritte dafür nötig sind.
MK

4 Lest den Hörspielausschnitt (Seite 106–107) mit verteilten Rollen.
- Achtet auf die unterschiedlichen Sprechweisen der Figuren.
- Nutzt die Regieanweisungen im Hörspiel.

5 Benennt Stellen im Hörspiel (Seite 106–107), die schwer umzusetzen sind. Begründet.
MK

6 Überlegt, mit welchen Mitteln ihr die Geräusche und Musikeinspielungen für ein Hörspiel herstellen könnt, zum Beispiel mit Papier, Erbsen, Alufolie oder einer Gießkanne.
Probiert eure Ideen aus.
MK

7 Nehmt in Gruppen das Hörspiel (Seite 106–107) auf und stellt es vor.
MK

KOMPETENZBOX

Merkmale eines Hörspiels erkennen und umsetzen

Merkmale eines Hörspiels:
- szenischer Text (Dialog)
- von verschiedenen Sprecherinnen und Sprechern eingesprochen
- oft tritt eine Erzählerin/ein Erzähler auf
- Einsatz von Geräuschen und Musik zur Untermalung der Situation

Die Produktion eines Hörspiels ist eine Arbeit im Team.
Dabei müssen ganz unterschiedliche Aufgaben erfüllt werden.

1. **Umschreiben des Buchausschnitts in ein Hörspielmanuskript**
   - Sprechertexte zuweisen (Figuren, Erzählerin/Erzähler)
   - Unwichtiges streichen, Ergänzungen hinzufügen
   - die Art, wie die Figuren sprechen, notieren (Regieanweisungen)
   - Einsatz von Geräuschen und Musik notieren
   - Manuskript für alle Sprecherinnen und Sprecher kopieren

2. **Vorbereiten und Durchführen der Aufnahme**
   - Hörspieltext üben
   - Ort auswählen, an dem keine Fremdgeräusche stören
   - Materialien zur Klangerzeugung bereitlegen und Musikeinspielungen vorbereiten
   - Aufnahmegerät bereithalten

3. **Bearbeiten der Aufnahme am Computer**
   - digitale Nachbearbeitung vornehmen
   - fertiges Hörspiel speichern

Ein Hörspiel produzieren

Cornelia Funke: Tintenherz (2003, Ausschnitt)

Nachdem Capricorn Mo entführt hat, machen sich Meggie und Elinor auf die Suche nach ihm. Kurz darauf werden sie von den Bösewichten geschnappt und zu Mo gesperrt.

Basta stieß zuerst Meggie, dann Elinor hinein und warf die Tür hinter ihnen zu.

Meggie hörte, wie der Schlüssel sich im Schloss drehte, wie Basta etwas sagte und der Junge lachte und wie sich ihre Schritte entfernten. Sie streckte die Hände zur Seite, bis ihre Fingerspitzen eine Mauer berührten. Ihre Augen waren nutzlos wie die einer Blinden, sie konnte nicht einmal erkennen, wo Elinor war. Aber sie hörte sie schimpfen, irgendwo zu ihrer Linken. „Ist in diesem Loch denn nicht wenigstens ein verdammter Lichtschalter? Verflucht noch mal, ich komm mir vor, als wäre ich in einem dieser gottverdammten, unerträglich schlecht geschriebenen Abenteuerromane gelandet, wo die Schurken[1] Augenklappen tragen und mit Messern werfen." Elinor fluchte gern, das war Meggie schon aufgefallen, und je mehr sie sich aufregte, desto mehr fluchte sie.

„Elinor?" Die Stimme kam irgendwo aus der Finsternis.

Freude, Erschrecken, Überraschung, alles klang aus dem einen Wort.

Meggie stolperte fast über die eigenen Füße, so abrupt[2] drehte sie sich um. „Mo?"

„O nein. Meggie! Wie kommst du denn her?"

„Mo!" Meggie stolperte in die Dunkelheit, auf Mos Stimme zu. Eine Hand packte ihren Arm, Finger fuhren ihr übers Gesicht.

„Na endlich!" Unter der Decke flammte eine nackte Glühbirne auf, und Elinor nahm mit selbstzufriedener Miene den Finger von einem staubigen Schalter. „Elektrisches Licht ist wirklich eine fabelhafte Erfindung!", sagte sie. „Zumindest das ist ein deutlicher Fortschritt zu anderen Jahrhunderten, findet ihr nicht?"

„Was tut ihr hier, Elinor?", fragte Mo, während er Meggie an sich drückte. „Wie konntest du zulassen, dass sie sie herbringen?"

„Wie ich es zulassen konnte?" Elinors Stimme überschlug sich fast. „Ich habe nicht darum gebeten, den Babysitter für deine Tochter spielen zu dürfen. […]"

1 der Schurke: Bösewichte 2 abrupt: plötzlich, unerwartet

1 Setzt die folgende Hörspielfassung fort und vergleicht eure Ergebnisse.

> *Basta: (stößt beide unsanft in Keller) „Hinein mit euch!" (Türgeräusch alte Tür, Schritte entfernen sich)*
> *Elinor: (tastet sich im Dunkeln an Wand lang, unsicher) „Gibt es in diesem Loch nicht wenigstens Licht?" (tastet weiter, Rascheln von einem Strohlager)*
> *Mo: (fragend, besorgt, unsicher) „Elinor?"*
> …

2 MK Nehmt die Hörspielszene auf. Nutzt dazu die Kompetenzbox auf Seite 108.

5.4 Stimm- und bildgewaltig · Einen Film untersuchen

Ein Buch wird zum Film

Inhaltszusammenfassung zum Kinofilm „Hugo Cabret“

Paris 1931. Hugo Cabret (12) lebt nach dem Tod seines Vaters und dem Verschwinden seines Onkels allein im Bahnhof Montparnasse und repariert dort die Uhren. Er muss sich vor dem Bahnhofsvorsteher verstecken, der Kinder ins Waisenhaus bringt. Von seinem Vater hat Hugo ein Notizbuch und einen mechanischen Menschen geerbt, den er mithilfe der Notizen in Gang setzen möchte, weil er auf eine Nachricht seines Vaters hofft. Ein alter Spielwarenhändler, bei dem sich Hugo ab und zu kleine Ersatzteile stiehlt, nimmt ihm jedoch seinen Notizblock weg, in dem er alle Aufzeichnungen zur Maschine gesammelt hat. Bei dem Versuch, den Block wiederzubekommen, freundet er sich mit der Pflegetochter des alten Mannes an. Gemeinsam entdecken sie die Welt des Kinos und finden heraus, wer der Spielwarenhändler wirklich ist: einer der Erfinder des Kinos, Georges Méliès.

MK **1** Sprecht darüber, was euch an der Geschichte besonders interessiert und wie ihr dies in einem Film umsetzen würdet. Vergleicht eure Ideen.

Brian Selznick: Die Entdeckung des Hugo Cabret (2008, Anfang)

Die Geschichte, die ich euch gleich erzählen werde, spielt im Jahr 1931 unter den Dächern von Paris. Dort werdet ihr einem Jungen mit dem Namen Hugo Cabret begegnen, der einmal, vor langer Zeit, eine geheimnisvolle Zeichnung entdeckte, die sein Leben für immer veränderte.

Doch ehe ihr die Seite umschlagt, möchte ich, dass ihr euch vorstellt, im Dunkeln zu sitzen wie zu Beginn eines Kinofilms. Gleich wird auf der Leinwand die Sonne aufgehen und ihr erlebt, wie euer Blick auf einen Bahnhof inmitten einer Stadt zuzoomt. Dann führt die rasante Fahrt durch die Eingangstüren hinein in die überfüllte Bahnhofshalle. Schließlich werdet ihr in der Menschenmenge einen Jungen entdecken und der Junge wird sich auf den Weg durch den Bahnhof machen. Folgt ihm, denn das ist Hugo Cabret. Sein Kopf steckt voller Geheimnisse und er wartet darauf, dass seine Geschichte losgeht.

S. 279 MK **2** Das Buch beginnt mit einer Aufforderung an die Leser, sich den Beginn der Geschichte im Kino vorzustellen.

a) Klärt in Gruppen, was ein Regisseur für die Umsetzung dieser Szene beachten sollte.

b) Skizziert zum Filmanfang Bilder und notiert die Kameraeinstellungen und Geräusche. Orientiert euch an dem Beispiel.

Die Figurendarstellung in einem Film untersuchen

Martin Scorsese: Hugo Cabret (2012)

1

Uhren im Bahnhof

2

Das Geheimnis der Maschine

3

Hugos Erinnerungen an den Vater …

4

… und das gemeinsame Tüfteln

Bilder 1–4: Szenen aus Hugo Cabret, USA 2011, Regie: Martin Scorsese

S. 279 ○ ← ◒ MK **1** Beschreibt in Partnerarbeit die Bilder 1 – 4 so genau wie möglich.
a) Legt dar, welche Eigenschaften der Figuren jeweils im Vordergrund stehen und woran ihr diese erkannt habt.
b) Klärt die Funktion der Kameraperspektive und der Kameraeinstellung.
c) Untersucht die Farbgestaltung.

◒ **2** Erklärt, was ihr anhand der Bilder über das Verhältnis von Vater und Sohn erfahrt. Nutzt den Sprachtipp.

SPRACHTIPP

Das Verhältnis von Figuren beschreiben

Vater und Sohn müssen ein … Verhältnis gehabt haben, da …
Die … im Verhältnis zwischen Vater und Sohn zeigt sich an …
Dass Vater und Sohn …, erkennt man daran, dass …
Die Körperhaltung zeigt …
Die Blicke der beiden verraten …

3 a) Erklärt mithilfe des folgenden Textausschnitts, weshalb Hugo Maschinen so wichtig sind.
b) Erläutert an einem Beispiel (Bild 5 – 8), wie das im Film zum Ausdruck kommt.

Brian Selznick: Die Entdeckung des Hugo Cabret (2008, Ausschnitte)

[Hugo zu Isabell] „Ist es dir schon mal aufgefallen, dass es für jeden Aufziehmechanismus einen Grund gibt, warum er geschaffen wurde? Entweder wurde er gebaut, um dich zum Lachen zu bringen, so wie die Maus hier, oder er wurde geschaffen, um die Zeit anzugeben, oder aber, um dich staunen zu lassen, wie der Automat. Vielleicht liegt es daran, dass mich ein kaputtes Aufziehteil immer ein bisschen traurig macht, schließlich ist es ja nicht mehr in der Lage, zu tun, wofür es geschaffen wurde.“ [...] Hugo und Isabelle schwiegen einen Moment, dann sagte Isabelle: „Ist das also deine Bestimmung? Dinge zu reparieren?“ Hugo dachte drüber nach. „ Ich weiß nicht“, antwortete er. „Vielleicht.“ [...] „Ich stell mir gern vor, die Welt sei eine einzige große Maschine. Du weißt schon, bei Maschinen gibt es keine überflüssigen Teile. Sie haben die genaue Anzahl und Art von Teilen, die sie brauchen. Also stelle ich mir vor, wenn die ganze Welt eine riesige Maschine ist, dann muss es einen Grund geben, warum ich hier bin. Und das bedeutet, dass auch du aus irgendeinem Grund hier sein musst.“

4 Beschreibt das Verhältnis zwischen Hugo und Isabell (Bild 5), Hugo und dem Spielwarenhändler (Bild 6) und Hugo und dem Polizisten (Bilder 7 und 8). Begründet eure Vermutungen.

5

Der Schlüssel für meinen Automaten

6

Ersatzteile für meine Maschine

7

Das ist *mein* Automat

8

Ein sicheres Versteck vor dem Bahnhofsvorsteher

Bilder 5–8: Szenen aus Hugo Cabret, USA 2011, Regie: Martin Scorsese

S. 279 ○ ← ◒ **5** Stellt dar, was Hugo und dem Bahnhofsvorsteher durch den Kopf gehen könnte (Seite 112, Bild **7** und **8**). Sprecht die Gedanken in verteilten Rollen und sucht treffende Adjektive für die Charaktereigenschaften der beiden.

◒ MK **6** Gestaltet Bild **5** oder **7** (Seite 112) in Gruppen nach und fotografiert das Bild in einer anderen Kameraeinstellung und Perspektive. Erklärt, was sich für die Zuschauer verändert.

MK **7** **EXTRA** Begründet, welches Filmplakat ihr wählen würdet. Gestaltet ein eigenes Filmplakat.

1

2
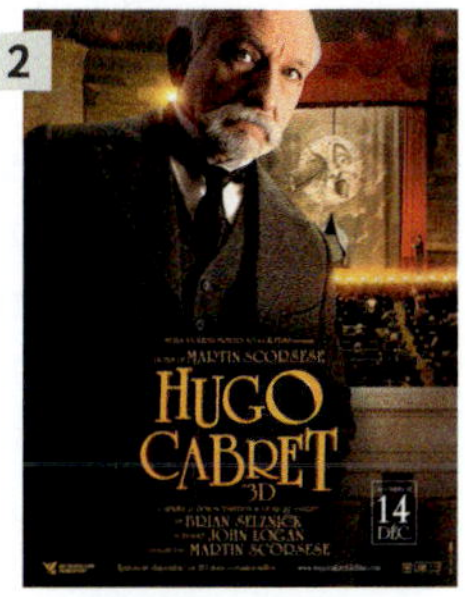

3

4

Bilder 1–4: Filmplakate Hugo Cabret, USA 2011, Regie: Martin Scorsese

Kameraperspektive, Einstellungsgrößen S. 326 **KOMPETENZBOX**

Kameraperspektive und Einstellungsgrößen untersuchen

Filme erzählen Geschichten mit Bildern, die von der Kamera aufgenommen werden. Die **Kameraperspektive** bestimmt, aus welcher Position man im Film eine Figur oder einen Gegenstand sieht.

Vogelperspektive
Figuren wirken oft klein und schutzbedürftig.

Normalsicht
Figuren wirken natürlich.

Froschperspektive
Figuren wirken oft groß und mächtig.

Die **Kameraeinstellung** bestimmt, wie groß der Ausschnitt ist, den man im Film von einer Figur oder einem Gegenstand sieht. Die **Einstellungsgröße** der Kamera bestimmt den Ausschnitt, der gezeigt wird. Dadurch kann Nähe und Distanz erzielt werden.

Totale

Halbtotale

Halbnah

Nah

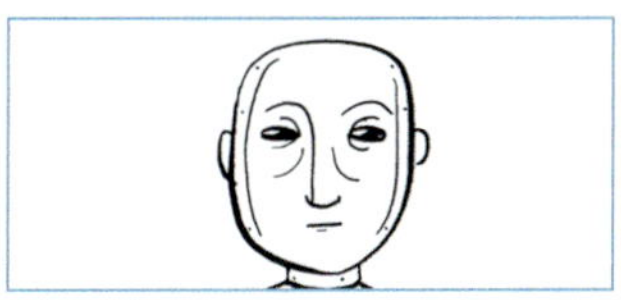

Großaufnahme

Detail

Das könnt ihr jetzt!

Einen Jugendbuchausschnitt untersuchen und gestalten

Katja Brandis: Woodwalkers. Carags Verwandlung **(2016, Ausschnitt)**

Carag, der Gestaltwandler, ist halb Mensch und halb Berglöwe. Er verbringt die erste Nacht in seinem neuen Zimmer.

Abends nach dem Zähneputzen fiel ich erschöpft in mein ungewohntes Bett. Brandon hatte die Decke bis fast an die Nase hochgezogen, sodass man seinen blau-weiß gestreiften Flanell[1]-Schlafanzug nicht mehr sah, und las noch in einem Buch namens *Harry Potter.* Darin ging es anscheinend irgendwie um Eulen, denn auf dem Titelbild war eine.

„Gute Nacht", wünschte er mir höflich, bevor er seine Leselampe ausknipste.

Ich war gar nicht mehr dazu gekommen, Holly zu fragen, warum es so schlimm sein sollte, mit ihm zusammenzuwohnen. Mitten in der Nacht erfuhr ich es dann ... [...]

Ein schrecklicher Krach weckte mich. Ein Splittern, Krachen und Schnauben. Hilfe! Wie der Blitz war ich aus dem Bett und dann darunter. Da war eine riesige dunkle Gestalt ganz in meiner Nähe – und zwar eine Gestalt mit Hörnern! Wieder ein Splittern, das Geräusch von trampelnden Hufen, ein lautes Schnauben. Ein stickiger, warmer Geruch hing in der Luft ... Bisongeruch!

„Brandon?", fragte ich vorsichtig und die riesige Gestalt blinzelte.

Äh, ja?, hörte ich es in meinem Kopf. Es klang verschlafen. *Was ist los?*

Ein Bisonbulle stand in dem, was mal sein Bett gewesen und nun eine Menge kaputter Bretter war. Eine blau-weiße Schlafanzughose hing an seinem rechten Horn und eine Fliege summte um seine Schnauze. Beschämt blickte der Bison mich an. *Oh nein, schon wieder! Ich habe geträumt, dass ich über die Prärie*[2] *galoppiere, und dann habe ich mich einfach verwandelt!*

„Halb so wild", sagte ich, was nicht wirklich passte. Dann kroch ich verlegen unter dem Bett hervor. „Passiert dir das öfter?"

Wirklich nur ein- oder zweimal die Woche, gab Brandon zurück [...].

„War es wenigstens ein schöner Traum?"

Oh ja, sehr!, sagte Brandon, senkte den schweren wolligen Schädel und schnupperte an den Resten seines Betts herum. Sein Laken hatte sich um seinen linken Vorderhuf geschlungen und hielt ihn fest. Leicht panisch zerrte er daran. Doch dadurch schlang sich das Laken nur noch fester um seine Hufe. Brandon schnaubte nervös, bockte[3] und drehte sich im Kreis, um das Ding loszuwerden. Ich drückte mich in eine Ecke, denn mein Zimmernachbar hatte in seiner Zweitgestalt mindestens fünfhundert Kilo Lebendgewicht. Wenn die auf dich drauftreten, siehst du danach aus wie ein altes Puzzle – ziemlich flach und ein paar Teile fehlen.

„Brandon, magst du nicht ein bisschen frische Luft schnappen?", japste ich. „Das hilft dir vielleicht, dich zu beruhigen."

Ein Huf krachte direkt neben mir ins Parkett und hinterließ einen tiefen Abdruck.

„Frische Luft ist toll, wirklich, die hilft gegen fast alles!" Vielleicht sollte ich lieber wieder unters Bett kriechen.

Okay, ich probier's mal, sagte Brandon gehorsam, trampelte zum Fenster und streckte seine feuchte braune Bisonnase nach draußen.

Großer Fehler! Denn in diesem Moment bewegte sich irgendwas zwischen den Felsen vor unserem Zimmerfenster. Etwas ... oder jemand!

Vor Schreck sprang Brandon zurück und stolperte mit den Hinterbeinen über meinen Schreibtischstuhl. *Krach!* Gereizt fuhr der riesige Bison herum und versuchte, einen der Kleiderschränke auf die Hörner zu nehmen. Wenige Sekunden später murmelte ich: „Ich glaube, ich sage besser mal dem Hausmeister Bescheid."

Ja, gute Idee, meinte Brandon verlegen. Es klang ein bisschen dumpf, denn seine Hörner steckten immer noch im Kleiderschrank fest.

Ich rannte los, um Theo zu holen.

---

1 der Flanell: aufgerauter Stoff aus Baumwolle 2 die Prärie: mit wenig Gras bewachsene, trockene Landschaft in Nordamerika
3 bockte: hier: den Rücken rund machen und mit den Hinterbeinen nach hinten treten

Lösungen
→ S. 292

1 Lest den Textausschnitt (Seite 114) ausdrucksstark vor. Ihr könnt in verteilten Rollen lesen.

2 Carag schreibt mit dem Smartphone eine Nachricht an seine Freundin Holly. Verfasst diese Nachricht und beschreibt, was in dieser Nacht passiert ist.

3 Fasst die äußere und innere Handlung des Textausschnitts (Seite 114) abschnittsweise zusammen. Übernehmt und ergänzt die folgende Tabelle.

Zeilen	äußere Handlung	innere Handlung
Zeile 1–13	*Carag geht zu Bett und beobachtet dabei seinen Mitbewohner Brandon.*	*Carag spekuliert über Brandons Lektüre und denkt an Hollys Andeutung bezüglich Brandon zurück.*
Zeile ...	...	...

4 Untersucht Carag und Brandon näher. Wählt dazu jeweils die Adjektive aus, die zu Carag oder Brandon passen. Begründet eure Wahl mit Beispielen aus dem Text.

gutmütig | ängstlich | vorsichtig | wütend | aufgeregt
dumm | liebenswert | übellaunig | freundlich | aggressiv
unterordnend | mutig | kämpferisch | grob

5 Prüft, welche der folgenden Aussagen auf den Textausschnitt (Seite 114) zutreffen. Begründet eure Meinung.

A Der Ausschnitt zeigt die Freundschaft zwischen Brandon und Carag.
B Der Ausschnitt zeigt, wie sich Brandon und Carag kennenlernen.
C Der Ausschnitt zeigt, wie hilflos Brandon ist.

MK **6** Arbeitet in Gruppen. Wählt eine Textstelle (Seite 114) aus und schreibt diese in eine Hörspielfassung um. Notiert auch passende Geräusche. Ihr könnt eure Hörspielfassungen auch aufnehmen.

6 Kleine und große Helden

Lügen- und Schelmengeschichten, Fabeln, Helden- und Göttersagen entdecken

Der stolze Schmetterling (aus Afrika)

Es war ein wunderschöner Frühlingstag. Ein Regen hatte gerade die Erde erfrischt. Jetzt wärmte die Mittagssonne das Land. Die Blumen in der Wiese öffneten ihre Blüten und lockten einen hübschen Schmetterling an. Er umflatterte wählerisch die Blütenpracht. Dann landete er auf einer blauen Blume, um dort sein Mittagsmahl zu naschen. Da bemerkte er eine Raupe, die am Stängel der Blume nach oben kroch. Empört rief der Schmetterling ihr zu: „Wie kannst du mich beim Mittagsmahl stören, du hässlicher Wurm! Verschwinde!"
„Sei nicht so unfreundlich", sagte die Raupe versöhnlich. „Es ist genug Platz für uns beide. Wir sind uns doch ähnlich ..."
„Ich dir ähnlich? Sieh, ich bin schön und strahlend wie die Sonne, und meine Schwingen[1] tragen mich hoch in die Lüfte, während du auf dem Bauch auf der Erde umherkriechst. Fort mit dir, wir haben nichts miteinander zu schaffen![2]"
„Dein Stolz, du schöner Schmetterling, steht dir nicht zu", erwiderte die Raupe ruhig. „All deine Farbenpracht gibt dir nicht das Recht, mich zu verachten. Wir sind und bleiben Verwandte. Du bist früher eine Raupe gewesen wie ich und deine Kinder werden ebenfalls Raupen sein."
Moral: Sympathisch[3] ist, wer nie vergisst, woher er einst gekommen ist.

1 die Schwinge: Flügel
2 wir haben nichts miteinander zu schaffen: wir haben nichts gemeinsam
3 sympathisch: liebenswert, nett

Aphrodite (Lexikonartikel)

griechische Göttin der Liebe, später mit der römischen Venus identifiziert[1], die in gleicher Weise verehrt wurde. Sie gehörte zu den zwölf großen olympischen[2] Gottheiten, spendete Schönheit und Fruchtbarkeit und wurde mit einem lieblichen, oft auch spöttischen Lächeln dargestellt. [...]
Über ihre Geburt gibt es zwei abweichende Erzählungen. Nach Homer[3] war sie die Tochter des Zeus[4] [...]. Hesiods[3] Bericht basiert auf dem angeblichen Ursprung ihres Namens aus aphros, „Schaum", wonach sie in vollkommener Gestalt in Paphos auf Cypern[5] oder auf Kythera[6] dem Meere entstieg. [...] Als Aphrodite das Land betrat, blühten Blumen auf ihrem Weg, und Eros (Cupido)[7] und vielleicht noch weitere Gottheiten dienten ihr.

1 identifiziert: hier: mit Venus gleichgesetzt
2 olympisch: von Olymp, Wohnsitz der Götter
3 Homer und Hesiod: griechische Dichter
4 Zeus: höchster griechischer Gott
5 Paphos auf Cypern: Stadt auf der Insel Zypern
6 Kythera: griechische Insel
7 Eros (Cupido): griechischer Gott der Liebe, mit dem römischen Gott Cupido gleichgesetzt

1 Lest den Text „Der stolze Schmetterling".
- **a)** Beurteilt die folgende Aussage: Das Verhalten des Schmetterlings ist verständlich und nachvollziehbar.
- **b)** Berichtet von einer Situation oder erfindet eine Geschichte, in der sich Menschen ähnlich wie dieser Schmetterling verhalten.
- **c)** Diskutiert, ob ihr der Moral zustimmen könnt.

2 Entnehmt dem Lexikonartikel zu Aphrodite die Aufgaben und Eigenschaften der griechischen Göttin.

Das lernt ihr jetzt!

6.1 Lügen- und Schelmengeschichten untersuchen und gestalten, Merkmale erkennen

6.2 Fabeln untersuchen, den Aufbau und Merkmale erkennen, Fabeln vergleichen und gestalten

6.3 Heldenfiguren untersuchen, den Aufbau und Merkmale von Helden- und Göttersagen erkennen

Darf ich mich vorstellen? Münchhausen mein Name, Baron Münchhausen. Der Mann, der auf einer Kanonenkugel reiten kann, der sich am eigenen Schopf aus dem Sumpf zieht und der auf einer Pflanze bis hoch zum Mond geklettert ist. – Wie, ihr glaubt mir nicht?

Rudolf Erich Raspe:
Die Abenteuer des Baron Münchhausen,
1850

3 Nennt Gemeinsamkeiten und Unterschiede zwischen den Eigenschaften des Schmetterlings in der Fabel und den Eigenschaften Aphrodites (Seite 116).

4 „Der stolze Schmetterling" (Seite 116) ist ein literarischer Text, der Lexikonartikel zu „Aphrodite" (Seite 116) ein Sachtext. Unterscheidet anhand der Beispiele literarische Texte und Sachtexte.

5 Beschreibt euren Eindruck von Münchhausen.
- **a)** Klärt, welche Gründe es geben könnte, Lügengeschichten zu erzählen.
- **b)** Wenn ihr eine Münchhausen-Geschichte kennt, erzählt sie.

6.1 Nicht wahr, oder? · Lügen- und Schelmengeschichten untersuchen und gestalten

A10 D12 Hörverstehen

Das teure Hufeisen (15. Jahrhundert)

Auch vielen Fürsten kam zu Ohren, was Eulenspiegel alles an Künsten verstünde[1]. Viele der hohen Herren beschenkten ihn darum mit Kleidern, Reitpferden, Geld und Kost[2]. So kam Eulenspiegel auch einmal zu dem König von Dänemark, der ihn gerne aufnahm.

Der König bat den Schalk[3]: „Führst du mir etwas Abenteuerliches vor, so will ich dir dein Pferd mit dem allerbesten Hufschlag[4] beschlagen lassen." Eulenspiegel versicherte sich[5], ob er seinen Worten auch wirklich glauben dürfe. Der König sprach: „Ja."

So ritt Eulenspiegel mit seinem Pferd zu einem Goldschmied, ließ es mit goldenen Hufeisen und silbernen Nägeln beschlagen und erschien vor dem König mit der Bitte, den ungewöhnlichen Hufschlag zu bezahlen. Wieder sprach der König: „Ja", und wies seinen Schreiber an, Eulenspiegel zu bezahlen. Der Schreiber meinte, es wäre das Geld für einen einfachen Hufschmied zu geben, aber Eulenspiegel führte ihn zu dem Goldschmied, der einhundert dänische Mark – damals eine beträchtliche Summe[6] – für seine Arbeit haben wollte. Der Schreiber war empört, wollte nicht bezahlen und meldete alles seinem Herrn.

Dieser ließ Eulenspiegel zu sich bringen und fragte: „Welch teuren Hufschlag hast du dir da machen lassen? Wenn ich alle meine Pferde so beschlagen lassen wollte, wäre ich bald um Land und Leute gebracht. Das war nicht meine Meinung, dass du dein Pferd mit Gold beschlagen lassen solltest."

Eulenspiegel aber erwiderte: „Gnädiger König, Ihr saget, es dürfte der allerbeste Hufschlag sein. Nun glaube ich, ist kein Hufschlag besser als einer von Gold und Silber." Da musste der König lachen. „Du bist mir der liebste Diener, denn du tust wenigstens, was ich dich heiße[7]."

Er bezahlte die hundert Mark, und Eulenspiegel ließ die goldenen Hufeisen wieder gegen eiserne austauschen. Er blieb bei diesem gerechten König bis zu dessen Tod.

---

1 was Eulenspiegel alles an Künsten verstünde: was für besondere Fähigkeiten er besaß 2 die Kost: Essen 3 der Schalk: Spaßmacher 4 der Hufschlag: Hufeisen 5 versicherte sich: fragte noch einmal nach 6 beträchtliche Summe: große Menge an Geld 7 was ich dich heiße: was ich dir befehle

1 Beurteilt die folgenden Aussagen: In der Geschichte wird dargestellt, dass …

A sich auch Könige nicht immer genau ausdrücken.
B man mit einer schlauen Antwort manchmal Erfolg hat.
C der König froh ist, weil endlich jemand seine Befehle genau befolgt.
D für Unterhaltung auch damals schon viel Geld bezahlt wurde.

S. 279 **2** Entscheidet euch für eine der folgenden Aufgaben:
a) Schreibt einen Tagebucheintrag des Königs, in dem dieser begründet, warum er den teuren Hufschlag bezahlt.
b) Schreibt einen Brief Eulenspiegels, in dem er einem Freund erklärt, warum er jetzt beim König von Dänemark bleibt.

3 In vielen Geschichten nimmt Eulenspiegel Redewendungen wörtlich. Wählt eine der folgenden Redewendungen aus und schreibt dazu eine Eulenspiegelgeschichte. Nutzt die Kompetenzbox auf Seite 120.

jemanden an der Nase herumführen – mit dem Kopf durch die Wand wollen – auf den Putz hauen – alles auf den Kopf stellen – jemandem etwas in die Schuhe schieben – sich vom Acker machen – durch die Lappen gehen

Gottfried August Bürger: Münchhausens Tänzchen im Fischmagen (1786)

Der Baron von Münchhausen (1720–1797) erzählte seinen Gästen gern von den Abenteuern, die er angeblich auf seinen Reisen und in Kriegen erlebt hatte. Diese wurden von Schriftstellern aufgeschrieben, erweitert und umerzählt.

Einst war ich in großer Gefahr, im Mittelländischen Meere umzukommen. Ich badete mich nämlich an einem Sommernachmittage, unweit Marseille[1], in der angenehmen See, als ich einen großen Fisch mit weit aufgesperrtem Rachen in der größten Geschwindigkeit auf mich daherschießen sah. Zeit war hier schlechterdings nicht zu verlieren, auch war es durchaus unmöglich, ihm zu entkommen.

Unverzüglich drückte ich mich so klein zusammen als möglich, indem ich meine Füße heraufzog und die Arme dicht an den Leib schloss. In dieser Stellung schlüpfte ich denn gerade zwischen seinen Kiefern hindurch bis in den Magen hinab. Hier brachte ich, wie man leicht denken kann, einige Zeit in gänzlicher Finsternis, aber doch in einer nicht unbehaglichen Wärme zu.

Da ich ihm nach und nach Magendrücken verursachen mochte, so wäre er mich wohl gern wieder los gewesen. Weil es mir gar nicht an Raum fehlte, so spielte ich ihm durch Tritt und Schritt, durch Hopp und He, gar manchen Possen[2]. Nichts schien ihn aber mehr zu beunruhigen, als die schnelle Bewegung meiner Füße, da ich's versuchte, einen schottischen Triller[3] zu tanzen. Ganz entsetzlich schrie er auf und erhob sich fast senkrecht mit seinem halben Leibe aus dem Wasser. Hierdurch ward er aber von dem Volke eines vorbeisegelnden italienischen Kauffahrteischiffes[4] entdeckt und in wenigen Minuten mit Harpunen[5] erlegt. Sobald er an Bord gebracht war, hörte ich das Volk sich beratschlagen, wie sie ihn aufschneiden wollten, um die größte Quantität[6] Öl von ihm zu gewinnen. Da ich nun italienisch verstand, so geriet ich in die schreckliche Angst, dass ihre Messer auch mich par compagnie[7] mit aufschneiden möchten. Daher stellte ich mich so viel als möglich in die Mitte des Magens, worin für mehr als ein Dutzend Mann hinlänglich Platz war, weil ich mir wohl einbilden konnte, dass sie mit den Extremitäten[8] den Anfang machen würden. Meine Furcht verschwand indessen bald, da sie mit Eröffnung[9] des Unterleibes anfingen.

Sobald ich nun nur ein wenig Licht schimmern sah, schrie ich ihnen aus voller Lunge[10] entgegen, wie angenehm es mir wäre, die Herren zu sehen und durch sie aus einer Lage erlöst zu werden, in welcher ich beinahe erstickt wäre. Unmöglich lässt sich das Erstaunen auf allen Gesichtern lebhaft genug schildern, als sie eine Menschenstimme aus einem Fische heraus vernahmen. Dies wuchs natürlicherweise noch mehr, als sie lang und breit einen nackenden Menschen herausspazieren sahen. Kurz, meine Herren, ich erzählte ihnen die ganze Begebenheit, so wie ich sie Ihnen jetzt erzählt habe, worüber sie sich denn alle fast zu Tode verwundern wollten.

1 Marseille: französische Hafenstadt 2 der Possen: lustiger, derber Streich 3 schottischer Triller: traditioneller Tanz aus Schottland
4 das Kauffahrteischiff: Handelsschiff 5 die Harpune: Speer für die Jagd auf Fische 6 die Quantität: Menge
7 par compagnie: hier: mit allem zusammen 8 die Extremitäten: Gliedmaßen, hier: Flossen 9 die Eröffnung: das Aufschneiden
10 aus voller Lunge: so laut wie möglich

○ **4** Welchen Eindruck habt ihr von dieser Geschichte? Benennt Stellen, die euch gefallen oder die ihr lustig findet.

5 Zeigt auf, woran man erkennen kann, dass die Geschichte auf Seite 119 ein literarischer Text ist.

6 Betrachtet die einzelnen Ereignisse in der Geschichte (Seite 119) genauer.
a) Gliedert den Text in Abschnitte. Bei jedem neuen Ereignis beginnt ein neuer Abschnitt.
b) Stellt die Ereignisse oder Handlungen wie in dem folgenden Beispiel dar.

möglich (erlebt)	→	unwahrscheinlich (erfunden)	→	unmöglich (fantastisch)
Baden im Meer		Fisch kommt mit aufgesperrtem Maul ...		...

7 Entwickelt aus euren Ergebnissen von Aufgabe 6 den typischen Aufbau von Lügengeschichten. Vergleicht mit der Kompetenzbox unten.

8 Untersucht, durch welche Verhaltensweisen und Eigenschaften sich der Ich-Erzähler in dieser Lügengeschichte (Seite 119) von einem Sagenhelden unterscheidet.

MK **9** **EXTRA** Sucht andere Lügengeschichten in der Bibliothek oder im Internet.
- Erzählt sie vor der Klasse.
- Stellt dabei die unwahrscheinlichen oder unmöglichen Begebenheiten überzeugend und witzig dar.
- Nutzt den Sprachtipp.

SPRACHTIPP

Die Zuhörerinnen und Zuhörer von Unglaublichem überzeugen

Ihr werdet es vielleicht nicht glauben, aber …
Wenn ich es euch doch nur zeigen könnte, …
Wie ihr wisst, …
Ihr glaubt mir nicht? Dann werdet ihr sehen …
Ich traute zunächst nicht meinen Augen, aber …

KOMPETENZBOX

Merkmale von Lügen- und Schelmengeschichten erkennen

Schelmengeschichten	***Beispiele***
- Die Hauptfigur begegnet Mitmenschen häufig mit einer List oder betrügerischen Handlungen. - Sie zeigt oft menschliche Schwächen oder Probleme auf, indem sie anderen eine Lehre erteilt oder jemandem Schaden zufügt.	***Eulenspiegelgeschichten*** *Der Bäckermeister antwortet auf die Frage Eulenspiegels, was er backen soll: „Na, was wohl. Eulen und Meerkatzen." → Eulenspiegel backt diese. → Zunächst erscheint Eulenspiegel dumm, in Wirklichkeit ist er der Überlegene: Eulenspiegel macht mit dem Verkauf großen Gewinn; das mürrische Verhalten des Bäckermeisters wird kritisiert.*
Lügengeschichten	
- Die Geschichte handelt zunächst von einer Situation, die sich wirklich ereignen könnte. - Es folgen Handlungen, die übertrieben wirken. - Schließlich steigert sich die Erzählung in Lügen hinein.	***Münchhausengeschichten*** *mögliche Situation: Soldaten, darunter Münchhausen, belagern eine Stadt → Übertreibungen: Münchhausen soll die Festung des Gegners ausspionieren → Lügen: Er fliegt auf einer Kanonenkugel zur Festung.*

Lügen- und Schelmengeschichten untersuchen und gestalten

Münchhausen und der Schlittenwolf (neu erzählt von Martina Meier)

Im tiefsten Winter reiste ich einst durch Russland. Nun könnt ihr euch sicher fortstellen[1], dass man bei Schnee und Eis mit einem Pferd nicht allzu schnell unterwegs ist. Kurzerhand besorgte ich mir also einen Pferdeschlitten und spannte meinen alten Gaul ein.
Juchhe, nun ging es in rasendem Tempo durchs Land. Als ich mich aber irgendwann einmal umschaute, da bemerkte ich, dass mir und meinem Pferd ein Wolf auf den Fersen war. Ein echter Wolf, und nirgendwo ein Mensch, der mir helfen konnte!
Das Tier war riesig. Bald hatte der Wolf mich und meinen vierbeinigen Weggefährten eingeholt. Jetzt gab es kein Entrinnen[2] mehr. Ich schaffte es gerade noch, mich zu ducken, da hatte sich der graue Räuber auch schon nach einem mächtigen Sprung über den Schlitten im Hinterteil meines Pferdes verbissen und ließ nicht mehr los.
Ich selbst war ihm als Beute wohl zu mager gewesen. Dafür aber schien ihm mein Pferd umso besser zu schmecken, denn er schmatze nicht schlecht bei seiner Mahlzeit. Weil ich wusste, dass der Wolf gut beschäftigt war, traute ich mich nun auch wieder, aus der Versenkung aufzutauchen. Ich ergriff meine Peitsche und drosch[3] mächtig auf das Hinterteil des Wolfes ein. Den schien das weiter nicht zu stören, denn er hob nicht einmal seinen Kopf, sondern fraß mehr und mehr mein Pferd auf. So weit, bis er schließlich seinen Kopf durch das Geschirr des Pferdes stecken konnte. Den Gaul hatte er zu diesem Zeitpunkt mit Haut und Haaren verspeist.
Ich peitschte und peitschte weiter auf das Tier ein, das nun an Stelle meines Pferdes den Schlitten zog. Und siehe da, der Wolf kam immer mehr in Fahrt, wurde schneller und schneller. In kürzester Zeit hatten wir St. Petersburg erreicht. Auf den Straßen aber blieben die Menschen stehen, um diesem ungewöhnlichen Gespanne mit offenem Mund nachzustarren.

1 fortstellen: vorstellen 2 das Entrinnen: Entkommen, Möglichkeit zur Flucht 3 drosch: Präteritum von dreschen, schlagen

○ **1** Überprüft, ob die folgenden Aussagen zutreffen, und begründet.

A Münchhausen gerät mit seinem Schlitten bis in die Türkei.
B Der alte Gaul rast durch das Land.
C Außer vom Wolf wird Münchhausen auch von einem grauen Räuber verfolgt.
D Nirgends war ein Mensch, der Münchhausen helfen konnte.

◒ **2** Schreibt aus der Geschichte drei Lügen und drei Übertreibungen heraus.

S. 279 ○ ← ◒ **3** Sucht Formulierungen aus dem Text, mit denen der Erzähler Spannung aufbaut.

Der gar nicht närrische Narr (neu erzählt von Paul Maar, 2010)

Einmal stand Nasreddin[1] auf dem Markt. Er hatte ein Körbchen voller Walnüsse verkauft, den leeren Korb vor sich auf den Boden gestellt und schöpfte gerade Wasser aus einem Brunnen. Da kam ein reicher Mann vorbei, der Nasreddin für einen Bettler hielt. Er zeigte ihm zwei Geldstücke, ein großes und ein kleines, und sagte: „Welche Münze möchtest du haben? Wähle!“

Nasreddin zeigte auf die kleine und sagte: „Diese Münze bitte!“

Der reiche Mann lachte über den Narren und warf die kleine Münze in Nasreddins Körbchen. Das sprach sich in der Stadt herum und viele kamen und wollten es ausprobieren. Sooft die Leute Nasreddin ein großes und ein kleines Geldstück anboten, nahm er das kleine und die Leute lachten über seine Dummheit.

Eines Tages sagte ein Freund zu Nasreddin Hodscha: „Warum nimmst du nicht die große Münze? Du bekommst nicht nur mehr Geld, die Leute werden auch aufhören, sich über dich lustig zu machen.“

„Da magst du recht haben“, antwortete Nasreddin. „Aber wenn ich ein paarmal die größere Münze genommen habe, werden die Leute aufhören, mir Geld zu geben. Denn sie tun es ja nur, um über meine Narrheit lachen zu können.“

1 Nasreddin Hodscha: türkischer Eulenspiegel

4 a) Beschreibt euren ersten Eindruck von Nasreddin.
b) Arbeitet heraus, welche List Nasreddin anwendet, um möglichst viel Geld zu bekommen.
c) Erklärt mithilfe des Textes, warum die Leute Nasreddin immer wieder Geld geben. Bewertet dieses Verhalten.

5 Handelt es sich um eine Schelmen- oder eine Lügengeschichte? Begründet mithilfe der Kompetenzbox auf Seite 120.

6 Gebt die Gedanken und Gefühle Nasreddins in der Ich-Form wieder.
Ihr könnt die folgenden Formulierungen nutzen:

Erst wollte ich nach der großen Münze greifen, doch dann hatte ich einen Geistesblitz ...; Ich musste ein breites Grinsen unterdrücken ...; Ihr könnt mich ruhig einen Dummkopf nennen, ich ...

7 Das Münchhausen-Spiel: Mehrere Erzählerinnen und Erzähler erfinden gemeinsam in der Ich-Form eine Lügengeschichte, wie sie Münchhausen zu erzählen pflegte.
- Jede Person erzählt zwei Sätze und sagt dann „Stopp!“, die/der nächste fährt fort.
- Beachtet den Aufbau der Münchhausengeschichten (Kompetenzbox Seite 120).
- Nutzt den Sprachtipp auf Seite 120.

6.2 Tierisch menschlich · Fabeln untersuchen und gestalten

Merkmale und den Aufbau erkennen

Äsop: Die Teilung der Beute (um 600 vor Christus)

Ein Löwe, Fuchs und Esel jagten miteinander und fingen einen Hirsch. Da befahl der Löwe dem Esel, das Wildbret[1] zu teilen. Der Esel machte drei gleiche Teile; darüber wurde der Löwe zornig und riss dem Esel das Fell über die Ohren.

Darauf wandte er sich an den Fuchs und ließ ihn die Beute teilen. Der Fuchs stieß die drei Teile wieder zusammen und gab alles dem Löwen. Darüber lachte der Löwe und sprach: „Wie kommt es, dass du so richtig teilen kannst? Wer hat es dich gelehrt?"

„Das Schicksal des Esels", antwortete der Fuchs.

1 das Wildbret: Fleisch von gejagtem Wild

ARBEITSTECHNIK

Beziehungen zwischen Figuren

Mit Pfeilen, Linien und Symbolen könnt ihr zeigen, wie die Figuren in einem Text zueinander stehen, zum Beispiel:

Spieler ⟷ Gegenspieler

Feinde ↯

Freunde A, B, C

◒ **1** Formuliert mit eigenen Worten, was der Fuchs aus dem Schicksal des Esels gelernt hat.

◒ **2** Fertigt eine Skizze an, in der ihr darstellt, wie die Figuren zueinander stehen. Nehmt die Arbeitstechnik zu Hilfe.

Äsop: Der Löwe und die Maus (um 600 vor Christus)

Als der Löwe schlief, lief ihm eine Maus über den Körper. Aufwachend packte er sie mit seiner gewaltigen Tatze und war drauf und dran[1], sie aufzufressen.

„Ach", bat das Mäuschen ängstlich, „sei doch großmütig und lass mich armes, unbedeutendes Geschöpf laufen. Wenn du mir das Leben schenkst, werde ich mich dankbar erweisen."

„Geh hin", sagte der mächtige Löwe großmütig und ließ das Mäuschen laufen. Bei sich aber dachte er: „Nun, das möchte ich doch sehen, wie sich ein Mäuschen einem Löwen dankbar erweisen kann."

Es geschah aber, dass bald darauf die dankbare Maus dem Löwen das Leben rettete. Denn als er von Jägern gefangen und mit einem Seil an einen Baum gebunden wurde, hörte ihn die Maus stöhnen. Sie lief zu ihm, und indem sie das Seil rundherum benagte, befreite sie ihn. „Damals", sagte sie, „hast du gelacht über mich und nicht erwartet, dass ich es dir vergelten[2] könnte, jetzt weißt du, dass auch Mäuse dankbar sein können!"

1 drauf und dran: kurz davor 2 vergelten: hier: danken, wettmachen

○ **3** Versetzt euch in die Maus und erzählt einem Freund von dem Erlebnis mit dem Löwen.

S. 280 ○ ← ◒ **4** **a)** Charakterisiert die Maus und den Löwen. Sucht passende Adjektive heraus und begründet.

mutig – schlau – freundlich – gütig – hilfsbereit – risikobereit – dankbar – höflich

b) Erklärt, wie sich das Verhältnis zwischen dem Löwen und der Maus verändert.

c) Stellt dar, ob ihr schon einmal eine ähnliche Situation erlebt habt.

5 Überlegt euch Tierpaare, die in Fabeln als Spieler und Gegenspieler auftreten können. Schreibt sie auf und notiert jeweils drei passende Eigenschaften.

Löwe: ... ↔ Lamm: schwach, leichtgläubig, schutzlos; Elefant: ... ↔ Maus: ...

6 Viele Tiere haben in Fabeln typische Eigenschaften. Diskutiert, ob das zum Beispiel auch für die Tiere Frosch und Wespe zutrifft.

7 Lest die Fabel von Lessing mit verteilten Rollen.

A11 D13 Hörverstehen

Gotthold Ephraim Lessing: Der Rabe und der Fuchs (1759)

Ein Rabe trug ein Stück vergiftetes Fleisch, das der erzürnte[1] Gärtner für die Katzen seines Nachbarn hingeworfen hatte, in seinen Klauen[2] fort. Und eben wollte er es auf einer alten Eiche verzehren, als sich ein Fuchs herbeischlich und ihm zurief: „Sei mir gesegnet, Vogel des Jupiters[3]!" – „Für wen siehst du mich an?[4]", fragte der Rabe. – „Für wen ich dich ansehe?", erwiderte der Fuchs. „Bist du nicht der rüstige[5] Adler, der täglich von der Rechten[6] des Zeus[7] auf diese Eiche herabkömmt[8], mich Armen zu speisen[9]? Warum verstellst du dich? Sehe ich denn nicht in der siegreichen Klaue die verfehlte Gabe[10], die mir dein Gott durch dich zu schicken noch fortfährt[11]?" Der Rabe erstaunte und freute sich innig[12], für einen Adler gehalten zu werden. „Ich muss", dachte er, „den Fuchs aus diesem Irrtume nicht bringen[13]." – Großmütig dumm ließ er ihm also seinen Raub herabfallen und flog stolz davon. Der Fuchs fing das Fleisch lachend auf und fraß es mit boshafter Freude. Doch bald verkehrte sich die Freude in ein schmerzhaftes Gefühl; das Gift fing an zu wirken und er verreckte[14].

Möchtet ihr euch nie etwas anderes als Gift erloben[15], verdammte Schmeichler[16]!

1 erzürnt: wütend 2 die Klaue: Kralle von Vögeln 3 Jupiter: höchster römischer Gott 4 Für wen siehst du mich an?: Für wen hältst du mich? 5 rüstig: hier: kräftig 6 der Rechten: die rechte Hand 7 Zeus: höchster griechischer Gott 8 herabkömmt: herabkommt 9 mich zu speisen: mich zu füttern 10 die verfehlte Gabe: die nicht an den Fuchs gelangte Gabe 11 durch dich zu schicken noch fortfährt: durch dich als Boten mir weiterhin schickt 12 innig: hier: sehr 13 den Fuchs aus diesem Irrtume nicht bringen: den Fuchs nicht auf seinen Fehler hinweisen 14 verreckte: starb 15 Möchtet ihr euch nie etwas anderes als Gift erloben: Ihr sollt nie etwas anderes als Gift erhalten. 16 der Schmeichler: jemand, der übertrieben lobt

8 Erläutert, welche Mittel der Fuchs einsetzt, um sein Ziel zu erreichen.

S. 280 9 Untersucht den Aufbau der Fabel. Ordnet die Handlungsschritte den folgenden Teilen zu: Ausgangssituation, Handlung, Gegenhandlung, Lösung, Lehre.

10 Besprecht die Bedeutung des Schlusses.

a) Überlegt, warum der Autor das Verb „verreckte" (Zeile 18–19) wählt.
b) Klärt, welche Bedeutung der letzte Satz der Fabel hat.
c) Beschreibt Situationen, in denen Menschen sich so verhalten, wie es hier dargestellt wird.

Martin Luther: Wozu Fabeln? (1530, Ausschnitt)

Ja alle Welt hasset die Wahrheit, wenn sie einen trifft. Darum haben solche weisen hohen Leute die Fabeln erdichtet, und lassen ein Tier mit dem andern reden; als sollten sie sagen: Wohlan, es will niemand die Wahrheit hören noch leiden, und man kann doch der Wahrheit nicht entbehren, so wollen wir sie schmücken, und unter einer lustigen Lügenfarbe und lieblichen Fabeln kleiden, und weil man sie nicht will hören durch Menschen Mund, dass man sie doch höre durch Tiere und Bestien Mund.

11 Sammelt zu zweit ungebräuchliche Wörter und Wendungen in dem Text von Martin Luther. Erklärt sie euch gegenseitig.

S. 280 ○ ← ◒ **12** Formuliert mit eigenen Worten, was nach Martin Luther die Aufgabe von Fabeln ist.

◒ **13** Erklärt mithilfe des folgenden Textes, aus welchen Gründen Äsop Fabeln erfunden und erzählt haben soll.

Äsop

Der griechische Dichter lebte wahrscheinlich im 6. Jahrhundert vor Christus und gilt als Begründer der Fabeldichtung. Über sein Leben gibt es wenig gesicherte Informationen. Er soll ein Sklave gewesen sein. Weil er seine Kritik an menschlichen Verhaltensweisen und an gesellschaftlichen Missständen nicht direkt formulieren konnte, ohne bestraft zu werden, erfand er Fabeln. Darin ließ er Tiere oder Naturerscheinungen (zum Beispiel Pflanzen) statt Menschen sprechen. Auf diese Art und Weise verkleidete er seine Kritik. Äsop soll wegen Gotteslästerei zum Tode verurteilt worden sein.

Fabeln S. 317–318 **KOMPETENZBOX**

Merkmale und den Aufbau erkennen

Merkmale	*Beispiele*
– meist Tiere, die menschliche Eigenschaften und Verhaltensweisen haben	*können sprechen*
– oft Tiere mit typischen Eigenschaften, manchmal aber auch mit wechselnden Eigenschaften	*der mächtige Löwe, der listige Fuchs, die hilflose Maus oder die flinke Maus*
– oft Auseinandersetzung zwischen Tieren mit gegensätzlichen Eigenschaften	*Spieler: Rabe ↔ Gegenspieler: Fuchs*
– menschliche Schwächen werden bloßgestellt, damit man daraus eine Lehre ziehen kann	*Fabeldichter kann Lehre selbst formulieren oder sie erschließen lassen*

Typischer Aufbau

Ausgangssituation ⟶ **Handlung** ⟶ **Gegenhandlung** ⟶ **Lösung** ⟶ **Lehre**

Selbst der Stärkste braucht manchmal die Hilfe von Schwächeren.

Versionen einer Fabel untersuchen

Babrios: Ameise und Grille (2. Jahrhundert nach Christus)

Aus dem Versteck im Winter schleppt' die Ameise
Zum Trocknen Korn, das sie im Sommer einbrachte[1].
Da bat die Grille – denn sie hatte Heißhunger:
„Gib mir davon, sonst muss ich kläglich umkommen."
„Was tatst du denn im Sommer?", frug[2] die Ameise.
„Da war ich sehr beschäftigt, sang und sang immer."
Und jene lachte, ihren Vorrat wegschließend:
„Sangst du im Sommer, tanze nun im Frostwetter!"

1 einbrachte: erntete 2 frug: fragte

○ **1** Vergleicht das Leben der Grille mit dem der Ameise.

◒ **2** Beschreibt die Eigenschaften der beiden Tiere und wie sie zueinander stehen.

Jean de La Fontaine: Die Grille und die Ameise (1668)

Die Grille trällerte und sang
den ganzen lieben Sommer lang
und fand sich plötzlich sehr beklommen[1],
als der Nordwind war gekommen:
Im Haus war nicht ein Bröselein[2],
Regenwurm und Fliegenbein.
Hunger schreiend lief sie hin zur Ameis',
ihrer Nachbarin, mit der Bitte, ihr zu geben
etwas Korn zum Weiterleben
nur bis nächstes Jahr:
„Ich werd' Euch zahlen", sprach sie gar,
„noch vor Verfall[3], mein Grillenwort,
Hauptstock[4], Zinsen und so fort."
Die Ameis' aber leiht nicht gern;
sie krankt ein wenig an Knausrigkeit[5]:
„Was treibt Ihr denn zur Sommerzeit?",
fragt sie die Borgerin[6] von fern.
„Da war ich Tag und Nacht besetzt,
ich sang und hatte viel Applaus."
„Gesungen habt Ihr? Ei, der Daus[7],
wohlan, so tanzet jetzt!"

1 beklommen: niedergeschlagen, besorgt 2 das Bröselein: Krümel, Essensrest
3 der Verfall: hier: Verstreichen der Frist für das Zurückzahlen von geliehenem Geld
4 der Hauptstock: Grundbetrag an geliehenem Geld ohne Zinsen 5 sie krankt ein wenig an Knausrigkeit: sie ist geizig 6 die Borgerin: Person, die sich etwas ausleiht
7 Ei, der Daus: drückt Verwunderung aus

◒ **3** Vergleicht, wie die Tiere in dieser Fabel und in der von Babrios dargestellt werden.

S. 280 ○ ← ◒ **4** Spielt die Fabel von La Fontaine (Seite 126) in Gruppen vor der Klasse.

a) Sammelt Ideen für die Ausgangssituation. Schreibt den Dialog in moderne Sprache um und verteilt die Rollen.

b) Achtet bei eurem Spiel darauf, dass ihr das Verhältnis der beiden Figuren zueinander und ihre typischen Eigenschaften zum Ausdruck bringt.

S. 280 ○ ← ◒ **5** **a)** Versetzt euch in die Ameise oder in die Grille und sammelt Argumente, die das jeweilige Tier für sein Verhalten nennen könnte.

b) Verfasst eine Lehre für die Fabel. Vergleicht eure Lehren.

Argumente sammeln → S. 33

wörtliche Rede → S. 243

Achtung: Fehlertext

◒ **6** Schreibt die folgenden Sätze ab und ergänzt die fehlenden Satzzeichen.

A Wenn du mir nicht hilfst, gebe ich dir im Winter nichts ab drohte die Ameise.
B Im Winter entgegnete die Grille bin ich sowieso unterwegs im Süden.
C Was rief die Ameise überrascht.

◒ **7** Stellt euch vor, die Begegnung zwischen der Ameise und der Grille würde für beide zu einem guten Ende führen. Wie könnte der Schluss einer solchen Geschichte aussehen?

◒ **8** Georg Born hat die Fabel neu erzählt. Begründet mithilfe des folgenden Textes, welches der beiden Tiere in dieser Version sympathischer dargestellt wird.

Georg Born: Sie tanzte nur einen Winter (1955)

Es war Sommer. Auf einer Wiese, wo sich die Blumen im weichen[1] Winde wiegten, saß eine Grille. Sie sang. Am nahen Waldrand eilte geschäftig[2] eine Ameise hin und her. Sie trug Nahrung für den Winter zusammen. So reihte sich Tag an Tag. Der Winter kam. Die Ameise zog sich in ihre Wohnung zurück und lebte von dem, was sie sich gesammelt hatte. Die sorglose Grille aber hatte nichts zu nagen und zu beißen. In ihrer Not entsann[3] sie sich der fleißigen Ameise. Sie ging zu ihr, klopfte an und bat bescheiden um ein bisschen Nahrung. „Was hast du im Sommer getan?", fragte die Ameise hintergründig[4], denn sie liebte die Tüchtigkeit über alles. „Ich habe gesungen", antwortete die Grille wahrheitsgetreu. „Nun gut, dann tanze!", antwortete die Ameise boshaft und verschloss die Tür.
Die Grille begann zu tanzen. Da sie es gut machte, wurde sie beim Ballett engagiert[5]. Sie tanzte nur einen Winter und konnte sich dann ein Haus im Süden kaufen, wo sie das ganze Jahr singen konnte.

1 weich: hier: mild 2 geschäftig: pausenlos beschäftigt 3 entsann: erinnerte 4 hintergründig: hier: scheinbar harmlos 5 engagiert: angestellt, unter Vertrag genommen

◒ **9** Diskutiert, inwiefern die folgenden Lehren auf Borns Fabel zutreffen.

A Wer es klug anstellt, muss nicht hart arbeiten, sondern wird berühmt und reich.
B Nicht allein auf die Arbeit kommt es an, sondern auch auf die Kunst und das Vergnügen.
C Jeder sollte den Mut haben, Dinge anders zu machen.

● **10** Vergleicht die Form der Fabeln von La Fontaine (Seite 126) und Born.

Fabeln aus anderen Ländern entdecken

A Äsop: Das Schilfrohr und der Ölbaum (aus Europa)

Über Stärke, Festigkeit und Ruhe stritten sich ein Schilfrohr und ein Ölbaum. Das Rohr, welches von dem Ölbaum darob getadelt ward[1], dass es aller Stärke entbehre[2] und leicht von allen Winden hin und her bewegt werde, schwieg und sagte kein Wort. Nach einer kleinen Weile erhob sich ein heftiger Sturm; das hin und her geschüttelte Rohr hatte den Windstößen nachgegeben und blieb unbeschädigt, der Ölbaum dagegen, welcher sich den Winden entgegengestemmt hatte, wurde durch deren Gewalt gebrochen.

1 darob getadelt ward: deswegen kritisiert, ausgeschimpft wurde
2 es aller Stärke entbehre: es überhaupt keine Kraft habe

B Vom Löwen und dem Hasen (aus Indien)

Auf dem Berge Mandara hauste ein Löwe namens Durganta. Da dieser unaufhörlich viele Tiere mordete, vereinigten diese sich und sagten dem Löwen: „Herr, warum rottest[1] du denn alle Tiere aus? Wir wollen dir lieber selbst täglich eins zu deiner Nahrung bringen." Der Löwe willigte ein und sie führten furchtsam ein Tier herbei. Die Wahl fiel auf einen alten Hasen.

Dieser dachte: „Für sein Leben muss man klug sein, wenn man hoffen will, es zu erhalten. Warum soll ich artig gegen den Löwen sein, wenn ich zu Tode geführt werde? Ganz langsam will ich mich nähern", dachte er und ging auf den Löwen zu.

Als der Löwe, der vom Hunger gepeinigt wurde[2], ihn sah, sagte er zornig: „Warum kommst du so schleppend[3] hergegangen?"

„Es ist nicht meine Schuld", sagte der Hase. „Auf dem Weg wurde ich von einem anderen Löwen kräftig gepackt, und nachdem ich ihm geschworen hatte wiederzukommen, bin ich hergegangen, um dich davon zu benachrichtigen."

„Komm schnell", sagte der Löwe zornig, „und zeig mir, wo der Schändliche[4] ist." Der Hase nahm den Stolzen mit sich fort und ging zu einem tiefen Brunnen. Als er dahin gelangt war, zeigte er dem Löwen sein eigenes Spiegelbild in dem Brunnen und sagte: „Sieh, Herr, da ist er."

Aufgeblasen von Stolz warf sich der Löwe zornig in den Brunnen und fand den Tod.

Wer Verstand hat, der ist stark. Wie soll ein Unverständiger[5] Kraft haben? Siehe, ein wütender Löwe wurde von einem Hasen getötet.

1 rottest aus: ausrotten, töten, bis niemand übrig bleibt 2 der vom Hunger gepeinigt wurde: der hungrig war 3 schleppend: langsam 4 der Schändliche: hier: der Schreckliche 5 ein Unverständiger: jemand ohne Wissen, Klugheit und Ideen

C Hundert und eine halbe List (aus Afrika)

Der Schakal[1] und der Igel schlossen einstmals Freundschaft miteinander. „Wie viele Listen kennst du?“, sprach der Igel zum Schakal. „Ich kenne hundert und eine halbe“, antwortete der Schakal, „und wie steht es mit dir?“ „Ich kenne nur eine halbe“, sprach der Igel. So gingen sie ihres Weges fürbaß[2], bis sie um Mitternacht an ein Dorf gelangten, wo sie einen Getreidekeller fanden. Da stiegen sie zusammen hinunter und taten sich an dem Korn gütlich[3], bis sie satt waren. „Nun bücke dich“, sprach der Igel zum Schakal, „damit ich auf deinen Kopf klettern kann und Ausschau halten.“ Der Schakal tat, wie ihm geheißen[4], der Igel krabbelte auf seinen Rücken, machte einen Satz und war zum Kellerloch hinaus. „Rette dich, wenn du kannst“, rief er zu seinem Gefährten hinab, bevor er sich davonmachte, „siehst du, ich kenne nur eine halbe List und habe mich davongebracht. Aber du kennst noch hundert dazu und kannst dir nicht einmal aus dem Keller helfen.“

---

1 der Schakal: Raubtier von wolfsähnlicher Gestalt 2 fürbaß: weiter, vorwärts 3 taten sich an dem Korn gütlich: hier: fraßen Korn 4 wie ihm geheißen: wie ihm gesagt, wie ihm befohlen

○ **1** Begründet, welche der drei Fabeln (Seite 128–129) euch am besten gefällt.

S. 280 ◒ ← ● **2** Sucht euch aus den drei Fabeln (Seite 128–129) zwei aus und vergleicht sie.
- **a)** Schreibt zu jedem Tier oder zu den Pflanzen passende Eigenschaften auf. Welche Gemeinsamkeiten und Unterschiede fallen euch auf?
- **b)** Formuliert zu den beiden Fabeln eine Lehre und vergleicht diese.

◒ **3** In der afrikanischen Fabel wird gesagt, dass der Igel und der Schakal Freundschaft geschlossen haben. Prüft, ob die beiden freundschaftlich miteinander umgehen.

◒ **4** In der afrikanischen Fabel kommt ein Schakal vor. Diskutiert, welches Tier man in einer europäischen Sage verwenden würde, um ähnliche Eigenschaften zu veranschaulichen.

● **5** Die Lehren der Fabeln gleichen sich oft, auch wenn sie aus verschiedenen Ländern stammen. Erläutert mögliche Gründe.

MK **6** **EXTRA** Sucht weitere Fabeln aus anderen Ländern.
- **a)** Stellt die Fabeln vor. Lasst eure Klasse raten, woher die Fabeln stammen.
- **b)** Prüft mithilfe der Kompetenzbox auf Seite 125, ob die vorgestellten Fabeln ähnliche Merkmale haben.
- **c)** Besprecht, ob ihr aus diesen Texten auch etwas über die jeweiligen Länder erfahrt.

Fabeln gestalten

eigene Fabel schreiben → S.321

1 Schreibt zu einem der folgenden Tierpaare eine Fabel.
- Sammelt zunächst Ideen und notiert Stichpunkte.
- Orientiert euch am typischen Aufbau einer Fabel: Ausgangssituation, Handlung, Gegenhandlung, Lösung, Lehre.
- Verdeutlicht die Eigenschaften der Tiere und verwendet die wörtliche Rede. Achtet auf die Satzzeichen bei der wörtlichen Rede.
- Formuliert eine Lehre. Ihr könnt ein passendes Sprichwort oder eine Redewendung nutzen.
- Ihr könnt ein Textverarbeitungsprogramm nutzen und eure Fabel gestalten.

Ameise und Schildkröte

Esel und Hahn

Affe und Fuchs

Mücke und Pferd

S.281 **2** Schreibt die Fabel „Der Affe, der sein Herz vergaß“ (Seite 131) weiter.

eigene Fabel schreiben → S.321

a) Beachtet den typischen Aufbau einer Fabel: Ausgangssituation, Handlung, Gegenhandlung, Lösung, Lehre.

b) Verwendet abwechslungsreiche Verben aus dem Wortfeld „sagen“. Nutzt den Sprachtipp.

SPRACHTIPP

Das Wortfeld „sagen“ nutzen

meinen, antworten, erwidern, erklären, erläutern, berichten, mitteilen, entgegnen, widersprechen, fragen, wissen wollen, sich erkundigen

Der Affe, der sein Herz vergaß (aus Afrika)

Ein Krokodil und ein Affe hatten Freundschaft geschlossen. Ihre Lieblingsspeise waren Mangos. Damit versorgte das Krokodil auch seine Frau. Sie sagte eines Tages:

„Wenn die Früchte des Affen so wunderbar schmeckten, wie köstlich muss erst der Affe selbst schmecken, der sich ausschließlich von ihnen ernährt!“ Und dann befahl sie ihrem Mann, den Affen zum Essen einzuladen.

„Das ist unmöglich“, sagte der Krokodilmann, der die Absicht seiner Frau ahnte. „Er ist mein Freund und ich möchte nicht, dass ihm etwas zustößt!“

Die Krokodilfrau schmollte eine Weile, weil ihr Mann ihren Wunsch nicht gleich erfüllte. Als alles nichts nützte, stellte sie sich krank. Sie jammerte und sagte: „Der Arzt hat gesagt, wenn ich nicht als Medizin das Herz des Affen bekomme, werde ich sterben! Wenn du mich nur noch eine Schwanzschuppe breit liebst, dann verschaffe es mir so schnell wie möglich.“

Schweren Herzens machte sich das Krokodil auf den Weg.

Der Affe wartete schon am Ufer. „Da bist du ja endlich. Ich habe dich schon vermisst“, sagte er und begrüßte das Krokodil vergnügt. „Meiner Frau haben deine Früchte so köstlich geschmeckt. Sie möchte dich als Dank dafür zum Essen einladen!“, sagte das Krokodil. „Würdest du uns die Ehre erweisen?“

„Vielen Dank für die Einladung. Aber wie soll ich ans andere Ufer kommen? Ich kann doch nicht schwimmen“, antwortete der Affe. „Setz dich auf meinen Rücken“, antwortete das Krokodil. Als sie mitten im Fluss waren, sagte das Krokodil zum Affen: ...

eigene Fabel schreiben → S. 321

● **3** Sucht ein Sprichwort oder eine Redewendung aus und erfindet dazu eine Fabel.

> Wer anderen eine Grube gräbt, fällt selbst hinein. – Lügen haben kurze Beine. – jemanden an der Nase herumführen – über den eigenen Schatten springen

◒ **4** Gestaltet die folgende Fabel als Comic.

a) Unterteilt die Fabel in die typischen Handlungsschritte (Kompetenzbox Seite 125) und zeichnet die entsprechende Anzahl an Bildern.

b) Verwendet Sprech- und Denkblasen.

c) Stellt eure Comics im Klassenraum aus und gebt euch Rückmeldungen.

Phädrus: Die Wespe als Schiedsrichter (um 50 nach Christus)

In einer hohlen Eiche im Wald hatte ein Bienenvolk seine Waben gebaut und mit Honig gefüllt. Einige Drohnen[1], die ihr Leben mit Nichtstun verbracht hatten, beschlossen, dass dieser Honig ihnen gehören sollte.

„Wir sind es“, sagten sie, „die Honig gesammelt haben. Wir sind es, die von Blüte zu Blüte geflogen sind. Daher ist es nur gerecht, dass diese Waben uns gehören.“

Zwischen Bienen und Drohnen entstand ein Streit, und eine alte, erfahrene Wespe wurde als Schiedsrichter angerufen.

Diese Wespe kannte sowohl die Lebensart der Bienen als auch der Drohnen. Sie schlug Folgendes vor: „Ihr Bienen und Drohnen seht einander sehr ähnlich, und ihr habt fast die gleiche Gestalt. Es ist daher nicht leicht zu entscheiden, wer im Recht ist. Aber ich als Richter habe eine heilige Pflicht zu erfüllen, und ich möchte nicht, dass durch meine Unkenntnis ein falsches Urteil gefällt wird. Fliegt daher beide zu einem Bienenstock, baut Waben und füllt die Zellen mit Honig. Jene Partei, deren Waben denen im Eichbaum am ähnlichsten sind und deren Honig wie der Honig dort schmeckt, ist der rechte Eigentümer.“

Die Drohnen lehnten diesen Vorschlag sofort ab, die Bienen aber zeigten ihre Freude über den Spruch des Richters.

Daraufhin sagte die Wespe: „Der Fall ist entschieden! Es ist klar, wer Honig erzeugen kann und wer nicht. Ihr Bienen, nehmt wieder Besitz von eurem Eigentum und erfreut euch an den Früchten eurer Arbeit!“

---

1 die Drohne: männlich Biene

Fabeln untersuchen und gestalten

Äsop: Der Pfau und die Dohle (um 600 vor Christus)

Ein Pfau und eine Dohle[1] stritten sich um die Vorzüge ihrer Eigenschaften. Der Pfau brüstete sich[2] mit dem Glanz, der Farbe und der Größe seiner Federn.
Die Dohle gab all dieses zu und bemerkte nur, dass alle diese Schönheiten zur Hauptsache nicht taugten – zum Fliegen. Sie flog auf, und beschämt blieb der Pfau zurück.

1 die Dohle: Vogel aus der Familie der Raben 2 brüstete sich: prahlte, gab an

1 **a)** Erläutert, inwiefern Pfau und Dohle Spieler und Gegenspieler sind.
b) Nehmt Stellung zu dem Streit um die Vorzüge der Eigenschaften.

2 Übernehmt die folgende Tabelle und vervollständigt sie.

Ausgangssituation	Handlung	Gegenhandlung	Lösung	Lehre
…	…	…	…	…

3 Bringt die Teile **A** – **D** der Fabel in die richtige Reihenfolge. Formuliert eine Lehre.

Leo Tolstoi: Der Affe und die Erbsen (1872)

A Eine Erbse rutschte ihm aus der Hand und kullerte davon. Der Affe griff hastig nach ihr und dabei rollten ihm ein paar andere Erbsen davon.

B Da packte den Affen die Wut: Er warf die letzten Erbsen hinterher und rannte fort.

C Der Affe kreischte vor Ungeduld und wollte diese Erbsen wieder erwischen. Dabei rollten ihm noch mehr davon.

D Ein Affe hatte sich eine Handvoll Suppenerbsen aus der Küche gestohlen und spielte damit.

Avianus: Krähe und Urne[1] (4. Jahrhundert nach Christus)

Durstig erblickte die Krähe dereinst eine mächtige Urne, doch nur der Boden war kaum eben mit Wasser bedeckt. Lange war sie bemüht, es ganz auf die Erde zu gießen, konnte sie doch dann leicht löschen den quälenden Durst. Alles Bemühn war umsonst. Da versuchte sie allerlei Listen, wie denn Entrüstung und Not reizt einen findigen Sinn[2]. Steinchen warf sie hinein, da stieg das Wasser von selber, bis zum Trinken sich ihr leichter die Möglichkeit bot.

1 die Urne: hier: der Krug 2 wie denn Entrüstung und Not reizt einen findigen Sinn: ihr Zorn und ihr starker Durst machten sie erfinderisch

S.281 ○ ← ◒ **4** Erzählt die Fabel von Avianus (Seite 132 unten) mit eigenen Worten nach.

◒ **5** Untersucht die Tiere in den Fabeln von Tolstoi und Avianus (Seite 132).
a) Benennt typische Eigenschaften der Krähe und des Affen.
b) Erläutert, welche Eigenschaften der Tiere zum jeweiligen Ende der Fabel führen.

● **6** Überprüft, welches typische Merkmal bei den Fabeln „Der Affe und die Erbsen" und „Krähe und Urne" (Seite 132) fehlt. Nutzt die Kompetenzbox auf Seite 125.

S.281 ○ ← ◒ **7** Verfasst eine Fabel zu der folgenden Abbildung. Eine wesentliche Eigenschaft des Hundes ist, ähnlich wie beim Affen in der Fabel von Tolstoi (Seite 132), seine Gier.

Das Chamäleon und der Elefant (aus Afrika)

Eines Tages forderte das Chamäleon den Elefanten zum Wettlauf auf. Der Elefant nahm die Herausforderung an und sie beschlossen, am nächsten Morgen loszulaufen. Während der Nacht verteilte das Chamäleon viele seiner Brüder in kurzer Entfernung entlang des Weges. Als der Morgen graute[1], erschien der Elefant und fing gleich zu laufen an. Das Chamäleon stieg hurtig[2] auf den Schwanz des Elefanten.
Jedes Mal wenn der Elefant auf ein Chamäleon traf, fragte er: „Bist du nicht müde?" „Nein!", antwortete das jeweilige Chamäleon und begann dann erst, die ihm zugewiesene[3] Wegstrecke abzulaufen.
Zuletzt blieb der Elefant atemlos und müde stehen und erklärte sich für besiegt.

1 Als der Morgen graute: als es hell wurde 2 hurtig: schnell, geschwind 3 zugewiesene: zugeteilte, bestimmte

S.281 ○ ← ◒ **8** **a)** Das Chamäleon erzählt einem Freund von seinem Wettlauf gegen den Elefanten. Arbeitet zu zweit und erzählt das Geschehen.
b) Formuliert zu der Fabel eine Lehre.

Märchen → S.317

● **9** Vergleicht typische Merkmale und Figuren von Fabeln und Märchen. Erläutert die Unterschiede zwischen Fabeln und Märchen.

● **10** Lest den Textausschnitt aus dem Theaterstück „Animal Lounge" (Seite 160–161) und arbeitet heraus, welche Merkmale von Fabeln diese Szene aufweist.

6.3 Sagenhafte Taten · Helden- und Göttersagen untersuchen und gestalten

Merkmale und den Aufbau erkennen

Herakles befreit Prometheus (circa 7. Jahrhundert vor Christus)

Herakles, ein Sohn des höchsten Gottes Zeus und einer menschlichen Mutter, ist für seine sagenhafte Stärke bekannt. Auf einer Abenteuerfahrt durchsegelt Herakles mit seinem jüngeren Bruder Iolaos das Schwarze Meer und landet an den Vorgebirgen des Kaukasus[1]. Dort sehen sie einen riesigen Adler durch die Luft schweben.

Gleich darauf hörten sie aus der Höhe einen Schrei, der ihnen allen Mut benahm und den Atem stocken ließ. Dem grausen Laut[2] folgte wenig später ein Stöhnen, das unmenschliche Qual verriet. Umständlich, als wollten sie eine Entscheidung hinauszögern, standen sie auf und suchten zusammen, was ihr Reisebündel[3] ausmachte. Und als Herakles noch immer zögerte, schritt Iolaos als Erster bergan. [...]

Endlich, nach einem Tag und einer Nacht, gelangten sie an eine Felswand, die mehrere hundert Meter emporragte. Ganz oben an dieser Wand hing im roten Glanz der Sonne eine menschliche Gestalt. Ihre Hände und Füße waren an den Fels geschmiedet.

„Ich habe es gefürchtet und gehofft, es möge nicht zutreffen", sagte Iolaos. „Das ist Prometheus!"

Herakles wusste, was dem Bruder durch den Sinn ging. Zeus selbst hatte über Prometheus einen grässlichen Fluch gesprochen: Ein Adler riss ihm Tag für Tag die Leber aus dem Leib. Die Wunde verheilte im Laufe von vierundzwanzig Stunden – dann kam der rächende Vogel erneut. Qual ohne Ende. Dies sollte die Strafe dafür sein, dass Prometheus den Menschen das Feuer gegeben hatte.

Niemand durfte Prometheus helfen; der Zorn des obersten Gottes würde den treffen, der sich gegen den Spruch verging[4]. Auf ewig sollte Prometheus an den Kaukasus geschmiedet bleiben.

Sie starrten noch auf die Gestalt, die aus der großen Entfernung winzig erschien, als ein Schatten über sie fiel. Der Adler schwebte heran. [...]

Herakles wusste, dass er sich nicht gegen seinen himmlischen Vater auflehnen durfte, aber er handelte ohne langes Besinnen[5]: Außer sich vor Zorn, zog er den Pfeil aus dem Köcher, legte ihn vor die Sehne und ließ ihn sausen. Prometheus sah nicht den Pfeil. Er sah nur, dass Federn stoben und die Schwingen des Riesenvogels zusammenschlugen; dann stürzte das Tier steil in die Tiefe und wurde zerschmettert.

Iolaos stand wie gelähmt. Gleich musste ein Blitz herniederfahren und sie beide verbrennen. Er wartete mit eingezogenem Kopf. Es geschah nichts. Auch Herakles hatte gezögert. „Los!", sagte er jetzt. Er verschwand im Geklüft[6]. Iolaos verharrte zweifelnd eine Weile, dann stieg er hinterdrein. Hatten sie es begonnen, so mussten sie es wohl auch zu Ende bringen. Der Gedanke, Herakles im Stich zu lassen, damit er, Iolaos, vor Zeus schuldlos bleibe, kam ihm nicht. Doch ängstigte er sich und wusste nicht, ob sie die Sonne des nächsten Tages schauen würden[7].

Erst als sie schweißüberströmt oben anlangten, die Tat zu vollenden, damit sie ihren Sinn bekäme, dachte Iolaos nicht mehr an sie beide, sondern an den Gefesselten da, der im Stein hing. Unaussprechliche Qual hatte dessen Gesicht zerfurcht.

1 der Kaukasus: Hochgebirge zwischen dem Schwarzen und Kaspischen Meer 2 dem grausen Laut: dem furchterregenden Geräusch 3 das Reisebündel: Gepäck 4 der sich gegen den Spruch verging: der das Urteil nicht beachtete 5 ohne langes Besinnen: ohne zu zögern 6 das Geklüft: Landschaft mit Felsen, Klippen und Abgründen 7 die Sonne des nächsten Tages schauen: bis zum nächsten Tag überleben

Als Herakles mit seinem Schwert die in den Fels getriebenen[8] eisernen Fesseln zu sprengen versuchte, schlug Prometheus die Augen auf. Sie waren hell wie eine heiße Flamme.

„Wer bist du?“, fragte er. „Ich bin Herakles“, sagte der Grieche. „Und das ist Iolaos!“

„Du frevelst[9], Herakles!“, sagte Prometheus. „Wie du einst!“, sprach der Zeussohn. Es gelang ihm, einen Spalt im Gestein zu erweitern, obwohl die Spitze seiner Waffe bereits abgebrochen war. Mühselig schlug er Prometheus aus dem Fels. Er mochte dabei nicht reden, denn noch immer hockte tief im Innern die Angst. Reden brächte sie vielleicht zutage.

Prometheus sah diese beiden an, zwei aus dem Menschengeschlecht, das er einst geschaffen hatte; jetzt befreiten sie ihn. Er schloss die Augen und dachte: Nichts war umsonst. Wie es auch ausgeht. Dann öffnete er sie wieder. Ein Seil schlang sich um seine Brust und sicherte ihn vorm Absturz; nur ein Arm noch war gefesselt. Da sah er Iolaos ein Stück der eisernen Fessel zu einem Ring hämmern, und an diesem Ring hing ein Stück des felsigen Gesteins. Den seltsamen Reif schob Iolaos dem Titanen[10] auf den vierten Finger der rechten Hand, gerade als Herakles die letzte Kette zerschlagen hatte. Prometheus blickte den Griechen fragend an. Der schämte sich seiner List und war doch stolz auf den Einfall.

„Der Ring ist eine Fessel“, erklärte er, „der Stein daran ein Stück vom Kaukasus. Noch immer bist du an das Gebirge geschmiedet. Wir haben Zeus’ Urteil nicht verletzt!“

Prometheus betrachtete den schlauen jungen Mann und begann zu lachen. Das Gelächter kam stoßweise, das Zwerchfell schmerzte: Er hatte viele tausend Jahre nicht mehr gelacht. Dann wurde er ernst. „Ich danke euch, dass ihr euer Leben für mich gewagt habt!“

„Es gibt zwei Dinge, die ich schwer ertragen kann, Prometheus“, erwiderte Herakles, „wenn jemand über mich lacht und wenn ein Mensch sich quält.“

---

8 in den Fels getrieben: in den Fels geschlagen **9** freveln: eine Sünde begehen **10** die Titanen: riesenhaftes Göttergeschlecht in Menschengestalt

◒ **1** **a)** Erklärt, wie und warum Prometheus bestraft wurde.
b) Zeigt auf, was diese Bestrafung über Zeus aussagt.

◒ **2** Untersucht, wie Prometheus befreit wird.
a) Klärt, warum seine Befreiung besonders gefährlich ist.
b) Stellt die Handlungsschritte bis zu der Befreiung in drei Zeichnungen dar.

◒ **3** Vergleicht die Brüder Herakles und Iolaos.

S. 281 ◒ ← ● **4** „Wir haben Zeus’ Urteil nicht verletzt!“ (Zeilen 84–85) Diskutiert Iolaos’ Aussage. Verfasst eine kurze Verteidigungsrede für Herakles und Iolaos.

Helden- und Göttersagen S. 317 **KOMPETENZBOX**

Merkmale und den Aufbau erkennen

Merkmale	***Beispiele***
– erzählen Geschichten von Göttern und Helden	*griechische und germanische Götter und Helden*
– beruhen teilweise auf tatsächlichen Begebenheiten, anderes ist frei erfunden	*spielen an realen Orten* *Fantasiewesen, gefährliche Ungeheuer*

Typischer Aufbau

scheinbar unlösbare Aufgabe → **Wille der Götter wird beim Handeln geachtet** → **Lösung**

Figuren in Helden- und Göttersagen untersuchen

A12 D14 Hörverstehen

Odysseus und Polyphem (circa 7. Jahrhundert vor Christus)

In der „Odyssee", einer langen Erzählung des griechischen Dichters Homer, wird von Odysseus erzählt, der nach dem trojanischen[1] Krieg auf langen Irrfahrten erst viele Abenteuer bestehen muss, ehe er in seine Heimat Ithaka zurückkehren kann.
Odysseus ist mit seinen Gefährten an der Küste einer Insel gestrandet, die von dem Volk der Kyklopen bewohnt wird. Die Kyklopen sind menschenfressende Riesen mit nur einem Auge auf der Stirn. Der Kyklop Polyphem hat Odysseus und seine Freunde gefangen genommen. Er isst zu jeder Mahlzeit zwei Männer. Tagsüber treibt er seine Schafe aus seiner Höhle auf die Weide und lässt die noch übrigen Gefangenen eingesperrt zurück.

So verhüllten sie schaudernd[2] das Gesicht und riefen voll Verzweiflung die Götter an, während der Unhold[3] ihre Gefährten verschlang, nicht anders, als der Löwe seine Beute verschlingt. [...]
Odysseus erhob sich langsam. Er löste den Lederschlauch[4] vom Gürtel, nahm einen hölzernen Napf[5] und füllte ihn mit Wein. Damit ging er hinüber zu Polyphem.
„Da trink, Kyklop!", sagte er, heiser vor Grimm. „Ich wollte dir den Wein spenden, damit du uns gnädig seiest! Du aber wütest so schrecklich gegen uns!"
Polyphem nahm den Napf und trank begierig. Sogleich begann sein Auge zu funkeln.

„He, Fremdling, was ist das für ein Wein?", brüllte er. „Gib mir noch mehr davon, er schmeckt wie Nektar[6] und Ambrosia[7]!"
Odysseus füllte das Gefäß zum zweiten und dann zum dritten Male. Mit kalter Wut im Herzen sah er zu, wie der Unhold den Wein in seinen unersättlichen Schlund[8] goss.
Aber der Wein war süß und stark und alt und umnebelte im Handumdrehen die Sinne[9] des Riesen.
„Sage mir deinen Namen, Fremdling!", grölte Polyphem. „Ich will dich mit einer Gabe erfreuen zum Dank für diesen Wein!"
Odysseus blickte zu dem unförmigen Schädel hinauf, der hoch über ihm hin- und herschwankte, und seine gewohnte Vorsicht warnte ihn. Nein, er würde dem Scheusal nicht erzählen, dass er der König von Ithaka war!
„Ich heiße Niemand!", antwortete er schnell. „Niemand nannten mich Vater und Mutter, Niemand nennen mich auch meine Gefährten!"
„So höre zu, Niemand!", schrie Polyphem. „Ich will dich zuletzt von allen deinen Freunden verzehren! Das ist mein Gastgeschenk für dich!" Damit ließ er sich auf sein Lager zurückfallen und begann alsbald laut zu schnarchen.
Odysseus wartete eine Weile, bis er sicher war, dass der Unhold fest schlief. Dann holte er den Pfahl unter dem Dünger hervor und winkte den Gefährten.
Lautlos schlichen sie zurück zum Lager des Riesen. Odysseus richtete die Spitze genau auf das geschlossene Auge. Dann stießen sie zu. Polyphem fuhr empor mit einem so fürchterlichen Gebrüll, dass sich vor Schrecken ihre Haare sträubten. Sie stoben nach allen Seiten auseinander[10] in die äußersten Winkel der Höhle.

---

1 trojanisch: von Troja, antike Stadt auf dem Gebiet der Türkei **2** schaudernd: voller Angst **3** der Unhold: bösartiger Mensch **4** der Lederschlauch: Behälter aus Tierhaut für Flüssigkeiten **5** der Napf: Schüssel **6** der Nektar: süßes Getränk **7** die Ambrosia: Speise der Götter **8** der Schlund: Rachen **9** umnebelte im Handumdrehen die Sinne: betäubte sehr schnell **10** sie stoben nach allen Seiten auseinander: sie rannten schnell in verschiedene Richtungen weg

Polyphem riss sich den Pfahl aus dem Auge und schleuderte ihn weit von sich. Brüllend lief er durch die Höhle und fuhr mit den Armen blitzschnell herum, um seine Gefangenen zu finden.

Aber da er nichts mehr sehen konnte, entwischten sie ihm leicht und er griff nur in die Wolle der Schafe und in das zottige Fell der Ziegen.

Als er niemanden fand, begann er mit lautem Geschrei die anderen Kyklopen zu rufen und seine gewaltige Stimme drang durch die Felsspalten ins Freie. Da rannten die Kyklopen von überall herbei, standen verwundert draußen vor der Höhle und fragten: „Was schreist du so, Polyphemos, und weckst uns aus dem Schlummer? Sind etwa Räuber gekommen, die deine Schafe von dannen[11] treiben? Oder will jemand mit List oder Gewalt dich ermorden?“

„Niemand!“, brüllte Polyphem. „Niemand ist hier! Niemand will mich töten!“

„Wenn dir also niemand etwas zuleide tut“, schrien sie zurück, „so musst du die Schmerzen, die Zeus dir schickt, eben ertragen: Denn dagegen gibt es kein Mittel. Aber vielleicht hilft dir dein Vater, der Meerbeherrscher Poseidon[12], wenn du ihn bittest!“

Damit gingen sie wieder fort in ihre Höhlen und die Gefangenen, die voll Schrecken alles mit angehört hatten, atmeten auf. Odysseus aber lachte das Herz im Leibe[13], weil sein falscher Name die Kyklopen so getäuscht hatte.

11 von dannen: fort, weg 12 Poseidon: griechischer Gott des Meeres 13 (ihm) lachte das Herz im Leibe: (er) freute sich sehr

◒ **1** **a)** Erklärt, warum Odysseus und seine Gefährten in Gefahr sind und weshalb Polyphem sich so sicher fühlt.

b) Fasst zusammen, welche Eigenschaften Polyphem so gefährlich machen.

S. 281 ○ ← ◒ **2** Erläutert den Plan für die Rettung, den sich Odysseus ausgedacht hat.

a) Notiert die einzelnen Handlungsschritte.

b) Schreibt zu jedem Handlungsschritt auf, was Odysseus damit bezweckt.

c) Begründet, ob Odysseus für euch ein Held ist.

● **3** Vergleicht die Figur des Herakles (Seite 134–135) mit der des Odysseus. Welche der beiden Figuren findet ihr interessanter? Begründet.

Herakles		**Odysseus**	
Taten	Eigenschaften	Taten	Eigenschaften
…	…	…	*listig*

Helden- und Göttersagen S. 317 **KOMPETENZBOX**

Figuren in Helden- und Göttersagen untersuchen

müssen sich einer Herausforderung stellen oder eine Aufgabe erfüllen
ein Ungeheuer töten

stechen durch besondere Eigenschaften hervor
sind listig oder besonders stark

unterscheiden sich durch ihre Verhaltensweisen von anderen Figuren
bewältigen lebensgefährliche Situationen

tauchen häufig in mehreren Sagen auf (= Sagenkreise)
Odysseus

Moderne Göttersagen untersuchen

Rick Riordan: Percy Jackson überwindet den Zyklopen (2013, Ausschnitt)

Percy Jackson ist ein Halbgott, der die Abenteuer der antiken Helden in der heutigen Zeit erlebt. Hier trifft er auf den Zyklopen, aus dessen Besitz er das magische Vlies – ein Fell, das fliegen und sprechen kann – entwenden will.

Meine Wut wurde immer größer. Ich konnte nicht fassen, dass ich so weit gekommen war und dass ich Tyson[1] verloren hatte, nur um jetzt zu versagen – besiegt von einem riesigen blöden Monstrum in einem babyblauen Smokingkilt[2]. Niemand sollte meine Freunde so einfach fertigmachen dürfen. Ich meine ... niemand, nicht Niemand. Ach, ihr wisst schon, was ich meine.

Neue Kraft jagte durch meinen Körper. Ich hob mein Schwert und griff an, und ich vergaß, dass ich hoffnungslos unterlegen war. Ich stach dem Zyklopen in den Bauch. Als er sich krümmte, schlug ich ihm den Schwertgriff auf die Nase. Ich haute und trat und schlug, bis Polyphem plötzlich auf dem Rücken lag und benommen stöhnte. Ich stand über seinem Kopf und meine Schwertspitze schwebte über seinem Auge.

„Uhhhhh", murmelte Polyphem.

„Percy", keuchte Grover. „Wie hast du ..."

„Bitte, neiiiiin", stöhnte der Zyklop und starrte mich jammervoll an. Seine Nase blutete. In seinem halbblinden Auge war eine Träne zu sehen. „Meine Schäfchen brauchen mich. Wollte doch nur die Schäfchen beschützen!" Er fing an zu schluchzen.

Ich hatte gewonnen. Jetzt brauchte ich nur noch zuzustechen – mit einem raschen Hieb. „Bring ihn um", schrie Clarisse. „Worauf wartest du denn noch?"

Der Zyklop jammerte herzzerreißend, genau wie ... wie Tyson. „Das ist ein Zyklop", mahnte Grover. „Du darfst ihm nicht vertrauen."

Ich wusste, dass er Recht hatte. Ich wusste, dass Annabeth dasselbe gesagt hätte. Aber Polyphem schluchzte ... und zum ersten Mal machte ich mir klar, dass auch er ein Sohn des Poseidon war. Wie ich. Wie hätte ich ihn da kaltblütig töten können?

„Wir wollen nur das Vlies", sagte ich zu dem Ungeheuer. „Dürfen wir das an uns nehmen?"

„Nein!", schrie Clarisse. „Bring ihn um!"

Das Monstrum schniefte. „Mein schönes Vlies. Stolz meiner Sammlung. Nimm es, grausamer Mensch. Nimm es und gehe in Frieden."

„Ich werde jetzt langsam zurückweichen", sagte ich. „Eine falsche Bewegung ..." Polyphem nickte.

Ich trat zurück – und schnell wie eine Kobra stieß Polyphem mich an den Rand des Abgrunds.

„Törichter Sterblicher", brüllte er und kam auf die Füße. „Mein Vlies nehmen? Ha! Erst fress ich dich."

Er riss sein Riesenmaul auf und ich wusste, dass ich in meinem Leben nichts anderes mehr sehen würde als seine verfaulten Backenzähne. Da hörte ich über meinem Kopf ein WUUSCH und dann ein TUMP!

Ein Felsbrocken von Fußballgröße segelte in Polyphems Kehle – ein perfekter Wurf, genau in den Korb. Der Zyklop würgte und versuchte, diese überraschende Pille zu schlucken. Er taumelte rückwärts, aber da war nichts mehr. Seine Ferse rutschte ab, die Felskante des Abgrunds bröckelte und der große Polyphem machte Flatterbewegungen, die ihm aber nicht halfen, als er rückwärts in den Abgrund kippte.

Ich fuhr herum.

Auf dem Weg zum Strand stand, vollkommen unversehrt, inmitten einer Herde von Killerschafen, ein alter Freund. „Gemeiner Polyphem", sagte Tyson. „Nicht alle Zyklopen sind so nett, wie sie aussehen." [...]

1 Tyson: Halbbruder und Freund Percy Jacksons 2 Smokingkilt: Kombination aus einem festlichen Anzug (Smoking) und einem knielangen Rock für Männer (Kilt, schottische Tradition)

◒ **1** „Percy Jackson" ist eine erfolgreiche Buchreihe. Nennt mögliche Gründe dafür.

S. 281 ○ ← ◒ **2** **a)** Vergleicht die Eigenschaften von Odysseus (Seite 136–137) und Percy.
b) Benennt Gemeinsamkeiten und Unterschiede im Hinblick auf die Handlung.

● **3** Diskutiert, was für und was gegen eine solche moderne Darstellung antiker Mythen spricht.

Helden- und Göttersagen untersuchen und gestalten

Der junge Siegfried (1977, Ausschnitt)

Siegfried möchte bei einem Schmied lernen, um sich für seine zukünftigen Heldentaten Waffen schmieden zu können. Als der Schmied die Kraft des neuen Lehrlings bemerkt, möchte er ihn loswerden. Er schickt Siegfried zu einer alten Linde im Wald, wo er Holzkohlen holen soll. Doch dort haust ein mächtiger Drache, gegen den er kämpfen muss.

Rings um ihn wand[1] und krümmte sich der Drachenleib, der heiße, stinkende Atem erstickte ihn fast, der Rachen klappte weit auf vor seinem Gesicht; er hieb drauflos, immerfort, immer wieder [...]. Aber nun umschlang ihn der Schwanz, presste ihm die Beine zusammen – nur jetzt nicht niederstürzen, sonst ist es aus! Dreimal, viermal schlug er mit verzweifelter Kraft zu, dann war er frei von der furchtbaren Umklammerung, da lag der Schwanz und zuckte noch ein wenig. Aber nun hatte der Drache den Schild[2] mit den Zähnen gepackt, der Verlust seines Schwanzes schien ihn gar nicht zu stören. Siegfried meinte, der Arm würde ihm vom Leibe gerissen, aber den Schild durfte er nicht loslassen! Wieder fielen die Schläge hageldicht auf das mörderische Maul, zwischen die heimtückischen, steinernen Augen. Plötzlich ließ der Drache los, gerade noch früh genug, denn Siegfried fühlte, wie seine Arme zu erlahmen begannen. Was kam nun? Ein wenig wich das Ungetüm zurück, er konnte ein paar tiefe Atemzüge tun – aber im nächsten Augenblick richtete sich der Drache auf den Hinterbeinen zu einer furchtbaren Höhe auf, sein Rachen öffnete sich zu einem gähnenden, feuerroten Schlund, hing einen Augenblick hoch über Siegfried – dann stürzte er auf ihn herab: Siegfried riss den Schild über den Kopf, er hatte in diesem einen Augenblick gesehen, dass die Haut unten am Halse des Drachen weich und schlaff und ohne Schuppen war. Dahin richtete er blitzschnell die Spitze seines Schwertes: Es war das einzige, was er noch tun konnte. Er spürte, wie die Klinge tief eindrang, etwas strömte über seine Hand, an der der Handschuh schon lange zerrissen war. Ein grässliches Röcheln und Gurgeln drang noch wie aus weiter Ferne an seine Ohren, dann sank schwer und leblos der Leib des Drachen über ihm zusammen. Siegfried hatte keine Kraft mehr, zur Seite zu springen: Vor seinen Augen wurde es dunkel. Er fühlte, wie ihm die Sinne schwinden wollten[3], und er wehrte sich verzweifelt dagegen. „Ich darf nicht hier liegenbleiben", dachte er, „hier kann ich nicht atmen! Ich muss nur wieder Luft haben, dann ist alles gut." Mühsam wälzte er den zuckenden Kopf des Ungeheuers von sich weg.

1 wand: drehte 2 der Schild: Schutzschild 3 ihm die Sinne schwinden wollten: er beinahe bewusstlos wurde

S. 281 ○ ← ◒ **1** Schreibt ein Interview mit Siegfried zu diesem Abenteuer. Ihr könnt es auch aufnehmen. MK

◒ **2** **a)** Stellt dar, welche Eigenschaften Siegfried im Drachenkampf zeigt.
b) Erklärt mithilfe von Textstellen, was Siegfried zu einem Sagenhelden macht.

S. 281 ◒ ← ● **3** Schreibt eine moderne Fassung der Sage „Der junge Siegfried". Ihr könnt Riordans Heldensage (Seite 138) als Anregung für die sprachliche Gestaltung nutzen.

Das könnt ihr jetzt!

Fabeln untersuchen und gestalten

D15 Beispiellösung

Beispiel für eine Klassenarbeit

1 a) Nennt drei typische Merkmale von Fabeln, die in dem folgenden Text vorkommen.
b) Erklärt, welche Eigenschaften den Wolf in dieser Fabel negativ erscheinen lassen.
c) Formuliert eine Lehre.

2 Schreibt die Fabel so um, dass
- der Wolf am Ende nicht überlegen, sondern unterlegen ist oder
- es keinen Sieger gibt.

Äsop: Der Wolf und der Kranich (um 600 vor Christus)

Als ein Wolf eines Tages beim Essen war, blieb ihm ein Knochen im Halse stecken, sodass er fast erstickte. Er keuchte und würgte und heulte über das ganze Land. Er bat alle Tiere verzweifelt, ihm zu helfen, und versprach: „Wer mich rettet, bekommt eine hohe Belohnung!"
Ein Kranich, der dieses Versprechen hörte, bot seine Hilfe an. „Öffne deinen Rachen ganz weit, Wolf", sagte er und steckte seinen langen Schnabel tief in den Schlund[1]. Er holte den Knochen heraus und sagte: „Hier ist der Knochen, der dich gequält hat! Nun gib mir die Belohnung!"
Da lachte der Wolf und zeigte mit einem gemeinen Grinsen sein großes Gebiss. „Belohnung", sagte er und hatte seinen schmerzenden Hals schon völlig vergessen. „Du kannst froh sein, dass ich dir nicht den Kopf abgebissen habe. Das sollte genug Belohnung für dich sein, du undankbarer Vogel!"

1 der Schlund: Rachen

Lösungen
→ S.293

Schritt für Schritt zur Klassenarbeit

1. Notiert typische Merkmale von Fabeln und sucht nach Beispielen im Text.
- Meist treten ein Spieler und ein Gegenspieler auf. Wolf ↔ Kranich
- ...

Ergänzt: *Der Wolf wirkt negativ, weil er sein Versprechen bricht und ...*

Lest die letzten beiden Sätze der Fabel. Welche Lehre lässt sich aus dem Verhalten des Wolfes ziehen?

2. Sammelt Ideen für das Umschreiben der Fabel. Ihr könnt folgende Stichworte verwenden:
List des Kranichs – Verbündete des Kranichs – Einsicht des Wolfes, dass er ohne die Hilfe des Kranichs erstickt wäre

D16 Beispiellösung

Beispiel für eine Klassenarbeit

Schreibt eine Fabel zu dem Sprichwort „Wer zuletzt lacht, lacht am besten."
Wählt ein passendes Tierpaar und berücksichtigt die typischen Merkmale von Fabeln.

D17 Beispiellösung

Beispiel für eine Klassenarbeit

Verfasst eine Fabel zu der Bildergeschichte.

Lösungen
→ S. 293

Schritt für Schritt zur Klassenarbeit

1. Betrachtet die Bilder und notiert Charaktereigenschaften vom Fuchs und vom Kranich:
Kranich: schlau ...
Fuchs: rücksichtslos ...

2. Notiert Stichpunkte zum Aufbau der Fabel:
Ausgangssituation: *Fuchs lud Kranich ein ...*
Handlung: *Kranich konnte aber ...*
Gegenhandlung: *Ein paar Wochen später ...*
Lösung: *Fuchs konnte nicht ...*
Lehre: *Was du anderen tust ... oder Wer zuletzt lacht ...*

3. Schreibt die Fabel und achtet dabei darauf, dass ihr
- wörtliche Rede verwendet und die Satzzeichen richtig setzt,
- Adjektive verwendet, zum Beispiel *der kluge Kranich, ...*
- abwechslungsreiche Verben aus dem Wortfeld „sagen“ verwendet (Sprachtipp Seite 130),
- im Präteritum schreibt, zum Beispiel *Der Kranich dachte nach ...*,
- eine Überschrift formuliert.

7 Ich fühl mich so ...

Gedichte entdecken

Glück **(unbekannte Verfasserin/ unbekannter Verfasser)**

Glück ist gar nicht mal so selten,
Glück wird überall beschert,
vieles kann als Glück uns gelten,
was das Leben uns so lehrt.

Glück ist jeder neue Morgen,
Glück ist bunte Blumenpracht,
Glück sind Tage ohne Sorgen,
Glück ist, wenn man fröhlich lacht.

Glück ist Regen, wenn es heiß ist,
Glück ist Sonne nach dem Guss,
Glück ist, wenn ein Kind ein Eis isst,
Glück ist auch ein lieber Gruß.

Glück ist Wärme, wenn es kalt ist,
Glück ist weißer Meeresstrand,
Glück ist Ruhe, die im Wald ist,
Glück ist eines Freundes Hand.

Glück ist niemals ortsgebunden,
Glück kennt keine Jahreszeit,
Glück hat immer der gefunden,
der sich seines Lebens freut.

Glücklich

1 Was bedeutet für euch Glück?

a) Ergänzt den Satz:
Glück ist für mich ...

b) Sprecht darüber, ob eure Auffassung von Glück in dem Gedicht vorkommt.

2 Betrachtet das Bild.

a) Diskutiert, ob es sich um ein Bild oder um ein Gedicht handelt. Begründet.

b) Untersucht, was den Jungen glücklich macht. Geht es euch auch so? Begründet eure Einschätzung.

3 Die letzten beiden Verse in dem Gedicht „Glück" lauten: „Glück hat immer der gefunden,/ der sich seines Lebens freut." Erklärt die Bedeutung dieser Verse mithilfe von Beispielen aus dem Gedicht.

Das lernt ihr jetzt!

- 7.1 den Inhalt, die Stimmung und das lyrische Ich untersuchen
- 7.2 sprachliche Bilder entschlüsseln
- 7.3 die Form untersuchen
- 7.4 Gedichte vortragen und auswendig lernen

Jürg Schubiger: Ich bin so (2010)

A13 Hörtext

Ich bin so
so traurig,
dass mir der Kopf
fast vom Hals fällt,
dass das Dach
vom Haus fällt,
dass das Haus fällt.

Habe Füße wie
wie in viel zu großen Schuhn,
Hände wie
wie in viel zu großen Handschuhn.

Versteh nicht, was da
was gelacht wird ringsherum.
Ich bin so
wie ein Hund,
so traurig
wie ein Huhn,
ein gelbes Suppenhuhn,
ein altes Weißbrot,
ein Kuchen, der nicht aufgeht,
nie mehr auf.

Ich bin so
so traurig,
dass die Tränen nur so
an mir herunterlaufen,
immer nur so herunter,
dass das Hemd nass, die Hose nass,
die Haut nass.

Denn das hört
denn das hört nie mehr auf,
dass der Kopf mir fast vom Hals,
dass das Dach fällt,
dass das Haus.

MK **4** Verfasst eine eigene Strophe, deren Verse mit „Glück ist …" beginnen, oder schreibt ein Parallelgedicht zu „Glücklich" (Seite 142). Ihr könnt ein Textverarbeitungsprogramm nutzen und euer Gedicht wie auf Seite 154 gestalten.

5 Tragt die Gedichte (Seite 142–143) ausdrucksstark vor. Überlegt, welche Wörter ihr betont, wie ihr das Sprechtempo gestaltet und an welchen Stellen ihr Pausen macht.

6 Das Gedicht „Ich bin so" ist nicht nur traurig, sondern teilweise witzig. Diskutiert diese Aussage.

7.1 Von Wünschen und Träumen · Den Inhalt, die Stimmung und das lyrische Ich untersuchen

A14 Hörtext

Klaus Kordon: Einfach alles (1998)

Ich möcht ein Sack voll Blödsinn sein,
möcht tagelang nur lachen
und kreuz und quer
und vorneweg
und hintendrein
die tollsten Sprünge machen.

Ich möcht ein Baum im Walde sein
und sanft im Wind mich wiegen,
und mutig und voll Lust
stets neue Blätter kriegen.

Ich möchte einfach alles sein,
möcht stille stehn
und springen.
Und wenn ich einmal traurig bin,
hört ihr mich leise singen.

◒ **1** Fasst zusammen, welche Wünsche in dem Gedicht dargestellt werden. Welche Wünsche könnt ihr nachvollziehen? Welche Wünsche teilt ihr?

S.282 ○ ← ◒ **2** Wenn ein Gedicht in der Ich-Form verfasst ist, nennt man den Sprecher das lyrische Ich. Sucht Textstellen, die euch etwas über die Gefühle des lyrischen Ich verraten, und beschreibt sie mit Adjektiven. Orientiert euch an dem Beispiel.

„möcht tagelang nur lachen" (Vers 2) → fröhlich …

◒ **3** **a)** Benennt die Stimmung, die das Gedicht bei euch hervorruft, zum Beispiel *lustig, unbekümmert, ruhig*. Begründet eure Entscheidung mit Beispielen aus dem Text.
b) Beschreibt mithilfe des Sprachtipps schriftlich die Stimmung des Gedichts.
c) Lest das Gedicht so vor, dass die Stimmung zum Ausdruck kommt.

SPRACHTIPP

Die Stimmung eines Gedichts beschreiben

Durch das Gedicht entsteht eine fröhliche/traurige Stimmung. Das erkennt man daran, dass …
Auf mich wirkt das Gedicht bedrohlich/humorvoll, weil …
Das Gedicht wirkt verträumt/ernsthaft … Das liegt daran, dass …
Schon beim ersten Lesen fällt auf, dass die Stimmung … Dies wird durch … erzeugt.

S.282 ○ ← ◒ **4** Schreibt die dritte Strophe des Gedichts in die Er-/Sie-Form um. Vergleicht die Wirkung mit der des Originals.

Jacques Prévert: Rechenstunde (1962)

Zwei und zwei sind vier
Vier und vier sind acht
Acht und acht sind sechzehn
Wiederholen!, sagt der Lehrer
Zwei und zwei sind vier
Vier und vier sind acht
Acht und acht sind sechzehn
Aber da fliegt der Wundervogel
Am Himmel vorbei
Das Kind sieht ihn
Das Kind hört ihn
Das Kind ruft ihn
Rette mich
Spiel mit mir
Vogel!

Da schwebt der Vogel nieder
Und spielt mit dem Kind
Zwei und zwei sind vier
Wiederholen!, sagt der Lehrer

Und das Kind spielt
Der Vogel spielt mit ihm
Vier und vier sind acht
Acht und acht sind sechzehn
Und wie viel sind sechzehn und sechzehn?

Sechzehn und sechzehn sind nichts
Und erst recht nicht zweiunddreißig
Denn das gibt ja keinen Sinn
Also schwinden sie dahin
Und das Kind hat den Vogel in seinem Pult[1] versteckt
Und alle Kinder
Hören sein Lied
Und alle Kinder
Hören die Musik
Und nun verschwinden auch die Acht und Acht
Und die Vier und Vier und die Zwei und Zwei
Trollen[2] sich
Und eins und eins sind weder eins noch zwei
Eins ums andre ziehn sie ab
Und der Wundervogel spielt
Und das Kind singt
Und der Lehrer schreit:
Wann hört ihr endlich mit dem Unsinn auf?

Aber alle Kinder
Horchen auf die Musik
Und die Wände des Klassenzimmers
Sinken friedlich ein
Und die Fensterscheiben werden wieder Sand
Die Tinte wird wieder Wasser.
Die Pulte werden wieder Bäume
Die Kreide wird wieder Felsen
Der Federhalter wird wieder Vogel.

1 das Pult: Tisch mit schräger Platte zum Lesen und Schreiben 2 trollen: weggehen, sich entfernen

5 a) Kennt ihr solche Situationen? Beschreibt sie.
b) Besprecht, was in dem Gedicht Traum und was Wirklichkeit ist.

6 Entscheidet, welche Aussage am besten zur Stimmung des Gedichts passt. Begründet eure Entscheidung. Ihr könnt auch eine eigene Aussage formulieren.

A Die Stimmung des Gedichts ist träumerisch, denn Wirklichkeit und Traum verschmelzen.

B Das Gedicht vermittelt eine übermütige Stimmung, denn die Traumwelt siegt über den langweiligen Alltag.

C Das Gedicht hat eine etwas traurige Stimmung, weil der Lehrer die Schülerinnen und Schüler wegen ihrer Träumereien ausschimpft.

7 EXTRA Fertigt zu dem Gedicht ein Bild oder eine Collage an. Zeigt und erklärt euch gegenseitig eure Ergebnisse.

A15 Hörtext

Peter Hacks: Höhlenbewohner spielen (2003)

Unter dem Sofa ist meine Höhle,
Winzig der Spalt zwischen Moos und Geröll[1].
Rötlich beflackert vom rußenden Öle[2]
Kauer ich[3] stumm auf dem Bärenfell.

Breitnasig[4], ungewaschen seit Wochen,
Zottig behaart[4], nur die Ellbogen kahl,
Fletsch ich die Zähne und nage an Knochen,
Die ich aus der Bonbondose stahl.

Draußen vorm Eingang bedrohen den Krieger
Tod und Gefahr in unheimlicher Näh.
Auerrind, Mammut und Säbeltiger
Sitzen am Teetisch und trinken Tee.

Sprechen von mir und meinen Zensuren,
und wie ich unlängst die Zahnärztin biss.
Ferne Vulkane spein[5] feurige Spuren
Schauderhaft rot in die Urfinsternis.

Aber stärker bin ich und klüger,
Wetz im Verborgnen mein Messer aus Flint[6].
Spricht zu dem Mammut der Säbeltiger:
Liebste, wo steckt denn Ihr reizendes Kind?

1 das Geröll: lockere, große Masse von Steinen, zum Beispiel in einem Flussbett
2 rötlich beflackert vom rußenden Öle: rötliches Licht dringt in die Dunkelheit unter dem Sofa ein 3 kauer ich: kauern, zusammengekrümmt hocken
4 breitnasig, zottig behaart: spielt auf Aussehen der Neandertaler an
5 spein: spucken 6 der Flint: Feuerstein

S. 282 ○ ← ◒ **8** Untersucht, wie in dem Gedicht die Wünsche und Träume mit der wirklichen Situation zusammenhängen.

a) Übernehmt und ergänzt die folgende Tabelle.

b) Erklärt den Titel des Gedichts. Geht auch auf die Bedeutung der Höhle für das lyrische Ich ein.

wirkliche Situation	Wünsche und Träume
Wohnzimmer heute *„Unter dem Sofa ist meine Höhle" (Vers 1)*	*Höhle in der Urzeit* *„Kauer ich stumm …" (Vers 4)*
das lyrische Ich lutscht heimlich Bonbons *„Die ich aus der Bonbondose stahl." (Vers 8)*	*grimmiger, gefährlicher Urmensch* *„Fletsch ich die Zähne und nage an Knochen" (Vers 7)*
…	…

◒ **9** Beschreibt mithilfe der Kompetenzbox (Seite 147) und des Sprachtipps (Seite 144) die Stimmung in dem Gedicht.

● **10** Schreibt von einer Situation, in der ihr – ähnlich wie das lyrische Ich in dem Gedicht „Höhlenbewohner spielen" – zwischen der Wirklichkeit und einer Traumwelt pendelt.

○ **11** Stellt dar, was ihr mit der Nacht verbindet. Besprecht, was ihr von einem Gedicht mit dem Titel „später Besuch" erwartet.

Elisabeth Steinkellner: später Besuch (2016)

durchs offene Fenster
schleicht sich
die warme Nacht
herein zu mir
bringt Töne mit
und Stimmgewirr
das Flackern einer Laterne
und einen Falter
mit verletztem Bein

dicht aneinandergeschmiegt
schlafen wir zusammen ein

die Nacht
der Falter
und ich

◒ **12** Beschreibt, welche Gefühle das lyrische Ich mit der Nacht verbindet. Beachtet dabei auch die Rolle des Falters.

◒ **13** Untersucht den Inhalt und die Stimmung des Gedichts genauer.
- Welche Wörter sind in dem Gedicht für die Stimmung wichtig?
- Welche Sinneseindrücke werden in dem Gedicht dargestellt?
- Findet ihr die Stimmung in der Illustration passend umgesetzt? Begründet.

14 **EXTRA** Informiert euch darüber, wie Stimmungen in der Gebärdensprache ausgedrückt werden können. Lest dazu auch den Text auf Seite 245. Sucht euch ein Gedicht aus dem Kapitel (Seite 142–157) aus und tragt es dementsprechend vor.

Gedichte untersuchen S.313–314 **KOMPETENZBOX**

Den Inhalt, die Stimmung und das lyrische Ich untersuchen

Gedichte vermitteln oft eine bestimmte **Stimmung**, ein vorherrschendes Gefühl. Die Stimmung kann zum Beispiel *fröhlich, ausgelassen, traurig, wütend* oder *nachdenklich* sein.

Mit den folgenden Fragen könnt ihr die Stimmung eines Gedichts untersuchen:
- Welche **Wörter** sind für die Stimmung besonders **wichtig**?
  aufbrausend, Sprünge machen, Gefahr, Wundervogel
- Welche **Sinneseindrücke** werden in dem Gedicht dargestellt?
  fühlen, hören, sehen, schmecken, riechen

Wenn ein Gedicht in der **Ich-Form** verfasst ist, nennt man den Sprecher das **lyrische Ich**.
Ich möchte ein Sack voll Blödsinn sein → *das lyrische Ich möchte gern Quatsch machen*

Achtung: Das lyrische Ich ist nicht identisch mit der Autorin/dem Autor des Gedichts.

7.2 Von Traumbällen und Rabenfinsternis · Sprachliche Bilder entschlüsseln

A16 Hörtext

Franz Hohler (1988)

Der Vogel Angst
hat sich ein Nest gebaut
in meinem Innern

und sitzt nun manchmal da
und manchmal
ist er lange weg

oft kommt er nur
für einen Augenblick
und fliegt gleich wieder weiter

dann aber gibt es Zeiten
da hockt er tagelang
da drin
mit seinem spitzen Schnabel
und rührt sich nicht
und brütet
seine Eier aus.

A17 Hörtext

Rose Ausländer: Zirkuskind (1979)

Ich bin ein Zirkuskind
spiele mit Einfällen
Bälle auf – ab

Ich geh auf dem Seil
über die Arena
der Erde

reite auf einem Flügelpferd
über ein Mohnfeld
wo der Traum
wächst

Werfe dir Traumbälle zu
fang sie auf

1 Beschreibt, wie ihr euch den Vogel im linken Gedicht vorstellt, oder zeichnet ihn. Begründet, warum ihr ihn euch so vorstellt.

S. 282 **2** Untersucht, wie der „Vogel Angst" im linken Gedicht beschrieben wird.

a) Lasst in der ersten Strophe das Wort „Angst" weg. Besprecht, inwiefern sich die Bedeutung des Gedichts verändert.

b) Übernehmt und vervollständigt die folgende Tabelle.

c) Ersetzt „Angst" durch ein anderes mögliches Gefühl. Was stellt ihr fest?

sprachliches Bild	ursprünglicher Zusammenhang	neuer Zusammenhang	erzeugte Vorstellung
„hat sich ein Nest gebaut" (Vers 2)	*Nistplatz des Vogels*	*Nistplatz der Angst*	*Angst nistet sich ein*
„... hockt [...]/mit seinem spitzen Schnabel" (Vers 11–13)	...	...	...
„... brütet/seine Eier aus." (Vers 15–16)	...	...	...

3 „Ich bin ein Zirkuskind" lautet der erste Vers des rechten Gedichts.

a) Formuliert Vorstellungen, die ihr mit dem Zirkus verbindet.

b) Stellt dar, was ihr in dem Gedicht über das Zirkuskind und seine Träume und Wünsche erfahrt.

4 Besprecht, woran ihr erkennen könnt, dass das lyrische Ich in dem rechten Gedicht auf Seite 148 kein Kind ist, das in einem Zirkus auftritt.

S.282 **5** **a)** Klärt mithilfe der Kompetenzbox, um welche sprachlichen Bilder es sich bei den folgenden Formulierungen aus dem Gedicht „Zirkuskind" (Seite 148) handelt.
b) Notiert, welche Vorstellung ihr mit dem jeweiligen Bild verbindet.

„die Arena/der Erde" (Vers 5–6)

„wo der Traum/wächst" (Vers 9–10)

„Traumbälle" (Vers 11)

Wort-bildungen untersuchen → S.185

6 **a)** Verfahrt mit den Wörtern *Flügelpferd*, *Mohnfeld*, *Traumbälle* wie in dem folgenden Beispiel. Klärt, welcher Teil des zusammengesetzten Nomens den Artikel bestimmt.

das Zirkuskind = der Zirkus, das Kind

b) Denkt euch drei weitere zusammengesetzte Nomen aus. Lasst eine Partnerin/einen Partner sie wie im Beispiel zerlegen.

S.282 **7** Schreibt zu den ersten beiden Strophen von „Zirkuskind" (Seite 148) eine Fortsetzung. Verwendet mindestens zwei sprachliche Bilder.

sprachliche Bilder S. 313–314 **KOMPETENZBOX**

Sprachliche Bilder entschlüsseln

Gedichte wirken besonders durch sprachliche Bilder. Sie entstehen dadurch, dass verschiedene Elemente der Wirklichkeit miteinander verknüpft werden. Sprachliche Bilder regen die Fantasie an und ermöglichen neue Sichtweisen und Empfindungen. Manche Sprachbilder müsst ihr erst einmal entschlüsseln.

	Beispiele
Personifikation	
Dinge oder Erscheinungen, die als handelnde Personen dargestellt werden	*wo der Traum wächst*
Vergleich	
Wörter, die mit *wie* und *als* verknüpft werden	*so traurig wie ein Huhn*
Metapher	
Wörter, die in einer übertragenen, bildlichen Bedeutung verwendet werden	*Traumbälle*
Wortneuschöpfung	
Wörter, die neu erfunden werden, zum Beispiel durch Zusammensetzungen	*Urfinsternis*

7.3 Das schönste Stück des Traums · Die Form untersuchen

A18 Hörtext

Heinrich Seidel: Die Schaukel (1900)

Wie schön sich zu wiegen,
Die Luft zu durchfliegen
Am blühenden Baum!
Bald vorwärts vorüber,
Bald rückwärts hinüber, –
Es ist wie ein Traum!

Die Ohren, sie brausen,
Die Haare, sie sausen
Und wehen hintan!
Ich schwebe und steige
Bis hoch in die Zweige
Des Baumes hinan.

Wie Vögel sich wiegen,
Sich schwingen und fliegen
Im luftigen Hauch:
Bald hin und bald wieder,
Hinauf und hernieder,
So fliege ich auch!

○ **1** Das lyrische Ich vergleicht das Schaukeln mit einem Traum (Vers 6). Erklärt, was es damit meint und wie es sich auf der Schaukel fühlt. Besprecht, wie euch das Gedicht gefällt.

○ **2** Sucht aus dem Gedicht alle Verben heraus, die eine Bewegung ausdrücken. Nennt weitere Verben dieses Wortfeldes. Welche Stimmung vermitteln diese Verben?

○ **3** Versetzt euch in die Situation des lyrischen Ich und tragt das Gedicht so vor, dass seine Stimmung zum Ausdruck kommt. Achtet auf Silben, die besonders zu betonen sind.

◒ **4** Sucht die Verse, die sich reimen. Bestimmt mithilfe der Kompetenzbox auf Seite 151 das Reimschema.

◒ **5** Sprecht die folgenden Wörter laut und macht ein Klopfzeichen bei den betonten Silben: *wiegen, vorwärts, steige, hinüber, hernieder.*

◒ **6** Schreibt die erste Strophe mit den Betonungen als Taktmuster auf, indem ihr für jede Silbe ein x notiert. Die betonten Silben (Hebungen) bekommen einen Akzent (x́).

x x́ x x x́ x
Wie schön sich zu wiegen,
x x́ x x x́ x
Die Luft zu durchfliegen

MK **7 EXTRA** Sucht im Internet oder in der Bibliothek nach weiteren Gedichten zum Thema „Traum vom Fliegen“.

8 a) Beschreibt, wie das folgende Gedicht auf euch wirkt und was der letzte Vers zu dieser Wirkung beiträgt.
b) Bestimmt das Reimschema und prüft das Metrum durch laute Betonung.
c) Beschreibt mithilfe des Sprachtipps das Reimschema und das Metrum. Was stellt ihr fest?

Einst traf die Freude die Trauer	x x́ x x́ x x x x́ x
Und sagte zu ihr: „Auf Dauer	x x́ x x x́ x x x́ x
Ist's schöner mit mir	x x́ x x x́
Als zu sein mit dir!“	x́ x x́ x x́
Da wurd die Trauer ganz sauer.	x x́ x x́ x x x x́ x

9 Verfasst einen Vierzeiler zu den Themen „Freude“, „Wut“, „Übermut“ oder „Trauer“. Entscheidet euch für ein Reimschema.

SPRACHTIPP

Die Form von Gedichten beschreiben

Reimschema

Als Reimschema liegt ein Kreuzreim vor.
Die Verse sind durch einen Paarreim miteinander verbunden.
Das Gedicht besitzt kein regelmäßiges Reimschema.
Die Verse der zweiten Strophe weisen einen umarmenden Reim auf.

Metrum

Die Verse x und y besitzen dasselbe Metrum.
Das Metrum des Gedichts wechselt in Vers x.
Das Gedicht weist ein einheitliches Metrum auf, nämlich …
Das Metrum ist unregelmäßig.

Form von Gedichten S. 313–314 **KOMPETENZBOX**

Die Form von Gedichten untersuchen

Gedichte sind Texte in einer besonderen Form. Sie wirken vor allem durch ihren Klang. Häufig erkennt ihr sie daran, dass sie **Verse**, **Strophen** und **Reime** aufweisen.

Reimschema: unterschiedliche Anordnung der Reime

Paarreim		**Kreuzreim**		**umarmender Reim**	
streifen	*a*	*Geknatter*	*a*	*Baum*	*a*
greifen	*a*	*entzwei*	*b*	*voruber*	*b*
Insekt	*b*	*Geschnatter*	*a*	*hinüber*	*b*
versteckt	*b*	*sei*	*b*	*Traum*	*a*

Eine weitere Besonderheit von Gedichten ist der **Takt**. Ein Takt besteht aus einer betonten Silbe (Hebung: x́) und einer oder mehreren unbetonten Silben (Senkung: x). Das **Metrum** wird auch Versmaß oder Taktmuster genannt.

x x́ x x x́ x
Wie Vögel sich wiegen, x x́ x x x́ x
x x́ x x x́ x
Sich schwingen und fliegen x x́ x x x́ x
x x́ x x x́
Im luftigen Hauch: x x́ x x x́
x x́ x x x́ x
Bald hin und bald wieder, x x́ x x x́ x
x x́ x x x́ x
Hinauf und hernieder, x x́ x x x́ x
x x́ x x x́
So fliege ich auch! x x́ x x x́

7.4 Mit allen Sinnen · Gedichte vortragen und auswendig lernen

A19 Hörtext

Annemarie Wietig: Zornig (1973)

OOOOOOOOOOOOOOOOOOOh!
O
du
bist
aber
wirklich
o
ein ganz fieser
o
ein ganz ganz mieser
Typ
OOOOOOOOOOOOOOOOOOOh!
O
du
bist
ein echtes
o
ein Mistvieh ein Stinkvieh ein bequackter
Tunkerstunk
das
bist
du
o
eine stingende Kausgekurt das bistu ein
verkarkter ein verhissener Zwiftgerg ein
echter Margmagel
das pistu
ehrlich
OOOOOOOOOOOOOOOOOOOh!
O
dir
piept
es hohl im Gestirnkasten
du Tinkstier mit Meisenmack du
gargräugender kekelkatzter Keißscherl
o du unbezogenes Grind o du unverbogenes Krind
o du Säuschal o du Scheusaaaaaaaaaal!
Sag
mal
hast du sie nicht alle?

○ **1** Stellt dar, wie das Gefühl, sehr zornig zu sein, im Gedicht zum Ausdruck gebracht wird. Achtet auf Besonderheiten bei der Wortwahl und beim Klang.

2 Kopiert das Gedicht und bereitet es mithilfe der Arbeitstechnik für einen Vortrag vor. Überlegt, wie ihr den Vortrag durch Mimik, Gestik und Körperhaltung gestalten könnt.

ARBEITSTECHNIK

Texte für den Vortrag markieren

Vorgehen	*Beispiele*
Um einen Text ausdrucksstark vortragen zu können, müsst ihr ihn vorher mithilfe von Zeichen markieren.	_ = *Betonung* / = *Pause* < = *lauter sprechen* > = *leiser sprechen*
Macht euch Notizen am Rand, wie ihr diese Stellen sprechen wollt.	*schneller, langsamer, längere Pause …* *wütend, schüchtern, lustig …*

3 MK Schreibt ein Parallelgedicht zu „Zornig“ (Seite 152) und tragt es ausdrucksstark vor. Ihr könnt ein Textverarbeitungsprogramm nutzen. So könnt ihr beginnen:

HAHAHAHAHAHAAAA!
Ha
du
bist
aber
wirklich
ha
ein ganz spaßiger
ha
ein ganz ganz witziger
Typ
…

MK **4** **EXTRA** Sucht ein Gedicht aus dem Kapitel (Seite 142–157) heraus und vertont dieses.
- Überlegt, welche Stimmung zum Ausdruck kommen soll.
- Ihr könnt das Gedicht mit Geräuschen oder Musik untermalen.
- Nehmt eure Vertonung auf.

5 Sucht ein Gedicht aus dem Kapitel aus, das ihr auswendig lernt. Die folgende Arbeitstechnik hilft euch dabei.

ARBEITSTECHNIK

Gedichte auswendig lernen

- Klärt zuerst den **Inhalt** des Gedichts.
- Lest **Strophe für Strophe** laut und langsam durch.
- Stellt euch den Inhalt des Gedichts in Gedanken als **Bild** oder als **Film** vor.
- Lernt **eine Strophe nach der anderen** auswendig, indem ihr die übrigen abdeckt.
- Tragt euer Gedicht einer Person vor oder übt vor einem **Spiegel**.
- Ihr könnt das Gedicht auf ein **Plakat** schreiben und es aufhängen.
- Ihr könnt das Gedicht auch auf ein **Aufnahmegerät** sprechen und es immer wieder anhören.
- Ihr könnt als Hilfe wichtige Wörter, wie zum Beispiel Versanfänge, auf einer **Karteikarte** notieren.

Gedichte untersuchen und gestalten

Josef Reding: Faulenzen (1974)

Manchmal möchte
man
faulenzen
wie ein
Gully[1] im
Sonnenschein,
wie ein
Rasenmäher
im Winter,
wie eine
Nachttischlampe
am
Tag.

1 der Gully: Platte in der Straße, die einen Abfluss für Regenwasser abdeckt

1 Untersucht die sprachlichen Bilder in dem Gedicht.

MK

a) Klärt mithilfe der Kompetenzbox (Seite 149), welche Art von sprachlichen Bildern eine wichtige Rolle spielt.

b) Erläutert den inhaltlichen Zusammenhang zwischen dem Titel „Faulenzen" und den sprachlichen Bildern.

c) Denkt euch weitere sprachliche Bilder aus, die ihr mit Faulenzen verbindet.

d) Formatiert mit einem Textverarbeitungsprogramm die sprachlichen Bilder wie im Beispiel. Experimentiert mit der Schriftgröße, Schriftart, Schriftfarbe sowie dem Abstand und der Anordnung der Buchstaben.

S. 282 ○ ← **2** Bei dem folgenden Text handelt es sich um ein Gedicht.

a) Teilt den Text in Verse und Strophen ein. Schreibt das Gedicht ab und lasst zwischen den Versen eine Zeile frei.

b) Notiert das Metrum mit Hebungen und Senkungen über den einzelnen Versen. Nutzt die Kompetenzbox auf Seite 151.

c) Erläutert, wie Reim und Metrum die Stimmung des Gedichts beeinflussen.

Jürgen Spohn: Glück ist

wenn man unter deinen Hut einen kleinen Sperling tut wenn man in der Dunkelheit statt alleine sehr zu zweit wenn man jedentäglich satt eine warme Suppe hat wenn sich schmiegsam ein Insekt unter deinem Hemd versteckt oder durch ein Rapsfeld streifen einen Zipfel Himmel greifen wenn am letzten Tag dich noch immer jemand mag

3 Bildet mit den folgenden Alltagsmetaphern sinnvolle Sätze. Erklärt, was mit den Ausdrücken gemeint ist und welche Wirkung sie haben.

Baumkrone Flussbett Lichtermeer Warteschlange

Gustav Falke: Närrische Träume (1897)

Heute Nacht träumte mir, ich hielt
den Mond in der Hand
wie eine große, gelbe Kegelkugel[1]
und schob ihn ins Land,
als gälte es alle Neune[2].
Er warf einen Wald um, eine alte ...,
zwei Kirchen mitsamt den Küstern[3], o weh
und rollte in die ....

Heute Nacht träumte mir, ich warf
den Mond ins Meer.
Die Fische all erschraken, und die Wellen
spritzten umher
und löschten alle Sterne.
Und eine Stimme, ganz aus der ...,
schalt[4]: Wer pustet mir mein Licht aus?
Jetzt ist's dunkel im ....

Heute Nacht träumte mir, es war
rabenfinster rings.
Da kam was leise auf mich zugegangen,
wie auf Zehen ging's.
Da wollt ich mich verstecken,
stolperte über den Wald, über die Scheune vor ...,
über die Kirchen mitsamt den Küstern, o weh,
und fiel in die ....

Heute Nacht träumte mir, ich sei
der Mond im Meer.
Die Fische alle glotzten und standen
im Kreis umher.
So lag ich seit Jahren,
sah über mir hoch die Schiffe fahren
und dacht, wenn jetzt wer über Bord sich biegt
und sieht, wer hier ...
zwischen Schollen und Flundern[5],
wie wird der sich ...!

1 der Kegel: flaschenartig geformte Figur, die beim Kegelspiel oder Bowling verwendet wird 2 alle Neune: alle Kegel umwerfen 3 der Küster: Kirchendiener 4 schalt: von schelten, schimpfen 5 Schollen und Flundern: Plattfischarten

S. 283 ○ ← ◒ **4** **a)** Ergänzt die fehlenden Wörter im Gedicht. Achtet dabei auf den Reim.
b) Bestimmt das Reimschema der letzten vier Verse jeder Strophe.

S. 283 ○ ← ◒ **5** Untersucht die folgenden sprachlichen Bilder des Gedichts.
a) Benennt jeweils das sprachliche Bild mit dem Fachbegriff.
b) Beschreibt, wie ihr die sprachlichen Bilder versteht.

„den Mond in der Hand/wie eine große, gelbe Kegelkugel" (Vers 2–3)

„alle Neune" (Vers 5) „rabenfinster" (Vers 18)

◒ **6** Übt den Gedichtvortrag von „Einfach alles" (Seite 144). Markiert den Text mithilfe der Arbeitstechnik (Seite 153).

Das könnt ihr jetzt!

Gedichte untersuchen und gestalten

Hans Manz: Wunder des Alltags

Manchmal, da habe ich eine Angst.
Manchmal, da habe ich einen Zorn.
Manchmal, da habe ich eine Wut.

Manchmal, da habe ich keine Freude.
Manchmal, da habe ich kein Vertrauen.
Manchmal, da habe ich keinen Mut.

Aber manchmal,
da kommt plötzlich jemand
und fragt mich: „Komm du, geht's dir nicht gut?"

Georg Bydlinski: Ohne Hast (1981)

Ich gehe langsam
ganz
langsam

Finger Fersen Zehen
mein ganzer Körper
horcht

Ich greife den Tag
nichts
entgeht mir

Ich gehe so langsam
dass mich rechts ein Baum
links das Gras
überholt

Lösungen
→ S. 293

1 Beschreibt die Stimmung, die in den beiden Gedichten jeweils zum Ausdruck kommt.

2 Formuliert andere Titel zu den beiden Gedichten. Begründet eure Entscheidung.

3 Die dritte Strophe im Gedicht von Hans Manz unterscheidet sich von den ersten beiden Strophen. Erklärt, welche Wirkung dadurch erzielt wird.

MK **4** Stellt eines der beiden Gedichte als Comic oder Fotostory dar.
- Notiert den Inhalt der Strophen.
- Überlegt, wie ihr den Inhalt in passenden Bildern oder Fotos darstellen könnt, und zeichnet Skizzen.
- Ergänzt eure Skizzen mit geeignetem Text.
- Stellt eure Ergebnisse vor und gebt euch Rückmeldungen.

Mascha Kaléko: Der Mann im Mond (1971)

Der Mann im Mond hängt bunte Träume,
die seine Mondfrau spinnt aus Licht,
allnächtlich in die Abendbäume,
mit einem Lächeln im Gesicht.

Da gibt es gelbe, rote, grüne
und Träume ganz in Himmelblau.
Mit Gold durchwirkte, zarte, kühne,
für Bub und Mädel, Mann und Frau.

Auch Träume, die auf Reisen führen
in Fernen, abenteuerlich.
– Da hängen sie an Silberschnüren!
Und einer davon ist für dich.

Lösungen
→ S.293

5 Gebt den Inhalt des Gedichts „Der Mann im Mond" mit eigenen Worten wieder.

6 Beschreibt die Stimmung des Gedichts.

7 Untersucht das Reimschema und das Metrum des Gedichts.

8 **a)** Bestimmt die folgenden sprachlichen Bilder aus dem Gedicht.
b) Erläutert, welche Vorstellung durch sie entsteht.

Der Mann im Mond hängt bunte Träume (Vers 1)

Träume, die auf Reisen führen (Vers 9)

MK **9** Verfasst ein kurzes Gedicht, das von euren Träumen handelt.
Ihr könnt es auch gestalten.

8 Tierisch menschlich

Szenisch spielen

A

„Ich bin ein Baum."
Ungefähr acht Spielerinnen und Spieler stehen im Kreis.
A geht in die Mitte, macht eine Geste oder nimmt eine Körperhaltung ein und sagt, wen oder was sie/er darstellt.
B kommt dazu und sagt ebenfalls, wer oder was sie/er ist und macht eine Geste oder nimmt eine Körperhaltung ein.
C kommt hinzu und ergänzt wie die anderen das Bild.
Jetzt geht A ab und nimmt B oder C mit.
Die dritte Person bleibt stehen und wiederholt ihren/seinen Satz. Damit beginnt ein neues Bild.

Beispiel:
- A *(stellt einen Baum dar)*: Ich bin ein Baum.
- B *(spielt eine Katze)*: Ich bin eine Katze, die um den Baum schleicht.
- C *(ahmt den Wind nach)*: Ich bin der Wind, der plötzlich aufzieht.
- A *(geht mit C ab)*: Ich nehme den Wind mit.
- B *(spielt eine Katze)*: Ich bin eine Katze.

B

Was ist denn hier los?
Spielt zu viert kleine Szenen: Drei von euch spielen Schülerinnen und Schüler, die sich lachend unterhalten. Die vierte Person kommt dazu und sagt: „Was ist denn hier los?"
Spielt die drei folgenden Szenen. Macht die Unterschiede beim Spielen deutlich.
- Der Mathelehrer überrascht die Schülerinnen und Schüler beim Kartenspielen im Unterricht.
- Die Mutter kommt in ein chaotisch aussehendes Zimmer.
- Ein Schüler trifft seine Freunde auf dem Schulhof.

1 Die Übungen A – C (Seite 158–159) bereiten euch auf das szenische Spielen vor. Probiert sie aus.

2 Nennt Kriterien für eine gelungene Aufführung eines Theaterstücks.

Das lernt ihr jetzt!

8.1 Situationen szenisch darstellen

8.2 sich mit einer Aufführung auseinandersetzen, eine kurze Aufführung gestalten

C

Rollen einnehmen

Bildet zwei Gruppen. Die eine Gruppe spielt fröhliche Personen (zum Beispiel gewonnenes Fußballspiel, beste Klassenarbeit geschrieben), die andere traurige Personen (zum Beispiel Elfmeter verschossen, beste Freundin/bester Freund zieht weg). Fühlt euch in die Person ein, indem ihr vor euch hinsprecht: „Mir geht es so gut." oder „Ich bin so arm dran."

Geht in eurer Rolle durch den Raum. Achtet dabei auf eine passende Körperhaltung und Mimik. Spielt dann in Paaren Begegnungen und kurze Gespräche zwischen euren Personen.

Ulrich Hub: Animal Lounge[1] (Ausschnitt aus dem Prolog[2])

Fuchs [...] In dem Stück, das ihr gleich sehen werdet, geht es um eine wichtige Frage. Können Tiere lügen? Schwer vorstellbar, nicht wahr? Wenn dich ein Tier anschaut mit großen glänzenden Augen, einem so treuherzigen Blick, kann man kaum glauben, dass es irgendwelche miesen kleinen Hintergedanken hat. Aber wer weiß schon, was Tiere in Wirklichkeit denken? Mein Name ist Fuchs, und ich sage euch: Natürlich können Tiere lügen! Tiere lügen sogar mehrmals am Tag, nur stellen sich die meisten so ungeschickt an, dass man sie sofort durchschaut. Sie werden rot, stottern herum und fangen an zu schwitzen. Dabei ist Lügen gar nicht so schwer, ehrlich, man muss sich nur eine halbwegs glaubwürdige Geschichte ausdenken und braucht ein gutes Gedächtnis, beim Erzählen sollte man die Pfoten ruhig halten, seinem Gegenüber direkt in die Augen – Ich habe übrigens noch nie gelogen, in meinem ganzen Leben nicht. Ehrenwort.

1 die Lounge: hier: Aufenthaltsraum in einem Flughafen 2 der Prolog: Vorwort, Vorrede

3 Lest den Ausschnitt aus „Animal Lounge". Stellt dar, welche Erwartungen an das Theaterstück die Vorrede des Fuchses bei euch weckt.

4 „Ich habe übrigens noch nie gelogen, in meinem ganzen Leben nicht. Ehrenwort." (Zeile 9–10)

a) Beurteilt diese Aussage im Hinblick darauf, was der Fuchs vorher gesagt hat.

b) Probiert in Gruppen verschiedene Sprechweisen des Satzes aus, zum Beispiel fröhlich, traurig, wütend, angeberisch.

c) Präsentiert der Klasse die Variante, die eurer Ansicht nach am besten passt.

8.1 Warten, warten, warten · Situationen szenisch darstellen

○ **1** Beschreibt, wie ihr damit umgeht, wenn ihr sehr lange auf etwas warten müsst.

Ulrich Hub: Animal Lounge (Anfang des ersten Akts[1])

Moderner Warteraum eines Flughafens. Die Tiere starren auf eine große Anzeigetafel. Hinter jedem Flug steht: Cancelled[2]. [...]
Die Gans wühlt in ihrer Handtasche. Der Affe umklammert eine Reiseapotheke. Die beiden Schafe tragen auf ihrem Rücken kleine Rucksäcke, aus denen jeweils ein Stofflämmchen herausschaut. Der Panda hat kein Gepäck, dafür hat der Tiger umso mehr. Er besitzt ein zwölfteiliges Kofferset – außerdem trägt er eine Sonnenbrille.

Panda: Ist das hier langweilig.

Pause

Gans: Mein Reisepass! Wo ist mein Reisepass?! Ich könnte schwören, dass ich ihn in meine Handtasche gesteckt habe, ich krieg noch die Krise, hier sind nur meine Sandalen, mein Bikini, meine Badekappe, meine Zahnseide, mein Wasserball, mein Kriminalroman mit hohem Suchtfaktor, mein wasserfestes Sonnenöl, meine Luftmatratze, mein Sonnenschirm, [...] hier ist meine Schlafmaske fürs Flugzeug, sonst fliege ich immer selbst, aber ich habe leider meinen Schwarm verpasst, zwei Heftpflaster, mein Städteführer voller Insidertipps, meine Taucherbrille mit Schnorchel, mein Impfpass, obwohl ich in meinem ganzen Leben noch nie krank war und übrigens auch nicht vorhabe, es zu werden – hier ist er ja! Mein Reisepass! Mein lieber, lieber Reisepass! Na so was. Er war die ganze Zeit in meiner Handtasche. Ist das nicht zum Piepen?

Affe: Jetzt drehe ich dieser Gans den Hals um.

Schafe: *immer gemeinsam* Moment, der Einsatz von Gewalt zur Konfliktbewältigung ist nicht nur falsch, sondern löst in den Opfern noch weitere Bereitschaft zur Gewalt aus. Darauf haben wir schon mehrfach hingewiesen.

Tiger: Stimmt, aber das hab ich nie richtig kapiert.

Gans: Die Schafe sagen, wer mich anrührt, fängt eine!

Affe: Pausenlos kramt diese Gans in ihrer Handtasche und sucht nach ihrem verdammten Reisepass.

1 der Akt: in sich abgeschlossener, größerer Handlungsabschnitt in einem Theaterstück 2 cancelled: (engl.) gestrichen, abgesagt

Tiger: Wir sind alle ein bisschen kribbelig.
Affe: Kribbelig?
Gans: Regen Sie sich ab.
Affe: Abregen?! Ich bin gerade erst dabei, mich richtig aufzuregen. […]
Panda: Ist das hier langweilig.

Pause

Gans: Mein Reisepass! Wo ist mein Reisepass?! Ich könnte schwören, dass ich ihn in meine Handtasche gesteckt habe, ich krieg noch die Krise, hier sind nur meine elektrische Zahnbürste, meine Taucherbrille mit Schnorchel, eine Zeckenzange, mein wasserfestes Sonnenöl –

Der Hund in Uniform kommt herein.

[…]
Hund: Sämtliche Flüge für den heutigen Tag sind ersatzlos gestrichen. Morgen früh wird der Flugverkehr wieder aufgenommen.
Gans: Dasselbe behauptet dieser Hund schon seit Tagen.
Tiger: Hören Sie, für mich müssen Sie eine Ausnahme machen. Auf mich wartet ein ganzes Kamerateam. Sie kennen mich sicherlich aus dem Fernsehen –
Hund: Ich schaue nie fern.
Tiger: Das sagen alle, aber in Wirklichkeit hockt jeder ständig vor der Glotze.
Hund: Wollen Sie etwa behaupten, dass ich lüge?!

◒ **2** **a)** Formuliert euren ersten Eindruck von dem Textausschnitt.
b) Beschreibt, wie der Panda, die Gans, der Tiger und der Affe auf die tagelange Wartezeit am Flughafen reagieren. Vergleicht mit der Darstellung in der Illustration (Seite 160).

◒ **3** Erklärt, inwiefern der Hund eine besondere Rolle unter den Tieren einnimmt.

S. 283 ○ ← ◒ **4** Stellt mithilfe der Arbeitstechnik die folgende Situation als Stegreifspiel dar: Der Hund teilt den anderen Tieren mit, dass wieder alle Flüge gestrichen sind.

ARBEITSTECHNIK

Ein Stegreifspiel durchführen

Im szenischen Spiel könnt ihr Erlebnisse, Haltungen oder Situationen darstellen. Dabei müsst ihr folgende Dinge beachten:
- Körperhaltung und Mimik sollen die Stimmung der Figuren zeigen.
- Gesten sollen die Haltungen der Figuren zueinander verdeutlichen.
- Die Anordnung der Figuren soll die Situation wiedergeben.
- Der Text sollte nicht genau vorgegeben sein, sondern ihr improvisiert im Spiel.
- Die Gestik, Mimik, Körperhaltung und Anordnung der Figuren müssen zu den Aussagen einer Figur passen.

S. 283 ◒ ← ● **5** Im Verlauf des Theaterstücks gibt der Hund zu, dass er schon seit Tagen niemanden mehr im Flughafen gesehen hat. Stellt diese Situation als Stegreifspiel dar.

Ulrich Hub: Animal Lounge (Ausschnitt aus dem zweiten Akt)

Gebannt hocken die Tiere vor dem Fernseher. Ein Spielfilm läuft. [...] Hinten in der Lounge wird das Gitter des Lüftungsschachts zur Seite gedrückt. Ein Fuchs ist zu sehen – mit einer Taschenlampe. Er vergewissert sich, dass die Tiere ihn nicht bemerken, klettert aus dem Lüftungsschacht und macht sich am Gepäck zu schaffen. Er öffnet die Handtasche der Gans und nimmt ihren Reisepass heraus. Die Tür geht auf. [...] Der Fuchs versteckt sich.

Hund: So. Schluss. Jetzt wird geschlafen.

Tiger: Es ist gerade so spannend.

Hund: Keine Diskussionen.

Schafe: Bei unseren Eltern dürfen wir immer bis nach Mitternacht fernsehen.

Die Tiere suchen sich maulend einen Schlafplatz.

Affe: Wenn morgen der Flugverkehr nicht aufgenommen wird, werde ich mich an höchster Stelle beschweren! Falls ich diese Nacht überlebe, wahrscheinlich mache ich es ohnehin nicht mehr lange, ich bin krank, schwer krank –

Gans: Was waren das eigentlich für Schüsse?

Hund: Ich habe nichts Ungewöhnliches bemerkt. Es besteht kein Anlass zur Beunruhigung. Das sagt mir meine berühmte Spürnase.

Panda: Da liegt was –

Schafe: Wo liegt was?

Die Tiere drängen sich um den reglosen Fuchs.

Affe: Vorsicht!

Tiger: Was ist das?

Gans: Es schläft.

Hund: Nicht anfassen!

Schafe: Das ist ein Fuchs!

Hund: Keine voreiligen Schlüsse. Dieses Tier hat kurze Beine, spitze Ohren, ein feuerrotes Fell, eine spitze Schnauze, einen buschigen Schwanz, folglich handelt es sich um –

Schafe: Vulpes vulpes, das ist Latein und bedeutet[1] –

Der Fuchs schlägt die Augen auf und gähnt.

Fuchs: Wo bin ich?

Gans: In der Animal Lounge.

Hund: Name?

Fuchs: Mein Name ist Fuchs.

Hund: Papiere?

Fuchs: Und mit wem habe ich das Vergnügen?

Tiger: Mich kennen Sie sicher aus dem Fernsehen.

Hund: Wie sind Sie überhaupt hereingekommen? Wohin geht Ihre Reise? Wo ist Ihr Gepäck?

Fuchs: Das sind aber viele Fragen auf einmal. Mir schwirrt schon der Kopf. Sind Sie überhaupt berechtigt, mir derart persönliche Fragen zu stellen? [...]

Hund: Ich bin für die Sicherheit auf dem ganzen Flughafen verantwortlich. Erst einmal Ihren Reisepass, bitte.

Fuchs: Haben hier alle einen Reisepass?

Tiger, Affe, Panda und die beiden Schafe zücken ihre Pässe.

Fuchs: So viele, schöne Reisepässe –

Panda: Sogar mit Artenschutzstempel.

Gans: Mein Reisepass! Wo ist mein Reisepass?! Hat jemand meinen Reisepass gesehen? Ich könnte schwören, dass ich ihn in meine Handtasche gesteckt habe, ich krieg noch die Krise – [...]

1 vulpus: Fuchs

6 Erklärt, warum sich der Fuchs schlafend stellt, und beschreibt, wie der Fuchs auf die Fragen des Hundes reagiert (Zeile 32–45).

7 MK Bildet Gruppen. Stellt den Anfang und das Ende dieser Szene mithilfe der Arbeitstechnik als eingefrorene Szene (Seite 163) dar. Achtet auf die Regieanweisungen am Anfang und in den Zeilen 46–47. Ihr könnt auch Fotos von den Szenen machen.

ARBEITSTECHNIK

Eine Szene einfrieren

Eine eingefrorene Szene ist eine Möglichkeit, die Situation und die Figuren in einem Text besser zu verstehen. Auch Theatermacher nutzen diese Technik. Untersucht, was ihr im eingefrorenen Bild über die Szene erfahrt:
- Wer steht/sitzt/liegt wo?
- Welchen Abstand haben die Figuren zueinander?
- Durch welche Körperhaltung und Gesten werden die Situation und die Beziehung der Figuren ausgedrückt?
- Welche Mimik haben die Figuren?
- Wer sieht wen wie an?

S. 283 ◒ ← ● **8** Bildet Gruppen und besprecht, welche Gefühle und Verhaltensweisen die Figuren in dieser Szene (Seite 162) haben. Erprobt für jede Figur
- passende Gestik, Mimik und Körperhaltung,
- die Sprechweise bei einem wichtigen Satz der Figur.

◒ **9** Teilt die Figuren der Szene (Seite 162) untereinander auf und probt die Szene mit dem Text in der Hand. Nehmt die Kompetenzbox zu Hilfe.

S. 283 ◒ ← ● **10** Lernt euren Rollentext auswendig und probt die Szene in Gruppen. Gebt euch innerhalb der Gruppen Verbesserungstipps.

◒ MK **11** Führt die Szene vor der Klasse auf. Ihr könnt sie auch aufnehmen. Gebt euch mithilfe der Kompetenzbox und der Checkliste auf Seite 323 Rückmeldungen.

szenische Texte S. 322–323 KOMPETENZBOX

Situationen szenisch darstellen

1. Eine Szene erschließen
- Ausgangssituation erfassen
  Figuren warten und langweilen sich.
- direkte Aussagen erfassen
  ***Panda:** Ist das hier langweilig.*
- indirekte Aussagen erschließen
  ***Gans:** Mein Reisepass! Wo ist mein Reisepass?! → Die Gans ist nervös.*
- Regieanweisungen beachten
  Die Tiere starren auf eine große Anzeigetafel.

2. Situation und Figuren szenisch darstellen
- auf Mimik, Gestik und Körperhaltung achten
- geeignete Sprechweise nutzen
- die Anordnung der Figuren im Raum beachten
- Mimik, Gestik, Körperhaltung und Sprechweise passend zum Inhalt verwenden

Wichtig für ein gelungenes szenisches Spiel (siehe *Checkliste* Seite 323)**:**
- Rollentext gut kennen
- deutlich sprechen
- zum Publikum hinwenden
- in der Rolle bleiben, wenn andere sprechen

8.2 Tiere auf der Bühne · Sich mit einer Aufführung auseinandersetzen

1

Theater Junge Generation, Dresden 2012

2

Theater Junge Generation, Dresden 2012

3

Jugendtheater, Graz 2013

4

Kostüme für eine Schultheateraufführung

◒ **1** Betrachtet die Bilder 1 – 3 von zwei Aufführungen des Theaterstücks. Achtet auf die Kostüme, Requisiten und das Bühnenbild. Begründet, welche Aufführung ihr euch lieber anschauen würdet.

◒ **2** Beschreibt und vergleicht die Kostüme auf den Bildern 1 , 3 und 4 . Nutzt die folgenden Formulierungen:

Gemeinsam ist ..., Alle haben ..., Auffällig ist, dass ..., Im Unterschied zu ..., Im Gegensatz zu ..., Anders als ..., Ein Unterscheidungsmerkmal ist ...

S. 283 ◒ ← ● **3** „Für dieses Theaterstück braucht man keine Kostüme. Es reicht ein weißes T-Shirt, auf dem groß der Name des Tieres steht. Es sind ja doch Menschen."
Beurteilt diese Aussage.

MK **4** **EXTRA** Schaut euch einen Ausschnitt aus der Aufführung „Animal Lounge" im Internet an. Besprecht, ob euer Eindruck von Aufgabe 1 bestätigt wird oder nicht.

Ulrich Hub: Animal Lounge (Ende des zweiten Akts)

Hund: Ich führe nur Anweisungen aus, mir sagt niemand was, außerdem ist mir schon seit Tagen keiner mehr auf dem Flughafen begegnet, er ist ganz verlassen –

Pause.

Affe: Warum hat er das nicht gleich gesagt?
Hund: Ich wollte euch nicht beunruhigen.
Affe: Jeden Tag hat er uns mit Lügen vertröstet! Lügen!
Hund: Ihr solltet euch nicht unnötig aufregen.
~~**Affe:** Aufregen?! Ich rege mich ständig auf, ich bin nämlich krank, schwer krank, ich diene dem medizinischen Fortschritt und leide unter unkontrollierten Wutanfällen, die ich nur mithilfe von Tabletten in den Griff bekomme, aber bald habe ich keine Tabletten mehr –~~
~~**Gans:** Auf der ganzen Welt hocken tausende von Affen in irgendwelchen Krankenhäusern und probieren irgendwelche Tabletten aus.~~
~~**Affe:** Jetzt drehe ich dieser Gans den Hals um!~~
Fuchs: Ich hab eine bessere Idee. Was haltet ihr davon, wenn wir uns auf diesem verlassenen Flughafen ein bisschen umsehen?
Hund: Es ist verboten, die Animal Lounge zu verlassen. [...]
ALLE Verbote sind verboten! Verbote sind verboten! Verbote sind verboten!
Hund: Dieser Fuchs hat einen ganz schlechten Einfluss auf euch.
Gans: Deshalb sind wir auch so gerne mit ihm zusammen.
~~**Tiger:** Und mein Gepäck?~~
~~**Fuchs:** Wer soll hier etwas stehlen?~~
~~**Gans:** Aber mein Reisepass –~~
~~**Panda:** Mit Artenschutzstempel.~~
~~**Fuchs:** Der Hund passt auf.~~

~~*Die beiden Schafe nehmen ihre Rucksäcke ab. Aufgekratzt hoppeln die Tiere aus der Animal Lounge. Nur der Hund bleibt zurück.*~~

Hund: *ruft* Ihr werdet euch auf dem riesigen Flughafen nur verlaufen. Er ist riesengroß! Außerdem ist es stockdunkel.

5 a) Der Text wurde für eine Aufführung gekürzt. Erklärt, warum gerade diese Stellen gekürzt wurden.
b) Erklärt, inwiefern sich die Wirkung der Figur des Affen durch die Kürzung verändert.

6 Kürzt den Anfang des ersten Akts (Seite 160–161) in sinnvoller Weise. Besprecht, wie sich dadurch die Wirkung des Textes verändert.

KOMPETENZBOX

Sich mit einer Aufführung auseinandersetzen

Dasselbe Theaterstück kann auf ganz unterschiedliche Weise aufgeführt werden. Achtet auf folgende Aspekte:

- Wie wirken die Figuren?
- Werden im Bühnenbild die Räume realistisch wiedergegeben oder nur angedeutet?
- Treten bestimmte Figuren gemeinsam auf, stehen sie oft beieinander?
- Welche Requisiten gibt es, zum Beispiel Koffer, Reisepass?
- Sind die Kostüme realistisch oder deuten sie nur etwas an?
- Werden besondere Effekte eingesetzt, zum Beispiel Geräusche, Musik, Lichtkegel?

Eine kurze Aufführung gestalten

Ulrich Hub: Animal Lounge (Ausschnitt aus dem vierten Akt)

Die Tiere in der Animal Lounge freunden sich an. Dann stiehlt der Fuchs den anderen ihre Reisepässe. Er verschwindet, kommt aber einige Zeit später zurück und gibt allen Tieren ihre Reisepässe wieder.

Fuchs: Ich habe ein bisschen über mein Leben nachgedacht. Seine Freunde darf man nicht bestehlen. Und wir sind doch Freunde, oder?

Der Fuchs hängt dem Hund den Orden um.

Fuchs: Ich weiß nicht, was die sechs oder sieben miesesten Dinge sind, die ich in meinem Leben gemacht habe, aber dich bestohlen zu haben, gehört auf jeden Fall dazu.

Pause.

Fuchs: Sagt doch was. Zugegeben, ich habe euch belogen, aber immerhin bin ich zurückgekommen. Das solltet ihr mir hoch anrechnen. Ich war schon fast in der Stadt –

Gans: Weißt du, was ich durchgemacht habe?

Tiger: Ich habe dir vertraut, aber du hast meine Jugend und Unerfahrenheit ausgenutzt, und zwar schamlos –

Fuchs: An eurer Stelle würde ich nicht lange herumquatschen, sondern schnell eure Sachen packen. Ihr seid hier nicht mehr sicher. Der ganze Flughafen ist gesperrt, weil er jeden Moment einstürzen kann. Deshalb gehen schon seit Tagen keine Flüge mehr.

Hund: Dieser Flughafen kann nicht einstürzen.

Fuchs: Das ganze Gelände ist abgesperrt.

Der Hund verlässt die Animal Lounge.

Gans: Dieser Fuchs kann einfach nicht aufhören zu lügen.

Schafe: Das ist bei ihm schon krankhaft! / Ich würde sogar sagen pathologisch.

Tiger: Was ist pathologisch?

Affe: Krankhaft.

Tiger: Der Fuchs ist wirklich krank! [...] Wir glauben dir kein Wort.

Gans: Diesmal sind wir nicht so dumm.

Schafe: Wir sind sogar hochintelligent. [...]

Gans: Wir müssen ihn bestrafen. Das ist unsere Pflicht! Sonst wird er in Zukunft andere Tiere betrügen, die nicht so intelligent sind wie wir. Ich schlage vor, wir machen mit dem Fuchs kurzen Prozess.

Applaus! [...]

Fuchs: Habt ihr noch nie gelogen?

Affe: Ich?

Schafe: Wir?

Tiger: Niemals!

Fuchs: Nicht einmal, als ihr klein wart?

Gans: Nein, Lügen ist falsch und böse.

Fuchs: Alle Tiere lügen, mindestens zweihundert Mal am Tag, aber ihr in der Animal Lounge lügt, sobald ihr das Maul aufmacht oder den Schnabel. Der Tiger lügt über sein wahres Alter, er färbt sich das Fell und zieht heimlich die schwarzen Streifen nach. Die Gans kann nicht fliegen, sonst würde sie kein Flugzeug benutzen –

Gans: Ich – nicht fliegen?

Fuchs: Dann flieg mal. Los. Breite deine Flügel aus und zeig allen, wie gut du fliegen kannst.

Gans: In der Animal Lounge ist die Decke viel zu niedrig.

Affe: Dass die Gans lügt, ist keine Neuigkeit, aber –
Fuchs: Du lügst auch, in Wirklichkeit bist du kerngesund und putzmunter, du bist nur krank, wenn du diese Tabletten nimmst –
Affe: Wo sind meine Tabletten, ich krieg gleich einen Herzanfall –
Fuchs: Selbst der dicke Pandabär lügt, er ist nicht der letzte seiner Art, es gibt noch über tausend Pandabären auf der ganzen Welt. [...] Freunde, nicht alle gegen einen –
Gans: Wir sind nicht deine Freunde!

◒ **1** Erklärt, inwiefern sich der Fuchs verändert hat.

S.283 ○ ← ◒ **2** Stellt in Gruppen das Ende des Ausschnitts als eingefrorene Szene dar (Arbeitstechnik Seite 163). Macht Fotos und vergleicht diese.
MK

◒ **3** Verteilt die Rollen und bereitet die Szene für eine Aufführung vor. Orientiert euch an der Kompetenzbox auf Seite 163. Spielt die Szene vor und gebt euch Rückmeldungen.

Checkliste → S.323

◒ **4** Bereitet mit der ganzen Klasse eine Aufführung aller Szenen aus diesem Kapitel vor. Geht so vor:
MK

a) Überlegt euch, welche Kostüme, welches Bühnenbild und welche Requisiten unbedingt nötig sind.
b) Verteilt die Szenen auf Gruppen. Jede Gruppe probt ihre Szene.
c) Bestimmt jemanden, der dem Publikum als Erzählerin/Erzähler die Verknüpfung zwischen den Szenen erklärt. Sie/Er muss auch den Textausschnitt auf Seite 168–169 lesen.
d) Spielt alle Szenen in einer Durchlaufprobe nacheinander. Gebt euch gegenseitig Rückmeldungen.
e) Bereitet den Klassenraum für eine Aufführung vor und ladet eure Eltern oder eine Nachbarklasse als Publikum ein.
f) Ihr könnt die Aufführung auch aufnehmen.

Merkmale Fabeln → S. 317

● **5** Ist das Theaterstück „Animal Lounge“ eine Fabel? Nehmt Stellung zu dieser Frage.

Das könnt ihr jetzt!

Eine kurze Aufführung gestalten

Ulrich Hub: Animal Lounge **(Ende des Theaterstücks)**

Der Fuchs hat Recht, der Flughafen ist wirklich einsturzgefährdet. Am Ende des Stückes fliehen die Tiere gemeinsam aus der Animal Lounge.

Affe: Wozu brauchen wir Reisepässe?
Schafe: Wir sind doch wilde Tiere!
Tiger: Mein Geburtsdatum geht niemanden etwas an!
Fuchs: Seid mal ruhig –

Ein gewaltiges Krachen!

Hund: Das kommt aus dem Duty-Free-Shop[1].
Fuchs: Alle sofort in den Lüftungsschacht!
Schafe: In Zweierreihen?
Gans: Nein, im Gänsemarsch.
Affe: In geordneter Horde.

Das Krachen wird lauter!

Tiger: Lasst mich noch einen Blick zurückwerfen.
Fuchs: Beeilung.
Tiger: Hier haben wir uns alle kennengelernt. [...]
Fuchs: Trödelt nicht so.
Affe: *weint* In meinem ganzen Leben habe ich mich noch nie so wohl gefühlt wie in dieser Animal Lounge.
Gans: Für meinen Geschmack wurde hier nur ein bisschen zu viel gelogen.
Affe: Das sagst gerade du. Du kannst überhaupt nicht fliegen.
Gans: Wieso behaupten das immer alle? Warte mal ab, sobald ich draußen bin, breite ich meine Flügel aus und flattere in die Luft [...].
Fuchs: Schneller – [...].

Alle Tiere sind im Lüftungsschacht verschwunden – bis auf den Panda.

Fuchs: Worauf wartest du noch?
Panda: Auf die Rettungstrupps.
Fuchs: Auf die – was?
Panda: Ich stehe doch unter Artenschutz.
Fuchs: Du wirst unter den Trümmern begraben werden!

1 Duty-Free-Shop: (engl.) Laden im zollfreien Bereich eines Flughafens

Krachend fällt ein Stahlträger von der Decke und setzt die ganze Lounge unter Staub.

Fuchs: Glaubst du im Ernst, dass irgendwelche Rettungstrupps kommen?
Panda: Selbst wenn es auf der ganzen Welt mehr als tausend Pandabären gibt, sind das nicht besonders viele. Die Leute können es sich nicht leisten, auf ein einziges Exemplar zu verzichten.
Hund: Komm!
Fuchs: Aber ich kann den Pandabären nicht zurücklassen – [...] Hast du gewusst, dass du in deinem Zoo durch gezielte Aktivität zur Erhaltung deiner Art beitragen musst?
Panda: Ist das wahr?
Fuchs: Habe ich jemals gelogen?
Panda: Das Wort Aktivität gefällt mir nicht.

Der Panda erhebt sich im Schneckentempo und [...] quetscht sich durch den engen Schacht, wobei ihm der Fuchs ein bisschen nachhilft – keine Sekunde zu früh, denn hinter ihm kracht schon die ganze Animal Lounge mit Donnergetöse zusammen.

Lösungen
→ S.293

1 Prüft, ob der Fuchs am Ende des Stückes ein Held ist.

2 Erklärt, welche besonderen Schwierigkeiten es bei der Umsetzung dieser Szene auf der Bühne gibt. Sammelt Lösungsmöglichkeiten.

3 Die folgenden Zettel zeigen die Vorbereitungen einer Klasse für die Aufführung dieser Szene. Beurteilt, welche Planungen sinnvoll und umsetzbar sind. Ergänzt, was sonst noch nötig ist.

A **Bühnenbild**
- schwarzer Vorhang als Hintergrund
- je ein Plakat mit Ankunft- und Abflugsymbol
- normale Stühle
- große Stahlträger aus Pappe, die am Ende einstürzen
- Lüftungsschacht: Lücke im Vorhang

B **Kostüme**
- weiße T-Shirts mit einem Foto des jeweiligen Tieres
- im Gesicht passende farbige Schminke

C **Requisiten**
- Reisepässe, für Panda mit Artenschutzstempel
- Sonnenbrille für den Tiger
- Orden für den Hund
- Pistole für den Fuchs, um ihn als Räuber zu kennzeichnen
- verschiedene Futternäpfe mit dem jeweils typischen Futter für das Tier

D **Publikum**
- Tische in die Nachbarklassen stellen
- Stühle in vier Halbkreisen um die Bühne stellen
- Durchgang für Schauspieler freilassen
- vor Beginn für Ruhe sorgen (Handys aus)

Checkliste
→ S.323

4 Bereitet in Gruppen eine Aufführung dieser Szene vor. Spielt sie vor und gebt euch Rückmeldungen.

5 Schreibt die Szene um: Plötzlich taucht wie aus dem Nichts ein spanisch sprechender Maulwurf auf. Die anderen Tiere schaffen es, den Maulwurf zu retten. Was ändert sich in der Szene am Verhalten und den Gesprächen der Tiere?

9 Und was guckst du?

Das Fernsehen untersuchen

MK **1** Betrachtet die Bilder.

a) Nennt die Fernsehsendungen, die ihr kennt.

b) Besprecht, welche dieser Fernsehsendungen sich eher für Erwachsene und welche sich eher für Kinder und Jugendliche eignen. Begründet eure Einschätzungen.

c) Stellt dar, welche dieser Fernsehsendungen es in ähnlicher Form in anderen Ländern gibt.

MK **2** Stellt eure Lieblingssendung der Klasse vor:

- Nennt den Namen, den Sender oder Anbieter.
- Beschreibt, wovon sie handelt.
- Begründet, warum ihr diese Sendung mögt.

Das lernt ihr jetzt!

9.1 sich im Programmangebot orientieren

9.2 erfolgreiche Sendeformate untersuchen und beurteilen

Ich verpasse keine Folge meiner Lieblingsserie. Das Mädchen dort ist so alt wie ich und spielt auch Fußball. Ich bin immer total gespannt, wie es weitergeht. (Selma)

Wenn ich aus der Schule komme, dann möchte ich erst mal entspannen. Ich lege mich aufs Sofa und schalte den Fernseher ein. Was dann so läuft, ist mir eigentlich egal. Ich zappe oft hin und her und irgendwo bleibe ich dann hängen. (Ben)

Ich gucke fast nie Fernsehen – ich möchte mich nicht nach dem festen Programm richten. Stattdessen streame ich meine liebsten Sendungen auf unserem Tablet. (Janna)

MK **3** Stellt Fernsehsendungen aus anderen Ländern kurz vor.

MK **4** Lest die Sprechblasen.

a) Erläutert, wie Selma, Ben und Janna das Fernsehen nutzen.

b) Vergleicht ihre Nutzung mit eurem Verhalten.

9.1 Wissen, was läuft · Sich im Programmangebot orientieren

Das klassische Fernsehprogramm nutzen

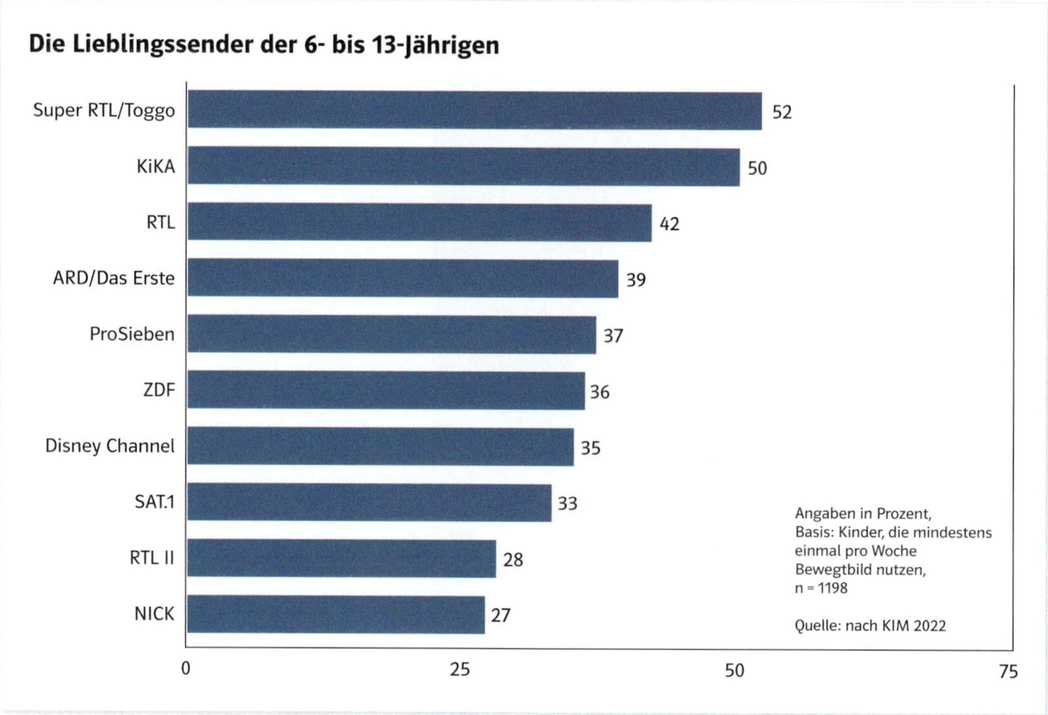

KIM-Studie (KIM = Kindheit, Internet, Medien); Basisstudie zum Medienumgang 6- bis 13-Jähriger; wird seit 1999 vom Medienpädagogischen Forschungsverbund Südwest regelmäßig durchgeführt; es werden jeweils circa 1200 Kinder, Jugendliche und ihre Eltern befragt.

S. 284 ○ ← ◒ **1** Wertet das Diagramm aus. Nutzt dazu die Kompetenzbox auf Seite 17.

S. 284 ◒ ← ● MK **2** Erstellt eine Rangfolge der Sender, die in eurer Klasse geschaut werden. Vergleicht euer Ergebnis mit dem Diagramm.

MK **3** **EXTRA** Führt eine Umfrage in eurer Jahrgangsstufe durch, welche anderssprachigen Sender gerne geschaut werden. Stellt eure Ergebnisse vor.

◒ MK **4** In der KIM-Studie wurde herausgefunden, dass die Beliebtheit der Sender KiKA, Super RTL und Disney Channel mit zunehmendem Alter der Kinder sinkt und die Beliebtheit der Sender RTL und ProSieben steigt. Tauscht euch über mögliche Gründe aus.

MK **5** **EXTRA** Informiert euch über den Unterschied zwischen öffentlich-rechtlichen und privaten Fernsehsendern sowie Bezahlsendern.

Fernsehprogramme am Nachmittag

ARD	ProSieben	SWR	KiKA
16.10 *Sturm der Liebe*, Telenovela **17.00** *Tagesschau*, Nachrichten **17.15** *Brisant*, Boulevardmagazin **18.00** *Wer weiß denn sowas?*, Quiz	**16.05** *The Big Bang Theory*, Sitcom **17.00** *taff*, Boulevardmagazin **18.00** *ProSieben: newstime*, Nachrichten **18.10** *Die Simpsons*, Zeichentrickserie	**16.00** *SWR Aktuell*, Regionalmagazin **16.05** *Kaffee oder Tee*, Servicemagazin **17.00** *Landesschau Baden-Württemberg*, Regionalmagazin	**16.10** *Power Sisters*, Animationsserie **16.35** *Josefine, Törtel und die Tiere*, Zeichentrickserie **17.00** *The Garfield Show*, Animationsserie

6 MK Vergleicht das Fernsehprogramm der unterschiedlichen Sender. Stellt Gemeinsamkeiten und Unterschiede dar.

7 MK In dem Ausschnitt wird nach dem Titel der Sendung das Sendeformat genannt.
a) Klärt Sendeformate, die euch unbekannt sind.
b) Übernehmt folgende Tabelle und ordnet die Sendeformate ein.
c) Erläutert, bei welchen Sendeformaten euch die Einteilung schwergefallen ist. Diskutiert mögliche Gründe.

informierend	unterhaltend	informierend und unterhaltend
Nachrichten	...	...

KOMPETENZBOX

Das klassische Fernsehprogramm nutzen

Klassische Programmangebote laufen nach einem festen Zeitplan ab und werden direkt von den Zuschauern empfangen. Man nennt das auch lineares Fernsehen.
Um sich in der Vielzahl von Programmangeboten zurechtzufinden, solltet ihr wesentliche Unterscheidungsmerkmale kennen:

öffentlich-rechtliche Sender (zum Beispiel *ARD, ZDF*)
überwiegend durch Zuschauergebühren finanziert

private Sender (zum Beispiel *RTL, ProSieben*)
überwiegend durch Werbeeinnahmen finanziert

Bezahlsender (zum Beispiel *Sky*)
überwiegend durch Gebühren der Vertragskundschaft finanziert

Sendeformate und Zielgruppen
- Einteilung von Sendungen nach Inhalt, Darstellungsweise und Absicht
  Nachrichten, Daily Soap, Sitcom, Quiz
- Orientierung an Zielgruppen
  KiKA: Altersgruppe der 3- bis 13-Jährigen

Das Programmangebot individuell nutzen

Familienfernsehen um 1970

Familienfernsehen heute

○ **1** Betrachtet die Bilder.
MK
a) Stellt Gemeinsamkeiten und Unterschiede der Fernsehnutzung früher und heute dar.
b) Vergleicht die rechts dargestellte Fernsehnutzung mit eurem eigenen Fernsehverhalten.

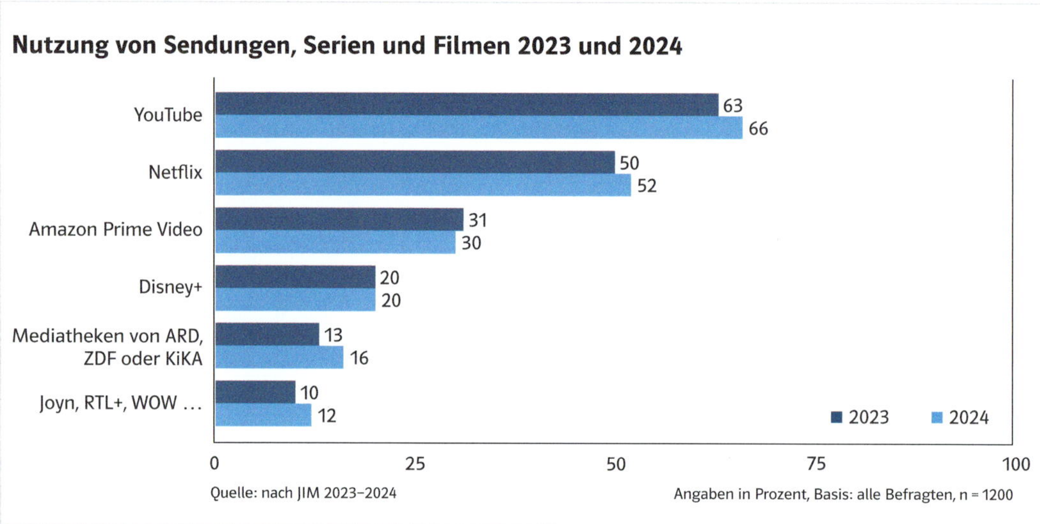

JIM-Studie (JIM = Jugend, Information, Medien): Basisuntersuchung zum Medienumgang 12- bis 19-Jähriger

S. 284 ◒ ← ● **2** Wertet das Diagramm aus. Verwendet dafür die Begriffe aus der Kompetenzbox (Seite 175). Erläutert, was sich innerhalb der Jahre 2023 und 2024 verändert hat.
MK

Diagramm auswerten → S. 298

◒ **3** In den Medien wird häufig über das baldige Ende des klassischen Fernsehens berichtet. Diskutiert diese Voraussage. Geht so vor:
MK

Diskutieren → S. 301

a) Entnehmt den Aussagen der beiden Jugendlichen (Seite 175 oben) Vor- und Nachteile der Nutzung von Angeboten im Internet. Übernehmt die folgende Tabelle und notiert Argumente und Beispiele.

Nutzung von Angeboten im Internet

Vorteile	Nachteile
…	…

b) Sammelt weitere Argumente und Beispiele in eurer Tabelle.

Ich streame fast jeden Tag die neusten Serien und Filme aus der ganzen Welt über einen Onlinedienst. Da habe ich eine Riesenauswahl und kann sehen, was mich am meisten interessiert. Endlich muss ich nicht mehr mit meiner Familie über das Fernsehprogramm streiten. Leider drohen meine Eltern jetzt damit, den Vertrag mit dem Onlinedienst zu kündigen, wenn ich weiter stundenlang viele Folgen hintereinander schaue. Dabei ist es doch genial, endlich nicht mehr eine Woche auf die Ausstrahlung der nächsten Folge warten zu müssen. (Moritz)

Ich schaue ganz oft über die Mediatheken der öffentlich-rechtlichen und privaten Sender fern. Denn dort kann ich das ganze Angebot der Sender durchstöbern und ganze Folgen oder auch nur einzelne Beiträge meist kostenlos sehen. Und das Beste ist, dass ich meine Lieblingssendungen online schauen kann, wenn ich sie mal verpasst habe – wann und wo ich will! Schade ist nur, dass manche Inhalte nur kurz online sind oder nicht im Internet gezeigt werden dürfen. (Rabia)

MK **4 EXTRA** Untersucht euer eigenes Fernsehverhalten mit einem Fernsehtagebuch.
- Übernehmt die folgende Tabelle.
- Tragt für ein Wochenende ein, wie viele Minuten ihr die verschiedenen Angebote nutzt.
- Fügt in Klammern hinzu, welche Sender/Anbieter ihr nutzt.
- Wertet eure Fernsehtagebücher im Hinblick auf eure Nutzung des linearen und nicht-linearen Fernsehens in Gruppen aus.

Tag	lineares Fernsehen	Mediatheken	Onlinedienste
Freitag	*60 Minuten (KiKA)*	...	*15 Minuten (Netflix)*
Samstag	...	*45 Minuten (RTLnow)*	...
Sonntag	...	...	...

KOMPETENZBOX

Das Programmangebot individuell nutzen

lineares Fernsehen
- Die klassischen Programmangebote laufen nach einem festen Zeitplan ab.

↔

nicht-lineares Fernsehen
- Die Programmangebote können zeitversetzt von den Zuschauern genutzt werden.

Angebote im Internet

Mediatheken
(zum Beispiel *ARD, ZDF, RTLnow*)
- sind Online-Programmangebote von öffentlich-rechtlichen und privaten Fernsehsendern im Internet.
- Viele Sendungen sind (zeitlich begrenzt) kostenlos abrufbar.

Onlinedienste
(zum Beispiel *Netflix, Amazon Prime, Disney+*)
- stellen ihre Programmangebote zum Abruf durch Streaming bereit (Streaming-Anbieter).
- Dieser Abruf ist kostenpflichtig und meist an einen Vertrag gebunden.

9.2 Unterhaltung trifft Wissenschaft · Erfolgreiche Sendeformate untersuchen

Castingshows untersuchen und beurteilen

Anstehen für das Casting

Der erste große Auftritt

○ MK **1** Castingshows sind weltweit ein beliebtes Sendeformat. Nennt Castingshows, die ihr kennt, und beschreibt, worum es in ihnen geht.

S.284 ○ ← ◒ MK **2** Kandidaten in Gesang-Castingshows bekommen Post von tausenden Fans. Arbeitet aus der folgenden Fanpost die Gründe für die Beliebtheit von Castingshows heraus. Tauscht euch anschließend über weitere mögliche Gründe aus.

Lieber Max,
ich heiße Emilia und bin 12 Jahre alt. Bisher habe ich die Shows nur wegen dieser schlechten Möchtegern-Sänger geguckt. Ich finde, sie haben es verdient, von der Jury gemeine Sprüche zu hören. Aber du bist anders! Seit ich dich das erste Mal bei den Castings gesehen habe, finde ich dich toll. Du kannst megagut singen und auch noch tanzen. Und ich finde dich echt süß. Ich werde immer dein Fan bleiben, auch wenn du nicht gewinnst! Und ich werde weiter kräftig für dich abstimmen!
Deine Emilia

Hi Max,
ich bin ein Riesenfan von dir! Deine Stimme ist der Hammer. Als du letztes Mal in der zweiten Show ausgeschieden bist, hab ich echt mit dir gelitten. Aber ich finde es total super, dass du jetzt eine zweite Chance bekommen hast. Ich singe selber wahnsinnig gerne. Wenn ich nächste Woche beim Schulfest mit der Schulband singe, werde ich daran denken, wie cool du immer auf der Bühne bist, und hoffentlich nicht so aufgeregt sein. Ich drücke ganz fest die Daumen, dass du gewinnst!
Dein Fan Julian

◒ MK **3** Betrachtet die Illustration auf Seite 177. Benennt Elemente, die zu einer erfolgreichen Castingshow gehören.

S.284 ◒ ← ● MK **4** Nennt Erwartungen, die das Publikum an die Kandidatinnen und Kandidaten und an die Jury stellt. Beurteilt diese Erwartungen anschließend.

Diskutieren
→ S. 301

5 MK Kritiker behaupten, dass Castingshows menschenverachtend seien, weil einzelne Teilnehmerinnen und Teilnehmer öffentlich verspottet würden. Diskutiert darüber.

6 MK Erarbeitet paarweise ein Rollenspiel. Versetzt euch in eure Figur, nutzt dazu die folgenden Rollenkarten. Ihr könnt euer Rollenspiel auch aufnehmen.

Rollenkarte 1

Jonas:
- *12 Jahre*
- *Gymnasiast*
- *hält sich für einen tollen Sänger*
- *möchte sehr gerne an einer Castingshow teilnehmen*
- *nimmt Enes' Bedenken ernst*

Rollenkarte 2

Enes:
- *12 Jahre*
- *Gymnasiast*
- *Jonas' bester Freund*
- *hält Jonas für einen guten Sänger, rät ihm dennoch von der Teilnahme an einer Castingshow ab*
- *begründet seinen Standpunkt ausführlich*
- *schlägt Alternativen vor, wie und wo Jonas zeigen kann, dass er ein guter Sänger ist*

Wissensmagazine untersuchen und beurteilen

Wissensmagazin „Galileo"

○ MK **1** Nennt eure Erwartungen an eine gute Wissenssendung. Einigt euch im Anschluss auf drei wichtige Merkmale.

◒ MK **2** Betrachtet das folgende Diagramm zum Wissensmagazin „Galileo".

a) Benennt die Bestandteile der Fernsehsendung.

b) Untersucht den Zeitanteil der Bestandteile. Diskutiert, warum die ersten Beiträge so kurz sind.

c) Erklärt den Grundaufbau der Fernsehsendung.

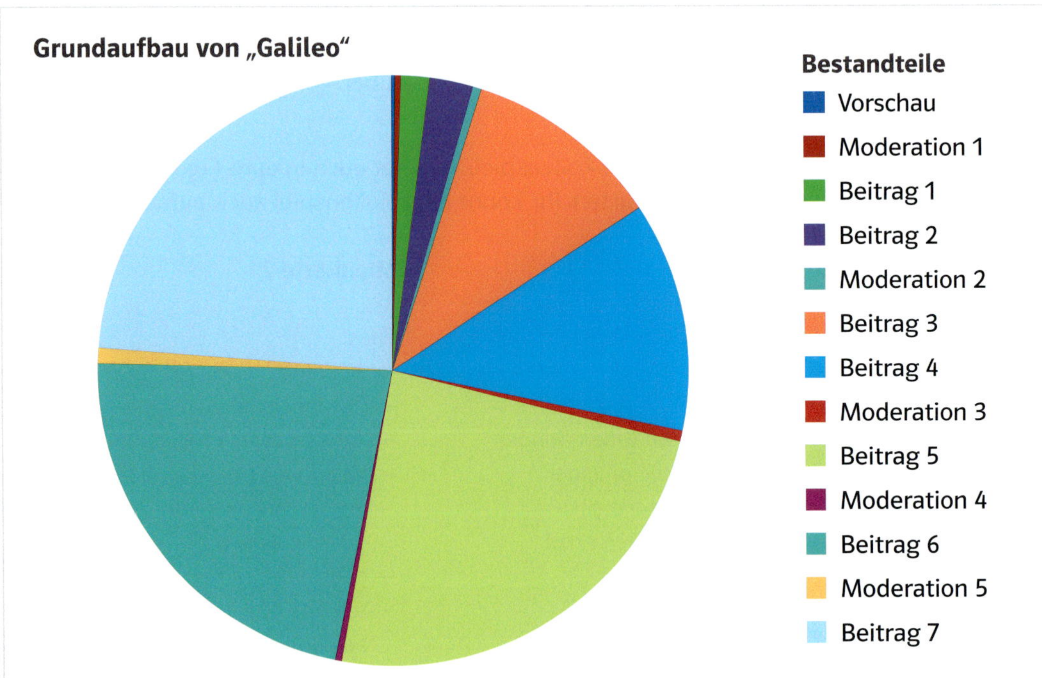

MK **3** Seht euch gemeinsam eine Folge von „Galileo" im Internet an. Überprüft die Ergebnisse von Aufgabe 2 (Seite 178). Achtet auf
- die Reihenfolge der Bestandteile,
- die Themen der einzelnen Bestandteile,
- den Aufbau der Beiträge (zum Beispiel Interview, Umfrage, Experiment).

a) Teilt euch die Aufgaben auf und notiert Stichpunkte. Nutzt auch die Kompetenzbox.
b) Tauscht euch anschließend über eure Ergebnisse aus.

S. 284 **4** Schreibt für die Folge, die ihr untersucht habt, in wenigen Sätzen einen Informationstext für eine Zeitschrift.

MK **5** **a)** Bildet Gruppen und stellt euch weitere Wissenssendungen aus dem Fernsehen oder Internet vor.
b) Vergleicht die Wissenssendungen und begründet, welche eher für Jugendliche und welche eher für Erwachsene geeignet sind.

MK **6** Erklärt den Begriff „Edutainment" mithilfe der vorgestellten Sendungen und der Kompetenzbox.

MK **7** Wissenssendungen schauen oder Sachbücher lesen? Diskutiert die Vor- und Nachteile der beiden Medien.

MK **8** **EXTRA** Schaut euch eine Quizsendung im Fernsehen oder im Internet an und untersucht sie:
- Beschreibt kurz die Bestandteile der Sendung.
- Erklärt, was im Zentrum der Sendung steht.
- Benennt die Absicht der Sendung.

Präsentiert eure Ergebnisse der Klasse.

KOMPETENZBOX

Sendeformate untersuchen

Bei der Untersuchung von Sendeformaten helfen euch folgende Fragen:

Welche Bestandteile hat die Sendung?
- Moderation
- Musikbeitrag
- Juryurteil
- Filmbeitrag
- Interview
- Experiment
- Umfrage
- interaktive Elemente (zum Beispiel *Fragen per Live-Anruf oder App*)

Was steht im Zentrum der Sendung?
- Personen und ihre Fähigkeiten (zum Beispiel *Moderatoren, Jury, Kandidaten, Publikum*)
- Inhalte (zum Beispiel *wissenschaftliche Erkenntnisse, Musik, Mode*)

Was ist die Absicht der Sendung?
- informieren
- unterhalten
- informieren und unterhalten

Das könnt ihr jetzt!

Das Programmangebot für einen Fernsehsender gestalten

Neue Programme gesucht!

Um möglichst hohe Einschaltquoten zu erzielen, müssen Fernsehsender immer neue Programmangebote für unterschiedliche Zielgruppen gestalten. Dabei gilt: Je kreativer und außergewöhnlicher, desto besser!

Lösungen → S. 294
Placemat → S. 344

MK **1** Gestaltet in Gruppen ein Programmangebot für einen eigenen Fernsehsender.
a) Einigt euch auf eine Zielgruppe und einen Namen für euren Fernsehsender.
b) Sammelt Ideen für passende Sendeformate, zum Beispiel mithilfe der Placemat-Methode.
c) Einigt euch auf vier bis fünf Sendeformate und gebt ihnen Titel.
d) Plant das Fernsehprogramm eures Senders für einen Nachmittag.

Placemat: Sendeformate für unseren Seniorensender

Generationensendung: Enkel interviewen ihre Großeltern
Historymagazin

Nachrichten
Dokumentation mit passenden Themen
Sportsendung

Gesundheitsmagazin
Ratgeber
Kinder zeigen, was sie von ihren Großeltern gelernt haben

Quizsendung mit passenden Themen
Doku-Soap aus dem Seniorenheim
Nachrichten
Mitmachgymnastik-Sendung

1. „Von wegen alt" – Doku-Soap über Großeltern und ihre Enkel
2. „Nachrichten für Senioren" – ohne Jugendsprache oder englische Ausdrücke
3. „Fit bis 200!" – eine Mitmachsportsendung für Ü60
4. „Damals ..." – Quizshow zu den guten alten Zeiten

MK **2** Stellt euren Sender und dessen Programm auf einem Plakat oder in Form einer computergestützten Präsentation auf einer Pressekonferenz vor. Denkt daran, die einzelnen Sendeformate anzugeben.

MK **3** Beurteilt die Erfolgsaussichten des Programms der anderen Gruppen. Berücksichtigt dabei, ob das Angebot zur angegebenen Zielgruppe passt.

Pressekonferenz

Ein Konzept für ein Sendeformat entwickeln

Lösungen
→ S.294

MK **1** Entwickelt für euren Sender ein Konzept für eine Castingshow oder ein Wissensmagazin.
a) Haltet eure Ideen in einer Mindmap fest.
b) Einigt euch auf ein Konzept und einen Namen für eure Sendung.
c) Legt die Verantwortlichen für die Ausgestaltung der einzelnen Bestandteile fest.
d) Ihr könnt euer Sendeformat auch mehrsprachig gestalten, um ein möglichst großes Publikum anzusprechen. Mögliche Elemente der Mehrsprachigkeit könnten zum Beispiel direktes Dolmetschen oder Untertitel sein.

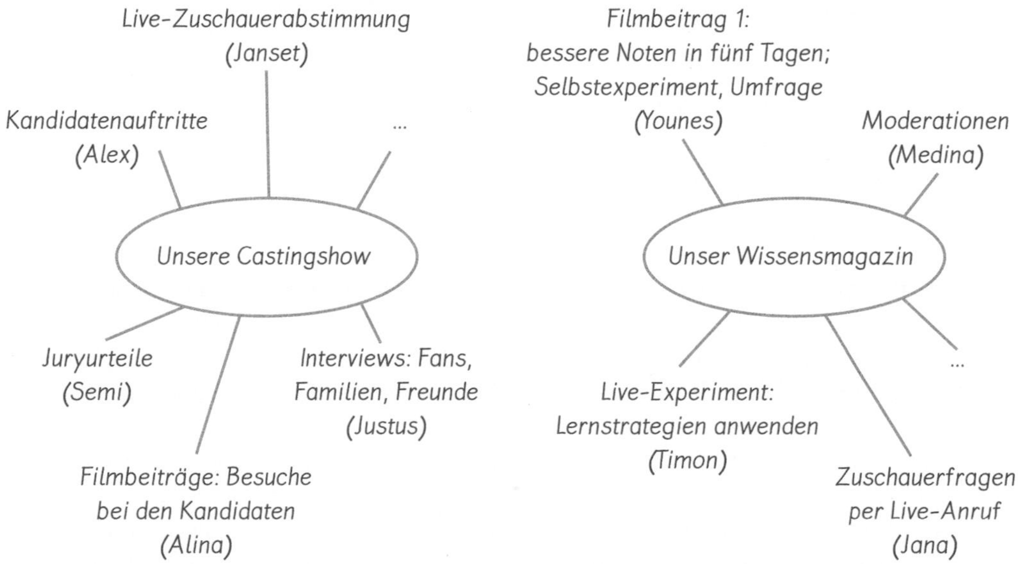

MK **2** Übernehmt die folgende Tabelle und schreibt einen Sendeablauf.

Nr.	Bestandteil	Kurzbeschreibung	verantwortliche Person	geplante Länge
1	*Vorspann*	*Eröffnungssequenz der Sendung*	*Jana*	*00:17*
2	*Moderation*	*Begrüßung der Zuschauer, Vorstellung der Themen, Anmoderation des 1. Themas*	*Medina*	*00:42*
3	*Filmbeitrag*	*Thema: Bessere Noten in fünf Tagen, Selbstexperiment ...*	*Younes*	...
...	...	...	...	...

3 Schreibt einen kurzen Informationstext zur Vorstellung eurer Sendung in einer Zeitschrift.

4 Führt in der Klasse einen Galerierundgang durch. Kürt mithilfe einer Punkteabfrage das überzeugendste Sendeformat der Klasse.

MK **5** **EXTRA** Nehmt eure Castingshow oder euer Wissensmagazin auf.

10 Unsere Sprache im Visier

Wörter bilden, Wörter erkunden

Siegfried

Aus der Zeit der Völkerwanderungen stammt das Nibelungenlied, das von Siegfrieds abenteuerlichen Kämpfen und einem sagenhaften Schatz handelt.

Der Nibelungenschatz wird von einem Zwerg namens Alberich bewacht, der eine Tarnkappe besitzt, die unsichtbar macht. Einen Zweikampf gegen einen Unsichtbaren zu gewinnen, ist nicht jedem Ritter vergönnt, dem bärenstarken Siegfried schon. Er überwindet und unterwirft Alberich – und schenkt ihm das Leben. Das ist die edle Gesinnung, die den Ritter ehrt und vom gewöhnlichen Räuber unterscheidet. Und es macht sich bezahlt. Alberich schwört Siegfried Treue und selbst Zwerge sind im Nibelungenlied ritterlich genug, um sich an Treueschwüre zu halten.

Siegfried lassen die Reichtümer, die sich vor seinen Augen ausbreiten, kalt. Habgier mag die Sache von ritterlichen Zwergen sein, zu den Rittertugenden zählt sie nicht. Statt Reichtum gilt es, Ehre anzuhäufen. Also greift sich Siegfried aus dem Schatz [...] ein Schwert und natürlich die Tarnkappe.

Für Schwerter haben Ritter eine berufsmäßige Schwäche, besonders wertvolle Exemplare erhalten sogar Kosenamen. Im Nibelungenschatz findet sich eines, das auf den Namen Balmung hört. Siegfried wird damit einen Drachen erschlagen und noch so manchen Schädel spalten, bevor er hinterrücks von einem niederträchtigen Gegner namens Hagen ermordet wird. So eine Schandtat kann ein Ritterdichter nicht dulden. [...] Hagen büßt sein ehrloses Verhalten daher einige hundert Verse später mit dem Leben.

1 Der Text wirft einen eher spöttischen Blick auf das Ritterleben. Dennoch lässt er erkennen, welche Eigenschaften ein Ritter haben sollte. Beschreibt diese.

2 Untersucht die markierten Wörter in dem Text. Bildet ihre Grundform und zerlegt sie wie in den folgenden Beispielen.

be-	*wachen*	*Räub-*	*er*
Präfix	*Stamm*	*Stamm*	*Suffix*

Das lernt ihr jetzt!

10.1 Wörter bilden

10.2 Ober- und Unterbegriffe nutzen, um Informationen zu strukturieren; Synonyme nutzen, um abwechslungsreich zu formulieren

3 Untersucht im Text (Seite 182), wie die Wörter „Nibelungenschatz" (Zeile 1) und „bärenstark" (Zeile 6) gebildet sind. Sucht aus dem Text weitere Beispiele für solche Wortbildungen heraus.

4 *Ritter, Rittertum, Raubritter, ritterlich* – sucht auch für das Wort „Hof" nach verwandten Wörtern. Bestimmt jeweils deren Wortart.

5 Notiert andere Wörter für „Burg". Vergleicht diese Wörter. Was stellt ihr fest?

6 Sucht einen Oberbegriff für folgende Wörter.

tapfer beherzt edelmütig

unerschrocken selbstlos

10.1 Von Burgfräuleins und Edelrittern · Wörter bilden

1 Bildet aus den Nomen Komposita durch Wortzusammensetzung. Ihr könnt dazu auch mehr als zwei Nomen verwenden.

Burg Raub Fräulein Graben Ritter Spiele Saal Rüstung Turnier

2 Leitet mithilfe der Suffixe Adjektive von den Nomen ab.

Ehre Idee Rücksicht Plan
Macht Respekt Mut

-los -haft -mäßig
-ig -voll -lich

3 Leitet mithilfe der Präfixe neue Verben ab. Notiert mindestens zehn abgeleitete Verben.

be- ent- er- ver- zer-

halten schließen greifen
treten schreiben werfen

4 a) Bildet Nomen durch Ableitung und notiert sie mit ihrem bestimmten Artikel. Achtet dabei auf die Groß- und Kleinschreibung.

A
besonders achten siegen
befreien stören mehr

B
helfen binden werfen
küssen fliegen sprechen

b) Markiert bei den Nomen aus A die Suffixe. Beschreibt, was euch beim Ableiten der Wörter aus A und B auffällt.

5 Bildet Adverbien durch Ableitung und notiert sie.

freundlich korrekt ungewöhnlich
Abend Dienstag Heim Umstand
Gerechtigkeit Sicherheit vor

-weise -s
-wärts
-halber

6 Untersucht die markierten Wörter und entscheidet, ob es sich dabei um Zusammensetzungen oder Ableitungen handelt.

Edle Ritter

Den Begriff „Ritter“ verbindet man oft mit Mut, Ehre und Tapferkeit. Im Mittelalter trugen Ritter sicherheitshalber Rüstungen, um sich vor feindlichen Angriffen zu schützen. Ihre scharfen Schwerter waren gefährliche Waffen, die sie im erbitterten Kampf einsetzten. Viele Ritter nahmen regelmäßig an Turnieren teil, bei denen sie ihre meisterlichen Fähigkeiten im Lanzenstechen und im Schwertkampf unter Beweis stellten. Eine berühmte Ritterfigur der Literatur ist König Artus, der mit seinen tapferen Rittern der Tafelrunde viele Abenteuer erlebt. Ritter waren aber nicht nur berittene Krieger, sondern auch mutige Beschützer der Schwachen und Verfechter von Gerechtigkeit. Deshalb sind Geschichten über ihre „aventiuren“ meist voller Heldentaten, die zeigen, wie wichtig Freundschaft und Loyalität sind.

Ein Ritter der Tafelrunde aus der Sage über König Artus.

KOMPETENZBOX

Wörter bilden

Zusammensetzungen (Komposita)	Ableitungen (Derivationen)
– aus zwei (oder mehr) **Wörtern** zusammengesetzt – bestehen aus **Bestimmungs- und Grundwort** – oft mit Fugenelement *Überraschung-s-gast*	– von einem **Wortstamm** durch ein **Präfix** oder **Suffix** abgeleitet – Präfixe und Suffixe sind **unselbstständig**, können nicht allein stehen
Vanille + *Eis* → *Vanilleeis* *Eis* + *kalt* → *eiskalt*	*ver-* + *schreiben* → *verschreiben* *Eis* + *-ig* → *eisig*
Bestimmungs- + Grundwort → Zusammensetzung	Präfix + Stamm + Suffix → Ableitung
Das Grundwort bestimmt meist die Wortart.	Das Suffix bestimmt die Wortart.

Ableitungen können auch ohne Präfix und Suffix erfolgen (*pflügen – der Pflug*). Abgeleitete oder zusammengesetzte Wörter mit einem gemeinsamen Wortstamm bilden eine **Wortfamilie**.

Typische Wortbildungssuffixe

- **Nomen:** *-in, -nis, -sal, -schaft, -tum, -ling, -heit, -keit, -ung*
  erleben → Erlebnis, heilig → Heiligtum
- **Adjektive:** *-los, -fach, -haft, -mäßig, -ig, -lich, -sam, -bar*
  Einfall → einfallslos, schmecken → schmackhaft
- **Adverbien:**
  - *-s, -e, -halber, -lings* und *-wärts* (Ableitung von Nomen oder Adjektiven)
    Nachmittag → nachmittags, Montag → montags, lange, Anstand → anstandshalber
  - *-dings* oder *-weg* (Ableitung von Adjektiven)
    neu (+ er) → neuerdings, rund → rundweg
  - *-weise* (Ableitung von Nomen oder Adjektiven)
    Schritt → schrittweise, auffällig (+ er) → auffälligerweise

10.2 Ritter, Burgen und Turniere · Wortbedeutungen untersuchen

Ober- und Unterbegriffe nutzen

1 Timo hält in der Geschichtsstunde einen Vortrag zum Thema „Höfische Turniere“. Seht euch seinen Notizzettel an und erklärt, wie er vorgegangen ist.

> *Höfische Turniere*
>
> *Kampfarten: Buhurt, Tjost, Zweikampf*
> *Waffen: Schwert, Lanze, Schild, stumpfe Waffen, hölzerne Stäbe*
> *Lohn für den Sieger: Preisgeld, Pferd und Waffen des Verlierers, Ehre*

2 Besprecht, wie bei der folgenden Begriffserklärung in den beiden Lexikoneinträgen **A** und **B** Ober- und Unterbegriffe eingesetzt werden.

A Als **Burg** bezeichnet man ein geschlossenes, bewohnbares und wehrhaftes Bauwerk. Große Bedeutung haben die Burgen im Mittelalter. Nach ihrer Lage unterscheidet man zwischen Höhenburgen (zum Beispiel Gipfel-, Felsen- oder Höhlenburgen) und Niederungsburgen (Wasser- oder Sumpfburgen).

B Der **Bergfried** war im Mittelalter wichtiger Bestandteil nahezu aller Burgen. Als zentraler Turm war er größer als die Wachtürme, im Gegensatz zu einem sogenannten Wohnturm war er normalerweise unbewohnt. Er diente als letzter Rückzugsort bei einer Belagerung und als Gefängnis.

● **3** **a)** Sammelt Begriffe aus dem Mittelalter.
b) Formuliert zu einem Begriff eine Begriffserklärung. Findet einen Oberbegriff und verknüpft den Begriff mit den besonderen Eigenschaften der bezeichneten Sache oder Person. Orientiert euch an dem Beispiel.

*Die Pest war eine **Krankheit** (Oberbegriff), die **von Rattenflöhen übertragen** wurde und für viele Menschen **tödlich** endete (spezifische Merkmale dieser Krankheit).*

S.285 ○ ← ◒ **4** Fertigt zu dem folgenden Text eine Gliederung an. Nutzt dazu geeignete Oberbegriffe.

Zurück ins Mittelalter

Möchtet ihr einmal in die Welt der Ritter eintauchen? In einigen deutschen Städten finden noch heute regelmäßig Mittelalterspektakel statt, wo nicht nur Ritterturniere aufgeführt werden, sondern ihr auch einen Einblick in den mittelalterlichen Alltag bekommt.
Auf solch einem Mittelalterspektakel könnt ihr unzählige Marktstände besuchen und mittelalterlich tafeln. Habt ihr etwa schon einmal Hirse- oder Haferbrei gegessen oder über offenem Feuer gebratene Wildschweinspieße verspeist? Erfrischen könnt ihr euch mit Wasser, Milch oder Tee aus frischen oder getrockneten Kräutern, die in Tonkrügen serviert werden.
Auch Handwerkern könnt ihr über die Schulter schauen. Die Drechsler führen vor, wie Holzschuhe hergestellt werden, die Töpfer lassen euch auch einmal an die Drehscheibe, und die Bäcker zeigen euch, wie man aus Dinkel und Gerste leckere Brote zubereiten kann.

Mittelaltermarkt und Ritterspiele auf der Burg Satzvey

KOMPETENZBOX

Ober- und Unterbegriffe nutzen

Ober- und Unterbegriffe	*Beispiele*
helfen euch, wenn ihr – einen Vortrag sinnvoll strukturieren wollt, – einen Begriff erklären wollt, – euch einen Überblick über einen komplexen Text verschaffen möchtet.	*Geistlicher: Mönch, Abt, Priester, Bischof, Kardinal* *Sprachstufe: Althochdeutsch, Mittelhochdeutsch, Neuhochdeutsch*

Synonyme und Antonyme nutzen

S. 285 ○ ← ◒ MK

1 **a)** Nennt Formulierungen, die bei Timos Vortrag (Sprechblase) nicht gelungen sind.
b) Sucht nach Wörtern, die eine gleiche oder ähnliche Bedeutung wie „brauchen“ haben. Ihr könnt die Thesaurusfunktion eines Textverarbeitungsprogrammes nutzen. Setzt sie in den Ausschnitt des Vortrags ein.

> *Um in den Kampf ziehen zu können, brauchten die Ritter ein Pferd, eine Rüstung, eine Lanze und ein Schwert. Weil die Schwerter häufig so schwer waren, brauchten die Ritter beide Hände, um sie im Kampf zu führen. Ein Schwert war sehr teuer. Um ein Schwert zu kaufen, brauchte man genauso viel Geld, wie man für den Erwerb von zwölf Kühen brauchte.*

◒ **2** **a)** Erläutert, mit welchen Problemen die Burgbewohner im Mittelalter zurechtkommen mussten.
b) Gebt an, welcher der markierten Begriffe jeweils besser passt.

Zugig und kalt

Eigentlich war es auf einer Burg nur in der wärmeren Jahreszeit einigermaßen vertretbar/erträglich. Zwar gab es in den Gemächern und Räumen schon große Fenster, doch die wenigsten von ihnen waren verglast. Denn Glas war im Mittelalter ein teurer Luxus/eine große Schwelgerei, den sich nur die reichsten Könige und Fürsten leisten konnten. Es wurde daher nur in den Fenstern von Palästen und prunkvollen Kirchen/Domen eingesetzt. Für die Burgfenster wurde als Glasersatz poliertes Horn verwendet, was preiswerter und auch dauerhafter/haltbarer als Glas war. Durch diese Hornscheiben fiel zwar einigermaßen genug Beleuchtung/Licht, doch hatte man natürlich keinen so guten Durchblick nach draußen. Auch Pergament oder Tücher, die mit Wachs oder Harz kuriert/behandelt worden waren, dienten als Ersatz für das teure Fensterglas.

◒ **3** Bildet aus den folgenden Begriffen Paare und entscheidet, ob es sich um Synonyme oder Antonyme (Gegensätze) handelt. Bestimmt auch jeweils die Wortart.

arglos · ausgefuchst · Gesandter · schnell · Kirche · geben · öde · Krieg · Bote

langweilig · gewitzt · Frieden · Gotteshaus · langsam · überreichen · gutgläubig

KOMPETENZBOX

Synonyme und Antonyme nutzen

Synonyme	***Beispiele***
sind Wörter mit sehr ähnlicher Bedeutung. Ihr könnt sie verwenden, um einen Text abwechslungsreicher zu formulieren und Wortwiederholungen zu vermeiden.	*Freund, Kamerad, Vertrauter, Gefährte*
Antonyme	
sind Wörter mit gegenteiliger Bedeutung. Manchmal kann es sinnvoll sein, einen Begriff über einen Gegenbegriff (Antonym) zu umschreiben.	*Ein Ritter handelt selbstlos.* *Ein Ritter handelt nicht eigennützig.*

Ober- und Unterbegriffe sowie Synonyme nutzen

Mindmap → S. 344

1 Erstellt eine Mindmap mit Ober- und Unterbegriffen zu den Bestandteilen einer mittelalterlichen Klosteranlage.

Klosterkirche | Dormitorium (Schlafsaal) | Arbeits- und Wirtschaftsgebäude | Stall | Refektorium (Speisesaal) | Klosterküche | Skriptorium (Schreibstube) | Klostergarten | Wohngebäude | Werkstätten | Bibliothek | Kreuzgang

S. 285 **2** Beschreibt in einem Text den Tagesablauf eines Mönchs im Mittelalter.
- Achtet darauf, dass ihr euch mithilfe von Synonymen und Antonymen abwechslungsreich ausdrückt, damit euer Text nicht langweilig wirkt.
- Ihr könnt die Thesaurusfunktion eines Textverarbeitungsprogramms nutzen.

Tagesablauf von Benediktinermönchen im Mittelalter

Uhrzeit	Tätigkeit
4:40	Wecken
5:00–6:00	Nachtgebet und Morgenlob
6:00–7:00	Gebet und Bibellesung
7:00–11:00	Gemeinsames Morgengebet, Beginn der Arbeit
11:00–12:00	Gottesdienst
12:00–13:00	Mittagsgebet, Mittagessen
13:00–14:00	Mittagsruhe
14:00–18:00	Gebet, danach Arbeit
18:00–18:30	Gottesdienst zum Ende des Arbeitstages
18:30–19:00	Abendessen
19:00–19:45	Zeit zur freien Verfügung
19:45–20:00	Abendgebet
20:00–4:40	Nachtruhe

3 Ordnet jeweils zwei Synonyme einander zu.

Glaubensgemeinschaft | Kloster | Meditation | Mönch | Nonne | Ordensgemeinschaft | Ritual | Spiritualität | Zelle

Abtei | Besinnung | Brauch | Klosteranlage, Klosterorden | Ordensfrau | Ordensmann | Religionsgemeinschaft | Religiosität | Schlafraum

Das könnt ihr jetzt!

Wortbildungen untersuchen, Ober- und Unterbegriffe sowie Synonyme nutzen

Mittelalterliche Kleiderordnung

Schon aus dem Altertum sind Vorschriften bekannt, die festlegten, wer sich wie zu kleiden hatte. Im Jahr 808 erließ dann Karl der Große ein „Aufwandsgesetz“, das vorschrieb, welcher Stand[1] wie viel für seine Bekleidung ausgeben durfte. Das gab es in der Folge immer wieder. Bauern und das einfache Volk waren deshalb gezwungen, über ihren Beinkleidern[2] kurze Leinen- oder Nesselkittel zu tragen. Ein Wollumhang schützte gegen Kälte. Kinder liefen in Leinenkitteln und die Frauen hielten ihre Röcke durch breite Gürtel zusammen.

Teure Stoffe wie Seide oder veredelte Tuche waren wie auch das seltene Rot, das aus einer bestimmten Laus oder sogar aus der Purpurschnecke gewonnen wurde, allein dem Adel vorbehalten. Die Kleider des Adels folgten wechselnden Moden. Die Frauen trugen auffällige Kopfbedeckungen wie die Rise, ein gefaltetes Kopftuch für verheiratete Frauen. In Burgund war wiederum der Hennin verbreitet, eine oft einen Meter hohe kegelförmige Haube mit einem Schleier an der Spitze. Die Länge eines spitzen Schnabelschuhs galt zeitweilig als Ausdruck der Macht seines adeligen Trägers. Aus Lederwickeln wurden mit der Zeit die uns bekannten Reiterstiefel.

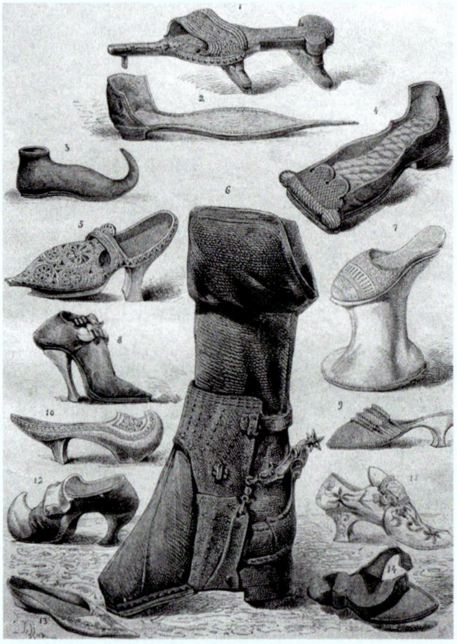

Schuhmode früherer Zeiten

1 der Stand: abgeschlossene gesellschaftliche Gruppe wie zum Beispiel Adel, Bürger oder Bauern 2 die Beinkleider: Vorläufer der Hosen (zwei Hosen- oder Strumpfbeine)

Lösungen
→ S. 294

1 Bestimmt bei den markieren Wörtern, ob es sich um Zusammensetzungen oder Ableitungen handelt, und gebt an, wie sie gebildet wurden.

2 Fertigt zu dem Text eine Gliederung mit Ober- und Unterbegriffen an.

3 Besprecht, warum der Ritter mit seinem Anliegen in dem folgenden Text keinen Erfolg beim König haben wird. Sucht nach passenden Synonymen und schreibt den Text um.

Der törichte Ritter

Der Ritter stieg auf seinen toll geschmückten Gaul und sprintete davon. Nach ein paar Tagen kam er an der prächtigen Hütte des Königs an. Dort sah er die Königstochter und war von ihrer Visage sowie ihrer Mähne total begeistert. Zu ihren eleganten Klamotten trug sie einen passenden Deckel. Sofort fragte der Ritter den König: „Hey Alter, darf ich um die Hand deiner Kleinen anhalten?“

4 Schreibt einen ähnlichen Text, zum Beispiel zum Thema „Meine Heldentaten als Ritter“. Tauscht eure Texte aus und verbessert sie.

Beispiel für einen Test

Lösungen
→ S. 294

1 **a)** Notiert drei Komposita, die das Nomen „Schatz" enthalten.
b) Bildet durch Ableitung ein Nomen, ein Adjektiv und ein Verb aus dem Wort „waschen".

2 Gebt einen Oberbegriff für die folgenden Unterbegriffe an.

A Hund, Katze, Hamster **B** Frühling, Sommer, Herbst **C** Gurke, Zwiebel, Karotte

3 Nennt drei Unterbegriffe für den Oberbegriff „Schuhe".

4 Notiert jeweils ein Synonym für die folgenden Wörter.

A schnell **B** schön **C** Dame

5 Notiert jeweils ein Antonym für die folgenden Wörter.

A warm **B** freundlich **C** Zwerg

6 Erklärt mithilfe geeigneter Beispiele und in Sätzen, welche Rolle Präfixe und Suffixe bei der Wortbildung spielen.

7 **a)** Erklärt jeweils, wie die grau markierten Wörter im folgenden Text gebildet wurden.
b) Notiert weitere Wörter aus der Wortfamilie der blau markierten Begriffe. Sucht für jede Wortfamilie mindestens eine Ableitung, zum Beispiel *Missverständnis* → *missverstehen*.
c) Erklärt die Wortbildung des Wortes „besiegt" in Zeile 7.

Das Nibelungenlied

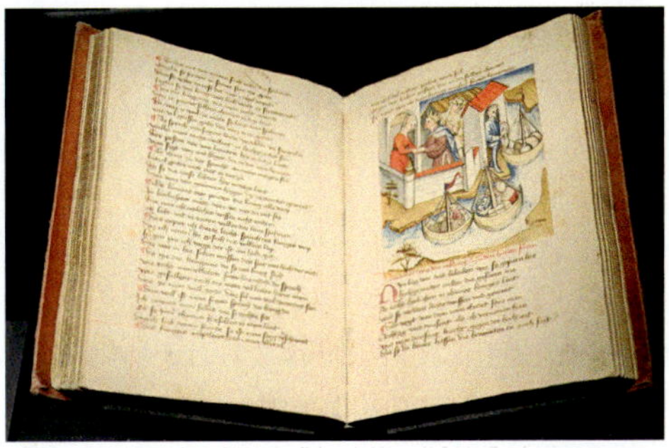

Seiten aus dem „Nibelungenlied" (um 1440)

Das Nibelungenlied ist ein berühmtes deutsches Epos, das im Mittelalter entstanden ist. Es erzählt die Geschichte von Helden, Liebe, Verrat und Rache. Die Hauptfigur ist Siegfried, ein tapferer Krieger aus Xanten, der einen Drachen besiegt und einen Schatz findet, der als Nibelungenschatz bekannt ist. Siegfried verliebt sich in Kriemhild, die Schwester des Königs Gunther. Um Kriemhild zu gewinnen, hilft er Gunther, eine Frau namens Brunhild zu heiraten. Doch nach einer Weile gibt es Streit und Missverständnisse. Brunhild wird wütend und will sich rächen. Dies führt zu einem großen Konflikt, der viele Helden in den Tod bringt. Das berühmte deutsche Heldenepos zeigt, wie wichtig Freundschaft und Loyalität sind, aber auch, wie gefährlich Eifersucht und Rache sein können.

11 Typisch sie, typisch er?

Wortarten und Wortgruppen untersuchen

Immer noch gehen nur wenige Jungen zum Ballettunterricht, aber Fußball ist schon lange keine reine Männersache mehr.

Boys & Girls

Jungen sind aggressiv und prügeln sich und Mädchen sind zickig und heulen ständig … Mädchen lieben Kitsch und Jungen Technik … Jungen schauen im Kino nur Actionfilme und Mädchen nur Pferde- und Liebesfilme … Mädchen reiten und Jungen spielen am Computer. – Nerven euch solche Klischees[1] genauso wie mich? Was soll das eigentlich heißen: typisch weiblich und typisch männlich? Jeder ist doch anders und darf das auch sein! Es gibt Jungen, die gern Friseur oder Tänzer werden wollen, und Mädchen, die bei „Jugend forscht" mitmachen und sehr gut Fußball spielen. Gibt es wirklich Unterschiede, die über die körperlichen Verschiedenheiten hinausgehen?

1 das Klischee: Vorurteil, eingefahrene Vorstellung

1 **a)** Entnehmt dem Text „Boys & Girls" Informationen zu Klischees über Mädchen und Jungen.

b) Übernehmt die Tabelle und ergänzt im Tabellenkopf die fehlenden Wortarten. Tragt weitere passende Wörter aus dem Text ein.

c) Diskutiert, ob die Klischees eurer Meinung nach zutreffen.

…	**Verben**	…
Kitsch, …	*heulen, …*	*zickig*
Technik, …	…	…

2 Lest die beiden Aussagen in den Sprechblasen (Seite 193) und bestimmt die Form der Adjektive. Erklärt, warum Anne und Tim diese Form gewählt haben.

Das lernt ihr jetzt!

11.1 Wortarten und Wortgruppen unterscheiden

11.2 Tempusformen bilden und Verbgruppen untersuchen

11.3 Artikelwörter und Pronomen verwenden

11.4 Junktionen und Adjunktorgruppen unterscheiden und verwenden

11.5 mit Adverbien die Umstände eines Geschehens veranschaulichen

Pinkfarbene Süßigkeiten – nur für Mädchen?

Pink – nein, danke!

In Großbritannien gründeten die Zwillinge Emma und Abi Moore die Kampagne[1] „Pinkstinks“. Sie hatten genug von den rosafarbenen, lieben Feen, den zarten Prinzessinnen im rosa Glitzerkleid, pinkfarbenen Handys und Nagellack. Schließlich riefen sie sogar dazu auf, kein pinkfarbenes Spielzeug mehr zu kaufen. Und das taten sie nicht, weil sie eine Farbe abwerten wollten, sondern weil sie glauben, dass Mädchen durch die ständige Begegnung mit Pink- und Rosatönen falsche Rollenbilder vermittelt bekommen.

1 die Kampagne: hier: gemeinschaftliche Aktion

3 Bewertet die Kampagne „Pinkstinks“ in dem Text „Pink – nein, danke!“

4 Vergleicht die beiden folgenden Sätze. Was fällt euch auf?

A In Großbritannien gründeten die Zwillinge Emma und Abi Moore die Kampagne „Pinkstinks“.

B In Großbritannien werden die Zwillinge Emma und Abi Moore die Kampagne „Pinkstinks“ gründen.

11.1 Los geht's · Wortarten und Wortgruppen unterscheiden

Wortarten wiederholen

Ein Spielzeugkatalog der besonderen Art

Im Jahr 2015 räumte das spanische Unternehmen „Toy Planet" mit den typischen Rollenbildern in der Spielzeugindustrie auf. **In seinem Weihnachtskatalog** waren Jungen zu sehen, die bügeln, Puppen füttern oder mit bunten Perlen basteln. **Auf** anderen Seiten waren Mädchen abgebildet, die **mit** Laserschwertern kämpfen, ferngesteuerte Autos bedienen oder sich Gegnerinnen **am** Kickertisch stellen. **Durch** derartige Kampagnen sollen zum einen höhere Verkaufszahlen erzielt werden. Zum anderen will man Kinder ermutigen, sich solche Spielsachen auszusuchen, mit denen sie den meisten Spaß erleben. Das soll unabhängig davon geschehen, was als typisch für das Geschlecht gilt. Vielleicht weht bald ein anderer Wind **durch** die europäischen Kinderzimmer.

○ **1** Mit welchen Spielsachen habt ihr früher am liebsten gespielt? Tauscht euch über eure Erfahrungen aus.

Freie Entscheidung bei der Spielzeugwahl

S.285 ◒ ← ● **2** Bestimmt den Kasus der vier unterstrichenen Nomen im Text. Nutzt die Frageprobe (Seite 327) oder die Ersatzprobe (Seite 333).

◒ **3** Bildet Sätze, in denen das Nomen „Geschenk" die folgenden Merkmale hat.
a) Nominativ, Plural
b) Akkusativ, Singular

◒ **4** Erläutert, warum die folgende Schülerantwort falsch ist.

„der Spielzeugindustrie" (Zeile 2)
→ Das ist ein maskulines Nomen, da der Artikel „der" davorsteht.

S.285 ○ ← ◒ **5** Ordnet die blau markierten Wörter aus dem Text den folgenden Wortarten zu.

Adjektiv | Nomen | Verb | Artikelwort

D18 Arbeitsblatt

◒ **6** **a)** Im Text steht ein Adjektiv im Superlativ (Höchststufe). Findet es und bildet die übrigen Steigerungsstufen.
b) Steigert, sofern möglich, die folgenden Adjektive.

hoch | alt | gut | schriftlich | lebendig

7 Übernehmt die folgende Tabelle und ordnet die fett gedruckten Präpositionen aus dem Text (Seite 194) einer Funktion zu.

Ort	Zeit	Art und Weise
...	*im (Jahr 2015)*	...

8 Ergänzt in der folgenden Spielanleitung die fehlenden Präpositionen. Spielt anschließend gemeinsam das Spiel „Adjektiv, Verb, Nomen".

zu | nach | am | für | in | mit | neben | in

Spielanleitung: Adjektiv, Verb, Nomen

Legt eine Tabelle ... vier Spalten an. Notiert ... der ersten Spalte das Wort „Buchstabe". Tragt ... die letzten drei Spalten die Wortarten Adjektiv, Verb und Nomen ein. Nun beginnt das Spiel. Die jüngste Spielerin/der jüngste Spieler geht in Gedanken das Alphabet durch und der links ... ihm sitzende Spieler sagt ... kurzer Zeit „Stopp". Notiert ... diesem Buchstaben bei jeder Wortart ein treffendes Wort. Sobald ein Mitspieler fertig ist, darf niemand mehr schreiben. Zählt nun die Punkte. ... jedes Wort, das kein anderer Mitspieler notiert hat, gibt es zehn Punkte. Wörter, die auch anderen Mitspielern eingefallen sind, erhalten fünf Punkte. ... Ende gewinnt diejenige/derjenige mit den meisten Punkten.

9 Ordnet die folgenden Wortarten nach veränderbaren und unveränderbaren Wortarten.

Nomen | Präposition | Pronomen | Artikelwort | Adjektiv | Verb

10 Konjugiert das Verb „füttern" im Präsens.

11 Bestimmt jeweils Person, Numerus und Tempus der folgenden Verbformen.

ich werde bleiben | ihr gabt | sie ist gesprungen | sie hatten gespielt | wir sangen

du bist geschwommen | er las | es hatte geregnet | ihr wart gewesen | sie läuft

12 Ergänzt die folgenden Sätze mithilfe der Wörter in den Kästchen und schreibt sie auf.

Erlaubnis | Infinitiv | Modalverb

Verpflichtung | Verneinung | Vollverb

Ein ... ist ein Verb, das mit einem ... als ... einen Verbkomplex bildet. Modalverben drücken Möglichkeit, Fähigkeit (können), Gebot, Notwendigkeit (müssen), ... (sollen), ... (dürfen), Absicht, Bereitschaft (mögen) oder Wunsch (wollen) aus. Hinzu kommt *brauchen* zusammen mit einer ... in der Bedeutung *nicht müssen.*

D19 Arbeitsblatt ● **13** Sucht im Text alle Modalverben und notiert sie mit dem übrigen Verbkomplex.

Unter Rollenbildern versteht man Vorstellungen davon, wie Männer und Frauen sich verhalten sollen. Medien, Kultur und Tradition können diese Bilder dabei stark beeinflussen. So müssen Männer sich in vielen Kulturen stark und durchsetzungsfähig verhalten, Frauen hingegen sollen fürsorglich und einfühlsam sein. Kinder können jedoch viel mehr erreichen, wenn sie ihre eigenen Interessen ausleben dürfen. Jungen dürfen deshalb auch weinen und Mädchen brauchen nicht immer brav sein. Mädchen können sich beim Fußball oder Kickboxen austoben, während Jungen auch mit Puppen spielen dürfen.

In den Naturwissenschaften sind Jungen besser als Mädchen – auch ein Klischee?

S. 285 ◒ ← ● **14** In einem Buch mit Zungenbrechern sind alle Wörter kleingeschrieben.

a) Bestimmt jeweils die Wortart des Wortes *fliegen*.

b) Schreibt den Satz richtig auf.

Achtung: Fehlertext

Wenn fliegen hinter fliegen fliegen, fliegen fliegen fliegen hinterher.

S. 285 ○ ← ◒ **15** **a)** Beurteilt die Verständlichkeit des folgenden Textes. Begründet.

b) Überarbeitet den Text.

Sie steht im Spielzeugladen und ruft begeistert: „Ich will es haben. Kaufst du es mir? Es passt perfekt in mein Kinderzimmer." Nachdem er bezahlt hatte, gingen sie nach Hause, packten es aus und spielten den ganzen Nachmittag.

◒ **16** Erratet die gesuchten Wortarten.

Wer bin ich?

A Mich kann man deklinieren, denn ich kann in vier verschiedenen Kasus stehen. Auch bin ich meist in der Lage, sowohl Singular- als auch Pluralformen zu bilden. Normalerweise besitze ich ein festes Genus.

B Ich kann durch die Zeit reisen, denn verschiedene Tempusformen sind für mich kein Problem. Außerdem kann man mich konjugieren. Eine besondere Beziehung habe ich zum Subjekt des Satzes.

C Ich zähle zu den nicht veränderbaren Wörtern, aber trotzdem übernehme ich eine wichtige Aufgabe im Satz, denn ich bestimme, in welchem Kasus das mir zugeordnete Nomen steht.

D Mich kann man nicht nur deklinieren, sondern häufig auch komparieren.

Wortgruppen wiederholen

1 **a)** Schreibt alle Nominalgruppen aus den ersten drei Sätzen des folgenden Textes heraus und unterstreicht jeweils das Nomen.
b) Bestimmt mithilfe des Kasus die Satzfunktion der markierten Nominalgruppen.

Girls' und Boys' Day

Der Girls' und Boys' Day ist ein bundesweiter Aktionstag, der seit 2001 in Deutschland stattfindet. Sein Ziel ist es, jungen Menschen Einblicke in verschiedene Berufsfelder zu geben und Geschlechterstereotype abzubauen. Denn die Berufswahl wird noch oft von Rollenbildern beeinflusst. Viele Jungen orientieren sich in Richtung Technik und Handwerk, Mädchen häufig in Richtung Soziales und Dienstleistung. Unsere Vorstellungen, was „typisch" für Männer und Frauen ist, hängen vom zeitlichen und kulturellen Kontext ab. So war Grundschullehrer bis in die 1950er Jahre ein typischer Männerberuf. Die ersten Programmierarbeiten wurden hingegen von Frauen ausgeübt. Heute erfordert die rasante technische Entwicklung neue Kompetenzen, und das unabhängig vom Geschlecht.

D20 Arbeitsblatt

2 Bestimmt die Adjektivgruppen in den folgenden Sätzen und schreibt sie auf.

A Sie trägt zur Feier einen ziemlich eleganten Hosenanzug.
B Ein sehr gutmütiger Lehrer erzählt Geschichten aus seiner Jugend.
C Die interessierten Mädchen und Jungen hören ihm besonders aufmerksam zu.

3 Bestimmt die Präpositionalgruppen in den folgenden Sätzen und schreibt sie auf.

A Das Mäppchen liegt auf dem Tisch zwischen den Schulbüchern.
B Sie geht am Abend mit ihrem Freund ins Kino.
C Das Buch steht im Regal neben dem Fernseher.

Wortgruppen S. 331–332 **KOMPETENZBOX**

Nominalgruppe, Adjektivgruppe und Präpositionalgruppe untersuchen

V01 Erklärvideo

Nominalgruppe
Eine Nominalgruppe besteht aus einem **Nomen** oder **nominalisierten Ausdruck** als **Kern** der Wortgruppe. Dieser steht meist ganz **rechts**. Der Kasus, in dem die Nominalgruppe steht, wird durch die Satzfunktion (Subjekt oder Objekt) oder durch eine Präposition bestimmt.
*Er besitzt viele neue **Bücher**.*

V02 Erklärvideo

Adjektivgruppe
Das **Adjektiv** bildet den **Kern** einer Adjektivgruppe. Es kann durch **Intensitätspartikeln** ergänzt werden, die seine Aussage verstärken oder abschwächen, zum Beispiel: *sehr, ziemlich, äußerst, durchaus, höchst, recht, überaus, ungemein, zutiefst, ganz.*
In der Adjektivgruppe passt sich nur das Adjektiv, aber nicht der Zusatz in Kasus, Numerus und Genus an das Nomen an.
*Er besitzt viele ganz **neue** Bücher.*
Zur Adjektivgruppe gehören auch Vergleiche mit *als* und *am* im Superlativ.
Anton rennt schneller als Paul. Anton rennt am schnellsten.

V03 Erklärvideo

Präpositionalgruppe
Der **Kern** einer Präpositionalgruppe ist eine **Präposition**. Diese bestimmt den Kasus der folgenden Nominalgruppe. Die Präposition steht in der Regel am linken Rand.
*Sie lernen **in** der Schule.*

11.2 Coole Typen, starke Frauen · Tempusformen bilden und Verbgruppen untersuchen

Tempusformen bilden und verwenden

Terence Blacker: boy2girl (2006, Ausschnitt)

Sam lebte in den USA, bevor von einem Tag auf den anderen alles anders geworden ist. Seine Mutter war bei einem Unfall ums Leben gekommen. Seine einzige Verwandte, die Schwester seiner Mutter, hatte ihn daraufhin nach England geholt. Nun lebt er bei den Burtons, wovon sein Cousin Matt wenig begeistert ist. Sam benimmt sich nicht nur wie ein Flegel, er soll auch noch in Matts Klasse kommen. Matts Freunde haben einen Plan: Sie werden Sam eine Mutprobe stellen, aber eine, die er garantiert nicht bestehen wird.

„Wir verlangen, dass du eine Woche lang, fünf Schultage, so was wie ein Schauspieler bist – du sollst eine Rolle spielen. Jeden Morgen auf dem Weg zur Schule gehst du zum Bunker und ziehst diese Sachen an. In der Schule bist du Sam, neu in unserer Klasse – aber Sam mit einer kleinen Veränderung.“ „Sam wie Samantha“, sagte Jake. […] „Deine Entscheidung“, sagte Tyrone lässig. „Alles, was du tun musst, ist fünf Tage lang als Mädchen in die Schule gehen. Wenn du das machst, bist du dabei. Dann bist du einer von uns.“ „Aber … ich bin Sam Lopez.“ Er lachte, als läge ein fürchterliches Missverständnis vor. „Tut mir leid, Sam Lopez wird nicht in Mädchenkleidern rumlaufen – für niemanden. Auf keinen Fall.“

○ **1** Stellt dar, wie ihr auf eine solche Mutprobe reagiert hättet.

◒ **2** Gebt an, ob in den folgenden Sätzen „haben“ ein Vollverb oder ein Hilfsverb ist. Begründet eure Einschätzung.

A Matts Freunde haben einen Plan.
B Sie haben bereits Mädchenkleider für Sam besorgt.

S. 285 ○ ← ◒ **3** **a)** Übernehmt die folgende Tabelle und ordnet die im Text blau markierten Verben ein.
b) Erklärt, wie ihr vorgegangen seid.

starkes Verb	schwaches Verb
…	…

S. 285 ○ ← ◒ **4** In den folgenden Sätzen stimmt etwas nicht.
a) Benennt den Fehler.
b) Schreibt die Sätze richtig auf.

Achtung: Fehlertext

Die Clique warten gespannt auf den nächsten Tag. Ob sich Sam tatsächlich verkleiden werden? Die Jungen überlegt schon, wie er wohl in Mädchenkleidern aussehen werden.

S.285 ○ ← ◒ **5** **a)** Übernehmt die folgende Tabelle und tragt die unterstrichenen Verbformen aus dem Text (Seite 198) mit dem dazugehörigen Subjekt ein.
b) Erklärt, warum in dem Text so viele verschiedene Tempusformen verwendet werden.

Präsens	Präteritum	Perfekt	Plusquamperfekt	Futur I
…	*Sam lebte*	*alles …*	…	…

S.286 ○ ← ◒ **6** Sam entschließt sich tatsächlich, die Wette anzunehmen. Er sitzt am selben Abend zu Hause und überlegt sich seinen ersten Auftritt als Mädchen. Verfasst Sams Gedanken im Futur I.

◒ **7** Welche Bedeutung drückt das Futur I in den folgenden Sätzen aus? Ordnet zu.

Vermutungen über die Zukunft

Pläne und Vorsätze | Versprechen

A Sam wird nächstes Jahr an einem Schüleraustausch teilnehmen.
B Man wird Sams Geheimnis vermutlich nicht entdecken.
C Ich werde meine Hausaufgaben jeden Tag direkt nach der Schule erledigen.

SPRACHTIPP

Imperative (Befehle) formulieren

Imperativ Singular

Der Imperativ Singular wird mithilfe des Präsensstammes gebildet. Das *-e* kann oft wegfallen. Verben, die im Präsensstamm zwischen *e* und *i* wechseln, übernehmen den Stamm mit *i*.

Trag(e) die Tasche!
Lies das Buch! Gib nicht auf!

Imperativ Plural

Der Imperativ Plural entspricht der Präsensform in der 2. Person Plural.

Tragt die Tasche! Lest das Buch!
Gebt nicht auf!

○ **8** Um nicht aufzufallen, muss Sam einiges beachten. Gebt ihm Tipps im Imperativ Singular. Nutzt den Sprachtipp und orientiert euch an dem folgenden Beispiel.

Schmink(e) dich nicht zu auffällig!

S.286 ○ ← ◒ **9** **a)** Notiert den folgenden Satz und unterstreicht die Tempusform.
b) Untersucht, welche Zeit zum Ausdruck gebracht wird.

Morgen um diese Uhrzeit wird Sam den ersten Schultag als Mädchen gemeistert haben.

◒ **10** In dem Satz aus Aufgabe 9 wird das Futur II verwendet. Untersucht mithilfe der Kompetenzbox auf Seite 200, aus welchen Verbformen es immer gebildet wird.

○ **11** Ergänzt die folgenden Sätze im Futur II.

A Du ... am Ende der nächsten Ferien neue Freunde .... *(gewinnen)*
B Wir ... in ein paar Tagen mehr darüber .... *(erfahren)*
C Ihr ... in einer Woche alle neuen Schüler .... *(kennenlernen)*

MK **12** **EXTRA** Setzt die folgende Kompetenzbox als Erklärvideo mit Kärtchen um.
- Ihr könnt auch in Gruppen arbeiten und die Tempusformen unter euch aufteilen.
- Stellt eure Erklärvideos der Klasse vor.
- Gebt euch Rückmeldung, ob sie richtig, verständlich, anschaulich und unterhaltsam sind.

Tempusformen S. 330 **KOMPETENZBOX**

Tempusformen bilden und verwenden

Das Tempus wird mit **einfachen** oder **zusammengesetzten** Formen gebildet.
Bei einfachen Formen steht nur das **Vollverb**, also das Verb mit einer Bedeutung.
Bei zusammengesetzten Formen kommen die **Hilfsverben** *haben*, *sein* oder *werden* hinzu.

Einfache Formen	Bildung	***Beispiele***
V04 Erklärvideo — **Präsens** Eine Handlung geschieht in der Gegenwart oder immer wieder oder in Verbindung mit einer zeitlichen Angabe in der Zukunft.	Präsensstamm + Personalendung	*ich geh-e* *du klingel-st*
V05 Erklärvideo — **Präteritum** Eine Handlung ist abgeschlossen.	Präteritumstamm + Personalendung	*starkes Verb: ich ging* *schwaches Verb: du klingelte-st*

Zusammengesetzte Formen		
V06 Erklärvideo — **Perfekt** Eine Handlung ist abgeschlossen, wirkt aber noch in der Gegenwart.	Personalform von den Hilfsverben *haben* oder sein im Präsens + Partizip II des Vollverbs	*ich bin gegangen* *du hast geklingelt*
Plusquamperfekt Eine Handlung ist in der Vergangenheit abgeschlossen, bevor etwas anderes geschieht (Vorvergangenheit).	Personalform von den Hilfsverben *haben* oder *sein* im Präteritum + Partizip II des Vollverbs	*ich war gegangen* *du hattest geklingelt*
V07 Erklärvideo — **Futur I** Eine Handlung geschieht in der Zukunft.	Personalform vom Hilfsverb *werden* im Präsens + Infinitiv des Vollverbs	*ich werde gehen* *er wird klingeln*
Futur II Eine Handlung wird in der Zukunft zu einem bestimmten Zeitpunkt abgeschlossen sein.	Personalform vom Hilfsverb *werden* im Präsens + Partizip II des Vollverbs + Infinitiv von den Hilfsverben *sein* oder *haben*	*ich werde gegangen **sein*** *er wird geklingelt **haben***

Verbgruppen untersuchen

D21 Arbeitsblatt

1 a) Bestimmt in den folgenden Verbgruppen jeweils den Kasus und Numerus der unterstrichenen Nominalgruppen.
die Verkleidung anziehen → wen oder was anziehen? → Akkusativ
dem Jungen helfen → wem helfen? → Dativ

die Mutprobe bestehen | ein Kleid tragen | den Jungen etwas beweisen | eine Wette gewinnen | den anderen einen Streich spielen | einen Plan schmieden

b) Bildet selbst Verbgruppen im Infinitiv Präsens mit den folgenden Verben und Nomen.
den Text überarbeiten

antworten | schenken | zuwinken | einpacken | besuchen wollen

Geschenk | Freund | Mitschülerin | Schule

2 Betrachtet die Verbgruppen und verallgemeinert sie, indem ihr die passenden Ergänzungen aus den blauen Kästen zuordnet.

etwas | jemandem | jemanden

A den anderen begegnen → ... begegnen
B einen Vorschlag ablehnen → ... ablehnen
C den Mitschülerinnen eine Lüge erzählen → ... ... erzählen
D ihrer Freundin eine Nachricht zuflüstern → ... ... zuflüstern
E seine Freunde austricksen → ... austricksen

3 Matt und Sam diskutieren, wer hat Recht? Vergleicht die beiden Sätze und begründet eure Einschätzung.

Matt: Ich habe mein Freund eingeladen.
Sam: Es heißt: Ich habe meinen Freund eingeladen.

Wortgruppen S. 332 **KOMPETENZBOX**

V08 Erklärvideo

Verbgruppen untersuchen

Verbgruppen bestehen aus einem **Verb im Infinitiv** am rechten Rand der Gruppe und den vom Verb geforderten Ergänzungen.

*einen Text **bearbeiten**, jemandem **antworten**, jemandem etwas **schenken**, etwas **glauben***

Das Verb bestimmt als Kern der Gruppe **Anzahl** und **Kasus** der Ergänzungen.

*Ich **werde** meine Kleidung **austauschen*** → *austauschen:* Verb im Infinitiv,
meine Kleidung: Akkusativobjekt (wen/was?)
*Er **möchte** seinem Freund **helfen**.* → *helfen:* Verb im Infinitiv,
seinem Freund: Dativobjekt (wem?)

- **Partikelverb:** *den Schulweg **antreten** → etwas antreten*
- **Modalverbkomplex:** *die Wette **gewinnen können** → etwas gewinnen können*

Tempusformen bilden und Verbgruppen untersuchen

1 a) Übernehmt die Zeitleiste und ergänzt sie mit den folgenden Begriffen und Beispielen.
b) Welche Möglichkeiten gibt es, die Zukunft auszudrücken?

Präsens | Vergangenheit | Futur II | Plusquamperfekt | Zukunft

sie hatte gemauert | er wird getanzt haben | ich habe verloren | du siehst

wir werden kochen | es ging | ihr seid gerannt | sie werden gelesen haben

Tempusform	…	*Präteritum Perfekt*	…	*Futur I*	…
Funktion	*Vorvergangenheit*	…	*Gegenwart*	…	*vollendete Zukunft*
Beispiel	…	…	…	…	…

2 Bildet aus den folgenden Wörtern Sätze im Futur II.

A am Ende der nächsten Woche / Sam / zum Liebling der Schule / aufsteigen
B er / mit den anderen Mädchen / blendend / sich verstehen

3 Bestimmt das Tempus der folgenden Verbformen. Die schwarzen Kästchen ergeben eine Pflanze als Lösungswort.

A Sams Gedanken drehen sich um die Mutprobe.
B Er hatte eine Wette verloren.
C Er bereute seine Zusage nicht.
D Sam wird die Mutprobe schaffen.

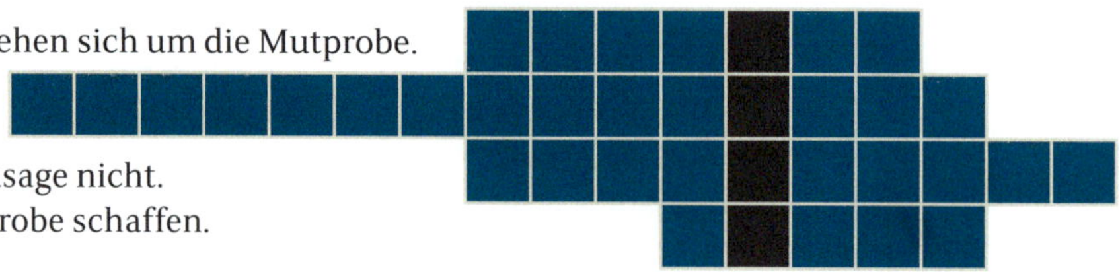

S. 286 **4** Was passt jeweils nicht in die Reihe? Begründet eure Entscheidung.

A kleiden – schminken – lachen – denken
B er wird kaufen – er kauft – er hat gekauft – er hatte gekauft

S. 286 **5** Ergänzt Sams Plan und bestimmt die verwendeten Tempusformen.

Oh Gott, morgen Abend um diese Zeit … der Schwindel hoffentlich nicht … … (auffliegen). Deshalb … ich einen wasserdichten Plan (brauchen). Vorhin … ich meine Tante (bitten), dass ich morgen als Letzter ins Bad gehen darf. Wenn alle das Haus … … (verlassen), … ich mir im Bad einen Zopf … (binden). Danach … ich die blaue Bluse … (holen), die mir mein Cousin schon am Wochenende extra … … (kaufen). Dazu … (passen) perfekt meine enge Jeans. Nachdem ich mich … … (anziehen), … ich … (losgehen).

6 Schreibt Sams Plan weiter. Nutzt sowohl das Präsens als auch das Futur I, um auf die Zukunft zu verweisen. Unterstreicht in eurem Text alle Verbgruppen.

7 Erzählt rückblickend vom Abend danach aus, wie Sam den Plan aus Aufgabe 6 umsetzen könnte.

11.3 Der winzige Unterschied • Artikelwörter und Pronomen verwenden

Demonstrativartikel und Demonstrativpronomen untersuchen

Ulrich Janßen, Ulla Steuernagel: Der winzige Unterschied

Nicht wir, die sind doof, sagen die Mädchen über die Jungs. Nein, die sind doof, sagen die Jungs über die Mädchen. Also sind unterschiedslos alle doof, jedenfalls in der Altersklasse der Zehn- bis Dreizehnjährigen [...]. Sehen wir diese Sache einmal ganz nüchtern, gehen wir sie biologisch an. Vielleicht kommen wir so irgendeinem Zicken-Gen oder einem Raufbold-Chromosom[1] auf die Spur. [...]
Die Gene von Jungen und Mädchen unterscheiden sich nur durch eine ganz winzige Kleinigkeit, aber diejenige findet sich in allen Zellen des Körpers. Jede von ihnen besitzt 23 Chromosomenpaare, das sind die Träger der menschlichen Erbinformationen. Eines jener Chromosomenpaare bestimmt schließlich das Geschlecht. Beim Mädchen besteht dieses aus zwei X-Chromosomen, beim Jungen aus einem X- und einem Y-Chromosom. [...] Von Natur aus sind Jungs und Mädchen also gar nicht so viel anders [...]. Erst die Erziehung, die Familie, die Gesellschaft bringen solche Unterschiede hervor.

---

1 das Chromosom: Bestandteil einer Körperzelle, auf dem Erbinformationen gespeichert sind

◒ **1** Demonstrativartikel oder Demonstrativpronomen? Begründet, um welche Wortart es sich bei den unterstrichenen Wörtern handelt.

A Dieses Chromosom macht den Unterschied.
B Dieses hingegen besitzen Jungen und Mädchen.

S.286 ○←◒ **2** Sucht mithilfe der Kompetenzbox (Seite 204) alle Demonstrativartikel (Begleiter) und Demonstrativpronomen (Stellvertreter) aus dem Text „Der winzige Unterschied" heraus. Übernehmt die folgende Tabelle und vervollständigt sie.

Demonstrativartikel (Begleiter)	Demonstrativpronomen (Stellvertreter)
diese (Sache) ...	*die ...*

◒ **3** Ergänzt im folgenden Text alle Demonstrativartikel oder Demonstrativpronomen. Notiert sie mit ihrem Bezugswort und gebt an, um welche Wortart es sich handelt.

Vor allem im Teenageralter zeigen sich viele Unterschiede zwischen Jungen und Mädchen. ... können sowohl physische als auch psychische Aspekte betreffen. Viele Jungen, die in ... Phase oft eine stärkere körperliche Entwicklung durchlaufen, neigen dazu, ihre Energie in sportliche Aktivitäten zu stecken. ... fördern nicht nur die körperliche Fitness, sondern zudem den sozialen Zusammenhalt. ... Dynamik kann jedoch auch zu einem verstärkten Konkurrenzdenken führen. Mädchen hingegen erleben oft eine intensivere emotionale Entwicklung. Geprägt ist ... Phase von einem gesteigerten Bedürfnis nach sozialen Bindungen und emotionaler Unterstützung. Beziehungen spielen eine wichtige Rolle. ... sind für Mädchen von zentraler Bedeutung, da sie in ... Zeit ihre Kommunikationsfähigkeiten und Empathie weiterentwickeln. ... Unterschiede in der sozialen Interaktion können dazu führen, dass Mädchen als einfühlsamer und kooperativer wahrgenommen werden.

Demonstrativpronomen, Demonstrativartikel S. 328 **KOMPETENZBOX**

Demonstrativartikel und Demonstrativpronomen untersuchen

Bei ***dieser/diese/dieses, solcher/solche/solches*** und ***jener/jene/jenes*** handelt es sich je nach ihrer Funktion im Satz um Artikelwörter (= Begleiter) oder Pronomen (= Stellvertreter).

Demonstrativartikel	***Beispiele***
Als **Begleiter** bilden sie den linken Rand einer Nominalgruppe.	*Diese Mädchen sind nicht zickig.* (Demonstrativartikel, da hier *dieses* als Begleiter von *Mädchen* fungiert.) *Solche Jungen tanzen gern. Jene Mädchen nicht.*
Demonstrativartikel stehen im selben Kasus, Numerus und Genus wie das Nomen, das sie begleiten. KöNiG Es gilt die **KöNiG**sregel.	*Die Eltern solcher Kinder sind zufrieden.* *Die Eltern jenes Kindes arbeiten viel.*

Demonstrativpronomen	
Als **Stellvertreter** verweisen sie im Wesentlichen auf ein Nomen oder eine Nominalgruppe.	*Ich kenne ein Mädchen. Dieses sägt und hämmert gerne.* (Demonstrativpronomen, da es kein begleitetes Wort gibt, sondern *dieses* auf *Mädchen* im Satz davor verweist). *Elias spielt nicht gerne Fußball, Simone schon. Jener programmiert lieber.*
Demonstrativpronomen stehen im selben Genus und Numerus wie das Nomen, das sie ersetzen, können aber einen anderen Kasus haben.	*Ich kenne ein Mädchen (Akkusativ). Dieses (Nominativ) sägt und hämmert gerne.*
Der, die, das können auch als Demonstrativpronomen verwendet werden. Sie werden im Satz dann besonders betont.	*Nicht wir, sondern die sind schuld.* *Das gefällt mir gar nicht!*

Durch Relativpronomen Satzbeziehungen herstellen

Junge oder Mädchen?

Ob es ein Junge oder ein Mädchen wird, entscheidet die Samenzelle des Mannes, die die Eizelle der Frau befruchtet. Das Geschlechts-Chromosom, welches sich in der Eizelle befindet, ist immer ein X-Chromosom. Die männliche Samenzelle dagegen, in der entweder ein X- oder ein Y-Chromosom vorhanden ist, bestimmt das Geschlecht. Wenn ein X-Träger mit dem Ei verschmilzt, wird es ein Mädchen. Wenn ein Y-Träger das Ei befruchtet, wird es ein Junge.

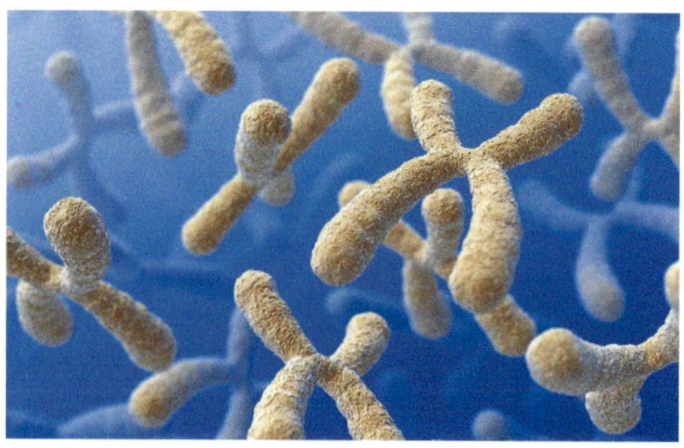

Chromosomen enthalten die Gene, die vererbt werden.

○ **1** Notiert, worauf sich die unterstrichenen Wörter beziehen. Orientiert euch an dem folgenden Beispiel.

... die Samenzelle des Mannes, die die Eizelle der Frau befruchtet. → Samenzelle des Mannes

2 a) Schreibt die folgenden Sätze ab und ergänzt die Lücken mit Relativpronomen.
b) Zeichnet einen Pfeil zum Bezugswort. Orientiert euch an der Kompetenzbox.
c) Vergleicht das Genus und den Numerus des Relativpronomens mit dem Genus und dem Numerus des Bezugswortes.

Chromosomen sind die Strukturen in unseren Zellen, ... die Gene enthalten. Sie kommen in allen Zellen vor, ... einen Zellkern besitzen. Es gibt unter anderem Gene, ... für unser Aussehen verantwortlich sind.

Satzgefüge → S. 336

3 a) Verbindet jeweils die beiden Hauptsätze in **A** – **C** zu einem Satzgefüge mit Relativpronomen. Schiebt dazu den zweiten Satz in den ersten ein.
b) Begründet, warum es sinnvoll sein kann, Relativsätze zu verwenden.

A Sina verpasst keine Dokumentation über Genetik. Sina möchte Biologin werden.
B Sina verpasst keine Dokumentation über Genetik. Genetik interessiert sie.
C Sina verpasst keine Dokumentation über Genetik. Die Dokumentationen sind im Internet verfügbar.

4 Verfasst aus den folgenden Sätzen einen zusammenhängenden Informationstext über die Arbeitsbereiche eines Biologen. Verwendet dabei Relativsätze und Demonstrativpronomen.

Was erforscht eine Biologin oder ein Biologe?

A Eine Biologin oder ein Biologe untersucht alle möglichen Bereiche der Natur. Die Natur hat für Forscherinnen und Forscher viel zu bieten.
B Wegen der Fülle an Themen gibt es verschiedene Fachgebiete. Diese Fachgebiete wenden sich jeweils einem Schwerpunkt zu.
C Die Evolutionsbiologie erforscht unter anderem die Abstammung der heutigen Tierwelt. Die heutige Tierwelt reicht bis in die Urzeit zurück.
D Das Fachgebiet der Ökologie widmet sich dem Zusammenleben aller Lebewesen. Beim Zusammenleben passen sich alle Tiere und Pflanzen aneinander an und entwickeln sich gemeinsam weiter.

5 *Die* kann als bestimmter Artikel, Demonstrativpronomen oder Relativpronomen auftreten. Entscheidet, um welche Wortart es sich bei den unterstrichenen Wörtern handelt.

Nicht wir, <u>die</u> sind doof, sagen die Mädchen über die Jungs. Nein, <u>die</u> sind doof, sagen die Jungs über die Mädchen. (Seite 203, Zeile 1–2)

Relativpronomen S. 328 **KOMPETENZBOX**

Durch Relativpronomen Satzbeziehungen herstellen

Sie leiten einen Nebensatz (Relativsatz) ein und verweisen auf Lebewesen, Gegenstände oder Sachverhalte, die im übergeordneten Satz stehen.

Erkennungszeichen	*Beispiele*
Numerus und Genus stimmen mit dem Bezugswort überein.	*Ich habe Freunde, **die/welche** mir helfen.*
Manchmal steht eine <u>Präposition</u> vor dem Relativpronomen.	*Ich habe einen Freund, <u>mit</u> **dem/welchem** ich Pferde stehlen kann.*

11.4 Angeboren oder anerzogen? · Junktionen und Adjunktorgruppen unterscheiden und verwenden

Wörter und Sätze mit Junktionen verknüpfen

1 Setzt die fehlenden Junktionen (Bindewörter) aus den blauen Kästen in den folgenden Text ein.

dass | seitdem | weil | aber | denn | da | und

Alles angeboren?

... Menschen über die Geschlechter nachdenken, wollen sie herausbekommen, worin genau sich Mädchen und Jungen unterscheiden. Früher glaubten fast alle Forscher, ... weibliche und männliche Babys mit unterschiedlichen Fähigkeiten ... Eigenschaften zur Welt kämen. So seien Jungen angeblich schlauer, ... ihre Gehirne größer sind. Frauen-Gehirne sind tatsächlich etwas kleiner, ... es arbeiten drinnen genauso viele Nervenzellen wie bei Jungen. ... die Nervenzellen dichter aneinandergepackt sind, klappt das Denken kein bisschen schlechter, ... wie sollten kleine Schwestern ihre großen Brüder sonst in Memory besiegen?

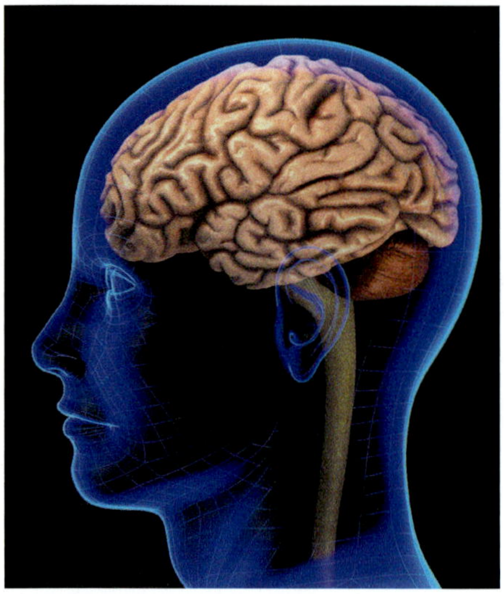

Darstellung des menschlichen Gehirns

2 Wieso nahm man früher an, dass Gehirne von Frauen weniger effektiv arbeiten würden? Stellt Vermutungen an.

3 **a)** Vergleicht den Satzbau der Sätze **A** und **B**.
b) Erklärt, was bei Variante **B** inhaltlich deutlicher wird.

A Die Ursachenforschung ging weiter. Man wollte die Gründe für das unterschiedliche Verhalten von Mädchen und Jungen herausfinden.

B Die Ursachenforschung ging weiter, da man die Gründe für das unterschiedliche Verhalten von Mädchen und Jungen herausfinden wollte.

SPRACHTIPP

Die Subjunktionen *wenn* und *als* verwenden

Passiert etwas öfter, verwendet man die Konjunktion *wenn* (als Bedingung).
Wenn es regnet, ist die Straße nass.
Wenn wir ins Kino gehen, kaufen wir uns immer Popcorn.

Passiert etwas einmal, verwendet man die Konjunktion *als* (als zeitliche Angabe).
Als es zu stark regnete, musste sie anhalten.
Als wir gestern im Kino waren, gab es kein Popcorn.

S. 286 ◒ ← ●
Haupt- und Nebensatz → S. 336, 337
Satzgefüge, Satzreihe → S. 336, 337

4 Untersucht die folgenden Sätze.
a) Bestimmt Haupt- und Nebensätze.
b) Entscheidet bei Satz **B** und **C**, ob eine Satzreihe oder ein Satzgefüge vorliegt.
c) Formuliert eine Regel für den Gebrauch von Subjunktionen und Konjunktionen.

A Die Wissenschaftler konnten alte Vorurteile ausräumen. In den letzten Jahren wurden neue Erkenntnisse zum Aufbau des Gehirns gewonnen.
B Die Wissenschaftler konnten alte Vorurteile ausräumen, denn in den letzten Jahren wurden neue Erkenntnisse zum Aufbau des Gehirns gewonnen.
C Die Wissenschaftler konnten alte Vorurteile ausräumen, weil in den letzten Jahren neue Erkenntnisse zum Aufbau des Gehirns gewonnen wurden.

D22 Arbeitsblatt ◒

5 Verbindet die folgenden Sätze zu Satzgefügen. Nutzt verschiedene Subjunktionen und vergleicht die unterschiedliche Satzbedeutung.

A Paul spielt gerne mit seiner kleinen Schwester Memory. Sie gewinnt immer.
B Das letzte Spiel hat er gewonnen. Er hat sie abgelenkt.

Argumente → S. 34

MK **6** **EXTRA** Stellt euch vor, es sollen Wortarten abgeschafft werden. Besonders die unveränderbaren Wortarten sind gefährdet.
- Versetzt euch in die Junktionen und haltet eine etwa einminütige Rede.
- Stellt dar, was ihr als Junktionen leistet und warum ihr auf keinen Fall abgeschafft werden dürftet. Verwendet Argumente und Beispiele.
- Ihr könnt eure Rede auch aufnehmen.

Junktionen S. 329 **KOMPETENZBOX**

Wörter und Sätze mit Junktionen verknüpfen

Junktionen (Bindewörter) verbinden Satzbestandteile und stellen gedankliche Zusammenhänge her. Sie sind unveränderbare Wörter. Man unterscheidet **Konjunktionen** (nebenordnend/reihend), **Subjunktionen** (unterordnend) und **Adjunktionen** (beiordnend).

Konjunktionen	*Beispiele*
verbinden gleichrangige Wörter, Wortgruppen und Teilsätze.	*und, oder, sowie, aber, denn, sondern, doch, sowohl … als auch, entweder … oder* *Forscherinnen **und** Forscher planen Experimente.* *Oft streiten sie sich über die Ergebnisse (Hauptsatz), **doch** eine Einigung ist in Sicht (Hauptsatz).*
Subjunktionen	
leiten einen Nebensatz ein und ordnen ihn einem anderen Satz unter.	*weil, da, während, als, nachdem, damit, dass, wenn, obwohl* ***Nachdem** er die Ergebnisse veröffentlicht hatte (Nebensatz), klingelten die Telefone ohne Pause (Hauptsatz).*
Adjunktionen	
ordnen ein Wort oder eine Wortgruppe einem anderen Wort oder einer anderen Wortgruppe zu. Dabei stehen die beiden Teile im gleichen Kasus.	*als, wie, je, pro* *Er rennt **wie** ein Gepard.* *Susanna läuft schneller **als** die meisten Jungen.*

Mit Adjunktorgruppen Vergleiche formulieren

○ **1** **a)** Vergleicht Größe und Gewicht der fünf Geschwister. Notiert Sätze und achtet auf das richtige Vergleichswort.

Leon ist größer ... Pia. Conny ist ...

b) Unterstreicht in euren Sätzen die Adjunktionen.

	Leon	Pia	André	Tom	Conny
Größe (cm)	150	135	130	120	86
Gewicht (kg)	51	35	35	28	12

Leon, Pia, André, Tom und Conny

◒ **2** Setzt die fehlenden Adjunktionen ein und bestimmt den Kasus der beiden Nomen oder Nominalgruppen, die durch die Adjunktion verbunden werden.

A Jungen sind nicht immer stärker ... Mädchen.
B Manche Mädchen sind genauso stark ... Jungen.
C Doch Jungen werden am Ende der Pubertät oft größer ... Mädchen.
D Sie essen jedoch manchmal auch doppelt so viel ... Mädchen.
E Einige Mädchen essen ... gleichaltrige Jungen.

D23 Arbeitsblatt

● **3** Erklärt mit eigenen Worten, wovon es abhängt, ob die Adjunktorgruppe mit *als* oder mit *wie* gebildet wird. Ihr könnt die Kompetenzbox nutzen.

Wortgruppen S. 332 **KOMPETENZBOX**

Mit Adjunktorgruppen Vergleiche formulieren

V09 Erklärvideo

Als Adjunktorgruppe bezeichnet man die Wortgruppe, die mit einer **Adjunktion** als **Kern** der Wortgruppe zum Vergleichen eingeleitet wird.

*Mädchen lernen genauso gut **wie** Jungen.*

Adjunktorgruppe = Adjunktion + Nomen/Nominalgruppe

Die beiden durch die Adjunktion verbundenen Vergleichsgrößen stehen im selben Kasus.

- Bei **Gleichheit** von Eigenschaften ist die Vergleichsform der **Positiv** und das Vergleichswort ***wie***.
  *Hannah ist so groß **wie** Elias.*
- Bei **Ungleichheit** der Eigenschaften ist die Vergleichsform der **Komparativ** und das Vergleichswort ***als***. Im Komparativ kann ein Adjektiv mit einer Adjunktorgruppe zu einer Adjektivgruppe verbunden werden:
  *Hannah ist größer **als** Simon. Selina rechnet schneller **als** Elias.*
- Beim **Superlativ** kommt **kein** Vergleichswort vor.
  Simon rechnet am schnellsten. (Adjektivgruppe)

Junktionen und Adjunktorgruppen unterscheiden und verwenden

S. 286 ○ ← ◒ **1** Sucht aus dem folgenden Text alle Junktionen heraus.

a) Gebt an, ob es sich um Subjunktionen oder Konjunktionen handelt.

b) Untersucht bei den Junktionen in den Sätzen **B** – **F**, welche Art der Verknüpfung jeweils erreicht wird. Ordnet den Junktionen dazu die folgenden Möglichkeiten zu: *Begründung, Bedingung, Folgerung* oder *Gegensatz*.

c) Notiert die Sätze **E** und **F** und bestimmt den Haupt- und den Nebensatz. Unterstreicht den Hauptsatz blau und den Nebensatz rot.

Haupt- und Nebensatz → S. 336, 337

Oder doch alles eine Frage der Erziehung?

A Es heißt immer wieder einmal, man sei nicht zum Mädchen oder Jungen geboren. **B** Falls das stimmt, hat das elterliche Verhalten maßgeblichen Einfluss auf das geschlechtsspezifische[1] Benehmen der Kinder. **C** In der Pubertät bestimmt vor allem der Freundeskreis die Entwicklung der Jugendlichen, denn der elterliche Einfluss nimmt in dieser Phase ab. **D** Die Ratschläge der Eltern zählen meist nicht mehr, sondern die Meinung der Peergroup[2] ist am wichtigsten. **E** Wenn der Vater zum Beispiel in dieser Zeit oft am Kochtopf steht, beeinflusst das die Jugendlichen im Alter von ungefähr 13 bis 15 Jahren kaum. **F** Das ändert sich allerdings nach der Pubertät wieder, sodass die Vorbildfunktion der Eltern eine große Rolle spielt.

1 geschlechtsspezifisch: typisch für ein Geschlecht 2 die Peergroup: Gruppe von gleichaltrigen Jugendlichen

◒ **2** Entscheidet euch bei den folgenden Sätzen für eine passende Junktion. Begründet.

A Möchtest du heute Abend lieber kochen ... (und/oder/aber) Pizza bestellen?
B Die Pizza schmeckt lecker, ... (aber/denn/obwohl) ich habe keinen Hunger.
C Ich habe heimlich genascht, ... (aber/denn/weil) ich nicht warten wollte.
D Den Rest hebe ich mir für morgen auf, ... (denn/weil/sodass) kalte Pizza schmeckt auch.
E ... (Obwohl/Aber/Da) ich müde bin, helfe ich meinem Bruder, die leeren Pizzakartons zu entsorgen.
F Ich stopfe die Pizzakartons in die Mülltonne, ... (als/während/damit) er den Deckel aufhält.

◒ **3** Beschreibt mithilfe von Adjunktionen das Freizeitverhalten der befragten Jugendlichen.

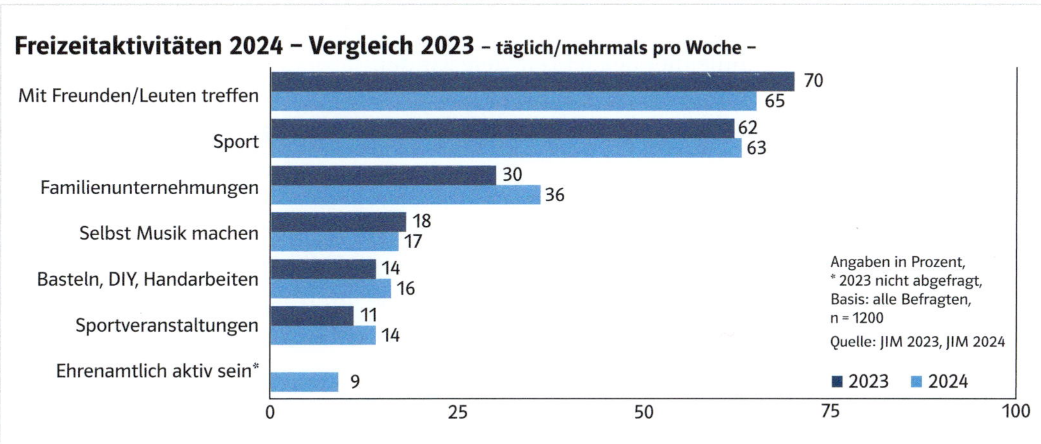

11.5 Früher und heute · Mit Adverbien die Umstände eines Geschehens veranschaulichen

Puppe oder Reifen?

Fünf Geschwister, 1912

Kinderporträts verraten uns **heute** viel über die Wahrnehmung von Kindern in der damaligen Zeit. Die Mädchen wirken **meist** sittsam[1] und sind **hier** mit weiblichen Merkmalen wie Puppen ausgestattet. Die Jungen sollten bereits als kleine Jungen männlich wirken und bekamen **deshalb oft** Reifen und Leiterwagen zur Seite gestellt.
Sowohl die Erziehung in der Familie als auch die Schulen haben diese Rollenbilder **besonders** gefördert. In der Schule erhielten die Mädchen **immer** Handarbeitsunterricht, um **später** ihren Pflichten als Ehefrau **bestens** gerecht zu werden oder um **daheim** oder in einer Firma als Näherinnen zum Lebensunterhalt beizutragen. Die Jungen sollten später beruflich erfolgreich sein. **Daher** wurden sie **damals vorzugsweise** im Rechnen, in Raumlehre[2] und Naturkunde unterrichtet.

1 sittsam: brav, anständig 2 die Raumlehre: Geometrie

○ **1** **a)** Betrachtet das Foto und stellt dar, welche Vorstellungen von Mädchen und Jungen dieses Bild aus früherer Zeit veranschaulicht.
b) Erläutert, was an den früheren Rollenbildern problematisch ist.

◒ **2** Übernehmt die folgende Tabelle und ordnet die im Text markierten Adverbien ein.

Zeit	Ort	Grund	Art und Weise
...	...	...	*vorzugsweise ...*

Feldermodell → S. 219

◒ **3** Wendet die Umstellprobe an und untersucht mithilfe des Feldermodells, wo das Adverb stehen kann. Notiert eure Beobachtungen.

A Wohlhabende Kinder wurden damals von einem Kindermädchen in die Schule gebracht.
B Diese Schule hier besuchten viele Kinder.

Vorfeld	linke Satzklammer	Mittelfeld	rechte Satzklammer
...	...	...	...

◒ **4** Eine Schülerin hat drei Fragen zum Text „Puppe oder Reifen?" notiert.
a) Schreibt die Sätze ab und unterstreicht die Interrogativadverbien.
b) Stellt zwei weitere Fragen an den Text, notiert sie und markiert die Adverbien.

A Wie wirken die Mädchen in den Kinderporträts?
B Wozu bekamen Jungen oft Reifen an die Seite gestellt?
C Warum erhielten die Jungen einen anderen Unterricht in der Schule?

S.286 ◒ ← ● **5** Entscheidet, ob es sich bei den folgenden Wörtern um Adjektive oder Adverbien handelt. Begründet eure Entscheidung.

heute besonders gern glücklicherweise

klein lieb rechts schnell schön überall

◒ **6** Wählt in dem folgenden Text jeweils ein passendes Adverb aus und begründet eure Auswahl.

Kurze Hosen im britischen Königshaus

... (Notfalls/Schlimmstenfalls/Gerne) pflegt das britische Königshaus Traditionen, die mitunter bis ins 19. Jahrhundert zurückreichen. ... (Deshalb/Vergebens/Einigermaßen) tragen die Enkel von König Charles bei offiziellen Terminen ... (stets/nie/danach) kurze Hosen, egal wie kalt es ... (nirgendwo/draußen/heute) ist. ... (Oft/Wenigstens/Kopfüber) tragen Jungen der Oberschicht ausschließlich Bermuda-Shorts mit Kniestrümpfen, bis sie acht Jahre alt sind. ... (Danach/Glücklicherweise/Meist) dürfen sie ... (überall/irgendwie/abwärts) auch lange Hosen anziehen.

◒ **7** Übernehmt die folgende Tabelle und ordnet die Adverbien aus Aufgabe 7 nach ihrer Bedeutung ein.

Temporaladverbien	Lokaladverbien	Kausaladverbien	Modaladverbien
...	...	...	...

Adverbien S.329 **KOMPETENZBOX**

Mit Adverbien die Umstände eines Geschehens veranschaulichen

Adverbien (Umstandswörter) informieren über die genaueren Umstände einer Handlung oder eines Geschehens. Sie sind unveränderbare Wörter.

Nach ihrer Bedeutung lassen sie sich in die folgenden Gruppen einteilen:

- **Temporaladverbien** (Zeit) *Wann? Wie oft?* *heute, damals, immer, gestern, jetzt, manchmal*
- **Lokaladverbien** (Ort) *Wo? Wohin?* *dort, dorthin, hier, oben, überall, abwärts*
- **Kausaladverbien** (Grund) *Wieso? Warum?* *deshalb, darum, notfalls*
- **Modaladverbien** (Art und Weise) *Wie? Auf welche Art und Weise?* *gern, irgendwie, vergebens, besonders*
- **Interrogativadverbien** (Frageadverbien, W-Wörter) *wann, wie lange, wo, wohin, warum, weshalb, wie, worüber, wofür*

Adverbien können

- als **adverbiale Bestimmung** Satzgliedfunktion haben
- **attributiv** bei einem **Nomen** oder einer **Nominalgruppe** stehen und diese genauer bestimmen. In diesem Fall handelt es sich um ein **Satzgliedteil**, zum Beispiel: *Was für Jungen? Die Jungen damals.*

Die **Umstellprobe** ermöglicht es, die beiden Verwendungsweisen des Adverbs zu unterscheiden.

Das könnt ihr jetzt!

Wortarten unterscheiden und verwenden

Beispiel für einen Test

American Football – ein Sport für alle

In ganz Deutschland gibt es über 400 Vereine, in denen man American Football spielen kann. Zwar ist jener Sport noch nicht so berühmt und beliebt wie Fußball, aber seit einigen Jahren steigt die Zahl der Interessenten kontinuierlich[1] an. Auch Mädchen können solchen Teams beitreten und als Kicker[2] oder Quarterback[3] ihr taktisches Gespür und ihre Ausdauer unter Beweis stellen. Dabei gilt es, viele neue Regeln zu lernen. Die prägt man sich während des Spiels jedoch schnell ein. Zum Schutz müssen alle einen Helm tragen, denn manchmal kommt es zu heftigen Zusammenstößen. Bis zum 16. Lebensjahr dürfen Mädchen und Jungen noch gemeinsam in einem Team trainieren. Danach dürfen diejenigen, die diesen Sport weiterverfolgen wollen, nur noch in reinen Männer- oder Frauenmannschaften spielen.

---

1 kontinuierlich: hier: ununterbrochen 2 der Kicker: Spieler, der den Ball in das Tor am Ende des Spielfelds schießt
3 der Quarterback: Spielmacherin/Spielmacher und Strategin/Stratege

Lösungen
→ S. 294

1 Notiert alle fünf Demonstrativpronomen und Demonstrativartikel aus dem Text.

2 Verbindet die beiden folgenden Sätze sinnvoll miteinander.

Für Mädchen und Jungen ist American Football der perfekte Sport.
Sie besitzen Ausdauer und taktisches Gespür.

3 Ersetzt die Konjunktion durch eine treffende Subjunktion und beschreibt die Veränderung im Satzbau.

Zum Schutz müssen alle einen Helm tragen, denn manchmal kommt es zu heftigen Zusammenstößen.

4 a) Entscheidet, welche der Aussagen **A** – **C** richtig ist.
b) Korrigiert die falschen Aussagen.

A Adverbien sind veränderbare Wörter.
B Subjunktionen leiten Nebensätze ein.
C Mit dem Futur II wird eine abgeschlossene Handlung in der Vergangenheit ausgedrückt.

5 Bildet aus den folgenden Wörtern einen vollständigen Satz im Futur II.

Morgen in einer Woche / sie / das erste Footballspiel / meistern

6 Ergänzt die fehlenden Adjunktionen.

Beim American Football gibt es mehr Pausen ... beim Fußball. Beim Fußball gibt es seltener körperlichen Kontakt ... beim Football. In den USA ist Football genauso beliebt ... bei uns Fußball.

Beispiel für eine Klassenarbeit

Trendsport Bubble Ball – Spaß und Spannung für Mädchen und für Jungen

A Bubble Ball ist ein Trendsport aus Dänemark, ... sowohl Mädchen als auch Jungen Spaß macht. Dabei spielt ihr nicht einfach nur Fußball, sondern (1) ihr befindet euch in sogenannten Bubbles. Das sind runde Anzüge, ... mit Luft aufgepumpt sind. Wie beim klassischen Fußball versucht ihr, den Spielball, um ... ihr kämpft, ins gegnerische Tor zu schießen.

B Ihr tretet in zwei Teams an, wobei sich eine Mannschaft aus vier bis fünf Personen zusammensetzt. Das Spielfeld hat keine bestimmte Größe, denn (2) man kann Bubble Ball ... oder ... spielen. Durch die Bubbles seid ihr ... gut geschützt. ... ist Kontakt, im Gegensatz zum echten Fußball, auch ausdrücklich erlaubt. Mitspieler der gegnerischen Mannschaft werden ... angerempelt, da sie ... Zeit brauchen, bis sie wieder sicher stehen und rennen können. Die Teams entwickeln ... ganz eigene Strategien, damit (3) sie den Gegner besiegen.
Eine beliebte Taktik sieht ... aus:
Mit drei Spielern werden die anderen zwei Mitspieler und der Ball vor dem Gegner geschützt, um so ... spielen und ein Tor erzielen zu können.

Bubble Ball

C Eine Spielvariante heißt „Save the Queen". Sie funktioniert so: Ihr wählt in jedem Team eine Königin. Die Königin beschützt ihr während des Spiels besonders. Das Spiel wird angepfiffen. Ihr legt den Ball in die Feldmitte. Ihr schießt so viele Tore wie möglich. Die eigene Königin darf nicht umfallen. Stoßt ihr die Königin der gegnerischen Mannschaft um, habt ihr gewonnen. Nach 20 Minuten ist keine Königin zu Fall gebracht worden. Die Anzahl der Tore entscheidet über das Siegerteam.

Lösungen
→ S. 294

1 Setzt im Textabschnitt **A** die fehlenden Relativpronomen ein.
Notiert die Relativpronomen mit dem dazugehörigen Bezugswort.

2 **a)** Setzt die folgenden Adverbien im Textabschnitt **B** ein.

draußen | gern | meist | drinnen | daher

folgendermaßen | vorwärts | jederzeit | dann

b) Bestimmt die Adverbien aus a) mithilfe von Fachbegriffen genau.

3 Gebt an, ob es sich bei den unterstrichenen Wörtern im Text um Subjunktionen oder um Konjunktionen handelt.

4 Überarbeitet den Textabschnitt **C**. Verwendet passende Junktionen und Pronomen.

12 Versunkene Welten

Satzglieder untersuchen und verwenden

1

2

3

Franck Goddio vor einer Sphinx, die Kleopatras Vater Ptolemaios XII. darstellt und auf der Insel Antirhodos im alten Osthafen von Alexandria gefunden wurde.

1 Betrachtet die Bilder 1 – 4 und ordnet die Erklärungen A – D (Seite 215) zu.

2 Erzählt, was ihr von diesen Städten wisst. Warum spricht man im Zusammenhang mit ihnen von „versunkenen Welten“?

3 Untersucht die drei Sätze der Erklärung D.
a) Ermittelt mithilfe der Umstellprobe die Anzahl der Satzglieder.
b) Ordnet die folgenden Satzglieder richtig zu.

Akkusativobjekt – Subjekt – adverbiale Bestimmung – Dativobjekt

Das lernt ihr jetzt!

12.1 Satzglieder erkennen und Prädikate untersuchen
12.2 Sätze mithilfe des Feldermodells beschreiben
12.3 Prädikative erkennen
12.4 Objekte erfragen und verwenden
12.5 mit adverbialen Bestimmungen genaue Angaben machen
12.6 mit Attributen genau beschreiben

Rätselhaftes – wer lüftet das Geheimnis?

A Einst hatte der Dschungel die prächtige Stadt Copán überwuchert. Archäologen haben ihre Überreste im 19. Jahrhundert freigelegt.

B Die antike Stadt Alexandria traf ein großes Unglück: Wegen einer starken Flut versanken unzählige prachtvolle Bauwerke im Meer.

C Vor 6000 Jahren lag die bedeutende Stadt Ur mitten im fruchtbaren Zweistromland[1]. Vor den Ausgrabungen war sie völlig im Wüstensand versunken.

D Im Jahre 79 nach Christus brach bei Pompeji der Vesuv aus. Lava und Asche begruben die römische Stadt vollständig. Wegen der rasanten Geschwindigkeit der Lavaströme gelang nicht allen Menschen die Flucht.

1 das Zweistromland: heutiger Irak

4 Benennt, was in den drei Varianten des folgenden Satzes jeweils hervorgehoben wird.

A Vor 6000 Jahren lag die bedeutende Stadt Ur mitten im fruchtbaren Zweistromland.

B Die bedeutende Stadt Ur lag vor 6000 Jahren mitten im fruchtbaren Zweistromland.

C Mitten im fruchtbaren Zweistromland lag vor 6000 Jahren die bedeutende Stadt Ur.

5 Bestimmt die adverbialen Bestimmungen aus den Erklärungen **A** – **D** genauer.

adverbiale Bestimmung
der Zeit
des Ortes
des Grundes
der Art und Weise

12.1 Los geht's · Satzglieder erkennen und Prädikate untersuchen

Die Rungholter auf Nordstrand

Karte der Insel Nordstrand von 1662

A Gegenüber Husum in der Nordsee liegt die Insel Nordstrand. **B** Einst hatte darauf der sagenumwobene Ort Rungholt gelegen. **C** Seine als hochmütig geltenden Bürgerinnen und Bürger besaßen viel Geld. **D** Sie trugen vornehme Kleidung aus Samt und Seide. **E** Bei jeder Gelegenheit kehrten sie in die zahlreichen Wirtshäuser ein.

Sie glaubten: Selbst die Nordsee mit ihren gewaltigen Stürmen würde den Reichtum Rungholts respektieren und die Stadt vor Schaden bewahren. Furchtlos riefen sie von den Deichen aus dem tosenden Meer zu: „Trotz um, blanke Hans!“[1]

Es ist überliefert, dass die Rungholter in ihrem Übermut selbst ihrem Pfarrer einen bösen Streich gespielt haben: Nachdem sie im Wirtshaus eine Sau betrunken gemacht hatten, setzten sie ihr eine Schlafmütze auf und legten sie in ein Bett. Dann liefen sie zum Pfarrer und sagten, er müsse schnell kommen und einem Todkranken das heilige Abendmahl reichen. Als der Pfarrer die Sau im Bett entdeckte, wollte er diesen Unfug nicht mitmachen, woraufhin ihn die Rungholter schändlich misshandelten.

Noch in derselben Nacht erging an den Pfarrer ein Zeichen und eine Stimme sprach zu ihm, dass er wegwandern solle. In aller Eile brach er mit seinen Habseligkeiten auf und eilte von dannen. Kurz darauf erhob sich plötzlich ein starker Wind, das tosende Meer stieg unaufhaltsam an, strömte über die Dämme und verschlang Rungholt und mit ihm noch sieben weitere Dörfer. Bei heller See erblicken Schiffer heute oft den Ort Rungholt auf dem Meeresgrunde, seine Häuser, seine Türme und Windmühlen. Außerdem wollen manche die Glocken der versunkenen Kirchtürme gehört haben.

1 „Trotz um, blanke Hans!“: im Sinne von „Sturmflut, du kannst uns nichts anhaben.“

○ **1** Lest die Sage und erläutert, wie darin der Untergang Rungholts erklärt wird.

Umstellprobe → S. 333

○ **2** Stellt den folgenden Satz dreimal um und betont dabei jeweils Folgendes: Ort, Zeit, handelnde Person. Was stellt ihr fest?

Die versunkene Stadt erblicken Schiffer noch heute auf dem Meeresgrund.

S. 286 ○ ← ◒ **3** Untersucht in den Sätzen **A** – **C** des Textes die Prädikate und ihre Bestandteile. Erklärt die Unterschiede. Benutzt dabei die folgenden Fachbegriffe: *finites Verb, infinites Verb, Satzklammer.*

4 Übernehmt die folgende Tabelle und vervollständigt sie.
a) Tragt die Prädikate der Sätze **A** – **E** des Textes (Seite 216) ein.
b) Erfragt das Subjekt der Sätze, indem ihr das Prädikat mit den Fragewörtern *wer oder was?* verknüpft.

Satz	Subjekt	einteiliges Prädikat	mehrteiliges Prädikat
A	…		
B	*der sagenumwobene Ort Rungholt*		
C	…		
D	…		
E	…	–	*kehrten ein*

5 Schreibt den letzten Satz des Textes (Seite 216) ab. Markiert, welche Wörter gemeinsam ein Satzglied bilden. Nutzt die Umstellprobe.

6 Bestimmt in dem folgenden Text die unterstrichenen Objekte. Verknüpft das Prädikat mit den Fragewörtern *wen oder was?* (Akkusativ) oder *wem?* (Dativ). Orientiert euch an dem folgenden Beispiel.

Versunkene Städte hinterlassen in der Regel wenig erkennbare Spuren und bleiben deshalb nicht selten unentdeckt.
Wen oder was hinterlassen versunkene Städte in der Regel und bleiben deshalb nicht selten unentdeckt? ⟶ wenig erkennbare Spuren (Akkusativobjekt)

Eine Archäologin berichtet voller Begeisterung über versunkene Städte:

Versunkene Städte hinterlassen in der Regel wenig erkennbare Spuren und bleiben deshalb nicht selten unentdeckt. Erste Hinweise stammen häufig aus überlieferten Geschichten, Sagen oder alten Schriften. Hin und wieder entdecken Archäologinnen und Archäologen einige auffällige große Erdhügel. Manche Funde verdanken wir auch aufmerksamen Landwirten. Diese finden manchmal beim Pflügen Geräte, Tonscherben, Münzen oder Steine. So ist es uns möglich, auf frühere Bewohnerinnen und Bewohner in dieser Region zu schließen.

7 Ergänzt in dem folgenden Text passende Objekte.

Droht Sylt das gleiche Schicksal wie Rungholt?

Auf unserem Kontinent ist übrigens Sylt die Insel, die wie kein anderes Gebiet der Gefahr der Zerstörung ausgesetzt ist. Vielleicht ist sie eines Tages sogar vom gleichen Schicksal bedroht wie Rungholt. Vor der „Groten Mandränke" 1362 war Sylt nämlich noch mit dem Festland verbunden, doch heftige Sturmfluten zerstörten … im Laufe der Zeit und so hat die Insel … erhalten. Wenn man heute bei Ebbe durch das Wattenmeer läuft, kann es passieren, dass hier und da Pflastersteine zum Vorschein kommen. Die Inselverwaltung jedoch warnt … davor, auf eigene Faust … zu unternehmen, da man sich hier leicht verirren kann und nicht rechtzeitig vor Einbruch der Flut zurückfindet.

Besucher | ihre jetzige Form | Erkundungen im Wattenmeer | die Verbindung

12.2 Versunkene Tempel · Sätze mithilfe des Feldermodells beschreiben

○ **1** Untersucht bei den Sätzen **A** – **F** die Stellung des Verbs. Notiert die Sätze, rahmt alle finiten Verben ein und markiert die linke und die rechte Satzklammer.

A Angkor Wat stellte einst das Zentrum des Khmer-Reiches dar.
B Mitten im Dschungel hatte man riesige Tempel mit Türmen, die an Tannenzapfen erinnern, entdeckt.
C Simon hat sich lange darauf gefreut, dass er nach Kambodscha fliegen kann.
D Da es sich um ein UNESCO-Weltkulturerbe handelt, ist Angkor Wat eine beliebte Touristenattraktion.
E Ich frage mich, ob ich Angkor Wat einmal live sehen werde.
F Als wir ankamen, hatten die Archäologen gerade ihre Arbeit beendet.

◒ **2** **a)** Markiert bei den Sätzen von Aufgabe 1 die Subjunktionen und unterstreicht die Nebensätze.
b) Beschreibt, was euch auffällt. Verwendet die Begriffe „Verbzweitsatz" und „Verbletztsatz".

◒ **3** Übernehmt die folgende Tabelle zum Feldermodell und tragt die Sätze **A** – **D** darin ein. Gebt an, in welchem Feld jeweils der Nebensatz steht.

Vorfeld	linke Satzklammer	Mittelfeld	rechte Satzklammer	Nachfeld
...	...	...	...	...

A Die Tempel müssen sehr bedeutsam für die Menschen gewesen sein, weil sie Paläste für die Götter waren.
B Heute wird von Forschenden vermutet, dass in Angkor Wat einst knapp eine Million Menschen gelebt haben.
C Damit sie sich vor Ort von der Kultur faszinieren lassen können, besuchen jedes Jahr zahlreiche Touristen Angkor Wat.
D Wenn man die Anlage aus der Luft betrachtet, erkennt man ein Rechteck mit dem Haupttempel in der Mitte.

S.286 ○ ← ◒ **4** Notiert die Sätze **A** – **D**.
a) Unterstreicht die Relativsätze, markiert die Relativpronomen und kennzeichnet mit einem Pfeil, auf welches Nomen sie sich beziehen.
b) Tragt die Sätze in eine Tabelle zum Feldermodell ein. Gebt an, in welchem Feld sich die Relativsätze jeweils befinden.

A Angkor Wat ist das Nationalsymbol Kambodschas, das sowohl auf der Landesflagge als auch auf der Währung des Landes abgebildet ist.
B Außer Touristen, die aus aller Welt anreisen, besuchen täglich buddhistische Mönche den Tempel.
C Die „Stadt der Tempel", welche ein beliebtes Fotomotiv ist, gilt als eindrucksvollste Tempelanlage der Welt.
D Ich werde die Tempel besuchen, die zu jeder Jahreszeit eine Reise wert sind.

● **5** Formt die Sätze **A** und **B** in ein Satzgefüge mit Relativsatz um. Achtet auf die Kommasetzung.

A Angkor Wat ist ein knapp 1000 Jahre altes Bauwerk mit vielen verschiedenen Tempeln. Die Tempel liegen etwa 240 km nordwestlich von Kambodschas Hauptstadt Phnom Penh.

B Die imposanten Tempel sind über 1000 Jahre alt. Die Tempel wurden ohne moderne Hilfsmittel gebaut.

Angkor Wat

MK **6** **EXTRA** Erstellt in Kleingruppen ein Erklärvideo, in dem ihr erklärt, wie man mithilfe des Feldermodells Sätze beschreiben kann und worin sich Haupt- und Nebensätze unterscheiden. Entscheidet euch zunächst für ein Thema, zu dem ihr euch Beispielsätze überlegt. Denkt an die Verwendung von Fachbegriffen.

Feldermodell S. 332, 335 **KOMPETENZBOX**

Sätze mithilfe des Feldermodells beschreiben

In jedem **Hauptsatz** kann das Verb an zwei Positionen stehen: in der **linken** und in der **rechten Satzklammer**. Beide Teile der Satzklammer bilden das Prädikat des Satzes. Die **finite (konjugierte) Form** des Verbs steht in der **linken Satzklammer**. Besteht das Prädikat aus nur einem Teil, so ist die rechte Satzklammer leer.

Das Nachfeld wird für Nebensätze, Ergänzungen und Vergleiche genutzt, bleibt aber oft unbesetzt. Nebensätze stehen vollständig im Vorfeld, Mittelfeld oder Nachfeld. Häufig werden sie durch eine **Subjunktion** (*dass, als …*) oder ein **Relativpronomen** (*das, die …*) eingeleitet.

Vorfeld	linke Satzklammer	Mittelfeld	rechte Satzklammer	Nachfeld
Zahlreiche Heiligtümer	***wurden***	*in Kambodscha bis heute*	***entdeckt.***	
Angkor Wat	***ist***	*eine beliebte Touristenattraktion.*		
Australische Forscher	***haben***	*inzwischen*	***herausgefunden,***	*dass um Angkor Wat noch weitere Ruinen begraben sind.*
Er	***weiß nicht,***	*wer die Tempelanlage entdeckt hat.*		
Das Land, das ich am liebsten mag,	***werde***	*ich auch gerne*	***bereisen.***	

12.3 Im Meer versunken · Prädikative erkennen

Die Stadt Rungholt ist verschwunden. Als relativ sicher gilt jedoch, dass die Stadt an jener Stelle in der Nordsee lag, wo sich heute die Hallig Südfall befindet.

Der Untergang einer Stadt

Die versunkene Stadt Rungholt ist ein sagenumwobener Ort. Bis ins 20. Jahrhundert blieb ihr Schicksal ein Rätsel. Die Rungholter waren reiche Bürger und fleißige Steuerzahler. Aber sie pflegten ihre Deiche nicht. So waren die Deiche ein zu geringer Schutz. 1362 kam eine große Sturmflut und der Ort versank. Die Sturmflut heißt „Grote Mandränke“[1]. Das Unglück wurde später eine bekannte Sage.

1 „Grote Mandränke“: plattdeutscher Begriff für „Große Manntränke“, eine Sturmflut, bei der viele Menschen ertrunken sind

○ **1** Erläutert, wie der Untergang Rungholts heute erklärt wird. Vergleicht mit der Erklärung in der Sage (Seite 216).

◒ **2** Schreibt den ersten Satz des Textes ab und untersucht ihn genauer.

Umstellprobe → S.333

a) Führt die Umstellprobe schriftlich durch.
b) Erfragt das vor dem finiten Verb stehende Satzglied und das nach dem finiten Verb stehende Satzglied. Vergleicht ihren Kasus. Was stellt ihr fest?
c) Ermittelt mithilfe der Kompetenzbox (Seite 221), um welches Satzglied es sich bei der Wortgruppe „ein sagenumwobener Ort“ handelt. Benennt die Besonderheiten dieses Satzgliedes.

S.287 ○ ← ◒ **3** Sucht im Text „Der Untergang einer Stadt“ weitere Sätze mit Prädikativen heraus. Nutzt die Ist-gleich-Probe (Seite 221 oben).
a) Schreibt die Sätze auf und rahmt das finite Verb rot ein. Unterstreicht alle Prädikative.
b) Zeichnet einen Pfeil zum Bezugswort des Prädikativs, dem Subjekt.
c) Stellt fest, mit welchen Verben Prädikative auftreten.

ARBEITSTECHNIK

Die Ist-gleich-Probe anwenden

Wenn ihr euch unsicher seid, ob es sich bei einem Satzglied um ein Prädikativ handelt, könnt ihr für das finite Verb das Zeichen „=“ einsetzen.
Lassen sich die Satzglieder durch ein „=“ verbinden, ist eines das Prädikativ.

Die Sturmflut heißt Mandränke. → Die Sturmflut = Mandränke
Das Unglück bleibt ein Rätsel. → Das Unglück = ein Rätsel

4 a) Führt bei den folgenden Sätzen A – D die Umstellprobe durch.
b) Ermittelt das Prädikativ in den Sätzen A – D.

Droht Sylt das gleiche Schicksal wie Rungholt?

A Die Zerstörung der Insel Sylt ist eine aktuelle Gefahr. **B** Vor der „Großen Mandränke“ 1362 war die Insel noch Teil des Festlands. **C** Sturmfluten sind die Hauptursache für ihre Abtrennung. **D** Bis heute bleibt Sylt ein vom Untergang bedrohter Ort.

S.287 **5** Schreibt aus dem folgenden Text alle Prädikative und die Subjekte, auf die sie sich beziehen, heraus. Nutzt die Ist-gleich-Probe.

Sandaufspülungen machen die Küste sicherer

Die winterlichen Stürme sind eine der Hauptursachen für den Küstenrückgang auf Sylt. Um diesen Vorgang einzudämmen, werden jedes Jahr im Frühling eine Million Kubikmeter Sand an die Sylter Küste gepumpt. Eigentlich müsste man sagen, er wird zurückgepumpt. Es handelt sich in etwa um die Sandmenge, die die Nordseewellen in den Monaten zuvor weggespült und ins Meer getragen haben. Diese Methode ist ein Erfolg. Sie bleibt aber ein sehr teurer Vorgang. Wird diese Maßnahme die Zukunft der Küstenrettung?

Prädikativ S.333 KOMPETENZBOX

Prädikative erkennen

Das Prädikativ ist ein Satzglied. Es tritt meist mit den Verben *sein, werden, bleiben, heißen* auf. Ohne Prädikativ ist der Satz unvollständig.
Das Prädikativ bezieht sich meist eng auf das Subjekt. Ist ein Nomen enthalten, stehen Subjekt und Prädikativ im gleichen Kasus.

Subjekt	finites Verb	Prädikativ
Die Sturmflut	*ist*	*eine Katastrophe.*
Nominativ		Nominativ

Solche **Kopulaverben** sind Verbindungswörter eines Subjekts mit einem Prädikativ. Sie tragen selbst nichts zur Bedeutung des Satzes bei, wie Umformungen zeigen:
eine Sandaufspülung ist notwendig → eine notwendige Sandaufspülung
die Methode heißt Sandaufspülung → die Methode Sandaufspülung
Realisiert werden Prädikative durch:
- Adjektive/Adjektivgruppen (*Die Sturmflut war gefährlich/sehr kräftig.*)
- Nomen/Nominalgruppen (*Die Insel heißt Sylt. Sylt ist eine beliebte Ferienregion.*)
- Adverbien/Adverbgruppen (*Mir ist kalt/ziemlich unwohl.*)
- Präpositionalgruppen (*Ich bin außer Atem.*)

12.4 Versunkenen Welten auf der Spur · Objekte erfragen und verwenden

Antikes Gefäß im Roten Meer in Ägypten

Statue im Meer bei Hawaii, USA

Statuen, Tempel und Paläste

A Der Franzose Franck Goddio hatte ein internationales Expertenteam engagiert und führte viele Unterwassergrabungen durch. So gelang dem Forscher die Entdeckung zweier bedeutender Städte des Altertums. Seinem Projekt stand viel Geld zur Verfügung.
B Goddio bediente sich dabei moderner Forschungsmethoden. Zum Beispiel setzte er GPS-Geräte zur Bestimmung der exakten Position der Fundstücke ein. Selbstverständlich mussten die Grabungsstätten stets gut gesichert werden, denn mehrfach hatte man unbekannte Taucherinnen und Taucher des Diebstahls überführt. Bei der Unterwasserarchäologie musste man auch gut tauchen können, aber Goddio ist schon seit seiner Kindheit an das Meer gewöhnt. Sein Großvater gilt als der Erfinder des Bootstyps Katamaran.
C Franck Goddio arbeitete ... (ein Forschungsteam). Bei ihrer Suche orientierten sich die Wissenschaftlerinnen und Wissenschaftler ... (alte Aufzeichnungen). Die Unterwasserausgrabungen führten ... (weitere bedeutende Funde).
D Zahlreiche überlebensgroße Skulpturen, Gefäße und Gebäudereste stammen aus den Unterwasserausgrabungen Goddios. Selbst die Forscher waren über die Vielzahl der kostbaren Schätze verwundert.

○ **1** Besprecht, worin die Faszination der Unterwasserarchäologie besteht.

2 a) Sucht im Textabschnitt **A** (Seite 222) mithilfe der entsprechenden Fragewörter die Akkusativ- und die Dativobjekte heraus.
b) Prüft, was mit der Aussage der Sätze passiert, wenn ihr die Objekte weglasst.

3 Ein seltenes Objekt ist das Genitivobjekt. Ihr erkennt es, wenn ihr das Prädikat mit dem Fragewort *wessen?* verknüpft. Formuliert zu den beiden blau markierten Genitivobjekten im Textabschnitt **B** (Seite 222) die passenden Fragen. Orientiert euch an dem folgenden Beispiel.

Bei seinen ausgedehnten Tauchgängen war sich Goddio der Risiken bewusst.
Wessen war sich Goddio bei seinen ausgedehnten Tauchgängen bewusst?
→ der Risiken (Genitivobjekt)

4 Formulierungen mit Genitivobjekt sind heute ungewöhnlich. Erklärt, was mit den folgenden Sätzen gemeint ist.

A Immer wieder bemächtigten sich Räuber der wertvollen Fundstücke.
B Sicherheitskräfte überführen sie des Diebstahls.
C Auch in gefährlichen Situationen war sich Franck Goddio seiner Verantwortung für sein Team stets bewusst.
D Seiner Verdienste gedenken viele Wissenschaftlerinnen und Wissenschaftler weltweit mit großem Respekt.

5 a) Schreibt die Sätze des Textabschnitts **C** (Seite 222) ab und bindet dabei die Wortgruppen in den Klammern als Objekte ein.
b) Umkreist das Wort, mit dem die Objekte eingeleitet werden, und bestimmt die Wortart.
c) Erfragt die Objekte mit folgenden Fragewörtern: *Mit wem? Woran? Wozu?* Orientiert euch an dem folgenden Beispiel.

Goddio setzte GPS-Geräte zur Positionsbestimmung der Fundstücke ein.
Wozu setzte Goddio GPS-Geräte ein? → zur Positionsbestimmung der Fundstücke

d) Erklärt, warum diese Objekte Präpositionalobjekte genannt werden.

6 Untersucht die Sätze des Textabschnitts **D** (Seite 222). Erfragt die Objekte und bestimmt sie mithilfe der Kompetenzbox auf Seite 224.

S. 287 ○ ← **7** Erweitert die folgenden Sätze **A** – **E** sinnvoll. Prüft, durch welche Satzglieder ihr die Sätze ergänzt habt. Orientiert euch an dem folgenden Beispiel.

Die Taucherinnen und Taucher suchen.
Wonach suchen die Taucherinnen und Taucher? → nach Unterwasserschätzen
Die Taucherinnen und Taucher suchen nach Unterwasserschätzen.
→ Präpositionalobjekt

A Manche Unterwasserarchäologen zweifeln.
B Einige Journalisteninnen bedienen sich.
C Viele Geologinnen erinnern sich.
D Die Forscher diskutieren.
E Franck Goddio freute sich.

8 a) Schreibt den folgenden Text ab und ergänzt die Lücken mit den vorgegebenen Objekten.
b) Bestimmt die Art der Objekte. Nutzt dazu die Kompetenzbox.

Modernste Unterwassertechnik

Bei ihrer Arbeit bedurften die Unterwasserarchäologen ... (modernste Technik). Ein weiterentwickeltes Magnetometer half ... (das Forschungsteam). Das Gerät misst ... (Strömungen des Erdmagnetfeldes). Sie entstehen durch Unregelmäßigkeiten auf dem Meeresboden. Mauern, Natursteine oder Keramiken können verantwortlich sein ... (für solche Unregelmäßigkeiten). Das Forschungsschiff zieht ... (drei Sonden) in unterschiedlicher Wassertiefe über den Meeresgrund. Der Computer setzt ... (die Daten) schließlich ... (zu ein Bild) zusammen.

Objekte S. 334 **KOMPETENZBOX**

Objekte erfragen und verwenden

Neben dem Subjekt erfordert das Prädikat häufig noch weitere Ergänzungen.
Diese Satzglieder heißen Objekte und haben als Kasus den Akkusativ, Dativ oder Genitiv.

V10 Erklärvideo
V11 Erklärvideo

Art des Objekts	*Beispiele*	Frageprobe
Akkusativobjekt	*Der Franzose Goddio führte Unterwasserausgrabungen durch.* *Wen oder was führte der Franzose Goddio durch?* *→ Unterwasserausgrabungen*	*Wen oder was?*
Dativobjekt	*Dem Forscher gelang die Entdeckung antiker Schätze.* *Wem gelang die Entdeckung antiker Schätze?* *→ dem Forscher*	*Wem?*
Genitivobjekt	*Goddio bediente sich dabei moderner Forschungsmethoden.* *Wessen bediente sich Goddio dabei?* *→ moderner Forschungsmethoden*	*Wessen?*

Einige Verben verlangen eine Ergänzung, die durch eine Präposition eingeleitet wird, zum Beispiel: *stammen aus/von, führen zu, staunen über, sich orientieren an, hoffen auf, denken an.* Diese Ergänzungen werden deshalb Präpositionalobjekte genannt.

Präpositionalobjekt	*Die Wissenschaftler achten auf Zeichnungen an der Wand.* *Worauf/auf was achten die Wissenschaftler?* *→ auf Zeichnungen an der Wand* *Selbst Experten staunten über die Vielzahl der kostenbaren Schätze.* *Worüber/über was staunten selbst Experten?* *→ über die Vielzahl der kostenbaren Schätze*	Die Fragen enthalten immer eine Präposition: Präposition + **wem**? oder **wen**? oder **was**? *Mit wem? Bei wem? An wen?* Fragewort mit Präposition: *Wozu? Worüber? Worauf? Woraus?*

12.5 Unter Asche versunken · Mit adverbialen Bestimmungen genaue Angaben machen

Pompeji im Jahr 79 nach Christus

○ **1** Beschreibt das Bild: Was genau passiert hier? Welche Empfindungen löst es bei euch aus?

◒ **2** Vergleicht die beiden Texte **A** und **B**.

a) Beurteilt den Informationsgehalt des linken Textes. Begründet eure Meinung.

b) Bestimmt die gelb markierten Satzglieder mithilfe der Kompetenzbox (Seite 226).

c) Erklärt, welche Funktion diese Erweiterungen im rechten Text haben.

A *Der Vesuv brach aus. Es wurde finster. Gesteinsbrocken fielen vom Himmel. Die Menschen schrien und flohen. Die Stadt ging unter.*

B *Am 24. August 79 nach Christus brach unerwartet der Vesuv in Süditalien aus. Aufgrund der Aschewolke wurde es bald finster. Voller Wucht fielen Gesteinsbrocken vom Himmel. Die Menschen schrien fürchterlich. Schnell flohen sie in die nähere Umgebung. Kurz darauf versank die Stadt Pompeji unter Steinen, Lava und Asche.*

S. 287 ○ ← ◒ **3** Erweitert den folgenden Text um wichtige Informationen.
Wählt dazu einige adverbiale Bestimmungen aus.

Was geschah am 24. August 79 nach Christus am Fuße des Vesuvs?

Die Einwohner der beiden Städte Pompeji und Herculaneum gingen ihren gewohnten Beschäftigungen nach: Männer betrieben ihr Handwerk oder ihren Handel, Frauen bereiteten das Essen, Kinder spielten, Wagen und Karren rumpelten über die Straßen. Der Kegel des Vesuvs ragte in den wolkenlosen, blauen Himmel. Zunächst bemerkte niemand das unheilvolle Grummeln. Plötzlich zerbarst der Krater des Vesuvs. Große und kleine Gesteinsbrocken wurden in die Luft geschleudert. Bald folgte ein unaufhörlicher Ausstoß von Lava, Steinen, Asche und Staub. Es wurde finster, Blitze zuckten und ein heftiger Sturm begleitete den Ausbruch des Vulkans.

viele tausend Meter hoch | wegen der Geschäftigkeit der Menschen

am Morgen des 24. August des Jahres 79 nach Christus | aufgrund der Aschewolke

am Himmel | nur wenige Kilometer von Pompeji entfernt

auf den Straßen | mit gewaltigem Krachen | allmählich

◒ **4** Übernehmt die folgende Tabelle und ordnet die adverbialen Bestimmungen des überarbeiteten Textes (Aufgabe 3) ein. Ergänzt im Tabellenkopf die entsprechenden Fragen.

Ort ...	**Zeit** Wann? ...	**Art und Weise** ...	**Grund** ...
...	*am Morgen des 24. August 79 nach Christus*	...	...

adverbiale Bestimmungen S. 334 **KOMPETENZBOX**

Mit adverbialen Bestimmungen genaue Angaben machen

Adverbiale Bestimmungen sind Satzglieder, die über die näheren Umstände eines Geschehens informieren. Sie geben zusätzliche wichtige Informationen.

Die Bewohner Pompejis gerieten in Panik.

adverbiale Bestimmung der Zeit (**temporal**)	adverbiale Bestimmung des Ortes (**lokal**)	adverbiale Bestimmung des Grundes (**kausal**)	adverbiale Bestimmung der Art und Weise (**modal**)
Wann? Wie lange? Seit wann? ...	Wo? Wohin? Woher? ...	Warum? Weshalb? ...	Wie? ...
Am 24. August des Jahres 79 nach Christus gerieten die Bewohner Pompejis in Panik.	*Auf den Straßen gerieten die Bewohner Pompejis in Panik.*	*Die Bewohner Pompejis gerieten wegen eines gewaltigen Krachens in Panik.*	*Die Bewohner Pompejis gerieten unerwartet in Panik.*

12.6 Im Dschungel versunken · Mit Attributen genau beschreiben

1 Betrachtet das Bild und formuliert in Gedankenblasen, was in den Köpfen der beiden Archäologen vorgehen könnte.

Die Wiederentdeckung einer Maya-Stadt

1 Im Jahre 1839 gingen die beiden Hobbyarchäologen Catherwood und Stephens durch den ... Dschungel .... Geschichten und ... Schriften hatten sie zu der ... Expedition veranlasst. Sie suchten eine ... Maya-Stadt. Wochenlang bahnten sie sich den Weg ....

2 Tief im Unterholz des Dschungels stießen die wissbegierigen Forscher schließlich auf Treppenstufen aus Stein und auf eine Terrasse. Jenseits dieser Terrasse herrschte wieder das Dickicht des Urwaldes.
Fast jeder weitere Schritt führte nun zu neuen Entdeckungen. Zuerst fanden die Archäologen Steinfiguren mit strengen Gesichtern, danach erreichten sie ungeheure Steintreppen, die ihnen den Weg zum Flussufer versperrten.
Stephens stieg die steilen Stufen empor. Oben angelangt, blickte er über die imposanten Ruinen der Stadt Copán.

2 Untersucht den Textabschnitt **1**.

a) Lest ihn einmal, ohne dass ihr die Lücken füllt.

b) Setzt beim zweiten Lesen die folgenden Wörter und Wortgruppen in der richtigen Form ein.

A durch die Wildnis **B** verstaubt **C** gefährlich **D** undurchdringlich

E von Honduras **F** versunken **G** alt

c) Beschreibt, wie die eingesetzten Wörter und Wortgruppen den Text verändern.

3 Bei den eingesetzten Wörtern und Wortgruppen in Textabschnitt **1** (Seite 227) handelt es sich um Attribute.

Umstellprobe → S. 333

a) Schreibt die folgenden beiden Sätze ab und beweist mithilfe der Umstellprobe, dass Attribute keine eigenständigen Satzglieder sind, sondern Satzgliedteile.

b) Zeichnet einen Pfeil vom Attribut zu seinem Bezugswort. Nutzt die Kompetenzbox auf Seite 229.

Ortskundige Einheimische begleiteten die Archäologen.
Maultiere trugen Säcke mit Verpflegung durch das unwegsame Gelände.

4 Übernehmt die folgende Tabelle und ergänzt die unterstrichenen Attribute aus Textabschnitt **2** (Seite 227). Nutzt die Kompetenzbox auf Seite 229.

Adjektiv (Adjektivattribut)	Wortgruppe mit Präposition (präpositionales Attribut)	Nominalgruppe im Genitiv (Genitivattribut)
...	...	...

5 Mithilfe der Weglassprobe könnt ihr Attribute erkennen.

a) Ermittelt die Attribute in den folgenden Sätzen. Führt dazu schriftlich die Weglassprobe durch.

b) Erklärt, zu welchem Zweck Attribute verwendet werden.

A Die riesige Palastanlage der Maya-Stadt besaß einen Ballspielplatz.
B Zwei angrenzende, erhöhte Gebäude wurden als luxuriöse Aufenthaltsräume genutzt.
C Laut einer uralten Sage sind die Bewohner gegen die mächtigsten Götter der Unterwelt angetreten und haben den spannenden Wettkampf gewonnen.

ARBEITSTECHNIK

Die Weglassprobe anwenden

Bei der Weglassprobe lasst ihr Wörter oder Wortgruppen aus einem Satz weg. So könnt ihr feststellen, welche Satzglieder oder Satzgliedteile unbedingt notwendig sind, damit der Satz grammatisch vollständig ist.

Das ~~erschöpfte~~ Forscherteam erreichte ~~mit Mühe~~ den Grabungsort.
Das Forscherteam erreichte den Grabungsort.

S. 287 **6** Ergänzt den folgenden Text, indem ihr die Attribute in der richtigen Form einfügt.

A technisch **B** die Stadt Copán **C** mit vielen Stufen

D die Mayas **E** gewaltig **F** älter

Obwohl die Überreste ... grün überwuchert und stark beschädigt waren, machten sie auf die Forscher einen gewaltigen Eindruck. Die Mayas, die die gewaltigen Steinblöcke ohne ... Hilfsmittel bewegt haben, erbrachten unvorstellbare Leistungen. Der ... Bau, auf dem Stephens zuerst stand, war ein pyramidenähnliches Gebäude .... Stephens begegnete während seines Aufenthalts einem ... Mann, dem alles Land am Copán-Fluss gehörte. Nach kurzen Verhandlungen kaufte Stephens ihm die Stadt ... für 50 Dollar ab.

Die antike Stadt Copán

Pyramide in Copán, Honduras

Copán, eine bedeutende Stadt der Maya, war zwischen 250 und 900 ein wichtiges Zentrum der Zivilisation. Die Lage im Copán-Tal war ideal, denn die fruchtbaren Böden gewährleisteten die Versorgung der Bewohnerinnen und Bewohner mit Nahrungsmitteln. Die klimatischen Bedingungen, warm und feucht, trugen ebenfalls zum Wohlstand der Stadt bei. Auch wegen der Rohstoffvorkommen entwickelte sich Copán rasant zu einem blühenden Handelszentrum. Die Stadt betrieb einen regen Handel mit Nachbarstädten. Zu ihrer Blütezeit zählte Copán etwa 20 000 Einwohnerinnen und Einwohner. Die Handwerker der Stadt, Meister ihres Fachs, schufen beeindruckende Kunstwerke und Gebäude.

S. 287 ◒ ← ● **7** **a)** Sucht aus dem Text mindestens drei adverbiale Bestimmungen heraus und bestimmt sie genau.

b) Findet alle Attribute im Text und bestimmt mithilfe einer Tabelle, um was für Attribute es sich handelt.

Adjektivattribut	präpositionales Attribut	Genitivattribut	Apposition
...	...	...	...

◒ **8** Ergänzt im folgenden Text die Appositionen. Notiert die Sätze und achtet dabei auf die Zeichensetzung.

A neugierig auf die Geschichte der Maya

B einer fernen Vergangenheit

C mühsam von der Natur zurückerobert

D ein UNESCO-Weltkulturerbe

Copán ... zieht viele Touristen ... an.
Die Ruinen ... erzählen von der Hochzeit der Maya-Zivilisation ... .

Attribute S. 334 **KOMPETENZBOX**

Mit Attributen genaue Angaben machen

Attribute bestimmen oft Nomen näher. Sie antworten auf die Fragen *Was für ein? Welcher? Welche? Welches?*

Die Attribute könnt ihr nur gemeinsam mit dem Satzglied umstellen, dem sie beigefügt sind. Sie sind also keine Satzglieder, sondern **Teile von Satzgliedern**.
Durch die Verwendung von Attributen könnt ihr euch anschaulich und genau ausdrücken.

Attribute werden oft gebildet durch
- ein Adjektiv (**Adjektivattribut**), zum Beispiel: *eine antike Stadt, spannende Fragen*
- eine Wortgruppe mit Präposition (**präpositionales Attribut**), zum Beispiel: *die Einwohner aus Copán*
- ein Nomen im Genitiv (**Genitivattribut**), zum Beispiel: *Männer und Frauen der Stadt*
- eine **Apposition**, zum Beispiel: *Copán, eine bedeutende Stadt der Maya, betrieb regen Handel.*

Subjekt: *Die Ruinenstätte* ***von Copán*** (**präpositionales Attribut**) *liegt* **Akkusativobjekt**: *im* ***heutigen*** *Honduras.* (**Adjektivattribut**)

Satzglieder und Attribute untersuchen und verwenden

Abbildung von Kleopatra

1 Sucht aus dem folgenden Text mithilfe der passenden Fragen mindestens zehn Objekte heraus. Übernehmt die folgende Tabelle und ergänzt sie.

Dativobjekt	Akkusativobjekt	Präpositionalobjekt
…	…	…

Kleopatras Palast entdeckt

Wo sich heute der Osthafen der ägyptischen Stadt Alexandria befindet, lag im Altertum der „Große Hafen". Über sein Aussehen war der Wissenschaft bis vor Kurzem nur wenig bekannt. Rekonstruktionen beruhten bisher auf antiken Texten.
Goddio, ein Unterwasserarchäologe, begann in den 1990er Jahren mit seiner Forschung und entdeckte eine komplette Unterwasserwelt. Wissenschaftlerinnen und Wissenschaftler verschiedener Bereiche halfen dem Archäologen dabei. So konnten die Forscherinnen und Forscher den inneren Umriss des antiken Hafens rekonstruieren und fanden Riffe, Halbinseln und Inseln. Am Kap Lochias entdeckte man den „Königshafen".
Eine wahre Sensation wartete im Südosten des „Großen Hafens" auf das Forscherteam. Dort fand es die versunkene Insel Antirhodos. Wahrscheinlich hatte die berühmte Königin Kleopatra XII. den königlichen Palast auf dieser Insel bewohnt. Sie regierte über Ägypten, das damals reichste Land der Welt. Ein hoch aufragender Leuchtturm wies den Schiffen den Weg.

2 a) Bildet mit den Verben im linken Kasten (Seite 231 oben) und den Wortgruppen im rechten Kasten (Seite 231 oben) sinnvolle Sätze und schreibt sie auf.
b) Unterstreicht das Präpositionalobjekt.
c) Markiert die Attribute farbig und zeichnet einen Pfeil zu dem Bezugswort, das sie genauer bestimmen.

achten auf sich kümmern um suchen nach sich schützen vor hoffen auf forschen nach erinnern an	spektakuläre Funde Vorgehensweise des Expeditionsteams Unterstützung aus anderen Forschungsbereichen Hinweise aus alten Schriften Sicherheit des Teams Gefahren unter Wasser Spuren aus alten Zeiten

S. 288 ○ ← ◒ **3** Sucht aus dem folgenden Text die adverbialen Bestimmungen heraus und bestimmt sie näher.

Wie ging Pompeji unter?

Vom Vesuv herab breitete sich der Lavastrom aus. Er strömte in die Häuser, füllte jede Spalte und entfachte Brände. Kurze Zeit später ging ein Ascheregen nieder und legte sich meterdick auf Häuser, Straßen und Tempel. Die beiden Städte Pompeji und Herculaneum waren bald in Schweigen begraben. Dann begann es zu regnen. Aufgrund der Nässe wurde die vulkanische Asche zu einer zementartigen Masse und schloss alles unter sich luftundurchlässig ab. Nach dem Vulkanausbruch wurden beide Städte aufgegeben und vergessen.

◒ **4** Überarbeit den Text „Wie ging Pompeji unter?“, indem ihr Attribute einfügt, um ihn anschaulicher zu gestalten.

S. 288 ◒ ← ● **5** MK Recherchiert Informationen zum Ausbruch des Piton de la Fournaise im Februar 2019. Verfasst mithilfe der folgenden Stichworte einen Zeitungsartikel über den Ausbruch. Benutzt passende adverbiale Bestimmungen.

- Februar 2019
- französische Insel La Réunion im Indischen Ozean
- Vulkan „Piton de la Fournaise“ (= Glutbergspitze)
- einer der aktivsten Vulkane weltweit
- Lava tritt aus und fließt den Berghang hinab
- von der Küstenstraße aus sichtbar
- Geschwindigkeit: 1,5 km/h
- Bergsteiger dreht Video
- illegaler Aufstieg
- offizielles Verbot
- Lavafront etwa 4 km von der Straße entfernt

Vulkanausbruch des Piton de la Fournaise im Februar 2019

Das könnt ihr jetzt!

Satzglieder und Attribute untersuchen und verwenden

Beispiel für einen Test

Lösungen
→ S. 294

1 Entscheidet jeweils, ob 1 – 14 ein Satzglied oder ein Attribut ist. Bestimmt die Satzglieder und Attribute genauer.

Nr. 1 = ...

Auf den Spuren Trojas

Die Menschen 1 beschäftigte schon immer 2 der Wahrheitsgehalt von Sagen 3 . Im 19. Jahrhundert 4 widmete sich Heinrich Schliemann dieser Frage 5 . Schon als Kind 6 las er begeistert 7 die interessanten 8 Geschichten von den großen Helden Agamemnon oder Achill 9 . Aufgrund der finanziellen Situation der Familie 10 konnte Schliemann keine höhere Schule besuchen. Er machte eine kaufmännische Lehre und wurde schließlich ein sehr erfolgreicher 11 Unternehmer. Seine Geschäfte 12 führten ihn in viele Länder, zum Beispiel nach Russland. Trotz seiner beruflichen 13 Verpflichtungen versetzte er sich aber weiterhin mit großer Begeisterung in die Welt der Antike 14 . Die Erzählungen ... schienen ihm ... zu beruhen. ... glaubte er an die Existenz des Schatzes des Agamemnon. ... begann er ... an der Stelle, an der er die Stadt Troja vermutete. ... war Schliemann erfolgreich. Er brüstete sich aber nicht ....

Heinrich Schliemann lebte von 1822 bis 1890.

2 Schreibt den Text ab Zeile 16 ab und setzt dabei die folgenden Satzglieder und Attribute ein. Bestimmt die eingesetzten Satzglieder und Attribute näher.

dort | mit umfangreichen Grabungen | aufgrund der überlieferten Geschichten | des Dichters Homer | auf wahren Tatsachen | mit seinem Erfolg | 1868

3 Erklärt anhand der folgenden Sätze, was die Besonderheiten von Prädikativen sind.

Schliemann war Kaufmann.
Für ihn waren die Sagen lebendige Geschichten.

4 Bestimmt die Art der folgenden Wortgruppen und ihre Funktion im Satz.

- Im 19. Jahrhundert widmete er sich dieser Frage.
- Er forschte wirklich gerne.
- Schliemann war ein deutscher Archäologe.
- Er begeisterte sich sehr schnell.
- Die Sagen von den großen Helden interessierten ihn.

Beispiel für eine Klassenarbeit

Ur – die älteste Hauptstadt der Welt am Euphrat wiederentdeckt

A Die ältesten Kulturvölker lebten in dem Gebiet <u>zwischen den Flüssen Euphrat und Tigris</u> 1 . Man nennt <u>die Landschaft</u> 2 Mesopotamien. Das hier lebende Volk <u>der Sumerer</u> 3 war das erste Volk, das sich der Mathematik und der medizinischen Wissenschaft widmete. Dies konnten Wissenschaftler <u>nach Ausgrabungen</u> 4 herausfinden, denn die Sumerer hatten bereits die sogenannte Keilschrift. Ihre Hauptstadt hieß Ur. Sie wurde 1853 von dem Archäologen J.G. Taylor entdeckt. Er forschte <u>nach antiken Überresten</u> 5 und entdeckte die Stadt durch aufwendige Grabungen unter dem Sand.

B Die Sandschicht war abzutragen. Sie war dick und etwa 6000 Jahre alt. Die Archäologen legten eine ganze Tempelanlage frei. Sie war zu Ehren des Gottes Nanna gebaut worden. Zur Tempelanlage gehörte ein Stufenturm. Der Blick muss traumhaft gewesen sein. Über diesen Turm gelangten Priester und Könige angeblich zu den Göttern.

C Gefangene Krieger aus von den Sumerern gewonnenen Schlachten, kräftige, fleißige Sklaven aus fremden Ländern, junge, belastbare Frauen und Kinder aus armen Familien wurden herbeigeholt, weil sie die Arbeiten beim Bau der Tempelanlage aus Lehmziegeln verrichten sollten. Die Anstrengungen bei der Arbeit waren gewaltig, denn die Hitze, die in dieser Gegend herrscht und die schon viele Todesopfer gefordert hat, auch ohne, dass die Menschen so schwere Arbeiten leisten mussten, war unerträglich und die Arbeiter hatten ja auch keinerlei Möglichkeit, sich in irgendeiner Form vor den erbarmungslosen Sonnenstrahlen zu schützen.

Abbildung eines Zugtiergespanns (Grabbeigabe in Ur aus dem 3. Jahrtausend vor Christus)

Lösungen
→ S. 295

1 Bestimmt im Textabschnitt **A** die unterstrichenen Satzglieder und Satzgliedteile.

Nr. 1 = …

2 Überarbeitet den Textabschnitt **B**, um den Text informativer und anschaulicher zu gestalten. Fügt dazu die folgenden adverbialen Bestimmungen und Attribute ein.

adverbiale Bestimmungen	Attribute
in mühevoller Arbeit, nach und nach, auf direktem Wege	fast drei Meter, beeindruckend, von diesem Turm

3 Erklärt, warum der Textabschnitt **C** nicht gelungen ist. Überarbeitet ihn.

4 Erläutert mithilfe geeigneter Beispiele, was man unter einem Attribut versteht.

13 Geheimnisvolle Zeichen

Satzzeichen setzen

Emojis erfreuen sich immer größerer Beliebtheit.

MK **1** Betrachtet die abgebildeten Zeichen und lest den Text „Steinzeit-Alphabet?“ (Seite 235).

a) Erklärt die Bedeutung von mindestens fünf Emojis.

b) Legt dar, wofür die Zeichen aus der Steinzeit (Seite 235) stehen könnten. Begründet eure Vermutungen.

2 Erklärt die Kommasetzung im Text „Steinzeit-Alphabet?“ (Seite 235).

a) Sucht die beiden Sätze mit Kommas in Aufzählungen heraus.

b) Die beiden markierten Sätze sind Satzgefüge aus einem Hauptsatz und einem Nebensatz. Bestimmt, welcher Teil jeweils der Hauptsatz ist.

Das lernt ihr jetzt!

- **13.1** das finite Verb für das Bestimmen von Haupt- und Nebensatz nutzen
- **13.2** Satzreihe und Satzgefüge erkennen und verwenden
- **13.3** eine Apposition erkennen und durch Kommas abtrennen
- **13.4** Satzzeichen bei der wörtlichen Rede setzen

Steinzeit-Alphabet?

Die ältesten Zeichnungen der Welt, die Höhlenmalereien, sind etwa 40 000 Jahre alt. Aber seit wann gibt es eigentlich Schriftzeichen? Besonders alte Schriftsysteme sind die Keilschrift und die berühmten ägyptischen Hieroglyphen. Sie sind etwa 5000 Jahre alt. Viel älter sind die Höhlenmalereien von Menschen und Tieren. Diese werden von Zeichen begleitet, die Rätsel aufgeben. Archäologen, Sprachwissenschaftler und Geschichtsexperten streiten darüber, ob diese Zeichen Vorläufer der Sprachzeichen sind. Zunächst hielt man die Zeichen für nichts Besonderes, weil man sie einfach als Teile der Bilder verstand. Dann fand man aber ähnliche Zeichen in verschiedenen Höhlenbildern aus verschiedenen Zeiten. Das führte zu der Vermutung, dass die Symbole ähnlich wie Schriftzeichen von Generation zu Generation weitergegeben wurden.

Eines ist aber sicher: Die Zeichen wie Kreuz, Halbkreis und parallele Linien kann man noch nicht als Alphabet bezeichnen. Bei Alphabeten stehen nämlich die Zeichen meist für einen bestimmten Sprachlaut.

Zeichen aus der Steinzeit – ein Vorgänger der Schrift?

3 Beschreibt, wie die Kommasetzung die Bedeutung der folgenden Sätze verändert.

A Ich mag meine Familie kochen und meinen Hund.
Ich mag meine Familie, kochen und meinen Hund.

B Fesselt ihn nicht, freilassen!
Fesselt ihn, nicht freilassen!

C Lehrer denken, Schüler haben es gut.
Lehrer, denken Schüler, haben es gut.

D Wir essen jetzt, Opa.
Wir essen jetzt Opa.

13.1 Los geht's · Das finite Verb für das Bestimmen von Haupt- und Nebensätzen nutzen

Kathrin Dorscheid: Kultur mal anders: Gesten aus aller Welt (Ausschnitt)

Kopfschütteln und Nicken bedeuten überall auf der Welt das Gleiche? Von wegen! Gesten oder Handzeichen sind von Kultur zu Kultur verschieden.

Ein Kopfnicken wird in den meisten Ländern der Welt als ein bestätigendes „Ja" verstanden. Nicht so in Indien, Pakistan und Bulgarien. Dort wiegt man den Kopf hin und her, um „ja" zu sagen. In Äthiopien wirft man den Kopf sogar zurück, um eine Frage zu bejahen.

Die gleiche Geste, das Zurückwerfen des Kopfes, bedeutet andernorts aber genau das Gegenteil: In arabischen Ländern, in der Türkei, in Griechenland und in Süditalien sagt man auf diese Weise „nein". Und in Japan verneint man ein Angebot nicht durch ein Kopfschütteln, sondern indem man wie ein Scheibenwischer mit der Hand vor dem Gesicht wedelt. [...]

Wie würdest du selbst das Wort „Essen" mit einer Geste darstellen? Wenn du aus Deutschland kommst, vermutlich mit der angedeuteten Bewegung, eine Gabel zum Mund zu führen. [...] Ein Japaner würde mit der nach oben geöffneten linken Hand eine Suppenschale andeuten, die er vor den Mund hält, und mit dem rechten Zeige- und Mittelfinger zwei Essstäbchen andeuten, die er von der Schale zum Mund führt. Andere Länder, andere Essgewohnheiten und andere Essgesten!

Bei manchen Gesten muss man höllisch aufpassen. Was in einem Land als wohlwollendes Lob gemeint ist, kann in anderen Regionen als schlimme Beleidigung aufgefasst werden.

Der nach oben gestreckte Daumen, der in Deutschland „eins" bedeutet, bedeutet in Australien und Nigeria dagegen eine sehr vulgäre[1] Beschimpfung, mit der man jemanden loswerden möchte.

In vielen anderen Ländern und auch in Deutschland bedeutet der ausgestreckte Daumen genau das Gegenteil: „prima" oder „toll". [...]

Und auch mit den zum Kreis geformten Zeigefinger und Daumen bei ausgestreckten Fingern sollte man Vorsicht walten lassen: Während diese Geste in weiten Teilen Europas und den USA meist als „in Ordnung" oder „gut so, bestens" verstanden wird, bedeutet sie in Frankreich und Belgien „null" oder „nutzlos". [...]

1 vulgär: hier: schlechtes Benehmen

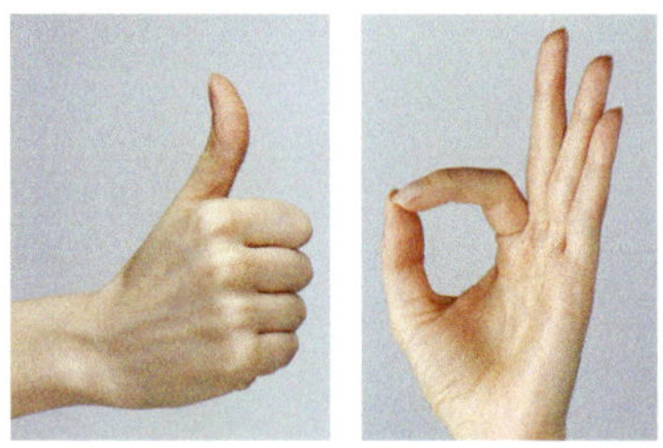

zwei Gesten – viele Bedeutungen

○ **1** Kennt ihr Gesten aus anderen Ländern? Tauscht euch aus.

◒ **2** Bestimmt, wie viele Satzglieder in den folgenden Sätzen **A** – **C** vor dem Prädikat stehen. Ihr könnt die Umstellprobe nutzen.

Umstellprobe → S.333

A Ein Kopfnicken bedeutet in den meisten Ländern „ja".
B Andere Länder haben andere Essgesten.
C In arabischen Ländern, in der Türkei, in Griechenland und in Süditalien sagt man auf diese Weise „nein".

S.288 ○←◒ **3** In den folgenden Sätzen **A** – **C** findet ihr zweiteilige Prädikate.

a) Schreibt die Sätze ab und unterstreicht die beiden Teile des Prädikats.
b) Bestimmt mithilfe der Arbeitstechnik auf Seite 237 das finite Verb und rahmt es rot ein.

A Ein Japaner würde mit der linken Hand eine Suppenschale andeuten.
B Diese Geste wird in weiten Teilen Europas ähnlich verstanden.
C Bei manchen Gesten musst du höllisch aufpassen.

Subjekt
→ S. 333

ARBEITSTECHNIK

Das finite Verb erkennen

Ersetzt das Subjekt des Satzes durch verschiedene Personalpronomen.
Das Verb, das sich ändert, ist das finite (konjugierte) Verb.
Das Kopfnicken *wird unterschiedlich verstanden.* → ***Ich*** *werde unterschiedlich verstanden.*
Du *wirst unterschiedlich verstanden.* ***Sie*** *werden unterschiedlich verstanden.*

4 Vervollständigt die folgende Regel.

In einfachen Aussagesätzen steht das finite Verb nach ....

S. 288 **5** Die folgenden Satzgefüge A – C bestehen jeweils aus einem Hauptsatz und einem Nebensatz.

a) Schreibt die Sätze ab und rahmt die finiten Verben rot ein.
b) Bestimmt jeweils Hauptsatz und Nebensatz. Im Nebensatz steht das finite Verb am Ende.
c) Untersucht Satz C und vervollständigt die folgende Regel.

Wenn der Nebensatz vor dem Hauptsatz steht, steht das finite Verb nach dem Komma am Anfang des ....

A In Japan verneint man ein Angebot, indem man wie ein Scheibenwischer mit der Hand vor dem Gesicht wedelt.
B Der nach oben gestreckte Daumen bedeutet in Australien und Nigeria eine sehr vulgäre Beschimpfung, mit der man jemanden loswerden möchte.
C Während diese Geste in weiten Teilen Europas und den USA meist als „in Ordnung" verstanden wird, bedeutet sie in Frankreich „null" oder „nutzlos".

6 Im folgenden Satz sind drei Teilsätze miteinander verknüpft.

a) Schreibt den Satz ab, rahmt die finiten Verben rot ein und markiert die Wörter, mit denen die Teilsätze verknüpft sind.
b) Bestimmt den Hauptsatz und die Nebensätze.

Es kann zu sehr peinlichen Situationen kommen, wenn man im Ausland die gewohnten Gesten verwendet, obwohl man sich in einer anderen Kultur befindet.

S. 288 **7** Bildet Satzgefüge, indem ihr die einfachen Sätze aus den hellblauen und grauen Kästen verbindet. Ihr könnt die Subjunktionen aus der Kompetenzbox (Seite 239) nutzen. Achtet auf die Kommasetzung.

A Gesten können zu Problemen führen.	Sie werden in verschiedenen Ländern unterschiedlich benutzt.
B Im Urlaub kann es Missverständnisse geben.	Man spricht die Sprache des Urlaubslandes.
C In Deutschland gilt Kopfnicken als „ja"!	In Indien wiegt man den Kopf.

13.2 Emojis erobern die Welt · Satzreihe und Satzgefüge erkennen und verwenden

Kleine Bilder überall

Der Begriff „Emoji“ kommt aus Japan und er wird bei uns mit „Bildschriftzeichen“ übersetzt. Emojis sind die kleinen Bildchen, die jeder aus SMS, Kurznachrichten oder anderen Textnachrichten kennt. Sie ersetzen geschriebene Sätze vollständig oder teilweise, wenn sie mit einem Smartphone oder Computer verschickt werden. Sie sparen also Zeit und lockern den Text auf. Ende der 1990er Jahre erstellte der Japaner Shigetaka Kurita die ersten digitalen Emojis. Mit der Verbreitung von Mobiltelefonen wurden die Emojis dann weltweit bekannt. Weil sie fast jeder nutzt, gibt es heute wohl kaum noch Menschen, die diese kleinen Bildchen nicht kennen. Andererseits gibt es wohl auch niemanden, der alle Emojis kennt. Es werden ständig neue Symbole erfunden, denn es gibt immer noch einen großen Bedarf dafür. Schließlich gibt es unglaublich viele menschliche Emotionen oder Dinge, die man in Bildform ausdrücken kann.

Manchmal können durch Emojis aber auch Missverständnisse entstehen. Es gibt Symbole, die unklar sind oder sogar mehrere Bedeutungen haben. Die möglichen Bedeutungen kann man auf der Internetseite Emojipedia nachschlagen.
Was sollen zum Beispiel die gegeneinander gepressten Hände bedeuten? Betet der Absender? Oder will er sich bedanken? Im japanischen Kulturraum wird das „High Five Emoji“ verschickt, um „Bitte“ oder „Danke“ zu sagen.
Das lachende Emoji mit einem Tropfen auf der Stirn wird häufig eingesetzt, wenn jemand Verlegenheit ausdrücken will oder peinlich berührt ist, aber trotzdem darüber lachen kann. Für viele bedeutet es aber auch „Puh, gerade noch mal gut gegangen!“. In einem anderen Zusammenhang kann es auch ausdrücken, dass jemand gerade total zufrieden und verschwitzt vom Sport kommt.

1 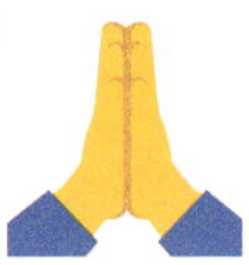

2 

3 

4 

○ **1** **a)** Stellt dar, welche Emojis ihr besonders häufig benutzt.
MK **b)** Erzählt von Missverständnissen durch Emojis, die ihr erlebt habt.
c) Erklärt, in welchen Situationen ihr die Symbole **3** und **4** verwendet.

S. 288 ○ ← ◒ **2** Vergleicht die Sätze in den Kästen **A** – **D**. Benennt Unterschiede in der Satzkonstruktion, der Zeichensetzung und der Bedeutung.

A Es werden ständig neue Symbole erfunden.		Es gibt immer noch einen großen Bedarf dafür.
B Es werden ständig neue Symbole erfunden,	weil	es immer noch einen großen Bedarf dafür gibt.
C Es werden ständig neue Symbole erfunden,	denn	es gibt immer noch einen großen Bedarf dafür.
D Es werden ständig neue Symbole erfunden	und	es gibt immer noch einen großen Bedarf dafür.

3 Schreibt die Sätze **B** und **C** (Seite 238 unten) ab und untersucht sie genauer.
a) Rahmt die finiten Verben rot ein.
b) Markiert die Konjunktionen und Subjunktionen.
c) Bestimmt, ob es sich jeweils um Hauptsätze oder Nebensätze handelt.

4 Vergleicht die Sätze **C** und **D** (Seite 238 unten). Vervollständigt die folgenden Kommaregeln.

Werden zwei Hauptsätze mit „und" oder „oder" verbunden, dann ....
Werden zwei Hauptsätze mit einer anderen Konjunktion wie „denn" oder „sondern" verbunden, dann ....

S. 288 **5** Sucht aus dem Text (Seite 238) weitere Beispiele für Satzgefüge und Satzreihen (Verbindung von zwei Hauptsätzen) heraus.

Satzreihe, Satzgefüge S. 336–337 **KOMPETENZBOX**

Satzreihe und Satzgefüge erkennen und verwenden

	Satzreihe	Satzgefüge
Definition	Satzreihen bestehen aus mindestens zwei Hauptsätzen.	Satzgefüge bestehen aus einem Hauptsatz und mindestens einem Nebensatz. Der Nebensatz kann nachgestellt, vorangestellt oder eingeschoben sein.
Beispiele	*Ständig werden neue Emojis erfunden, denn es gibt immer einen großen Bedarf dafür.* *Ständig werden neue Emojis erfunden und es gibt immer einen großen Bedarf.*	*Ständig werden neue Emojis erfunden, da es immer einen großen Bedarf dafür gibt.* *Ständig werden, da es immer noch einen großen Bedarf dafür gibt, neue Emojis erfunden.* *Da es immer einen großen Bedarf dafür gibt, werden ständig neue Emojis erfunden.*
Stellung des finiten Verbs	Bei Aussagesätzen steht das finite Verb in beiden Teilsätzen nach dem ersten Satzglied (Satzform: **Verbzweitsatz**).	Im **Hauptsatz** steht das finite Verb meist nach dem ersten Satzglied (Satzform: **Verbzweitsatz**) oder direkt nach dem vorangestellten Nebensatz. Im eingeleiteten **Nebensatz** steht das finite Verb immer an letzter Stelle (Satzform: **Verbletztsatz**).
Beispiele für Verknüpfungen	**Konjunktionen (nebenordnend/ reihend):** *aber, denn, sondern, doch, und, oder*	**Subjunktionen (unterordnend):** *weil, da, nachdem, als, obwohl, ob, dass, damit, wenn* **Relativpronomen:** *welcher, welche, welches, der, die, das*
Kommasetzung	Hauptsätze werden durch Kommas voneinander getrennt, außer sie sind mit *und* oder *oder* verknüpft.	Die Teilsätze in einem Satzgefüge werden stets durch Kommas getrennt.

Trainingsplatz

Satzreihe und Satzgefüge erkennen und verwenden

Emoji, Emoticon, Smiley – alles das Gleiche?

A Die meisten von uns denken vor allem an gelbe Smileys, wenn sie die Begriffe „Emoji“ oder „Emoticon“ hören. Das ist jedoch nicht ganz richtig, denn die drei Begriffe haben jeweils eine etwas andere Bedeutung.
Ein **Smiley** ist die grafische Darstellung eines Gesichtsausdrucks. Smileys werden in der Regel verwendet, wenn man eine bestimmte Emotion ausdrücken will. Der klassische lachende Smiley  wurde 1963 vom amerikanischen Werbegrafiker Harvey Ball gezeichnet und er wurde in den Jahren danach in Amerika berühmt. Es dauerte Jahre, bis er sich auch in Europa verbreitete.

Achtung: Fehlertext

B Harvey Ball hat den Smiley im Auftrag einer Versicherung entworfen denn mit dem lachenden Gesicht auf Anstecknadeln sollte die Stimmung bei den Mitarbeiterinnen und Mitarbeitern verbessert werden. Man kann übrigens sowohl „der Smiley“ als auch „das Smiley“ sagen. Beides ist erlaubt.
Mit einem **Emoticon** sind bestimmte Zeichenfolgen einer Tastatur gemeint die einem Smiley ähnlich sehen. Ein Beispiel hierfür ist „Doppelpunkt + Bindestrich + Klammer zu“, also :-).
Emoji ist der Oberbegriff für Smileys und andere comicartige Bildchen. Die Bildchen haben in Chats die gleiche Funktion wie Smileys oder Emoticons. Sie beschränken sich aber nicht nur auf Emotionen sondern es gibt auch kleine Symbole mit Tieren, Pflanzen, Lebensmitteln, Sportgeräten, Gebäuden oder Wetterlagen.

C Noch etwas Kurioses: Es gibt Menschen, die Emojis für andere Dinge als die einfache Kommunikation benutzen. So veröffentlichte 2014 der chinesische Künstler Xu Bing das erste Buch, das nur mit Emojis als Schriftzeichen geschrieben wurde. Das Buch beschreibt einen Tag im Leben eines typischen Angestellten in einer chinesischen Großstadt.

S.289 ○ ← ◒ **1** Begründet die Kommasetzung im Textabschnitt **A**.
a) Sucht die finiten Verben heraus.
b) Bestimmt, ob Satzreihen oder Satzgefüge vorliegen.
c) Bestimmt bei den Satzgefügen die Hauptsätze und die Nebensätze.

◒ **2** Schreibt aus dem Textabschnitt **A** die Konjunktionen und Subjunktionen heraus, mit denen die Teilsätze verbunden werden. Nutzt die Kompetenzbox (Seite 239).

S.289 ○ ← ◒ **3** Im Textabschnitt **B** fehlen die Kommas bei Satzreihen und Satzgefügen. Schreibt den Textabschnitt **B** ab und setzt die Kommas.

◒ **4** Sucht aus dem Textabschnitt **B** ein Beispiel für eine Satzreihe und ein Beispiel für ein Satzgefüge heraus.

S.289 ◒ ← ● MK **5** Schreibt auf, was ihr von einem Buch haltet, das ausschließlich mit Emojis geschrieben wurde. Verwendet in eurem Text mindestens zwei Satzreihen und zwei Satzgefüge.

6 **EXTRA** Informiert euch über die Kommasetzung in anderen Sprachen. Stellt sie der Klasse kurz vor.

13.3 Geheimzeichen · Eine Apposition erkennen und durch Kommas abtrennen

Geheimschriften

Cäsar-Scheibe

sträwkcüR uz nebierhcs tsi enie ehcarpsmieheG, eid nam znag thciel nlessülhcstne nnak. Wenn ihr diesen Satz versteht, beherrscht ihr schon eine Geheimschrift, das Rückwärtsschreiben. Seit über 2500 Jahren tüfteln Forscher, vor allem Mathematiker, an solchen geheimen Zeichensystemen. Sie dienen der Sicherheit von geheimen oder privaten Informationen. Schon Julius Cäsar, der berühmte römische Feldherr, benutzte ein Verschlüsselungsverfahren. Bei Cäsars Verfahren wird jeder Buchstabe des Alphabets durch einen anderen ersetzt. Ein einfaches Gerät, Cäsars Scheibe, hilft euch bei der Verschlüsselung nach diesem System. Allerdings ist ein solcher Code leicht zu entschlüsseln, weil nur ein Verfahren, ein sogenannter Schlüssel, zum Verbergen der Informationen genutzt wird. Heutzutage haben Verschlüsselungen besonders im Internet eine große Bedeutung. Persönliche Informationen und Zahlungsinformationen müssen sicher übertragen und gespeichert werden. Sonst können sie von Cyber-Kriminellen, Betrügern im Internet, abgefangen und benutzt werden. Daher haben sichere Codes heutzutage mehrere Billionen Schlüssel. Sie sind kaum zu knacken.

○ **1** Kennt ihr weitere Geheimschriften? Tauscht euch darüber aus.

◒ **2** Gebt die Informationen der markierten Wortgruppen wieder. Erklärt, auf welchen Bestandteil des Satzes sich die Wortgruppen jeweils beziehen.

S. 289 ○ ← ◒ **3** Bestimmt das Verhältnis von Bezugswort und Ergänzung.

a) Mit welchen Satzzeichen wird die Ergänzung abgetrennt?

Kasus → S. 327

b) Bestimmt den Kasus der markierten Wortgruppen und des Bezugsworts. Was fällt euch auf?

● **4** Erklärt in einem kurzen Text, warum Verschlüsselungen für Geheimdienste besonders wichtig sind. Nutzt mindestens zwei Appositionen und achtet auf die Kommasetzung.

Appositionen S. 337 **KOMPETENZBOX**

Eine Apposition erkennen und durch Kommas abtrennen

Eine Apposition ist eine nachgestellte Ergänzung eines Nomens durch ein weiteres Nomen oder eine Nominalgruppe. Sie wird durch Kommas abgetrennt. Die Apposition steht im gleichen Kasus wie das Bezugswort, zu dem sie zusätzliche Informationen enthält.

Die römischen Feldherren, diese berühmten Eroberer, wollten Informationen geheim halten.

Heutzutage kombiniert ein Code, eine bestimmte Art von Geheimschrift, verschiedene Verfahren der Verschlüsselung.

13.4 Zeichen aus fernen Zeiten · Satzzeichen bei der wörtlichen Rede setzen

Hieroglyphen in einem ägyptischen Tempel

1 Beschreibt die Zeichen auf den Steintafeln und tauscht euch darüber aus, was ihr über Hieroglyphen wisst.

Besuch beim Archäologen

Bei einem Ausflug ins Antikenmuseum hat eine Klasse die Ausstellung über Ägypten besucht.

Nach dem Rundgang durch das Museum sitzt die Klasse mit dem Archäologen Peter Lindemann im Vortragsraum des Museums. Am Anfang sind alle noch etwas schüchtern. Dann fragt Lea: „Was genau sind eigentlich Hieroglyphen?“

„Das würde mich auch interessieren“, ergänzt Mehdi.

„Habt ihr die großen Steintafeln im letzten Raum gesehen? Könnt ihr euch noch an die Zeichen erinnern?“, fragt Herr Lindemann.

„Ja“, antwortet Jan, „da war so etwas wie ein Vogel zu sehen. Und auch ein Auge kam ganz oft vor.“ Anna ergänzt: „Ich habe auch ein paar Mal einen Käfer gesehen.“ „Gut beobachtet“, meint der Archäologe, „aber das ist nicht immer so einfach. Viele Schriftzeichen haben auf den ersten Blick keine erkennbare Bedeutung. Andere meinen oft etwas anderes, als man zuerst denkt.“

Jan meint: „Ich könnte so eine Steintafel nie entziffern.“

Aylin möchte wissen: „Wie kann es überhaupt gelingen, Schriftzeichen zu entziffern, die seit Tausenden von Jahren niemand mehr benutzt? Die kann ja niemand mehr vorlesen oder erklären.“

„Gute Frage!“, sagt Herr Lindemann. Dann erklärt er: „Das ist tatsächlich eine schwierige und sehr langwierige Aufgabe. Oft arbeiten dabei Archäologinnen und Archäologen sowie Sprachwissenschaftler zusammen. Zunächst versucht man, die Bedeutung einzelner Zeichen zu bestimmen. Meist fängt man mit einfacheren Dingen wie Listen von Gegenständen an. Die Entschlüsselung ganzer Texte ist kompliziert und braucht viel Geduld. Manche Forscherinnen und Forscher verbringen viele Jahre ihres Lebens damit, einer alten Schrift auf die Spur zu kommen.“

2 Übernehmt die folgende Tabelle und ergänzt für jede Spalte zwei Beispiele aus dem Text.

vorangestellter Redebegleitsatz	nachgestellter Redebegleitsatz	eingeschobener Redebegleitsatz
…	…	…

S. 289 ○ ← ◒ **3** Sucht drei Sätze im Text (Seite 242) heraus, in denen der Redebegleitsatz vorne steht. Stellt die Sätze so um, dass der Redebegleitsatz am Ende steht oder eingeschoben ist.

◒ **4** Schreibt weitere Fragen auf, die man dem Archäologen noch stellen könnte. Verbindet die Fragen mit einem Redebegleitsatz. Nutzt die Kompetenzbox.

Eine Schülerin wundert sich: „Wie hat man die Steintafeln eigentlich unter dem Wüstensand gefunden?"

● **5** Vergleicht die beiden Sätze von **A** und benennt alle Veränderungen. Formuliert den Satz in **B** in ähnlicher Weise um.

A „Habt ihr die großen Steintafeln im letzten Raum gesehen?", fragt Herr Lindemann. → Herr Lindemann fragt, ob sie die großen Steintafeln im letzten Raum gesehen haben.

B „Könnt ihr euch noch an die Zeichen erinnern?", fragt Herr Lindemann. → ...

◒ **6** Schreibt den folgenden Text ab.

a) Ergänzt im Textabschnitt **A** die Zeichen der wörtlichen Rede.

b) Ergänzt im Textabschnitt **B** alle fehlenden Satzzeichen.

Achtung: Fehlertext

A Herr Lindemann, wer hat es denn eigentlich geschafft, die ägyptischen Hieroglyphen zu entschlüsseln?, fragt Clemens. Herr Lindemann antwortet: Das ist gar nicht so einfach zu sagen. Wieso, wirft Sophie ein, ist das denn nicht bekannt? Mit so einer Entdeckung muss man doch berühmt werden! Herr Lindemann überlegt einen Moment und sagt dann: Natürlich hast du recht. Diese rätselhaften Zeichen zu entziffern ist eine bedeutende Leistung. Aber diese Leistung hat nicht eine Person allein vollbracht. Seit dem 9. Jahrhundert haben verschiedene Gelehrte einzelne Teile der Schrift entschlüsselt.

B Der Archäologe fährt fort Der irakische Gelehrte Ibn Wahshiyya hat schon vor über tausend Jahren einen Teil der Schriftzeichen richtig verstanden Und wann hat man diese Schrift dann endgültig verstanden fragt Arion nach Es hat noch viele Jahrhunderte gedauert beschreibt Herr Lindemann weiter bis im 19. Jahrhundert der deutsche Ägyptologe Karl Richard Lepsius das Zeichensystem vollständig entschlüsselt hat

wörtliche Rede S. 336 **KOMPETENZBOX**

Die Satzzeichen bei wörtlicher Rede setzen

vorangestellter Redebegleitsatz	***Beispiele***
________ : „________." (Aussagesatz)	*Jan sagt: „Das wusste ich gar nicht."*
________ : „________?" (Fragesatz)	*Aylin fragt: „Waren Sie schon in Ägypten?"*
________ : „________!" (Aufforderungssatz)	*Mara fordert: „Los, kommt schon mit!"*
nachgestellter Redebegleitsatz	
„________", ________. (Aussagesatz)	*„Ich geh schon mal vor", sagt der Lehrer.*
„________?", ________. (Fragesatz)	*„Gibt es das wirklich?", fragt Anna.*
„________!", ________. (Aufforderungssatz)	*„Vorsicht, nicht anfassen!", sagt er.*
eingeschobener Redebegleitsatz	
„________", ________, „________."	*„Und gleich", flüstert Mara, „gehen wir noch in den Museumsshop."*
kein Redebegleitsatz	
Es gibt auch Sätze in wörtlicher Rede ohne Redebegleitsatz.	*„Habt ihr die großen Steintafeln im letzten Raum gesehen?"*

Das könnt ihr jetzt!

Satzreihe und Satzgefüge erkennen und verwenden

Beispiel für einen Test

Selbst eine Geheimschrift erstellen – Eine Cäsar-Scheibe basteln

A Kopiere die beiden Scheiben. Klebe sie auf eine dünne Pappe.
B Schneide dann die Scheiben aus. Lege die kleine Scheibe auf die große.
C Du hast die Scheiben aufeinandergelegt. Befestige sie in der Mitte mit einer Musterklammer.
D Das ist eine kleine Metallklammer. Sie wird normalerweise zum Verschließen von Versandtaschen benutzt.
E Deine Nachricht kannst du verschlüsseln. Du ersetzt die Buchstaben auf dem äußeren Ring durch die auf dem inneren Ring.

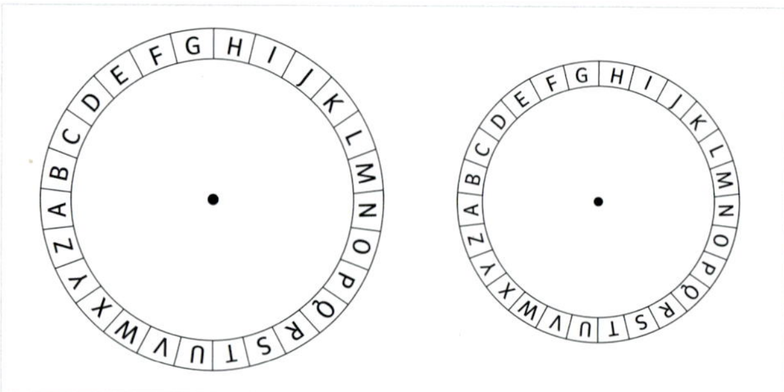

Vorlagen für Cäsar-Scheibe

Lösungen
→ S. 295

1 Schreibt die Bastelanleitung für eine Cäsar-Scheibe auf. Verknüpft dazu jeweils die beiden Aussagesätze **A** – **E** zu einem Satzgefüge oder einer Satzreihe. Verwendet dafür die folgenden Konjunktionen, Subjunktionen und das Relativpronomen. Achtet auf die Kommasetzung.

und wenn die nachdem und

2 Untersucht die folgenden Sätze **A** – **D**.
a) Bestimmt, ob Satzgefüge oder Satzreihen vorliegen.
b) Gebt die Konjunktionen und Subjunktionen an, mit denen die Teilsätze verknüpft sind.
c) Bestimmt für die Satzgefüge Haupt- und Nebensätze. Achtet auf die Stellung des finiten Verbs.

Und so funktioniert es:

A Die Buchstaben auf der äußeren Scheibe stellen das „echte“ Alphabet dar und mit der inneren Scheibe legst du dein Geheimalphabet fest.
B Wenn dein Geheimalphabet zum Beispiel mit einem D beginnen soll, drehst du die innere Scheibe, sodass das D unter dem A der äußeren Scheibe zu liegen kommt.
C Aus dem Wort „Haus“ wird so zum Beispiel „Kdyw“, denn die beiden Alphabete sind um vier Buchstaben verschoben.
D Du musst der Empfängerin/dem Empfänger deiner Geheimbotschaft den Anfangsbuchstaben deines Alphabets mitteilen, weil er deine Botschaft sonst nicht entschlüsseln kann.

Achtung: Fehlertext

Beispiel für eine Klassenarbeit

Mit den Fingern hören

A Manche Menschen sind im Gespräch mit anderen auf besondere Zeichen angewiesen weil sie kaum oder gar nicht hören können. Das System dieser Zeichen nennt man Gebärdensprache. Nun könnte man glauben dass die Gebärden überall auf der Welt gleich sind aber es gibt auch hier Unterschiede. So gibt es in Deutschland die DGS (= Deutsche Gebärdensprache) und in Amerika verständigen sich gehörlose Menschen mit der ASL (= American Sign Language). Experten sagen: Es gibt weltweit rund 200 verschiedene Gebärdensprachen.

Was bedeutet diese Gebärde?

B Viele Menschen machen einen Fehler. Sie setzen Gebärdensprache mit Pantomime gleich. Pantomime wird weltweit verstanden. Bei den Gebärdensprachen gibt es Dialekte und Fremdsprachen. Gebärdensprachen sind kompliziert. Neben den Handbewegungen spielt auch die Mimik eine Rolle. Zum Beispiel verändert sich die Bewegung der Augenbrauen. Es verändert sich die Bedeutung der Geste. Ich führe die zu einem Becher geformte Hand an den Mund. Es bedeutet „Ich trinke". Ich ziehe dabei die Augenbrauen hoch. Es wird daraus „Trinke ich?". Man will eine Unterhaltung führen. Man muss genau hinschauen. Man muss die Veränderungen sehr schnell bemerken.

C In Deutschland gibt es mittlerweile immer mehr Veranstaltungen wie Lesungen oder Vorträge, an denen auch Gehörlose teilnehmen können, da es bei solchen Veranstaltungen zwei Gebärdendolmetscher gibt, die die Vorträge in Gebärdensprache übersetzen, wobei sie sich etwa alle 15 Minuten abwechseln, da das simultane Übersetzen eine sehr hohe Konzentration erfordert, während manchmal auch die Hörenden mehr auf die Gebärden achten als auf die Worte, weil die Gebärden so interessant aussehen.

Lösungen
→ S. 295

1 a) Schreibt Textabschnitt **A** ab und setzt dabei alle Satzzeichen.
b) Unterstreicht alle Satzgefüge lila und alle Satzreihen gelb.

2 Untersucht den Satzbau in Textabschnitt **B** und **C**. Achtet auch auf die Satzanfänge. Erklärt für Textabschnitt **B** und **C**, was jeweils nicht gelungen ist.

3 Überarbeitet Textabschnitt **B**. Verwendet Satzreihen und Satzgefüge sowie passende Konjunktionen und Subjunktionen. Achtet auf die Satzzeichen.

4 Überarbeitet Textabschnitt **C**. Achtet auf die Satzzeichen.

14 Rund um den Globus

Regeln und Strategien der Rechtschreibung anwenden

1

die usa sind ein land von einwanderern. unsere vorfahren kommen zum Beispiel aus europa, asien und australien. deshalb gibt es bei uns viele unterschiedliche feste, bräuche und sitten. diese bunte mischung ist zugleich die stärke unserer nation.

1 Berichtet über unterschiedliche Sitten und Bräuche rund um den Globus.

2 A?a Lest die Aussage des amerikanischen Jungen **1**. Entscheidet, welche Wörter großgeschrieben werden. Erklärt, woran ihr das erkannt habt.

3 → Ergänzt in der Äußerung des tansanischen Jungen **3** (Seite 247) die fehlenden Buchstaben und schreibt die Wörter auf. Überprüft mithilfe der Verlängerungsprobe.

Das lernt ihr jetzt!

14.1 Rechtschreibstrategien nutzen
14.2 Großschreibung beherrschen
14.3 Wörter mit langem Vokal, gleich und ähnlich klingende Konsonanten, Adjektive auf *-ig*, *-lich*, *-isch* und Wörter mit *s*-Lauten schreiben, die Schreibung gleicher Laute in verschiedenen Sprachen untersuchen
14.4 Wörterbuch und digitale Rechtschreibprüfung nutzen

2

Meine Heimatstadt Istanbul ist die bevölkerungsreichste Stadt der Türkei. Sie liegt gewissermaßen auf zwei Kontinenten, an der Nahtste(l/ll)e zwischen Europa und Asien. Geografisch betrachtet tre(n/nn)t die Meerenge des Bosporus die beiden Kontinente, aber in der Kultur Istanbuls sind europäische und asiatische Einflüsse unmi(t/tt)elbar verbunden.

3

„Karibu" heißt bei uns in Tansania „willkommen". Ich wohne am Fuße des Kilimandscharo. Das ist der höchste freistehende Ber ... der Wel ... . Mit einer Höhe von 5885 m überra ... t er die ganze Gegen ... . Der We ... zum Gipfel ist schwieri ... und anstrengen ... .

4 Schreibt aus der Äußerung des türkischen Mädchens **2** die unterstrichenen Satzteile ab und ergänzt die fehlenden Buchstaben. Überprüft eure Entscheidungen mit dem Haus-Garage-Modell (Seite 338).

5 Begründet in der Äußerung des türkischen Mädchens **2** die Schreibung der *s*-Laute in den grau markierten Wörtern.

14.1 Los geht's · Rechtschreibstrategien nutzen

Einmal um die ganze Welt

A Einmal rund um die Welt? Anders als bei einer Weltreise muss bei einer Weltumrundung jeder Längengrad der Erde einmal überquert werden – zu Fuß, mit dem Fahrrad, Motorrad, Auto, Schiff, Flugzeug oder Raumfahrzeug.

B Die erste Weltumrundung gelingt dem portugiesischen Seefahrer Ferdinand Magellan schon im frühen 16. Jahrhundert. 1519 bricht er mit 244 Besatzungsmitgliedern von Spanien aus auf. Nur achtzehn seiner Männer kehren 1522 nach zwei Jahren, elf Monaten und zwei Wochen wieder nach Spanien zurück. Magellan selbst stirbt bereits 1521 während der Expedition. Trotzdem gebührt ihm[1] der Ruhm, als Erster die Erde umrundet zu haben.

C Im 17. und 18. Jahrhundert gerät der Drang nach Umrundung des Planeten zunächst beinahe in Vergessenheit. Erst seit der Veröffentlichung des Romans „Reise um die Erde in 80 Tagen" von Jules Verne im Jahr 1873 steigt das Interesse am Thema Weltumrundung wieder. Seitdem versuchen Menschen auf nahezu jede erdenkliche Art und Weise einmal um die ganze Welt zu gehen, zu fahren oder zu fliegen.

1 gebührt ihm: gehört ihm, steht ihm zu

1 Welche Rechtschreibstrategien könnt ihr anwenden, wenn ihr bei der Schreibung der unterstrichenen Wörter an den blau markierten Stellen unsicher seid?
- Übernehmt die folgende Tabelle.
- Ergänzt die fehlenden Überschriften in den Spalten und die Symbole.
- Ordnet die unterstrichenen Wörter aus dem Text ein.
- Orientiert euch an den Beispielen.

…	…	Mitsprechen
rund → runde	*Längengrad → lang*	*Fahrrad → Fahr-rad*
…	…	…

2 Bei der Schreibung der grau markierten Wörter helfen euch die Rechtschreibstrategien nur zum Teil. Den Wortstamm dieser und ähnlicher Wörter müsst ihr euch einprägen.

a) Verwendet die folgenden Wörter in Sätzen:
während – währenddessen – etwas währt lange – ihm gebührt der Ruhm – gebührend – die Gebühr

b) Bildet zu *Ruhm, Jahr, kehren* und *fahren* so viele Zusammensetzungen und Ableitungen wie möglich und schreibt sie auf. Unterstreicht jeweils das *h*.

3 Erklärt, woran man im Textabschnitt **C** die Nomen erkennen kann. Nutzt dabei die folgenden Signale oder Arbeitstechniken:

Treppen bauen → S. 339

Artikelwort als Begleiter | auf typische Suffixe (Nachbausteine) achten | Treppen bauen

im (= in dem) Jahrhundert

4 Ergänzt in dem folgenden Text die Lücken und schreibt die Wörter richtig auf. Nutzt dabei die Rechtschreibstrategien.

Reise um die Welt mit (fast) 80 Jahren

Pünktlich um 12 Uhr f...hrt ein Oldtimer, Baujahr 1930, am Brandenburger Tor vor. Mehrere hunder... Fans warten dort berei...s, als Heidi Hetzer aus dem Fahrzeu... stei...t. Sie ist fast ach...ig Jahre al.... Als die Rentnerin den Fernsehturm sieht, f...ngt sie bein...e an zu weinen. Im Juli 2014 machte sich die Motorsportlerin auf den We.... Ihr Ziel: einmal run... um den Er...ball. 960 Tage war sie unterwe...s. Ihre Reise führte sie durch ungefähr 60 L...nder. Nun wolle sie ihren 80. Gebur...ta... zu Hause in Berlin feiern, erkl...rt Heidi Hetzer. Ihr Fazit nach der fast dreij...hrigen Reise: Viele Tr...me kann man verwirklichen, man muss es nur wollen.

Heidi Hetzer am Brandenburger Tor

Zu Fuß oder mit Überschallgeschwindigkeit

A Zwischen 1894 und 1896 gelang Friedrich Gustav Kögel und Fred Thörner die Umrundung der Welt. Damals wurde in einer amerikanischen Zeitung zu einer Wette aufgerufen: Wer schafft die Reise zu Fuß um die ganze Welt? Kögel und Thörner nahmen die Herausforderung an. Ihren Lebensunterhalt verdienten sie unterwegs durch Vorträge, Reiseberichte und Fotografien. Ihre Leistung fand damals ein großes Echo[1] in den Medien.
B [1995] erfo(l/ll)gte da(n/nn) die schne(l/ll)ste Weltumru(n/nn)dung a(l/ll)er Zeiten, die i(n/nn)erhalb der Atmosphäre sta(t/tt)fand. Um das zu scha(f/ff)en, wurde das Überscha(l/ll)flugzeug „Concorde" benu(tz/z/zz)t. [...] Ganze 31 Stunden benötigte der Pilot, u(m/mm) die insgesa(m/mm)t 36 784 Kilometer zurü(ck/k/kk)zulegen.

1 das Echo: hier: Verbreitung, Interesse

5 Sucht aus dem Textabschnitt **A** alle Nomen heraus. Erklärt, woran ihr sie erkannt habt.

6 Schreibt den Textabschnitt **B** richtig ab. Entscheidet dabei jeweils, was nach dem kurzen, betonten Vokal eingesetzt werden muss.
- Prüft, wo ihr das Haus-Garage-Modell nutzen könnt.
- Schreibt die Wörter auf, bei denen euch das Haus-Garage-Modell nicht hilft, die ihr euch also merken müsst.

Haus-Garage-Modell → S. 338

V12 Erklärvideo

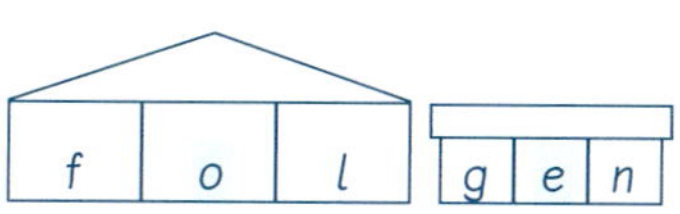

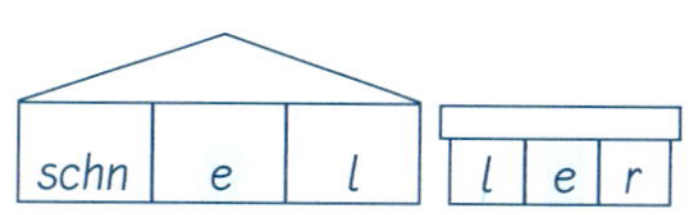

14.2 Weltkindertag – überall anders · Großschreibung beherrschen

Nominalisierungen erkennen

Die Tradition des Weltkindertages

A Der Kindertag wird weltweit begangen. Und doch feiert man ihn rund um den Globus sehr verschieden. In manchen Ländern ist er ein Fest für die Kinder – mit bunten Luftballons, fröhlichen Spielen und viel Spaß beim Tanzen und Singen. Anderswo ist er eher mit politischen Aufrufen zur Verbesserung der Lebenssituation der Kinder verbunden.

B Der erste Kindertag weltweit wurde am 23. April 1920 im Zusammenhang mit der Gründung eines neuen, modernen Staates in der Türkei eingeführt. Der Begründer der türkischen Republik hieß Kemal Atatürk. Sein Eintreten für Einigkeit, Unabhängigkeit und Modernes formten die heutige Türkei. Er sicherte nicht nur Frauen gleiche Rechte zu, auch für Kinder wollte er das Beste. Seither ist der 23. April – 23 Nisan – ein Feiertag für die Kinder in der Türkei.

Das Festlegen eines Weltkindertags übernimmt seit 1954 jeder Staat für sich. So ist das Feiern des Kindertags heute in 145 Ländern an ganz unterschiedlichen Tagen üblich.

C In Ländern wie Polen, Tschechien, Russland oder China wird der Kindertag am 1. Juni gefeiert. Dagegen feiern Kinder in Thailand am zweiten Samstag im Januar, in Mexiko am 30. April, in Japan und Südkorea am 5. Mai und in Finnland am 20. November.

In Deutschland gibt es sogar zweimal im Jahr einen Kindertag. Der Weltkindertag wird am 20. September begangen. Darüber hinaus wird der Kindertag vor allem im Osten Deutschlands traditionell[1] auch am 1. Juni gefeiert.

1 traditionell: gewohnheitsmäßig

○ **1** Stellt dar, wann und wie ihr den Kindertag feiert.

◒ **2** Woran erkennt ihr, dass es sich bei den blau markierten Wörtern um Nomen handelt? Schreibt diese Nomen mit ihren Erkennungsmerkmalen auf.

◒ **3** Erklärt, wodurch sich die grau markierten Nomen im Textabschnitt **A** von den blau markierten unterscheiden. Betrachtet dazu die Wortstämme genauer.

S. 290 ○ ← ◒ **4** Nomen, die unverändert aus einem Wort einer anderen Wortart entstanden sind, nennt man Nominalisierungen. Sucht aus dem Textabschnitt **B** weitere Beispiele für Nominalisierungen und schreibt sie mit ihrem Ausgangswort und dessen Wortart auf. Orientiert euch an dem Beispiel.

das Laufen – laufen (Verb)

S. 290 ◒ ← ● **5** Einige Nomen im Textabschnitt **C** haben keine Begleiter. Erklärt, wie man sie dennoch als Nomen erkennen kann.

MK **6** **EXTRA** Recherchiert, wie der Weltkindertag in verschiedenen Ländern gefeiert wird. Geht arbeitsteilig vor und erstellt eine kurze Präsentation.

Alexander Gerst in einer Videobotschaft aus dem Weltall

Kindertagsgrüße aus dem Weltall

Für den Weltkindertag am 20. September 2018 hatten sich der Astronaut und UNICEF-Botschafter[1] Alexander Gerst und die Musiker Sido und Andreas Bourani etwas Außergewöhnliches ausgedacht: eine Videobotschaft aus dem Weltall. Dazu haben Sido und Bourani ihren Hit „Astronaut“ neu aufgenommen und durch eine Videobotschaft Gersts direkt von der Weltraumstation ISS[2] ergänzt. Mit ihrem Song wollen sie aber keineswegs nur alles Gute zum Kindertag wünschen. Vielmehr ist das Video ein Aufruf zum Schutz unseres Planeten für die Zukunft der Kinder. Noch immer müssen Kinder weltweit viel Leidvolles und Bedrückendes erleben. Trotz vieler Bemühungen hat sich daran bis heute nichts Grundlegendes geändert. Beim Blick aus dem All – so der Astronaut Gerst – erscheint die Zerstörung unseres Planeten absurd[3]. Wir sollten alles Menschenmögliche tun, um die Welt zu einem besseren Ort für Kinder zu machen. Jeder Einzelne könne dabei mithelfen, sagt Alexander Gerst. Deshalb hat UNICEF zum Teilen des Videos aufgerufen.

1 der UNICEF-Botschafter: UNICEF: Kinderhilfswerk der Vereinten Nationen, kümmert sich um die Rechte der Kinder; UNICEF-Botschafter unterstützen die Organisation bei ihrer Arbeit 2 Weltraumstation ISS: internationale Forschungsstation im Weltall 3 absurd: sinnlos, gegen den gesunden Menschenverstand

7 Die unterstrichenen Wörter sind Nominalisierungen. Erklärt, wie sie entstanden sind.

a) Bestimmt die Wortart der Ausgangswörter.

b) Prüft, welche anderen Wörter im Satz euch einen Hinweis darauf geben, dass es sich um Nominalisierungen handelt. Schreibt die entsprechenden Wortgruppen auf. Orientiert euch an dem Beispiel.

außergewöhnlich (Adjektiv) → etwas Außergewöhnliches

MK **8 EXTRA** Schaut euch die Videobotschaft im Internet an. Schreibt auf, worüber ihr mit „Astro-Alex“ gern sprechen würdet. Verwendet dabei Nominalisierungen.

9 Bildet aus den folgenden Verben und Adjektiven Nominalisierungen. Nutzt dazu die Präpositionen und die unbestimmten Mengenangaben.

beim vom vorm zum zur

essen erinnern erklären feiern lernen schlafen singen tanzen trinken vorlesen

alles etwas viel wenig manches nichts einiges

bunt gelungen gut lustig nutzbringend schön überflüssig verboten verlockend

Nominalisierungen S. 339 **KOMPETENZBOX**

V13 Erklärvideo

V14 Erklärvideo

Nomen und Nominalisierungen erkennen

Prüft, welche Hinweise das Wort selbst gibt.

Suffix (Nachbaustein) als Signal beachten	***Beispiele***
Endet das Wort auf *-ung*, *-heit*, *-keit*, *-nis*, *-schaft* oder *-tum?*	*Brauchtum, Einigkeit, Verbesserung*

Prüft, was vor dem Nomen steht oder ergänzt werden kann.

Begleiter als Signal nutzen	
Steht vor dem Wort ein Artikelwort (zum Beispiel ein bestimmter oder unbestimmter Artikel), das sich auf das Wort bezieht?	*das Außergewöhnliche,* *das fröhliche Feiern*
Achtung: Ein Artikel kann auch in einem Wort wie *am, ans, beim, durchs, fürs, im, zum, vorm* oder *zur* versteckt sein.	*beim Singen → bei dem Singen*

Adjektivprobe durchführen	
Lässt sich im Satz direkt vor das Wort ein Adjektiv setzen, das sich dabei verändert?	*Sie planen Spiele und Tänze. →* *Sie planen lustige Spiele und Tänze.*

Verben und Adjektive können im Satz als Nomen gebraucht werden, sie werden nominalisiert. Um Nominalisierungen zu erkennen, könnt ihr auf Folgendes achten:

Auf unbestimmte Mengenangaben achten	
Steht vor dem Wort eine unbestimmte Mengenangabe, zum Beispiel *alles, wenig, viel, nichts, etwas, manches?* Danach schreibt man deklinierte Adjektive groß.	*alles Gute, nichts Grundlegendes, viel Schönes*

Höflichkeitsformen verwenden

Eine Einladung zum Kinderfest

Cuma, dessen Familie aus der Türkei stammt, lebt in Pforzheim. Am 23. April wird der Kindertag 23 Nisan in Cumas Stadtviertel gefeiert. Er lädt seine Klassenlehrerin per E-Mail dazu ein.

Von: cuma_3000@mail.de
An: t.kramer@schule.de
Betreff: Einladung

Liebe Frau Kramer,

am Mittwoch, dem 23.04., feiern wir von 15 bis 18 Uhr im Stadtteilpark unser traditionelles türkisches Kinderfest 23 Nisan. Dazu möchte ich Sie herzlich einladen. Bringen Sie doch bitte auch Ihre beiden Kinder mit, denn sie werden bestimmt Spaß haben. Wir haben viele lustige Spiele vorbereitet. Zu essen und zu trinken gibt es türkische Spezialitäten, die Ihnen und Ihren Kindern bestimmt schmecken werden. Es wäre für meine Eltern und mich eine große Freude, Sie zu unserem Fest zu begrüßen.

Herzliche Grüße
Cuma

1 Beurteilt die Einladung Cumas. MK

S.290 **2** Übernehmt die folgende Tabelle und ordnet die markierten Wörter aus der E-Mail ein.

Personalpronomen	Possessivartikel	Höflichkeitsform
...	*unser*	*Sie*

3 Erklärt mithilfe der Kompetenzbox die Schreibung der Possessivartikel und Pronomen in dem folgenden Satz.

Bringen Sie doch bitte auch Ihre beiden Kinder mit, denn sie werden bestimmt Spaß haben.

4 Cuma möchte über den Klassenchat seine Mitschülerinnen und Mitschüler einladen. Schreibt die Einladung. Entscheidet, ob ihr *ihr*, *euch* oder *eure* groß- oder kleinschreiben wollt. Innerhalb eines Textes solltet ihr aber nicht hin- und herwechseln. MK

V15 Erklärvideo

KOMPETENZBOX

Höflichkeitsformen verwenden

höfliche Anrede → immer

Großschreibung
Ich lade Sie herzlich dazu ein. Vielen Dank für Ihre E-Mail.

vertrauliche Anrede

Großschreibung
Ich lade Dich herzlich dazu ein. Vielen Dank für Deine E-Mail.

oder

Kleinschreibung
Ich lade dich herzlich dazu ein. Vielen Dank für deine E-Mail.

Großschreibung beherrschen

○ **1** Schreibt aus dem folgenden Text die unterstrichenen Wörter auf.
Ergänzt zu jeder Nominalisierung das Ausgangswort. Orientiert euch an dem Beispiel.

viel Leckeres – lecker

Das Essen beim türkischen Kinderfest

Die Veranstalter des türkischen Kinderfestes haben viel Leckeres für die Gäste vorbereitet. An einem Stand gibt es allerlei Gegrilltes, das sogenannte Köfte. Das sind Fleischbällchen. Zum Essen reicht man dazu Tomaten und Fladenbrot (Pide). Beim Backen dieses Brotes kann man zusehen. An einem der Stände wird Simit zum Kauf angeboten, ein ringförmiges Gebäck aus Hefeteig. Es wird durch Wälzen in Sesamkörnern verziert. Beliebt ist auch Süßes wie Tulumba. Das ist so etwas Ähnliches wie Spritzkuchen.

S. 290 ○ ← ◒ **2** Schreibt den folgenden Text ab und entscheidet, ob die markierten Wörter klein- oder großgeschrieben werden müssen. Nehmt die Kompetenzbox auf Seite 252 zu Hilfe.

Natürlich bieten (s/S)traßenverkäufer beim Kinderfest auch etwas (e/E)rfrischendes zu (t/T)rinken an. Sehr beliebt ist Ayran, ein (l/L)eckeres Joghurtgetränk. Das (h/H)erstellen des Getränks ist ganz einfach. Man braucht 150 g (g/G)ekühlten Naturjoghurt, 50 ml (k/K)altes Wasser, einen halben Teelöffel Salz oder etwas (h/H)erzhaftes, wie zum Beispiel (k/K)noblauch. Kurz vorm (s/S)ervieren gibt man noch zwei Eiswürfel in jedes Glas. Zum (v/V)erzieren eignet sich Zitronenmelisse.

S. 290 ◒ ← ● **3** Ein Flyer soll die Besucher des Kinderfestes auf eine besondere Mitmachaktion aufmerksam machen. Leider haben sich einige Fehler in der Groß- und Kleinschreibung eingeschlichen. Korrigiert den folgenden Text.

Achtung: Fehlertext

Machen sie mit beim Upcycling-Basteln!

Kennen sie das? Die Bunten Gummistiefel vom Letzten Jahr passen nicht mehr, aber zum wegwerfen sind Sie eigentlich viel zu schade. Beim upcycling verwandeln wir Sie in coole Blumentöpfe. Das glauben sie nicht? Dann bringen sie ihre Gummistiefel zum Upcycling-Stand des Kinder- und Jugendzentrums. Hier wird manches unnütze wieder „aufgemotzt". Falls sie keine Gummistiefel besitzen, können sie die Originellen Blumentöpfe und andere Upcycling-Produkte am stand für sich und ihre lieben auch kaufen. Und das gute daran: Der erlös geht an UNICEF.

Christian Schneider: Warum der Weltkindertag wichtig ist (2018)

Es gibt sie, die schönen Erfolgsmeldungen über die Situation der Kinder. Und die wichtigste möchte ich mit Ihnen teilen [...]: Uns allen zusammen ist es gelungen, die weltweite Kindersterblichkeitsrate auf einen neuen Tiefstand zu senken. Gerettetes Kinderleben in Millionenhöhe – ich bin sicher, Sie stimmen mir bei der Bewertung dieser Nachricht zu. Aber zu unserer Verantwortung bei UNICEF gehört es eben auch, auf die andere Seite hinzuweisen, auf die wirklich sehr schlechten Nachrichten aus Sicht der Kinder.
[...] Deshalb sind Tage wie der Weltkindertag, an denen wir die Rechte der Kinder in Erinnerung rufen und auf ihre Lage aufmerksam machen, so wichtig.
Denn jedes Kind auf der Welt braucht und hat das Recht auf eine Kindheit, die diesen Namen verdient. Alle Eltern auf der Welt wünschen sich für ihre Kinder, dass sie sicher und geborgen (a/A)ufwachsen. Umgeben von der Familie und Freunden, mit einem (f/F)esten Dach über dem Kopf, ausreichender (n/N)ahrung, mit der (m/M)öglichkeit, zu (l/L)ernen und zu (s/S)pielen. Mit anderen Worten: Eine möglichst unbeschwerte Kindheit. Sollte das nicht selbstverständlich sein? [...]
Wenn Sie das auch so sehen, würde ich mich freuen, wenn Sie mit uns den Appell von Alexander Gerst, Sido und Andreas Bourani teilen: Lasst uns gemeinsam die Erde zu einem besseren Ort für Kinder machen. Für jedes Kind.

4 Begründet, warum die unterstrichenen Wörter in dem Text groß- oder kleingeschrieben sind.

S.290 **5** Schreibt den grau markierten Textabschnitt ab und setzt die richtigen Anfangsbuchstaben ein. Unterstreicht die Signale für die Großschreibung.

6 Begründet die Groß- und Kleinschreibung der blau markierten Pronomen und Possessivartikel in dem Text.

7 Schreibt den folgenden Aufruf ab und setzt die passende Anrede (Pronomen oder Artikelwörter) ein.

Spendenaufruf

UNICEF macht uns allen bewusst, wie sehr Kinder unsere Hilfe brauchen, aber UNICEF steht auch für die Lösung. Helfen ... auch mit, mit ... Spende. Dank ... regelmäßigen Spende können wir auch bei Katastrophen oder in Kriegsgebieten sofort für Kinder da sein. Als UNICEF-Patin oder -Pate ermöglichen ... Kindern ein besseres Leben.

(Basketballstar Dirk Nowitzki, UNICEF-Botschafter)

Der deutsche Basketballer Dirk Nowitzki ist seit 2013 UNICEF-Botschafter.

14.3

Die ganze Welt an einem Tisch · Gleich und ähnlich klingende Laute schreiben

Wörter mit langem Vokal schreiben

Tischsitten und Essgewohnheiten rund um den Globus

„… und gib dir Mühe, dich bei Tisch möglichst nicht danebenzubenehmen!" Diesen guten Rat eurer lieben Eltern kennt ihr wohl zur Genüge. Dabei ist das gar nicht so leicht. Die Tischsitten sind nämlich rund um den Globus sehr verschieden: Während man in Europa stets gerade am Tisch sitzen sollte, nehmen die Menschen in vielen afrikanischen Staaten die Mahlzeiten auf dem Boden sitzend ein. Hier isst man den Reis oder Couscous seit uralten Zeiten auch nicht mit Gabel oder Löffel, sondern mit der Hand aus einer in der Mitte stehenden Schale. In Europa gehört es sich dagegen nicht, mit den Fingern zu essen. Obwohl … Für Hühnerkeulen oder Garnelen darf man auch hierzulande die Hand nehmen.

mauretanische Familie beim Mittagessen

○ **1** Stellt dar, welche Tischsitten und Essgewohnheiten ihr kennt.

S.291 ◒ ← ● **2** Zeichnet eine Tabelle mit vier Spalten. Übernehmt den Tabellenkopf aus der Kompetenzbox.

a) Ordnet alle Wörter mit langem Vokal aus dem grau markierten Textabschnitt ein. Unterstreicht den langen Vokal.

b) Überprüft anhand eurer Tabelle, welche Schreibung am häufigsten ist.

3 **EXTRA** Schreibt die folgenden Wortpaare jeweils auf zwei Memory-Kärtchen. Ergänzt zu zweit weitere Paare nach diesem Muster. Spielt gemeinsam Memory.

es weht | wehen   spüren | Gespür

Wörter mit langem Vokal S.340 **KOMPETENZBOX**

V16 Erklärvideo

Wörter mit langem Vokal schreiben

Der lang gesprochene Vokal kann im Deutschen ganz verschieden gekennzeichnet sein. Ihr müsst euch die Schreibung des langen Vokals deshalb merken (**Merkwörter**).

ohne Kennzeichen	*ie*	Dehnungs-*h*	Doppelvokal
Die langen Vokale ***a***, ***e***, ***o*** und ***u*** haben oft keine Längenkennzeichnung. Das lange *i* ist in Fremdwörtern oft ohne Kennzeichen.	In den meisten deutschen Wörtern kennzeichnet man den langen *i*-Laut mit *ie*.	Das *h* kann man meist nicht hören. Es steht häufig **vor *l***, ***m***, ***n***, ***r***.	Eher selten wird der lange Vokal durch den Doppelvokal ***aa***, ***ee***, ***oo*** gekennzeichnet. Doppel-*u* gibt es im Deutschen gar nicht.

Gleich und ähnlich klingende Konsonanten schreiben

Fettige Fritten oder feines Filet[1]?

A Kochkunst oder Katastrophe? Viele Europäer verbinden die Esskultur Amerikas mit fettigem und vitaminarmem Fast-Food. Doch das ist ein Fehler. Die amerikanische Küche ist fast so vielfältig wie der Kontinent und seine Bewohner und bietet durchaus etwas für Feinschmecker. Die früheren Einwanderer haben ihre verschiedenen Arten zu kochen mitgebracht und insofern[2] eine ganz spezifische[3] Esskultur geformt.

B Auf den großen Farmen[4] Nordamerikas, wo Viehwirtschaft betrieben wird, gibt es deftige Fleischgerichte und Filets. Die Küche Mittelamerikas ist geprägt von den Portugiesen und Spaniern, die bereits in der ersten Phase der Eroberung des Kontinents vor ungefähr 500 Jahren als Seefahrer an der Küste Amerikas festmachten. Weiter im Süden finden sich afrikanische Einflüsse: Sklaven, die unfreiwillig nach Amerika verschleppt wurden, führten das Barbecue mit seinen exotischen[5] Gewürzen ein. Selbst Hamburger und Hot Dog, wofür die Amerikaner zweifellos eine besondere Vorliebe entwickelt haben, spiegeln das Phänomen[6] der Einwanderung wider: Aus Deutschland kommend traten sie schnell ihren Triumphzug[7] innerhalb Amerikas an. Der Begriff „Hot Dog“ lässt sich übrigens darauf zurückführen, dass die lange Wurst in Farbe und Form fast einem Dackelschwanz gleicht.

1 das Filet: besonders zartes Stück Fleisch **2** insofern: damit, somit **3** spezifisch: typisch, charakteristisch
4 die Farm: (engl.) der Bauernhof **5** exotisch: fremdländisch **6** das Phänomen: besondere Erscheinung, Ereignis
7 der Triumphzug: Siegeszug

○ **1** Nennt Gerichte, die ihr aus der amerikanischen Küche kennt.

○ **2** Lest die blau markierten Wörter laut und erklärt, welche Konsonanten in allen Wörtern gleich klingen, obwohl sie zum Teil unterschiedlich geschrieben werden.

S. 291 ○ ← ◒ **3** Ordnet alle blau markierten Wörter aus dem Textabschnitt **A** nach der Schreibung des *f*-Lautes in einer Tabelle.

◒ **4** **a)** Sucht für jede Tabellenspalte mindestens zwei weitere Beispiele aus dem Textabschnitt **B** heraus.
b) Prüft, ob sich in einer oder in mehreren Tabellenspalten bestimmte Regelmäßigkeiten in der Schreibung erkennen lassen. Besprecht eure Ergebnisse.

◒ **5** MK Prüft mithilfe eines Wörterbuchs, wie der *f*-Laut in den folgenden Wörtern geschrieben wird:

...antastisch, Fotogra...ie, Gra...ik, Geogra...ie, ...arao, ...ysik

○ **6** Untersucht die unterstrichenen Wörter im Textabschnitt **A**. Welche Konsonanten klingen gleich? Sucht weitere Beispiele aus dem Textabschnitt **B**.

7 a) Schreibt aus dem folgenden Text alle Wörter mit *w*-Laut heraus.
b) Prüft, was die Wörter gemeinsam haben, in denen der *w*-Laut mit *v* geschrieben wird.

Uramerikanisch: Die Vanilleschote

Der Golf von Mexiko mit seiner reichen Vegetation gilt als Wiege der Vanille. Vanilleschoten sind die Früchte einer Orchideenart. Bereits lange vor der Ankunft der Europäer wurde Vanille in Mexiko kultiviert. Heute wird das wertvolle Gewürz, das sich in der Küche äußerst variabel einsetzen lässt, zum Beispiel auf Madagaskar und Java angebaut.

8 Lest den Text laut. Achtet auf die Aussprache der unterstrichenen Konsonanten.

Barbecue auf Amerikanisch

Ob unterwegs oder im heimischen Garten – Barbecue ist ein Muss. Kaum ist die Sonne untergegangen, hat der Amerikaner zwecks dieses kulinarischen Vergnügens flugs seinen Grill angeheizt. Dabei ist ein leckeres amerikanisches Barbecue keineswegs eine Hexerei. Man benötigt frische Steaks vom Lamm, Schwein oder vom Ochsen. Auch Lachs wird gern gegrillt. Für die Marinade eignen sich Honig, Ahornsirup und verschiedene Gewürzextrakte. Frische Kräuter wie Rosmarin oder Salbei geben das gewisse Extra. Ein Klecks Barbecue-Sauce sorgt für das besondere Geschmackserlebnis. Zum Nachtisch gibt es oft S'mores, typisch amerikanische Grillkekse mit Marshmallows.

S. 291 **9** Schreibt aus dem Text alle Wörter mit *ks*-Laut heraus. Ordnet sie in einer Tabelle.

gleich und ähnlich klingende Konsonanten S. 341 **KOMPETENZBOX**

V17 Erklärvideo

Gleich und ähnlich klingende Konsonanten schreiben

Einige Konsonanten oder Konsonantenverbindungen werden unterschiedlich geschrieben, obwohl sie gleich klingen. Ihr müsst euch die entsprechenden Wortstämme merken (**Merkwörter**).

***f*-Laut**	***Beispiele***
f, vor allem deutsche Wörter und englische Fremdwörter	*Fleisch, Feinschmecker, Fast-Food*
v, vor allem Wörter mit *ver-*, *von* und *vor*	*verkaufen, vor, viel, Veilchen*
ph, vor allem Fremdwörter	*Triumph, Katastrophe, Phase, Phänomen*
***w*-Laut**	
w	*weit, würzen, wichtig*
v, vor allem Fremdwörter	*Vase, Vanille, Vitamin, Proviant, Sklave*
***ks*-Laut**	
x, vor allem Fremdwörter	*extra, Text*, aber auch in *Hexe, Axt*
chs	*Fuchs, Dachs, Lachs, Ochse, Achse, Wachs*
gs, vor allem in Adverbien, die auf *-s* enden	*flugs, unterwegs*
cks, oft in Ableitungen von Wörtern, die auf *ck* enden	*zwecks, Klecks*
ks, eher selten	*Keks*, zum Teil bei Pluralformen: *Steaks*

Gleich und ähnlich klingende Konsonanten schreiben

Die Gabel in die linke Hand, das Messer in die rechte?

Ob beim e...otischen Fünf-Gänge-Menü im Feinschmeckerlokal oder bei Burger und ...ritten im Fast-Food-Imbiss – Tischsitten sind durchaus nicht nur etwas für ...ornehme Leute. Doch wie vermeidet man kleinere und größere Katastro...en bei Tisch? Wer weltweit ...iel unterwe... ist, hat vielleicht schon festgestellt, dass selbst der Gebrauch des Beste... vielerorts ...ariiert. Klar ist: Das Messer führt man nicht zum Mund. Das gilt als unkulti...iert. Doch während man bei uns das Gemüse mit dem Messer auf die Gabel schiebt, werden in England alle Beilagen aufgespießt. Dabei hält man die Gabel wie einen Stift mit den Zinken nach unten.

Mahlzeiten werden nicht immer mit Messer und Gabel gegessen.

Auch in Amerika ...erwendet man das Messer ausnahmslos zum Schneiden. Hier wird das bereitliegende Messer sogar nur ...asenweise benutzt. Hat man das Fleisch geschnitten, legt man das Messer flu... wieder fort und isst mit der Gabel in der rechten Hand. In Lateinamerika wird das Messer häufig lin... und die Gabel rechts gehalten. Für Fisch, etwa für La..., wird oft ein Fischbesteck benutzt. Aus dem feinen ...ilet werden damit ...orsichtig die Gräten entfernt. Muscheln und Garnelen darf man in die Hand nehmen. In manchen afrikanischen Ländern isst man auch Reis mit den Fingern, aber nur mit der rechten Hand. Mit links zu essen, gilt als unfein, denn die linke Hand wurde in früheren Zeiten nach dem Toilettengang zum Abwischen benutzt. Allein deshalb ...iel es wohl keinem ...ernünftigen Menschen ein, mit der linken Hand ins Essen zu greifen.

S. 291 ◒ ← ● **1** Schreibt alle Wörter mit markiertem *f*-Laut, *w*-Laut und *ks*-Laut aus dem Text richtig auf. Achtet dabei auch auf die Großschreibung der Nomen.

◒ MK **2** Kennt ihr diese Gewürze und Kräuter? Setzt die richtigen Buchstaben ein. Benutzt ein Wörterbuch.

...anille	Sen...	Ing...er	La...endel	...acholder	...enchel	Sa...ran

◒ **3** Schreibt aus der Wortschlange alle Wörter mit *v* heraus.
a) Ergänzt jeweils ein weiteres Wort aus der Wortfamilie.
b) Prüft für jedes Wort, ob *v* als *w*-Laut oder als *f*-Laut ausgesprochen wird.

Adjektive auf *-ig, -lich, -isch* schreiben

Asien: Schmatzen und Schlürfen erlaubt

Die asiatischen Tischsitten weisen erhebliche Unterschiede zu den europäischen auf. So ist es in China ein üblicher Brauch, beim Essen zu schmatzen, zu schlürfen, zu rülpsen oder mit vollem Mund zu reden. Dies ist sogar bei königlichen Mahlzeiten so. Das Schlürfen hat folgenden Sinn: Gleichzeitig mit dem Essen gelangt Luft in den Mund. Erst dadurch kommen das richtige Aroma und der gute Geschmack zur eigentlichen Geltung. Die in Asien gebräuchlichen Löffel haben eine günstige Form für das Schlürfen.
Dafür gilt es in Asien als unschicklich, sich viele verschiedene Speisen gleichzeitig auf einen Teller zu nehmen. Während es in Deutschland üblich ist, sich an einem Büfett den Teller vollzuladen, dreht sich einem Asiaten bei diesem Anblick der Magen um. Er würde lieber fünf Mal gehen, als einen solch grausigen Mischmasch auf seinem Teller zu veranstalten.

1 Diskutiert, welche Missverständnisse aus unterschiedlichen Tischsitten entstehen können.

2 Übernehmt die folgende Tabelle. Sucht aus dem Text alle Adjektive mit *-ig, -lich* und *-isch* heraus und sortiert sie in ihrer Grundform in die Tabelle. Rahmt die Suffixe mit verschiedenen Farben ein.

-ig	*-lich*	*-isch*
gleichzeitig	*erheblich*	...

3 **a)** Lest die Adjektive in der Tabelle laut und vergleicht die Aussprache der drei Suffixe.
b) Erklärt, welche Rechtschreibschwierigkeiten sich ergeben könnten.

4 Ergänzt das richtige Suffix und ordnet die Adjektive in die Tabelle aus Aufgabe 2 ein.

empfind... japan... chem... geograf... theoret... biolog... pünkt... eil...

5 Untersucht die Adjektive *gruselig, kuschelig, himmlisch, seelisch, königlich* und *rötlich.*
a) Überlegt, wie die Adjektive gebildet wurden. Schreibt das Ausgangswort zusammen mit dem Adjektiv auf.
gruseln – gruselig
b) Rahmt die Suffixe ein und unterstreicht den Wortstamm. Achtet besonders auf das *l*.
grusel-ig
c) Was stellt ihr fest? Formuliert eine Regel.

6 Überprüft, wie die Adjektive auf *-isch* gebildet werden. Besprecht, wie die Nomen lauten, von denen die Adjektive abgeleitet sind. Was fällt euch auf?

Adjektive auf -ig, -lich, -isch S. 341 **KOMPETENZBOX**

V18 Erklärvideo

Adjektive auf *-ig, -lich, -isch* schreiben

Die Adjektivsuffixe *-ig, -lich, -isch* werden in vielen Gegenden Deutschlands gleich oder ähnlich ausgesprochen. Deshalb kann es zu Schwierigkeiten bei der richtigen Schreibung kommen.

Ihr könnt die folgenden Hilfen nutzen:

Problem	Hilfe	Lösung
Suffix *-lich*?	**Prüft, ob das *l* zum Wortstamm gehört.**	
königli...	*König*	*königlich* → *lich*
rötli...	*rot*	*rötlich* → *lich*
eili...	*Eile*	*l* gehört zum Wortstamm → kein Suffix *-lich*

→ Gehört das *l* **nicht zum Wortstamm**, handelt es sich immer um das Suffix *-lich*.

Suffix *-ig*?	→ **Verlängert das Wort.**	
zeiti...	*zeitige*	*zeitig* → *ig*
eili...	*eilige*	*eilig* → *ig*

→ Bei hochdeutscher Aussprache kann man in der verlängerten Form das *g* hören.

Suffix *-isch*?	**Der Wortstamm ist ein Fremdwort oder geografischer Name.**	
theoreti...	*Theorie*	*theoretisch* → *isch*
japani...	*Japan*	*japanisch* → *isch*

→ Adjektive auf *-isch* sind oft Ableitungen von Fremdwörtern oder geografischen Namen.

Schlagt im Zweifelsfall im Wörterbuch nach.

S. 291 ○ ← ◒ **7** Schreibt die Adjektive aus dem folgenden Text auf und ergänzt das Suffix.

Bitte nicht schnäuzen!

Auch in Asien gibt es bei Tisch vielfälti...e Tabus. So ist es in China ziemli... unhöfli..., sich beim Essen die Nase zu putzen. Stopft der auf diese Weise weni... manierli...e[1] Gast dann noch das Taschentuch in seine Hosentasche, empfinden das Chinesen nicht nur als grobschlächti..., sondern als wirkli... ekli... . Als ungebührli... gilt es in China auch, mit den Fingern zu essen. Man isst mit Stäbchen, und zwar selbstverständli... auch Geflügel – selbst dann, wenn es mit Knochen aufgetischt wird. Europäi...e Gäste sorgen in diesem Fall gewöhnli... für komi...e Situationen, wenn sie beim Essen mit Stäbchen unfreiwilli... kleckern. Einen typi...en Fehler begeht eigentli... auch, wer allzu hekti... isst. Das chinesi...e *„Guten Appetit!"* lautet nämli... *„man man chi"* – langsam essen! Tatsächli... halten sich aber auch viele Chinesen, wenn sie es eili... haben, nicht an diese Regel.

1 die Manieren: gutes Benehmen

S. 291 ○ ← ◒ **8** Bildet Adjektive aus geografischen Namen und Fremdwörtern.

Wörter mit *s*-Lauten schreiben

Überall dasselbe?

A Sushi in Deutschland und Thüringer Klöße in Südostasien? Der Genuss internationaler Speisen bringt Abwechslung in die Küche. Aber isst man auf diese Weise auch gesund? Und welche Ursachen lassen sich für die Internationalisierung unserer Küche nachweisen?

B 1492 lö...te die Entdeckung Amerikas die erste Veränderung der E...gewohnheiten aus. Was heute als typische Landesküche gilt, ist oft Ergebni... die...er ersten Pha...e weltweiten Austauschs. So traten amerikanische Gemü...e...orten wie die Tomate in Italien, die Paprika in Ungarn und die Kartoffel in Deutschland ihren ...iegeszug an, Chili wurde in Thailand heimisch, der Mais verdrängte in Afrika traditionelles Getreide wie Hir...e. Für eine zweite gro...e Welle der Internationalisierung ...orgten die Kolonien. Spanische und portugie...ische ...iedler rei...ten nach Amerika und veränderten die E...kultur. Eben...o i...t der Einflu... der franzö...ischen Küche in A...ien nachwei...bar.

C Die dritte Phase des Austauschs begann schließlich nach 1950. Italiener und Griechen, die nach Deutschland kamen, erweiterten unseren Speiseplan durch Gyros, Pizza und Pasta. Später folgte die asiatische Küche. Die Speisen wurden allerdings dem deutschen Geschmack angepasst. Man würzt weniger scharf und es gibt Soßen mit Sahne. Ähnliches passiert in Thailand mit den Würstchen, die dort als Salat mit Chili serviert werden.

1 Begründet die Schreibung des *s*-Lautes in den unterstrichenen Wörtern im Abschnitt **A**.

2 → Schreibt die markierten Wörter im Textabschnitt **B** richtig auf.

3 Prüft, welche der unterstrichenen Wörter im Textabschnitt **C** sich nicht mithilfe der Kompetenzbox erklären lassen. Schreibt diese Wörter auf.

Wörter mit *s*-Lauten S. 342 **KOMPETENZBOX**

V19 Erklärvideo

Wörter mit *s*-Lauten schreiben

vor dem *s*-Laut steht ein **langer Vokal** oder ***ei, au, eu, äu***

- *ß oder s?* → stimmloser *s*-Laut — *Maß, Glas*
  - ß → stimmloser *s*-Laut beim Verlängern des Wortes — *Klöße → Kloß*
  - s → stimmhafter *s*-Laut beim Verlängern des Wortes — *Gläser → Glas*
- *s* → stimmhafter *s*-Laut — *Speise*

vor dem *s*-Laut steht ein **kurzer Vokal**

- *s oder ss?* → Wortstamm ermitteln und Grundform bilden — *sie isst → essen*
  - *s* → auf den *s*-Laut folgt **ein** anderer Konsonant, zum Beispiel *p, t, k* — *Osten, mästen*
  - *ss* → auf den *s*-Laut folgt **kein** anderer Konsonant → *s*-Laut verdoppeln — *essen, Masse*

Zu Beginn eines Wortes ist der *s*-Laut **immer ein s**. Wörter wie *bis, als, es* müsst ihr euch merken.

Wörter mit *s*-Lauten schreiben

Esst das Beste aus jeder Küche!

Die internationale Küche i...t durchau... geeignet, un...eren Spei...eplan nicht nur abwech...lungsreicher zu gestalten, sondern die Ernährung ...ogar zu verbe...ern. So gelten beispielswei...e die Mittelmeerküche mit viel Ob...t und Gemü...e, Olivenöl und Pa...ta oder die japanische Küche mit ...eefisch, Rei..., ...ojabohnen und wenig Fett als be...onders ge...und. Doch ...elbstverständlich mu... man sich nicht um jeden Prei... mediterran[1] oder a...iatisch ernähren. Schlie...lich bringt jede Küche gro...artige Gerichte hervor.

Allerding... hat die Internationali...ierung der E...kultur auch ihre Schatten...eiten. Das Problem ist nicht, dass sich das, was weltweit gege...en wird, immer mehr ähnelt. Aber mei...t haben gerade Fast-Food-Gerichte und sü...e Getränke ihren ...iegeszug rund um den Globu... angetreten. Hei...t das, dass man auf viele internationale Gerichte verzichten sollte? Ganz sicher nicht. Wer Burger und Co in Ma...en statt in Ma...en i...t, hat schlu...endlich mehr Gelegenheit, das Be...te von dem zu ko...ten, was die internationale Küche zu bieten hat.

1 mediterran: nach Art der Mittelmeerländer

◒ **1** Übernehmt die folgende Tabelle. Ergänzt in den markierten Wörtern die *s*-Laute und ordnet sie in die Tabelle ein. Benutzt ein Wörterbuch, wenn ihr unsicher seid.

s	*ss*	*ß*
Globus	*verbessern*	...

○ **2** Sucht aus dem Wortgitter möglichst viele Wörter mit *s*-Laut und schreibt sie auf. Wer findet die meisten?

m	e	i	s	t	e	s	p	a	ß	v
a	s	s	c	h	m	e	i	ß	e	n
s	s	c	h	l	i	e	ß	e	n	u
s	e	h	o	p	s	t	l	a	s	s
e	n	a	s	e	t	r	i	s	t	s
h	a	s	e	t	r	a	s	t	o	ß
i	s	s	i	f	a	s	t	o	s	t
e	s	c	h	o	ß	s	a	ß	e	n
ß	k	u	s	s	e	e	s	e	n	f
f	u	ß	n	i	e	s	e	n	s	e

Typisches aus der Mittelmeerküche

Die Schreibung gleicher Laute in verschiedenen Sprachen untersuchen

Zum Tag der offenen Tür planen die Schülerinnen und Schüler der Internationalen Schule ein interkulturelles Café. Dazu sollen den Besuchern landestypische Gerichte aus den jeweiligen Heimatländern der Schülerinnen und Schüler angeboten werden. Hier sind einige der Vorschläge:

Tavuk şiş –
Hähnchenspieße, eine Spezialität aus der Türkei
(vorgeschlagen von Büşra)

Frozen Yogurt –
eine beliebte Erfrischung aus den USA
(vorgeschlagen von Deborah)

شاكرية –
Shakriya, Fleisch in Joghurtsauce, eine Spezialität aus Syrien
(vorgeschlagen von Ahmed)

Crêpes Suzette mit Mousse au chocolat –
ein Dessert aus Frankreich
(vorgeschlagen von Amelie)

1 Vergleicht die landestypischen Gerichte. Nutzen alle Sprachen dasselbe Schriftsystem?

S. 291 **2** MK Sucht die Wörter *şiş* und *Mousse au chocolat* in einem Online-Wörterbuch mit Aussprachefunktion.
a) Hört euch an, wie die Wörter ausgesprochen werden.
b) Findet heraus, wie der *sch*-Laut jeweils geschrieben wird.

3 Schaut euch die Tabelle an und vergleicht, wie das stimmhafte *s* und der *sch*-Laut in den verschiedenen Sprachen geschrieben werden. Erklärt, was im Deutschen besonders ist.

	stimmhaftes *s*	***sch*-Laut**
Deutsch	*s*	*sch*
Englisch	*z, s*	*sh*
Französisch	*z, s*	*ch*
Polnisch	*z*	*sz*
Türkisch	*z*	*ş*
Ungarisch	*z*	*s*

4 Im Deutschen wünscht man sich zum Essen „Guten Appetit".
- Wie ist das in anderen Sprachen, die ihr kennt?
- Schreibt den entsprechenden Ausdruck in allen Sprachen auf, die in eurer Klasse gesprochen werden.
- Erklärt, wie eine wörtliche Übersetzung ins Deutsche lauten würde.

5 Schülerinnen und Schüler einer Ulmer Grundschule haben auf die Straße vor ihrer Schule ein Stopp-Signal für Autofahrer gemalt. Erklärt, wie der Schreibfehler vermutlich zustande gekommen ist.

6 Deborah aus den USA hat ihr Rezept aufgeschrieben. Dabei haben sich einige Fehler eingeschlichen. Korrigiert die Fehler und erklärt, wie sie vermutlich entstanden sind.

Achtung: Fehlertext

Frozen Yogurt

650 g Magermilchjoghurt
200 ml geshlagene Zahne
Honig, Zaft einer halben Citrone
1 Packchen Vanillinzucker
15 Erdbeeren, fin puriert

Der Joghurt wird mit dem Honig, dem Vanillinzucker, dem Citronensaft und dem Erdbeerpuree verruhrt, anshließend vorzichtig die Zahne unterheben. Zum Shluss gibt man die Masse in ine geeyeg-nete Shussel und stellt zie in das Icefach des Kuhlshranks. Der Joghurt muss alle 15 Minuten gut durchgeruhrt werden, damit kyne Ice-Cristalle entstehen.

Frozen Yogurt

KOMPETENZBOX

Die Schreibung gleicher Laute in verschiedenen Sprachen untersuchen

Die gleichen Laute werden in verschiedenen Sprachen oft unterschiedlich geschrieben. Wenn ihr euch typische Unterschiede merkt, gelingt euch die richtige Schreibung in einer Fremdsprache leichter. Einige Beispiele für typische Schreibweisen:

***ei*-Laut**	***Beispiele***
Deutsch (*ei, ai*)	*Ei, Zeit, Hai*
Englisch (*i, ie, y, ye*)	*I, fine, pie, lie, my, why, bye bye*
stimmhafter *s*-Laut	
Deutsch (*s*)	*summen, Hose, reisen, Nase, lesen*
Englisch (*z, s*)	*zero, frozen, zoo, is, rise*
***sch*-Laut**	
Deutsch (*sch*)	*Schaf, waschen*
Englisch (*sh*)	*sheep, wash*

14.4 Von traditionell bis digital · Wörterbuch und digitale Rechtschreibprüfung nutzen

Weltweiter Postverkehr

Als Begründer des neuzeitlichen[1] Postwesens gilt Franz von Taxis. Er baute im Auftrag der Habsburgischen Dynastie vor circa 500 Jahren ein Kuriersystem[2] in ganz Westeuropa auf. Der Transport war aufwendig und langwierig. Im Abstand von je einer Tagesreise wurden Poststationen mit Herberge[3], Gasthaus und Pferdestall eingerichtet. Die Entwicklung von Eisenbahn- und Dampfschifffahrt brachte einen extremen Fortschritt. 1884 garantierte[4] die Post für die Strecke Zürich – London eine Lieferfrist von 24 Stunden. Seit 1847 fuhren Linienschiffe auf der Transatlantikroute zwischen Hamburg und New York. Sie beförderten neben Passagieren auch die Post nach Übersee, und zwar im sogenannten „Packet", einem geölten Sack aus Leder oder Leinen. Revolutioniert[5] wurde der internationale Briefverkehr noch einmal durch die Digitalisierung. Eine E-Mail ist in Sekundenbruchteilen weltweit verschickt und im Anhang der Nachricht kann man Grafiken, Fotos oder Videos beifügen.

1 neuzeitlich: die Zeit von ca. 1500 bis 1800 betreffend 2 der Kurier: Bote, Überbringer von Nachrichten 3 die Herberge: Unterkunft 4 garantieren: zusichern, fest versprechen 5 revolutionieren: hier: vollständig verändern, erneuern

1 Stellt dar, wie ihr schriftliche Nachrichten übermittelt.

2 Schreibt die unterstrichenen Wörter aus dem Text auf.
a) Besprecht, inwiefern man bei der Schreibung dieser Wörter unsicher sein könnte.
b) Unterstreicht mögliche Fehlerquellen. Orientiert euch an dem Beispiel.

Dynastie: Mit y, i oder ü? Mit oder ohne h? Mit i oder ie?

3 Für drei der unterstrichenen Wörter im Text gibt es jeweils zwei zulässige Schreibvarianten.
a) Schlagt im Wörterbuch nach, welche Wörter das betrifft.
b) Schreibt das jeweilige Wort in beiden Schreibweisen auf.

4 Die blau markierten Wörter sind in vielen Wörterbüchern nicht als Stichwort verzeichnet. Prüft mithilfe eures Wörterbuchs, wie ihr sie trotzdem nachschlagen könnt. Erklärt, wie ihr dabei vorgehen müsst.

5 Besprecht, welche anderen Möglichkeiten ihr neben dem gedruckten Wörterbuch kennt, um die Schreibweise von Wörtern nachzuschlagen. Erläutert Vor- und Nachteile dieser Arten der Rechtschreibprüfung.

6 Erklärt anhand des Ausschnitts aus dem gedruckten Wörterbuch (Seite 267), welche Informationen man hier außer der richtigen Schreibweise zu den einzelnen Stichwörtern findet.

◒ **7** MK Paul findet das Wort „Packet" weder im gedruckten noch im digitalen Wörterbuch. Erklärt seinen Fehler anhand der Abbildungen und formuliert einen Tipp für Paul.

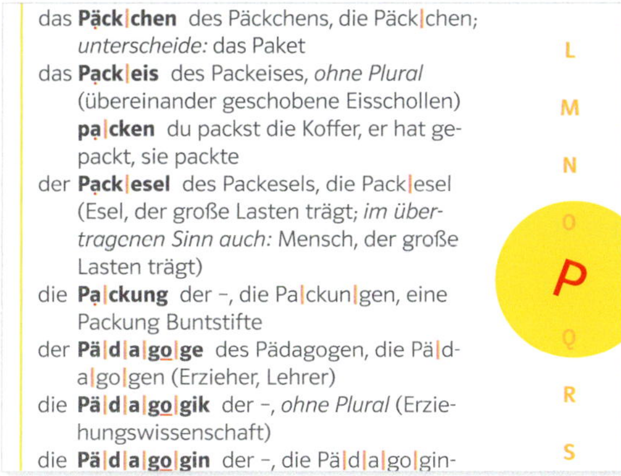
das **Päck|chen** des Päckchens, die Päck|chen; *unterscheide:* das Paket
das **Pack|eis** des Packeises, *ohne Plural* (übereinander geschobene Eisschollen)
pa|cken du packst die Koffer, er hat gepackt, sie packte
der **Pack|esel** des Packesels, die Pack|esel (Esel, der große Lasten trägt; *im übertragenen Sinn auch:* Mensch, der große Lasten trägt)
die **Pa|ckung** der –, die Pa|ckun|gen, eine Packung Buntstifte
der **Pä|d|a|go|ge** des Pädagogen, die Pä|d-a|go|gen (Erzieher, Lehrer)
die **Pä|d|a|go|gik** der –, *ohne Plural* (Erziehungswissenschaft)
die **Pä|d|a|go|gin** der –, die Pä|d|a|go|gin-

gedrucktes Wörterbuch

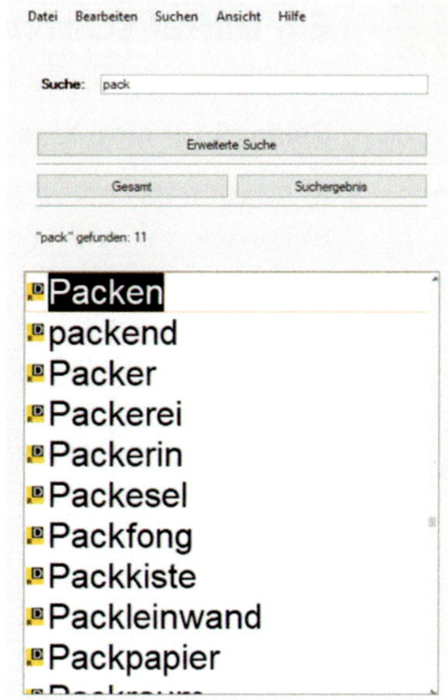

digitales Wörterbuch

S. 291 ○ ← ◒ **8** MK Schreibt die Wörter mit den Lücken richtig auf. Schlagt dazu die Wörter im Wörterbuch nach, um die richtige Schreibung zu überprüfen. Bei welchen Wörtern gibt es mehrere korrekte Schreibungen?

Der Weltpostverein

Im Jahr 1874 wird in Bern der Allgemeine Postverein gegründet, aus dem 1878 der Weltpostverein hervorgeht. Seit 1948 ist dieser Verein eine Sonderorganisa...ion der UNO. Von Bern aus wird alle vier Jahre der Weltpostkongre... organis...rt. Der Weltpostverein regelt den interna...ionalen Postverkehr und hilft ärmeren Ländern bei der Entwicklung moderner und e...izienter Postdienste. Wie wichtig eine solche Instan... ist, zeigen die aktuellen Zahlen: Auch im Zeitalter der Digitalis...rung werden ...irca 440 Mi...iarden Postsendungen weltweit pro Jahr a...alog verschickt. Man braucht viel ...antasie, um sich diesen riesigen Berg an Briefen und Pa...eten vorzustellen.

KOMPETENZBOX

Wörterbuch und digitale Rechtschreibprüfung nutzen

Ihr habt verschiedene Möglichkeiten, die Schreibweise eines Wortes zu überprüfen:

	gedruckte Wörterbücher	digitale Wörterbücher	Rechtschreibprüfung im Textverarbeitungsprogramm
Vorteile	– verlässliche Informationen	– schnelle Suche – kein Gewicht	– automatische Kennzeichnung der Fehler
Nachteile	– langsame Suche – hohes Gewicht des Wörterbuchs	– nicht alle Online-Wörterbücher bieten verlässliche Informationen – Strom, Akku nötig	– Programme erkennen nicht alle Fehler zuverlässig – nur beim Schreiben am Computer/Tablet nutzbar

Überlegt, wenn ihr ein Wort nicht findet, wie man es noch schreiben könnte.

Das könnt ihr jetzt!

Ein Diktat schreiben

Beispiel für eine Klassenarbeit

Lösungen
→ S. 295

1 a) Schreibt das Diktat zum Text „Brücke zwischen Kulturen und Freundschaften".
b) Korrigiert euer Diktat. Bestimmt dann mithilfe der Übersicht auf Seite 269 eure Fehlerschwerpunkte. Sortiert dazu eure falsch geschriebenen Wörter ein. An den Stellen, an denen ihr besonders viele Fehler gesammelt habt, könnt ihr in den Lerninseln nachschlagen.

A20 Diktat

Brücke zwischen Kulturen und Freundschaften

Ein Schulaustausch ist eine spannende Möglichkeit, neue Freunde zu finden und ein anderes Land kennenzulernen. Er dient als Brücke zwischen Kulturen und fördert das interkulturelle Verständnis, da man andere Lebensweisen, Traditionen und Bildungssysteme direkt erleben kann.
Zudem bietet er dir die Chance, neue Perspektiven zu gewinnen und deine Persönlichkeit weiterzuentwickeln.
Bei solch einem Austausch reist du für einige Wochen oder Monate ins Ausland und lebst dort bei einer Gastfamilie. Du besuchst die Schule des Gastlandes und erlebst den Schulalltag, die Fächer und die Freizeitaktivitäten der Jugendlichen dort. Beim Gegenbesuch kommt dann ein gleichaltriges Kind aus dem Gastland zu dir und deiner Familie.
Ein Schulaustausch fördert nicht nur dein Verständnis für andere Kulturen, sondern macht auch Spaß. Du kannst viel Neues entdecken, wie die kulinarischen Spezialitäten und die Sehenswürdigkeiten des fremden Landes. Manchmal entstehen sogar Freundschaften fürs Leben. Wenn sich dir die Gelegenheit bietet, an einem Austausch teilzunehmen, ergreife sie! Es wird mit Sicherheit eine unvergessliche Erfahrung.

(161 Wörter)

2 A?a Schreibt den folgenden Text in richtiger Groß- und Kleinschreibung ab. Unterstreicht im letzten Satz alle Signale, die auf ein Nomen hinweisen.

Achtung: Fehlertext

Unser platz im universum

Aus etwas größerer entfernung betrachtet, ist die erde nur ein planet in einem system von himmelskörpern, das aus sieben anderen großen planeten und mehreren zwergplaneten besteht. Das licht braucht etwa sechs stunden für die strecke von der sonne zum zwergplaneten pluto am äußeren rand des sonnensystems.
Vom mond aus sah die erde für die astronauten wie eine blaue murmel oder marmorkugel aus, die über der grauen und leblosen mondlandschaft in der schwärze des alls schwebt.

Sterne eines Planeten und der Galaxie

Eigene Fehlerschwerpunkte erkennen

Fehler	***Beispiele***	**Übungen/ Nachschlagen**
1. Fehler vermeidbar durch **Nomen und Nominalisierungen erkennen:**		
mit Artikelwörtern (bestimmte Artikel, unbestimmte Artikel, Possessivartikel, weitere Artikelwörter)	*die Katze | am Sonntag | mein Hund | alles Gute*	Nomen und Nominalisierungen erkennen, S. 252
mit häufigen Suffixen	*Verletzung | Mehrheit | Erlaubnis*	
2. Fehler vermeidbar durch **Wörter verlängern**:		
Wortende: *t/d, k/g, p/b*	*Berg | Rad | sie übt*	Verlängern, S. 338
Wortende: *s/ß/ss*	*Fuß | Schuss | Gras*	
Wortmitte: Doppelkonsonanten	*Schritte | schwimmen | schneller*	
Wortmitte: silbentrennendes *h*	*gehen | nahe*	
3. Fehler vermeidbar durch **verwandte Wörter suchen**:		
bei *e/ä, eu/äu* (zum Beispiel *Häuser – Haus*)	*Bälle | zähmen | träumen*	Ableiten, S. 338
bei Doppelkonsonanten	*es passt | wässrig*	
4. Fehler vermeidbar durch **Wörter in ihre Bestandteile zerlegen und Silbe für Silbe mitsprechen**:		
zum Beispiel Auslassungen von Buchstaben	*Unterricht | Fahrrad | Eichhörnchen*	Wörter deutlich mitsprechen, S. 338
5. Fehler vermeidbar durch **Merkworttraining**:		
Wörter mit *v/V* (zum Beispiel Präfixe *ver-, vor-*)	*viel | versuchen | vorgestern*	Merkwörter, S. 340–342
Wörter mit *ß*	*Fuß | Spaß | Gruß*	
häufig verwendete Wörter	*jetzt | ab | und | man*	
Wörter mit Dehnungs-*h*	*Zahl | Bahn | Jahr | lahm*	
Wörter mit Doppelvokal *(aa, oo, ee)* und *ai*	*Haare | Boot | Schnee | Kaiser*	
Wörter mit *ä*	*Käse | Bär | März*	
Ausnahmen bei langem *i*	*Bleistiftmine | Lid | ihr | ihm*	
Wörter mit *x, chs, cks, ks, gs*	*Axt | wachsen | Klecks | Keks | tagsüber*	
6. Sonstige Fehler:		
zum Beispiel Buchstabenverwechslungen (*s/z, n/m, r/ch, d/t, g/k, b/p, ch/sch*)	*sie sieht | sie zieht | Sand | gesamt | warten | Wacht | Faden | raten | Gasse | Kasse | Bass | Pass | kindlich | kindisch*	genaues Lesen, Merkwörter S. 341

Starthilfen

1 Erfindungen: sehr patent! · Sich und andere informieren

S.13 ○ 2 Übernehmt die folgende Tabelle und ergänzt.

W-Frage	Textstelle, die Antwort auf die W-Frage enthält
Wer?	*menschenähnliche Roboter (Zeile 10–19)*
Was?	*Roboter werden in Schulen eingesetzt. (Zeile 8–13, 41–44, 65–71)*
Wie?	*Sie werden zum Beispiel in den folgenden Unterrichtsfächern eingesetzt ... (Zeile 8–11, 51, 63) ...*
Wo?	...
Wann?	...
Warum?	...
Welche Folgen?	...

S.13 ○ 5b Ihr könnt folgende Schlüsselwörter verwenden:
Abschnitt A: Android, Schule, Lehrassistent
Abschnitt B: Japan, Land der Roboter
Abschnitt C: Grundschulen, Hugvie, kuscheln
Abschnitt D: Lernfächer, Commu, Vorträge

S.16 ○ 1
- Benennt bei Aufgabe 1e Unterschiede zwischen 2022 und den anderen Jahren.
- Achtet bei Aufgabe 1f auf den Zusammenhang von Internetnutzung und Alter.

S.17 ◒ 5 Ihr könnt folgende Wörter verwenden: *Kreisdiagramm, Anteile, ein bestimmter Zeitpunkt, zeitliche Entwicklung nicht darstellbar.*

S.19 ○ 2 Übernehmt die folgende Tabelle und ergänzt.

Erfindung/Entdeckung	Erfinder/Entdecker	Zeitpunkt	Beschreibung
...	...	*1565*	...
Bleistift	...	...	...
...	...	...	*Metall, wurde in Tintenfass getaucht*
Füllfederhalter	*Frederick Bartholomew Foelsch*	...	...
moderner Füller	...	*1884*	...
...	...	...	*kleine Kugel in der Spitze, dicke Tinte*

S.19 ◒ 4a *Man sieht hier, was man mit dem Smartphone so machen kann und auch wie oft.*
→ *In der Einleitung muss das Thema deutlich benannt werden (Überschrift des Diagramms nutzen). Das Diagramm ..., wie häufig ... verschiedene Handy-/Smartphonefunktionen nutzen.*

Man sieht links, dass es viele Funktionen gibt, und unten steht, wie viele Leute das machen.
→ *Es muss deutlich beschrieben werden, was auf den jeweiligen Achsen abgebildet wird. Auf der y-Achse ..., auf der x-Achse ...*

Die Farben zeigen dann, wie oft was genutzt wird.
→ *Es muss genau beschrieben werden, was durch die Farben gezeigt wird. Die Gruppe der ... wird mit der Farbe ... dargestellt.*

S. 21 ◒ **2** Ihr könnt folgende Hilfen verwenden:

- Wer hat den Text veröffentlicht? Wird er vermutlich gut verständlich sein?
  Internetadresse untersuchen, Quelle im Link ansehen, Internetseite für Kinder und Jugendliche (zum Beispiel Was ist Was) oder eher für Erwachsene?
- Wie gut passt der angegebene Text thematisch?
  Überschriften genau lesen
- Handelt es sich um Werbung oder einen Informationstext?
  Artikelanfang im Link lesen

S. 23 ○ **1a** Beantwortet die folgenden Fragen, um die Tabelle auszufüllen:
Verständlichkeit: Werden viele Fremdwörter benutzt? Wird viel Vorwissen vorausgesetzt?
Nutzen für den Vortrag: Passt der Inhalt zum Thema? Welche Informationen fehlen?

S. 25 ○ **5** Achtet auf die zeitliche Reihenfolge der Informationen und auf den Zusammenhang der Stichpunkte. Verbessert den Schluss.

S. 25 ○ **6** Ihr könnt den folgenden Anfang für eure Gliederung verwenden:

Einleitung:
1. Das Telefon in unserem Alltag
Hauptteil:
2. Vorläufer des Telefons
3. Das erste Telefon
4. …

2 Das sehe ich anders! · Sprachlicher Umgang mit anderen

S. 32 ○ **3a** Übernehmt die folgende Tabelle und ergänzt. Nutzt die Kompetenzbox auf Seite 34.

Aussage	Argument
Autos halten im Parkverbot (Zeile 1–2)	…
…	…
Das ist aber gefährlich. (Zeile 3)	*Besser ist es deshalb, zur Schule zu laufen. (Zeile 8–9)*
…	*Bewegung an frischer Luft sorgt für besseren Schulstart (Zeile 11)*

S. 35 ○ **1**
- Es gibt insgesamt sechs Argumente und zwei Beispiele.
- Zwei Argumente sind wenig überzeugend und geeignet.

S. 38 ○ **1** Überarbeitet mindestens die markierten Stellen. Unpassende Formulierungen sind blau und Wortwiederholungen grau markiert.

Hallo,
mein Freund, der zur Nachbarschule geht, hat erzählt, dass sie während der Pausen in ihren Klassen bleiben dürfen. Ich finde es unfair, dass die das dürfen und wir nicht, und will deshalb auch das Recht haben, drinnenzubleiben.
Wir müssen auch dann raus, wenn es saukalt ist, egal, ob wir uns dabei eine fette Erkältung holen. Manchmal vergessen wir dann auch, unsere Jacken mit rauszunehmen, und dann schlottern wir erst

Starthilfen

recht. Manchmal war auch morgens das Wetter noch besser, sodass man ein T-Shirt anhat, obwohl man in der Pause dann eine Jacke bräuchte.
Außerdem meckern viele Lehrerinnen und Lehrer, wenn wir am Stundenanfang noch nicht all unsere Sachen auf dem Tisch haben, obwohl wir gerade erst reingekommen sind. Wann bitte sollten wir dann unsere Sachen auspacken?!
All diese Probleme hätten wir nicht mehr, wenn wir drinbleiben dürften, und wir wären dann auch viel zufriedener. Ändern Sie also die Pausenregeln!
VG
Leonie

S. 38 ○ 2 Entscheidet, ob es sich bei den markierten Pronomen um Anredepronomen handelt.

Sehr geehrter Herr Schulz,
ich wende mich an sie, weil ich sie bitten möchte, ihren Standpunkt zur Pausenregelung an unserer Schule zu überdenken. Durch Freunde, die zur Nachbarschule gehen, habe ich erfahren, dass sie ihre Pausen anders als wir in ihrem Klassenraum verbringen dürfen.
Es wäre schön, wenn sie uns dies auch erlauben würden, weil dies viele Vorteile hätte.

S. 39 ◒ 5 Folgende Aspekte könnte die Schulleitung in ihrer Antwort anführen:
- keine frische Luft
- zu wenig Bewegung
- Unordnung
- Probleme bei der Pausenaufsicht
- …

S. 39 ○ 6 Ihr könnt folgende Aspekte in der E-Mail thematisieren:
- Lesbarkeit der Handschrift
- Rechtschreibprogramme
- Bedeutung von Computern/Textverarbeitungsprogrammen für späteres Leben
- …

3 Nachtgestalten und andere unheimliche Geschöpfe · Mündlich und schriftlich erzählen

S. 49 ○ 4b Untersucht, mit welchen sprachlichen Mitteln in den folgenden Textstellen die Stimmung des Fast Kopflosen Nick zum Ausdruck gebracht wird.

Zeile 4–6: Der Fast Kopflose Nick, der Geist des Gryffindor-Turms, **starrte trübselig** aus einem Fenster und **brummelte leise vor sich hin**:

Zeile 30–31: Trotz seines gelassenen Tonfalls hatte sein Gesicht einen **Zug von Bitterkeit**.

Zeile 32–36: „Aber, nicht wahr, man sollte doch meinen“, **brach** es **plötzlich aus ihm heraus**, „wenn man vierzig Hiebe mit einer stumpfen Axt auf den Hals bekommen hat, wäre man gut genug für die Jagd der Kopflosen?“

Zeile 44–46: Der Fast Kopflose Nick holte den Brief wieder hervor, faltete ihn auf und las **wutentbrannt** vor:

Zeile 56–57: **Rauchend vor Zorn stopfte** der Fast Kopflose Nick den Brief in sein Wams **zurück**.

S.49 ◒ **5** Orientiert euch an dem folgenden Beispiel für Satz **A** und verändert Satz **B** und **C** in ähnlicher Weise.

A Der Fast Kopflose Nick ist traurig.
Tränen kullerten über Nicks bleiche Wangen. Er schluchzte und vergrub sein Gesicht in den Händen.

S.51 ○ **4** Die folgenden Stellen überzeugen Yunus nicht, sich den Film anzuschauen. Erklärt, warum das so ist.

A *Zeile 9–13: ..., außer dass alle Knöpfe statt Augen haben. [...] In Wirklichkeit sind das nämlich gar keine richtigen Menschen, sondern eher so Puppen und Stofftiere. Die hat ihre neue Mutter – die ist eigentlich eine richtig fiese Hexe – nämlich verwandelt.*

B *Zeile 24–29: Am Ende muss Coraline mit der Hexe kämpfen, die sich in eine riesige Spinne verwandelt hat und mit ihren langen, dürren Beinen und Armen versucht, sie zu fangen. Im allerletzten Moment kann Coraline sich in den dunklen Tunnel retten und mithilfe von anderen Kindern die Hexe besiegen. Das ist eine heftige Szene, weil Coraline in einem Spinnennetz gefangen ist und schnell das Netz hochklettern muss, um nicht für immer in Gefangenschaft zu bleiben.*

S.52 ○ **2** Orientiert euch bei Bild **2** bis **4** an dem folgenden Beispiel.

Bild **1** :
Vater: *hager, von der Zeitung abgelenkt, kein Blick auf seine Frau und Tochter*
Mutter: *strenger Blick wirkt beschäftigt*
Coraline: *sitzend, schaut die Mutter an*
Farben: *hell, aber grau → ausdruckslos, langweilig*

S.58 ○ **3a** Übernehmt das folgende Cluster und ergänzt eigene Ideen.

S.60 ○ **3** Überlegt bei den folgenden Sätzen aus den Texten **A** und **B**, was alle Figuren sehen können (äußere Handlung) und was Gedanken und Gefühle einer Figur sind (innere Handlung).

- *Tom, mein kleiner Bruder, hielt meine Hand fest umschlungen und krallte sich regelrecht an mich, [...].*
- *Jetzt musste ich die Mutige sein, auch wenn mir ganz anders zumute war.*
- *[...] mir taten die Füße weh.*
- *Doch es wurde immer dunkler.*
- *Plötzlich sagte Tom zitternd: „Papa, ich will endlich nach Hause."*
- *Was, wenn wir die Nacht hier verbringen müssten, schoss es mir immer wieder durch den Kopf [...].*

Starthilfen

S. 60 ○ 5

Nutzt folgende Formulierungen:
Verben: *zittern, schlottern, bibbern, schluchzen, jammern, wimmern, frieren, frösteln, erschauern*
Adjektive: *ängstlich, bange, bedrückt, verängstigt, erleichtert, dankbar, kühl, eisig, schattig, mutig*
körperliche Reaktionen: *das Herz klopft, die Zähne klappern, eine Gänsehaut bekommen*

S. 61 ○ 1

Beantwortet folgende Fragen zu den Ausschnitten aus dem Text einer Schülerin:
Einleitung: Ist die Reihenfolge der Informationen in der Einleitung sinnvoll? Wird in der Einleitung deutlich, wie es zu dieser Situation gekommen ist?
Hauptteil: Ist die Atmosphäre des Ortes gut beschrieben? Sind die Gedanken und Wahrnehmungen der Figuren anschaulich beschrieben?
Schluss: Welche Informationen fehlen im Schlussteil? Werden die Gefühle nach dem glücklichen Ende der Situation veranschaulicht?

S. 62 ◒ 3a

Übernehmt den folgenden Erzählplan und ergänzt:
- Emma und Nurdan schlendern gemeinsam über den Jahrmarkt.
- Nurdan möchte unbedingt in die Geisterbahn, Emma hat Angst, muss überredet werden.
- Der Geisterbahnwagen fährt ruckelnd los.
- Der Wagen fährt in einen dunklen Tunnel.
- Beide kreischen vergnügt wegen eines Skeletts, das sie berührt.
- Wagen stoppt plötzlich, alle Lichter gehen aus.
- …

S. 63 ○ 3b

Überprüft an folgendem Beispiel, ob innere und äußere Handlung zum Ich-Erzähler passen.
Ich konnte keinen Laut von mir geben. Felix wollte weglaufen. Er dachte, dass da ein Poltergeist war.

S. 65 ◒ 2

Achtet darauf, aus der Sicht Stus zu schreiben. Ihr könnt den Text so beginnen:
Angus und Jon, meine beiden Zimmergenossen, waren sonderbare Gestalten. Während Angus sogar nachts die Hymnen summte, die er im Chor probte, wollte Jon möglichst wenig mit uns zu tun haben. Er hatte mächtig Heimweh und war nicht gerade glücklich darüber, im Internat zu sein. Aber er hatte kein Interesse an unseren Aufmunterungsversuchen. Noch in der ersten Woche des neuen Schuljahres passierte etwas sehr Ungewöhnliches. Wie so oft war ich von Angus aus meinen Träumen gerissen worden. Er summte wieder irgendein Stück aus dem Chor. Ich wollte mich gerade wieder umdrehen und weiterschlafen, als ich bemerkte, dass Jon nicht im Bett lag, sondern am Fenster stand.

4 Natur erleben · Beschreiben und berichten

S. 71 ○ 3

Ergänzt zu folgenden Ober- und Unterbegriffen weiteres Wortmaterial.

Körper:
Größe: *groß, klein …*
Körperform: *sportlich, zierlich …*
Haltung: *gebückt, aufrecht …*

Gesicht:
Gesichtsform: *länglich, oval …*
Augen: *Pupille, Augenlid, Augenfarbe …*
Besonderheiten bei Augen, Ohren, Nase, Mund, Kinn …

Haare:
Farbe: *rötlich, blond, kupferfarben, mit Strähnchen …*
Haartyp: *kraus, glatt, lockig …*
Länge: *schulterlang, kinnlang, kurz …*
Frisur: *Scheitel, Bob, Zopf …*

S.71 ○ 4 Ihr könnt folgende Formulierungen verwenden:
Körper: *Der Mann ist ungefähr … Meter groß und seine Figur ist insgesamt … Mit seinem … Oberkörper wirkt er … Am Ende seiner … Arme befinden sich … Hände. Im Verhältnis zu seinen … Beinen sind seine Füße …*
Gesicht: *Der Lehrer, den ich meine, hat eine … Gesichtsform und ein … Kinn. Über seiner … Stirn befinden sich … Haare, die bis … reichen. Unter seinen … Augenbrauen liegen … Augen. Zwischen den Augen fällt seine … Nase auf.*
Kleidung: *Unter seiner … Jacke mit den … Ärmeln erkennt man ein … T-Shirt mit … Aufdruck, auf dem die Worte/das Bild … zu sehen sind. Seine Beine kleidet eine … Jeanshose, die bis … reicht. An den Füßen trägt er … Schuhe in der Farbe … Er hat eine … Brille mit … Gläsern aufgesetzt.*

S.72 ○ 6 Orientiert euch bei der Personenbeschreibung an folgender Gliederung:
Anlass, Zweck: *Täterfahndung, Ereignis (Brandstiftung)*
Alter, Geschlecht: …
Gesamterscheinung, Körpergröße, Haltung: …
Haare: *Farbe, Länge, Frisur …*
Gesicht: *Form, Hautfarbe, Augen, Nase, Mund …*
Körper: *Körpergröße, Haltung, Oberkörper, Unterkörper …*
Kleidung: *Jacke, T-Shirt, Hose, Schuhe, Schmuck …*
Besondere Kennzeichen: *Narben, Sommersprossen, Zahnlücke …*

S.73 ○ 2 Ihr könnt den folgenden Text verwenden und ihn ergänzen.
In den Erlebnisferien im Jugendcamp habe ich eine neue Freundin gefunden, deren Name Josephine ist. Aber als Freundin darf ich sie mit ihrem Spitznamen Josy ansprechen. Meine neue Freundin ist … Jahre alt und circa … Meter groß. Josy ist ein … und … Mensch, deshalb sind wir auch sehr schnell Freunde geworden.
Ihr Gesicht hat eine … Form und sie hat einen … Hautton. Auf ihrem Kopf befinden sich … Haare, die sie am liebsten zu zwei seitlichen Zöpfen bindet. Zwischen den … Augen fällt ihre … Nase auf. Ihr Mund ist vergleichsweise … und ihre Lippen sind recht schmal. Wenn sie lacht, dann treten ihre … Wangen deutlich hervor und man sieht ihre … Zähne.
Josy hat eine Figur, die man insgesamt als … beschreiben kann. Meine neue Freundin trägt am Oberkörper zwei … übereinander ohne …, wobei das untere … die Farbe … besitzt und das obere … aus einem … Muster in den Farben … und … besteht. Sie ist mit einer … Hose aus … Stoff in der Farbe … bekleidet, die nur bis zu … reicht. An den … Füßen trägt sie … Schuhe aus …

S.74 ○ 2 Beantwortet folgende Fragen zu Inhalt und Aufbau einer gelungenen Aufbauanleitung:
- Welche Angaben müsst ihr am Anfang der Aufbauanleitung machen?
- Was müsst ihr bei den Angaben zu Material und Werkzeug beachten?
- Was müsst ihr bei der Reihenfolge der Arbeitsschritte beachten?

Starthilfen

S.75 ○ 2 Übernehmt den folgenden Stichwortzettel und ergänzt.

Anleitung für den Bau eines Floßes

Bild **1** *benötigte Materialien und Werkzeuge*
Bild **2** *mit den beiden dicken Holzstangen (2 m lang) und zwei der einen Meter langen Stangen ein Rechteck legen; Stangen jeweils mit Seil befestigen*
→ Ergebnis: Rahmen des Floßes
eine Holzstange (1 m lang) als Querstrebe mit Seil in der Mitte befestigen
→ Begründung: Stabilisierung des Rahmens
Bild **3** *...*

S.77 ◒ 7c Ihr könnt folgenden Anfang verwenden:

Schritte:

1. *Der Blumentopf wird genommen, der lange Stab wird in der Mitte senkrecht hineingehalten und der Zwischenraum wird rundherum gleichmäßig mit Steinen gefüllt.*
2. *Er wird mit einem S für Süden und genau gegenüber mit einem N für Norden beschriftet.*
3. *Der Blumentopf wird dann an einen sonnigen Ort im Freien gestellt ...*
4. *...*

S.78 ○ 1 Beantwortet folgende Fragen zum Rezept.

- Werden detaillierte Angaben (zum Beispiel Maß-, Zeit- und Temperaturangaben) verwendet?
- Wird genau beschrieben, welche Tätigkeiten in welcher Reihenfolge auszuführen sind? Wird das Ergebnis des jeweiligen Arbeitsschrittes beschrieben?
- Werden abwechslungsreiche Satzanfänge und Satzverknüpfungen verwendet?
- Verdeutlichen die Satzverknüpfungen die Beziehungen zwischen den Handlungen?

S.78 ○ 3 Ihr könnt folgenden Anfang für das Rezept nutzen:

Rezept für Stockbrot

Zutaten: *1000 g Mehl, 125 g Zucker, 5 Eier, 1 Päckchen Backpulver, 1 Päckchen Vanillezucker, Wasser (nach Bedarf)*

Zubereitung: *Zu Beginn gibt man 1000 g Mehl, 125 g Zucker und fünf Eier in eine Schüssel und vermengt alles. Im Anschluss fügt man noch ein Päckchen Backpulver und ein Päckchen Vanillezucker zum Teig hinzu und mischt diese unter ...*

S.81 ◒ 4 Ihr könnt die Vorgangsbeschreibung für das Experiment so beginnen:

Experiment: Sauberes Wasser gewinnen

Materialien: *vier gleich große Blumentöpfe, einige Tonscherben, Kies und Sand (gewaschen), Erde, ein Kaffeefilter, ein mittelgroßer Kieselstein, ein großes Einmachglas, Eimer mit verschmutztem Wasser*

Arbeitsschritte

Schritt 1: *Legt jeweils ein bis zwei große Tonscherben auf die Böden von drei Töpfen, sodass Kies, Sand und Erde nicht durch die Löcher der Topfböden durchsickern.*

Schritt 2: *Nun könnt ihr die drei Töpfe befüllen: Den ersten Topf füllt ihr zur Hälfte mit Kies, den zweiten Topf halb voll mit ...*

S. 85 ○ **6** Orientiert euch beim Schreiben an den folgenden Informationen:
Was ist geschehen? Gelbe Anakonda in Badesee entdeckt
Wann geschah es? 22./23.07.2025
Wo geschah es? Breitenauer See, Campingplatz in Obersulm
Wer war beteiligt? 2 m lange gelbe Würgeschlange, Kitesurfer, Ordnungsamt, Feuerwehr
Wie lief das Ereignis ab?
- Kitesurfer entdecken Tier am Dienstag
- Benachrichtigung des Ordnungsamtes und der Feuerwehr
- Identifikation als gelbe Anakonda

Warum? Anakonda für Menschen nicht gefährlich, aber für kleinere Tiere
Welche Folgen hatte das Ereignis? Ordnungsamt sperrt Campingplatz und stellt Warnschilder auf

S. 86 ○ **2** Übernehmt die folgende Tabelle und ergänzt.

Fragen	Unfallskizze	Aussage 1	Aussage 2
Was ist geschehen?	*Zusammenprall von Aylin und Milan*	*Zusammenprall von zwei Jugendlichen beim Benutzen der Seilbahn*	…
Wann geschah es?	*25. Juni*	…	…
Wo geschah es?	*Hochseilgarten „Höhenflug"*	…	…
Wer war beteiligt?	*Aylin, Milan*	…	…
Wie lief das Ereignis ab?	…	…	…
Warum?	*Selfie*	…	…
Welche Folgen hatte das Ereignis?	*Sturz des Handys*	…	…

S. 87 ◒ **4a** Ihr könnt den Bericht so beginnen:
Am 25. Juni dieses Jahres kam es bei einem Schulausflug zu einem Unfall im Hochseilgarten „Höhenflug", bei dem das Handy von Milan durch einen Sturz einen Totalschaden erlitt. Im Parcours des Hochseilgartens „Höhenflug" waren an diesem Tag mehrere Klassen. Auf der Plattform standen eine Gruppe von Sechstklässlerinnen und Sechstklässlern und eine Gruppe von Zehntklässlerinnen und Zehntklässlern, die …

S. 89 ◒ **7a** Ergänzt den folgenden Bericht.
Die zwölfjährige Schülerin Rieke O. ging am Samstagnachmittag mit ihrem Hund Rufus im Waldgebiet am Stadtrand spazieren. Rufus hatte sie von der Leine gelassen, sodass sich dieser etwa 20 Meter entfernt von ihr am Rande des Waldweges aufhielt. Als Rufus in einiger Entfernung ein Grunzen hörte, verfolgte er dieses Geräusch in den Wald hinein. Seine Besitzerin …

5 Mit allen Sinnen erleben · Bücher, Hörspiele und Filme entdecken

S.95 ○ 3 Ordnet die folgenden Charaktereigenschaften von August und Julian den entsprechenden Textstellen zu.

August:
- ist unsicher und fühlt sich schlecht
- schämt sich und hat Hemmungen
- ist hoffnungsvoll
- ist klug

Julian:
- ist heimtückisch und böse
- ist gemein

S.96 ○ 2 Ihr könnt folgende Satzanfänge verwenden:
- *Aus der Biografie einer Autorin/eines Autors wähle ich das aus, was ...*
- *Ich charakterisiere nur die Hauptfiguren, weil ...*
- *Der Inhalt muss nicht vollständig erzählt werden, weil ...*
- *Film- und Bildmaterial nutze ich nur an wenigen Stellen, da ...*

S.97 ○ 2 Übernehmt die folgende Tabelle und ergänzt sie. Ihr könnt auch Beispiele dazu notieren.

	Klappentext	**Inhaltszusammenfassung**
Vorstellen der Hauptfiguren	*nur wesentliche Eigenschaften knapp benannt*	...
Vorstellen der Handlung	...	*ausführlich, mitunter detailliert*
Wecken von Interesse durch	...	...
Vollständigkeit	*offenes Ende*	...
...	...	...

S.97 ○ 3b Sucht die Textstellen heraus, die andeuten, dass etwas Ungewöhnliches passiert.

S.99 ○ 1b Beantwortet die folgenden Fragen:
- Wie müssen die Figuren beschrieben sein, damit sie euer Interesse wecken?
- Wann ist eine Textstelle spannend, lustig, interessant?
- Welche Textstellen sind für euch besonders wichtig in einem Buch? Welche Textstellen bleiben euch im Gedächtnis?

S.99 ○ 3a Nutzt die folgenden Teilüberschriften und ergänzt die Zeilenangaben.

Die erste Begegnung | Beleidigung | Besorgte Holly | Wut steigt hoch

Plötzliche Wendung – ein Lehrer greift ein | Mr Bridger verhindert Schlimmeres

Ermahnung | Einsicht

S.102 ○ **2** Ordnet die folgenden Überschriften den Abschnitten zu.

Die Wahrheit über das Verschwinden von Meggies Mutter | Meggies erstes Buch

Gestalten aus „Tintenherz“ | Meggies Mutter in der Tintenwelt

S.105 ◒ **4a** Folgende weitere Abschnitte ergeben mögliche Handlungsschritte: Zeile 29–78, Zeile 79–88, Zeile 89–104, Zeile 105–117, Zeile 118–129, Zeile 130–135, Zeile 136–140, Zeile 141–146, Zeile 147–159, Zeile 160–163

S.106 ◒ **2** Prüft folgende Punkte: Inhalt der Szene (Was passiert? Was wurde ergänzt oder gestrichen?), Figuren (Wer handelt und spricht?), Darstellung des Inhalts (Wie wurde der Inhalt vermittelt? Wie werden die Gefühle der Figuren deutlich?)

S.110 ○ **2b** Beantwortet die folgenden Fragen:

- Welche Kameraperspektiven und Einstellungsgrößen werden gewählt? Nutzt die Kompetenzbox auf Seite 113.
- Welche Orte sollen dargestellt werden? Welche Figuren treten wann auf?
- Welche Geräusche und Musik können die Szenen unterstützen?

S.111 ○ **1** Betrachtet die dargestellten Handlungen und achtet auf die Mimik und Gestik, mit der sie ausgeführt werden. Klärt, wie viel Abstand die Kamera zu den Figuren hat, und welchen Eindruck das auf die Zuschauer macht.

S.113 ○ **5** Ihr könnt folgende Formulierungen verwenden:

Bild 7 :
Hugo: *„Ich gebe meinen Automaten nicht her, der …“; „So ein Mist, nun hat er mich doch erwischt und ich wollte doch zu Papa George und …“*
Polizist: *„Endlich habe ich dich! du …“; „Na warte, nun …“*

Bild 8 :
Hugo: *„Was, wenn er mich jetzt entdeckt …“; „Bitte geh doch wieder, hier …“*
Polizist: *„Wo bist du nur? Ich …“; „Das gibt es doch gar nicht! Ich habe doch gehört, dass er …“*

6 Kleine und große Helden · Lügen- und Schelmengeschichten, Fabeln, Helden- und Göttersagen entdecken

S.118 ○ **2** Lest vor dem Schreiben noch einmal folgende Textstellen: Zeile 6–8; Zeile 11–15; Zeile 29–32.

S.121 ○ **3** Beantwortet die folgenden Fragen:

- Wie werden Situationen als ausweglos dargestellt?
- Welche Beschreibungen lassen den Wolf gefährlich erscheinen?
- Wie werden die Handlungen Münchhausens beschrieben (zum Beispiel anschauliche Adjektive und Verben, Wortwiederholungen, Übertreibungen)?

Starthilfen

S.123 ○ 4a Orientiert euch an folgendem Beispiel:
Die Maus ist risikobereit, da sie nicht wissen kann, ob der Löwe sie nach der Rettung freilässt.

S.124 ○ 9 Übernehmt die folgende Tabelle und ergänzt:

Ausgangssituation	...
Handlung	*Ein Fuchs kommt herbei und schmeichelt dem Raben, um an das Stück Fleisch zu kommen. Der Rabe fühlt sich geschmeichelt und überlässt dem Fuchs seine Beute.*
Gegenhandlung	*Der Fuchs verspottet den Raben und frisst das Fleisch.*
Lösung	...
Lehre	...

S.125 ○ 12 Ihr könnt folgenden Anfang verwenden:
Niemand hört gerne die Wahrheit, wenn sie ihn selbst betrifft, oder möchte für sein Verhalten oder bestimmte Eigenschaften kritisiert werden. Deshalb wurden Fabeln erfunden, in denen Tiere ...

S.127 ○ 4a Ihr könnt folgenden Anfang für euren Dialog verwenden:
Grille: *Liebe Nachbarin, es ist so kalt und ich habe großen Hunger. Bitte gib mir etwas von deinen Vorräten ab. Ich verspreche dir, dass du alles wiederbekommen wirst, sobald es Frühling wird.*
Ameise: *...*

S.127 ○ 5a Beantwortet die folgenden Fragen:
- Warum handelt die Ameise so?
- Welche Folgen hat es wohl für die Grille, wenn ihr die Ameise nicht hilft?
- Welche Folgen könnte es für die Ameise haben, wenn sie der Grille hilft?

S.129 ◒ 2a Übernehmt die folgende Tabelle und ergänzt.

Tier/Pflanze	Eigenschaften
Ölbaum	...
Schilfrohr	*nachgiebig, anpassungsfähig, klug*
Löwe	*grausam, aufbrausend, stolz, hochmütig*
Hase	...
Schakal	...
Igel	*listig, schlau, vorausschauend, planend*

S.129 ◒ 2b Überlegt, welche der folgenden Wörter die Gründe für das Unterliegen des Stärkeren treffend beschreiben. Ihr könnt auch eigene Wörter ergänzen.

Dummheit Klugheit Überheblichkeit Hochmut List

Zorn Unnachgiebigkeit Mut Einfallsreichtum

S.130 ○ 2a Beantwortet folgende Fragen und entwickelt daraus eine Fortsetzung:
- Erfährt der Affe von den Plänen des Krokodils?
- Erzählt das Krokodil seinem Freund von dem grausamen Plan?
- Kommt der Affe darauf, was sein Freund mit ihm vorhat?
- Wie kann sich der Affe retten?
- Hilft ihm das Krokodil bei seiner Rettung?
- Wie wird die Rettung des Affen erreicht, zum Beispiel durch eine List, eine mutige Tat …?

S.133 ○ 4 Orientiert euch an folgendem Beispiel zu den ersten vier Versen:
- *durstige Krähe sieht hohen Krug, der mit ein wenig Wasser gefüllt ist*
- *Krähe versucht den Krug umzustoßen, um so an das Wasser zu gelangen*

S.133 ○ 7 Beachtet folgenden Tipp: Der Hund sieht im Wasser sein Spiegelbild. Was denkt er?

S.133 ○ 8b Entscheidet, welche der folgenden Lehren ihr für treffend haltet. Begründet eure Entscheidung.

A Man sollte erkennen, wann man verloren hat.
B Auch der Kleinste kann gegen den Größten gewinnen, wenn er listig genug ist.
C Der Clevere gewinnt.

S.135 ◒ 4 Ihr könnt folgende Formulierungen verwenden:
Eine Bestrafung von Herakles und Iolaos ist nicht gerechtfertigt. Zwar kamen sie Prometheus zu Hilfe, indem … Aber sie verstießen nicht gegen …, denn … Außerdem ist die Strafe Zeus' für Prometheus … und insofern ist es gut nachvollziehbar, dass … Daher sind Herakles und Iolaos …

S.137 ○ 2c Beachtet die folgende Definition von *Held*: jemand, der sich unerschrocken und mutig einer schweren Aufgabe stellt, eine ungewöhnliche Tat vollbringt, die ihm Bewunderung einträgt

S.138 ○ 2a Ihr könnt folgende Stichpunkte zu den Eigenschaften Percys verwenden:
gibt nicht auf, entschlossen, mutig, mitfühlend, hat Mitleid, risikobereit, humorvoll

S.138 ○ 2b Ihr könnt folgende Stichpunkte zu den Gemeinsamkeiten und Unterschieden nutzen:
***Gemeinsamkeiten:** beide Helden rechnen damit, dass sie von dem Kyklopen/Zyklopen getötet werden …*
***Unterschiede:** Odysseus nutzt im Gegensatz zu Percy eine List, um den Kyklopen zu besiegen, er macht ihn mit seinem Wein betrunken, damit er wehrlos wird. Percy hat im Gegensatz zu Odysseus Mitleid mit dem Zyklopen und will ihn am Leben lassen …*

S.139 ○ 1 Ihr könnt folgende Interviewfragen verwenden:
- *Sie haben das scheinbar Unmögliche geschafft und den Drachen besiegt. Schildern Sie uns Ihren Kampf mit dem Ungeheuer.*
- *In welchem Augenblick wurde Ihnen klar, dass Sie eine Überlebenschance haben?*
- *Der Drache galt als unbesiegbar. Welche Ihrer Eigenschaften haben dazu beigetragen, dass Sie den Kampf gewonnen haben?*
- *Würden Sie sich jemals wieder einer solchen Gefahr aussetzen?*

S.139 ◒ 3 Orientiert euch an folgenden Fragen:
- Was ändert sich inhaltlich, wenn Siegfried in der heutigen Zeit lebt?
- Mithilfe welcher (moderner) Gegenstände gelingt es Siegfried, seine Aufgabe zu lösen?

Starthilfen

7 Ich fühl mich so ... · Gedichte entdecken

S.144 ○ 2 Wählt aus den folgenden Adjektiven geeignete aus:

aufbrausend · abenteuerlustig · unbekümmert · ängstlich

verzweifelt · zuversichtlich · beschwingt

S.144 ○ 4
- Ersetzt die entsprechenden Personalpronomen.
- Nutzt die folgenden Wortbausteine, um die Wirkung zu vergleichen: *sich in die Figur hineinversetzen; wirkt direkter/indirekter*

S.146 ○ 8a Übernehmt die folgende Tabelle und ergänzt.

wirkliche Situation	Wünsche und Träume
Wohnzimmer heute „Unter dem Sofa ist meine Höhle" (Vers 1)	*Höhle in der Urzeit „Kauer ich stumm ..." (Vers 4)*
das lyrische Ich lutscht heimlich Bonbons „Die ich aus der Bonbondose stahl." (Vers 8)	*grimmiger, gefährlicher Urmensch „Fletsch ich die Zähne und nage an Knochen" (Vers 7)*
...	*Bedrohung, Lebensgefahr durch wilde Tiere ...*
...	*Vulkanausbrüche als weitere Gefahr ...*

S.148 ◒ 2b Übernehmt die folgende Tabelle und ergänzt.

sprachliches Bild	ursprünglicher Zusammenhang	neuer Zusammenhang	erzeugte Vorstellung
„hat sich ein Nest gebaut" (Vers 2)	*Nistplatz des Vogels*	*Nistplatz der Angst*	*Angst nistet sich ein*
„hockt .../mit seinem spitzen Schnabel" (Vers 11–13)	*Vogel mit spitzer Schnabelform sitzt da*	*Angst vor spitzem Schnabel*	*Furcht vor seelischen Verletzungen*
„brütet/seine Eier aus" (Vers 15–16)	...	...	...

S.149 ◒ 5 Beachtet bei der Metapher „die Arena/der Erde" (Vers 5–6) den inhaltlichen Zusammenhang mit dem „Ich", das auf einem „Seil" (Vers 4) geht. Für eure Deutung könnt ihr aus folgenden Formulierungen auswählen oder euch eigene überlegen:
das Leben erscheint gefährlich, das lyrische Ich muss das Gleichgewicht, die Balance halten;
das Leben wirkt wie eine Aufführung, das lyrische Ich wird ständig beobachtet;
das lyrische Ich bewegt sich hoch über der Erde, in einer Traumwelt

S.149 ◒ 7 Ihr könnt folgende sprachliche Bilder verwenden:

stark wie Elefanten · Tigerträume · Zauberwelt · Wunderfunke

Jongleur der Sterne · Clownsfreude · die Manege ruft

S.154 ○ 2a Orientiert euch bei der Einteilung in Verse am Reim. Das Original hat zwölf Verse.

S.155 ○ 4a Setzt die folgenden Reimwörter an den richtigen Stellen ein:

Schrecken | See | Scheune | Haus | Ferne | liegt | See | wundern

S.155 ○ 5a Ordnet zu: Metapher, Vergleich, Wortneuschöpfung.

8 Tierisch menschlich · Szenisch spielen

S.161 ○ 4 Legt vor dem Stegreifspiel fest:
- Wer sitzt oder steht an welcher Stelle?
- Welche Körperhaltung, welche Mimik und welche Gesten passen zur Figur?
- Welche Figuren sprechen eher laut, welche eher leise?

S.161 ◒ 5 Die Hinweise in der Szene (Seite 160–161) helfen euch, mögliche Reaktionen zu erschließen:
- Die Gans ist sehr nervös.
- Der Tiger bezweifelt, dass der Hund ehrlich ist.
- Der Affe neigt zu Wutausbrüchen.
- Der Panda ist gelangweilt.

S.163 ◒ 8 Ihr könnt die folgende Tabelle nutzen und erweitern:

Gefühle und Verhaltensweisen	Gestik, Mimik, Körpersprache, Sprechweise
Unzufriedenheit	*Arme vor der Brust verschränkt, quengeln*
Überraschung	*Hände vor den offenen Mund halten*
Müdigkeit, Aufwachen	*Augen reiben, gähnen, recken*
für Ordnung sorgen, jemanden kontrollieren	*erhobener Zeigefinger, straffe Körperhaltung, laut und streng sprechen*
...	...

S.163 ◒ 10 Ihr könnt die folgenden Tipps zum Auswendiglernen nutzen:
1. Lest euren Rollentext mindestens fünf Mal laut vor.
2. Lernt jede einzelne Aussage eurer Figur für sich auswendig.
3. Merkt euch den jeweils letzten Satz der Figur, die vor euch spricht.
4. Arbeitet zu zweit: Eine Person liest den jeweils vorhergehenden Satz, die andere Person sagt ihren Text.

S.164 ◒ 3 Überlegt, ob sich die Figuren in diesem Theaterstück eher wie Tiere oder eher wie Menschen verhalten.

S.167 ○ 2 Achtet darauf, dass das Verhältnis des Fuchses zu den anderen Tieren deutlich wird:
- Wo steht der Fuchs? Wo stehen die anderen?
- Welche Körperhaltung und Gestik hat der Fuchs? Wie zeigen sich die Reaktionen der anderen Tiere in ihrer Körperhaltung und ihrer Gestik?

Starthilfen

9 Und was guckst du? · Das Fernsehen untersuchen

S.172 ○ 1 Ihr könnt folgende Formulierungen verwenden:
Das Balkendiagramm stellt die ... der Altersgruppe der ... dar. Es stammt aus der ... aus dem Jahr ... Laut Diagramm ist der private Sender ... der Lieblingssender der Altersgruppe, der mit ... Prozent genannt wurde. Der Unterschied zum öffentlich-rechtlichen Sender ... ist mit ... Prozent nicht groß. Man kann also von den zwei sehr beliebten Sendern ... und ... in dieser Altersgruppe ausgehen. Die anderen Sender werden relativ gleich häufig genannt. So ...

S.172 ◒ 2 Ihr könnt folgende Formulierungen verwenden:
Im Vergleich zu ... wird der Sender ... häufiger/seltener/genauso oft genannt.
Im Unterschied zu ... belegt der Sender ... Platz ... Im Gegensatz zu ... nennen ... Prozent der befragten Mädchen/Jungen ... als Lieblingssender. Es fällt auf, dass ... häufiger/seltener von Mädchen/Jungen genannt wird. Überraschend ist, dass die Ergebnisse der Diagramme sehr ähnlich sind/voneinander abweichen. Mögliche Gründe dafür sind, dass ...

S.174 ◒ 2 Beantwortet folgende Fragen:
- Welche drei Anbieter werden am häufigsten genutzt?
- Welcher Anbieter ist im Mittelfeld platziert?
- Welche Anbieter werden selten genutzt?
- Bei welchen Anbietern gibt es die größten Unterschiede zwischen 2023 und 2024?
- Bei welchen Anbietern gibt es kaum oder keine Unterschiede zwischen 2023 und 2024?
- Was sagt das Diagramm über die Entwicklung der Angebotsnutzung aus?

S.176 ○ 2 Ordnet diesen Gründen die entsprechenden Zeilenangaben aus der Fanpost zu.
- Mitfühlen und Mitfiebern mit den Kandidatinnen und Kandidaten
- Einbindung der Zuschauenden und Fans
- Belustigung und Unterhaltung der Zuschauenden
- Gefallen an den Kandidatinnen und Kandidaten und deren Auftritten
- Anregungen durch die Kandidatinnen und Kandidaten

S.176 ◒ 4 Zur Beurteilung der Erwartungen könnt ihr folgende Formulierungen verwenden:

Die eigene Meinung äußern und ...	**... begründen**
Ich bin der Meinung, dass ...	*..., weil ...*
Ich bin davon überzeugt, dass ...	*..., da ...*
Ich denke, dass ...	*..., denn ...*
Ich finde, dass ...	
Ich muss zugeben, dass ...	
Meiner Meinung nach ...	

S.179 ◒ 4 Orientiert euch an folgendem Beispiel:
Seit 1998 ist „Sehen, Staunen, Verstehen" das Motto des Wissensmagazins Galileo. In der heutigen Sendung führt der Moderator Aiman Abdallah durch die Themen „Riech-Touren: Ein Stadtrundgang mit der Nase" und „Alyssa Carson: Sie will als erster Mensch den Mars betreten". Außerdem geht das Galileo-Team dem Gerücht nach, ob Restaurants wirklich rote Karten an Gäste verteilen, die sich schlecht benehmen. Im Duell „Koch gegen Wissenschaftler" wird zudem getestet, wer das bessere Gericht zaubert. Und zuletzt klären zwei Versuchspersonen im Selbstexperiment, ob man als Frühaufsteher wirklich zu mehr Erfolg gelangt.

10 Unsere Sprache im Visier · Wörter bilden, Wörter erkunden

S.187 ○ 4 Im ersten Abschnitt findet ihr einen passenden Oberbegriff, den ihr mit „heute" kombinieren könnt. Der letzte Abschnitt enthält bereits einen geeigneten Oberbegriff. Für den mittleren Abschnitt müsst ihr noch einen passenden Begriff finden. Sucht dazu nach der Gemeinsamkeit der Nomen in diesem Abschnitt.

S.188 ○ 1a Achtet auf Wortwiederholungen.

S.189 ◒ 2
- Ihr könnt folgende Formulierungen verwenden:
  sich etwas widmen, Zeit für etwas nutzen, sich bei etwas erholen, sich in etwas vertiefen …
- Statt mit *dann, danach, als Nächstes* zu beginnen, könnt ihr auch *nachdem, bevor* verwenden.

11 Typisch sie, typisch er? · Wortarten und Wortgruppen untersuchen

S.194 ◒ 2 Orientiert euch an folgendem Beispiel:
- **Frageprobe:** *Mit wem räumte das spanische Unternehmen „Toy Planet" im Jahr 2015 auf? → mit den typischen Rollenbildern in der Spielzeugindustrie → Dativ*
- **Ersatzprobe:** *Im Jahr 2015 räumte das spanische Unternehmen „Toy Planet" mit dem typischen Grumpf in der Spielzeugindustrie auf. → Dativ*

S.194 ○ 5 Orientiert euch an der Anzahl der Wörter in Klammern:
Adjektiv (4), Nomen (2), Verb (3), Artikelwort (3)

S.196 ◒ 14 Überprüft, an welchen Stellen ihr bestimmte Artikel einsetzen könnt. Dann findet ihr im Satz zwei Verben und vier Nomen. Orientiert euch an folgendem Beispiel:
Wenn Fliegen …

S.196 ○ 15a Achtet besonders auf die unterstrichenen Wörter.

> Sie steht im Spielzeugladen und ruft begeistert: „Ich will es haben. Kaufst du es mir? Es würde perfekt in mein Kinderzimmer passen." Nachdem er bezahlt hatte, gingen sie gemeinsam nach Hause, packten es aus und spielten den ganzen Nachmittag.

S.198 ○ 3a Orientiert euch an folgendem Beispiel:
lachen – lachte – gelacht: schwaches Verb; laufen – lief – gelaufen: starkes Verb

S.198 ○ 4a Vergleicht den Numerus des Subjekts mit dem Numerus des finiten Verbs.

S.199 ○ 5a Orientiert euch an der Anzahl der gesuchten Tempusformen in Klammern:
Präsens (2), Präteritum (1), Perfekt (1), Plusquamperfekt (2), Futur (2)

Starthilfen

S.199 ○ 6 Ihr könnt den folgenden Anfang verwenden:
Morgen werde ich tatsächlich als Mädchen in die Schule gehen. Ich werde mich anders anziehen und die Jungs mit meinem Auftritt überraschen. Vielleicht werde ich …

S.199 ○ 9b Ihr könnt die folgenden Formulierungen verwenden:
Der Sprecher dieses Satzes wirft einen Blick in die … Er weiß aber bereits, …

S.202 ○ 4
- Untersucht bei **A**, wie die Tempusformen gebildet werden.
- Überprüft bei **B**, ob Hilfsverben im Prädikat stehen.

S.202 ○ 5 Orientiert euch an der Anzahl der Tempusformen in Klammern:
Präsens (2), Perfekt (3), Präteritum (1), Futur I (3), Futur II (1)

S.203 ○ 2 Orientiert euch an der Anzahl:
Demonstrativartikel (Begleiter) 3, Demonstrativpronomen (Stellvertreter) 5

S.207 ◒ 4c Ihr könnt folgende Formulierungen nutzen:
Junktionen verbinden … miteinander.
Subjunktionen, wie zum Beispiel … oder …, können einen …satz einleiten. Das finite Verb steht … .
Konjunktionen, wie zum Beispiel … oder …, können einen …satz einleiten.

S.209 ○ 1b Orientiert euch an der Anzahl der Verknüpfungsarten in Klammern:
Begründung (1), Bedingung (2), Folgerung (1), Gegensatz (1)

S.211 ◒ 5 Beantwortet die folgenden Fragen, um zwischen Adverb und Adjektiv zu unterscheiden.
- Kann das Wort zwischen Artikel und Nomen stehen?
- Kann das Wort dekliniert oder kompariert werden?

12 Versunkene Welten · Satzglieder untersuchen und verwenden

S.216 ○ 3 Ihr könnt folgende Formulierungen verwenden:
Satz A: *Das Prädikat „…" ist ein … Verb.*
Satz B: *Das mehrteilige Prädikat „…" setzt sich zusammen aus dem … Verb „…" und dem … Verb „…". Die … Form des Verbs steht in der … Satzklammer.*
Satz C: *Im Unterschied zu Satz B besteht das Prädikat „…" hier nur aus einem … Verb.*

S.218 ○ 4 Ein Relativsatz ist ein Nebensatz, der durch ein Relativpronomen (zum Beispiel *der, die, das, welcher, welche, welches*) eingeleitet ist. Das finite (konjugierte) Verb steht an letzter Stelle. In den folgenden Sätzen sind die finiten Verben bereits rot markiert.

A Angkor Wat ist das Nationalsymbol Kambodschas, das sowohl auf der Landesflagge als auch auf der Währung des Landes abgebildet ist.
B Außer Touristen, die aus aller Welt anreisen, besuchen täglich buddhistische Mönche den Tempel.
C Die „Stadt der Tempel", welche ein beliebtes Format ist, gilt als eindrucksvollste Tempelanlage der Welt.
D Ich werde die Tempel besuchen, die zu jeder Jahreszeit eine Reise wert sind.

S.220 ○ **3** Im Text sind schon die finiten Verben eingerahmt.

Der Untergang einer Stadt

Die versunkene Stadt Rungholt ist ein sagenumwobener Ort. Bis ins 20. Jahrhundert blieb ihr Schicksal ein Rätsel. Die Rungholter waren reiche Bürger und fleißige Steuerzahler. Aber sie pflegten ihre Deiche nicht. So waren die Deiche ein zu geringer Schutz. 1362 kam eine große Sturmflut und der Ort versank. Die Sturmflut heißt „Grote Mandränke“. Das Unglück wurde später eine bekannte Sage.

S.221 ◒ **5** Im Text gibt es vier Prädikative. Sie stehen in Sätzen mit den Verben *sein, bleiben* und *werden*.

S.223 ○ **7** Ihr könnt folgende Erweiterungen verwenden:

A *Manche Unterwasserarchäologen zweifeln an ...*
B *Einige Journalisten bedienen sich ...* (+ Genitivobjekt)
C *Viele Geologen erinnern sich an ...*
D *Die Forscher diskutieren über ...*
E *Franck Goddio freute sich über ...*

S.226 ○ **3** Setzt die adverbialen Bestimmungen an den gekennzeichneten Stellen ein.

Was geschah am 24. August 79 nach Christus am Fuße des Vesuvs?

Die Einwohnerinnen und Einwohner der beiden Städte Pompeji und Herculaneum gingen ... ihren gewohnten Beschäftigungen nach: Männer betrieben ihr Handwerk oder ihren Handel, Frauen bereiteten das Essen, Kinder spielten, Wagen und Karren rumpelten über die Straßen. Der Kegel des Vesuvs ragte ... in den wolkenlosen, blauen Himmel. Zunächst bemerkte niemand das unheilvolle Grummeln. Plötzlich zerbarst der Krater des Vesuvs .... Große und kleine Gesteinsbrocken wurden ... in die Luft geschleudert. Bald folgte ein unaufhörlicher Ausstoß von Lava, Steinen, Asche und Staub. Es wurde ... finster, Blitze zuckten und ein heftiger Sturm begleitete den Ausbruch des Vulkans.

S.228 ◒ **6** Verwendet die Attribute in den folgenden Wortformen

A technische **B** der Stadt Copán **C** mit vielen Stufen

D der Mayas **E** gewaltige **F** älteren

S.229 ◒ **7** Entscheidet, ob es sich bei den markierten Wörtern und Wortgruppen um Attribute oder um adverbiale Bestimmungen handelt.

Copán, **eine bedeutende Stadt der Maya**, war **zwischen 250 und 900** ein **wichtiges** Zentrum **der Zivilisation**. Die Lage im Copán-Tal war ideal, denn die fruchtbaren Böden gewährleisteten die Versorgung der **Bewohnerinnen und Bewohner mit Nahrungsmitteln**. Die **klimatischen** Bedingungen, **warm und feucht**, trugen **ebenfalls** zum Wohlstand **der Stadt** bei. **Auch wegen der Rohstoffvorkommen** entwickelte sich Copán **rasant** zu einem **blühenden** Handelszentrum. Die Stadt betrieb einen **regen** Handel **mit Nachbarstädten**. Zu ihrer Blütezeit zählte Copán etwa 20000 Einwohnerinnen und Einwohner. Die Handwerker der Stadt, **Meister ihres Fachs**, schufen **beeindruckende** Kunstwerke und Gebäude.

Starthilfen

S. 231 ○ 3 Orientiert euch an der Anzahl der adverbialen Bestimmungen in Klammern: adverbiale Bestimmung der Zeit (4), adverbiale Bestimmung des Ortes (1), adverbiale Bestimmung der Art und Weise (2), adverbiale Bestimmung des Grundes (1)

S. 231 ◒ 5 Ihr könnt folgenden Anfang verwenden und ergänzen:

Erneuter Vulkanausbruch auf La Réunion
Bergsteiger filmt beim illegalen Aufstieg auf den Piton de la Fournaise

In den Morgenstunden des … kam es zu … Der auch als „Glutbergspitze" … auf der französischen Insel La Réunion gilt als … Die Einheimischen wissen um die Gefahren, wenn der Piton de la Fournaise wieder einmal … Ein deutscher Tourist … leichtsinnig …

13 Geheimnisvolle Zeichen · Satzzeichen setzen

S. 236 ○ 3a In den Sätzen ist ein Teil des Prädikats schon unterstrichen. Findet den anderen Teil.

A Ein Japaner würde mit der linken Hand eine Suppenschale andeuten.
B Diese Geste wird in weiten Teilen Europas ähnlich verstanden.
C Bei manchen Gesten musst du höllisch aufpassen.

S. 237 ○ 5c Setzt folgende Begriffe in der richtigen Form in die Regel ein: *Hauptsatz, finites Verb*

S. 237 ○ 7 Nutzt die Subjunktionen *weil* oder *da, obwohl* und *während.*

S. 238 ○ 2 Die finiten Verben und die entscheidenden Satzzeichen sind schon markiert.

A Es werden ständig neue Symbole erfunden. Es gibt immer noch einen großen Bedarf dafür.
B Es werden ständig neue Symbole erfunden, weil es immer noch einen großen Bedarf dafür gibt.
C Es werden ständig neue Symbole erfunden, denn es gibt immer noch einen großen Bedarf dafür.
D Es werden ständig neue Symbole erfunden und es gibt immer noch einen großen Bedarf dafür.

S. 239 ◒ 5 Einige Satzgefüge und Satzreihen sind schon markiert. Bestimmt, wo eine Satzreihe und wo ein Satzgefüge vorliegt.

Der Begriff „Emoji" kommt aus Japan und er wird bei uns mit „Bildschriftzeichen" übersetzt. Emojis sind die kleinen Bildchen, die jeder aus SMS, Kurznachrichten oder anderen Textnachrichten kennt. Sie ersetzen geschriebene Sätze vollständig oder teilweise, wenn sie mit einem Smartphone oder Computer verschickt werden. Sie sparen also Zeit und lockern den Text auf. Ende der 1990er Jahre erstellte der Japaner Shigetaka Kurita die ersten digitalen Emojis. Mit der Verbreitung von Mobiltelefonen wurden die Emojis dann weltweit bekannt. Weil sie fast jeder nutzt, gibt es heute wohl kaum noch Menschen, die diese kleinen Bildchen nicht kennen. Andererseits gibt es wohl auch niemanden, der alle Emojis kennt. Es werden ständig neue Symbole erfunden, denn es gibt immer noch einen großen Bedarf dafür. Schließlich gibt es unglaublich viele menschliche Emotionen oder Dinge, die man in Bildform ausdrücken kann. Manchmal können durch Emojis aber auch Missverständnisse entstehen. Es gibt Symbole, die unklar sind oder sogar mehrere Bedeutungen haben. […]

S. 240 ○ 1c Die Satzreihen und Satzgefüge sind schon markiert. Bestimmt bei den Satzgefügen Haupt- und Nebensatz.

Die meisten von uns denken vor allem an gelbe Smileys, wenn sie die Begriffe „Emoji" oder „Emoticon" hören. Das ist jedoch nicht ganz richtig, denn die drei Begriffe haben jeweils eine etwas andere Bedeutung.

Ein **Smiley** ist die grafische Darstellung eines Gesichtsausdrucks. Smileys werden in der Regel verwendet, wenn man eine bestimmte Emotion ausdrücken will. Der klassische lachende Smiley 🙂 wurde 1963 vom amerikanischen Werbegrafiker Harvey Ball gezeichnet und er wurde in den Jahren danach in Amerika berühmt. Es dauerte Jahre, bis er sich auch in Europa verbreitete.

S. 240 ○ 3 In den folgenden Sätzen fehlen Kommas. Entscheidet, wo sie gesetzt werden müssen.

Harvey Ball hat den Smiley im Auftrag einer Versicherung entworfen denn mit dem lachenden Gesicht auf Anstecknadeln sollte die Stimmung bei den Mitarbeiterinnen und Mitarbeitern verbessert werden. [...]

Mit einem **Emoticon** sind bestimmte Zeichenfolgen einer Tastatur gemeint die einem Smiley ähnlich sehen. [...]

Sie beschränken sich aber nicht nur auf Emotionen sondern es gibt auch kleine Symbole mit Tieren, Pflanzen, Lebensmitteln, Sportgeräten, Gebäuden oder Wetterlagen.

S. 240 ◒ 5 Ihr könnt folgende Anfänge von Satzreihen und Satzgefügen verwenden:

Satzreihen:

– *Ich würde so ein Buch nicht lesen wollen, denn ...*
– *Mir würde das Lesen eines solchen Buches Spaß machen, denn ...*

Satzgefüge:

– *Ein Buch ohne Buchstaben finde ich lustig, weil ...*
– *Das Lesen wird bestimmt langweilig, weil ...*

S. 241 ○ 3b Orientiert euch an folgendem Beispiel:

Wenn ihr diesen Satz versteht, beherrscht ihr schon eine Geheimschrift, das Rückwärtsschreiben.

- **Wen oder was** beherrscht ihr schon, wenn ihr diesen Satz versteht? Eine Geheimschrift. → *Akkusativ*
- **Wen oder was** beherrscht ihr schon, wenn ihr diesen Satz versteht? Das Rückwärtsschreiben. → *Akkusativ*

S. 243 ○ 3 Orientiert euch an folgendem Beispiel:

Dann fragt Lea: „Was genau sind eigentlich Hieroglyphen?"
„Was genau sind eigentlich Hieroglyphen?", fragt Lea.
„Was genau", fragt Lea, „sind eigentlich Hieroglyphen?"

Starthilfen

14 Rund um den Globus · Regeln und Strategien der Rechtschreibung anwenden

S.250 ○ 4 Es sind fünf Nominalisierungen im Textabschnitt **B**. Prüft, ob sich das Nomen auf ein Verb oder ein Adjektiv zurückführen lässt, wenn ihr unsicher seid. Orientiert euch an folgendem Beispiel.

sein Eintreten → eintreten

S.250 ◒ 5 In folgendem Textabschnitt sind alle Nomen ohne Begleiter markiert. Die Beispiele darunter zeigen euch Möglichkeiten auf, solche Nomen zu erkennen.

C In **Ländern** wie **Polen**, **Tschechien**, **Russland** oder **China** wird der Kindertag am 1. Juni gefeiert. Dagegen feiern **Kinder** in **Thailand** am zweiten Samstag im Januar, in **Mexiko** am 30. April, in **Japan** und **Südkorea** am 5. Mai und in **Finnland** am 20. November.
In **Deutschland** gibt es sogar zweimal im Jahr **Kindertag**. Der Weltkindertag wird am 20. September begangen. Darüber hinaus wird der Kindertag vor allem im Osten **Deutschlands** traditionell auch am 1. Juni gefeiert.

In zahlreichen Ländern wie ... → Adjektivprobe
Polen → Eigenname
Dagegen feiern die Kinder in Thailand ... → Artikelprobe

S.253 ○ 2 Übernehmt die Tabelle und ergänzt.

Personalpronomen	Possessivartikel	Höflichkeitsform
wir	*unser*	*Sie*
...	...	*Ihre*
mich	...	...
		...

S.254 ○ 2 Achtet auf die unterstrichenen Signalwörter.
Natürlich bieten (s/S)traßenverkäufer beim Kinderfest auch etwas (e/E)rfrischendes zu (t/T)rinken an. Sehr beliebt ist Ayran, ein (l/L)eckeres Joghurtgetränk. Das (h/H)erstellen des Getränks ist ganz einfach. Man braucht 150 g (g/G)ekühlten Naturjoghurt, 50 ml (k/K)altes Wasser, einen halben Teelöffel Salz oder etwas (h/H)erzhaftes, wie zum Beispiel (k/K)noblauch. Kurz vorm (s/S)ervieren gibt man noch zwei Eiswürfel in jedes Glas. Zum (v/V)erzieren eignet sich Zitronenmelisse.

S.254 ◒ 3 Es gibt insgesamt 20 Fehler.
- Überprüft zunächst die Pronomen *sie/Sie und ihre(r)/Ihre(r).*
- Drei Adjektive sind großgeschrieben.
- Fünf Nominalisierungen und zwei Nomen sind kleingeschrieben.
- Achtet bei den Nominalisierungen auch auf Signalwörter wie *etwas, manches, viel, zum.*

S.255 ◒ 5 Hier ist eine Lösung schon eingetragen. An anderen Stellen helfen euch die unterstrichenen Signalwörter und Suffixe.
Alle Eltern auf der Welt wünschen sich für ihre Kinder, dass sie sicher und geborgen (a/A)ufwachsen. Umgeben von der Familie und Freunden, mit einem (f/F)esten Dach über dem Kopf, ausreichender (n/N)ahrung, mit der (m/M)öglichkeit, zu lernen und zu (s/S)pielen.

S. 256 ◒ 2 Hier sind die Vokale ohne Längenkennzeichnung schon markiert. In der Tabelle ist außerdem angegeben, wie viele verschiedene Beispiele in die jeweiligen Spalten einzutragen sind.

„... und gib dir Mühe, dich bei Tisch möglichst nicht danebenzubenehmen!“ Diesen guten Rat eurer lieben Eltern kennt ihr wohl zur Genüge. Dabei ist das gar nicht so leicht. Die Tischsitten sind nämlich rund um den Globus sehr verschieden: Während man in Europa stets gerade am Tisch sitzen sollte, nehmen die Menschen in vielen afrikanischen Staaten die Mahlzeiten auf dem Boden sitzend ein.

ohne Kennzeichen	ie	h	Doppelvokal
21 Wörter	5 Wörter	8 Wörter	1 Wort

S. 257 ○ 3 Übernehmt die folgende Tabelle und ergänzt sie.

f	v	ph
fettigem	*viele*	*Katastrophe*
...	...	...

S. 258 ○ 9 Übernehmt die folgende Tabelle und füllt sie aus.

x	chs	gs	cks	ks
...	...	...	...	...

S. 259 ◒ 1
- Folgende Wörter müssen als Nomen großgeschrieben werden: ...ritten (Zeile 3); ...ilet (Zeile 21)
- Der *f*-Laut wird dreimal mit *f*, fünfmal mit *v* und zweimal mit *ph* geschrieben.
- Der *w*-Laut wird zweimal mit *v* geschrieben.
- Der *ks*-Laut zweimal mit *gs* und jeweils einmal mit *chs*, *cks*, *ks* und *x*.

S. 261 ○ 7 Der Text enthält sechs Adjektive mit dem Suffix *-ig*, zehn Adjektive mit dem Suffix *-lich* und fünf Adjektive mit dem Suffix *-isch*.

S. 261 ○ 8 Ihr könnt folgende Wörter als Ausgangswörter nutzen:
Adjektiv, Arktis, Athlet, Automat, Baden, Biologie, Demokratie, Hessen, Klima, Logik, Mathematik, Mechanik, Niedersachsen, Optik, Schwaben, Symbol, Technik, Vulkan, Zylinder

S. 264 ◒ 2 Ihr könnt statt des türkischen Wortes *şiş* auch das deutsche Wort *Spieß* als Suchwort eingeben. Kontrolliert mithilfe der Lautumschrift. Der *sch*-Laut sieht in der Lautumschrift so aus: ʃ.

S. 267 ○ 8 Entscheidet, welche Buchstaben einzusetzen sind. Überprüft die Schreibung mit dem Wörterbuch.
Sonderorganisa(t/ts/z)ion, Weltpostkongre(s/ss/ß), organis(i/ie)ren, interna(t/ts/z)ional, e(f/ff/v)izient, Instan(s/z), Digitalis(i/ie)rung, (c/z)irca, Mi(l/ll)iarde, a(n/nn)alog, (F/Ph)antasie, Pa(ck/k)et

Lösungen zu den Seiten „Das könnt ihr jetzt!"

1 Erfindungen: sehr patent! • Sich und andere informieren

S. 28/1
6. Jahrhundert: Holzstempel mit Einzelzeichen; **um 1500:** Erfindung des Buchdrucks mit beweglichen Lettern durch Gutenberg; **19. Jahrhundert:** erste automatische Druckmaschine; **2019:** Smartphone und E-Book

S. 29/2
Lesefutter: Bücher; **Marktanteil:** Anteil am gesamten Verkauf; **Print-Exemplar:** gedrucktes Buch; **Z. 1–21:** der Buchmarkt – digital stagniert, Print bleibt; **Z. 22–35:** Vorteile des gedruckten Buchs; **Z. 36–60:** digitales und analoges Lesen im Vergleich

S. 29/3
A In Deutschland besitzen E-Books lediglich einen Marktanteil von maximal 10 %. **B** In einer norwegischen Studie mussten Studierende den gleichen wissenschaftlichen Text lesen und danach einen Verständnistest lösen. **C** korrekt **D** korrekt

S. 29/4
Säulendiagramm, Angaben in Prozent, 2022, Thema = Überschrift; 80 % der Befragten lesen, der größte Anteil (52 %) bevorzugt gedruckte Bücher, etwa gleich viele nur E-Books (14 %) oder E-Books parallel zum gedruckten Buch (11 %), E-Book setzt sich nicht durch?

S. 29/5
Sachtext und Diagramm widersprechen dieser Behauptung.

2 Das sehe ich anders! • Sprachlicher Umgang mit anderen

S. 45/1
a) nicht geeignet: 1, 3, 6, 8; 1 und 3 nicht allgemein gültig, 6 und 8 beziehen sich nicht auf die eigentliche Frage; **geeignet:** 2, 4, 5, 7, 9, 10
b) Argumente für einen vegetarischen Tag: 2, 5, 7, 9; **Argumente gegen einen vegetarischen Tag:** 4, 10

S. 45/2
A geeignet, um Argument 9 zu stützen; **B** passt zu Argument 10; **C** stützt Argument 5; Die Zusatzinformation, dass Soja vor allem als Tierfutter verwendet wird, entkräftet das Argument 10, geringerer Fleischkonsum würde den Regenwald schützen, weil weniger Futtersoja benötigt würde.

S. 45/3
Mögliche weitere Argumente: für vegetarische Ernährung Massentierhaltung, Beeinträchtigung des Klimas durch Methangas; gegen vegetarische Ernährung Mensch seiner biologischen Anlage nach (Gebiss, Verdauung) „Fleischfresser"

S. 45/4
Individuelle Lösung; Anrede, Anlass, Argumentation, Großschreibung der höflichen Anrede, Wunsch, Grußformel beachten

3 Nachtgestalten und andere unheimliche Geschöpfe • Mündlich und schriftlich erzählen

S. 66/1 und 2
Was? Hilferufe, Junge ruft die Polizei, die Schreie kommen von einem Fernsehkrimi aus der Wohnung einer schwerhörigen Frau; **Wer?** Junge, Frau, zwei Polizisten; **Wann?** auf dem Heimweg eines Kinobesuchs; **Wo?** Karlsruhe; **Warum?** Fernsehgerät zu laut gestellt; **Welche Folgen?** Polizei schreitet ein

S. 66/3
Ich-Erzählform, innere und äußere Handlung beachten

S. 66/4 und 5
Individuelle Lösung, siehe Beispiellösung

S. 67/1
a) Mögliche Textstellen: Zeile 30–33, 42–43, 44–47
b) Mögliche Lösung: Z: 30–33 Darstellung der körperlichen Reaktion, Gefühle, Wirkung des unheimlichen Ortes; Z. 42–43 wörtliche Rede, Frage, die nicht beantwortet wird, Art Verzögerung; Z. 44–47 genaue Beschreibung der Situation, Körperreaktion

S. 67/2
Individuelle Lösung, siehe Beispiellösung

4 Natur erleben • Beschreiben und berichten

S. 90/1
Zweck: Survival-Training (Überlebenstraining) im Wald; **Adressatin/Adressat:** Leserinnen/Leser der Schulzeitung; **Materialien:** zwei stabile Astgabeln, dicker ca. 3 m langer Ast, viele kleine Äste, Moos, Laub; **Arbeitsschritte:** 1. einen großen Baum im Wald auswählen und einen ca. 3 m langen dicken, stabilen Ast mit einem Ende an die Wurzeln des Baumes legen; 2. am anderen Ende des dicken Astes die beiden Gabel-Äste tief in die Erde drücken und die Gabelungen ineinander verkeilen; das Ende des dicken Astes anheben und in die Gabelungen einklemmen, sodass das andere Astende fest gegen den Baum gestemmt wird; 3. viele Äste sammeln und auf beiden Seiten schräg gegen den dicken Ast lehnen, bis beide Seitenflächen der Schutzhütte aufgefüllt sind; 4. die Seitenflächen aus Ästen ca. 5 cm dick mit Moos und Laub bedecken

S. 90/2 und 3
Individuelle Lösung, siehe Beispiellösung

S. 91/1
Anlass (Ereignis): Unfall; **Zweck und Adressatin/Adressat:** Unfallbericht; **Was?** Unfall in der Schillerstraße; **Wann?** 18. November 2024, ca. 14 Uhr; **Wo?** Zebrastreifen in der Schillerstraße; **Wer?** Anna Müller, 12 Jahre, Unfallopfer, Andreas Renner, 49 Jahre, Unfallverursacher; **Wie lief der Unfall genau ab?** Anna wollte den Zebrastreifen überqueren, wird angefahren, auf Boden mit schmerzendem Knie, Krankenwagen, zur Beobachtung ins Krankenhaus, **Warum?** Autofahrer abgelenkt von Katze, schlechtes Wetter, **Welche Folgen?** leichte Verletzung am Knie

S. 91/2
Individuelle Lösung, siehe Beispiellösung

5 Mit allen Sinnen erleben • Bücher, Hörspiele und Filme entdecken

S. 115/1 und 2
Individuelle Lösung

S. 115/3

Zeilen	äußere Handlung	innere Handlung
Zeile 1–13	Carag geht zu Bett und beobachtet dabei seinen Zimmergenossen Brandon	Carag spekuliert über Brandons Lektüre und denkt an Hollys Andeutung bezüglich Brandon

Zeilen	äußere Handlung	innere Handlung
Zeile 14–41	Verwandlung Brandons in ein Bison, Gespräch zwischen Carag und Brandon	Carag erschreckt sich, hört Brandons Stimme in seinem Kopf; Brandon ist beschämt
Zeile 41–51	Brandon versucht sich vom Laken zu befreien	Brandon ist panisch und nervös; Carag ist verlegen, hat großen Respekt vor dem mächtigen Tier
Zeile 55–69	Brandon verwüstet das Zimmer	Brandon erschreckt sich, ist gereizt; Carag versucht, Brandon zu beruhigen, ist ängstlich
Zeile 72–75	Carag holt Hilfe	Brandon ist verlegen

S. 115/4
Mögliche Adjektive für Brandon: gutmütig (Zeile 8: „höflich", Zeile 29–30: „beschämt", Zeile 72: „verlegen"), aufgeregt (Zeile 42–43: „leicht panisch zerrte er [am Laken]", Zeile 45–46: „schnaubte nervös, bockte und drehte sich im Kreis, um das Ding loszuwerden", Zeile 67: „Gereizt"); **Mögliche Adjektive für Carag:** vorsichtig (Zeile 15–16: „Hilfe! Wie der Blitz war ich aus dem Bett und dann darunter.", Zeile 46–47: „Ich drückte mich in eine Ecke", Zeile 58: „Vielleicht sollte ich lieber wieder unters Bett kriechen."), freundlich (Zeile 33: „‚Halb so wild'", Zeile 57: „‚Frische Luft ist toll, wirklich, die hilft gegen fast alles!'")

S. 115/5
Aussage B trifft zu, weil es die erste gemeinsame Nacht im Zimmer ist und Brandon und Carag sich vorher nicht kennen.

S. 115/6
Individuelle Lösung

6 Kleine und große Helden • Lügen- und Schelmengeschichten, Fabeln, Helden- und Göttersagen entdecken

S. 140/1
Spieler und Gegenspieler: Wolf ↔ Kranich; **Tiere menschliche Eigenschaften:** Kranich hilfsbereit; Wolf wirkt negativ, bricht sein Versprechen, undankbar, hinterhältig; **Auseinandersetzung zwischen gegensätzlichen Tieren:** Kranich fordert versprochene Belohnung; Wolf verweigert sie ihm, droht ihm indirekt; **typischer Aufbau: Ausgangssituation:** Wolf ist Knochen im Hals stecken geblieben, bittet andere Tiere, ihm zu helfen, verspricht Belohnung; **Handlung:** Kranich zieht Knochen aus dem Hals; **Gegenhandlung:** Wolf verweigert dem Kranich die Belohnung, droht; **Lösung:** Kranich geht leer aus, seine Hilfsbereitschaft wird nicht belohnt; **Lehre:** Wer jemandem hilft, kann nicht immer mit Dankbarkeit rechnen.

S. 140/2
Kranich hört Hilferufe des Wolfes, der für Bösartigkeit bekannt ist, berät sich mit anderen Tieren; Wolf wird von Kranich in Grube gelockt, wo dieser ihm den Knochen aus dem Hals entfernt; Wolf ist undankbar und verweigert Belohnung, wird von anderen Tieren in Grube zurückgestoßen; Erkenntnis des Wolfes, dass er auf Tiere angewiesen ist; andere Tiere lassen Wolf frei, der ihnen zur Belohnung eine Wasserstelle zeigt; Lehre: Jeder kann dazu gebracht werden, seine Fehler zu erkennen.

S. 141/1
Mögliche Charaktereigenschaften: Kranich: schlau, besonnen, höflich; Fuchs: rücksichtslos, boshaft, gierig

S. 141/2
Ausgangssituation: Einladung zum Essen; **Handlung:** Fuchs leckt Teller leer, Kranich kommt durch seinen langen Schnabel nicht an Suppe; **Gegenhandlung:** Kranich lädt Fuchs ebenfalls zum Essen ein, revanchiert sich, serviert Suppe in langen Gefäßen, Fuchs kommt nicht an Suppe; **Lösung:** Fuchs bemerkt, dass Kranich ihn mit seinen eigenen Waffen geschlagen hat; **Lehre:** Wer zuletzt lacht, lacht am besten.

S. 141/3
Individuelle Lösung, siehe Beispiellösung

7 Ich fühl mich so ... • Gedichte entdecken

S. 156/1
„Wunder des Alltags": bedrückende Stimmung, viele negative Gefühle; **„Ohne Hast":** bedächtig, langsame Bewegungen

S. 156/2
Gedicht von Manz: *Manchmal*. Begründung: Wort kommt häufig im Gedicht vor, beschreibt, dass man verschiedene Gefühle empfinden kann; **Gedicht von Bydlinski:** *Achtsam*. Begründung: Wort betont, wie genau das lyrische Ich seine Umwelt wahrnimmt

S. 156/3
Das Gedicht vermittelt eine bedrückende Stimmung. Jeder Vers beginnt gleich. In der letzten Strophe wird die Stimmung hoffnungsvoller, weil das lyrische Ich nicht allein ist.

S. 156/4
Individuelle Lösung

S. 157/5
In dem Gedicht wird von der Mondfrau erzählt, die bunte Träume spinnt, welche der Mann im Mond in den Bäumen verteilt.

S. 157/6
Das Gedicht vermittelt eine träumerische, ruhige Stimmung, wodurch das Gedicht auch sehr beruhigend wirkt.

S. 157/7
Das Gedicht ist in drei Strophen mit jeweils vier Versen gegliedert. Die Verse sind durch einen Kreuzreim miteinander verbunden. Das Gedicht weist einen Jambus auf.

S. 157/8
a) Es handelt sich um Personifikationen.
b) Die sprachlichen Bilder regen die Fantasie an. Das Träumen wird als etwas sehr Schönes beschrieben.

S. 157/9
Individuelle Lösung

8 Tierisch menschlich • Szenisch spielen

S. 169/1
dafür spricht: setzt sich für andere ein, rettet sie, riskiert sein eigenes Leben, um den Panda zur Flucht zu bewegen
dagegen spricht: hat die anderen Tiere vorher belogen und bestohlen; setzt sich für andere Tiere ein, weil sie seine Freunde sind, Held würde auch fremden Personen beistehen

S. 169/2
Schwierigkeiten: Darstellung des zusammenstürzenden Gebäudes (zu hoher Aufwand, zu gefährlich), Bau eines Schachts für die Flucht (zu hoher Aufwand); **Lösungsmöglichkeiten**: zusammenstürzen: Licht ausmachen, über Lautsprecher Geräusche einspielen; Fluchtschacht: Lücke im Vorhang

S. 169/3
nicht sinnvoll: **A** Bühnenbild: große Stahlträger aus Pappe (zu viel Aufwand), **C** Requisiten: Futternäpfe mit Futter für die Tiere (Tiere verhalten sich hier wie Menschen)

S. 169/4 und 5
Individuelle Lösung

9 Und was guckst du? • Das Fernsehen untersuchen

S. 180/1 a)–d)
Beispiel: *Goldies* – der Seniorensender für die 60- bis 120-Jährigen, 13:30–14:00: *Von wegen alt*, Doku-Soap über Großeltern und ihre Enkel, 14:00–14:10: *Nachrichten für Senioren*, ohne Jugendsprache und englische Ausdrücke, 14:10–14:30: *Fit bis 200!*, eine Mitmachsportsendung für Ü60, 14:30–15:30: *Damals …*, Quizshow zu den guten alten Zeiten

S. 180/2 und 3, S. 181/1–5
Individuelle Lösung

10 Unsere Sprache im Visier • Wörter bilden, Wörter erkunden

S. 190/1
Zusammensetzungen: Nesselkittel, Purpurschnecke, Lederwickeln;
Ableitungen: Vorschrift (vorschreib(en) + -t), erließ (er- + lassen), Bekleidung (bekleid(en) + -ung), Kälte (kalt + -e), auffällige (auffall(en) + -ig), verbreitet (ver- + breiten), kegelförmig (Kegelform + -ig)

S. 190/2
Bäuerinnen und Bauern: einfache Kleidung in gedeckten Farben, Beinkleider mit Kitteln für Männer, Kittel mit Gürteln für Frauen; **adlige Frauen:** farbenfrohe lange Kleider, Kopfbedeckung für unverheiratete Frauen; **adlige Männer:** Beinlinge, kurze Jacken; **mittelalterliche Schuhmode:** Schnabelschuhe, Lederbeinlinge, Schuhlänge als Statussymbol

S. 190/3
Mögliche Synonyme: toll → prachtvoll; sprintete → galoppierte; Hütte → Schloss; Visage → Antlitz; Mähne → Haarpracht; Klamotten → Kleidung; Deckel → Hut; darf ich … deiner Kleinen → darf ich um die Hand Ihrer Tochter anhalten

S. 190/4
Individuelle Lösung

S. 191/1
a) Mögliche Lösung: Schatzkarte, Piratenschatz, Schatztruhe
b) Mögliche Lösung: Wäsche, waschbar, abwaschen

S. 191/2
A Säugetier, **B** Jahreszeit, **C** Gemüse

S. 191/3
Mögliche Lösung: Sandale, Stiefel, Turnschuh

S. 191/4
Mögliche Lösung: **A** flink, **B** hübsch, **C** Frau

S. 191/5
A kalt, **B** unfreundlich, **C** Riese

S. 191/6
Präfixe und Suffixe bilden neue Wörter aus bestehenden Wörtern. Ein Suffix kann die Wortart ändern, zum Beispiel *schön* (Adjektiv) → *Schönheit* (Nomen). Ein Präfix kann die Wortart nicht ändern, zum Beispiel *ver-* + *stehen* (Verb) → *verstehen* (Verb).

S. 191/7
a) Zusammensetzung
b) wütend: Wut, stinkwütend; **Freundschaft:** freundlich, anfreunden; **Loyalität:** loyal, illoyal; **Eifersucht:** eifersüchtig
c) *besiegt*: Form von *besiegen* → Präfix *be-* + Stamm *siegen*

11 Typisch sie, typisch er? • Wortarten und Wortgruppen untersuchen

S. 212/1
Demonstrativartikel: jener (Sport) (Zeile 3), solchen (Teams) (Zeile 6), diesen (Sport) (Zeile 13), **Demonstrativpronomen:** die (Zeile 9), diejenigen (Zeile 13)

S. 212/2
Für Mädchen und Jungen ist American Football der perfekte Sport, wenn sie Ausdauer und taktisches Gespür besitzen.

S. 212/3
Zum Schutz müssen alle einen Helm tragen, weil/da es manchmal zu heftigen Zusammenstößen kommt. Die Subjunktion bewirkt, dass ein Nebensatz entsteht. Das finite (konjugierte) Verb *kommt* rückt an das Ende des Nebensatzes.

S. 212/4a) und b)
A falsch: Adverbien sind unveränderbare Wörter. **B** richtig. **C** falsch: Mit dem Futur II wird eine abgeschlossene Handlung in der Zukunft ausgedrückt.

S. 212/5
Morgen in einer Woche wird sie das erste Footballspiel gemeistert haben.

S. 212/6
als, als, wie

S. 213/1
der, die, den

S. 213/2
a) drinnen, draußen, jederzeit, daher, dann, gern, folgendermaßen, vorwärts
b) lokal: draußen, drinnen, vorwärts, **modal:** gern, folgendermaßen, **temporal:** meist, dann, jederzeit, **kausal:** daher

S. 213/3
Subjunktionen

S. 213/4
Individuelle Lösung

12 Versunkene Welten • Satzglieder untersuchen und verwenden

S. 232/1

1 Akkusativobjekt, 2 Temporalbestimmung, 3 präpositionales Attribut, 4 Temporalbestimmung, 5 Dativobjekt, 6 Temporalbestimmung, 7 Modalbestimmung, 8 Adjektivattribut, 9 präpositionales Attribut, 10 Kausalbestimmung, 11 Adjektivattribut, 12 Subjekt, 13 Adjektivattribut, 14 Genitivattribut

S. 232/2

Die Erzählungen des Dichters Homer (Genitivattribut) schienen ihm auf wahren Tatsachen (Präpositionalobjekt) zu beruhen. Aufgrund der überlieferten Geschichten (Kausalbestimmung) glaubte er an die Existenz des Schatzes Agamemnon. 1868 (Temporalbestimmung) begann er mit umfangreichen Grabungen (Präpositionalobjekt) an der Stelle, an der er die Stadt Troja vermutete. Dort (Lokalbestimmung) war Schliemann erfolgreich. Er brüstete sich aber nicht mit seinem Erfolg (Präpositionalobjekt).

S. 232/3

Ein Prädikativ ist ein Satzglied. Ohne Prädikativ ist der Satz unvollständig. Das Prädikativ bezieht sich meist eng auf das Subjekt.

S. 232/4

im 19. Jahrhundert (Präpositionalgruppe, Temporalbestimmung), wirklich gerne (Adverbgruppe, Modalbestimmung), ein deutscher Archäologe (Nominalgruppe, Prädikativ), sehr schnell (Adjektivgruppe, Modalbestimmung), von den großen Helden (Präpositionalgruppe, präpositionales Attribut)

S. 233/1

1 präpositionales Attribut, 2 Akkusativobjekt, 3 Genitivattribut, 4 Temporalbestimmung, 5 Präpositionalobjekt

S. 233/2

Die Sandschicht war abzutragen. Sie war fast drei Meter dick und etwa 6000 Jahre alt. Die Archäologen legten nach und nach eine ganze Tempelanlage frei. Sie war in mühevoller Arbeit zu Ehren des Gottes Nanna gebaut worden. Zur Tempelanlage gehörte ein beeindruckender Stufenturm. Der Blick von diesem Turm muss traumhaft gewesen sein. Über diesen Turm gelangten Priester und Könige angeblich auf direktem Wege zu den Göttern.

S. 233/3

Textabschnitt **C** ist nicht gelungen, da die Sätze unübersichtlich, zu lang und deshalb schwer verständlich sind.

S. 233/4

Attribute sind Satzgliedteile. Bei der Umstellprobe bleiben sie bei ihrem Bezugswort.

13 Geheimnisvolle Zeichen • Satzzeichen setzen

S. 244/1

A Kopiere die beiden Scheiben und klebe sie auf eine dünne Pappe. **B** Schneide dann die Scheiben aus und lege die kleine Scheibe auf die große. **C** Nachdem du die Scheiben aufeinandergelegt hast, befestige sie in der Mitte mit einer Musterklammer. **D** Das ist eine kleine Metallklammer, die normalerweise zum Verschließen von Versandtaschen benutzt wird. **E** Deine Nachricht kannst du verschlüsseln, wenn du die Buchstaben auf dem äußeren Ring durch die auf dem inneren Ring ersetzt.

S. 244/2

a) **A** Satzreihe, **B** Satzgefüge, **C** Satzreihe, **D** Satzgefüge
b) **A** und, **B** wenn, sodass, **C** denn, **D** weil
c) **B** NS, HS, NS, **D** HS, NS

S. 245/1a) und b)

Manche Menschen sind im Gespräch mit anderen auf besondere Zeichen angewiesen, weil sie kaum oder gar nicht hören können. Das System dieser Zeichen nennt man Gebärdensprache. Nun könnte man glauben, dass die Gebärden überall auf der Welt gleich sind, aber es gibt auch hier Unterschiede. So gibt es in Deutschland die DGS (=Deutsche Gebärdensprache) und in Amerika verständigen sich gehörlose Menschen mit der ASL (American Sign Lanuage). Experten sagen: Es gibt weltweit rund 200 verschiedene Gebärdensprachen.

S. 245/2

In Textabschnitt **B** sind nur kurze Hauptsätze aneinandergereiht. Die Satzanfänge wiederholen sich oft. Textabschnitt **C** besteht aus einem einzigen langen Satz, der kompliziert und daher kaum verständlich ist.

S. 245/3

Mögliche Lösung: Viele Menschen machen einen Fehler, wenn sie Gebärdensprache mit Pantomime gleichsetzen. Pantomime wird weltweit verstanden, aber bei den Gebärdensprachen gibt es Dialekte und Fremdsprachen, weshalb sie kompliziert sind. Neben den Handbewegungen spielt auch die Mimik eine Rolle. Wenn sich zum Beispiel die Bewegung der Augenbrauen verändert, dann verändert sich die Bedeutung der Geste. Wenn ich die zu einem Becher geformte Hand an den Mund führe, bedeutet das „Ich trinke“, aber sobald ich dabei die Augenbrauen hochziehe, wird daraus „Trinke ich?“. Will man eine Unterhaltung führen, muss man genau hinschauen und die Veränderungen sehr schnell bemerken.

S. 245/4

Mögliche Lösung: In Deutschland gibt es mittlerweile immer mehr Veranstaltungen wie Lesungen oder Vorträge, an denen auch Gehörlose teilnehmen können. Bei solchen Veranstaltungen gibt es zwei Gebärdendolmetscher, die die Vorträge in Gebärdensprache übersetzen. Dabei wechseln sie sich etwa alle 15 Minuten ab, da das simultane Übersetzen eine sehr hohe Konzentration erfordert. Manchmal achten auch die Hörenden mehr auf die Gebärden als auf die Worte, weil die Gebärden so interessant aussehen.

14 Rund um den Globus • Regeln und Strategien der Rechtschreibung anwenden

S. 268/1a) und b)

Individuelle Lösung

S. 268/2

Unser Platz im Universum
Aus etwas größerer Entfernung betrachtet, ist die Erde nur ein Planet in einem System von Himmelskörpern, das aus sieben anderen großen Planeten und mehreren Zwergplaneten besteht. Das Licht braucht etwa sechs Stunden für die Strecke von der Sonne zum Zwergplaneten Pluto am äußeren Rand des Sonnensystems.
Vom Mond aus sah die Erde für die Astronauten wie eine blaue Murmel oder Marmorkugel aus, die über der grauen und leblosen Mondlandschaft in der Schwärze des Alls schwebt.

Lesestrategien und Lesetechniken

Diagonales Lesen

Mit dem diagonalen Lesen kannst du dir über einen Text **einen ersten Überblick verschaffen**. Du überfliegst den ganzen Text mit den Augen und konzentrierst dich dabei auf folgende **Orientierungspunkte**:
- Überschrift des Textes
- Aufbau des Textes
- Überschriften der Absätze
- besonders Hervorgehobenes, Schlüsselwörter
- Abbildungen und Bildunterschriften
- die ersten Sätze der Einleitung und der Absätze

Willst du herausfinden, ob ein ganzes Buch geeignete Texte enthält, orientiere dich am besten an Klappentext, Vorwort und Einleitung sowie am Inhaltsverzeichnis.

Selektives Lesen

Selektiv bedeutet „auswählend“ oder „zielgerichtet“. Selektives Lesen meint also die **gezielte Suche nach bestimmten Informationen** in einem Text. Entscheidend ist, dass du eine **konkrete Fragestellung** hast und beim Lesen nach Antworten auf diese suchst.

Intensives Lesen

Um einen Text verstehen und nutzen zu können, musst du durch **gründliches Lesen den Inhalt erschließen und Textzusammenhänge erkennen**. Dabei helfen dir verschiedene Methoden.

Du kannst
- unbekannte Wörter klären.
- Fragen an den Text stellen.
- Schlüsselwörter markieren.
- den Text in Sinnabschnitte einteilen und Überschriften formulieren.
- wichtige Aussagen zusammenfassen.

Die Fünf-Schritt-Lesemethode

Diese Lesemethode hilft dir, Texte zu verstehen.

1

Überfliege den Text!
Was weiß ich und was ist mir neu?
Tipp: Beachte Überschriften und eventuell Bilder.

2

Lies den Text ein erstes Mal!
Was ist das Thema?
Tipp: Kläre auch unbekannte Wörter.

3

Lies den Text ein zweites Mal!
Was sind die Schlüsselwörter?
Tipp: Markiere sie mit verschiedenen Farben, aber markiere nicht zu viel.

4

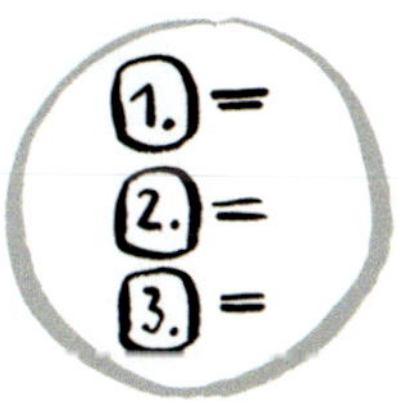

Fasse Textabschnitte zusammen!
Welche Informationen sind wichtig und gehören zusammen?
Tipp: Notiere Stichworte und formuliere Zwischenüberschriften.

5

Gib den Inhalt des Textes wieder!
Was sind die wichtigsten Informationen des Textes?
Tipp: Achte auf eigene Formulierungen. Orientiere dich an deinen Zwischenüberschriften.

Ein Diagramm auswerten

Diagramme findest du oft in Sachbüchern oder im Internet. Sie stellen Daten, Sachverhalte und Zusammenhänge grafisch dar. Du kannst sie schrittweise auswerten.

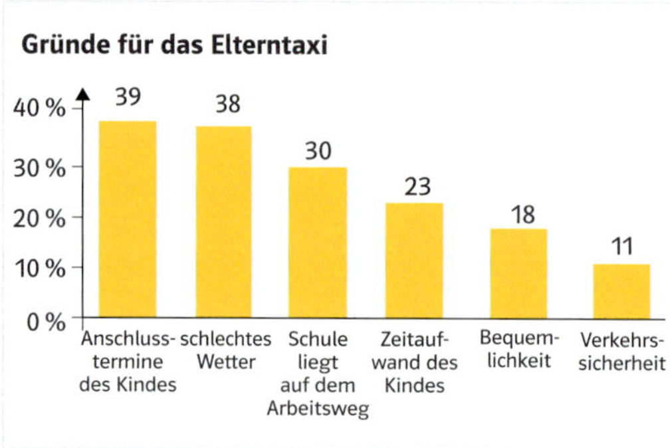

Quelle: ADAC Stiftung, Juli 2024
Angaben in Prozent, gesamt n = 1009

1. Überblick verschaffen
- Thema klären (Überschrift beachten)
- Diagrammart (Säulen-, Kurven- oder Kreisdiagramm) und Maßeinheiten bestimmen
- Quelle und Veröffentlichungszeitpunkt angeben

2. Diagramm erläutern
- Einzelaussagen treffen und erklären
- Auffälligkeiten benennen, einordnen, vergleichen (z. B. Minimal- und Maximalpunkte)

3. Schlussfolgerungen ziehen
- Ergebnisse zusammenfassen
- Zusammenhänge herleiten und Entwicklungen ablesen
- offene Fragen benennen

Ein Diagramm auswerten **SO GEHT'S**

In der Studie der ADAC-Stiftung vom Juli 2024 wird die Frage geklärt, warum Eltern ihre Kinder zur Schule fahren. In dem Säulendiagramm ist zu sehen, wie viel Prozent der befragten Eltern sich aus welchen Gründen für das Elterntaxi entscheiden.

Zu erkennen ist, dass mit 39 % der häufigste Grund ist, dass das Kind Anschlusstermine hat. 38 % fahren ihre Kinder wegen schlechten Wetters zur Schule, 30 % begründen das Elterntaxi damit, dass die Schule auf dem Weg zur Arbeit liegt. Für immerhin 23 % spielt der Zeitaufwand des Kindes eine Rolle bei der Entscheidung.

Am seltensten werden Verkehrssicherheit und Bequemlichkeit als Gründe genannt. Nur 18 % der Eltern geben an, dass das Elterntaxi bequemer ist. Die Verkehrssicherheit ist sogar nur für 11 % entscheidend.

Für Eltern sind offenbar Termine und schlechtes Wetter die wichtigsten Gründe, um ihr Kind zur Schule zu fahren. Wie lange der Schulweg dauert und wie sicher ihr Kind auf dem Schulweg ist, spielt dagegen keine große Rolle.

Im Diagramm wird nicht klar, ob die Eltern nur ihr eigenes Kind zur Schule fahren oder ob es zum Beispiel auch Fahrgemeinschaften mit Nachbarskindern gibt.

Quelle und Veröffentlichungszeitpunkt angeben

Thema klären

Art des Diagramms und Maßeinheit angeben

Einzelaussagen treffen

Ergebnis zusammenfassen, Schlüsse ziehen

offene Fragen benennen

Referieren, präsentieren und diskutieren

Einen kurzen Vortrag vorbereiten und halten

In manchen Themen kennst du dich besonders gut aus. Dann kannst du dein Wissen in einem kurzen Vortrag an andere weitergeben. Für dein Publikum ist es wichtig, dass du die Informationen interessant und verständlich darstellst.

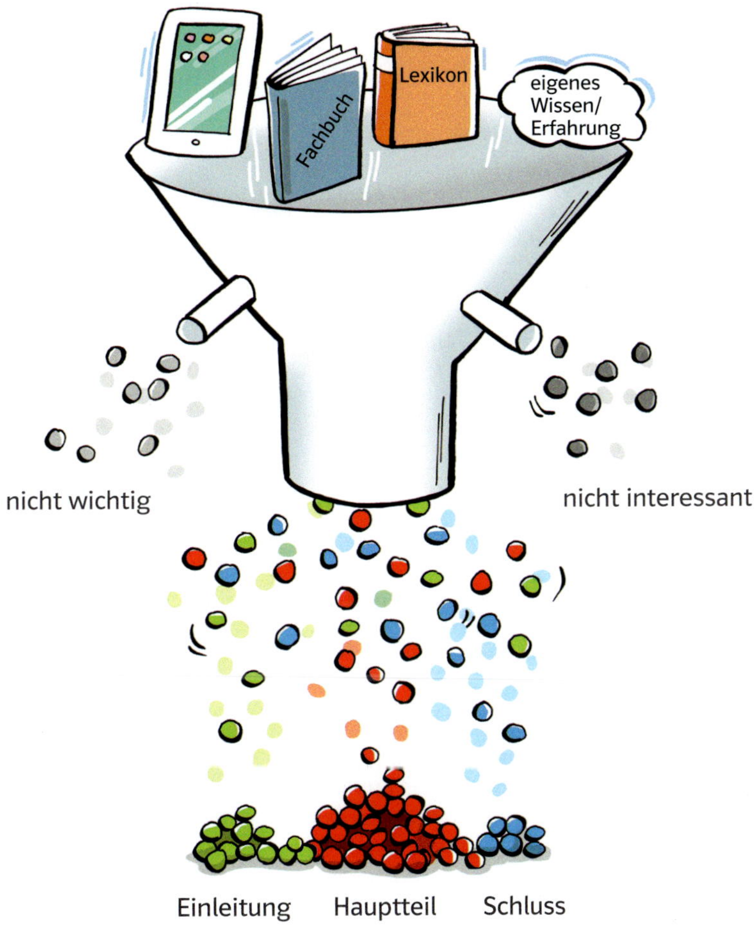

Stichwortzettel erstellen **SO GEHT'S**

Einleitung ①

Partnerschulen – wer kennt sie?

1. *Unsere Partnerschule in Brighton (England)*
   → Folie von Karte Großbritanniens
2. *→ Folie mit Titel und Gliederung des Vortrags + britischer Flagge*

Thema nennen

Interesse wecken:
zum Beispiel Frage ans Publikum,
interessantes Bild,
witziger kurzer Text

Hauptteil ②

1. *Stadtbild*
   → Folie mit Stadtbild zeigen
   – besondere Sehenswürdigkeiten: Riesenrad am Pier, Royal Pavillon
   – Einwohnerzahl: 27300

Schluss ⑥

1. *Austausch in Klasse 6: tolle Möglichkeit*
2. *Termine: Osterferien + eine Schulwoche, Gegenbesuch im Sommer*
3. *Kosten, Ansprechpartnerin: Frau Kallmann*
4. *Hauptquellen nennen*
   → Folie mit Quellenangaben
5. *Gibt es Nachfragen zum Thema?*
6. *Bitte gebt mir Rückmeldungen zum Vortrag.*

Stichwortzettel übersichtlich gliedern und gut lesbar gestalten

Karteikarten nur einseitig beschriften und nummerieren

Stichworte groß notieren, deutlich schreiben

„Regieanweisungen" mit anderer Farbe notieren

wichtige Stellen mit Unterstreichungen oder Textmarkern hervorheben

Wichtiges zusammenfassen

Anregungen geben

Quellen nennen

nachfragen

Einen kurzen Vortrag vorbereiten und halten – CHECKLISTE

	Nachschlagen
1. Informationen sammeln	
✓ Ich habe verschiedene Quellen genutzt.	S. 23
✓ Ich habe verlässliche Quellen verwendet.	S. 23
✓ Ich habe die Quellen notiert.	S. 23
2. Informationen ordnen	
✓ Meine Informationen sind wichtig.	S. 23
✓ Meine Informationen sind für das Publikum verständlich.	S. 27
✓ Meine Reihenfolge ist nachvollziehbar (roter Faden).	S. 27
3. Den Vortrag gliedern	
✓ Einleitung: Ich nenne das Thema und wecke Interesse beim Publikum.	S. 27
✓ Hauptteil: Ich bringe die wichtigsten Informationen.	S. 27
✓ Schluss: Ich fasse das Wichtigste zusammen.	S. 27
4. Den Vortrag ausgestalten	
✓ Ich habe einen Stichwortzettel oder Karteikarten erstellt, um frei sprechen zu können.	S. 26 f.
✓ Ich mache den Vortrag anschaulich, indem ich zum Beispiel Bilder zeige.	S. 26 f.
✓ Ich habe den Vortrag mehrfach geprobt.	S. 27
5. Den Vortrag halten	
✓ Ich spreche beim Vortrag langsam, laut und deutlich.	S. 26
✓ Ich mache beim Vortrag an sinnvollen Stellen Pausen.	S. 26
✓ Ich stehe beim Vortrag ruhig da.	S. 26

Meinungen in Diskussionen begründen

Damit deine Meinung ernst genommen wird und andere sich überzeugen lassen, musst du Gesprächsregeln beachten und deine Meinung gut begründen.

1. Allgemeine Gesprächsregeln beachten

wenn andere reden
- den anderen zuhören
- andere ausreden lassen
- nachfragen, wenn etwas unklar ist

wenn ich rede
- laut und deutlich sprechen
- sich kurz fassen
- beim Thema bleiben

2. Die eigene Meinung begründet darstellen
- eigene Meinung klar formulieren
- verschiedene Argumente vorbringen
- Beispiele geben

3. Auf andere Beiträge eingehen
- andere Meinungen ernst nehmen
- andere Argumente aufgreifen
- Ähnlichkeiten zu anderen Beiträgen aufzeigen

Meinungen in Diskussionen begründen **SO GEHT'S**

Diskussion zum Schulbeginn um 9:00 in der Klasse

Aylin: ... deshalb bin ich dafür, dass der Unterricht erst um 9 Uhr losgeht.

Ben: Natürlich hört sich das gut an, dass der Unterricht erst eine Stunde später beginnen würde. Wer würde nicht gerne länger schlafen.

Aber ich bin trotzdem der Meinung, dass alles so bleiben soll, wie es jetzt ist. Denn wenn die Schule eine Stunde später losgeht, dann hört der Unterricht natürlich auch erst eine Stunde später auf. Es gibt ja dann nicht weniger Unterricht. Und auch jetzt ist es an vielen Nachmittagen schon so, dass ich keine Zeit für Hobbys oder zum Freundetreffen habe. Montags schaffe ich es zum Beispiel gerade so nach der Schule zum Fußballtraining. Und da muss ich mich echt beeilen. Und für viele Eltern wäre es auch ein Problem, wenn die Kinder erst um kurz vor neun in der Schule sind. Die meisten Eltern müssen spätestens um acht los, um selbst pünktlich zur Arbeit zu kommen. Und an unserer Schule wird das Gebäude ja auch erst 15 Minuten vor der ersten Stunde aufgeschlossen.

andere Meinungen aufgreifen

eigene Meinung klar benennen

Entkräftung von Gegenargumenten

verschiedene Argumente nennen

Beispiele zur Veranschaulichung

Erzählungen, Beschreibungen, Berichte und förmliche E-Mails verfassen

Erzählen

anschaulich, spannend und nachvollziehbar erzählen

Wesentliches beschreiben
- eine Situation: *Getöse auf dem Dachboden*
- eine Figur oder einen Gegenstand: *ein staubbedeckter Koffer*
- die Umgebung: *Spinnweben, die das Gerümpel überziehen*

wörtliche Rede einsetzen
„Da, schau! Das Regal lässt sich zur Seite schieben", stellte sie erstaunt fest.

Gedanken und Gefühle der Figuren darstellen (innere Handlung)
- überrascht sein: *Ist das etwa eine Geheimtür?*
- Freude: *Ich hab's gefunden, endlich!*

Wahrnehmungen aller fünf Sinne beschreiben
- sehen: *Durch die Dachluke fiel nur ein schmaler Lichtstrahl.*
- riechen: *Die Luft schien hier oben zu stehen.*
- fühlen: *Ein bohrender Schmerz durchfuhr meinen Fuß.*
- hören: *Die Dielen knarrten unter unseren Schritten.*
- schmecken: *Der schwarze Tee hinterließ einen bitteren Film auf seiner Zunge.*

treffende Formulierungen verwenden
- Verben: *poltern, schweben, aufspringen*
- Adjektive: *merkwürdig, vergnügt, matt*
- Vergleiche und bildliche Darstellungen: *wie vom Donner gerührt*
- überraschende Wendungen: *plötzlich, doch da, auf einmal*
- Andeutungen und Verzögerungen: *Doch genau dies sollte ihnen später zum Verhängnis werden.*

Art und Weise des Erzählens

Einen Erzählkern ausgestalten

Eine Geschichte nach Reizwörtern schreiben

Eine Geschichte umschreiben oder weiterschreiben

Einen Erzählkern ausgestalten

Den Erzählkern kann beispielsweise eine Zeitungsmeldung bilden. Zu diesem Erzählkern entwickelst du Ideen, die du dann in deiner Geschichte umsetzt.

Einen Erzählkern ausgestalten **SO GEHT'S**

In Plauderlaune

BÖBLINGEN. In dem Gymnasium betrat gestern eine Krähe den Klassenraum, flog auf das Lehrerpult und sagte dort: „Hallo, ich habe Hunger." Krähen gelten zwar als hochintelligente Tiere, aber dennoch zeigten sich die Schülerinnen und Schüler sowie der Lehrer sehr erstaunt. Da die Krähe keine Anstalten machte, hinauszufliegen, wurde der Hausmeister gerufen, der die Krähe mithilfe eines Kartons einfing und sie zu einer Tierschützerin brachte.

Eine tierische Schulstunde

Ich schaute gerade auf die Tür, um zu sehen, ob Herr Ludwig schon kam oder ob ich noch eine Runde mit Laura quatschen konnte. In der Tür stand aber nicht Herr Ludwig, sondern ich erblickte eine Krähe. Zunächst glaubte ich, nicht richtig zu sehen, aber es war tatsächlich eine Krähe. Inzwischen hatten auch andere das Tier bemerkt und lärmten wild. Die Krähe störte das offensichtlich kein bisschen. Sie stolzierte in den Klassenraum herein und flog dann auf das Pult. Dabei streifte sie Sofia, die erschrocken aufschrie. Kurz darauf rief Yasin: „Seid mal alle still! Die sagt was." Schlagartig herrschte Ruhe. Der Schnabel des Tieres öffnete sich und ich hörte, wie die Krähe sprach: „Hallo, ich habe Hunger." Mir blieb der Mund offen

die Überschrift macht neugierig

Ich-Form: Es wird aus der eigenen Sicht erzählt.

stehen. War das möglich? Hatte ich richtig gehört? Oder hatte ich mir das womöglich nur eingebildet? Doch ich fasste mich schnell wieder und meinte: „Was, du hast Hunger? Na, das können wir ändern." Schleunigst kramte ich mein Pausenbrot hervor und hielt es dem Vogel hin. Schnell wie ein Pfeil schnappte die Krähe danach und riss ein ordentliches Stück ab. Das war wirklich unglaublich. Kurz darauf vermeldete die Krähe erneut: „Hallo, ich habe Hunger." Wir riefen und lachten alle durcheinander. Plötzlich vernahm ich die Stimme von Herrn Ludwig: „Öffnet schnell die Fenster, damit die Krähe wieder hinausfindet." Doch keiner von uns reagierte darauf, denn schließlich wollten wir das Schauspiel weiter ansehen. Da stürmte Herr Ludwig selbst zu den Fenstern und öffnete sie. Doch die Krähe machte keinerlei Anstalten, sich vom Pult wegzubewegen. Ich sah, dass inzwischen auch Tom sein Pausenbrot ausgepackt hatte und die Krähe fütterte. Herr Ludwig mit hochrotem Kopf rief irgendetwas in sein Handy und kurz darauf sah ich den Hausmeister mit einem Karton im Klassenraum stehen. Er pirschte sich an und stülpte mit einem schnellen Ruck den Karton über die Krähe. Das Tier veranstaltete einen Tumult und tat mir furchtbar leid. Laut rief ich: „Lassen Sie die Krähe in Ruhe, das ist Tierquälerei!" Doch ich hatte keine Chance und Herr Ludwig entgegnete mir: „Sei doch vernünftig, Naima. Das muss sein." Die Krähe wurde weggebracht und einer Tierschützerin übergeben. Von Herrn Ludwig ließ ich mir ihre Adresse geben, denn ich will dieses sonderbare Tier unbedingt wiedersehen.

Verzögerungen einbauen

innere Handlung darstellen (zum Beispiel Gedanken und Gefühle)

Wir-Form: Es wird aus der eigenen *und* aus der Sicht der Mitschülerinnen und Mitschüler erzählt.

anschauliche Verben, Adjektive und Wendungen einsetzen

wörtliche Rede einsetzen

CHECKLISTE Einen Erzählkern ausgestalten

1. Inhalt und Aufbau

	Nachschlagen
✓ Meine Überschrift und der Anfang der Geschichte machen neugierig.	S. 62
✓ Meine Geschichte hat einen Spannungsbogen mit Höhepunkt(en) und einen passenden Schluss.	S. 95
✓ Ich habe die Vorgaben des Erzählkerns (zum Beispiel wichtige Personen, zentrale Handlung, Situation) berücksichtigt und durch eigene Ideen erweitert.	S. 62
✓ Meine Geschichte hat einen roten Faden.	S. 58
✓ Ich erzähle durchgängig in einer Erzählform. Dabei erzähle ich entweder aus der Sicht einer Figur (wahlweise in der Ich- oder Er-/Sie-Form, Wir-Form bei mehreren Figuren) oder aus einer übergeordneten Sicht (Er-/Sie-Form).	S. 60
✓ Die innere Handlung (Gedanken, Gefühle, Stimmungen und Sinneseindrücke) habe ich anschaulich dargestellt.	S. 55 ff.
✓ Meine Geschichte enthält interessante Einzelheiten von Figuren, Orten oder der Situation.	S. 56 f.
✓ Ich habe Andeutungen, Verzögerungen oder Wiederholungen eingebaut.	S. 55 ff.

2. Sprache

Ich habe

✓ wörtliche Rede eingesetzt.	S. 55
✓ anschauliche Verben, Adjektive und Vergleiche verwendet.	S. 56 f.
✓ im Präteritum geschrieben.	S. 200
✓ die Rechtschreibung, die Grammatik und die Satzzeichen überprüft.	S. 336 ff.

Eine Erzählung zu Reizwörtern schreiben

Beim Erzählen einer Reizwortgeschichte bist du sehr frei. Es sind nur die Reizwörter vorgegeben, die in deiner Geschichte vorkommen müssen. Reizwörter können Nomen, Verben und Adjektive sein. Ihre Reihenfolge kannst du selbst bestimmen und die Wörter anpassen, zum Beispiel die Verben konjugieren.

Eine Erzählung zu Reizwörtern schreiben **SO GEHT'S**

pochen | Katze | strahlen | heftig | Dachboden

Bestimmt (k)ein Geist

„Habt ihr das nicht gehört?", fragte Lisa. „Was gehört?", murmelte ich. Lisa hörte immer die Flöhe husten und ihre Nerven sind das Gegenteil von Drahtseilen, eher ausgeleierte Gummibänder. Deshalb nahmen wir ihre Frage auch gar nicht ernst. Zwei Minuten später wurde uns allerdings im wahrsten Sinne des Wortes schlagartig klar, dass sie wohl doch keine Flöhe hatte husten hören. Es tat nämlich einen heftigen Schlag über uns und anschließend war ein lautes Klirren zu hören. Über uns heißt in diesem Fall auf dem Dachboden. „Seht ihr, ich hab' doch gesagt, dass da oben etwas ist", sagte Lisa patzig. „Bestimmt ein Geist, huhuuu", witzelte Ramon. „Ha, ha! Wollen wir jetzt nachsehen oder habt ihr Schiss?", entgegnete Lisa, dabei klang ihre Stimme merkwürdig schrill. Natürlich gingen wir nachsehen. Genauso natürlich weiß ich, dass es keine Geister gibt, dennoch spürte ich auf einmal mein Herz im Hals pochen. Der Raum war von oben bis unten mit Gerümpel zugestellt. Wir bahnten uns gerade einen Weg durch die Möbelberge als plötzlich Ramon aufschrie. Ich zuckte am ganzen Körper zusammen und drehte mich blitzschnell um. Auf Ramons Schultern thronte Kitty, unsere Nachbarskatze. „Kitty, was machst du denn hier? Fred hat schon nach dir gesucht", redete Lisa auf Kitty ein. Fred wohnt im Erdgeschoss. Als er die Tür öffnete und Kitty sah, strahlte er übers ganze Gesicht.

unmittelbarer Einstieg: wörtliche Rede

anschauliche Verben, Adjektive und Wendungen einsetzen

Andeutungen einbauen

Reizwörter verwenden

Sinneseindrücke beschreiben

innere Handlung darstellen (zum Beispiel Gedanken und Gefühle)

überraschende Wendungen hervorheben

wörtliche Rede einsetzen

Eine Erzählung zu Reizwörtern schreiben **CHECKLISTE**

1. Inhalt und Aufbau	Nachschlagen
✓ Meine Überschrift und der Anfang der Geschichte machen neugierig.	S. 62
✓ Meine Geschichte hat einen Spannungsbogen mit Höhepunkt(en) und einen passenden Schluss.	S. 95
✓ Meine Geschichte hat einen roten Faden und die Reizwörter sind an passender Stelle eingefügt.	S. 63
✓ Die innere Handlung (Gedanken, Gefühle, Stimmungen und Sinneseindrücke) habe ich anschaulich dargestellt.	S. 55 ff.
✓ Meine Geschichte enthält interessante Einzelheiten von Figuren oder Orten.	S. 56 f.
✓ Ich habe Andeutungen, Verzögerungen oder Wiederholungen eingebaut.	S. 55 ff.
2. Sprache	
Ich habe	
✓ wörtliche Rede eingesetzt.	S. 55
✓ anschauliche Verben, Adjektive und Vergleiche verwendet.	S. 56 f.
✓ im Präteritum geschrieben.	S. 200
✓ die Rechtschreibung, die Grammatik und die Satzzeichen überprüft.	S. 336 ff.

Beschreiben

sachlich, genau und nachvollziehbar beschreiben

- genau beobachten
- besondere Merkmale und Eigenschaften beschreiben

- die nötigen Details beschreiben

- Fachbegriffe verwenden

- anschauliche Adjektive nutzen

- die Zielgruppe (Adressatenkreis) und den Zweck der Beschreibung beachten

- auf einen nachvollziehbaren Aufbau achten

Arten von Beschreibungen

Personenbeschreibung
- Vermisstenanzeige
- Täterbeschreibung
- Beschreibung einer befreundeten Person

Vorgangsbeschreibung
- Spielanleitung
- Bauanleitung
- Rezept

Personenbeschreibungen müssen mitunter sachlich und genau sein, zum Beispiel bei Täterbeschreibungen oder Suchmeldungen. Sie können aber auch persönliche Eindrücke von einer Person wiedergeben, zum Beispiel wenn du dich selbst als Gastschülerin oder Gastschüler vorstellst. Sie enthalten allgemeine Angaben (zum Beispiel den Namen, das Alter), äußere Merkmale und Besonderheiten. Wichtig ist eine nachvollziehbare Anordnung, zum Beispiel von den Einzelheiten zum Gesamteindruck.

Vorgangsbeschreibungen müssen die Voraussetzungen (zum Beispiel Zutaten oder Materialien) angeben und sie werden in der Reihenfolge der Handlungen beziehungsweise des Vorgangs aufgeschrieben.

Eine Person beschreiben

Die Klasse 6c arbeitet an einem Projekt für sehgeschädigte Kinder. Dazu sammelt die Klasse Abbildungen und Fotografien von Kindern aus verschiedenen Jahrzehnten und beschreibt sie, um davon Tonaufnahmen zu machen. Alle gemeinsam wollen sie sich über „Kindheit früher und heute" austauschen.

Eine Person beschreiben | **SO GEHT'S**

1910

Die vorliegende Fotografie stammt aus dem Jahr 1910. Der etwa zehnjährige, schlanke Junge trägt ein weißes Hemd, das bis oben hin zugeknöpft ist, sodass sein Hals etwas eingeschnürt wirkt, sowie eine dunkle, kurze Hose, die oberhalb der Knie endet. Unterhalb der Hose sieht man die nackten Knie, darunter trägt der Junge helle Kniestrümpfe und dunkle, lederne Schnürschuhe. Seine Körperhaltung ist sehr aufrecht. Die linke Hand liegt auf seiner Hüfte, sodass der Arm angewinkelt ist. Die schmalen, dunklen Augen sind genau auf die Kamera gerichtet und der Blick des Jungen wirkt konzentriert. Während die Nase zierlich und unauffällig ist, stechen die vollen Lippen ins Auge. Sein dunkles Haar ist voll und an seiner Frisur fällt der exakte Seitenscheitel auf. Insgesamt wirkt der Junge eher ernst.

Warum wird beschrieben?
Schulprojekt zum Vergleich von Kindheiten

Für wen ist die Beschreibung?
Mitschüler/-innen mit und ohne Sehbehinderung

Zusatzinformationen nutzen

Alter und Geschlecht nennen

Körperbau, Kleidung, Haltung, Gesicht, Frisur und Gesamteindruck beschreiben

anschauliche Adjektive, Verben und Wendungen einsetzen

genaue Nomen verwenden

Eine Person beschreiben | **CHECKLISTE**

1. Inhalt und Aufbau	Nachschlagen
Ich habe	
✓ den Anlass, den Zweck und die Zielgruppe beachtet, das heißt entweder vorwiegend sachlich geschrieben oder überwiegend persönliche Eindrücke wiedergegeben.	S. 71 f.
✓ eine nachvollziehbare Reihenfolge gewählt, zum Beispiel von allgemeinen Angaben (Geschlecht, Alter …), über äußere Merkmale und Besonderheiten (Größe, Körperbau, Kopf, Gesicht, Haltung, Kleidung) zur Gesamtwirkung.	S. 72
2. Sprache	
Ich habe	
✓ im Präsens geschrieben.	S. 330 f.
✓ entweder sachlich und genau geschrieben oder persönliche Eindrücke in den Vordergrund gestellt.	S. 71 f.
✓ treffende und aussagekräftige Adjektive und Vergleiche verwendet.	S. 71 f.
✓ genau zutreffende Nomen genutzt.	S. 71 f.
✓ abwechslungsreiche und aussagekräftige Verben verwendet.	S. 71 f.
✓ die Rechtschreibung, die Grammatik und die Satzzeichen überprüft.	S. 336 ff.

Einen Vorgang beschreiben

Einen Vorgang beschreiben **SO GEHT'S**

Eierkuchen für vier Personen

Zutaten:
- 200 g Weizenmehl
- 4 Eier
- 150 ml Milch
- 1 TL Zucker
- 50 ml Mineralwasser mit Kohlensäure
- eine Prise Salz
- Pflanzenfett zum Anbraten

Zubereitung des Teiges:
Zuerst werden die Eier in eine Schüssel gegeben und zusammen mit der Hälfte der Milch schaumig geschlagen. Anschließend gibt man die restliche Milch sowie das Mineralwasser hinzu (das Mineralwasser dient dazu, den Teig besonders locker zu machen). Nach und nach wird das Mehl untergerührt, wobei man darauf achten muss, dass es keine Klumpen bildet. Zum Abschluss kommt noch eine Prise Salz dazu.

Backen der Pfannkuchen:
Nachdem etwas Fett in einer Pfanne erhitzt wurde, wird der Pfannenboden mit einer dünnen Teigschicht ausgegossen. Dabei sollte man die Pfanne so bewegen, dass der Teig gleichmäßig zerläuft. Der Pfannkuchen wird bei geringer Hitze so lange gebraten, bis die untere Seite goldbraun ist. Danach wendet man ihn und wartet, bis er auf der anderen Seite ebenfalls goldbraun geworden ist.

Zutaten oder Gegenstände, die man für den Vorgang braucht, benennen

Fachausdrücke und genaue Maßangaben verwenden

Wörter wie *zuerst*, *anschließend* oder *zum Abschluss* verwenden, um Reihenfolge der Arbeitsschritte zu verdeutlichen

erklären, wozu man etwas tun muss

Text in sinnvolle Abschnitte gliedern

unpersönliche Formulierungen nutzen, zum Beispiel das Pronomen *man*

Präsens verwenden

Einen Vorgang beschreiben **CHECKLISTE**

1. Inhalt und Aufbau	Nachschlagen
Ich habe	
✓ die Materialien, Werkzeuge oder Zutaten genau aufgelistet.	S. 74
✓ einzelne Arbeitsschritte stichpunktartig notiert und durch Absätze gegliedert.	S. 75
✓ Begründungen für die einzelnen Schritte angeführt.	S. 76
✓ meinen Text in der Reihenfolge der Arbeitsschritte aufgebaut.	S. 79
2. Sprache	
Ich habe	
✓ sachlich geschrieben.	S. 79
✓ im Präsens geschrieben.	S. 330 f.
✓ Fachbegriffe und eine unpersönliche Ausdrucksweise verwendet.	S. 79
✓ treffende Verben und Adjektive verwendet.	S. 79
✓ die Reihenfolge der Arbeitsschritte durch passende Satzanfänge verdeutlicht.	S. 76
✓ die Rechtschreibung, die Grammatik und die Satzzeichen überprüft.	S. 336 ff.

Berichten

sachlich, genau und nachvollziehbar berichten

- Informationsquellen, zum Beispiel Zeugenaussagen, Fotos oder Skizzen nutzen
- die Zielgruppe (Adressatenkreis) und den Zweck des Berichts beachten
- Präteritum (Plusquamperfekt) verwenden
- Konjunktionen und Subjunktionen verwenden, um Zusammenhänge zu verdeutlichen
- genaue Adjektive, aussagekräftige Verben und Nomen verwenden
- auf einen nachvollziehbaren Aufbau achten:
  - Berichte haben mitunter eine Schlagzeile (zum Beispiel Zeitungsberichte).
  - Sie enthalten einen Informationskern: Was? Wann? Wo? Wer?
  - Sie geben Auskunft über Ablauf und Einzelheiten: Wie?
  - Sie stellen Hintergründe und Folgen eines Ereignisses dar: Warum? Welche Folgen?

Arten von Berichten

Unfallbericht
zum Beispiel für die Versicherung

Zeitungsbericht
zum Beispiel für die Schulzeitung

Arztbericht
zum Beispiel bei der Krankenhausentlassung

Einen Unfallbericht schreiben

Einen Unfallbericht schreiben **SO GEHT'S**

Fahrradunfall

Am Donnerstag, den 26. Juni, ereignete sich gegen 12:15 Uhr an der Kreuzung Kurhessenstraße/Elisabethenstraße ein Fahrradunfall. Beteiligte des Unfalls waren die elfjährige Nina von Laak und ein Terrier, dessen Halterin Naima Mazuro ist.

Informationskern: Was? Wann? Wo? Wer?

Nina von Laak fuhr auf dem Fahrradweg die Kurhessenstraße entlang. Kurz bevor sie die Elisabethenstraße überqueren wollte, rannte der nicht angeleinte Terrier direkt vor ihr Fahrrad. Nina bremste abrupt, versuchte dem Hund auszuweichen, fuhr dann allerdings mit dem Vorderrad über dessen Schwanz und stürzte. Die Elfjährige hatte kurz vor dem Zeitpunkt des Unfalls auf ihrem Handy einen Anruf entgegengenommen, und so den heranlaufenden Terrier zu spät gesehen.

Wie?

Warum?

Die Hundehalterin Naima Mazuro kam direkt nach dem Sturz zur Unfallstelle und sah nach dem Mädchen und ihrem Hund.

Die Verständigung eines Krankenwagens war nicht notwendig, da sich Nina von Laak außer einem aufgeschürften Knie keine weiteren Verletzungen zugezogen hatte. Der Hund musste zum Tierarzt gebracht werden, wo eine leichte Verletzung an seinem Schwanz diagnostiziert wurde, die verbunden werden musste. An dem Fahrrad entstand ein Schaden in Höhe von 25 Euro.

Welche Folgen?

Einen Unfallbericht schreiben **CHECKLISTE**

1. Inhalt und Aufbau	Nachschlagen
Ich habe	
✓ den Anlass, den Zweck und die Zielgruppe beachtet.	S. 82 f.
✓ die Informationsquellen (zum Beispiel Texte, Zeugenaussagen, Fotos, Skizzen) gründlich ausgewertet.	S. 86 f.
✓ wichtige Informationen von unwichtigen Informationen getrennt.	S. 87
✓ eine logische Reihenfolge gewählt: – Informationskern – Ablauf und Einzelheiten – Hintergründe und Folgen	S. 84
2. Sprache	
Ich habe	
✓ im Präteritum geschrieben.	S. 330 f.
✓ sachlich geschrieben.	S. 87
✓ den zeitlichen Ablauf und Zusammenhänge verdeutlicht (zum Beispiel durch Konjunktionen, Subjunktionen und Adverbien).	S. 329
✓ die Rechtschreibung, die Grammatik und die Satzzeichen überprüft.	S. 336 ff.

Eine förmliche E-Mail schreiben

Mit einer förmlichen E-Mail oder einem förmlichen Brief kannst du dich zum Beispiel an öffentliche Einrichtungen, Unternehmen oder Einzelpersonen wenden, um ein Anliegen, eine Forderung oder einen Sachverhalt vorzubringen.

Eine förmliche E-Mail schreiben SO GEHT'S

Von: c_friedrich@mail.de

An: j.jacobi@schiller_schule_neustadt.de

Betreff: Projekt „Blühstreifen" der Umwelt-AG

im Betreff Anlass des Schreibens nennen

Sehr geehrte Frau Jacobi,

höfliche Anrede

wir, die Schülerinnen und Schüler der Umwelt-AG unserer Schule, haben einen Projektvorschlag entwickelt, für dessen gemeinsame Umsetzung wir Sie gewinnen möchten. Unsere beiden Schulhöfe sollen umweltfreundlicher werden. Daher möchten wir dort Blütenstreifen – Beete mit mehrjährigen Blühmischungen – schaffen.

Anliegen vorbringen

Dies würde zu einer Verschönerung der Schulhöfe beitragen. Der Hauptgrund für unser Vorhaben ist jedoch, den Insekten Nahrung und Schutz zu geben. Das Insektensterben schreitet stark voran. Eine gerade veröffentlichte Auswertung von 73 verschiedenen Studien belegt, dass fast die Hälfte aller Insektenarten stark zurückgeht. Jedes Jahr schrumpft die Biomasse der Insekten um 2,5 Prozent. Besonders dramatisch ist der Schwund bei den Schmetterlingen und den Hautflüglern, zu denen auch die Bienen gehören. Für unser Ökosystem sind Insekten fundamental wichtig, beispielsweise für die Bestäubung von Pflanzen, darunter auch Nutzpflanzen. Auch spielen Insekten bei der Wasserqualität in Flüssen und Bächen eine wichtige Rolle. Unser Projekt würde außerdem einen Beitrag zur so wichtigen Entsiegelung der Böden leisten. Durch Blühstreifen kann mehr Regenwasser versickern, mehr Wasser verdunsten und Flächen heizen sich im Sommer nicht so stark auf.

über Beweggründe und Hintergründe informieren

mit Beispielen die Position untermauern

Auch nach Anlegen der Blühstreifen würde es ausreichend Platz auf den Schulhöfen geben, um sich in den Pausen frei zu bewegen. Dies können Sie den der E-Mail angehängten Plänen, die wir ausgearbeitet haben, entnehmen. Selbstverständlich erklärt sich die Umwelt-AG dazu bereit, die Blühstreifen zu pflegen.

Anliegen genauer ausführen

Über eine Unterstützung Ihrerseits würden wir uns sehr freuen. Gerne stehen wir Ihnen für ein Gespräch zur Verfügung, um Ihnen unsere Umsetzungsideen zu erläutern.

um Antwort bitten

Mit freundlichen Grüßen

Cora Friedrich und Deniz Özdemir

höfliche Grußformel mit Unterschrift

Eine förmliche E-Mail schreiben CHECKLISTE

Ich habe	Nachschlagen
✓ nach der Anrede ein Komma gesetzt und kleingeschrieben.	S. 37
✓ alle Anredepronomen (höfliche Anrede) großgeschrieben.	S. 253
✓ den Anlass, das Problem oder mein Anliegen am Anfang genannt.	S. 37
✓ meine Argumente genannt und sie mit Beispielen untermauert.	S. 34
✓ ein konkretes Ziel formuliert und um Antwort gebeten.	S. 37
✓ am Ende eine Grußformel mit Unterschrift geschrieben.	S. 37

Lerninsel

D

Umgang mit Gedichten

Ein Gedicht untersuchen

Gedichte sind Texte in einer besonderen sprachlichen Versform.
Sie bringen Gefühle und Gedanken zum Ausdruck.
Gedichte wirken vor allem durch ihren Klang und ihre sprachlichen Bilder.

Ein Gedicht untersuchen

Inhalt
- Überschrift
- Stimmung
- wichtige Wörter
- Thema
- Inhalt der einzelnen Strophen

Form
- Strophe
- Vers
- Reim und Reimschema
- Metrum

Sprecher
- lyrischer Sprecher
- in Ich-Form: lyrisches Ich

Sprache
- sprachliche Bilder
- auffällige Wortwahl

Inhalt, Form und Sprache untersuchen

Begriff	Erklärung	*Beispiel*
Überschrift	Hinweis auf Inhalt und Thema	*Eis – Leckerei oder gefrorenes Wasser*
Stimmung	Ausdruck von Empfindungen, Gefühlen und Gedanken	*fröhlich, beschwingt, tänzerisch, lustig, ruhig, gelassen, nachdenklich, verträumt, traurig*
wichtige Wörter	– Wörter an besonderen Stellen, zum Beispiel erstes/letztes Wort einer Strophe/eines Verses – Wörter eines Wortfelds, eines Zusammenhangs – Wörter, die mehrfach auftauchen – Gegensätze	**Tanja Dückers: Eis** Rot, weiß, grün tropft das Eis auf meine Füße. Dolomiti. Dolomiten, sagt Mama, sind spitze hohe Berge in Italien. Schöner kalter Schnee rinnt auf meine heißen Füße. Grünrot glitzernde Eisdiamanten funkeln mich an. Ein Adler kreist um meine Beine, gleich löst sich eine Lawine … „Dein Eis tropft!“, mahnen die Erwachsenen nur.
Thema	Grundgedanken des Gedichts	*Fantasie(losigkeit) von Kindern/Erwachsenen*
Strophe	Sinnabschnitt aus mehreren Versen, formale Gliederung	**Jürg Schubiger: Gleich und ungleich** Erst knurrt mein Hund, dann knurrt mein Bauch. Mein Herz schlägt laut, die Wanduhr auch. *1. Strophe: 4 Verse* Mein Bruder brüllt. Ich schreie: Nein! Ich bin ein Mensch, er ist ein Schwein. *2. Strophe: 4 Verse*
Vers	Gedichtzeile, kleinste Einheit im Gedicht	
Reim und Reimschema	Gleichklang zweier Wörter vom letzten betonten Vokal an	***Paarreim*** *regnet a* *begegnet a* *windet b* *findet b* ***Kreuzreim*** *prasselt a* *fällt b* *rasselt a* *hält b* ***umarmender Reim*** *reiten a* *Meer b* *sehr b* *gleiten a*
Metrum	Abfolge der betonten und unbetonten Silben innerhalb eines Verses (Versmaß)	Jambus: unbetont – betont: *Ge-spenst* Trochäus: betont – unbetont: *le-ben* Daktylus: betont – unbetont – unbetont: *Dak-ty-lus*
Personifikation	Dinge oder Erscheinungen werden wie Menschen dargestellt	*Die Sonne hat das Land mit Gold begossen.* *Zeiten warten zähnefletschend* *tanzende Schatten*
Vergleich	besondere Merkmale werden mit anderen Bereichen verglichen, Vergleichswörter *wie* und *als*	*Regen auf Fenstern wie Blindenschrift* *dunkler als die Nacht*
Metapher	Wörter, die in einer übertragenen Bedeutung verwendet werden	*das Himmelszelt* *der Vogel Angst*
Wortneuschöpfung	Wörter, die neu erfunden werden (Zusammensetzungen)	*Urfinsternis*
Alliteration	Gleicher Anlaut in betonten benachbarten Silben	*bei Wind und Wetter* *klitzeklein*
Zeilensprung	Eine Sinneinheit (ein Satz) endet nicht mit dem Versende, sondern sie wird in den nächsten Vers übertragen	*Man kann von* *Glück* *reden*

Ein Gedicht verstehen **SO GEHT'S**

Mascha Kaléko: Sonne

Ich tat die Augen auf und sah das Helle,
Mein Leid verklang wie ein gehauchtes Wort. –
Ein Meer von Licht drang flutend in die Zelle,
Das trug wie eine Welle mich hinfort.

Und Licht ergoss sich über jede Stelle,
Durchwachte Sorgen gingen leis zur Ruh. –
Ich tat die Augen auf und sah das Helle,
Nun schließ ich sie so bald nicht wieder zu.

Inhalt untersuchen
- Überschrift beachten:
  Sonne spendet Licht, Wärme, Leben
- Stimmung erfassen:
  ruhig, sanft, positiv
- Thema benennen:
  Mit offenen Augen das Positive erfassen und sie davor nicht verschließen hilft gegen Leid.

Form untersuchen
- *2 Strophen mit je vier Versen, Kreuzreim*
- *Jambus: x x́ x x́ x x́ x x́ x x́ (x)*
- *regelmäßig, keine Brüche, einfach wie ein Lied*

Sprecher untersuchen
- *ein lyrisches Ich spricht*

Sprache untersuchen
- Bildlichkeit
- Vergleiche
- Personifikation
- wichtige Wörter
- Wiederholungen

1. Stimmung erfassen

Das Gedicht wirkt ruhig und sanft. Die Zuversicht des lyrischen Ichs erzeugt eine positive Stimmung.

2. Inhalt wiedergeben
- *Das lyrische Ich beschreibt in zwei Strophen mit vier Zeilen, wie sich Sonnenlicht überall ausbreitet.*
- *Das lyrische Ich hat beim Aufkommen der ersten Morgenstrahlen zunächst große Sorgen, doch das Licht bzw. das Helle lassen das Leid vergehen.*
- *Das lyrische Ich will nun mit offenen Augen am Positiven festhalten.*

3. Gedicht untersuchen
- *Wörter wie „Sonne", „Helle" (Vers 1/7), „Licht" (Vers 3/5) stehen für das Positive, Helfende; diese Bedeutung wird verstärkt durch die Metapher „Ein Meer von Licht" (Vers 3); dieses ist „flutend" (Vers 3) und trägt das lyrische Ich wie eine „Welle" (Vers 4) fort → kraftvolle Bewegung, Veränderung*
- *Wiederholungen: mit offenen Augen ins „Helle" (Vers 1/7) sehen, „Licht" (Vers 3/5) → als Lichtblick, Zuversicht*
- *„Leid" (Vers 2)/„Sorgen" (Vers 6) brachten durchwachte Nächte → Sorgen verklingen durch Lichtflut*
- *das lyrische Ich bezeichnet das eigene Zimmer als „Zelle" (Vers 3) → es wirkt gefangen in sorgenvollen Gedanken*
- *zuversichtlicher Schluss des Gedichts: das lyrische Ich will am Positiven festhalten*
- *formale Regelmäßigkeit: Strophenaufbau, Kreuzreim, durchgängiger Jambus → stützendes Gerüst, gibt Ruhe, wirkt wie ein Lied*

4. Deutung formulieren

Wir wissen als Leser nicht, von welchen Sorgen das lyrische Ich geplagt wird. Diese verschwinden, als es sich für das Helle und Positive öffnet. Erst wird das lyrische Ich vom Licht überflutet, dann öffnet sich das Ich ihm, was eine zuversichtliche Haltung zum Ausdruck bringt. Die Regelmäßigkeit der Form strahlt Ruhe aus. Sie gibt Halt wie ein Gerüst und wirkt zugleich beschwingt wie ein Lied. Das Gedicht kann uns darin bestärken, den Blick auf das Positive zu lenken, es bewusst wahrzunehmen.

Ein Gedicht wirkungsvoll vortragen

Gedichte vorzutragen kann man lernen. Folgende Schritte helfen dir dabei:

Das Gedicht aufmerksam lesen, verstehen, eine erste Betonung finden. → Die Betonung prüfen und das Gedicht für den Vortrag markieren. Manche Inhalte leben von der Betonung. → Den Vortrag mehrfach laut üben.

Ein Gedicht wirkungsvoll vortragen **SO GEHT'S**

Susan Kreller: Von Glück reden

Man kann von
Glück < /
reden //

Von Regen auf Fenstern)
wie Blindenschrift, //
Kakao ohne Haut, /
vom Wiederfinden, < /
nicht Verlieren, /
warmen Brot und <)
weichen Fragen, >↓
von Freunden <)↑
und Fischen > /
und tanzenden Schatten <)
im Schnee

fröhliche, aber auch nachdenkliche Stimmlage

Randnotizen zur Sprechweise machen

_ Wichtiges betonen
/ Pause
// lange Pause
< lauter sprechen
> leiser sprechen
) ohne Pause in den nächsten Vers gleiten
↓ Stimme senken
↑ Stimme heben

Ein Gedicht wirkungsvoll vortragen **CHECKLISTE**

1. Das Gedicht für den Vortrag vorbereiten	Nachschlagen
Ich habe	
✓ das Gedicht mehrfach gelesen und verstanden.	S. 144 ff.
✓ eine erste Betonung überlegt und eventuell korrigiert.	S. 151
✓ wichtige Wörter markiert, Pausenzeichen gesetzt, überlegt, wo ich lauter und leiser sprechen möchte.	S. 153
✓ Randnotizen zu besonderen Stellen angefertigt.	S. 153
2. Das Gedicht wirkungsvoll vortragen	
✓ Ich beginne mit der Überschrift und der Autorin/dem Autor.	
✓ Ich stehe ruhig da.	
✓ Ich achte auf	
– die Betonung.	S. 153
– die Pausen.	S. 153
– das Tempo.	S. 153
– die Lautstärke.	S. 153
– die Sprechweise.	S. 153

Lerninsel

E

Umgang mit erzählenden Texten

Einen erzählenden Text untersuchen

Du kennst viele Texte, in denen eine Geschichte erzählt wird: Jugendbücher, Märchen, Sagen und auch Fabeln. Die Geschichten können Erlebtes, Erdachtes, Gehörtes, Gelesenes oder Geträumtes als Grundlage haben.

Einen erzählenden Text untersuchen

Inhalt
- Handlung
- Ort und Zeit
- Figuren:
  - Hauptfiguren, Nebenfiguren
  - Eigenschaften
  - Beziehung der Figuren zueinander

Erzählweise
- Er-/Sie-Form
- Ich-Form

Sprache
- auffällige Wortwahl
- sprachliche Bilder

Textsorte
- Erzählungen
- Märchen
- Sagen
- Jugendbücher
- Fabeln

Inhalt, Erzählweise, Sprache und Textsorte untersuchen

Begriff	**Erklärung**	***Beispiel***
äußere Handlung	– das, was die Figuren tun und sagen	– *Rabe stiehlt vergiftetes Fleisch, Fuchs schmeichelt Raben, Rabe überlässt Fleisch Fuchs, Fuchs stirbt*
innere Handlung	– was die Figuren denken, fühlen und wünschen	– *Rabe ist erstaunt und stolz, vom Fuchs als Adler gelobt zu werden*
Handlungsschritte	– einzelne Abschnitte des Geschehens – Höhepunkt der Handlung	– *Rabe stiehlt vergiftetes Fleisch* – *will es auf Eiche verzehren* – *Fuchs schmeichelt Raben* – *Rabe überlässt Fleisch dem Fuchs* – *Fuchs frisst es und stirbt*
Figuren	– handelnde Lebewesen – wichtige Eigenschaften	– *Rabe, Fuchs* – *Rabe: eitel, großmütig, dumm*
Erzählweise	– Art, wie die Handlung erzählt wird – Erzählform: Er-/Sie-Form, Ich-Form	– ***Ich-Form:*** *Einst war ich in großer Gefahr, im Mittelländischen Meere umzukommen.* – ***Er-/Sie-Form:*** *So ritt Eulenspiegel mit seinem Pferd zu einem Goldschmied.*
auffällige Wortwahl	– Wörter und Wortgruppen, die die Vorstellung anregen	*Adjektive: mit aufgesperrtem Rachen* *Vergleiche: listig wie ein Fuchs*
Märchen	– kurze, mündlich überlieferte Geschichten – keine Orts- und Zeitangaben – Vermischung von Wirklichkeit und übernatürlicher Welt – typisierte Figuren – typische Formulierungen	– *Schneewittchen* – *magische Gegenstände: Spiegel* – *böse Stiefmutter, schöne Prinzessin* – *Es war einmal …, Und wenn sie nicht gestorben sind, dann …*
Sagen	– kurze, mündlich überlieferte Geschichten – handeln von bestimmten Orten (Ortssagen), Helden (Heldensage) oder Göttern (Göttersage) – der wahre Kern ist mit fantastischen Figuren oder Handlungen verknüpft – aus Zeiten, in denen sich die Menschen nicht alles erklären konnten	– *Odysseus und Polyphem* – *der Held Odysseus trifft auf Irrfahrt im Mittelmeer auf Kyklopen, menschenfressende Riesen mit nur einem Stirnauge* – *vermutlich angeregt durch Funde von Elefantenschädeln, deren große Nasenöffnung fälschlich als Augenhöhle angesehen wurde*
Fabeln	– kurze Geschichten, in denen meist Tiere menschliche Verhaltensweisen haben – Tiere besitzen typische Eigenschaften – menschliche Schwächen werden bloßgestellt – es gibt eine Lehre (Fabelmoral) – typischer Aufbau: Ausgangssituation → Handlung → Gegenhandlung → Lösung → Lehre	– *in „Die Grille und die Ameise“ von La Fontaine steht die Grille für eine lebensfrohe, unbesorgte Sängerin* – *Ameise: fleißig, aber knauserig* – *Grille sorgt nicht vor, Ameise hilft nicht* – *z. B.: Wenn sich beide zusammentun würden, würden beide profitieren.* – *Grille singt im Sommer → hungert im Winter, bittet Ameise um Hilfe → diese lehnt ab → Leser zieht Lehre*

Eine Fabel untersuchen **SO GEHT'S**

Gotthold Ephraim Lessing: Der Hamster und die Ameise

1 „Ihr armseligen Ameisen“, sagte ein Hamster. „Verlohnt es sich der Mühe, dass ihr den ganzen Sommer arbeitet, um ein so Weniges einzusammeln?
2 Wenn ihr meinen Vorrat sehen solltet!“ –
3 „Höre“, antwortete eine Ameise, „wenn er größer ist, als du ihn brauchst,
4 so ist es schon recht, dass die Menschen dir nachgraben, deine Scheuren[1] ausleeren und dich deinen räuberischen Geiz mit dem Leben büßen lassen!“

1 Scheuren: die Scheunen, hier: seine unterirdischen Vorratskammern

Inhalt untersuchen
1 *Hamster verhöhnt die Ameisen*
2 *er prahlt mit eigenen Vorräten*
3 *eine Ameise zeigt ihm seine Fehler*
4 *und die Folgen, die sein Fehlverhalten für ihn haben kann*

Text untersuchen
- Textsorte: *Fabel*
- Tiere mit menschlichen Eigenschaften: *Hamster und Ameise sprechen*
- Tiere mit typischen Eigenschaften: *Hamster: raffgierig, eitel, prahlerisch* *Ameisen: fleißig, bescheiden, klug*
- menschliche Schwächen werden bloßgestellt: *Raffgier, Protz*
- 5 Lehre/Fabelmoral: *Gut ist, wer selbst für sich sorgt und dabei anderen keinen Schaden zufügt.*

1. Ersten Eindruck formulieren
- *Hamster beleidigt und prahlt*
- *eine Ameise macht ihm seine Gier und die Folgen deutlich*

2. Inhalt wiedergeben
- 1 Ausgangssituation → 2 Handlung → 3 Gegenhandlung → 4 Lösung

3. Text untersuchen
- Textsorte: *Fabel*
- Gegensatztiere und ihre Eigenschaften: *Hamster macht sich über Ameisen lustig und prahlt damit, was er angehäuft hat; die Ameisen sind bescheiden und belehren den dummen Hamster über die Folgen seines Tuns*

→ 5 Lehre/Fabelmoral: *Gut ist, wer mit dem zufrieden ist, was er tatsächlich benötigt.*

4. Deutung formulieren
Die Fabel zeigt, dass Gier bestraft werden kann und dass es eine schlechte Charaktereigenschaft ist, mit seinem Reichtum noch zu prahlen. Fleiß, Bescheidenheit und Klugheit sind die besseren Eigenschaften.

Einen Lesevortrag vorbereiten

Ausschnitte aus Erzählungen vorzulesen, kann man lernen. Folgende Schritte helfen dir dabei:

Eine geeignete (lustige, spannende, interessante) Textstelle auswählen. Den Text verstehen und eine erste Betonung finden. → Den Text in Abschnitte einteilen. Unbekannte Wörter und schwierige Stellen klären. → Sich Sprechweisen für Figuren und den Erzähler zurechtlegen. Den Text markieren (Pausen, Betonung, Stimmlage), auf Satzzeichen und Hinweise im Text achten. → Das Vorlesen mehrfach laut üben.

Einen Lesevortrag vorbereiten — SO GEHT'S

Anna Ruhe: Die Duftapotheke (Ausschnitt)

↑ *Luzie entdeckt in ihrem neuen Zuhause eine Duftapotheke. Der böse Hausmeister Willem will sie hindern, seine Machenschaften zu stören. Er braucht den Duftplan, den sie gefunden hat.*

↓ 1 „>Wie geht das eigentlich alles?“, fragte ich leise. /„Hat die Duftapotheke wirklich magische Kräfte?“ /Abschätzig wanderten Willems Augen zu mir hinüber. <„Zum Henker! Die Duftapotheke hat niemanden zu interessieren. Verstanden?!“//

2 Damit ging er ein paar Schritte durch das Labor und fing an, hin und her zu tigern. „Hätte ich nur geahnt, dass Hanne schon so durcheinander ist, dass sie die Villa Evie verkauft … Aber/ nun gut. Jetzt ist es nicht mehr zu ändern. Und zum Glück habe ich hierfür bereits eine wunderbare Lösung.“

3 Plötzlich/ blieb er stehen.// Seine Augen starrten auf die Arbeitsplatte, auf der der zerrissene Duftplan lag. ↑„Wo hast du das her? //Und wo ist der Rest davon abgeblieben?“// Ich hob die Schultern. „Ich habe nur das hier gefunden.“ <„WO?!“, brüllte mir Willem seine Frage ins Gesicht.

1. Text verstehen:
Luzie hat einen Plan entdeckt, den Willem unbedingt braucht.

2. Text in Abschnitte einteilen:
1 – 3
Unbekanntes klären:
hin und her zu tigern → laufen wie ein Tiger im Käfig

3. Sprechweisen zurechtlegen:
auf Hinweise im Text achten
Luzie: zögerlich, ruhig
Willem: aufgeregt, zornig, bösartig

4. Betonungen markieren:
Wichtiges unterstreichen
/ Pause
// lange Pause
< lauter sprechen
> leiser sprechen
↓ Stimme senken
↑ Stimme heben

Einen Text wirkungsvoll vortragen — CHECKLISTE

1. Den Text für den Vortrag vorbereiten	Nachschlagen
Ich habe	
✓ einen Textausschnitt (lustig, spannend …) ausgewählt, gelesen und verstanden.	S. 99
✓ den Text in Abschnitte eingeteilt.	S. 99
✓ unbekannte Wörter und schwierige Textstellen geklärt.	S. 105
✓ mir die Sprechweisen der Figuren und des Erzählers notiert.	S. 99
✓ den Ausschnitt markiert (Pausen, Betonung, Stimmlage …) und den Vortrag geübt.	S. 157
2. Den Ausschnitt wirkungsvoll vorlesen	
✓ Ich beginne mit dem Buchtitel und dem Namen der Autorin oder des Autors.	
✓ Ich fasse kurz die Handlung bis zur Textstelle zusammen und nenne die Figuren.	S. 97
✓ Ich achte auf Pausen, Lautstärke, Tempo, Betonung, Sprechweise der Figuren.	S. 99

Einen literarischen Text weiterschreiben

Du kannst Texte besser verstehen, wenn du sie weiterschreibst oder wenn du Stellen ausgestaltest, die nur angedeutet sind. Dabei solltest du Folgendes beachten:

Ausgangstext untersuchen: Handlung, Figuren, Erzählweise, Sprache.	→	Ideen für die Ausgestaltung notieren. An die Figuren und deren Eigenschaften und an die Handlung anknüpfen.	→	Den Text weiterschreiben. Auf den Schreibstil achten: Sprache, Satzbau, Erzählweise passend zum Ausgangstext verwenden.

Einen literarischen Text weiterschreiben **SO GEHT'S**

1. Ausgangstext untersuchen

Anna Ruhe: Die Duftapotheke (Ausschnitt)

Luzie entdeckt eine Duftapotheke. Daan, der Uropa der Villenbesitzerin Hanne, hatte diese gegründet. Hanne erzählt:
„Daans große Leidenschaft war die Botanik. Von überallher hat er Pflanzen, Blumen und Sträucher mitgebracht, sie hier eingepflanzt und versucht, neue Pflanzenarten aus ihnen zu züchten.“ Sie tippte auf das Glas eines Bilderrahmens. Daan war darauf in einer seiner Expeditionsausrüstungen zu sehen. Allein stand er auf einem tiefschwarzen funkelnden Gesteinsbrocken [...]. „Wo ist das Foto aufgenommen?“ [...] „Das hat Daan niemanden erzählt. Selbst meiner Großmutter nicht.“

Welche Informationen sind wichtig?
- Situation/Handlung: *Gesteinsfund auf Expedition, Daan verheimlicht Herkunft*
- Figur *Daan: Botaniker, Pflanzenzüchter, Entdecker, Gründer der Duftapotheke*

2. Ideen notieren

Aufgabe beachten: *Schreibe den Tagebucheintrag von Daan nach dem Fund des Gesteins.*
Idee: Daan beobachtet, wie kranke Tiere auf Stein geheilt werden
Situation: schwarzer Fels, kranke Tiere durch Staub gesund

- Vorgaben beachten: *Tagebucheintrag, Überschrift → Angabe zum Tag*
- Stichpunkte zur Handlung notieren: *Daan erlebt Heilkraft des Steins bei Tieren*

3. Die Textstelle weiterschreiben

Tag 34 meiner Expedition, 23.30 Uhr
Heute ist mir etwas so Unglaubliches geschehen, dass ich es nur hier niederschreibe und niemandem davon berichten will. Ich traf am Wasserfall auf ein krankes Tier, auf eine Echse mit merkwürdig geschwollenen Füßen. Sie schleppte sich auf diesen großen Felsbrocken, der in der Sonne tiefschwarz leuchtet und legte sich ganz ruhig hin, Füße und Kopf fest auf den Stein gedrückt. Plötzlich rieselte schwarzer Staub über ihren Körper. Wie ein Sternenband bewegten sich die Körner von den Füßen zum Kopf. Dann war es vorbei. Ich schaute gebannt auf das Tier, dann sah ich es: Die Füße der Echse hatten ihre normale Größe wiedererlangt. ...

- Erzählweise: *Ich-Form*
- An Handlung und Figur anknüpfen: *Wissenschaftler beobachtet genau*
- sprachliche Mittel: ausdrucksstarke Adjektive, Verben, Vergleiche und Beschreibungen verwenden

Eine eigene Fabel schreiben

Um eine eigene Fabel zu schreiben, orientierst du dich an den Merkmalen der Textsorte.

Suche etwas, das du kritisieren möchtest: eine Eigenschaft, ein Verhalten. Orientiere dich zum Beispiel an Sprichwörtern. → Übertrage das Verhalten auf ein tierisches Gegensatzpaar mit typischen Eigenschaften. → Entwirf eine konkrete Ausgangssituation, Handlung und Gegenhandlung sowie die Lösung. → Formuliere eine Lehre/Moral.

Eine eigene Fabel schreiben **SO GEHT'S**

1. Ideen sammeln

Sprichwort: Hochmut kommt vor dem Fall (erst hochmütig, dann scheiternd), Igel: klein, stachlig, mutig ↔ Ziege: größer, dumm, störrisch

1 Ausgangssituation: *Wölfe bedrohen Tiere*
2 Handlung: *Igelfamilie sucht Hilfe bei Ziege*
3 Gegenhandlung: *Ziege lehnt aus Hochmut ab*
4 Lösung: *Überfall der Wölfe, Igel retten sich, Ziege nicht*
5 Moral: *Gemeinsam ist man stark, Hochmut rächt sich*

- zu Kritisierendes (Sprichwort, Redewendung, Eigenschaft): *Hochmut*
- Tierpaare mit typischen Eigenschaften: *Igel ↔ Ziege*
- Aufbaumuster beachten:
  1 Ausgangssituation →
  2 Handlung →
  3 Gegenhandlung →
  4 Lösung →
  5 Lehre/Moral

2. Fabel schreiben nach Aufbaumuster

Die hochmütige Ziege

1 *Eine Igelfamilie suchte, weil ein Rudel Wölfe nachts durch das Dorf schlich,* 2 *Hilfe bei einer Ziege, die mit ihr in einem Garten lebte. „Wir brauchen Schutz! Lass uns gemeinsam eine Grube graben, dann sind wir sicherer", baten sie die Ziege.* 3 *„Was wollt ihr kleinen Wichte denn? Ihr könnt doch mit dem winzigen Rüssel nicht graben! Und ich habe meinen Stall", sprach die Ziege und fraß genüsslich ihr Gras.*
4 *Die Nacht brach herein und da es sehr heiß war, blieb der Stall offen. Die Igel rollten sich im Gebüsch ein. Als die Wölfe heranschlichen und über ihre Stacheln stolperten, jaulten sie jämmerlich und rannten weiter. Die Ziege aber konnte so laut meckern, wie sie wollte, keiner war da, um ihr zu helfen.* 5 *So enden Große, die die Kleinen nicht achten.*

- Überschrift notieren
- menschliche Eigenschaften einsetzen: *sprechende Tiere, Ängstlichkeit, Hochmut*
- wörtliche Rede verwenden (Satzzeichen richtig setzen)
- Handlung nur knapp formulieren

Eine eigene Fabel schreiben **CHECKLISTE**

1. Die Ideensammlung anlegen	Nachschlagen
Ich habe	
✓ ein Verhalten/Eigenschaften gefunden, die ich kritisieren möchte.	S. 129
✓ Tiere mit passenden Eigenschaften und eine Handlung ausgewählt.	S. 129
2. Die Fabel schreiben und überarbeiten	
Ich habe	
✓ eine Ausgangssituation, Handlung, Gegenhandlung, Lösung und Lehre dargestellt.	S. 129
✓ wörtliche Rede verwendet und die Satzzeichen richtig gesetzt.	S. 336
✓ eine Lehre formuliert.	S. 129

Lerninsel

F

Umgang mit szenischen Texten

Einen szenischen Text untersuchen und spielen

Du kennst Texte, die im Theater aufgeführt werden. Die Handlung ist in Szenen eingeteilt, in denen die Figuren aufeinandertreffen und miteinander sprechen.

Einen szenischen Text untersuchen

Inhalt
- Handlung
- Ort und Zeit
- Figuren
  - Eigenschaften
  - Beziehung der Figuren zueinander

Sprache
- auffällige Wortwahl
- sprachliche Bilder

Regieanweisung
- zu Ort, Bühnenbild
- zu Sprechweise, Verhalten der Figuren

Inhalt, Sprache und Regieanweisung untersuchen

Begriff	**Erklärung**	***Beispiele***
Dialog	Gespräch in Rede und Gegenrede von mindestens zwei Figuren	**Hund:** Ich schaue nie fern. **Tiger:** Das sagen alle, aber in Wirklichkeit hockt jeder ständig vor der Glotze.
Sprechweise	Art und Weise des Sprechens, zum Beispiel Lautstärke, Betonung, Aussprache, Tempo	*stotternd, flüsternd, murmelnd, freundlich, liebevoll, nachdenklich, ängstlich, leise, drohend, schnell, langsam*
auffällige Wortwahl	Wörter oder Wortgruppen, welche den Charakter der Figur verdeutlichen	**Gans:** Mein Reisepass! Wo ist mein Reisepass?! **Ich könnte schwören**, dass ich ihn in meine Handtasche gesteckt habe, **ich krieg noch die Krise**.
Regieanweisung	Empfehlungen für die szenische Umsetzung, meist *kursiv* gedruckt	**Schafe:** *gemeinsam* Bei unseren Eltern dürfen wir immer bis nach Mitternacht fernsehen. *Die Tiere suchen sich maulend einen Schlafplatz.*
Mimik	Gesichtsausdruck, Gesichtsbewegung	
Gestik	Bewegungen der Arme, der Hände, des Kopfes	*Finger an Stirn bedeutet: Du spinnst.*
Körperhaltung	Art und Weise des Stehens, Sitzens, Gehens	*aufrecht, gebückt, eingefallen, schief, humpelnd, hüpfend*
Pantomime	Darstellung einer Handlung ohne Worte, Ausdruck durch Mimik, Gestik, Körperhaltung und Position der Figuren zueinander	

Ulrich Hub: Animal Lounge (Auszug aus dem ersten Akt)

Tiger: Hören Sie. Für mich müssen Sie eine Ausnahme machen. Auf mich wartet ein ganzes Kamerateam. Sie kennen mich sicherlich aus dem Fernsehen –

Hund: Ich schaue nie fern.

Tiger: Das sagen alle, aber in Wirklichkeit hockt jeder ständig vor der Glotze.

Hund: Wollen Sie etwa behaupten, dass ich lüge?!

Gans: Auf mich wartet ein ganzer Schwarm! Alle anderen Gänse aalen sich längst in der Sonne und werden knusprig braun.

Hund: Im Namen des Flughafens entschuldige ich mich für die Unannehmlichkeiten und bitte um Verständnis.

Schafe: Allmählich haben wir kein Verständnis mehr.

Tiger: Zustände wie auf diesem Flughafen habe ich noch nie erlebt! Dabei bin ich schon viel herumgekommen! Trotz meiner jungen Jahre!

Gans: Dürfen wir wenigstens mal an die frische Luft?

Hund: Aus Gründen der Sicherheit müssen alle Tiere in der Animal Lounge bleiben.

Tiger: Was heißt eigentlich Animal Lounge?

Hund: Keine Ahnung.

Schafe: Das ist Englisch.

Hund: Irgendwas mit Tieren.

Schafe: Wir können mehrere Fremdsprachen, sogar Latein, Animal heißt Tier und Lounge – Lounge – Lounge – wie kann man das bloß übersetzen?

Hund: Animal Lounge hört sich modern und gemütlich an.

Affe: Gemütlich? Die Sitze sind zu hart, der Boden ist zu glatt, die Gans nervt, die Lüftung ist zu laut, das Licht flackert, der Putz rieselt von der Decke, die Gans nervt –

Der Affe schluckt eine Tablette – und fängt leise zu schluchzen an.

Schafe: Wenn man uns wenigstens in regelmäßigen Abständen kleine Erfrischungen reichen würde –

Eine Szene spielen – SO GEHT'S

Den Text verstehen
- *Die Tiere sind zunehmend genervt vom Warten in der Animal Lounge.*

Eigenschaften der Figuren und Beziehung der Figuren zueinander klären
- *Hund: hat die Aufsicht, will die anderen beruhigen*
- *Tiger: eingebildet, eitel*
- *Schafe: besserwisserisch*
- …

Aufgaben verteilen
- Regie
- Schauspielrollen: *Hund, Tiger, Gans, Schafe, Affe*
- eventuell Bühnenbild, Requisiten und Kostüme überlegen

Spielweise überlegen
- Sprechweise, Mimik, Gestik, Körperhaltung, Position
- ***Hund:*** *steht sehr gerade, alle anderen Tiere sitzen, teilweise streng teilweise beruhigend und etwas einschmeichelnd*
- ***Tiger:*** *wirkt überheblich, trägt Sonnenbrille, spricht arrogant, betont immer wieder „ich" und „mich"*
- ***Gans:*** *sehr nervös, bewegt sich hektisch, spricht schnell*

Besprechung der geeigneten Spielweise, mehrfach proben, Details verbessern

Eine Szene spielen – CHECKLISTE

Wir haben	Nachschlagen
✓ die Szene besprochen und geklärt, wie wir sie verstehen.	S. 167
✓ die Eigenschaften der Figuren und die Position der Figuren zueinander erfasst.	S. 169
✓ die Szene in Abschnitte eingeteilt.	S. 167
✓ alle Rollen verteilt und besprochen, welche Aufgaben erfüllt werden müssen.	S. 167
✓ die Sprechweise, Mimik, Gestik und Körperhaltung der Figuren geübt.	S. 167
✓ die Regieanweisungen beachtet und umgesetzt.	S. 167
✓ ein Bühnenbild, Kostüme und Requisiten, die zu der Szene passen.	S. 169
✓ die Szene mehrmals geübt und verbessert.	S. 167

Lerninsel

G

Umgang mit Medien

Im Internet recherchieren

Das Internet nutzt du in der Schule vor allem, um Informationen zu recherchieren. Es bietet dir zum Beispiel vielfältige Möglichkeiten, einen Vortrag interessant zu gestalten.

1. Vorwissen sammeln und Fragen formulieren

- Notiere alles, was du zum Thema bereits weißt.
- Formuliere Fragen, die du noch klären möchtest.

Thema: Trendsportarten im Sommer
1. Slacklining:
– Laufen auf Leine …
Was sind Trendsportarten?

2. Suchbegriffe festlegen

- Überlege dir einen oder mehrere Begriffe, die zu deinem Thema passen.
- Wähle wenige Wörter aus und erweitere, wenn du nichts oder zu viel findest.

1. Trendsportarten
→ 2. Sommertrendsportarten
→ 3. neue Sommertrendsportarten 2025

3. Suchmaschine wählen

- Wähle eine Suchmaschine aus.
- Gib Begriffe ins Suchfeld ein.

bekannte Kindersuchmaschinen: fragFINN.de, helles-köpfchen.de

4. Suchergebnis eingrenzen

- Wenn du ein Leerzeichen zwischen Begriffen lässt und vor auszuschließenden Begriffen direkt ein Minuszeichen setzt, grenzt das die Suche ein.
- Wenn du Begriffe mit *OR* kombinierst, erhältst du für beide Begriffe Informationen.

Trendsportarten -Extremsport -Winter

Trendsport OR Funsport

5. Suchergebnisse bewerten und auswählen

- Achte auf Stichwörter, die zu deinem Thema passen.
- Lies die Suchergebnisse navigierend, klicke zum Beispiel auf farbige oder unterstrichene Wörter, die dich zum nächsten Text führen.

Wikipedia ist ein Online-Lexikon, in dem jeder Artikel schreiben und bearbeiten kann. Es hilft dir, Informationen zu deinem Thema zu finden. Aber Achtung: Du kannst dich nicht darauf verlassen, dass alle Informationen richtig sind.

6. Geeignete Texte selektiv lesen

- Notiere dir wichtige Informationen und die Quellen.
- Vergleiche die Texte: Suche nach Gemeinsamkeiten. Überlege, welche abweichenden Angaben du nutzen kannst und welche nicht.

Sich im Internet richtig verhalten

Das Internet bietet viele Möglichkeiten der Nutzung. Dafür musst du einige Regeln kennen:

- Bedenke bei allem, was du tust, den Satz: **Das Internet vergisst nicht.** Es ist sehr schwer, Inhalte zu entfernen, die einmal ins Internet gestellt wurden.
- Verrate im Internet **keine persönlichen Daten** wie Namen, Adressen oder Telefonnummern von dir und anderen.
- **Bilder von anderen Personen** darfst du nicht im Internet veröffentlichen. Auch von dir darf niemand Bilder ins Internet stellen. Für eine Ausnahme ist eine schriftliche Erlaubnis aller Personen (beziehungsweise ihrer Eltern) notwendig, die auf dem Bild zu sehen sind.
- Du darfst Texte, Bilder oder Videos aus dem Internet **nicht einfach kopieren**. Sie gehören immer dem, der sie erstellt hat (Urheber). Manchmal ist die Nutzung erlaubt. Du findest Hinweise dazu auf der jeweiligen Internetseite.
- Immer wenn du Texte, Bilder oder Videos aus dem Internet benutzt, musst du dir genau aufschreiben, wo du sie gefunden hast (Quellennachweis).
- Wenn du **selbst Videos oder Bilder hochlädst**, zeige sie vorher einem vertrauenswürdigen Erwachsenen, zum Beispiel deinen Eltern.

Gesprächsregeln im Chat/in sozialen Netzwerken

- Auch in Chats gelten die üblichen Gesprächsregeln. Schreibe nichts, was andere schlecht macht oder beleidigt.
- Wenn du in Chats beleidigt oder bedroht wirst, sage einem Erwachsenen Bescheid.
- Jeder Chat-Eintrag kann sofort an viele andere weitergeleitet werden. Bedenke das immer und sei vorsichtig, wenn du über dich und andere schreibst.

Ein Textverarbeitungsprogramm nutzen

Texte digital schreiben und überarbeiten **CHECKLISTE**

1. Den Text gestalten	Nachschlagen
✓ Ich habe eine gut lesbare Schriftgröße (11 oder 12) verwendet.	
✓ Ich habe durchgängig dieselbe Schriftart benutzt.	
✓ Ich habe Schrifteffekte (**fett**, *kursiv*, unterstrichen; andere Textfarbe) sparsam und nur da eingesetzt, wo ich etwas hervorheben möchte.	
✓ Ich habe einen längeren Text durch Absätze unterteilt.	
2. Den Text überarbeiten	
✓ Ich habe die von der automatischen Rechtschreibprüfung rot unterstrichenen Wörter überprüft.	S. 267
✓ Ich weiß, dass die automatische Rechtschreibprüfung nicht alle Fehler erkennt, und kontrolliere meinen Text daraufhin.	S. 267
✓ Ich habe die Thesaurusfunktion verwendet.	S. 267

Die Gestaltungsmittel eines Films untersuchen

Filme erzählen Geschichten mit Bildern und Tönen, die von der Kamera aufgenommen werden. Die Kamera hat viele Möglichkeiten, das Geschehen zu zeigen und dadurch eine besondere Wirkung zu erzielen.

Die Kameraperspektive untersuchen

Die Kameraperspektive bestimmt, aus **welcher Position** man im Film eine Figur oder einen Gegenstand sieht.

1 Vogelperspektive
Figuren wirken oft klein und schutzbedürftig.

2 Normalsicht
Figuren wirken natürlich.

3 Froschperspektive
Figuren wirken oft groß und mächtig.

Die Kameraeinstellung untersuchen

Die Kameraeinstellung bestimmt, **wie groß der Ausschnitt** ist, den man im Film von einer Figur oder einem Gegenstand sieht.

Totale

Halbtotale

Halbnah

Nah

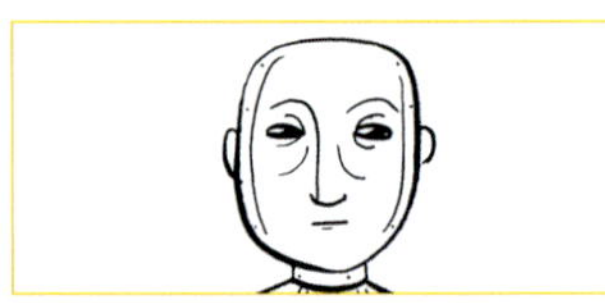

Großaufnahme

Detail

Kameraperspektive und Einstellungsgröße bestimmen **SO GEHT'S**

Julia Roberts als Mutter und Jacob Tremblay als August, Szene aus „Wunder“, USA/Hongkong 2017, Regie: Stephen Chbosky

Bild betrachten → Standort der Kamera bestimmen → Wirkung beschreiben

Die Kamera steht vor der Mutter und August. Die Normalsicht bezieht den Zuschauer auf natürliche Weise in die Runde mit ein. Die Kamera zeigt beide Figuren vom Kopf bis zum Oberkörper in halbnaher Einstellung. Man erkennt Mimik und Gestik gut: August wirkt ängstlich und die Mutter möchte ihm Zuversicht geben, indem sie ihrem Sohn leicht zugeneigt ist, seine Hand hält und lächelt. Sie schaut eine nicht sichtbare Figur gegenüber offen und freundlich an, der August aufmerksam abwartend begegnet.

Grammatik

Wortarten unterscheiden und verwenden

Nomen

Sie bezeichnen Lebewesen und Dinge (**Konkreta**) aber auch Gefühle, Gedanken, Vorstellungen und Zustände (**Abstrakta**). — *Pferd, Gras, Stein*; *Angst, Idee, Macht*

- Sie können von Artikeln und Adjektiven begleitet werden. — *der mächtige Löwe*
- Sie werden großgeschrieben. — *eine riesige Giraffe*

Kasus (Fall)
Nomen stehen im Satz in einem bestimmten Kasus. Die Veränderung des Kasus heißt **Deklination**. Den Kasus des Nomens kannst du erfragen.

Nominativ (1. Fall)	*Der Löwe ist gefährlich.*	**Wer** (oder **was**) ist gefährlich?
Genitiv (2. Fall)	*Das ist die Beute des Löwen.*	**Wessen** Beute ist es?
Dativ (3. Fall)	*Ich begegne dem Löwen.*	**Wem** begegne ich?
Akkusativ (4. Fall)	*Wir suchen den Löwen.*	**Wen** (oder **was**) suchen wir ?

Numerus (Zahl)
- Nomen stehen im **Singular** (Einzahl) oder im **Plural** (Mehrzahl).
  der Löwe – die Löwen
  das Nashorn – die Nashörner
- Manche Nomen kommen nur im Singular oder nur im Plural vor.
  nur im Singular: der Regen, das Glück
  nur im Plural: die Ferien, die Eltern

Genus (grammatisches Geschlecht)
- Nomen sind **maskulin** (männlich), **feminin** (weiblich) oder **neutral** (sächlich).
- Das Genus liest man in der Grundform am Artikel ab.
  der Löwe (maskulin), die Giraffe (feminin), das Zebra (neutral)
- Das Genus muss nicht mit dem biologischen Geschlecht übereinstimmen.
  das Mädchen

Begleiter: Artikelwörter

- Sie begleiten Nomen und bilden mit ihnen eine Einheit.
- **K**asus, **N**umerus und **G**enus (**KNG**) stimmen mit dem Nomen überein. Eselsbrücke: Es gilt die **KöNiG**sregel.

bestimmte Artikel	unbestimmte Artikel
der Affe	*ein Affe*
die Giraffe	*eine Giraffe*
das Nashorn	*ein Nashorn*

Possessivartikel	Demonstrativartikel
seine Beute,	*diese Beute*
der Anführer	*der Anführer*
deines Rudels	*jenes Rudels*

Stellvertreter: Pronomen

- Sie können stellvertretend für Nomen stehen oder verweisen auf dieses.
- **K**asus, **N**umerus und **G**enus (**KNG**) stimmen mit dem Nomen überein, das sie ersetzen. Eselsbrücke: Es gilt die **KöNiG**sregel.
- **Personalpronomen:**
  Der Löwe jagt das Zebra. Er jagt es.
- **Possessivpronomen:**
  Das ist meine Beute und das ist deine.
- **Demonstrativpronomen:**
  Nicht dieser Löwe hier, jener ist der Anführer. Nicht ich, der war es!
- **Relativpronomen:** leiten Relativsätze ein, verweisen auf ein vorheriges Nomen, Genus und Numerus stimmen mit dem Bezugswort überein
  Der Löwe dankt der Maus, die ihn gerettet hat.

Adjektive

- Sie bezeichnen Eigenschaften und Merkmale von Lebewesen und Dingen.
- Sie können ein Nomen begleiten.
  der mächtige Löwe, das gefährliche Flusspferd
- **K**asus, **N**umerus und **G**enus (**KNG**) stimmen mit dem Nomen überein (Eselsbrücke: **KöNiG**sregel).
  der mächtige Löwe, des mächtigen Löwen, dem mächtigen Löwen, den mächtigen Löwen
- Sie können gesteigert werden:

Positiv	Komparativ	Superlativ
(Grundform)	(Vergleichsform)	(Höchstform)
schnell	*schneller*	*am schnellsten*

- Einige steigert man nicht.
  gelb, fleischlos, dreieckig

Präpositionen

- Sie geben die Beziehung zwischen Personen, Dingen und Erscheinungen an.
- Sie sind unveränderbare Wörter.

Arten von Präpositionen
- Beziehungen des **Ortes** und der **Richtung**:
  in der Steppe, unter dem Baum
- Beziehungen der **Zeit**:
  gegen 15 Uhr, während der Jagd
- Beziehungen der **Art und Weise**:
  mit anderen Löwen, statt eines Angriffs
- Beziehungen des **Grundes**:
  wegen meiner Verletzung, aufgrund der Trockenheit

Präpositionen bestimmen den Kasus
- Präpositionen, die den **Akkusativ** fordern:
  für, durch, ohne, wider, gegen
  für viele Tiere, gegen den anderen Löwen
- Präpositionen, die den **Dativ** fordern:
  aus, außer, bei, gegenüber, mit, nach, seit, von, zu
  bei vielen Tieren, mit dem anderen Löwen
- Präpositionen, die den **Genitiv** fordern:
  außerhalb, abseits, statt, während, wegen, trotz, dank
  statt vieler Tiere, wegen des anderen Löwen
- Präpositionen, die den **Akkusativ oder** den **Dativ** fordern:
  in, an, auf, hinter, in, neben, über, unter, vor, zwischen
  Er klettert auf den Baum. *Er ist auf dem Baum.*

Junktionen

- Sie verknüpfen Wörter, Wortgruppen oder ganze Sätze.
- Sie sind unveränderbare Wörter.

Konjunktionen
- Sie verbinden gleichrangige Wörter, Wortgruppen oder Sätze.
  und, oder, sowie, aber, denn, sondern, doch, sowohl … als auch, entweder … oder

Subjunktionen
- Sie leiten einen Nebensatz ein und ordnen ihn einem anderen Satz unter.
  weil, da, während, als, nachdem, damit, dass, wenn, obwohl

Adjunktionen
- Sie ordnen ein Wort oder eine Wortgruppe einem anderen Wort oder einer anderen Wortgruppe zu.
  als, wie, je, pro

Mit Konjunktionen und Subjunktionen sinnvoll verknüpfen **SO GEHT'S**

Die Löwin holt den Löwen. Sie holt vier andere Löwinnen. Kimba greift zuerst an. Sie ist am schnellsten. Die Löwinnen lauern hinter einem Felsen. Die Beute kann von dort gut angegriffen werden. Der Löwe frisst als Erster. Er hat bei der Jagd am wenigsten getan. Er ist am stärksten.

Die Löwin holt den Löwen und vier andere Löwinnen. Kimba greift zuerst an, weil sie am schnellsten ist. Die Löwinnen lauern hinter einem Felsen, da die Beute von dort aus gut angegriffen werden kann. Der Löwe frisst als Erster, obwohl er bei der Jagd am wenigsten getan hat, denn er ist am stärksten.

Konjunktionen
Subjunktionen

Adverbien

- Sie informieren über die genaueren Umstände.
- Sie sind unveränderbare Wörter.
- Temporaladverbien: *heute, jetzt, immer*
- Modaladverbien: *gern, besonders, nur*
- Lokaladverbien: *dort, hier, oben, überall*
- Kausaladverbien: *deshalb, daher*

Verben

Sie bezeichnen Tätigkeiten, Vorgänge und Zustände. — *kämpfen, herrschen, regnen*

- Man unterscheidet **Vollverben** (Verb mit einer Bedeutung) und **Hilfsverben**. — *Vollverben: kämpfen, sagen, herrschen* / *Hilfsverben: haben, sein, werden*
- **Modalverben** verändern den Inhalt einer Aussage. Sie drücken aus, ob etwas nötig, erlaubt oder möglich ist oder ob es sich um Willen und Vorliebe handelt. — *müssen, sollen, dürfen, können, wollen, mögen*
- **Schwache** Verben bilden das Präteritum durch die Endung *-te*. — *ich kämpfte, er jagte, du lachtest*
- **Starke** (unregelmäßige) Verben bilden das Präteritum durch die Änderung des Verbstamms. — *ich ritt, er grub*
- Es gibt **infinite** (nicht-konjugierte) Verbformen: **Infinitiv** (Grundform), **Partizip I** und **Partizip II**. — *Infinitiv: reiten, kämpfen* / *Partizip I: reitend, Partizip II: geritten*

Verben werden **konjugiert**, das heißt, sie können sich in Person, Numerus und Tempus verändern. Man nennt sie dann **finite Verben**.

Tempus (Zeit)
Das Tempus wird mit **einfachen** oder **zusammengesetzten** Formen gebildet. Einfache Formen bestehen nur aus dem **Vollverb**. Bei zusammengesetzten Formen kommen die **Hilfsverben** *haben, sein* und *werden* dazu.

Präsens
- Bilden: Präsensstamm + Personalendung — *ich gehe, du jagst, sie brüllen*
- Verwenden: für Gegenwärtiges, allgemein Gültiges, für Zukünftiges in Verbindung mit einer zeitlichen Angabe — *Der Löwe jagt ein Zebra. Giraffen leben in Afrika. Wir gehen morgen zum Wasserloch.*

Präteritum
- Bilden: Präteritumstamm + Personalendung — *ich ging, du sagtest, sie lachten*
- Verwenden: für Vergangenes — *Gestern jagte der Löwe ein Zebra.*

Perfekt
- Bilden: Personalform von den Hilfsverben *haben* oder *sein* im Präsens + Partizip II des Vollverbs — *ich bin gegangen, sie haben gebrüllt*
- Verwenden: für Vergangenes — *Gestern hat der Löwe ein Zebra gejagt.*

Plusquamperfekt
- Bilden: Personalform von den Hilfsverben *haben* oder *sein* im Präteritum + Partizip II des Vollverbs — *ich war gegangen, sie hatten gebrüllt*
- Verwenden: etwas erzählen, das noch vor dem stattgefunden hat, was im Präteritum oder Perfekt erzählt wird (Vorvergangenheit) — *Nachdem der Löwe ein Zebra gejagt hatte, ruhte er sich im Gras aus.*

Futur I
- Bilden: Personalform vom Hilfsverb *werden* im Präsens + Infinitiv des Vollverbs — *ich werden gehen, sie werden brüllen*
- Verwenden: für Zukünftiges — *Morgen wird der Löwe ein Zebra jagen.*

Futur II
- Bilden: Personalform vom Hilfsverb *werden* + Partizip II des Vollverbs + Infinitiv von *haben* oder *sein* — *ich werde gegangen sein, sie werden gebrüllt haben*
- Verwenden: abgeschlossene Handlung in der Zukunft — *Der Löwe wird sich erst ausruhen, wenn er ein Zebra gejagt haben* **wird**.

Verben in der richtigen Tempusform verwenden **SO GEHT'S**

Die Vertreibung der Jäger

Alle Tiere trafen sich am Wasser. Zuerst stillten sie ihren Durst, dann besprachen sie, wie sie die Menschen vertreiben könnten. „Diese Menschen mit ihren Gewehren und Geländewagen müssen weg. Sie bedrohen unser Leben und ihre Autos verpesten die Luft. Mich jagen sie wegen meiner Stoßzähne", schimpfte der Elefant. Das Zebra ergänzte: „Ich habe gesehen, wie sie meinen Cousin getötet haben. Bestimmt haben sie sein Fell in ihr Wohnzimmer gelegt, nachdem sie ihn so grausam umgebracht hatten. Das sind doch Bestien!" Alle Tiere nickten traurig, denn sie dachten an das arme Zebra, das so sinnlos gestorben war. Jetzt sprach der Löwe, der den Vorsitz hatte: „Dann sind wir uns also einig. Wir müssen die Jäger vertreiben. Und ich habe auch schon einen Plan. Eine Stunde nachdem die Sonne untergegangen sein wird, werden alle Menschen schlafen. Wir werden zur Sicherheit noch ein bisschen warten. Dann werden die Stachelschweine gegen die Autoreifen springen, damit die Reifen kaputtgehen. Sobald das geschafft sein wird, werden sich die Elefanten auf die Autos setzen und die Nashörner werden den Schuppen mit den Gewehren zertrampeln. Ich werde die Menschen dann mit meinem wildesten Gebrüll anbrüllen. Das wird ihnen solche Angst machen, dass sie nie mehr zurückkommen werden."
Alle Tiere stimmten diesem Plan zu und noch in der gleichen Nacht vertrieben sie die Jäger für immer.

Das Präteritum ist das typische Tempus beim schriftlichen Erzählen.

Das Präsens steht für die Gegenwart und allgemein Gültiges. Man kann es zusammen mit einer Zeitangabe auch für die Zukunft benutzen.

Das Perfekt ist typisch für das mündliche Erzählen von Vergangenem. Es kommt aber auch in schriftlichen Erzählungen vor, zum Beispiel in der wörtlichen Rede.

Im Plusquamperfekt schreibt man über das, was noch früher passiert ist.

Das Futur I drückt die Zukunft aus.

Das Futur II drückt eine abgeschlossene Handlung in der Zukunft aus. Es wird nur selten verwendet.

Wortgruppen erkennen und verwenden

Wörter verbinden sich häufig mit anderen Wörtern zu **Wortgruppen**.
Die Wörter einer Wortgruppe gehören inhaltlich und grammatisch zusammen.
Eine Wortart spielt jeweils die wichtigste Rolle und bildet den Kern.

Nominalgruppe

- Sie besteht aus einem Nomen oder nominalisierten Ausdruck als Kern der Wortgruppe. Meist steht das Nomen ganz rechts. — *das alte **Kamel***
- Zur Nominalgruppe können Artikelwörter und Adjektive gehören. — *das alte **Kamel***
- Der Kasus, in dem die Nominalgruppe steht, wird durch die Funktion im Satz (zum Beispiel Subjekt oder Objekt) oder eine Präposition bestimmt. — *Das alte **Kamel** gehört dem König.* *(Wer oder) was gehört dem König?* *→ das alte Kamel = Nominativ (Subjekt)*

Adjektivgruppe

- Das Adjektiv bildet den Kern der Wortgruppe und kann durch Ausdrücke ergänzt werden, die es verstärken oder abschwächen.
  *außergewöhnlich **alt***
- In der Adjektivgruppe passt sich nur das Adjektiv, das am weitesten rechts steht, in Kasus, Numerus und Genus (**K**ö**N**i**G**sregel) an ein Nomen an.
  *ein außergewöhnlich **altes** Kamel*
- Zur Adjektivgruppe gehören auch Vergleiche im Komparativ mit *als* und im Superlativ mit *am*.
  *Die Schildkröte ist **älter** als das Kamel.*
  *Die Schildkröte ist am **ältesten**.*

Adjunktorgruppe

- Adjunktorgruppen werden bei Vergleichen verwendet. Sie werden mit einer Adjunktion *(als, wie)* als Kern der Wortgruppe eingeleitet.
  *Die Schildkröte ist älter **als** das Kamel.*
  *Das Faultier ist so alt **wie** der Hai.*

Präpositionalgruppe

- Der Kern einer Präpositionalgruppe ist eine Präposition. Meist steht diese ganz links.
  ***in** der Wüste*
- Die Präposition bestimmt den Kasus der darauffolgenden Nominalgruppe.
  *Der Skorpion lebt **in** der Wüste.*
  *(**in** fordert hier den Dativ)*

Verbgruppe

- Sie besteht aus einem Verb im Infinitiv. Meist steht dieses ganz rechts.
  *die Wüste **verlassen***
- Das Verb bestimmt als Kern der Gruppe die Anzahl und den Kasus der Ergänzungen.
  *Sie werden die Wüste **verlassen**.*

Satzglieder erkennen und verwenden

Feldermodell

Sätze lassen sich mithilfe eines Feldermodells beschreiben: In der **linken Satzklammer** steht die finite (konjugierte) Form des Verbs. Zusammen mit der **rechten Satzklammer** bildet sie das **Prädikat** des Satzes. Bei Sätzen im Präsens und im Präteritum kommt es vor, dass das Verb nur in der linken Satzklammer erscheint. Die rechte Satzklammer kann leer bleiben. Bei Partikelverben (Verb + trennbare Partikel) steht die Partikel in der rechten Satzklammer. Das Feld vor der linken Satzklammer nennt man **Vorfeld**, das Feld zwischen linker und rechter Satzklammer **Mittelfeld**.

Vorfeld	linke Satzklammer	Mittelfeld	rechte Satzklammer
Emma	spielt	auf dem Bolzplatz.	–
In der Ferne	zog	ein Gewitter	auf.

Umstellprobe und Ersatzprobe

Satzglieder sind **einzelne Wörter** oder **mehrere Wörter**, die eine bestimmte Funktion im Satz übernehmen und eine **Einheit bilden**, zum Beispiel *Subjekt*, *Objekt* oder *adverbiale Bestimmung*. Das **Prädikat** hat eine besondere Stellung im Satz. Es bildet den Satzkern, um den sich die einzelnen Satzglieder anordnen.

1. Bei der **Umstellprobe** stellst du die Wörter eines Satzes auf verschiedene Weise um, ohne dabei den Sinn des Satzes zu verändern. Wörter, die bei diesen Umstellungen immer zusammenbleiben, bilden gemeinsam ein Satzglied.

Der clevere Junge	hat	den Ball seines Freundes	im dornigen Gebüsch	gefunden.
Im dornigen Gebüsch	hat	der clevere Junge	den Ball seines Freundes	gefunden.

2. Bei der **Ersatzprobe** ersetzt du mehrere Wörter durch ein einziges Wort, zum Beispiel durch ein Pronomen. Du kannst auf diese Weise jedes Satzglied ersetzen.

Das schnelle Mädchen	übergibt	der nächsten Läuferin	den Staffelstab.
Sie	übergibt	der nächsten Läuferin	den Staffelstab.
Das schnelle Mädchen	übergibt	ihr	ihn.

Das Prädikat als Kern des Satzes

Ohne Prädikat gibt es keinen Satz. Es informiert darüber, was passiert oder getan wird.

- Das Prädikat besteht aus mindestens einem **Verb**.
- Vor dem finiten (konjugierten) Verb steht im Aussagesatz immer ein Satzglied.
  Das Kind spielt mit dem Ball.
  Das Spiel beginnt gleich.
- Wenn du das finite Verb verschiebst, änderst du die Satzart. Aus einem Aussagesatz wird zum Beispiel ein Fragesatz.
  Das Kind spielt mit dem Ball.
  Spielt das Kind mit dem Ball?
- Das Prädikat kann **einteilig** oder **mehrteilig** sein.
  Die Kinder haben auf dem Bolzplatz gespielt.
- Bei mehrteiligen Prädikaten steht in Hauptsätzen der zweite Teil am Satzende.
  Ein starkes Gewitter zog in der Ferne auf.
- Manche Verben wie *sein* oder *werden* verlangen neben dem Subjekt ein weiteres Satzglied. Ohne dieses wäre der Satz unvollständig. Das **Prädikativ** kann ein Nomen oder eine Wortgruppe sein, die die Eigenschaft des Subjekts klärt.
  Frau Sulke ist Trainerin.
  Frau Sulke wird unsere neue Trainerin.

Subjekt

- Es informiert darüber, wer oder was etwas tut.
  Paul spielt auf dem Bolzplatz.
- Du erfragst es mit: **Wer** oder **was**?
  Ein starkes Gewitter zieht in der Ferne auf.
- Das Subjekt steht immer im **Nominativ.**
- Es kann ein Nomen, eine Wortgruppe mit Nomen oder ein Pronomen sein.
  Er spielt auf dem Bolzplatz.

Objekte

- **Akkusativobjekte** sind Nomen, Wortgruppen mit Nomen oder Pronomen im **Akkusativ**. Du erfragst sie mit: **Wen** oder **was**?
  Der Trainer gibt dem Spieler den Ball.
- **Dativobjekte** sind Nomen, Wortgruppen mit Nomen oder Pronomen im **Dativ**. Du erfragst sie mit: **Wem**?
  Der Trainer gibt dem Spieler den Ball.
- **Genitivobjekte** sind Nomen, Wortgruppen mit Nomen oder Pronomen im **Genitiv**. Du erfragst sie mit: **Wessen**?
  bedürfen, gedenken, sich bedienen
  Die Spieler gedenken des verstorbenen Vereinspräsidenten. Wessen gedenken sie?
- **Präpositionalobjekte** folgen auf Verben, die eine Ergänzung mit Präposition verlangen.
  spielen mit, warten auf, denken an
  Du kannst sie auf zwei Arten erfragen:
  Präposition + **Wem**? oder **wen**? oder **was**?
  Wir warten auf den Schiedsrichter.
  Auf wen warten wir?
  Wo + **Präposition**?
  Alle Spieler denken an die Pause.
  Woran denken die Spieler?

Adverbiale Bestimmungen

Sie informieren über die näheren Umstände der Handlung oder des Geschehens.

- **adverbiale Bestimmung der Zeit** (Temporaladverbial): Du erfragst sie mit: Wann? Wie lange? Seit wann? Wie oft?
- **adverbiale Bestimmung des Grundes** (Kausaladverbial): Du erfragst sie mit: Warum? Weshalb?
- **adverbiale Bestimmung der Art und Weise** (Modaladverbial): Du erfragst sie mit: Wie? Auf welche Art und Weise?
- **adverbiale Bestimmung des Ortes** (Lokaladverbial): Du erfragst sie mit: Wo? Wohin? Woher?

Wann? Warum? Wie? Wohin? – *Gestern rannte das Schwein wegen des vielen Lärms schnell auf den Fußballplatz.*

Teile von Satzgliedern: Attribute

- Sie sind keine Satzglieder. Sie bleiben bei der Umstellprobe immer mit den anderen Wörtern des Satzglieds zusammen.
- Sie bestimmen ein Nomen näher. — *ein spannendes Spiel, der Mittelstürmer des Gegners*
- Es gibt verschiedene Arten von Attributen:

Adjektiv	*ein spannendes Spiel*
Partizip I und II	*das laufende Spiel, das gewonnene Finale*
Wortgruppe mit Präposition	*der beste Spieler von uns*
Nomen oder Wortgruppe im Genitiv	*der Fehler des Torwarts*
Nebensatz (Relativsatz)	*Er ist der Spieler, der die meisten Tore schoss.*

Satzarten und Satzformen unterscheiden

Satzarten

Aussagesätze

Du verwendest sie, wenn du etwas mitteilen willst.
- Das finite (konjugierte) Verb steht immer nach dem ersten Satzglied.

Marc geht ins Kino.

Fragesätze

Du verwendest sie, wenn du etwas wissen willst.
- Das finite (konjugierte) Verb steht meist an erster Stelle oder nach dem Fragewort.

Kommst du mit ins Kino?
Wann gehst du ins Kino?

Aufforderungssätze

Du verwendest sie, wenn du jemanden um etwas bitten oder jemanden zu etwas auffordern willst.
- Das finite (konjugierte) Verb steht oft an erster Stelle.
- Meist wird dabei die Befehlsform (Imperativ) verwendet.
- Am Ende steht ein **Ausrufezeichen** oder ein **Punkt**.

Komm doch mit ins Kino!
Lest den Text.

Ausrufe

Du verwendest sie, wenn du etwas mit Nachdruck hervorheben willst.
- Das finite Verb kann fehlen.
- Oft enthält der Ausruf kein Subjekt.
- Am Ende steht ein **Ausrufezeichen** oder ein **Punkt**.

Hurra! Halt!
Das ist jetzt nicht dein Ernst.

Satzformen

Sätze, in denen nichts im Vorfeld steht, drücken meistens Aufforderungen und Fragen aus. Das finite (konjugierte) Verb steht an erster Stelle. Man nennt diese Sätze deshalb **Verberstsätze**.

Vorfeld	linke Satzklammer	Mittelfeld	rechte Satzklammer
–	*Hast*	*du das Buch*	*gelesen?*
–	*Lies*	*das Buch!*	–

Sätze, in denen etwas im Vorfeld steht, drücken Fragen, Aussagen und Ausrufe aus. Das finite (konjugierte) Verb steht nach dem Vorfeld an zweiter Stelle. Man nennt sie deshalb **Verbzweitsätze**.

Vorfeld	linke Satzklammer	Mittelfeld	rechte Satzklammer
Alex	*ist*	*ins Kino*	*gegangen.*
Der Film	*war*	*toll!*	–
Wer	*war*	*im Kino?*	–

Nebensätze sind meist **Verbletztsätze**. Alle Teile des Prädikats stehen in der rechten Satzklammer.

Beispiel: Alex geht ins Kino, *weil es in Strömen regnet*.

linke Satzklammer	Mittelfeld	rechte Satzklammer	Nachfeld
weil	*es in Strömen*	*regnet.*	–

Satzzeichen richtig setzen

Zeichensetzung bei der wörtlichen Rede

Die wörtliche Rede kennzeichnest du mit **Anführungszeichen**. Wer etwas sagt und wie es gesagt wird, steht im Redebegleitsatz.

Der Redebegleitsatz kann der Rede **vorangestellt** sein:

… : „ … ."	(Aussage)	*Er sagte: „Nina kommt mit."*
… : „ … ?"	(Frage)	*Er fragte: „Kommst du mit?"*
… : „ … !"	(Aufforderung)	*Er rief: „Los, komm mit!"*

Der Redebegleitsatz kann der Rede **nachgestellt** sein:

„ … ", … .	(Aussage)	*„Nina kommt mit", sagte er.*
„ … ?", … .	(Frage)	*„Kommst du mit?", fragte er.*
„ … !", … .	(Aufforderung)	*„Los, komm mit!", rief er.*

Es gibt auch Sätze in wörtlicher Rede ohne Redebegleitsatz.

Kommasetzung bei Aufzählungen

Du erkennst eine Aufzählung daran, dass du ein *und* zwischen die Teile setzen kannst.
Ein Komma steht bei der Aufzählung von gleichrangigen

- **Wörtern** — *Nina, Anne, Karl und Sebastian gehen in den Zoo.*
- **Wortgruppen** — *Dort besuchen sie die Affen, Löwen, die großen Elefanten und die Zebras.*
- **(Teil-)Sätzen** — *Nina mag am liebsten die Affen, Anne freut sich auf die Löwen, Karl will die Elefanten sehen.*

Ein *und, oder, sowie* ersetzt das Komma. — *Nina, Anne, Karl und Sebastian gehen in den Zoo. Dort besuchen sie die Affen, Löwen, die großen Elefanten sowie die Zebras.*

Kommasetzung bei Satzgefügen

Jeder Hauptsatz und Nebensatz besitzt in der Regel ein **Subjekt** und ein **finites** (konjugiertes) **Verb**.
Satzgefüge bestehen aus einem **Hauptsatz** (HS) und mindestens einem **Nebensatz** (NS).
Haupt- und Nebensatz werden durch **Kommas** voneinander getrennt. Ihre Reihenfolge kann unterschiedlich sein:

nachgestellter Nebensatz

Alle Tiere freuten sich, als das Futter endlich kam.

—— HS ——, ～～ NS ～～.

vorangestellter Nebensatz

Als das Futter endlich kam, freuten sich alle Tiere.

～～ NS ～～, —— HS ——.

eingeschobener Nebensatz

Der Pfleger, der das Futter bringt, kam an diesem Tag später.

—— HS ——, ～～ NS ～～, —— HS ——.

Stellung des finiten Verbs

Hauptsatz (HS)	Nebensatz (NS)
Das finite (konjugierte) Verb steht meist **nach dem ersten Satzglied.** *Alle Tiere freuten sich, als das Futter endlich kam.*	Im eingeleiteten Nebensatz steht das finite (konjugierte) Verb immer an **letzter Stelle**. *Alle Tiere freuten sich, als das Futter endlich kam.* *Als das Futter endlich kam, freuten sich alle Tiere.*

Hauptsatz (HS)	Nebensatz (NS)
Wenn der **Nebensatz vor dem Hauptsatz** steht, steht das finite (konjugierte) Verb **nach dem Komma am Anfang** des Hauptsatzes. *Als das Futter endlich kam, freuten sich alle Tiere.*	Der Nebensatz wird oft durch **Subjunktionen** wie *als, wenn, weil, dass, damit, da* **eingeleitet**. *Als das Futter endlich kam, …*
Wenn der **Hauptsatz vorne** steht, kann er **allein** stehen. Er ist keinem anderen Teilsatz untergeordnet. *Alle Tiere freuten sich.*	Der Nebensatz kann **nie allein** stehen. Er hängt vom Hauptsatz ab und ist diesem untergeordnet. ~~*Als das Futter endlich kam.*~~

Kommasetzungen bei Satzreihen

Satzreihen bestehen aus **mindestens zwei Hauptsätzen**. Sie können ohne Konjunktion verknüpft werden. Dann musst du ein Komma setzen.

In Deutschland gibt es in jeder größeren Stadt einen Zoo, in anderen Ländern sind Zoos nicht so häufig.

Sie können mit **Konjunktionen** verknüpft werden.

und, oder, sowie, denn, aber, sondern, jedoch

Den Tieren hier geht es gut, denn sie werden artgerecht gehalten.

Bei den Konjunktionen *und, oder, sowie* fällt das Komma weg.

Den Tieren hier geht es gut und sie werden artgerecht gehalten.

Es können auch mehr als zwei Hauptsätze in einer Satzreihe verknüpft werden.

Den Tieren geht es gut, denn sie werden artgerecht gehalten und sie haben Auslauf.

Kommasetzung bei Satzgefüge und Satzreihe — SO GEHT'S

Ich freute mich schon lange auf den Zoobesuch, denn ich war seit Jahren nicht mehr dort gewesen.	Satzreihe, verknüpft mit *denn*: Komma
Um halb neun trafen wir uns in der Schule und um kurz nach neun waren wir am Zoo.	Satzreihe, verknüpft mit *und*: kein Komma
Hinter dem Eingang teilten wir uns in Dreiergruppen auf.	
So durften wir uns frei im Zoo bewegen, wir sollten aber die Aufgaben einer Zoo-Rallye bearbeiten.	Satzreihe, keine Konjunktion: Komma
Einige von uns rannten gleich zum Elefantengehege.	
Als wir dort ankamen, ging gerade die Fütterung los.	Satzgefüge (NS, HS): Komma
Der Tierpfleger warf Heu ins Gehege und schüttete Gemüse zu den Dickhäutern.	
Auf einmal wurden alle aus meiner Klasse unruhig, weil das zwei Wochen alte Elefantenbaby angetapst kam.	Satzgefüge verknüpft mit *weil*: Komma
Eigentlich sollten wir ganz ruhig sein, aber das Elefantenbaby war einfach so süß.	Satzreihe, verknüpft mit *aber*: Komma
Die Elefanten fraßen aber einfach ungestört weiter.	
Das Elefantenbaby, das ich genau beobachtete, fraß vor allem Äpfel und Möhren.	Satzgefüge (eingeschobener NS): Komma vor und nach dem NS

Apposition

Eine Apposition ist die nachgestellte Ergänzung eines Worts. Sie wird durch Kommas abgetrennt. Die Apposition steht im gleichen **Kasus** wie das Bezugswort.

Die Elefanten, diese riesigen Tiere, brauchen ein großes Gehege. Jan, ein Tierpfleger, füttert die Seehunde.

Lerninsel

I

Rechtschreibung

Rechtschreibstrategien nutzen

Du musst die Schreibung der meisten Wörter nicht auswendig lernen. Bei vielen Wörtern kannst du die Schreibweise von verwandten Wörtern **ableiten** (↗↖) oder die Wörter **verlängern** (→). Bei einigen hilft es dir, wenn du sie beim Schreiben **mitsprichst** (↶↷).

↗↖ Ableiten und → Verlängern

In der deutschen Rechtschreibung werden Wörter aus einer Wortfamilie im Wortstamm fast immer gleich geschrieben. Du suchst bei dieser Strategie nach einem verwandten Wort, bei dem die richtige Schreibung deutlich wird.
Das Verlängern hilft dir, wenn du nicht weißt, wie bestimmte Wörter am Wortende geschrieben werden.

Ableiten und Verlängern **SO GEHT'S**

Problem	Strategie	Lösung
Wie schreibt man das Wort, mit *ä* oder *e*, *äu* oder *eu*? *gemä/eßigt* *Gebäu/eude*	↗↖ verwandte Wörter mit *a* oder *au* suchen *Maß* *bauen* Gibt es kein verwandtes Wort mit *a* oder *au*, schreibt man das Wort meist mit *e* oder *eu*.	*gemäßigt* mit *ä* *Gebäude* mit *äu* *Beute*
Wie schreibt man das Wort am Ende? *Tag/k* *mild/t*	→ Wort verlängern: bei Nomen Plural bilden, Adjektive steigern oder Nomen ergänzen Plural bilden: *Tage* steigern oder Nomen ergänzen: *milder, am mildesten, milder Pfeffer*	 *Tag* mit *g* *mild* mit *d*
Wie schreibt man die Verbform vor dem *t/st*? *es lieg/kt* *sie prob/pt*	→ Wort verlängern: Infinitiv bilden *liegen* *proben*	 *es liegt* mit *g* *sie probt* mit *b*

↶↷ Wörter deutlich mitsprechen

Die Buchstabenfolge richtet sich grundsätzlich nach der Lautfolge. Sprich beim Schreiben **langsam** und **deutlich** mit. Längere Wörter zerlegst du in **Sprechsilben**.
Nutze auch das **Haus-Garage-Modell**, wenn du dir bei der Schreibweise unsicher bist.

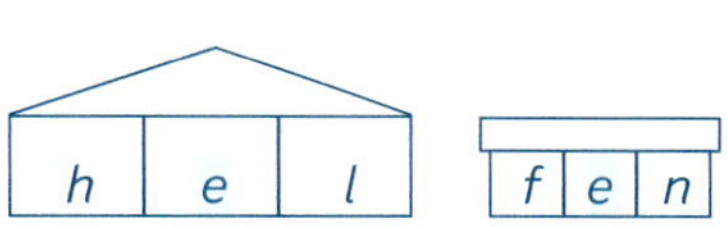

betonte erste Silbe unbetonte zweite Silbe

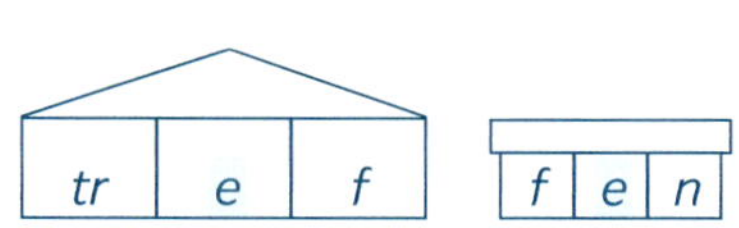

betonte erste Silbe unbetonte zweite Silbe

Nomen und Nominalisierungen erkennen

Artikelwörter (Begleiter) als Signal nutzen
Gehört zu dem Wort ein Artikel als Begleiter?
der, die, das, dem, den, ein, einer, eines
Der Kinderbotschafter reiste um die halbe Welt.
Gehört zu dem Wort ein versteckter Artikel?
im = in dem, beim = bei dem, ans = an das
Karim verlor nie die Lust am Reisen.
Gehört zu dem Wort ein Possessivartikel?
mein, dein, unser, seinem, ihrer
Sein Einsatz war unser großes Glück.

Adjektivprobe durchführen
Kannst du vor das Wort ein Adjektiv setzen, das sich dabei verändert?
Treppen bauen (Erweiterungsprobe):
Kannst du das Wort treppenartig durch Adjektive erweitern, sodass es immer weiter nach rechts rückt?
ein Land
ein großartiges Land
ein großartiges, einzigartiges Land

Nomen werden großgeschrieben. Verben und Adjektive können im Satz als Nomen verwendet werden, sie sind dann nominalisiert. Du kannst Nomen und Nominalisierungen mithilfe verschiedener Tests erkennen.

Suffix (Nachbaustein) als Signal nutzen
Endet das Wort auf *-keit, -nis, -schaft, -ung, -heit, -tum*?
Kleinigkeit, Geheimnis, Wanderschaft, Erkundung, Gesundheit, Reichtum

Weitere Artikelwörter als Signal nutzen
Stehen vor dem Wort Wörter wie *alles, wenig, viel, nichts, etwas, manches*?
viel Spannendes, etwas Verrücktes

Auf die Bedeutung achten
Bezeichnet das Wort ein Lebewesen oder einen Gegenstand?
Die Kinder waren überrascht.
Alle kosteten die Falafel.

Nominalisierungen erkennen **SO GEHT'S**

Ihr könnt zwar noch nicht selbst den Weltraum erkunden, träumt aber im Geheimen davon? Dann könnt ihr zumindest einige Einrichtungen zum Thema Weltall besuchen, in denen viel Interessantes und Spannendes zu erfahren ist. Macht euch auf nach Köln ins *Odysseum*! Im Astronautentrainer werdet ihr wie die Raumfahrer ordentlich durchgeschüttelt und auch bei anderen Ausstellungsstücken werdet ihr so manches Erstaunliche entdecken. Weltraumfans können sich auch auf den Weg nach Darmstadt zum Europäischen Satellitenkontrollzentrum machen. In der Kontrollzentrale ist das Überwachen von 15 Satelliten möglich. Bei einer Führung gewinnt ihr einen Eindruck in die Arbeit des Bodenpersonals.

versteckter Artikel als Begleiter
Artikelwort als Signal
Artikelwort als Signal
Artikel als Begleiter

Wörter mit langen und mit kurzen Vokalen schreiben

Kurze und lange Vokale unterscheiden

Im Deutschen ist es wichtig, lange und kurze Vokale zu unterscheiden. Sprich die Wörter **deutlich** aus. Wenn du dir unsicher bist, vergleiche das Wort mit einem anderen mit gleichem Vokal.

der Kahn – ich kann | *das Beet – das Bett*
der Ofen – offen | *der Spuk – die Spucke*

Wörter ohne Kennzeichnung für den langen Vokal schreiben

In den meisten Wörtern steht der lange Vokal ohne Kennzeichen. Das **lange *i*** bildet eine Ausnahme. Es ist in vielen Fremdwörtern, aber nur in wenigen deutschen Wörtern nicht gekennzeichnet.

die Dose, reden, die Lage, haben

das Souvenir, optimal, die Minute, wir, das Augenlid, der Igel

Wörter mit *ie* schreiben

Das **lange *i*** wird zumeist ***ie*** geschrieben.

fliegen, hier, die Schiene, riesig

Wörter mit Dehnungs-*h* schreiben

Häufig steht das *h* **vor *l*, *m*, *n*** oder ***r***.

*ho**h**l, der Le**h**m, das Hu**h**n, wa**h**r*

Wörter mit Doppelvokal schreiben

Es gibt im Deutschen nur die Doppelvokale ***aa***, ***ee*** und ***oo***. Wörter mit diesen Vokalen musst du dir merken. Die Vokale *i* und *u* werden nicht verdoppelt.

die Beere, seelisch, die Waage, moosig, der See, das Moor

Wörter mit kurzem Vokal schreiben

Auf einen kurzen betonten Vokal folgen zumeist zwei Konsonanten. Das können verschiedene Konsonanten sein oder ein Konsonant verdoppelt sich.

der Rest, schlemmen

Die Buchstaben ***k*** und ***z*** werden zu ***ck*** und ***tz***.

knacken, schmatzen

Das **Haus-Garage-Modell** hilft dir, Konsonantendopplungen nach kurzen Vokalen zu erkennen. Bei zweisilbigen Wörtern wird die *betonte erste Silbe* in das *Haus* und die *unbetonte zweite Silbe* in die *Garage* eingetragen. Einsilbige Wörter musst du zunächst verlängern (*Knall/knallt → knallen*). Haus und Garage haben jeweils drei Zimmer. Der Vokal (oder Umlaut *ä, ö, ü*) steht immer in der Mitte. Die Buchstaben davor und danach kommen jeweils in die anderen Zimmer – alle Zimmer müssen besetzt sein.

betonte erste Silbe | unbetonte zweite Silbe | betonte erste Silbe | unbetonte zweite Silbe

Wörter mit gleich und ähnlich klingenden Konsonanten schreiben

Wörter mit *f*-Laut schreiben – *f*, *v* oder *ph*?

- Häufig wird der *f*-Laut auch *f* geschrieben. *fahren, der Fluss, helfen*
- Auch englische Fremdwörter werden meist mit *f* geschrieben. *Fantasy, Fashion, der Fan*
- Wörter mit den Präfixen (Vorbausteinen) *ver-*, *vor-* und *von-* werden dagegen immer mit *v* geschrieben. *verwundert, Vorschule, voneinander*
- Vor allem Fremdwörter werden mit *ph* geschrieben. *die Physik, die Strophe*

Wörter mit *w*-Laut schreiben – *w* oder *v*?

- Meist wird der *w*-Laut auch *w* geschrieben. *der Weg, wandern, wagemutig*
- Fremdwörter werden häufig mit *v* geschrieben. *das Ventil, die Vokabel, oval*

Wörter mit *ks*-Laut schreiben – *x*, *chs*, *gs*, *ks* oder *cks*?

- In Fremdwörtern wird der *ks*-Laut oft mit *x* geschrieben. *das Examen, das Taxi*
- Selten werden deutsche Wörter mit *x* geschrieben. *die Hexe, die Nixe*
- Einige *ks*-Laute werden mit *chs* geschrieben. *wechseln, der Fuchs*
- Die Schreibung mit *gs* kommt bei Adverbien vor, die auf *s* enden. *flugs, anfangs, längs*
- Eher selten wird der *ks*-Laut auch *ks* geschrieben. *links, pieksen*
- Bei Ableitungen von Wörtern mit *ck* bleibt die Schreibweise mit *ck* erhalten. *des Bestecks (Gen.), zwecks (von: der Zweck)*

Adjektive auf *-ig*, *-lich*, *-isch* schreiben

Das Suffix *-lich*

Du schreibst das Suffix *-lich*, wenn der Buchstabe *l* nicht zum Wortstamm gehört.
Freund → freundlich, gelb → gelblich, Appetit → appetitlich

Das Suffix *-ig*

Verlängere das Wort. Bei hochdeutscher Aussprache hörst du dann den Buchstaben *g*.
ölig → ölige, vielseitig → vielseitige, auffällig → auffällige

Das Suffix *-isch*

Wenn der Wortstamm ein Fremdwort oder ein geografischer Name ist, schreibst du *-isch*.
geografisch, logisch, hessisch, türkisch

Wörter mit *s*-Lauten schreiben

Für die *s*-Laute gibt es drei Schreibungen: *s*, *ss* und *ß*.
Um die richtige Schreibung zu erkennen, musst du auf zwei Dinge achten:

- Wie wird der *s*-Laut gesprochen: stimmhaft (gesummt) oder stimmlos (gezischt)?
- Wie wird der Vokal vor dem *s*-Laut gesprochen: kurz, lang? Ist es ein Doppellaut?

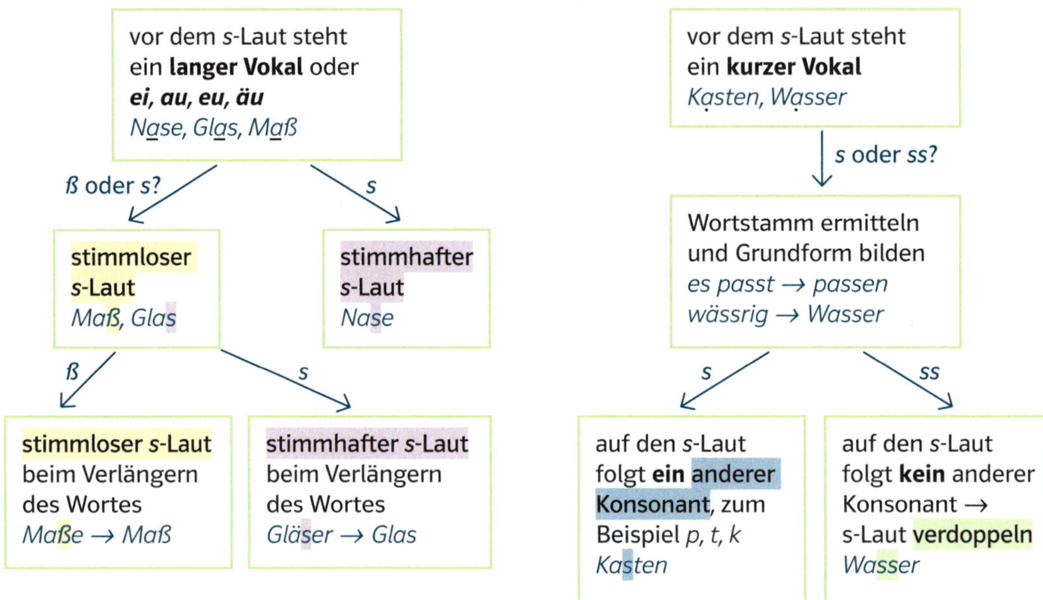

Wenn du diese Regeln beachtest, bleiben nur ein paar einfache Wörter, die du dir merken musst, zum Beispiel: *bis, aus, als, was, etwas, alles, das, los*.

Wörter mit *s*-Lauten schreiben **SO GEHT'S**

*Mit Werbesprüchen wie „**Grüße/Grüsse** aus der Kinderküche", „**Fließend/Fliessend** asiatisch kochen – kinderleicht!" oder „**Aufgepaßt/Aufgepasst**! Kleine **Genießer/Geniesser** gesucht!" werben immer mehr Kinderkochschulen. Die Kids sollen **Spaß/Spass** am Kochen, auch internationaler Speisen, gewinnen. **Außerdem/Ausserdem** – so die Idee – wird das **Eßverhalten/ Essverhalten** der Kinder und Jugendlichen durch solche Kurse positiv **beeinflußt/beeinflusst**. Wenn Kinder und Jugendliche viele Lebensmittel kennenlernen und mit ihnen experimentieren können, **wißen/wissen** sie qualitativ hochwertige Speisen eher zu schätzen.*

Grüße: stimmloser *s*-Laut nach langem Umlaut *ü*
fließend: stimmloser *s*-Laut nach langem Vokal *ie*

aufgepasst: stimmloser *s*-Laut nach kurzem Vokal *a*
Genießer: stimmloser *s*-Laut nach langem Vokal *ie*

Spaß: stimmloser *s*-Laut nach langem Vokal *a*

außerdem: stimmloser *s*-Laut nach Doppellaut *au*
Essverhalten: stimmloser *s*-Laut nach kurzem Vokal *e*

beeinflusst: stimmloser *s*-Laut nach kurzem Vokal *u*

wissen: stimmloser *s*-Laut nach kurzem Vokal *i*

Lern- und Arbeitstechniken

Sich auf Klassenarbeiten vorbereiten

1. Langfristig planen

- Was solltest du wissen/können?
- Bis wann?
- Wann hast du Zeit?

2. Lernen

für einen ungestörten Arbeitsplatz sorgen

das Buch nutzen

So geht's

Kompetenzboxen

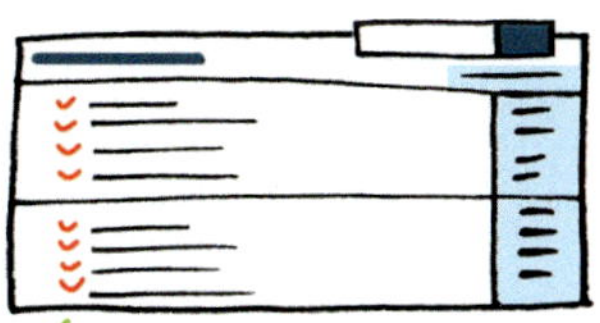

Checklisten

Gelerntes verstehen

mit eigenen Worten wiedergeben

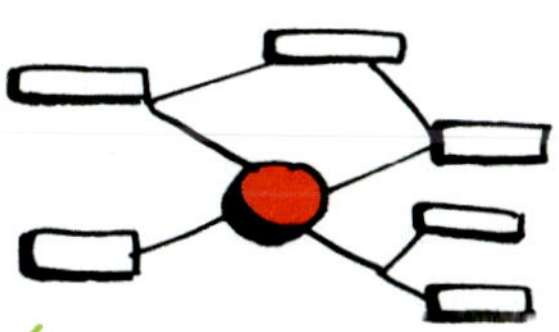

Mindmap erstellen

Eselsbrücken bauen

3. Üben

das Buch nutzen

Trainingsplatz

Das könnt ihr jetzt!

Beispiellösung

Üben gestalten

mit anderen lernen

Pause machen

sich bewegen

Brainstorming

… hilft dir, gute Ideen zu finden.

Schreibe alles auf, was dir zu einer Frage, zu einem Problem oder zu einem Thema einfällt, ohne dass du auswählst oder sortierst.

Placemat

… hilft dir, komplexe Fragestellungen gemeinsam zu beantworten.

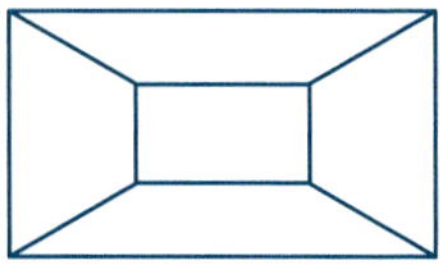
für eine Vierergruppe

- Zeichnet auf ein Blatt Papier einen Kasten in die Mitte und teilt gleich große Teile am Rand ab.
- Jeder schreibt Argumente/Antworten zur Fragestellung in sein Feld.
- Lest alle Argumente/Antworten und besprecht sie.
- Notiert das Ergebnis eurer Diskussion im Kasten in der Mitte.

Cluster

… hilft dir, gute Ideen zu sammeln und zu strukturieren.

- Schreibe in die Mitte eines Blattes den Begriff oder das Thema, dies ist der Kern.
- Um dieses Thema herum notierst du alle Gedanken, die dir einfallen.
- Jeder Gedanke wird mit dem Thema durch eine Linie verbunden. Diese Ideen werden Ausgangspunkt für weitere Einfälle.

Mindmap

… hilft dir, Informationen zu ordnen.

Vorbereiten:
- Notiere wichtige Wörter zu einem Thema.
- Ordne sie dann in verschiedene Bereiche.
- Sortiere zu jedem Bereich mehrere Begriffe.

Anfertigen:
- Schreibe das Thema in die Mitte. Ziehe davon Äste mit den Bereichen.
- Die Äste verzweigen sich dann mit den verschiedenen Begriffen.

Schreibkonferenz

… hilft dir, in einer Gruppe eigene Texte zu besprechen und zu überarbeiten.

- Lest einen Text vor und gebt euch Rückmeldung, was euch besonders gut gefallen hat.
- Besprecht den Text Abschnitt für Abschnitt in der Gruppe.
- Nehmt für die Beurteilung Checklisten zu Hilfe, zum Beispiel:
  - Inhalt und Aufbau
  - Sprache: Satzanfänge, Satzverknüpfung, Wortwahl, Rechtschreibung, Grammatik (Satzbau), Satzzeichen
- Gebt Tipps für die Überarbeitung und macht Verbesserungsvorschläge.
- Du kannst auch ein Textverarbeitungsprogramm nutzen.

Textlupe

... hilft dir, deinen Text noch zu verbessern.

Überarbeite deinen Text in **drei Durchgängen** und nimm jeweils **einen** Gesichtspunkt unter die Lupe.

1. Durchgang: Inhalt und Aufbau,
zum Beispiel: *Vollständigkeit, Reihenfolge (roter Faden), Leserorientierung*

2. Durchgang: Sprachliche Gestaltung,
zum Beispiel: *Satzanfänge, Satzverknüpfungen, Wortwahl (treffende Verben und Adjektive, Vergleiche)*

3. Durchgang: Rechtschreibung, Grammatik, Zeichensetzung

Plakat

... hilft dir, Ergebnisse zusammenfassend darzustellen.

Vorbereiten:
- Überlege dir vorher:
  - Was ist meine Absicht?
  - An wen will ich mich wenden?
  - Wo soll mein Plakat aufgehängt werden?
- Fasse die wichtigsten Informationen in Stichworten zusammen.
- Sortiere die Stichworte nach Unterthemen.
- Suche aussagekräftige Bilder.
- Überlege dir eine treffende Überschrift.
- Fertige eine Skizze von deinem Plakat an.

Anfertigen:
- Du kannst auch ein Textverarbeitungsprogramm nutzen.
- Benutze eine lesbare und ausreichend große Schrift.
- Arbeite mit Farben, um Wichtiges hervorzuheben, aber sei sparsam damit.
- Lege erst alle Texte und Bilder auf das Plakat.
- Ordne sie so an, dass das Plakat übersichtlich ist.
- Klebe dann die Texte und Bilder auf.

Feedback geben

... hilft dir, anderen durch deine Rückmeldung weiterzuhelfen und deine eigenen Ergebnisse zu verbessern.

- Beginne immer mit etwas Positivem.
- Formuliere deine Kritik sachlich.
- Die Kritik an der Sache soll nicht als persönliche Kritik geäußert werden.
- Gib Tipps, anstatt nur Kritik zu üben. Unterbreite Verbesserungsvorschläge.
- So kannst du beginnen: *Ich finde .../Ich denke, dass .../Mir hat gefallen, dass .../ Meiner Meinung nach hast du sehr gut .../Besonders gut gefallen hat mir ...*
- So kannst du sachlich Kritik üben: *Nicht so gut ist, dass .../Du solltest auch noch .../ In Zukunft solltest du .../Vielleicht kannst du .../Ich könnte mir vorstellen, dass ...*

Stichwortverzeichnis

A

Ableiten (Rechtschreibung) 338
Ableitung (Derivation) 185, 258, 261, 341
Abstrakta (Nomen) 327
Adjektivattribut 229
Adjektiv 62, 72, 185, 197, 208, 221, 229, 252, 261, 305, 317, 328, 331, 332, 334, 338, 339, 342, 345
Adjektive auf *-ig*, *-lich*, *-isch* 261, 341
Adjektivgruppe 197, 208, 221, 332
Adjektivprobe 252, 339
Adjunktion 207, 208, 329, 332
Adjunktorgruppe 208, 332
Adverbial → adverbiale Bestimmung
adverbiale Bestimmung 211, 226, 333, 334
Adverb 185, 211, 221, 329, 341
Akkusativ 204, 224, 327, 329, 334
Akkusativobjekt 201, 224, 229, 334
Alliteration 313
Anführungszeichen 336
Anrede 37, 77, 253
Anredepronomen 37
Antonym 188
Apposition 229, 241, 337
Arbeitstechniken (AT) 15, 26, 33, 84, 123, 153, 161, 163, 221, 228, 237, 343
Argument 33, 34, 37, 40, 301, 344
Argumente sammeln (AT) 33
Artikel 252, 269, 327, 328, 339
Artikelwort 204, 252, 269, 328, 331, 339
Attribut 229, 334
aufeinander eingehen 40
auffällige Wortwahl 312, 316, 317, 322
Aufforderungssatz 243, 335, 336
Aufführung (Theaterstück) 165
Aufzählung 336
Ausgangssituation (Fabel) 125, 163, 317, 318, 321
Auslassung (Buchstaben) 269
Ausruf 335
Ausrufezeichen 335
Aussagesatz 239, 243, 333, 335, 336
äußere Handlung 60, 105, 317

B

Befehlsform → Imperativ
Begleiter → Artikelwörter
Bericht 87, 309, 310
Beschreibungen 306
bestimmter Artikel → Artikel
Bestimmungswort 185
Beziehungen zwischen Figuren (AT) 123
Brainstorming 344
Buchvorstellung 97, 100
Buchstabenverwechslungen 269

C

Checkliste (AT) 62, 72, 79, 87, 163, 300, 304, 305, 307, 308, 310, 311, 315, 319, 321, 323, 325, 344
Cluster 33, 344

D

Dativ 224, 327, 329, 332, 334
Dativobjekt 201, 224, 334
Dehnungs-*h* 256, 269, 340
Deklination 327
Demonstrativartikel 204, 328
Demonstrativpronomen 204, 328
Derivation → Ableitung
diagonales Lesen 296
Diagramm auswerten 16, 17, 298
Dialog 108, 322
Diskussion 40, 43, 301, 344
Diskussion leiten 43
Doppelkonsonant 269, 340
Doppelvokal 256, 269, 340
Du-Form 77, 79

E

ei-Laut 265
Einstellungsgröße 113, 326
Er-/Sie-Form 60, 317
Ersatzprobe 333
Erweiterungsprobe → Treppen bauen
Erzählen 302
erzählender Text 316
Erzählform 60, 317
Erzählkern ausgestalten 62, 303, 304
Erzählung zu Reizwörtern 305
Erzählweise 65, 316, 317, 320

F

Fabel 125, 316–318, 321
Feedback geben 26, 345
Fehlerschwerpunkte erkennen 269
Feldermodell 219, 332, 332
Figuren 55, 60, 62, 65, 97, 99, 100, 105, 108, 123, 137, 161, 163, 165, 317, 319, 320, 322
Film 51, 113, 326
finites Verb (Personalform) 219, 221, 237, 239, 330, 332, 333, 335–337
f-Laut 258, 269, 341
Flussdiagramm 84
Form von Gedichten 151, 313, 314
förmliche E-Mail 37, 311
Formulierungen (persönlich/unpersönlich) 77, 79, 302, 308
Frageprobe 224
Fragesatz 243, 333, 335
Fremdwort 256, 258, 261, 340, 341
Froschperspektive (Film) 113, 326
Fugenelement 185
Fünf-Schritt-Lesemethode 297
Futur 200, 330, 331

G

Gedicht auswendig lernen (AT) 153
Gedicht verstehen 147, 312, 314
Gedicht vortragen 315
genaue Angaben machen 226, 229
genaues Lesen 269
Genitiv 224, 229, 327, 334
Genitivattribut 229
Genitivobjekt 224, 334
Genus 197, 204, 205, 327, 328, 332
Gesprächsregeln 301, 325
Gestaltungsmittel eines Films 326
Gestik 161, 322, 323
gleich und ähnlich klingende Konsonanten 258, 341
gleich und ähnlich klingende Laute 261
Großschreibung (Höflichkeitsformen) 253
Grundwort 185
Grußformel 37

H

Handlung 60, 65, 97, 100, 105, 125, 200, 211, 302, 316, 317, 320–322, 330, 334
Handlungsschritte 62, 97, 317
Hauptsatz (HS) 207, 219, 239, 336, 337
Haus-Garage-Modell 249, 338, 340
Helden- und Göttersagen 135, 137, 317
Hilfsverb 200, 330
höfliche Anrede 253, 311
Höflichkeitsformen 253
Hörspiel 108

I

Ich-Form 60, 147, 317
i-Laut 256
Imperativ 77, 79, 199, 335
Infinitiv (Grundform) 200, 201, 262, 330, 332, 338, 342
Informationen in Tabellen und Zeitleisten darstellen (AT) 15
Informationskern 87, 309, 310
Inhalt (erzählende/szenische Texte) 296, 316–318, 322
Inhalt (Gedichte) 147, 153, 312–315
innere Handlung 60, 105, 302, 317
Intensitätspartikel 197
intensives Lesen 296
Internet 23, 175, 324, 325
Interrogativadverb 211
Ist-gleich-Probe anwenden (AT) 221

J

Junktion 207, 329

K

Kameraeinstellung 113, 326
Kameraperspektive (bestimmen/untersuchen) 113, 326
Karteikarten erstellen 26, 299, 300

Kasus (Fall) 197, 201, 204, 207, 208, 221, 224, 241, 327–329, 331, 332, 337
Kausaladverbial 226, 334
Kausaladverb (Grund) 211, 329
Klassenarbeit 343
klassisches Fernsehprogramm 173
Kleinschreibung (Höflichkeitsform) 253
Kommasetzung 37, 239, 241, 336, 337
Komparativ (Vergleichsform) 208, 328, 332
Komposita → Zusammensetzung
KöNiGsregel (Kasus/Numerus/Genus) 204, 328, 332
konjugieren → finites Verb
Konjunktion 206, 207, 239, 309, 329, 337
Konkreta (Nomen) 327
Konsonant 258, 262, 269, 340–342
Kopulaverb 221
Körperhaltung 161, 163, 322
Kreuzreim 151, 313, 314
ks-Laut 258, 269, 341
kurzer Vokal 262, 340, 342

L

langer Vokal 256, 262, 340, 342
Lehre (Texte) 120, 125, 317, 318, 321
Lern- und Arbeitstechniken 343
Lesestrategien und Lesetechniken 296–298
Lesevortrag 99, 319
lineares Fernsehen 173, 175
literarischen Text weiterschreiben 65, 320
Lokaladverbial 226, 334
Lokaladverb (Ort) 211, 329
Lügengeschichte 120
lyrisches Ich 147, 312, 314

M

man-Form 77, 79
Märchen 316, 317
Mediathek 175
Medien 324–326
mehrteiliges Prädikat 333
Meinungen begründen 34, 301
Mengenangabe (unbestimmte) 252
Merkwort 256, 258, 269, 340–342
Merkworttraining 269
Metapher 149, 313
Metrum 151, 312, 313
Mimik 161, 163, 322, 323
Mindmap 33, 343, 344
mitsprechen (Silbe für Silbe) 269, 338
Mittelfeld 219, 332, 335
Modaladverbial 226, 334
Modaladverb 211, 329
Modalverb 330
Modalverbkomplex 201
mündlich erzählen 51

N

Nachfeld 219, 335
Nebensatz (NS) 205, 207, 219, 239, 329, 334–337
nicht-lineares Fernsehen 175
Nomen 185, 197, 204, 208, 211, 221, 229, 241, 252, 269, 305, 327, 328, 331–334, 338, 339
Nominalgruppe 197, 204, 208, 211, 221, 241, 331, 332
Nominalisierung 252, 269, 339
Nominativ 204, 221, 331, 333
Normalsicht (Film) 113, 326
Numerus (Zahl) 197, 204, 205, 327, 328, 330, 332

O

Ober- und Unterbegriffe 187
Objekt 224, 445
Onlinedienst 175

P

Paarreim 151, 313
Pantomime 322
Partikel 332
Partikelverb 201, 332
Partizip I + II 200, 330, 334
Passiv-Form 77, 79
Perfekt 200, 330, 331
Personalendung 200, 330
Personalform 200, 330
Personalpronomen 237, 328
Personenbeschreibung 72, 306, 307
Personifikation 149, 313, 314
Placemat 33, 344
Plakat 345
Plural (Mehrzahl) 199, 258, 327, 338
Plusquamperfekt 200, 309, 330, 331
Positiv (Grundform) 208, 328
Possessivartikel 269, 328, 339
Possessivpronomen 328
Prädikat (einteilig/mehrteilig) 219, 234, 332, 333, 335
Prädikativ 221, 333
Präfix (Vorbaustein) 185, 341
präpositionales Attribut 229
Präpositionalgruppe 197, 221, 332
Präpositionalobjekt 224, 334
Präposition 197, 205, 224, 229, 329, 331, 332, 334
Präsens/Präsensstamm 199, 200, 330–332
Präteritum/Präteritumstamm 200, 309, 330–332
Pronomen 204, 328, 333, 334

R

Rechtschreibprüfung 267
Rechtschreibstrategien 338
Redebegleitsatz 243, 336
Regieanweisung 26, 108, 163, 300, 322
Reim 151, 312, 313
Reimschema 151, 312, 313
Reizwörter 305
Relativpronomen 205, 219, 239, 328, 335
Relativsatz 205, 328, 334

S

Sagen 137, 316, 317
Satzarten 333, 335
Satzbeziehung 205
Satzformen 239, 335
Satzgefüge 239, 336, 337
Satzglieder 221, 224, 226, 228, 229, 239, 332, 333, 335, 336
Satzgliedteil 211, 228
Satzkern 333
Satzklammer 219, 332, 335
Satzreihe 239, 337
Satzverknüpfung 76, 79, 85, 87, 207, 239, 329, 337, 344, 345
Satzzeichen setzen 243, 336
Schelmengeschichte 120
sch-Laut 265
Schlüsselwörter markieren 296, 297
Schreibkonferenz 62, 72, 79, 87, 344
schwache Verben 200, 330
selektives Lesen 23, 296, 324
Sendeformate 173, 179
Silben (betont/unbetont) 151, 269, 313, 338, 340
Singular (Einzahl) 199, 327
s-Laut 262, 265, 269, 342
sprachliche Bilder 149, 312–316, 322
Sprechsilbe 338
Sprechweise 99, 163, 315, 319, 322, 323
Standpunkt vertreten 34, 37, 301, 311
starke Verben 200, 330
Stegreifspiel durchführen (AT) 161
Stichwortzettel anfertigen (AT) 26, 27, 300
stimmhaft/stimmlos → s-Laut
Stimmung von Gedichten 144, 147, 313, 314
Strophe 151, 153, 312–314
Subjekt 197, 221, 224, 237, 331, 333, 335, 336
Subjunktion 85, 206, 207, 219, 239, 309, 329, 335, 337
Suchmaschine 23, 324
Suffix (Nachbaustein) 185, 252, 261, 269, 339, 341
Superlativ (Höchstform) 197, 208, 328, 332
Synonym 188
Szene einfrieren (AT) 163

T

Takt (Gedicht) 151
Temporaladverbial 226, 334
Temporaladverb (Zeit) 211, 329
Tempusform 200, 330, 331
Texte für den Vortrag markieren (AT) 99, 153, 315, 319
Texte in Abschnitte einteilen 99, 296, 308, 317, 319
Textlupe 62, 72, 79, 87, 345
Textsorte 316, 317

Textverarbeitungsprogramm 325, 344, 345
Treppen bauen (Erweiterungsprobe) 339

U

Überschrift 15, 17, 23, 62, 296–298, 313, 345
umarmender Reim 151, 313
Umstellprobe 211, 333, 334
unbekannte Wörter klären 99, 296, 297, 319
unbestimmter Artikel → Artikel
Unfallbericht 87, 309, 310

V

Verben 199–201, 219, 221, 224, 237, 239, 252, 305, 330–333, 335–337, 339, 345
Verberstsatz 335
Verbgruppe 201, 332
Verbletztsatz 219, 239, 335
Vergleich (Gedicht) 149, 313
Verlängern (Rechtschreibung) 262, 269, 338, 340, 342
Vers 151, 313
vertrauliche Anrede 253
verwandte Wörter 269, 338
Vogelperspektive (Film) 113, 326
Vollverb 200, 330
Vorfeld 219, 332, 335
Vorgang beschreiben 77, 79, 306, 308
Vortrag 27, 99, 153, 187, 299, 300, 315, 319, 324

W

Weglassprobe anwenden (AT) 228
W-Fragen 62, 97
wichtige Wörter (Gedicht) 153, 312–314
w-Laut 258, 341
Wortarten 185, 327, 331
Wortbildung 185
Wortbildungssuffix 185
Wörter deutlich mitsprechen 269, 338
Wörter in Bestandteile zerlegen 269
Wörter mit gleich und ähnlich klingenden Konsonanten schreiben 341
Wörter mit *ie* schreiben 256, 340
Wörter mit kurzem Vokal schreiben 340
Wörter mit langem Vokal schreiben 256, 340
Wörter mit s-Lauten schreiben 262, 342
Wörter ohne Kennzeichnung für den langen Vokal schreiben 256, 340
Wörter Silbe für Silbe mitsprechen 269
Wörterbuch 261, 267
Wortfamilie 185, 338
Wortfeld 130, 313
Wortgruppe 197, 207, 208, 228, 229, 317, 322, 329, 331, 332
wörtliche Rede 55, 62, 243, 302, 336
Wortneuschöpfung 149, 313
Wortstamm 185, 258, 261, 262, 338, 341, 342

Z

Zeichensetzung 336, 345
Zeilensprung 313
Zeitangabe 206, 317, 331
Zielgruppe 173
Zusammensetzung (Komposita) 149, 185, 313

Autorenverzeichnis

Äsop
Das Schilfrohr und der Ölbaum 128
Der Löwe und die Maus 123
Der Pfau und die Dohle 132
Der Wolf und der Kranich 140
Die Teilung der Beute 123

Arnold, Louise
Arthur Unsichtbar 53

Ausländer, Rose
Zirkuskind 148

Avianus
Krähe und Urne 132

Babrios
Ameise und Grille 126

Benson, Edward F.
Die Turmstube 53

Blacker, Terence
boy2girl 198

Born, Georg
Sie tanzte nur einen Winter 127

Brandis, Katja
Woodwalkers. Carags Verwandlung 96–98, 114

Bürger, Gottfried August
Münchhausens Tänzchen im Fischmagen 119

Bydlinski, Georg
Ohne Hast 156

Dorscheid, Kathrin
Kultur mal anders: Gesten aus aller Welt 236

Dücker, Tanja
Eis 313

Falke, Gustav
Närrische Träume 155

Fontaine, Jean de La
Die Grille und die Ameise 126

Funke, Cornelia
Geisterritter 64, 65
Tintenherz 102, 103–107, 109

Hacks, Peter
Höhlenbewohner spielen 146

Hohler, Franz
Der Vogel Angst 148

Hub, Ulrich
Animal Lounge 159, 160, 162, 165–169, 323

Janßen, Ulrich; Steuernagel, Ulla
Der winzige Unterschied 203

Kaléko, Mascha
Der Mann im Mond 157
Sonne 314

Kordon, Klaus
Einfach alles 144

Kreller, Susan
Von Glück reden 315

Lessing, Gotthold Ephraim
Der Hamster und die Ameise 318
Der Rabe und der Fuchs 124

Lill, Felix
Die smarten Lehrer 12

Luther, Martin
Wozu Fabeln? 125

Maar, Paul
Der gar nicht närrische Narr 122

Manz, Hans
Wunder des Alltags 156

Meier, Martina
Münchhausen und der Schlittenwolf 121

Palacio, Raquel J.
Wunder 92, 94, 101

Phädrus
Die Wespe als Schiedsrichter 131

Prévert, Jacques
Rechenstunde 145

Reding, Josef
Faulenzen 154

Reiche, Dietlof
Geisterschiff 54

Riordan, Rick
Percy Jackson überwindet den Zyklopen 138

Rowling, Joanne K.
Harry Potter und die Kammer des Schreckens 48, 49

Ruhe, Anna
Die Duftapotheke 319, 320

Segel, Jason; Miller, Kirsten
Nightmares! – Die Schrecken der Nacht 67

Schneider, Christian
Warum der Weltkindertag wichtig ist 255

Schubiger, Jürg
Gleich und ungleich 313
Ich bin so 143

Seidel, Heinrich
Die Schaukel 150

Selznick, Brian
Die Entdeckung des Hugo Cabret 110, 112

Spohn, Jürgen
Glück ist 154

Steinkellner, Elisabeth
später Besuch 147

Tolstoi, Leo
Der Affe und die Erbsen 132

Wietig, Annemarie
Zornig 152

Wilde, Oscar
Das Gespenst von Canterville 47

Textsortenverzeichnis

Diagramme
Die Lieblingssender der 6- bis 13-Jährigen 172
Entwicklung der Internetnutzung 2016–2022 16
Freizeitaktivitäten 2024 – Vergleich 2023 209
Gerätebesitz Jugendlicher 2024 für die Internetnutzung 17
Grundaufbau von „Galileo" 178
Gründe für das Elterntaxi 298
Lesen Sie eher E-Books oder eher gedruckte Bücher? 29
Nutzung verschiedener Handy-/Smartphone-Funktionen 2022 19
Nutzung von Sendungen, Serien und Filmen 2023 und 2024 174

Diskussion
Keine Noten in Kunst, Musik und Sport? 40

Erzählungen
Arthur Unsichtbar (Louise Arnold) 53
Das Gespenst von Canterville (Oscar Wilde) 47
Die Turmstube (Edward F. Benson) 53
Geisterschiff (Dietlof Reiche) 54

Fabeln
Ameise und Grille (Babrios) 126
Das Chamäleon und der Elefant 133
Das Schilfrohr und der Ölbaum (Äsop) 128
Der Affe und die Erbsen (Leo Tolstoi) 132
Der Affe, der sein Herz vergaß 131
Der Hamster und die Ameise (Gotthold Ephraim Lessing) 318
Der Löwe und die Maus (Äsop) 123
Der Pfau und die Dohle (Äsop) 132
Der Rabe und der Fuchs (Gotthold Ephraim Lessing) 124
Der stolze Schmetterling 116
Der Wolf und der Kranich (Äsop) 140
Die beiden Ziegen 31
Die Grille und die Ameise (Jean de La Fontaine) 126
Die Teilung der Beute (Äsop) 123
Die Wespe als Schiedsrichter (Phädrus) 131
Hundert und eine halbe List 129
Krähe und Urne (Avianus) 132
Sie tanzte nur einen Winter (Georg Born) 127
Vom Löwen und dem Hasen 128

Gedichte
Der Mann im Mond (Mascha Kaléko) 157
Der Vogel Angst (Franz Hohler) 148
Die Schaukel (Heinrich Seidel) 150
Einfach alles (Klaus Kordon) 144
Eis (Tanja Dücker) 313
Faulenzen (Josef Reding) 154
Gleich und ungleich (Jörg Schubiger) 313
Glück (unbekannt) 142
Glück ist (Jürgen Spohn) 154
Höhlenbewohner spielen (Peter Hacks) 146
Ich bin so (Jürg Schubiger) 143
Närrische Träume (Gustav Falke) 155
Ohne Hast (Georg Bydlinski) 156
Rechenstunde (Jacques Prévert) 145
Sonne (Mascha Kaléko) 314
später Besuch (Elisabeth Steinkellner) 147
Von Glück reden (Susan Kreller) 315
Wunder des Alltags (Hans Manz) 156
Zirkuskind (Rose Ausländer) 148

Zornig (Annemarie Wietig) 152

Götter- und Heldensagen
Der junge Siegfried 139
Die Rungholter auf Nordstrand 216
Herakles befreit Prometheus 134, 135
Odysseus und Polyphem 136, 137
Siegfried 182

Hörspieltexte
Tintenherz – Das Hörspiel 106, 107

Inhaltszusammenfassungen
Coraline 50
Hugo Cabret 110
Woodwalkers. Carags Verwandlung 97

Jugendbücher (Ausschnitte)
boy2girl (Terence Blacker) 198
Die Duftapotheke (Anna Ruhe) 319, 320
Die Entdeckung des Hugo Cabret (Brian Selznick) 110, 112
Geisterritter (Cornelia Funke) 64, 65
Harry Potter und die Kammer des Schreckens (Joanne K. Rowling) 48, 49
Nightmares! – Die Schrecken der Nacht (Jason Segel und Kirsten Miller) 67
Percy Jackson überwindet den Zyklopen (Rick Riordan) 138
Tintenherz (Cornelia Funke) 102, 103–107, 109
Woodwalkers. Carags Verwandlung (Katja Brandis) 96–98, 114
Wunder (Raquel J. Palacio) 92, 94, 101

Klappentexte
Woodwalkers (Katja Brandis) 96
Wunder (Raquel J. Palacio) 92

Lexikonartikel
Aphrodite 116
Äsop 125
Bergfried 186
Burg 186

Lügen- und Schelmengeschichten
Das teure Hufeisen 118
Der gar nicht närrische Narr (Paul Maar) 122
Münchhausen und der Schlittenwolf (Martina Meier) 121
Münchhausens Tänzchen im Fischmagen (Gottfried August Bürger) 119

Sachtexte
American Football – ein Sport für alle 212
Asien: Schmatzen und Schlürfen erlaubt 260
Auf Rädern unterwegs 24
Barbecue auf Amerikanisch 258
Besuch beim Archäologen 242
Boys & Girls 192
Brücke zwischen Kulturen und Freundschaften 268
Das Essen beim türkischen Kinderfest 254
Das Nibelungenlied 191
Der Untergang einer Stadt 220
Der winzige Unterschied (Ulrich Janßen, Ulla Steuernagel) 203
Die antike Stadt Copán 229
Die Erfindung des Geldes 15
Die Erfindung des Telefons 22, 23
Die Geschichte des Schriftsatzes 28
Die smarten Lehrer (Felix Lill) 12
Die Tradition des Weltkindertages 250
Droht Sylt das gleiche Schicksal wie Rungholt? 221
E-Book oder Print? 28
Edle Ritter 185
Ein Spielzeugkatalog der besonderen Art 194
Einmal um die ganze Welt 248
Eis am Stiel 14
Emoji, Emoticon, Smiley – alles das Gleiche? 240
Feder und Stift 18
Fettige Fritten oder feines Filet? 257
Geheimschriften 241
Gespenster 46
Girls' und Boys' Day 197
Jugend forscht 11
Junge oder Mädchen? 204
Kindertagsgrüße aus dem Weltall 251
Klabautermann 46
Kleine Bilder überall 238
Kleopatras Palast entdeckt 230
Kultur mal anders: Gesten aus aller Welt (Kathrin Dorscheid) 236
Machen Sie mit beim Upcycling-Basteln! 254
Mikrowelle 14
Mit dem Elterntaxi in die Schule? 32
Mit den Fingern hören 245
Mittelalterliche Kleiderordnung 190
Oder doch alles eine Frage der Erziehung? 209
Pink – nein, danke! 193
Puppe oder Reifen? 210
Radiergummi 14
Rätselhaftes – wer lüftet das Geheimnis? 215
Sandaufspülungen machen die Küste sicherer 221
Schrat 47
Steinzeit-Alphabet? 235
Tischsitten und Essgewohnheiten rund um den Globus 256
Unser Platz im Universum 268
Ur – die älteste Hauptstadt der Welt am Euphrat wiederentdeckt 233
Uramerikanisch: Die Vanilleschote 258
Vampire 46
Warum der Weltkindertag wichtig ist (Christian Schneider) 255
Was erforscht eine Biologin oder ein Biologe? 205
Was geschah am 24. August 79 nach Christus am Fuße des Vesuvs? 226
Weltweiter Postverkehr 266
Wer bin ich? 201
Wie ging Pompeji unter? 231
Wozu Fabeln? (Martin Luther) 125
Zahnbürsten 14
Zugig und kalt 188
Zurück ins Mittelalter 187

Szenische Texte
Animal Lounge (Ulrich Hub) 159, 160, 162, 165–169, 323

Vorgangsbeschreibungen
Aufbauanleitung für ein Tipi 74
Bastelanleitung: Cäsar-Scheibe 244
Die Sonnenuhr im Blumentopf 77
Kubb – Wikingerschach 80
Stockbrot 78

Zeitungsartikel/Zeitungsmeldung
In Plauderlaune 303
Nacht im Moor 58
New Yorks öffentliche Schulen servieren montags kein Fleisch mehr 44
Raubkatzen-Chaos nach Unwetter: Aufregung um angeblichen Zoo-Ausbruch 82–84
Schulklasse wird von falschem Gespenst erschreckt 63
Stromausfall in der Geisterbahn 62
Treffen in Wald aufgelöst 69
Vermeintliches Gewaltverbrechen entpuppt sich als Fernsehkrimi 66

Textquellen

11 53. Bundeswettbewerb 2018 in Darmstadt: Die Teilnehmer aus Nordrhein-Westfalen. Unter: https://www.jugend-forscht.de/uploads/media/Projekte_Nordrhein-Westfalen_2018.pdf (Zugriff 17.06.2019, gek.); **12.f.** Felix Lill: Die smarten Lehrer. (08.01.2016) Unter: https://www.haz.de/Sonntag/Technik-Apps/Roboter-in-der-Schule-Die-smarten-Lehrer (Zugriff 17.06.2019, gek.) © Felix Lill; **14** Annika Sartor: Eiskalt vergessen. Eis am Stiel. Aus: GEOlino extra Nr. 40/2013: Erfindungen. Hrsg. v. Martin Verg. Gruner & Jahr Hamburg, S. 84; **14** Annika Sartor: Einfach vergriffen. Radiergummi. Aus: GEOlino extra Nr. 40/2013: Erfindungen. Hrsg. v. Martin Verg. Gruner & Jahr Hamburg, S. 84; **18** Erfindungen und Entdeckungen. Vom Rad bis zur Rakete. Übers. v. Marion Pausch. Schwager & Steinlein Köln 2009, S. 150f.; **22** Die Erfindung des Telefons, unter: https://www.wasistwas.de/archiv-technik-details/die-erfindung-des-telefons.html; **22.f.** Erfindung des Telefons. Unter: https://de.wikipedia.org/wiki/Erfindung_des_Telefons (Zugriff 17.06.2019, gek.); **24** Erfindungen und Entdeckungen. Vom Rad bis zur Rakete. Übers. v. Marion Pausch. Schwager & Steinlein Köln 2009, S. 175ff.; **28** E-Book oder Print? Ein paar Überlegungen zum gedruckten Buch. Unter: https://cuvillier.de/sites/gedrucktes-buch-oder-ebook/ (Zugriff 17.06.2019, gek.); **30** Matthias Meisner: Erwachsene für Kinderlärm. (26.05.2011) Unter: https://www.tagesspiegel.de/politik/bundesimmissionsschutzgesetz-erwachsene-fuer-kinderlaerm/4223098.html (Zugriff 17.06.2011, gek.); **31** Fabel-Bibliothek für die Jugend. Die auserlesensten Fabeln alter und neuer Zeit. Hrsg. v. Albert Ludwig Grimm. Verlag von Heinrich Wilmans Frankfurt/M. 1827; **44** New Yorks öffentliche Schulen servieren montags kein Fleisch mehr. (12.03.2019) © dpa Deutsche Presse-Agentur GmbH; Zur besseren altersgemäßen Verständlichkeit wurde der Originaltext verändert, ohne den Inhalt und/oder Sinn zu verändern.; **45.A** Studien zum Fleischkonsum. Unter: https://www.cogap.de/de/wissen/34/studien-zum-fleischkonsum (Zugriff 19.11.2019, gek.); Zur besseren altersgemäßen Verständlichkeit wurde der Originaltext verändert, ohne den Inhalt und/oder Sinn zu verändern.; **45.B** Brasilien: Sojaexporte treiben Abholzung voran. (11.10.2018) Unter: https://www.regenwald.org/news/9075/brasilien-sojaexporte-treiben-abholzung-voran (Zugriff 19.11.2019, gek.); Zur besseren altersgemäßen Verständlichkeit wurde der Originaltext verändert, ohne den Inhalt und/oder Sinn zu verändern.; **45.C** Marlies Uken: Vegetarier sind die besseren Umweltschützer. (06.08.2013) Unter: https://www.zeit.de/wirtschaft/2013-08/fleisch-konsum-ressourcen/seite-2 (Zugriff 19.11.2019, gek.); Zur besseren altersgemäßen Verständlichkeit wurde der Originaltext verändert, ohne den Inhalt und/oder Sinn zu verändern.; **46** Crispin Boyer: echt gruselig. National Geographic KIDS. Übers. v. Stefan Pannor. Panini Stuttgart 2016, S. 16f., S. 92; **47** Oscar Wilde: Das Gespenst von Canterville. Übers. v. Franz Blei. Insel, Leipzig 1926, S. 9ff.; **48.f.** Joanne K. Rowling: Harry Potter und die Kammer des Schreckens. Übers. v. Klaus Fritz. Carlsen Hamburg 1999, S. 128ff.; **53.A** Louise Arnold: Arthur Unsichtbar und der Schrecken von Thorblefort Castle. Übers. v. Uwe-Michael Gutzschhahn. Fischer Taschenbuch, Frankfurt/M. 2008, S. 44.; **53.B** Edward F. Benson: Die Turmstube. In: Nachtschatten. 13 Geschichten zum Fürchten. Hrsg. v. Isabel Kreits. Aladin Hamburg 2013, S. 238ff.; **54.C** Dietlof Reiche: Geisterschiff. Reihe Hanser. dtv, München 2002, S. 45.; **64.f.** Cornelia Funke: Geisterritter. Cecilie Dressler Hamburg 2011, S. 22ff.; **67** Jason Segel, Kirsten Miller: Nightmares!, Bd. 3: Die Stunde der Ungeheuer. Übers. v. Nadine Mannchen. Cecilie Dressler Hamburg 2017, S. 11f.; **69** PP Ravensburg: Treffen in Wald aufgelöst. Meldung aus dem Landkreis Ravensburg v. 28.07.2022. Unter: https://www.presseportal.de/blaulicht/nr/138081?search=feuer (Zugriff 06.02.2025); **74** Matthias Müller-Michaelis: Survival Buch für Kids. Das Wissen erfahrener Pfadfinder neu entdecken. Von Kartenlesen bis Höhlenbauen. Basiswissen, Tipps und Tricks. Südwest München 2001, S. 44f.; **77** Denise Böhm-Schweizer: Die Sonnenuhr im Blumentopf. Unter: https://astrokramkiste.de/sonnenuhr-basteln (Zugriff 18.06.2019, bearb.); Zur besseren altersgemäßen Verständlichkeit wurde der Originaltext verändert, ohne den Inhalt und/oder Sinn zu verändern.; **78** Knüppelkuchen. Unter: https://www.chefkoch.de/rezepte/73521027601492/Knueppelkuchen.html (Zugriff 18.04.2019, bearb.); **79** Kalinka Meesenburg: Bock auf Stock. Das Naturbastelbuch. Edition Michael Fischer Igling 2016; Zur besseren altersgemäßen Verständlichkeit wurde der Originaltext verändert, ohne den Inhalt und/oder Sinn zu verändern.; **80** Spieletipps: Kubb (Wikingerschach). Unter: https://www.kindersache.de/bereiche/spiel-spass/spieletipps/kubb-wikingerschach (Zugriff 18.06.2019, bearb.); Zur besseren altersgemäßen Verständlichkeit wurde der Originaltext verändert, ohne den Inhalt und/oder Sinn zu verändern.; **83.f.** Birgit Reichert: Raubkatzen-Chaos nach Unwetter: Aufregung um angeblichen Zoo-Ausbruch. (01.06.2018) © dpa Deutsche Presse-Agentur GmbH; **92** Raquel J. Palacio: Wunder. Übers. v. André Mumot. Hanser München 2013, Klappentext; **94** Raquel J. Palacio: Wunder. Übers. v. André Mumot. Hanser München 2013, S. 59-60; **96** Katja Brandis: Woodwalkers, Bd. 1: Carags Verwandlung. Arena Würzburg 2016, Klappentext; **98** Katja Brandis: Woodwalkers, Bd. 1: Carags Verwandlung. Arena Würzburg 2016, S. 73-75; **101** Jurybegründung 2014. Unter: https://www.jugendliteratur.org/buch/wunder-3887-9783446241756/?page_id=1 (Zugriff 19.06.2019, gek.); **101** Raquel J. Palacio: Wunder. Übers. v. André Mumot. Hanser München 2013, S. 95-97; **102** Cornelia Funke: Tintenherz. Cecilie Dressler Hamburg 2003, S. 151-164; **103.ff.** Cornelia Funke: Tintenherz. Cecilie Dressler Hamburg 2003, S. 384-389; **106.f.** Cornelia Funke:Tintenherz - das Hörspiel. Bear. v. Frank Gustavus. Oetinger Media Hamburg 2013; **109** Cornelia Funke: Tintenherz. Cecilie Dressler Hamburg 2003, S. 146f.; **110** Brian Selznick: Die Entdeckung des Hugo Cabret. Übers. v. Uwe-Michael Gutzschhahn. cbj München 2008; **112** Brian Selznick: Die Entdeckung des Hugo Cabret. Übers. v. Uwe-Michael Gutzschhahn. cbj München 2008; **114** Katja Brandis: Woodwalkers, Bd. 1: Carags Verwandlung. Arena Würzburg 2016, S. 82-85.; **116** Ursel Scheffler: Die schönsten Tierfabeln. Herder Freiburg i. Breisgau 2011, S. 70; **116** Michael Grant, John Hazel: Lexikon der antiken Mythen und Gestalten. Übers. v. Holger Fliessbach. dtv München 1995, S. 55 © List München; **118** Ein kurzweilig Lesen von Till Eulenspiegel. Hrsg. v. Gerhard Steiner. Eulenspiegel Berlin 1983, S. 91ff.; **119** Gottfried August Bürger: Wunderbare Reisen zu Wasser und zu Lande, Feldzüge und lustige Abenteuer des Freiherrn von Münchhausen wie er dieselben bei der Flasche im Zirkel seiner Freunde selbst zu erzählen pflegt. Johann Christian Dieterich Verlag Göttingen 1786; **121** Gottfried August Bürger: Münchhausen. Der Schlittenwolf. Nacherz. v. Martina Maier. Unter: http://www.labbe.de/lesekorb/index.asp?themakatid=16&themaid=95&titelid =805 (Zugriff 21.06.2019); **122** Paul Maar: Das fliegende Kamel. Geschichten von Nasreddin Hodscha. Neu erz. v. Paul Maar. Oetinger Hamburg 2010, S. 17; **123** Antike Fabel. Übers. v. Johannes Irmscher. Aufbau Weimar 1978, S. 83; **124** Gotthold Ephraim Lessing: Werke. Bd. 1: Gedichte, Fabeln, Dramen. Hrsg. von Kurt Wölfel. Insel Frankfurt/M. 1967, S. 37f.; **125** Martin Luther: Etliche Fabeln aus Esopo. Von D. M. Luther verdeutscht. Christian Rödingers Erbern Jena 1557.; **126** Jean de La Fontaine: Die Fabeln. Gesamtausgabe. Übertr. v. Rolf Mayr. Diederichs Düsseldorf 1964; **126** Fabeln. Arbeitstexte für den Unterricht. Für die Sekundarstufe. Hrsg. v. Therese Poser. Reclam Stuttgart 1993, S. 14; **127** Georg Born: Born's Tierleben. Kumm Verlag Offenbach a. M. 1955, S.15; **128.A** Die beliebtesten Fabeln von Äsop. Musaicum Books 2017; **128.B** Fabeln aus aller Welt. Tulipan München 2012, S. 72; **129.C** Paul Alverdes: Das Hausbuch der Fabeln. Fabeln aus aller Welt. Ehrenwirth München 1990, S. 63; **131** Das große Fabelbuch. Hrsg. v. Constanze Steindamm. Lappan Oldenburg 2010, S. 71; **131** Ursel Scheffler: Die schönsten Tierfabeln. Herder Freiburg i. Breisgau 2011, S. 52-54; **132** Leo Tolstoi: Der Affe und die Erbsen. Aus: Fabeln aus aller Welt. Tulipan München 2012, S. 15; **132** Dietrich H. Sauerland: Die schönsten Fabeln von Aesop. Winterwork Borsdorf 2014, S. 71; **132** Antike Fabeln. Eingel. u. neu übertr. von Ludwig Mader. Artemis Zürich, S. 331; **133** Fabeln aus aller Welt. Tulipan München 2012, S. 11; **134.f.** Hannes Hüttner: Herakles. Die zwölf Abenteuer. Kinderbuchverlag Berlin 1980, S. 129-132; **136.f.** Auguste Lechner: Die Abenteuer des Odysseus. Eine Neubearbeitung des Sagenstoffes für die Jugend. Arena Würzburg 2002, S. 21-27 © Tyrolia Innsbruck; **138** Rick Riordan: Percy Jackson. Im Bann des Zyklopen, Übers. v. Gabriele Haefs. Carlsen Hamburg 2013, S. 259-261; **139** Auguste Lechner: Die Nibelungen. Tyrolia Innsbruck 1977, S. 20f.; **140** Antike Fabel. Übers. v. Johannes Irmscher. Aufbau Weimar 1978; **142** Mein Lieblingsgedicht. Prominente antworten von Elke Heidenreich bis Richard von Weizsäcker. Hrsg. v. Erika Schellenberger-Diederich. C. H. Beck München 2010, S. 74f.; **143** Jürg Schubiger: Der Wind hat Geburtstag. Peter Hammer Wuppertal 2010; **144** Klaus Kordon: Einfach alles. Aus: Ich möchte einfach alles sein. Geschichten, Gedichte und Bilder aus der Kindheit. Hrsg. v. Uwe-Michael Gutzschhahn. Hanser, München 1998, S. 135; **145** Jacques Prévert: Gedichte und Chansons. Übers. v. Kurt Kusenberg. Rowohlt Reinbek b. Hamburg 1950; **146** Peter Hacks: Werke. Bd. 10: Die Kindergedichte und -dramen. Eulenspiegel Berlin 2003; **147** Elisabeth Steinkellner: Die Nacht, der Falter und ich. Tyrolia Innsbruck 2016; **148** Rose Ausländer: Ein Stück weiter. Gedichte. Literaturverlag Braun Köln 1979, S. 99; **148** Franz Hohler: Vierzig vorbei. Gedichte. Luchterhand Literaturverlag Darmstadt 1988, S. 10; **150** Heinrich Seidel: Neues Glockenspiel. Gesammelte Gedichte. II. Sammlung. Cotta Stuttgart 1900, S. 201f.; **152** Annemarie Wietig: Am Montag fängt die Woche an. Zweites Jahrbuch der Kinderliteratur. Beltz Weinheim/Basel 1973, S. 180; **154** Jürgen Spohn: Glück ist. Aus: Sieben Ziegen fliegen durch die Nacht. Hundert neue Kindergedichte. Hrsg. v. Uwe-Michael Gutzschhahn. dtv Junior München 2018, S. 87; **154** Josef Reding: Gutentagtexte. Engelbert-Verlag, Balve 1974, S. 33; **155** Regina Kehn: Das literarische Kaleidoskop. S. Fischer Frankfurt/M. 2013, S. 157; **156** Georg Bydlinski: Die Sprache bewohnen. Gedichte. Jugend & Volk Wien 1981, S. 6; **156** Hans Manz: Wunder des Alltags. In: Überall und neben dir. Gedichte für Kinder in 7 Abteilungen. Hrsg v. Hans-Joachim Gelberg. Beltz & Gelberg Weinheim 1986, S. 55; **157** Mascha Kaléko: Die paar leuchtenden Jahre. Hrsg. v. Gisela Zoch-Westphal. dtv, München 2003; **159** Ulrich Hub: Animal Lounge. In: Spielplatz 25. Nah dran! Autorinnen und Autoren ans Kindertheater. 5 Theaterstücke. Hrsg. v. Thomas Maagh unter Mitarbeit von Henning Fangauf. Verlag der Autoren Frankfurt/M. 2012, S. 13; **160.f.** Ulrich Hub: Animal Lounge. In: Spielplatz 25. Nah dran! Autorinnen und Autoren ans Kindertheater. 5 Theaterstücke. Hrsg. v. Thomas Maagh unter Mitarbeit von Henning Fangauf. Verlag der Autoren Frankfurt/M. 2012, S. 14ff.; **162** Ulrich Hub: Animal Lounge. In: Spielplatz 25. Nah dran! Autorinnen und Autoren ans Kindertheater. 5 Theaterstücke. Hrsg. v. Thomas Maagh unter Mitarbeit von Henning Fangauf. Verlag der Autoren Frankfurt/M. 2012, S. 22ff.; **165** Ulrich Hub: Animal Lounge. In: Spielplatz 25. Nah dran! Autorinnen und Autoren ans Kindertheater. 5 Theaterstücke. Hrsg. v. Thomas Maagh unter Mitarbeit von Henning Fangauf. Verlag der Autoren Frankfurt/M. 2012, S. 29f.; **166.f.** Ulrich Hub: Animal Lounge. In: Spielplatz 25. Nah dran! Autorinnen und Autoren ans Kindertheater. 5 Theaterstücke. Hrsg. v. Thomas Maagh unter Mitarbeit von Henning Fangauf. Verlag der Autoren Frankfurt/M. 2012, S. 43-48; **168.f.** Ulrich Hub: Animal Lounge. In: Spielplatz 25. Nah dran! Autorinnen und Autoren ans Kindertheater. 5 Theaterstücke. Hrsg. v. Thomas Maagh unter Mitarbeit von Henning Fangauf. Verlag der Autoren Frankfurt/M. 2012, S. 58ff.; **182** Christian Ondracek: Berühmte Helden der Ritterdichtung: Siegfried. Unter: https://www.rossipotti.de/inhalt/literaturlexikon/epochen/ritterliche_dichtung.html#Beruehmte_Helden_der_Ritterdichtung_ (Zugriff 20.069.2016, bearb.); Zur besseren altersgemäßen Verständlichkeit wurde der Originaltext verändert, ohne den Inhalt und/oder Sinn zu verändern.; **188** Das Leben auf einer Burg - Teil 1. Unter: https://www.medienwerkstatt-online.de/lws_wissen/vorlagen/showcard.php?id=3251&edit=0 (Zugriff 20.06.2019, bearb.); **197** Girls'Day/Boys'Day kompakt - Infos für Lehrkräfte. (Kurzbeschreibung) Unter: https://material.kompetenzz.net/girls-day/maedchen-schulen-eltern/info-s-fuer-lehrkraefte.html (Zugriff 16.04.2025, gek.); **198** Terence Blacker: boy2girl. Übers. v. Heike Brandt. Beltz & Gelberg Weinheim/Basel 2006, S. 45f.; **203** Ulrich Janßen, Ulla Steuernagel: Warum ist die Schule doof? Die Kinder-Uni. DVA München 2006; **206** Andrea Brandt: Ist ja typisch! Dein Spiegel Nr. 4/2010, S. 12 (bearb.); **216** Ludwig Bechstein: Deutsches Sagenbuch. Wigand Leipzig 1853; **222** P.M. History. Das große Magazin für Geschichte. Versunkenes Ägypten. Statuen, Tempel und Paläste: Die sensationellen Entdeckungen vor der Küste Alexandrias. Gruner & Jahr München 09/2002, S. 55 f., S. 68–74 (stark verändert); Zur besseren altersgemäßen Verständlichkeit wurde der Originaltext verändert, ohne den Inhalt und/oder Sinn zu verändern.; **230** P.M. History. Das große Magazin für Geschichte. Versunkenes Ägypten. Statuen, Tempel und Paläste: Die sensationellen Entdeckungen vor der Küste Alexandrias. Gruner & Jahr München 09/2002, S. 55 f., S. 68–74 (stark verändert); Zur besseren altersgemäßen Verständlichkeit wurde der Originaltext verändert, ohne den Inhalt und/oder Sinn zu verändern.; **231** Irving Robbin: Versunkene Städte. WAS IST WAS, Band. 14. Übers. v. Otto Ehlert. Tessloff Nürnberg 1983, S. 36-39; **232** Irving Robbin: Versunkene Städte. Was ist Was Bd. 14. Übers. v. Otto Ehlert. Tessloff Nürnberg 1983, S. 14f., 48; **233** Werner Adelmaier, Karl Filser, Wolfgang Hasberg, Michael Wandl: Geschichte(n) erzählen 2. So lebten die Menschen in der Urgeschichte und in den frühen Hochkulturen. ÖBV Pädagogischer Verlag, Wien 1997, S. 23f.; Zur besseren altersgemäßen Verständlichkeit wurde der Originaltext verändert, ohne den Inhalt und/oder Sinn zu verändern.; **233** Irving Robbin: Versunkene Städte. WAS IST WAS, Band. 14. Übers. v. Otto Ehlert. Tessloff Nürnberg 1983, S. 23–25; Zur besseren altersgemäßen Verständlichkeit wurde der Originaltext verändert, ohne den Inhalt und/oder Sinn zu verändern.; **236** Kathrin Dorscheid: Kultur mal anders. Gesten aus aller Welt. Unter: https://www.geo.de/geolino/mensch/6703-rtkl-gestik-kultur-mal-anders-gesten-aus-aller-welt (Zugriff 19.06.2019, gek.); **250** Anabel Kindersley: Kinder aus aller Welt. Das große Fest! Übers. Monika Sattrasai. Dorling Kindersley München 2000, S. 28f.; **255** Christian Schneider: Warum der Weltkindertag wichtig ist - ein Kommentar. (20.09.2018) Unter: https://www.unicef.de/informieren/aktuelles/blog/warum-der-weltkindertag-wichtig-ist/174832 (Zugriff 19.06.2019, bearb.); Zur besseren altersgemäßen Verständlichkeit wurde der Originaltext verändert, ohne den Inhalt und/oder Sinn zu verändern.; **260** Sonja Floto-Stammen: Schmatzen und Schlürfen erlaubt ist! 35 Lieblingsrezepte aus aller Welt von Kindern für Kinder. moses Kempen 2008, S. 81f.; **267** Fidibus Wörterbuch. Ernst Klett Stuttgart 2016, S. 315; **267** Packen, der. Unter: https://www.duden.de/rechtschreibung/Packen (Zugriff 21.10.2019, bearb.); **268** Alan Dyer: Weltall. Insider-Wissen. Übers. v. Martina Fischer. Oetinger Hamburg 2007, S. 8; **313** Tanja Dückers: Eis. Unter: http://www.dasgedichtblog.de/gedichte-fuer-kinder-folge-36-neun-unveroeffentlichte-kindergedichte-von-tanja-dueckers/2018/02/10/ (Zugriff 21.06.2019); **313** Jürg Schubiger: Gleich und ungleich. Aus: Großer Ozean. Gedichte für alle. Hrsg. v. Hans-Joachim Gelberg. Beltz & Gelberg Weinheim/Basel 2000/2006, S. 81; **314** Mascha Kaléko: In meinen Träumen läutet es Sturm. dtv München 1977, S. 76; **315** Susann Kreller: Von Glück reden. Aus: In wenigen Worten die ganze Welt. Gedichte für Kinder und Erwachsene. Hrsg. v. Christine Knödler. Thienemann Stuttgart 2009, S. 21; **318** Gotthold Ephraim Lessing: Fabeln. Abhandlungen über die Fabel. Hrsg. v. Heinz Rölleke. Reclam Stuttgart 1995, S. 63; **319** Anna Ruhe: Die Duftapotheke. Ein Geheimnis liegt in der Luft. Arena Würzburg 2018, S. 211-213; **320** Anna Ruhe: Die Duftapotheke. Ein Geheimnis liegt in der Luft. Arena Würzburg 2018, S. 211-213; **323** Ulrich Hub: Animal Lounge. In: Spielplatz 25. Nah dran! Autorinnen und Autoren ans Kindertheater. 5 Theaterstücke. Hrsg. v. Thomas Maagh unter Mitarbeit von Henning Fangauf. Verlag der Autoren Frankfurt/M. 2012, S. 16f.

Bildquellen

Cover Getty Images, München (DigitalVision/Klaus Vedfelt); **11** Stiftung Jugend forscht e.V., Hamburg; **11** Stiftung Jugend forscht e.V., Hamburg; **12.links** Alamy stock photo, Abingdon (Cliff Hide General News); **12.rechts** ddp media GmbH, Hamburg (Newscom); **14** Oertel, Katrin, Münster; **15** Oertel, Katrin, Münster; **16** Fotosatz_Buck, Kumhausen/Hachelstuhl nach KIM Studie 2016-2022 © Medienpädagogischer Forschungsverbund Südwest (mpfs) www.mpfs.de; **17** Fotosatz_Buck, Kumhausen/Hachelstuhl nach JIM Studie 2024 © Medienpädagogischer Forschungsverbund Südwest (mpfs) www.mpfs.de; **18.A** ShutterStock.com RF, New York (Garsya); **18.B** stock.adobe.com, Dublin (gena96); **18.C** stock.adobe.com, Dublin (Anton); **18.D** stock.adobe.com, Dublin (pandore); **19** Fotosatz_Buck, Kumhausen/Hachelstuhl nach KIM Studie 2022 © Medienpädagogischer Forschungsverbund Südwest (mpfs) www.mpfs.de; **20.1** ShutterStock.com RF, New York (gallofoto); **20.2** ShutterStock.com RF, New York (originalpunkt); **20.3** stock.adobe.com, Dublin (Birgit Reitz-Hofmann); **20.4** Thinkstock, München (axelbueckert); **20** Google ist eine Marke von Google LLC und dieses Buch ist nicht unterstützt oder mit Google in irgendeiner Weise verbunden.; **21** Google ist eine Marke von Google LLC und dieses Buch ist nicht unterstützt oder mit Google in irgendeiner Weise verbunden. Abbildung: Getty Images Plus, München (DigitalVision Vectors/Grafissimo); **21** © fragFINN e.V., www.fragfinn.de, Berlin, Fremdmaterial: Das Klexikon (http://klexikon.zum.de) ist ein Projekt der Zentrale für Unterrichtsmedien im Internet e.V. (ZUM.de) (Ziko van Dijk), CC BY-SA 4.0; **24.1** akg-images, Berlin; **24.2** akg-images, Berlin; **24.3** Alamy stock photo, Abingdon (Galina Samoylovich); **24.4** ShutterStock.com RF, New York (Art Konovalov); **24.5** ShutterStock.com RF, New York (Hennadii Tantsiura); **26** Grigo, Pe, Bielefeld; **29** Fotosatz_Buck, Kumhausen/Hachelstuhl nach Zandt, Florian. „Print schlägt Digital." Digitales Bild. 20. April, 2022. Zugegriffen am 29. April 2025. https://de.statista.com/infografik/27268/umfrage-zur-nutzung-von-ebooks-und-gedruckten-buechern/; **30** Grigo, Pe, Bielefeld; **31** Oser, Liliane, Hamburg; **32** ShutterStock.com RF, New York (Pablo Rogat); **41** ShutterStock.com RF, New York (art-sonik); ShutterStock.com RF, New York (fim. design); **42** Grigo, Pe, Bielefeld; **43** Oser, Liliane, Hamburg; **44** Oser, Liliane, Hamburg; **46** Oertel, Katrin, Münster; **47.4** Oertel, Katrin, Münster; **48** Oser, Liliane, Hamburg; **50** Coraline, USA 2009, Regie: Henry Selick, Produktion: Laika Ent./Pandemonium, Verleih: Universal © Alamy stock photo, Abingdon (Entertainment Pictures); **51** Oertel, Katrin, Münster; **52.1** Coraline, USA 2009, Regie: Henry Selick, Produktion: Laika Ent./Pandemonium, Verleih: Universal © Alamy stock photo, Abingdon (RGR Collection); **52.2** Coraline, USA 2009, Regie: Henry Selick, Produktion: Laika Ent./Pandemonium, Verleih: Universal © Alamy stock photo, Abingdon (Moviestore collection Ltd); **52.3** Coraline, USA 2009, Regie: Henry Selick, Produktion: Laika Ent./Pandemonium, Verleih: Universal © Alamy stock photo, Abingdon (Moviestore collection Ltd); **52.4** Coraline, USA 2009, Regie: Henry Selick, Produktion: Laika Ent./Pandemonium, Verleih: Universal © Alamy stock photo, Abingdon (Moviestore collection Ltd); **54** Oertel, Katrin, Münster; **55** Oertel, Katrin, Münster; **56.links** stock.adobe.com, Dublin (AlienCat); **56.rechts** stock.adobe.com, Dublin (TeamDaf); **58** stock.adobe.com, Dublin (janaland); **59** Oertel, Katrin, Münster; **61** Oertel, Katrin, Münster; **62** Oertel, Katrin, Münster; **65** Oertel, Katrin, Münster; **66** Oser, Liliane, Hamburg; **67** Oser, Liliane, Hamburg; **68** 123rf Germany, c/o Inmagine GmbH, Nidderau (Sergey Novikov); **70** Goedelt, Marion, Berlin; **72** Goedelt, Marion, Berlin; **73.1** Thinkstock, München (Jupiterimages); **73.2** Thinkstock, München (Jupiterimages); **73.3** Thinkstock, München (Creatas / Jupiterimages); **74** Oertel, Katrin, Münster; **75** Hoppe-Engbring, Yvonne, Steinfurt; **77** Oertel, Katrin, Münster; **78** Getty Images Plus, München (iStock / hayatikayhan); **79** Oertel, Katrin, Münster; **80.oben** stock.adobe.com, Dublin (playstuff); **80.unten** Alamy stock photo, Abingdon (picturesbyrob/fc1); **81** Oser, Liliane, Hamburg; **83** Picture-Alliance, Frankfurt/M. (dpa / Oliver Berg); **85** dreamstime.com, Brentwood, TN (Banjong Khanyai); **86** Lange, Katrina, Berlin; **88** Oertel, Katrin, Münster; **90** Oertel, Katrin, Münster; **92.Mitte** Cornelia Funke, Tintenherz, Cecilie Dressler Verlag, Hamburg 2003; **92.links** Raquel J. Palacio, Wunder. Aus dem Englischen von André Mumot © 2013 Carl Hanser Verlag GmbH & Co. KG, München; **92.rechts** Cornelia Funke: Tintenwelt. Band 1-3, Hörspiel, erzählt von Stephan Schad, gelesen von Leonie Landa, Robin Brosch, Rainer Strecker u.a. © 2023 Oetinger Media GmbH; **93.links** Hugo Cabret, USA 2011, Regie: Martin Scorsese, Produktion: Paramount Pic./GK Films/Infinitum Nihil, Verleih: Paramount, Darsteller: Asa Butterfield, Sacha Baron Cohen, Ben Kingsley, Jude Law © ddp-images GmbH, Hamburg (Intertopics/eyevine/Entertainment Pictures); **93.rechts** Hugo Cabret, USA 2011, Regie: Martin Scorsese, Produktion: Paramount Pic./GK Films/Infinitum Nihil, Verleih: Paramount, Darsteller: Asa Butterfield, Sacha Baron Cohen, Ben Kingsley, Jude Law © Mauritius Images, Mittenwald (Collection Christophel); **95.1** Wunder, USA/Hongkong 2017, Regie: Stephen Chbosky, Produktion: Lionsgate/Mandeville Films/Participant Media/Walden Media/TIK Films, Verleih: StudioCanal/Impuls (Schweiz), Hauptdarsteller: Jacob Tremblay, Julia Roberts, Owen Wilson © ddp-images GmbH, Hamburg (Intertopics/eyevine/Entertainment Pictures); **95.2** Wunder, USA/Hongkong 2017, Regie: Stephen Chbosky, Produktion: Lionsgate/Mandeville Films/Participant Media/Walden Media/TIK Films, Verleih: StudioCanal/Impuls (Schweiz), Hauptdarsteller: Jacob Tremblay, Julia Roberts, Owen Wilson © Alamy stock photo, Abingdon (Lionsgate/Mandeville Films/Lifestyle pictures); **96** Oertel, Katrin, Münster; **97** Oertel, Katrin, Münster; **97** Miedzinski, Pawel, Kozieglowy/Polen; **99** Oertel, Katrin, Münster; **100** Süddeutsche Zeitung Photo, München (Johannes Simon); **100** Grigo, Pe, Bielefeld; **102** Cornelia Funke, Tintenherz, Cecilie Dressler Verlag, Hamburg 2003; **104** Goedelt, Marion, Berlin; **106** Goedelt, Marion, Berlin; **108** Oertel, Katrin, Münster; **109** Goedelt, Marion, Berlin; **110** Oertel, Katrin, Münster; **111.1** Hugo Cabret, USA 2011, Regie: Martin Scorsese, Produktion: Paramount Pic./GK Films/Infinitum Nihil, Verleih: Paramount, Darsteller: Asa Butterfield, Sacha Baron Cohen, Ben Kingsley, Jude Law © ddp-images GmbH, Hamburg (Intertopics/eyevine/Entertainment Pictures); **111.2** Hugo Cabret, USA 2011, Regie: Martin Scorsese, Produktion: Paramount Pic./GK Films/Infinitum Nihil, Verleih: Paramount, Darsteller: Asa Butterfield, Sacha Baron Cohen, Ben Kingsley, Jude Law © ddp-images GmbH (Intertopics / eyevine / Entertainment Pictures), Hamburg; **111.3** Hugo Cabret, USA 2011, Regie: Martin Scorsese, Produktion: Paramount Pic./GK Films/Infinitum Nihil, Verleih: Paramount, Darsteller: Asa Butterfield, Sacha Baron Cohen, Ben Kingsley, Jude Law © ddp-images GmbH, Hamburg (Intertopics/eyevine/Entertainment Pictures); **111.4** Hugo Cabret, USA 2011, Regie: Martin Scorsese, Produktion: Paramount Pic./GK Films/Infinitum Nihil, Verleih: Paramount, Darsteller: Asa Butterfield, Sacha Baron Cohen, Ben Kingsley, Jude Law © Alamy stock photo, Abingdon (Paramount Pictures/Entertainment Pictures); **112.5** Hugo Cabret, USA 2011, Regie: Martin Scorsese, Produktion: Paramount Pic./GK Films/Infinitum Nihil, Verleih: Paramount, Darsteller: Asa Butterfield, Sacha Baron Cohen, Ben Kingsley, Jude Law © ddp-images GmbH, Hamburg (Intertopics/eyevine/Entertainment Pictures); **112.6** Hugo Cabret, USA 2011, Regie: Martin Scorsese, Produktion: Paramount Pic./GK Films/Infinitum Nihil, Verleih: Paramount, Darsteller: Asa Butterfield, Sacha Baron Cohen, Ben Kingsley, Jude Law © ddp-images GmbH, Hamburg (Intertopics/eyevine/Entertainment Pictures); **112.7** Hugo Cabret, USA 2011, Regie: Martin Scorsese, Produktion: Paramount Pic./GK Films/Infinitum Nihil, Verleih: Paramount, Darsteller: Asa Butterfield, Sacha Baron Cohen, Ben Kingsley, Jude Law © ddp-images GmbH, Hamburg (Paramount Home Entertainment); **112.8** Hugo Cabret, USA 2011, Regie: Martin Scorsese, Produktion: Paramount Pic./GK Films/Infinitum Nihil, Verleih: Paramount, Darsteller: Asa Butterfield, Sacha Baron Cohen, Ben Kingsley, Jude Law © ddp-images GmbH, Hamburg (Intertopics/eyevine/Entertainment Pictures); **113.1** Hugo Cabret, USA 2011, Regie: Martin Scorsese, Produktion: Paramount Pic./GK Films/Infinitum Nihil, Verleih: Paramount, Darsteller: Asa Butterfield, Sacha Baron Cohen, Ben Kingsley, Jude Law © Action Press GmbH, Hamburg (French poster art, Asa Butterfield, 2011. © Paramount Pictures/courtesy Everett Collection); **113.2** Hugo Cabret, USA 2011, Regie: Martin Scorsese, Produktion: Paramount Pic./GK Films/Infinitum Nihil, Verleih: Paramount, Darsteller: Asa Butterfield, Sacha Baron Cohen, Ben Kingsley, Jude Law © Action Press GmbH, Hamburg (Collection Christophel © GK Films/Infinitum Nihil); **113.3** Hugo Cabret, USA 2011, Regie: Martin Scorsese, Produktion: Paramount Pic./GK Films/Infinitum Nihil, Verleih: Paramount, Darsteller: Asa Butterfield, Sacha Baron Cohen, Ben Kingsley, Jude Law © ddp-images GmbH, Hamburg (Planet Photos); **113.4** Hugo Cabret, USA 2011, Regie: Martin Scorsese, Produktion: Paramount Pic./GK Films/Infinitum Nihil, Verleih: Paramount, Darsteller: Asa Butterfield, Sacha Baron Cohen, Ben Kingsley, Jude Law © Alamy stock photo, Abingdon (TCD/Prod.DB); **113** Oser, Liliane, Hamburg; **115** Oser, Liliane, Hamburg; **116** Oser, Liliane, Hamburg; **117** Getty Images, München (Ann Ronan Pictures/Print Collector/Hulton Archive); **119** Goedelt, Marion, Berlin; **120** Wieland, Tobias, Celle; **121** Goedelt, Marion, Berlin; **121** Wieland, Tobias, Celle; **122** Grigo, Pe, Bielefeld; **124** Goedelt, Marion, Berlin; **125** Goedelt, Marion, Berlin; **126** Oertel, Katrin, Münster; **128** © Karsten Teich; **129** Goedelt, Marion, Berlin; **130** Goedelt, Marion, Berlin; **130** Wieland, Tobias, Celle; **132** Goedelt, Marion, Berlin; **133** Goedelt, Marion, Berlin; **134** Goedelt, Marion, Berlin; **136** Goedelt, Marion, Berlin; **137** Goedelt, Marion, Berlin; **139** Goedelt, Marion, Berlin; **141** Goedelt, Marion, Berlin; **142** Oertel, Katrin, Münster; **144** Oertel, Katrin, Münster; **146** Oertel, Katrin, Münster; **147** Goedelt, Marion, Berlin; **149** Oertel, Katrin, Münster; **150** Hoppe-Engbring, Yvonne, Steinfurt; **151** Wieland, Tobias, Celle; **152** Oertel, Katrin, Münster; **155** Goedelt, Marion, Berlin; **157** dodotes illustrations, Berlin; **158** Oser, Liliane, Hamburg; **160** Oser, Liliane, Hamburg; **161** Lange, Katrina, Berlin; **162** Oser, Liliane, Hamburg; **164.1** Ulrich Hub, „Animal Lounge", Theater junge Generation, Dresden 2012 © tjg. theater junge generation / Foto: Klaus Gigga; **164.2** Ulrich Hub, „Animal Lounge", Theater junge Generation, Dresden 2012 © tjg. theater junge generation / Foto: Klaus Gigga; **164.3** Ulrich Hub, „Animal Lounge", Next Liberty Jugendtheater, Graz 2013 © Lupi Spuma / Next Liberty; **164.4** Ulrich Hub, Füchse lügen nicht. Mit Illustrationen von Heike Drewelow © Carlsen Verlag GmbH, Hamburg 2014 / Mit freundlicher Genehmigung von Bayern liest e. V.; **164** Wieland, Tobias, Celle; **165** Oser, Liliane, Hamburg; **166** Oser, Liliane, Hamburg; **167** Oser, Liliane, Hamburg; **168** Oser, Liliane, Hamburg; **170.1** ddp media GmbH, Hamburg (Revierfoto); **170.2** Picture-Alliance, Frankfurt/M. (dpa/Rolf Vennenbernd); **170.4** Barbara Hahlweg, Jana Pareigis, Mitri Sirin, ZDF/[F] Jana Kay, Klaus Weddig; [M] Meike Wittenstein; **170.5** Mediengruppe RTL Deutschland GmbH, Köln; **171.3** ZDF, Mainz (Dorothee Falke); **171.6** mdr/Saxonia Media/Thomas Dietze; **172** Fotosatz_Buck, Kumhausen/Hachelstuhl nach KIM-Studie 2022, S.35. Kinder, Internet, Medien. Basisuntersuchung zum Medienumgang 6- bis 13-Jähriger, unter: https://mpfs.de/studie/kim-studie-2022/; **174** Fotosatz_Buck, Kumhausen/Hachelstuhl nach JIM-Studie 2024, S. 40, Jugend, Information, Medien. Basisuntersuchung zum Medienumgang 12- bis 19-jähriger. unter: https://mpfs.de/studie/jim-studie-2024/; **174.links** Getty Images, München (INA / Jean Pierre Loth); **174.rechts** Getty Images, München (Brand X Pictures/ONOKY - Eric Audras); **176.links** stock.adobe.com, Dublin (oscarhdez); **176.rechts** ullstein bild, Berlin (Rex Features/ITV/Shutterstock); **177** Grigo, Pe, Bielefeld; **178** Galileo © ProSiebenSat.1 Licensing GmbH, Unterföhring; **180** Grigo, Pe, Bielefeld; **183** Hoppe-Engbring, Yvonne, Steinfurt; **185** Bridgemanimages.com, Berlin (UNIVERSAL IMAGES GROUP) [Henry Ryland: Sir Gareth]; **186** Oertel, Katrin, Münster; **187.links** Alamy stock photo, Abingdon (kasha_malasha); **187.rechts** action press international gmbh, Hamburg (imagebroker.com); **189** Goedelt, Marion, Berlin; **190** ullstein bild, Berlin (Imagebroker.net); **191** IMAGO, Berlin (Funke Foto Services/Reto Klar Staatsbibliothek, Berlin); **192.links** stock.adobe.com, Dublin (Kseniia); **192.rechts** Getty Images, München (Nathan Bilow / Allsports Concepts); **193** ShutterStock.com RF, New York (Sweetland Studio); **193** Hochmann, Carmen, Gütersloh; **194** stock.adobe.com, Dublin (Kristin Gründler); **196** ShutterStock.com RF, New York (Stock Rocket); **198** Terence Blacker: boy2girl © 2006 Gulliver von Beltz & Gelberg in der Verlagsgruppe Beltz, Weinheim, Basel; **199** Oertel, Katrin, Münster; **204** Getty Images Plus, München (E+ / BlackJack3D); **204** Oser, Liliane, Hamburg; **206** Getty Images Plus, München (iStock / GuidoVrola); **208** ShutterStock.com RF, New York (Romberi); **209** Fotosatz_Buck, Kumhausen/Hachelstuhl nach JIM Studie 2023, 2024 © Medienpädagogischer Forschungsverbund Südwest (mpfs) www.mpfs.de; **210** akg-images, Berlin; **213** ShutterStock.com RF, New York (alexkatkov); **214.1** Bridgemanimages.com, Berlin (© Agnew's, London/Private Collection) [Pierre Jacques Volaire: Eruption of Vesuvius in 1771]; **214.2** iStockphoto, Calgary, Alberta (David Parsons); **214.3** Foto: Jérôme Delafosse (c) Franck Goddio / Hilti Foundation; **215.4** ShutterStock.com RF, New York (Simon Edge); **216** Mauritius Images, Mittenwald (The Picture Art Collection/Alamy/Alamy Stock Photos); **219** stock.adobe.com, Dublin (Richard Connors); **220** Picture-Alliance, Frankfurt/M. (ZB / Euroluftbild); **222.links** ullstein bild, Berlin (imageBROKER/ib); **222.rechts** ullstein bild, Berlin (mageBROKER); **225** Bridgemanimages.com, Berlin (© Look and Learn/Private Collection) [Graham Coton: The Time and the Place, from ‚The Last Days of Pompei', 1975]; **227** Oser, Liliane, Hamburg; **229** Alamy stock photo, Abingdon (Diego Grandi); **230** Bridgemanimages.com, Berlin (De Agostini Picture Library / G. Dagli Orti); **231** Getty Images Plus, München (iStock / 35007); **232** akg-images, Berlin; **233** BPK, Berlin (The Trustees of the British Museum); **234** ShutterStock.com RF, New York (pixelliebe); **235** Nach: Genevieve von Petzinger/ University of Victoria; **236.links** Getty Images RF, München (PhotoDisc); **236.rechts** Getty Images RF, München (PhotoDisc); **238.1** ShutterStock.com RF, New York (Cosmic_Design); **238.2** ShutterStock.com RF, New York (cougarsan); **238.3** ShutterStock.com RF, New York (Cosmic_Design); **238.4** ShutterStock.com RF, New York (PremiumVector); **241** gemeinfrei (Hubert Berberich); **242** stock.adobe.com, Dublin (Alperium); **245** Getty Images Plus, München (E+/kali9); **246** iStockphoto, Calgary, Alberta (Jacob Wackerhausen); **246** Ernst Klett Verlag GmbH, Stuttgart; **247 unten** Thinkstock, München (Ryan McVay); **247 oben** stock.adobe.com, Dublin (Murat Subatli); **249** ullstein bild, Berlin (Thomas Schubert); **251** SIDO, Astronaut (c) Universal Music GmbH, Berlin; **252** Oertel, Katrin, Münster; **254** Getty Images Plus, München (iStock / Zwilling330); **255** action press international gmbh, Hamburg (Frühwirth, Fabian); **256** VISUM Foto GmbH, München (Lauren Goodsmith / The Image Works); **257** Grigo, Pe, Bielefeld; **259** Getty Images Plus, München (iStock / a-wrangler); **259** Grigo, Pe, Bielefeld; **261** Oertel, Katrin, Münster; **263** Stockbyte, Tralee, County Kerry; **265** stock.adobe.com, Dublin (zoryanchik); **265** Oertel, Katrin, Münster; **268** ShutterStock.com RF, New York (Maria Starovoytova); **296** Oser, Liliane, Hamburg; **297** Oser, Liliane, Hamburg; **298** Fotosatz_Buck, Kumhausen/Hachelstuhl nach ADAC Stiftung, https://stiftung.adac.de/pressematerialien; **299** Oser, Liliane, Hamburg; **301** Oser, Liliane, Hamburg; **302** Oser, Liliane, Hamburg; **303** Oser, Liliane, Hamburg; **306** Oser, Liliane, Hamburg; **307** Oser, Liliane, Hamburg; **309** Oser, Liliane, Hamburg; **312** Oser, Liliane, Hamburg; **314** Oser, Liliane, Hamburg; **316** Oser, Liliane, Hamburg; **318** Oser, Liliane, Hamburg; **322** Wieland, Tobias, Celle; Oser, Liliane, Hamburg; **326** Oser, Liliane, Hamburg; Wunder, USA/Hongkong 2017, Regie: Stephen Chbosky, Produktion: Lionsgate/Mandeville Films/Participant Media/Walden Media/TIK Films, Verleih: StudioCanal/Impuls (Schweiz), Hauptdarsteller: Jacob Tremblay, Julia Roberts, Owen Wilson © ddp images GmbH (intertopics/eyevine/Entertainment Pictures), Hamburg; **327** Oser, Liliane, Hamburg; **328** Oser, Liliane, Hamburg; **334** Oser, Liliane, Hamburg; **338** Oser, Liliane, Hamburg; **340** Oser, Liliane, Hamburg; **341** Oser, Liliane, Hamburg; **343** Oser, Liliane, Hamburg; **345** Oser, Liliane, Hamburg

1. Auflage 1 5 4 3 2 1 | 29 28 27 26 25

Alle Drucke dieser Auflage sind unverändert und können im Unterricht nebeneinander verwendet werden.
Die letzte Zahl bezeichnet das Jahr des Druckes.

Herausgeber: Martina Blatt, Frankfurt a. M.; Heike Henniger, Jahnsdorf; Andreas Zdrallek, Köln
Autorinnen und Autoren: Dr. Thomas Bickelhaupt, Ludwigsburg; Christoph Birken, Würselen; Martina Blatt, Frankfurt a. M.; Jennifer Braden, Bonn; Friederike Braun, München; Susanne Büttner, Bonn; Joachim Dreessen, Hamburg; Björn Dumont, Leipzig; Melanie Dutzi, Lauf; Maria Geipel Leipzig; Julia Glage, Hannover; Heike Henniger, Jahnsdorf; Michael Höhme, Döbeln; Andy Horschig, Dresden; Susanne Jugl-Sperhake, Lippersdorf; Janina Kiehl, Hannover; Peter Koch; München; Josef Koller, München; Thomas Labusch, Münster; Dr. Rosemarie Lange, Ruttersdorf; Conrad Pietschmann, Blaustein; Holger Müller-Hillebrand, Vettweiß; Annika Restemeyer, Enger; Sina Ruch, Nusplingen; Dr. Angelika Schmitt-Kaufhold, Wangen; Dr. Simone Schwär, Wiesbaden; Stephanie Seidenspinner, Bremen; Dr. Anja Seiffert, Leipzig; Daniel Sieverding, Osnabrück; Andrea Stangier, Morsbach; Maja Sturm, Osnabrück; Andreas Zdrallek, Köln
Beratung: Prof. Dr. Michael Beißwenger, Essen; Eren Hajizadeh-Zaker, Köln; Katja Hofmann, Kirchhain; Prof. Dr. Klaus Maiwald, Augsburg; Anna-Maria Scheerle, Kusterdingen; Karin Sousa, Tübingen

Entstanden in Zusammenarbeit mit dem Projektteam des Verlags.

Umschlag und Layoutgestaltung: normaldesign GbR, Maria und Jens-Peter Becker, Schwäbisch Gmünd
Satz: Fotosatz Buck, Kumhausen
Reproduktion: Meyle + Müller GmbH + Co. KG, Pforzheim
Druck: Industriedruck Brandenburg GmbH, Wustermark

Printed in Germany
ISBN 978-3-12-316343-2

9 783123 163432

Medien zum Schulbuch

1	**Erfindungen: sehr patent! · Sich und andere informieren**		
12	Felix Lill: Die smarten Lehrer	Hörtext + Arbeitsblatt	A 01 D 01
2	**Das sehe ich anders! · Sprachlicher Umgang mit anderen**		
40	Keine Noten in Kunst, Musik, Sport?	Hörtext	A 02
3	**Nachtgestalten und andere unheimliche Geschöpfe · Mündlich und schriftlich erzählen**		
53	Louise Arnold: Arthur Unsichtbar	Hörtext + Arbeitsblatt	A 03 D 02
53	Edward F. Benson: Die Turmstube	Hörtext + Arbeitsblatt	A 04 D 03
54	Dietlof Reiche: Geisterschiff	Hörtext + Arbeitsblatt	A 05 D 04
66	Klassenarbeit: Einen Erzählkern ausgestalten	Beispiellösung	D 05
67	Klassenarbeit: Einen literarischen Text weiterschreiben	Beispiellösung	D 06
4	**Natur erleben · Beschreiben und berichten**		
90	Klassenarbeit: Einen Vorgang beschreiben	Beispiellösung	D 07
91	Klassenarbeit: Einen Unfallbericht schreiben	Beispiellösung	D 08
5	**Mit allen Sinnen erleben · Bücher, Hörspiele und Filme entdecken**		
94	Raquel J. Palacio: Wunder	Hörtext + Arbeitsblatt	A 06 D 09
98	Katja Brandis: Woodwalkers. Carags Verwandlung	Hörtext + Arbeitsblatt	A 07 D 10
101	Raquel J. Palacio: Wunder	Hörtext + Arbeitsblatt	A 08 D 11
106	Cornelia Funke: Tintenherz – Das Hörspiel	Hörtext	A 09
6	**Kleine und große Helden · Lügen- und Schelmengeschichten, Fabeln, Helden- und Göttersagen entdecken**		
118	Das teure Hufeisen	Hörtext + Arbeitsblatt	A 10 D 12
124	Gotthold Ephraim Lessing: Der Rabe und der Fuchs	Hörtext + Arbeitsblatt	A 11 D 13
136	Odysseus und Polyphem	Hörtext + Arbeitsblatt	A 12 D 14
140	Klassenarbeit: Eine Fabel untersuchen und gestalten	Beispiellösung	D 15
140	Klassenarbeit: Eine eigene Fabel zu einem Sprichwort schreiben	Beispiellösung	D 16
141	Klassenarbeit: Eine eigene Fabel zu Bildern schreiben	Beispiellösung	D 17
7	**Ich fühl mich so . . . · Gedichte entdecken**		
143	Jürg Schubiger: Ich bin so	Hörtext	A 13
144	Klaus Kordon: Einfach alles	Hörtext	A 14
146	Peter Hacks: Höhlenbewohner spielen	Hörtext	A 15
148	Franz Hohler: Der Vogel Angst	Hörtext	A 16
148	Rose Ausländer: Zirkuskind	Hörtext	A 17
150	Heinrich Seidel: Die Schaukel	Hörtext	A 18
152	Annemarie Wietig: Zornig	Hörtext	A 19